犯人李铜钟的故事
远去的驿站

张一弓 著

华夏出版社

典藏文库

华夏出版社"典藏文库",致力于展示中国新时期以来当代文学创作与研究的最高成就和学术成果,在题材、风格上表现出无限的丰富性。

作者像

张一弓 1935年出生于开封,祖籍新野。曾长期从事新闻工作,1956年开始发表小说。二十世纪八十年代,他的《犯人李铜钟的故事》、《张铁匠的罗曼史》、《春妞儿和她的小嘎斯》连获全国一、二、三届优秀中篇小说奖,《黑娃照相》获全国优秀短篇小说奖。进入新世纪以来,他的长篇小说《远去的驿站》,获中宣部第九届"五个一工程"优秀作品奖、新闻出版总署第六届国家图书奖提名奖,纪实文学《阅读姨父》获河南省文学艺术优秀成果奖。2004年,获河南省作家协会"终身荣誉奖"。曾任河南省作家协会主席、名誉主席。2016年1月9日病世。

总 目 录

听从时代的召唤——我在习作中的思考(张一弓) ／1

犯人李铜钟的故事 ／1

远去的驿站 ／35

附一 张一弓主要作品年表(1956—2012) ／247

附二 告别与寻找——关于张一弓小说的话语转变(李遇春) ／249

听从时代的召唤

——我在习作中的思考

张一弓

一

我国革命现实主义文学在党的十一届三中全会前后的重新崛起,她的根植于当代生活土壤中的强大生命力,她对当代重大社会矛盾的深刻揭示和思考,曾是那样强烈地震撼和吸引着我,使我对文学长期害着的"单相思"变得不可忍耐了。我不争气地流下那么多的眼泪,把一段严酷的历史留给我的一个不可消灭的记忆推上笔端,写了《犯人李铜钟的故事》,希望它能够对社会生活产生一些认识的作用——我便这样地把自己交给了文学。感激《收获》的编者,他们从"自流"来稿中拣出了这篇习作,把它交给了读者;感激党的十一届三中全会所开辟的一个新的时代,它成全了我对文学的一个并不轻松的抉择。

巴尔扎克说过:"从来小说家就是自己同时代人的秘书。"①当我写了《犯人李铜钟的故事》以后,才不无惶恐地意识到,我是在力不从心地做着这样的"秘书"工作了。

我不是一个好"秘书"。三年多来,我只写了十多个中、短篇小说,不多也不好。但我总在提醒自己:要追随时代的步伐,为正在经历着深刻变革的我国农村做一些忠实的"记录"。如果说,《犯人李铜钟的故事》记录了我对我国农民一段严酷的历史命运的痛苦思考,那么,《赵镢头的遗嘱》则试图记录在新的历史条件下,我国农民表现出来的充满智慧和勇敢的历史主动性,他们对适合我国国情的建设社会主义新农村的新道路的发现,以及他们为了肯定自己的发现而进行的斗争;《张铁匠的罗曼史》、《寻找》、《瓜园里的风波》则是农民刚刚赢得一个新的历史命运,而又负载着旧有的历史忧伤的亦喜亦

---

① 《巴尔扎克中短篇小说选》前言。

惧的心理状态的纪实;《黑娃照相》仅仅是一个即兴的"人物速写",写下了"过去在他身上留下的穷乏所形成的心理的和外表的印痕与被生活唤醒的对物质和精神的生活不断增长的需要之间的矛盾"①,以及他对美好未来的确信;《流泪的红蜡烛》是迅速变动着的农村现实生活传递给我的一个使我喜悦而怅惘的新的讯息,这是一幅富裕和愚昧掺杂在一起的色彩极不协调的图画,它反映着现实生活中新出现的物质生产有了较大发展而精神生活依然"贫困"的矛盾,以及农村青年在物质和精神生活这两个方面的高尚、美好的追求。我还应当提一提《最后一票》,这个短篇是从政治生活的角度,记录了农民在民主革命时期曾经被唤醒的、此后都被遗忘了的、在新的历史条件下被重新激发出来的民主要求的一声呐喊。

当我回顾自己怎样追随农村变革的脚步,试图做一做"同时代人的秘书"的时候,常常感到我是在自讨苦吃。我发现,我是那样郑重而傻气地把自己推到重大的社会矛盾面前而毫无回避的余地了。因此,在我的文学习作道路上,必须对政治与艺术、歌颂与暴露以及吸收外来技法与表现民族的、时代的内容等重大问题,做出自己的思考和回答,否则我将寸步难行。

二

正如一些批评家所说,我的习作常常带有强烈的政治色彩,有的甚至触及当前农村变革中的经济政策。这是一个使我深感惶惑的问题。

在我国当代文学史上,在"艺术从属于政治"的口号下,出现过一批图解政策、为一时的中心工作效劳的作品,产生了实用主义的"运动文学"。历史已经证明,这样的作品是没有生命力的。这不仅仅是由于政治和政策的失误"株连"了"从属"于它的文学,而且由于图解政策——即使是正确的政策,也违背了文学来源于客观生活而不是来源于既定概念的根本规律,在哲学思想上也是同唯物论的反映论背道而驰的。当我重新开始小说习作的时候,我是幸运的。我国革命现实主义文学的重新崛起,已经打破了长期以来主观唯心主义强加给文学的沉重枷锁,使我有可能十分警惕地提醒自己,让我的习作行走在生活的轨道上,避免重蹈图解政策的覆辙。

但我产生了新的困惑。一个作者对生活做出的形象和哲理的发现,以及他不可遏止地试图表达他的发现的创作冲动,总是离不开他正生活在其中的客观环境和他的社会实践的制约。作为一个同农民一起试行联产承包责任制的驻队干部,我在关注着农民的历史命运、注视着现实农村中各种人物情态的时候,总是摆脱不了历史变革时期的

---

① 曾镇南:《并不轻松的喜剧》,载《学习与研究》1982年第2期。

政策对他们的重大影响,排除不了在农村现实变革中起着决定作用的政策的因素。文学是人学,要写出各种栩栩如生的人物典型,这是毋庸置疑的。而我生活在其中的环境和我的社会实践,总是使我情不自禁地从新的农村经济政策所带来的物质生产形式的变更和生产关系的变化中,观察不同人物在新的历史舞台上的各个不同的表演,他们在思想方式、行为方式、心理状态上所产生的深刻而微妙的变化。在试行"包产到户"的第一个丰收季节——这在当时并未见诸正式文件的倡导,而是出于农民的智慧的创造,围绕着这种管理形式是社会主义的还是资本主义的,以及由此而来的"超产是否归己"、"奖罚是否兑现"这样一些是否真正实行按劳分配、多劳多得的社会主义分配原则的常识性问题,发生了何等激烈而尖锐的论争啊!在我蹲点的大队里,几乎每一户社员都在焦灼地期待着历史的一次新的裁决。四位女社员向我哭诉,要我在承包合同上"再咬个牙印"。一位中年汉子气恼地向我宣告:他要加高院墙,关上大门,在院子里打场,谁敢拿走他的超产粮,他就跟谁拼命!在坚持政策兑现之后,一个新的权威——劳动的权威,在农村出现了。一位历来不被人们注意的"实受货",由于超产吨粮而使人们发现了他的存在,赢得了社会的尊敬。——一位习惯于不劳而获的大队干部去菜园私摘青菜的时候,却受到了菜园承包户的抵制和揶揄……来自一场深刻变革的连续、密集、令人激动不已的生活讯息,使我处于高度的亢奋之中,并提醒我,应当干一干一个业余作者的活计了。

但我立即发现,使我激动不已的生活讯息里,却含有那么多的极不高雅、毫无诗意,而且与人们的肠胃系统有着密切联系的政策因素。这使我感到极大的惶恐了。我会不会重走图解政策的老路而陷入"实用主义"的泥沼呢?会不会被认为写了急功近利的趋时之作而惹来对我的人格的指责呢?一个习作者的郑重的思考和一个凡夫俗子的琐碎的顾忌,使我踌躇不前了。但在这时,邻近公社里发生了一个悲剧:一对勤劳、善良的农民夫妇,因干部推翻联产合同,夺走了他们即将到手的超产粮,而双双服毒了。这一悲剧性事件极其强烈地震动了我,使我不能不在踌躇和焦虑中做出抉择。既然历史转折时期的政策如此广泛而深刻地联结着千家万户的命运,如此强有力地改变着人们的思想方式、行为方式和心理状态,既然这些政策是农民为之付出极大历史代价的智慧创造,那么当我试图反映现实农村的这一场深刻变革的时候,试图写出这一变革的比较典型的环境和具有较多的典型性的人物形象的时候,为什么一定要对变革时期的变革的政策畏而远之,似乎不如此就不能使文学得到"净化"而成为不朽呢?图解政策的教训是值得永远记取的,但在纠正这一谬误的时候,试图把溶化在人民的生活和命运中的政治和政策的因素清理出去,是不是一种"把婴儿同洗澡水一起泼出去"的不幸呢?如果我在文学习作的全过程中牢牢记住从生活出发、从人物出发,那么,当我在社会生活中,在人与人、人与环境的关系中碰到了政治的甚而是政策的因素,是否可以不必避开这些因素,而把这样能否写出大约每一位作者都希望写出的不朽之作的批准权暂且交给历史,而心甘情愿地写一些可能"速朽"的文字呢?正是基于这样的思考,我写了《赵镢头的遗嘱》以及以后的刻有农村这场变革的历史印痕的《黑娃照相》《寻找》《瓜园里的风波》等姑且叫作"一个驻队干部在八十年代初期的文学记录"的文字。

不要图解政策和任何既定概念,但也不要避开政策对历史、对你所要写的人物命运以及他的形态和心态的重大影响;不要搞实用主义的趋时之作,但也不要拒绝接受不断变动着的时代通过鲜活的人物形象传递给你的生活的指令。这是我根据自己的人生经历、我生活于其中的具体环境以及我正在进行着的社会实践,对我提出的一个要求,而并非对我的习作在选材上的全部要求和概括。

生活的领域是无限广阔的。政治和政策并非构成社会生活和人物性格历史的无所不在的因素。每个作者都有自己所熟悉的生活领域以及属于他自己的包括选材习惯在内的写作个性。当我对自己习作中碰到的一个问题做出抉择时,并不以此衡量别人的作品,"不要求玫瑰花和紫罗兰散发出同样的芳香"①。

三

由于我的习作大都带有强烈的政治色彩,并常常触及变革时期的政策,这就使我常常产生另一个困惑:我的每一篇习作几乎都受到过两种截然相反的批评。有的不无激动地说它是"居心不良"的"暴露",有的则不无嘲讽地说它是"趋时"的"歌德"。好像为文学作品准备了两把椅子,必须在其中的一把椅子上对号入座。甚至像《黑娃照相》这个着重在新旧杂陈的时代背景上表现人物心态的短篇,大概是由于黑娃已经能够用饲养长毛兔挣来的三元八角钱照了一张彩色相片,加之在社会背景上写了"责任田"、"专业户"的缘故,它被列入"很有应变能力"的"宣传工具"之中了。不幸,由于同样的原因,又有人质问道:难道落实农村新经济政策之后的农村青年,只能够在一张彩色相片里"画饼充饥"么?由此可见,黑娃之黑,纯属作者的肆意涂抹。同时,由于在黑娃赖以存在的新旧杂陈的时代背景上写了庙会和香客,又有人发现,这个"简单的宣传工具"正在宣传着封建迷信,等等等等。

对于以上两种截然相反的批评,我必须要求自己不要由于其中包含着的过分激动和小小的讥刺而跟着激动起来,这里需要的是心平气和的讨论。

我没有想过要把自己的习作放在"暴露"抑或是"歌颂"的模式里,而是试图让"暴露"与"歌颂"共居于一个"对立的统一体"中。通过对社会生活中确实存在着的阴暗面的不加粉饰的暴露,激发出我对社会生活中确实存在着的光明和希望的热烈的讴歌。这与其说是我主观上试图这样做,倒不如说生活的本来面目要求我这样做。

---

① 马克思:《评普鲁士最近的书报检查会》,《马克思全集》一卷。

辩证唯物主义的世界观总是让人们看到现实生活中两种"现实"的存在：一种也许是在某一个历史阶段上或某一个局部环境中占据优势的黑暗势力，但它在总的趋势上却在消亡着，正在失去它的必然性和现实性；而与之矛盾冲突着的对立面——也许在某一个历史阶段上或某一个局部的环境中居于劣势的进步力量，却在斗争中成长着，正在愈来愈惹人注目地表现着它的现实性和生命力。以辩证唯物主义的世界观为其哲学基础的革命现实主义文学，应当和能够对这两种"现实"做出符合它们本来面目的反映，从而使我们既能够坚持现实主义文学的批判性，又同批判现实主义文学划清界限，既吸收浪漫主义文学的强烈的理想光芒又把理想的光芒，置于现实生活的基础之上。

我喜欢十九世纪浪漫主义文学大师雨果老人提出的美、丑对照原则："丑就在美的旁边，畸形靠近着优美，丑怪藏在崇高的背后，美与恶并存、光明与黑暗相共。"①但我在理论和实践上不能到此止步，因为生活中不仅存在着美与丑的矛盾对立，还存在着前者代替后者的永无止息的矛盾斗争。毛泽东同志说过："真的、善的、美的东西总是在同假的、恶的、丑的东西相比较而存在，相斗争而发展的。"②这是事物发展的客观规律。因此，我常常告诫自己，不要回避社会矛盾，去进行粉饰社会生活的廉价的歌颂，因为它无异于既要歌颂武松而又不许武松打虎那样；同时我也提醒自己，不要孤立地暴露黑暗，不要让人们产生只看到阳谷县令在景阳冈贴出"大虫伤人"的告示，却不见打虎的武松的悲伤。我不是说，我在每一篇习作中都要表现重大的社会矛盾冲突，并在这种矛盾冲突中塑造出英雄人物和社会主义新人的形象，但在我的创作指导思想和总的倾向上，将尽力掌握生活中的美、丑对立及其在斗争中互相消长的辩证法。

"他的作品里充满着浪漫主义的因素，正是这种浪漫主义投注给他的作品以生活之光。他的作品里当然也显示着强有力的批判精神，正是这种批判精神加强了对社会生活认识的深刻性。"③对我的一些习作的上述过誉之词使我感到愧疚，因为我自知我的一些习作辜负了这段评语。它说出的是我所追求的，也是我不曾达到的。如果用一句话表明我的追求，那就是：革命现实主义文学的批判精神与高昂理想的统一。

四

内容决定形式。在重大的社会矛盾冲突中反映不断变化着的现实生活，从而把批判精神与高昂理想结合起来的要求，使我不敢小视情节的作用。我感到，小说的情节即是环绕着人物并促使人物在其中采取行动的矛盾冲突。离开了情节结构，我的人物将

---

① 《雨果论文学》第30页。
② 《关于正确处理人民内部矛盾的问题》。
③ 刘锡诚：《一条坚实的道路》，载《莽原》1982年第4期。

失去他赖以存在并表现自己的社会环境。我甚至偏爱生活中的特异事件和异常尖锐的矛盾冲突,喜爱浪漫主义文学在情节结构上常常采用的大开大阖、大起大落的结构方法,促使人物在这样的情节结构中采取强烈的行动。这也许有利于表现重大的社会矛盾冲突,有利于在较为广阔、雄浑的历史图景上描绘自己的人物,有利于给较多的读者带来较为强烈的感染力。

但对特异事件和外部情节结构的偏爱,也无疑是我习作中的一个局限。它不仅限制了我在更为广阔的生活领域里选取素材的可能性,而且不能使我对人物的心理状态做出直接的透视,揭示人物内心的真实,这就损害了人物的丰满性和生动性。因此,在《黑娃照相》、《寻找》等习作中,我试图在生活中选取并非惊心动魄的事件,吸收西方小说中心理结构的方法,以打破这种局限。但我这样做的时候,仍然十分谨慎地充当着我的人物的叙述者,即使在《寻找》中表现马套的潜意识的时候,也唯恐读者不知所云而要由我对它做出叙述和解释。我也没有勇气离开外部的情节结构而致力于人物主观意识的流动,因为我唯恐使我的人物离开外部世界的现实关系而变成无所依附的"游魂"。我在提醒自己,要把外部结构与内部心理结构结合起来,以外部的情节结构为基础,而把人物的心理活动作为外部世界的矛盾冲突在人物内心世界激起的波澜和回声。即使像《黑娃照相》这篇不是按照传统的情节结构的要求而主要表现人物心态的习作,也要把黑娃的心态附丽在黑娃赶会的情节之上,让黑娃赶会的外部情节,载负着黑娃的心理活动的流程。

农村现实生活中新旧杂陈的斑驳色彩和繁杂音响,也使我感到需要对叙述农村现实生活的语言作一些调整。我在人物语言中,采用了自己比较熟悉的豫西乡土语言;而在叙述语言中则吸收了一些欧化的成分。如在《流泪的红蜡烛》的开头,用了六个"在……之后"组成的介词结构的并列状语;《黑娃照相》的第一句,也是欧化的倒装句、复合句。我希望这样的句式能够增加语言的表现力和"讯息量",造成跳荡的感觉和奔腾的气势。

把情节结构与心理结构织在一起,把乡土语言与欧化句式糅在一起,都属于对外来的表现手段的吸收。对此,我也曾有过踌躇和疑虑,唯恐失去我所表现的中原农村的"红薯味"。当我在一个农学院受了短期训练以后,才知道红薯是菲律宾的舶来品,而在中原农村广为种植的玉米,则是从拉丁美洲引进的。既然红薯和玉米可以被我们民族的土壤和肠胃所接受,变成自己的东西,那么,一些外来的文学表现手段,也应当是反映我们这个时代的农村生活的文学可以消化的。

然而,诚如一位批评家指出的:"在艺术形式上,他却常常表现出平庸,缺乏创造性。"[①]当我在艺术形式上进行一些"土洋结合"的尝试时,也常常感到一个乡下大闺女用

---

① 刘思谦:《在现实的发展中反映现实》,载《奔流》1983年第2期。

不好现代化妆品的懊恼。这在一定程度上可以说是"广阔庞杂的内容与比较窄狭拘谨的形式之间的矛盾"①所造成的懊恼。我将不断寻求解决这一矛盾的艺术途径。

当我就要结束这篇啰唆文章的时候,好像重新沿着我的短短的习作道路做了一次艰难的跋涉。我不是在叙说自己已经达到的,而是在说明我所追求的,其中可能包含着许多谬误。为了使自己能够在一条不那么好走的道路上走得好一些,我期待着检验和批评。

1983 年 2 月 27 日凌晨于郑州

---

① 刘思谦:《在现实的发展中反映现实》,载《奔流》1983 年第 2 期。

犯人李铜钟的故事

目　录

一　清明时节　/5
二　春荒　/5
三　"花狸虎"的悲剧　/8
四　吹牛不报税　/9
五　老杠叔和他的钥匙　/13
六　"这叫化学！"　/14
七　血红的指印　/17
八　"不敢吃！"　/20
九　饲养室里　/21
十　寨门外的呼喊　/23
十一　"毛主席,请您老人家原谅……"　/23
十二　三口大锅　/24
十三　首犯是这样落网的　/26
十四　胁从犯与县委书记　/28
十五　李铜钟的供词　/29
十六　卧龙坡车站　/30
十七　在危急病号室　/32
十八　记住吧,人们　/33

一　清明时节

清明时节为什么总要下雨呢？那无声的、细细密密的雨丝，如同编织着银色的网，和纷乱的思绪纠结在一起，笼罩在地委书记田振山的心头。

田振山正坐在吉普车上，去一个偏僻的山区小县，参加一个党支部书记的平反大会。

这位支部书记离开人世已经十九年了。十九年来，历史给人们带来多少意外的纷扰，开了多少严峻的玩笑啊！但是，田振山始终没有忘记这个人——李铜钟，这个出生在逃荒路上、十岁那年就去给财主放羊的小长工，这个土改时的民兵队长、抗美援朝的志愿兵，这个复员残废军人、李家寨大队的"瘸腿支书"李铜钟。就是这样一个李铜钟，临死却变成"勾结靠山店粮站主任，煽动不明真相的群众，抢劫国家粮食仓库的首犯"李铜钟了。

而现在，历史又做出新的判决：李铜钟无罪。尽管县委、地委对于李铜钟的平反有过激烈的争论，尽管做出平反决定以后还有一些同志对此忧心忡忡，新上任的地委书记还是决定亲自参加这次平反大会。为了让活着的人们更加聪明起来，为了把人间的事情料理得更好一些，他要到那个阔别十九年的小山寨里去，到那个被野草覆盖着的坟头上去，为一个戴着镣铐的鬼魂去掉镣铐了。

吉普车在山区公路上颠簸着、疾驶着。田振山打开车窗，让清凉的山风把无声的细雨吹洒在他刻满皱纹的脸庞上，他合上眼睛，想起了那个发生在十九年前的奇异的故事……

二　春荒

党支部书记李铜钟变成抢劫犯李铜钟，是在公元 1960 年春天。这个该诅咒的春天，是跟罕见的饥荒一起，来到李家寨的。

自从立春那天把最后一瓦盆玉米面糊搅到那口装了五担水的大锅里以后，李家寨大口小口四百九十多口，已经吃了三天清水煮萝卜。晌午，"三堂总管"——三个小队食堂的总保管老杠叔，蹲在米光面净的库房旮旯里，偷偷哭起来："老天爷呀！嗳嗳嗳嗳嗳……你睁睁眼吧，……你不能叫俺再扎要饭篮，嗳嗳嗳嗳……"

哭，也是一种传染病。老杠叔的哭声从没有关严的门缝里溜出来，首先传染给那些拎着饭罐来食堂打汤的老婆婆们，接着又传染给那些家里有孩子喊饥的年轻媳妇们，再往后，就变成连男人们也无法抗拒的一场瘟疫了。

"不能哭,不能哭。"沉重的假腿在雪地里"咯吱咯吱"地响着,李铜钟从大队部跑过来,向大家讲着不能哭的道理:"哭多了,眼要疼,头要晕哩;哭多了,也要伤身体哩。我眼下再去公社问问,说不定统销粮有消息啦!"

哭声平息了。大家都无言地望着年轻的支部书记。这个百里挑一的强壮汉子,也明显地饿走样了。他眼皮虚肿着,好像能掐出水来,四方脸庞上塌下了两个坑儿。但他颠拐着七斤半重的假腿向村外走去的时候,却把屋里人张翠英递给他的柳木棍扔得远远的,穿着褪色军大衣的五尺四寸五的身个儿照旧挺得笔直,网着血丝的黑沉沉的大眼睛里还在打闪哩。那姿态和眼神都仿佛告诉大家:这个复员兵,还能打几仗哩。

李铜钟的心里却是沉重的。当他想着要向那位"带头书记"杨文秀要饭吃的时候,心里就充满了愤懑和忧郁。

"带头书记"原来是一位文采出众的小学教师,后来被提拔到县委宣传部当了干事。他辛辛苦苦干了五年,渐渐感到,在县委大院里,像他这样一个没有区、乡工作经验的人,往后能当上秘书,写一点"遵命文牍"就算到顶了,"鸡蛋壳里发面——没有大发头"啊!因此,1958年,他积极报名下基层工作,当了十里铺公社的党委书记。从此,他就把全副精力用在揣摩上级意图、并在三天之内拿出符合这种意图的典型经验上了。比如,他来十里铺上任以前,听说理论界提出了一国能不能首先进入共产主义的问题,他立即感到这同列宁提出的社会主义革命可以首先在一国或数国取得胜利的论断具有同等的意义。他依次类推,得出结论说,一个公社首先进入共产主义也是完全可能的。这个公社当然就是十里铺公社。因此,他上任第二天,就向大家宣布:十里铺公社两年进入共产主义。此后,他每天要吸两包烟卷,那双好象用小刀子在脸上随便剜出来的小眼睛总是眯细着,眨动、闪烁着诡秘的光亮,盘算着十里铺公社各项工作怎样跑到前头,选择县委书记田振山没有外出的时机,向县委报喜。

过分卖力的时候,动作是容易变形的。上级意图——且不说这意图是否正确,一经杨文秀加工,就会变成一幅极其夸张的漫画。大办钢铁时,他命令村村队队砸锅炼铁,没收一切可以搜集来的铁器,门鼻、门搭钩无一幸免,统统砸碎,填到小土炉里,吓得李铜钟的屋里人连连祷告,千万别叫炼铜,因为她的男人是"铜钟"。县委号召建立"丰产方"的时候,他又指示各队:"丰产方"一律建立在大路边,粉要搽在脸上。为了充分表现报纸上说的那种"老人赛过老黄忠,妇女赛过穆桂英"的冲天干劲,当检查团到来的时候,他让社员们化妆劳动,锣鼓助威,老汉们挂着业余剧团的长胡子下地,妇女们穿着古装戏衣,打着穆桂英的"帅"字旗。

李铜钟用忧郁的目光望着这一切,他觉得新上任的公社书记整天都在演戏,在给上级演戏,巴望着受到赏识和喝彩。他嘱咐李家寨的干部:"李家寨都是种地户,不是戏班子,咱不要他那花架子、木头刀。"

但是,李家寨也没能逃脱"带头书记"带来的一场灾难。去年天旱,加上前年种麦时"钢铁兵团"还在山上没回来,麦种得晚,一晚三分薄,秋庄稼又碰上"捏脖早",夏秋两季都比不上往年。而"带头书记"又带头提出了"大旱之年三不变"的豪迈口号：产量不变、对国家贡献不变、社员口粮不变。结果，两头的"不变"落空，只是经过"反瞒产"，才实现了中间那个"不变"。正是因为这个"不变"的缘故，在十里铺公社应该进入共产主义的时候，李铜钟不得不跛着腿，一趟接一趟地往公社跑着，向杨文秀汇报着使共产主义变得十分渺茫的春荒问题了。

每去公社一次，对李铜钟的忍耐力都是一次严峻的考验。

第一次，是李家寨社员一天还能吃到"二大两"的时候，也是杨文秀把县委、县人委颁发的超额完成粮食征购任务的奖状挂到墙上的时候。

"李铜钟同志，"杨文秀的声音是严厉的，"你知道是哪些人叫喊粮食问题吗？"

"知道。"

"哪些人？"

"贫下中农。"

"你说啥？"杨文秀困窘地把烟卷举在空中，怔住了，但很快又在空中画了一个圆圈，说："新中农吧，是新的上中农嘛，同志，你的屁股不要再坐到富裕中农的板凳上了。"

没等李铜钟回话，"带头书记"已经迈着跃进式的步伐，冲出了小会议室。

第二次，是李家寨眼看就要断粮的时候，也是杨文秀亲眼看见李家寨的榆树皮已被剥光的时候。

"李家寨的口粮是有点紧张。"杨文秀避开了李铜钟的黑沉沉的眼睛，"可眼下的精神还是反右倾啊，反两眼向上的伸手派啊，不是我不愿向县里要粮食，就怕那顶右倾帽子不好戴啊！"

"你把帽子给我。"李铜钟沉声说，"只要反右倾能反出粮食，反出吃的，这右倾帽子，我戴一万年。"

"不要意气用事嘛，同志。"杨文秀跛着步子，说："口粮不足，不光你一个李家寨嘛。听说地委正开保人保畜会，咱县田书记去了。等他回来，听听精神再说。你们食堂菜地种得不赖，再顶一阵子嘛。"

李铜钟，你有多么坚韧的忍耐力啊。但是，历史证明，肚子的忍耐力是有限度的。在吃了三天清水煮萝卜以后，食堂门口传来了社员们的哭声。虽然三天前李铜钟就托人给县委书记田振山送去了一封"告急信"，并按照李家寨坐头把交椅的文化人——会计崔文的建议，在信上画了三个像炸弹一样的"！"，但还没有收到回音。李铜钟只好再一次用他的假腿，"砰通"、"砰通"地敲打着公社门口的青石台阶了。

"铜钟，不用说了。"杨文秀推着自行车往门外走着。"田书记回来了，县委通知开会，专门研究社员生活，你回去等着吧。"

"可眼下？……"

杨文秀已经蹬上自行车，一阵风似的走了，但他回过头来喊叫："萝卜！"

李铜钟回来了。路过好汉坡时，他觉得头晕，脚不把滑，一下子栽倒在路沟里。他一动不动地躺在积雪上,没有力量爬起来了。他很想就这样躺下去,永远躺下去,不再起来了。但他想起还有几百口人在等着他,想起县委在开会,说不定田书记已经收到了那封告急信。于是,他吞了几口雪,挣扎着爬了起来。当他走到寨门外时,已经挺直了腰杆,对守在寨门洞里等他归来的干部们说:"宰牛吧。"

三 "花狸虎"的悲剧

"把我宰了吧,把我煮锅里吧!"在三队饲养室里,李套老汉死死抓住"花狸虎"的缰绳,愤怒地喊叫着:"谁的主意,吃牲口?干脆把我吃了算拉倒!"

队长小宽牵着牲口说:"套叔,你掂量掂量,保人、保畜,哪轻哪重?再说,这是大队的决定,俺铜钟哥拿的主张。"

"是铜钟?"李套老汉怔住了,他没想到这是他那个残废儿子的主见。论家法,他是"领导";论国法,铜钟可是上级哩。看来,"花狸虎"的命运已经不可改变了。"中,中,你牵走,这几槽牲口你都牵走,咱散伙,咱不过了!"李套老汉松了缰绳,不忍再看"花狸虎"一眼,就坐在小板凳上,脸朝墙,哭起来。不多时,食堂屋后传来"哞哞"的牛叫声,他觉得那是"花狸虎"在叫他,这叫声好像一把刀剜着他的心,他眼前一黑,晕倒在草垛上。

几个社员把李套老汉抬到了家里。大队卫生室的王先生,拄着棍,匆匆跑来,用指头掐住李套老汉的"人中穴",差点掐出血来,老汉才睁开眼,把窝在心里的那口气吐了出来。

儿媳妇小声问:"爹,好些儿没有?"

老公公只叹气,不吭声。

孙儿小囤儿趴在床头上问:"爷,谁惹你啦?"

爷爷只叹气,不吭声。

王先生把铜钟媳妇叫到外间,板着脸说:"人饿虚了,经不住急火攻心,没啥好方子,静养吧。"王先生叹口气,想着牛肉,拄着棍走了。

"花狸虎"已经被绳子捆住四条腿,卧倒在场上。它"哞哞"叫着,一双通人性的圆鼓鼓的眼睛,滴着蚕豆大的泪珠。它绝望地瞪着人们,好像在说:人啊,不要杀我,我还能犁地哩,七寸步犁也拉得动哩,杀了我,够你们吃几顿呢?李铜钟不忍心再看下去,悄悄离开了屠宰场。半路上,又忍不住勾回头,从立棱起来的军大衣领子上看了"花狸虎"最后一眼。为了不再让"哞哞"的牛叫声折磨自己,他拉下了棉帽耳朵。

铜钟听说爹晕倒了,急忙回家看爹。爹却偏过脸,对着墙,不理他。铜钟明白,爹是心疼"花狸虎"呀。记得是互助组转初级社那年,他带上复员费,跟爹去十里铺牲口市上牵回了这头牲口。俗话说,卖菜不卖筐,卖牲口不卖缰。他的复员费将够买这头大牛。爹就到山货行货场上捡了一根草绳,爹笑着说这是"金缰",就用这根"金缰"把牲口牵了回来。一进村,爹就指着这头身上有黑色条纹的大牝牛,向社员们夸说:"俺牵回来一头'花狸虎',你看它那腿,就是四根柱。"家里窄狭,没处喂牲口,爹就把牲口挂到外屋大梁上。夜里,"花狸虎"啃断草绳,钻到里屋,吃了五斤棉花籽儿、六斤半谷种,还把装谷种的一口新铁锅撞到地上,摔了八瓣儿。"中,中!"爹又摸着胡子夸说,"好吃手,准是好套活。"转社时,爹叫翠英用扭秧歌用的红彩绸,结了个大绣球,挂在牛角上。爹又把一床新铺盖搭在牛背上,骄傲地牵着牛在村里游行,拐弯抹角走了四四一十六条胡同,才来到新盖起的饲养室。从此,他跟牛都在那里住下,度过了七个寒暑。如今,槽上虽说添了十几头大牲口,可爹对"花狸虎"总是有点偏心,他时常抚着牛背,说:"社会主义是辆车,靠它拉的头一程。"

眼下,铜钟站在爹床前,抱愧地说:"爹,'花狸虎'岁口嫌老些儿……"

"不说这,不说这……"爹的胡子哆嗦着。

"爹,等来年丰收后,我还您牲口……"

"不说这,不说这……"两行眼泪从爹的眼角里涌出来。

"爹,您是说?……"

"我是说……"爹用胳膊肘撑起上半身,直愣愣地望着儿子,小声问:"你对爹说实话……党还要咱不要啦?……"爹忽然咬住被角,瘦削的肩膀猛烈地抽动起来。

"党要咱,党要咱。"铜钟抑止了内心的激动,凄然说:"党不知道咱忍饥……"

"那就好,那就好!"爹又挣扎着坐起来,哀怜地望着儿子,"那你这当支书的,万万不敢躺下,万万不敢。你没看看?乡亲们忍饥受饿,也没一人逃荒,没一声怨言,那为啥?就因为对党信得过。孩子,四五百口人的死活搁在你身上。爹知道,你肚里也没装一粒粮食籽儿,你要是饿得受不住,就想想民国三十一年是咋过来的,想想你那死在逃荒路上的娘,说啥也要把全村人领过这一春天。孩子,爹求你……求你!"

铜钟"扑通"跪在爹脸前,眼里噙着泪说:"爹,孩子我记住这话。"

四 吹牛不报税

牛肉过了秤,连杂碎在内,一口人九两零三钱。为了把牛肉公平合理地装到社员肚子里,大队决定分肉到户。食堂里剩下的白菜、萝卜和烧煤,跟牛肉一起,连夜分了下去。时兴了一年多的集体食堂不声不响地解散了。

李家寨一百二十多座农舍里,已经生起煤火,响起了开水滚锅声。"花狸虎"跟另外几头老牛一起,在一百多个砂锅、铜盆、搪瓷盆里冒着热气,就要为人们尽着最后的义务了。

"我不吃,我吃不下。"大队长张双喜像下神一样闭着眼,盘腿坐在煤火台上,推开了女人端给他的青釉大瓷碗。

女人问:"你是跟谁怄气?"

张双喜忽然扬起巴掌,"噼啪"地打着自己的脸,说:"我跟它,我跟它!"

女人惊慌地按住他的手,说:"老天爷,这是你的脸!"

"我就打它!"张双喜又打着嘴说:"我叫你说瞎话,我叫你说瞎话!……你虚报产量,叫全村人跟着受累!……"这个四十岁出头的小个子庄稼人打着、说着,把嘴撇得像瓢一样,十分痛心地哭起来。

张双喜那两片薄薄的被旱烟熏得发黄的嘴唇,并不是生来就有说瞎话的爱好。他传染上这种像感冒一样使人头脑发烧、嗓门发痒的流行病,是在公元 1958 年。

那年麦子收罢,张双喜跟铜钟、崔文去县里参加三级干部会。那时节,省报印着红字的号外——张双喜把它叫作"外号"的,正在连续放射亩产小麦三千七百多斤、五千三百多斤以至八千七百多斤的丰收"卫星",宣扬着"人有多大胆,地有多高产"的跃进哲学和哲学的跃进,这样就从理论和实践上批驳了"保守派"、"摇头派"、"秋后算账派"的种种谬论。

那年麦季,这个县尽管获得了空前的丰收,而且有了一个明年把粮食产量再提高百分之五十一点五的持续跃进规划,但在地委召开的县委书记会议上,这个县还是受到了严肃的批评:对人的主观能动作用缺乏足够的认识啊,持续跃进的步伐落后于形势的需要啊,对人民群众的积极性与创造力估计不足啊,等等,等等。

面对着地委的批评和党报的"外号",县委书记田振山跟县委其他领导同志,怀疑自己是大大地落后了。他们感到脚下踩着的这块土地,正在报喜的锣鼓声中震动、沸腾的土地,说不定当真到了马克思他老人家说的"集体财富的一切源泉都充分涌流"的时候。他们诚恳地反了自己的右倾,按照地委布置下来的指标,在三级干部会上宣布了一个"一年'上纲'、两年'过江'"的规划。

"带头书记"杨文秀早已摸透了上级意图,他立即在大会发言中宣布:十里铺公社一年"过江",迎接共产主义的到来。他引用一首据说是十里铺的民谣,描绘了共产主义的幸福情景。可惜那时文化部门正开展着"全民皆诗人"的群众运动,由于都成了诗人,这首民谣的作者也就无从查考,有些诗句也已湮灭在诗歌的汪洋中了。有幸得到杨文秀的引用而流传下来的,只有这样几个警句:

> 咱吃蒸馍,蘸白糖,
> 你看咱过得飘不飘!
> 咱穿呢子、大皮靴,
> 你看咱过得得不得!
> 咱乘火箭,坐飞艇,
> 你看咱过得中不中!

田振山在台上连连点头,说:"中,中!"

台下,张双喜却向李铜钟耳语:"咱赶紧出去躲躲吧,一会儿把房顶吹塌了,别砸住咱!"李铜钟坐着没动,他紧皱眉头,不住地用"号外"纸卷着烟卷,像一个愤怒的火车头,喷出一缕缕呛人的浓烟。

大组会上,要各队报规划时,队干部都变得格外谦虚,互相推诿着,谁也不打头一炮。杨文秀知道张双喜口齿伶俐,讲话煽动性强,眼下又是特别需要这种煽动性的时候,于是,他点名叫张双喜发言。张双喜却用巴掌捂住半边脸,从牙缝里"丝丝"地吸着风说:"书记,我牙疼。"杨文秀鼓励他说:"不需要长篇大论,只要说到点子上,有个态度就行。"又带头鼓掌:"欢迎欢迎!"

张双喜不得不勉为其难地站了起来,而一旦站起来,说话就不由自己了。只见他咳嗽两声,清了嗓门,大声吆喝道:"那就长话短说,我跟俺支书、会计商量了,俺大队老落后,一年上不了'缸',只能上'盆儿',还是那二号盆儿。"在人们的哄笑声里,他露出最正经、最认真不过的神色,望着屋顶说:"啥时候过江哩?等俺爬到'缸沿'上,吸袋烟,看看再说。"连那些最不爱笑的庄稼人,也都前仰后合,笑出了眼泪。张双喜神色庄严地坐回到半截砖头上,小声问铜钟:"啥样?"铜钟捅他一拳说:"大实话,是咱庄稼人的大实话。"崔文却踢了踢双喜的脚,往台上努了努嘴。只见杨文秀瞪眼望着他们,紫涨着脸,气得像吹猪一样。

谁能料到呢?李家寨就这样变成了右倾的典型。杨文秀在总结发言中指出:"上缸"和"上盆儿"之争是两条道路斗争在十里铺公社的集中表现。所谓"上盆儿",实质上表现了小生产者的狭隘性,二流子的懒惰性,摇头派的摇摆性,保守派的顽固性。宣扬"上盆儿"论的人必须转变立场,首先在思想觉悟上来一个跃进,从"盆儿"上跃到"缸"上。

散会回来时,爱唱"路戏"的张双喜变成了哑巴。

崔文抱怨他:"双喜哥,你发言咋不讲点策略?反正,吹牛不报税。"

铜钟说:"我拥护双喜哥的发言,共产党为群众办事,就得石杵子捣石臼——石(实)打石(实),不耍嘴把式。"

双喜说:"反正,往后我嘴上贴封条,嘴角再站俩把门儿的。"

但是,1958年以后的运动多,三天两头要汇报运动情况。李铜钟的假腿没有张双喜的真腿好使唤,上公社汇报的任务,就像灾难一样落在张双喜的头上。

在爱国卫生运动评比大会上,开始学了一点"发言策略"的队干部们,有的说做到了"几净几光",有的说几"臭"变成了几"香"。张双喜搁心里说:"天冷偏烤湿柴火——对着吹吧。"轮到张双喜汇报,杨文秀瞟他一眼,说:"好,这一回又看李家寨的了。"张双喜憋了一肚子气,决定用一种特殊的方式进行报复。他小声咳嗽着,用那种站不到人前的后进队长的胆怯声调,谦卑地说:"俺李家寨卫生运动也老落后,站不到人前头。可经过领导帮扶,向先进看齐,俺那才上碾的小毛驴儿总算养成了刷牙的习惯。……"真是一语惊四座,使得外队的所有汇报统统黯然失色了。张双喜看见杨文秀露出惊异的神色,暗暗拧开了钢笔帽,就不由地感到一种快意,一种进行了一次小小报复的快意。他想象着小毛驴儿摇着头刷牙的模样,便忍不住"哧"地笑了。几十张有胡子和没有胡子的嘴巴几乎是同时咧开,哈哈大笑起来。

"静静!"杨文秀用钢笔杆儿敲着桌子,问道:"小毛驴怎样养成了刷牙的习惯,怎见得它养成了这良好的习惯?"

这倒是一个难题。张双喜虽然没有上过大学中文系,却不乏形象思维的能力,他说道:"今儿清早我去三队饲养室,正碰上二夯家牵着那头白眼窝小叫驴儿走亲戚,小驴儿'嗨儿夯、嗨儿夯'直叫唤,就是不跟她走。鞭抽它,它不走;鞭杆儿捣它,它不走。二夯家问那小驴儿:'你是惊住啦?吓住啦?'驴摇头;又问:'你是缺草啦?缺料啦?'驴又摇摇头。'那你到底有了啥心事?'小驴儿仰着下巴颏,朝着二夯家直龇牙。二夯家吓得包袱丢地上,扯着嗓子直喊叫:'哎呀套叔,您的驴咬俺哩!'饲养员李套老汉三步并作两步跑出来,看见小驴儿正龇牙,就对二夯家说:'别怕,她嫂子,它不是咬你,它是怪我慌张,没给它刷牙。'李套老汉把小驴儿牵回去,一盆净水,一把刷子,都是消过毒的,给小驴儿上牙刷三遭,下牙刷三遭,牙槽里刷三遭,刷够三三见九这个数,才把缰绳递给二夯家,往驴腚上拍了一巴掌,说:'走吧。'小驴儿就打了个响鼻儿,乖乖儿地跟二夯家走了,一路上尥着蹶子直撒欢儿。"张双喜擦去由于紧张地形象思维而在鼻尖上沁出的汗珠,朝杨文秀一摊手,说:"就这。"

杨文秀急急地往本子上记着,问道:"给牲口刷牙有哪些好处?"这一回,张双喜运用逻辑思维,答道:"免生口疮舌刺儿。"张双喜的汇报获得了极大的成功。他诚惶诚恐地从杨文秀手里接过一面锦旗,上面写着:"卫生先锋"。但他一出公社门儿,就把锦旗掖到腰里;回到家,又把它塞到墙窟窿里,从来没向别人提过它。

从此,每逢汇报某个运动的开展情况而又有杨文秀在场的时候,不知是巴甫洛夫的条件反射学说,还是牛顿的惯性定律,就在张双喜的嘴上得到一再的证明。比如,汇报扫盲运动情况时,他说,李家寨有老两口,都七十多岁了,夜里瞌睡少,老头就在老婆脊梁上画字儿,叫老婆认,直到鸡儿叫二遍。……汇报除"四害"运动情况时,他说,李家寨的猫娃饿得"喵喵"直叫唤,因为没老鼠吃了。只是消灭麻雀的成绩不老好,老祠堂屋檐底下有一窝麻雀漏了网,可等他拿着手电去掏窝,只摸了一手麻雀屎,原来这窝麻雀也搬家了。咦,这麻雀真是鬼能鬼能!

于是,杨文秀多次表扬了李家寨的转变。公社秘书小陶时常摇着电话机,喊叫:"喂喂,李家寨吗?双喜在不在?公社往县上写报告,杨书记特意交代,叫他再补充点活材料,活的!"

每逢张双喜回了这样的电话,就像吃了蝇子一样吐着唾沫,对崔文说:"呸,真叫你说对了,吹牛就是不报税。"但他嘱咐崔文:"可不敢叫铜钟知道,他要知道了,不用破鞋底打我的嘴才怪!"

去年秋后,张双喜终于受到了吹牛的惩罚。

　　那是他去参加公社核产会的时候,一进公社大门,就看见影壁墙上画着一幅图表,最顶上画着火箭,依次类推,是飞机、汽车、牛车、乌龟,上写"十里铺公社秋季产量评比图"。他想,我的身体不老好,坐火箭怕头晕,骑乌龟又老霉气。报产量时,他不往上挤,不往下靠,向中等偏上的大队看齐,多报了十万斤总产,坐上"飞机"回来了。

　　李铜钟一听说坐上了这号"飞机",就向张双喜发了一顿脾气:"双喜哥,你也学会卖嘴啦?这镜子里的烧饼十万斤,是叫工人吃,是叫解放军吃?党中央、毛主席叫咱鼓实劲,没叫咱吹糖人,你就是吹出个天堂,叫谁住?"李铜钟放了一通"上甘岭上的炮弹"以后,就跑到公社说:"把俺那产量减下十万斤,我情愿骑乌龟。"但他一去就是十天。在公社后院小楼上,他跟那些坐上"牛车"和"乌龟"的大队干部们一起,叫反了十天右倾。等他回来的时候,在公社"反瞒产"工作组的指挥下,李家寨已经超额十万斤完成了秋粮征购任务。

　　眼下,张双喜照旧坐在煤火台上,像下神一样哭着、骂着:"你真混蛋,你不该坐那飞机!……"

五　老杠叔和他的钥匙

　　九两三钱肉能产生多少卡的热量呢?

　　断粮第七天,李铜钟跟王先生在全村挨门检查了一遍。他发现,李家寨四百九十多口人,就有四百九十多个浮肿病号。有百十口人已经挺在床上不会动弹了。王先生铁青着脸,用拐棍捣着地,对铜钟说:"要是这两天还不见粮食,你就组织专业队,上西山刨墓坑吧!"

　　李铜钟探望的最后一家是"三堂总管"老杠叔。四天以前,老杠叔蹲在食堂库房里哭了一场以后,回家就病倒了。食堂库房里已经没有生的或熟的叫他操心,再也用不着一天十二遍地开门、锁门、出生、进熟、过秤、上账了,生活变得空虚而寂寞,支撑着他这把老骨头的精神支柱突然倾倒了。他躺在床上,掂着库房门上的那一串钥匙,长久端详着:"老伙计,咱得分手了。我不能带你去,那儿用不着你。……"

　　李铜钟和王先生来到老杠叔家门口,看见门头上挂的那块"光荣烈属"牌,止不住心里一阵难受,老杠叔的独生子是1944年跟皮司令走的,淮海战役时牺牲了,家里只剩下老两口。这两位老人家比旁人更有权力过几天不知饥寒的日子啊!

　　李铜钟和王先生走进院子,正听见老杠叔在屋里喊叫:"花她娘……人死如灯灭,还做那啥送老衣?……你要心疼我……就拽一把棉花套子,叫我啃啃……啃啃……"

　　王先生听见这话,就像软瘫了一样,一下子歪坐在老椿树底下的捶布石上,说:"这病人我不敢看,不敢看,看着老难受。"

李铜钟一个人进屋了。老杠婶正用面布袋给老伴做送老衣,一见铜钟就哭了。她搬个小板凳,让铜钟坐下,说:"你叔眼看不中了,论说他活这六十多,也够他的了。俺啥也不想,只想他种了一辈子庄稼,管了一年多食堂,能叫他临走……临走有一把粮食籽儿嚼嚼。……"

　　老杠叔在里屋听见这话,就责怪老伴说:"你没问问铜钟吃的啥?我说铜钟,你就别听她瞎说……你过来,叫我再看看你。"

　　李铜钟走进里屋,坐到床沿上,攥住老杠叔的手,说:"叔,怪我没能耐,叫您老人家受恁大委屈。……"

　　"不怨你,孩子,不怨你。"老杠叔温存地望着铜钟,从腰带上解下那串钥匙,捧在手里说:"支部……群众信任我……叫我管食堂一年七个月……零八天。……我老没成色,只会开开门、关关门……办不了大事……不能为你分忧。往后……再来了粮食,选个靠得住的……把钥匙给他。"老杠叔嘴唇哆嗦着,手也哆嗦着,把钥匙塞到铜钟手里。

　　铜钟把钥匙还给老杠叔,说:"叔,说啥您也得熬过这两天。支部给田书记,就是来咱村搞土改的田政委,写了信,公社杨书记上县里开会快回来了。我估摸着,粮食该下来了。这钥匙,还得您管着。"

　　这时候,王先生推门进来,手里摸着一瓶鱼肝油丸,对老杠叔说:"哥,这是你大侄子从湖北捎回来的西药丸,按西医说,这是那啥营养药,一天吃几丸,兴比嚼那棉花套子强些儿。"他郑重地拧开瓶盖,倒出两粒,塞到老杠叔嘴里,又接过老杠婶端过来的一杯水,把药丸冲了下去。

　　大门外有人喊叫:"铜钟,铜钟,快,快!……"随着话音,崔文跑进门来,上气不接下气地说:"杨书记打来电话……叫你去公社,口粮……有办法啦!"

　　昏暗的屋子里好像"唰"地一下充满了光亮。李铜钟大步噔噔走出屋门时,老杠叔已经叫老伴扶着坐起来,把那串钥匙重新系在裤腰带上。

　　这一回,王先生不是用拐棍捣地,而是在地上画着圈儿,说:"这比啥药都强!"

六　"这叫化学!"

　　杨文秀在他生着煤火的小西屋里接待了匆匆赶来的李铜钟。他取出夹在笔记本里的一封信,从眯细着的眼缝里逼视着李铜钟,问道:"这封信是你写给田书记的?"

　　"是我。"李铜钟向信上扫了一眼,看见一行粗大的铅笔字:"如情况属实,应抓紧解决。"

　　"李家寨当真没一点粮食啦?"

　　"这样吧,书记,"李铜钟凄苦地笑笑,说:"你去尝尝李家寨那饭,那清水萝卜饭,不叫你多吃,只吃三天。"

"不管有多大困难,公社给你们解决嘛。"杨文秀想起,田振山把信转给他时,用那种困惑不解的目光审视着他,好像在说:啊？杨"带头"同志,你是这样带头的啊！这使他紧张而且懊恼。眼下,他把那封信折叠起来,装到衣兜里,说:"你就是不写这封信,公社也不会不解决;你写了这封信,照样还得公社解决嘛。"

"该解决了,书记。"

"那么,你说说,李家寨还有玉米皮、红薯秧吗？"

"你是说？……"李铜钟怔住了。

"红薯秧,玉米皮——包在玉米穗外边的那几片叶子。"

李铜钟寻思说:"玉米皮大部分垫圈沤粪了,红薯秧还有。"

"麦秸多不多？"

"麦秸？"

"对,麦秸。"

"麦秸不缺,牲口能吃到麦秸。"

"这就好。"杨文秀像是丢下了一桩心事,又对铜钟说:"走吧,我叫你看几样东西。"

"啥东西？"

"吃的。"

李铜钟跟着杨文秀,急急来到了会议室。只见柳树拐、椿树坪、竹竿园大队的党支部书记、大队长和食堂司务长们,正围着会议桌抽烟。公社秘书小陶已经把窗户上的雨搭卸下来,贴上了红纸,正用排笔蘸着黄颜色,写着"报喜"的最后一个"口"字。会议桌上,一溜儿摆着十几个八寸白瓷盘,盘上放着黑色、黄色、黑红色的块状、条状和圆锥形物体。

杨文秀对李铜钟说:"这次县委开会,传达了地委的精神,号召缺粮社、队大搞代食品,没等散会,我就提前回来,搞了试点,很成功,为解决缺粮问题找到了一条门路。"他指着盘子里的东西,宣布了世界上新出现的几个食物品种:"一口酥"玉米皮淀粉虚糕、"扯不断"红薯秧淀粉粉条、"将军盔"麦秸淀粉窝头,等等。他挨个儿地介绍了每一种代食品的原料、特点和优越性,那封"告急信"给他带来的紧张和气恼,都被这些营养学方面的重大发现抛到九霄云外了。

李铜钟觉得他面前出现了奇迹,但他的右倾思想使他对这些奇迹还有些疑问:"这是红薯秧、玉米皮做的？"

"你不信？"杨文秀拿起一块"一口酥",送到李铜钟嘴上,说:"我请你吃饭,不收粮票,好就好在不收粮票。"

李铜钟掰下一块,细细品尝着。味觉告诉他,虽说有点发涩,可也没有太大的怪味;触觉告诉他,虽说有点硌牙,却也咽得下去;听觉告诉他,嚼起来沙沙作响,可这是玉米皮做的哩,能跟"八五粉"比吗？他在懊恼,玉米皮不该铡碎垫圈。按照杨文秀的指点,李铜钟品尝了每一种代食品。他觉得,那种"扯不断"淀粉粉条更接近粮食的味道,暗暗庆幸三个队的红薯秧还保存完好。

"铜钟同志,"杨文秀郑重地说,"李家寨的唯一出路,就是大搞代食品。抓住这一着,一盘死棋就下活了。"他发觉李铜钟脸上还蒙着疑云,又说:"这没有什么神秘嘛,不外乎把玉米皮、红薯秧煮煮、碾碾、沤沤、蒸蒸,起一点化学变化就是了。"最后,他加重语气说:"眼下的精神还是反右倾,要彻底打破在缺粮问题上无能为力、无所作为的懒汉懦夫思想,迅速开展大搞代食品的群众运动。铜钟,事实证明,反右倾可以反出粮食,反出吃的,灵得很!"

李铜钟没有注意这个意味深长的警句,他完全被这些奇妙的代食品吸引住了,他要求说:"最好请先进队派人到俺李家寨指导指导,叫俺明天就吃上这'一口酥'。"

杨文秀指着柳树拐大队党支部书记说:"石头,包给你了。"

刘石头跟李铜钟是老伙计,去年秋天,他俩都骑过"乌龟",住过公社小楼。刘石头满口答应:"没问题,包你一学就会。"

"那咱眼下就细说细说。"李铜钟拉着刘石头,走出会议室,钻进了书记屋。他掏出小本儿,拧下钢笔帽,说:"俺队红薯秧还不少,你先说说红薯秧咋着做粉条?"

刘石头瞪他一眼,说:"咋做?用粉芡做呗!"

"红薯秧也能做粉芡?"

"咋不能?如今兴坑人。不光红薯秧能做粉芡,猪毛也能炸丸子。这叫化学!"

李铜钟觉得一瓢冷水从他头顶泼下来,但他还抱着一线希望,问道:"那'一口酥'?"

"掺了一半玉米面。"

"那'将军盔'?"

"人吃了没一点益处,落个牲口没草吃。"

全部希望顿时化为灰烟。李铜钟好像受到谁的捉弄似的,愤懑地站了起来。他忽然想起,那年他病倒在逃荒路上,昏过去了,不知是谁用星星草捅他的鼻子,叫他打了三个喷嚏。

"杨书记知道底细吗?"铜钟问石头。

"敢叫他知道?"

"石头哥,你也学会哄人啦?"

"不哄他,他尅咱;哄哄他,他舒坦。啥法儿哩!"

"石头,咱共产党不能这样胡来!"

刘石头把脸仰到李铜钟眼皮底下,说:"你看看,兄弟,你看看,我刘石头像那号说瞎话的人不像?可我是属鼠的,听俺娘说,我生下来就胆小,十五岁那年,俺哥、俺姐架住我,我才敢看看死蛤蟆。打从年前咱俩住了公社小楼,我就落下个心跳的病,一见杨书记,心里就'咚咚咚咚',跟敲鼓一样。你没听人说?不怕苦,不怕累,就怕公社小楼上'背靠背'。我算叫反右倾反怕了。"

李铜钟拉下棉帽耳朵,不愿再听下去。他很想痛哭一场,而终于没有哭出来。

公社大门外,响起了热闹的唢呐声和锣鼓声。杨文秀和椿树坪、竹竿园大队干部,还有十里铺的几个吹鼓手,站在一部"热特"拖拉机的大拖斗上,带着神奇的食品,去县委报喜了。

李铜钟忽地抓住刘石头的衣襟,推搡着他说:"石头哥,你去赶上他们,抓住他们,趴下磕个头说,咱都改了吧,我往后再不说瞎话,你们也别再逼着我说瞎话,我求求你,求求你,看在毛主席他老人家的面上,咱都改了吧,改了吧!"

刘石头吃惊地望着铜钟,突然蹲地上,捂住脸哭起来。

七 血红的指印

就这样回去,把绝望带给李家寨吗?李铜钟像一头愤怒而疲惫的狮子,在公社门口的雪地里徘徊。他似乎看见四百多双饿得发黄的眼睛,眼巴巴盯着李家寨东南的赶集路,他们的瘸腿支书将从这条路上回来,给他们带回吃的,而瘸腿支书要对他们说:"乡亲们,咱忍饥受饿,因为咱是傻子,不懂化学。……"

李铜钟啊,在社员们十天没吃一粒粮食籽儿以后,你还有什么办法使他们免于死亡呢?你能叫麦苗儿今天夜里就起茔儿、明天清早就扬花儿、不到晌午就结籽儿吗?你能叫"反瞒产"反走的十万斤粮食长上腿,回到李家寨吗?你能对社员们说,民国三十一年的经验证明,北山裤裆沟里的白甘土可以当粮食吃吗?要不,你就狠狠心,说,乡亲们啊,可怜我这个一条腿的人没能耐,挑不动这副担子,请大家拄上打狗棍,自谋生路去吧。然后,你就把一级残废证装到玻璃框里,用竹竿儿举着,领着婆娘、娃娃,去荣誉军人休养所要碗饭吃吧。

不能,不能,不能哩。要是世界上没有饥饿和寒冷,还要共产党做啥?共产党员李铜钟啊,你跑到鸭绿江那厢打狼,你瘸着一条腿回家,难道是为了在乡亲们最需要你的时候抛开他们吗?支部书记李铜钟啊,你这一辈子能有几回像今天这样检查你对人民的忠诚,考验你的党性啊!

李铜钟的胸膛里燃起了一场大火。只有那条必然给他带来严重后果而又不能不走的道路好走了。这条路走得通吗?他不知道,但他大步颠拐着,向西山脚下的靠山店粮站走去了。

在粮站里,一个一条胳膊的中年汉子,正爬在梯子上,用胳肢窝夹着扫帚把,用一只手挥动扫帚,清扫着库房上的积雪。他的动作是那样熟练,好像使用扫帚本来就是一只手的工作,而且必须用左手。

这是李铜钟的战友——粮站主任朱老庆。在朝鲜大水洞消灭美军二师三十八团的战斗中,他俩一个折了胳膊,一个断了腿。断了腿的给折了胳膊的包扎了伤口,折了胳膊的把断了腿的背到了急救站。后来,他们一起回国,进了荣誉军人休养所,又同样因为过不惯请吃坐穿的日子,一个复员务农,一个转业到了粮站。

"你好啊,司务长。"李铜钟站在梯子下面喊叫,用的是部队里的称呼。

一张发黄的长满黑胡楂子的脸庞从梯子上扭过来:"咦,是二班长,啥风把你吹来啦?"

"报告司务长,我来要饭吃。"李铜钟的表情是严肃的,毫无开玩笑的意思。

"你是说?……"

"我是说借点粮食。"

"这算啥话?借,借!"朱老庆摇着脑袋,从梯子上爬了下来。他发觉铜钟好像害着一场大病,只有他的眼睛还在闪耀着火一样的光亮。"铜钟啊,你朱大哥知道,农村口粮紧张,好赖我还穿着这四个兜的衣裳,旱涝保收,一个月少不了二十九斤口粮。一块窝窝,咱一掰两瓣儿。可你说啥?借,借!"他慢吞吞地说着,把铜钟领进了他的办公室兼住室,又慢吞吞走到煤火台后边,从一个木箱子里掂出半布袋面,搁到桌子上,用命令的口气说:"掂去。"

"这不够。"李铜钟推开面布袋,"我是说,借你这大仓里的粮食,五万斤。"

像火烧屁股一样,朱老庆"噌"地站起来,直愣愣地盯着李铜钟:"你说啥?"

"仓库里的粮食,借给我五万斤。"一个字就是一颗炸弹。

朱老庆又"通"地坐在椅子上。他已经知道自己的耳朵没有毛病,关紧屋门,说:"铜钟,你是神经上出了毛病了?咱粮站可没有这规矩。"

"这我知道。"李铜钟把棉帽摔到桌子上,"老朱,李家寨四百九十多口,断粮十天了,靠清水煮萝卜保命。党把这四百多口交给我,我不能眼睁睁看着大家等死!"

"啊!……"朱老庆瞪眼望着铜钟,呆住了。

"要是李家寨都是懒虫,把地种荒了,那我就领着这四百九十多口,坐到北山脊上,张大嘴喝西北风去,那活该!可俺李家寨,都是那号最能受苦受累的'受家',谁个手上没有铜钱厚的老茧,谁个没有起早贪黑的跃进?他们侍候庄稼,就跟当娘的打扮他们的小闺女一样。我不是夸他们,自从土改到现在,穷乡亲们一个心眼扑在社会主义上,一滴汗水摔八瓣儿,一步一个深坑儿走过来,把山旮旯变成粮食囤儿,年年赶着大车,往你这仓库里送了几百万斤粮食。去年年景不好,大家还想着把细粮卖给国家,都是一等一的碧玛一号。可有人'反瞒产'反红了眼,把李家寨的口粮也挖走了。"李铜钟忽然站起来,指着窗外的库房,大声说:"就在那儿,就在那儿,那儿装着李家寨的口粮!"

"啊……"朱老庆瞪眼望着库房,小声惊叫着。

"打老日,打老蒋,抗美援朝,乡亲们把咱俩这样的苦孩子,牵马戴花交给党,去跟反动派拼命,咱俩回来了,可有不少好同志,回不来了。如今,我眼睁睁看着他们的爹妈饿躺在床上,说:给我拽一把套子,叫我啃啃……啃啃……"李铜钟发出了抑制不住的哽咽声,但他很快又控制了自己,逼视着朱老庆说:"老朱,你说,你是借不借?"

朱老庆毫无表情地回答:"我不借!"不知为什么,两滴眼泪却顺着他的鼻梁淌下来,挂在胡子上。然而,他的声音是无情的:"这是国家的粮食,保护它,像保护生命一样,是我的职责。"

"老朱,把麻绳给我。"

"你要干啥?"

"我要把你捆起来!"

两个战友虎视眈眈地对峙着。火光、炽烈的火光,在那双黑沉沉的眼睛里燃烧着、跳跃着。"老朱,我要的不是粮食,那是党疼爱人民的心胸,是党跟咱鱼水难分的深情,是党老老实实、不吹不骗的传统。庄稼人想它、念它、等它、盼它,把眼都盼出血来了,可你……"李铜钟眼前一黑,觉得天旋地转,高大的身躯猝然倒了下去。朱老庆急忙迎上去,紧紧地抱住他,失声喊叫:"二班长,二班长!……"

只有一条胳膊的,把只有一条腿的拖到床上。那个一条腿的,吃力地睁开眼睛,嘴唇翕动着,衰弱而又固执地说:"借给我,我还,我还……"

朱老庆用开水泡了一碗饼干,一勺一勺地喂着铜钟,嗓音沙哑地说:"铜钟,向上级反映吧,咱俩这缺胳膊少腿的厮跟上。"

"反映了,老朱哥。"

"怎么说?"

"上级说,玉米皮、红薯秧会变成粮食,叫那饿了十天的人,吃这……吃这'化学'。"

朱老庆沉声不吭了。他从兜里摸出来一根一扎长的玉石嘴旱烟袋,坐在小板凳上,一袋接一袋地抽着。他觉得心里发冷,连说话的声音也哆嗦起来。"这仓库经我手管理,还没有出过岔子。我消灭老鼠,就跟打鬼子一样。为的啥?为这是庄稼人的血汗,国家的命脉。……经我手,收你们李家寨的粮食,不下几百万斤,可我不知,李家寨在忍饥。……"朱老庆不善辞令,尤其在这心乱如麻的时候,很难听出他下的是什么决心。"这仓库里倒是有十几万斤粮食,要不是大雪封山,早叫调运走了。西仓库,五万斤玉米,一色的'金皇后',雪前翻晒过。今儿晚上,月黑头,仓库后门,虚掩着,是你这个一条胳膊的朱大哥值班。"他突然咳嗽起来。"我的肺不老好,不老好。"

李铜钟听懂了,生命的活力立刻回到了他的身上,他翻身下床,说:"老朱哥,给我一张纸,我得写个借条。"

"没用,没用。"朱老庆摇摇脑袋,又指指心窝,"反正,我这儿,有数。"

李铜钟在桌上找到一张信纸,拧开笔帽,寻思着。他想写上李家寨的难处,写上他多次向上级反映情况的经过,写上百十口浮肿病号离死亡的门槛只有一指远了,但心里千头万绪,不知道该从哪里下笔。最后只写了这样几句话:

……春荒严重,断粮十天。社员群众,忍饥受寒。粮站借粮,生死攸关。违犯国法,一人承担。救命玉米,来年归还。

今借到靠山店粮站玉米伍万斤整。

　　　　　李家寨大队共产党员李铜钟

　　　　　　　　　　　　　　　　　　　1960年2月7日

　　朱老庆戴上老花眼镜看了借条，从袄兜里掏出钢笔，在"一人承担"的"一"上添了一道，又在李铜钟名字底下写上一行歪歪扭扭的大字："靠山店粮站共产党员朱老庆。"他好像遗忘了什么，想了想，又郑重地打开印盒，用指头蘸了印色，在他名字底下按了一个血红的指印。

　　李铜钟感激地望着战友，不吭声咬破了食指。

　　"铜钟，你？……"

　　"我用这，我用这。"

　　李铜钟把食指按了下去。

　　"夜里十一点。"朱老庆说着，把两包饼干塞到铜钟的大衣兜里。

八 "不敢吃！"

　　黄昏后，李铜钟回到了李家寨。当他通知各队准备车辆、磨坊管理员准备开磨的时候，每一座农舍里都点亮了灯，好消息像插了翅膀似的，霎时间传遍全村："统销粮下来啦！"

　　"婶，婶，"李铜钟喊叫着，从半截院墙上把手伸过去，往老杠婶手里塞了两包东西，说："叫俺叔先嚼嚼这，赶明兴能吃上一顿饱饭。"没等老杠婶看清是啥东西，铜钟就转回身向大队部走去了。

　　不知是两包饼干还是来了统销粮的消息，把老杠叔从死亡门槛上拉了回来。"甭哭了，"他对老伴说，"这一回俺真不走了，俺算着咱还有十年以上的阳寿。"他摸索着下了床，看见隔壁大队部的马灯亮了，就掂根棍拄着，不顾老伴的阻拦，捏着系在腰带上的钥匙，说："我去听听会，我活着就得为社员们跑腿儿。"说着，一摇三晃地出了门。

　　大队部正在开会。当老杠叔悄悄坐在门外那块槐树疙瘩上的时候，正赶上铜钟讲"借粮"经过。队干部惊呆了，老杠叔在门外也惊呆了。他想着这粮食的来路，想着铜钟这个支书当得老不容易，鼻子一酸，忍不住哭起来。

　　"谁？"崔文从门里伸出脑袋。

　　"是我。"老杠叔埋怨自己不该惊动队委开会，拄着棍，想站起来，可他来时那股心劲没有了。

　　崔文扶起他，说："进屋吧，你一个人在这儿难受啥哩？"

　　老杠叔抹着泪说："我想着，当个人老不容易。"

　　大家把老杠叔扶到崔文平常睡在那里守电话的小床上，又各就各位，沉声不响了。

打破沉默的是老杠叔。"铜钟,咱就是饿死,也不能吃这粮食。……咱李家寨没做过违法的事……你们在党的在党,在团的在团,不在党、不在团的……也都是共产党的基本群众……咱饿死也不能动公仓。"老杠叔看看大家,又说:"五一年,毛主席在北京瞅见咱衣裳单薄,怕冻住咱,一入冬就发下寒衣……经如今田县委的手,给我发了这棉裤。"他用指头捣着棉裤,说:"就它,就它。……饿得心慌了,我就看看棉裤,心想,……毛主席不叫咱冻着……就不会叫咱饿着。……兴是年前风老大,电话线刮断了……上头跟底下断了线……等两天,再等两天,等电话线接上。……"

灯光照不到的地方,有人抽噎着,擤着鼻子。

"那就缓两天。"一队队长李荒年往鞋底上磕着烟锅,说:"不能叫铜钟为咱担恁大责任。"

"我发言。"这是张双喜。好多天了,他觉得没脸见乡亲,一头缩在家里不出来,开会时也蹲在黑影里,眼下却从墙角站起来,说:"老杠叔,荒年哥,趁咱眼下还能鼓拥动,快把粮食背回来吧。再等两天,就是给咱粮食,怕咱也鼓拥不动,背不回来了。李家寨四百多口,就是饿坏一口,也是咱一辈子赎不完的罪。往后,要是铜钟有个三长两短,我……"他挥挥手,停下来,等鼻子里冲上来的像吃了生葱一样的气味过去以后,才哑着嗓子说:"蹲黑屋、过大堂、上劳改队,再大磨难,我张双喜替他。"

窗外有人喊叫:"荒年叔,咱队牲口不济事,卧那儿不起来。"这是一队鞭把二愣的声音。

"荒年叔,你听听,"会计崔文已经打定主意,"不光人不能等了,牲口也不能等了。我看这粮食非吃不可,天塌下来,咱队委一块顶着。"

队委们都站起来,说:"就这,就这。"

李铜钟最后说了话:"老杠叔,我知罪,你就原谅你侄儿这一回。眼下借点粮食,保人保畜;来日多打粮食,支援国家,兴能把我这罪过赎回来。抓紧准备吧,等会儿在西寨门外集合。"他想了想,又说:"大队去我一个人就行了,双喜哥、崔文兄弟都留在村里照应。"

散会了。人们带着紧张和宽慰交织一起的心情离开了大队部。

不知是谁家窗纸上映着人影,喊声里夹杂着哭声:"他爹,你醒醒……醒醒,救命粮下来啦!"

九 饲养室里

在三队饲养室,李套老汉已经把两头辕骡和四头帮梢牲口交给了鞭把,正满心欢喜地向他那些拴在槽上的臣民们宣布:"统销粮来了,你们熬过来了,熬过来了!"

铜钟、小宽跟一队鞭把二愣,掀开棉门帘走进来。

小宽向铜钟使个眼色,说:"套叔,你看,一队社员来向你'取经'。"

李套老汉从槽前勾回头,说:"咦,还没吃上一顿饱饭,可又'取经'哩!"他对风行一时的"取经"很有点信不过。

二愣说:"灾荒年景,俺一队见你喂那牲口老壮实,把大车又套上了,不知你用的啥仙法儿。可俺队牲口不争气,凑合着只能派出去一辆车。大家叫我问问套叔,你这牲口是咋喂的?"

"咋喂的?"李套老汉心里像三伏天用小扇子扇着。"牲口不会说话,全靠人替它操心。"他看看儿子和小宽,"实话实说,我给你们当干部的守了点密。秋后,我看粮食紧缺,天天省下几把料。"他掀开草垛,露出几个料布袋,说:"这不,到如今,这群吃材虽说料不足,可没断过顿。啥经?就这。"

小宽说:"咦,你对俺铜钟哥也守密?"

李套瞟儿子一眼,说:"他牲口都舍得吃,能不吃我这牲口料?"他想起了"花狸虎",可怜它没能熬到今天,心里又难过起来。"可也难怪你们。我是喂牲口的,是把牲口看得高些儿。社会主义是辆车,全靠大骡子大马拉着跑哩!"

李铜钟感激地望着老爹,他想起,食堂里还能打来一瓢稀饭的时候,爹时常等送饭的媳妇走后,把稀饭倒在牲口槽里。

小宽看时机成熟了,笑着说:"套叔,眼看要去拉粮食,可一队牲口有困难……"

李套心里一沉:"你是说,要使俺这牲口?"

"套叔,俺队社员说,不使套叔喂的牲口,粮食就别想拉回来。"

二愣嘴上像抹了蜜。

李套老汉坐在草垛上,想了足足一袋烟的工夫,才开腔说:"我能眼看着粮食拉不回来!可我这牲口也不是老硬邦,这四川马跟那青骡子,勉强能驾辕。既然你们当干部的事先拍了板儿,我一个喂牲口的还能挡车?"

没等李套老汉说完,二愣就去槽上解缰绳。

"等等!"李套老汉用烟袋锅点着二愣的鼻子,说:"你们那帮梢牲口可得硬梆点,你们当鞭把的不能鞭打快牲口。"

"套叔,你看看,"二愣掀开棉袄襟子,指着肋条说:"就是叫我甩扎鞭,你侄儿我也没那力气了。"

李套郑重地看看他那二九一十八根肋条,那确实是二九一十八个可靠的保证。他终于解下了缰绳。

小宽、二愣把牲口牵走后,李套老汉又叫住儿子,说:"听说粮食不算少,可你记住给社员讲讲,囤底儿省,不如囤尖儿省;能吃半顿,不叫断顿;不能有了狠,没了忍。"老汉又心疼地打量着儿子,"这些天,难为你了。等粮食拉回来……"他指着儿子的假腿,"叫它好好歇歇,是根拐棍儿也不能整天拄着。"

"中,爹,等粮食拉回来……"铜钟想起了什么,神色怆然说:"我跟它都歇。"

"是这话。为群众跑腿儿,天还长哩。"爹说着,背着手,向槽前走去。

十　寨门外的呼喊

西寨门外大路上,摆着大小车辆。由基干民兵组成的运粮队,在一人吃了两碗萝卜熬白菜以后,已经排好队站在寨门洞里。

李铜钟向大家约法三章:第一,要遵守纪律,到了粮站,是给咱的咱拿走,不是给咱的,一粒粮食籽儿也不能拿;第二,不要坐车,叫牲口留着气力拉粮食;第三,黑更半夜的,不要惊动四邻八家。

在积雪映照着的靠山公路上,人马出发了。

"你坐上,你那腿不得劲。"有人在铜钟耳边说话。这是张双喜。

"你不该来。"

李铜钟有点生气。

"我陪你,到天边儿,我也陪你。"

"咱队委……都陪你。"这是崔文的声音。

星光下,李铜钟看见十几个人影,无声地簇拥着、跟随着他。他不满地叹了口气,颠拐然而坚定地向粮站走去。

"不能去呀,不能去呀!"寨门里,传来老杠叔嘶哑的哭喊声。他跌跌撞撞地奔出寨门,跌倒在路旁的积雪里,但他扒着、爬着、喊叫着:"孩儿们,回来呀,咱饿死也不能动公仓……"

一阵山风卷走了老杠叔的呼唤。

李铜钟头也不回地走着。他觉得有一条小虫子从他眼角里爬出来,那是一滴只有在人们看不见的时候才让它流出来的共产党员的眼泪。

大路上,没有人声,只有"嘚嘚"的马蹄声。

十一　"毛主席,请您老人家原谅……"

沉默多天后,李家寨的三座磨屋里又响起了轰隆轰隆的磨面声。磨屋前都排着长长的队。按照连夜分配到户的口粮指标,每户先领一天的面,让全村人赶紧吃上一顿饱饭,然后随磨随领。

石磨在轰鸣,老杠叔却在叹息。小宽从西寨门外把他背回来以后,他就躺在床上,陷入无法解脱的矛盾中。咋办好哩?违法粮吃不得;不吃违法粮,眼看要饿死人啦!你活了六十多,土拥住脖子了,闭住嘴不吃这违法粮,当个干干净净不犯法的鬼去。可全村四五百口,都叫跟着你,啃那墓坑里的土?

但是，在大多数十天没吃一粒粮食籽儿的庄稼人看来，对于他们必不可少的肠胃蠕动和衰弱到极限的身体来说，违法粮跟合法粮没有任何区别，或者可以说是同样的"老好"。营养学家可以作证，玉米，无论是违法的还是合法的，它所包含的蛋白、淀粉和含热量完全相同。

正是这缘故，磨屋前才排着长长的队，一张张浮肿的面容上已经露出宽慰的微笑，一双双昏黄的眼睛里都在闪耀着生命的光芒了。就连老杠叔的百依百顺的老伴，也好像完全不明了老杠的心思，已经以烈属的身份站在领面行列的第一名了。

违法粮同时又是救命粮，这种精神和物质的分裂，使得老杠叔越想越糊涂了。而这时，崔文在门外喊叫："老杠叔，磨屋里堆不下恁些粮食，还得用用食堂库房，小队保管立等你开锁！"

老杠叔必须马上决定对这批违法粮的态度了。他"吭吭"地咳嗽着，不知道怎样回答才好。

"老杠叔，我在一队等你。"崔文忙得脚不沾地，没进屋就走了。

咋办好啊？法律与营养的矛盾逼得老杠叔无路可走了。他从床上爬下来，站起，又坐下；走两步，又返回来，最后，才想起什么，摸摸索索点着了灯，举在手里，照亮了墙上的毛主席像。两行热泪"噗嗒嗒"地响着，滴在土改时分的那张八仙桌上。"毛主席，您老人家就原谅俺一回……"他抽泣着、哽咽着，"咱李家寨的干部都是正经庄稼人，没偷过，没抢过……铜钟是俺从小看大的，去朝鲜国打过仗，是您教育多年的孩子。……俺吃这粮食，实在是没有法子……"老杠叔不可遏止地痛哭失声了，他丢下油灯，匍匐在地上说："毛主席……当个人老不容易！您就原谅……原谅吧！"老杠叔像孩子一样"呜呜"地哭着，尽情地哭着，好久，才抬起苍白的头，透过朦胧的泪水，望见毛主席慈祥地向他微笑。他好像终于得到了宽宥，哆哆嗦嗦地擦去眼泪，吹灭了灯。

在夜色笼罩的村巷里，老杠叔拄着棍，颤巍巍地走着。

"原谅……原谅……"伴随着钥匙的叮当声。

十二　三口大锅

整个村寨都沉浸在喜悦的气氛里。李铜钟和他的假腿，却一个躺在床上，一个躺在床下，酣甜地睡熟了。

只是在平安地拉回粮食、磨屋里响起轰鸣声、社员们开始把黄澄澄的玉米面掂回家里的时候，李铜钟才忽然感到那样衰弱和疲累，多天来一直在右肋下折磨着他的疼痛，断腿骨朵上磨出的新的伤口，都忽然变得那样难于忍受了。他感到必须睡一个好觉，才能有足够的精力，让那条假腿把他带到县公安局"投案自首"。

翠英跟社员们一样，还不知道这批粮食的秘密。她喜气洋洋地和婶子、大娘们厮跟着,领口粮去了。为了让男人睡个好觉,她把囤儿送到饲养室,交给了公爹。恬静的小屋里,只有铜钟在说着梦话:"是我……我是李铜钟……"

铜钟醒来时,已经过响午了。屋子里弥漫着白茫茫的水蒸气,荡漾着玉米面馍的甜香。翠英却坐在灶边,悄悄地擦着眼角。

"翠英,你?……"

翠英把几个玉米面馍、一大碗黄糊涂端到床头桌上,说:"全村人都吃了一顿饱饭,就剩你了。"她说着,把脸偏到一旁。

"翠英,你哭了?"

"吃你的吧。"翠英避开了铜钟的眼睛。"煤火不老好,我加了把柴火,烟熏住眼了。"

是哩,庄户人家有了粮食,喜欢还来不及呢,哪有哭的道理!

铜钟拿起馍,大口大口地嚼起来。"好吃,好吃!"他连声称赞:"你做的糠吃着也香,这可是成色十足的玉米面。"

翠英悲伤地瞟他一眼,又低下头,把两块玉米面馍用手巾兜着,又用勺子刮着锅底,舀了半瓦罐黄糊涂,掂着出了门。

"翠英,才给咱爹送饭?"

"爹吃了,囤儿也吃了。"

"那你是往哪儿掂?"

"别问了,你吃一顿安生饭吧。"

"谁家出啥事啦?"铜钟在找他的假腿。

翠英停下脚步,眼圈红了,"我去寨外拾柴火,碰见一个逃荒的……"

"逃荒的?"铜钟心里一沉。他明白,他这个逃荒逃到李家寨的屋里人,老爹是饿死在寨壕里的,她懂得逃荒的艰难,忙推开碗说:"那你快送去。"

翠英刚出屋门,铜钟就套上了假腿。

铜钟来到西寨门时,只见一个花白胡子老汉,抱着一根棍,倚着铺盖卷儿,歪倒在寨门洞里。翠英正一口一口地给老汉喂饭。老汉身边围着一圈社员,正把一块块刚蒸好的黄面馍塞到老汉的破竹篮里。老汉已经缓过劲来,直起身子说:"谢谢,谢谢!"

铜钟问:"大爷,你是哪村的?"

"柳树拐。"

李铜钟想起了刘石头和他的"一口酥",拿定主意说:"大爷,不要走了,我给你挖点粮食,送你回去。"

"多谢了。"老汉用棍指指寨门外,说:"俺后头还有上百口子,不能都麻烦你。"

铜钟走到寨门外。他看见一个无声的人群正在北山脚下缓缓移动着。有人背着铺盖,有人挎着篮子,顶着刺骨的寒风,踏着积雪的山路,移动着,吃力地移动着。

走在前头的那个人,肩上挎着铺盖卷儿,手里掂着一个小广播筒,不时地勾回头,把广播筒扣在嘴上喊叫:"不敢掉队,不敢掉队!"

"石头!"铜钟喊叫那个领头的。

刘石头装着没听见,低着头,不看他。

铜钟迎上去,把石头拉到路边,说:"你这个支书,领着社员上哪儿去?"

刘石头没好气地说:"你就别叫我支书,你就叫我要饭头。支部决定了,出外逃荒,也得书记挂帅。"他瞥铜钟一眼,忽地把帽子抹下来,像碗一样捧在手里,行着鞠躬礼,说:"行行好,行行好,同志,您就留一口,留一口,留个碗底儿叫俺舔舔,叫俺这种粮食的人舔舔……舔舔……"刘石头学说着,不由得眼圈红了。

李铜钟一把抓过帽子,给他戴在头上,说:"咱说正经话,你们在这儿避避风,李家寨送你们一人两碗稠糊涂。"

"咦咦,你那粮食不敢吃!"

"为啥?"

"吃了会吓死俺!"石头又朝铜钟瞥了一眼,说:"你们会计的媳妇是俺村闺女,今儿清早,她据回去一手巾兜玉米面,她说……"石头用胳膊肘碰碰铜钟:"老弟你打过仗,胆大!"

铜钟说:"不管咋说,这两碗黄糊涂,你们非喝不可!"

石头说:"椿树坪、竹竿园也有一二百口逃荒的,一会儿就过来,你管得起?你不知,眼下趁公社干部都在县里开会,光咱十里铺公社,就有几千口人去卧龙坡扒车。"

李铜钟心里乱了。他在想,李家寨的人不挨饿了,可还有多少柳树拐、椿树坪啊!

转眼到了寨门口。李铜钟抓过来刘石头的广播筒,对柳树拐的逃荒社员说:"婶子、大娘、大叔、大伯们,你们路过俺李家寨,李家寨也没啥送你们,就在这寨门洞里避避风,给大家熬几锅黄糊涂,喝了再走。"他把广播筒还给刘石头,就一颠一拐地朝寨子里奔去了。

村巷里,才吃了一顿饱饭的庄稼人商议着:"一人省下二两,送送咱那逃荒的乡邻吧!"

就这样,李家寨西门外支起了三口大锅。锅里煮着稠玉米糁,勺子搅不动,筷子挑得起,一人两大碗,送走了柳树拐、椿树坪、竹竿园的逃荒社员。

天黑了。走风口吹来的寒风,猛烈地摇落了树上的积雪,天黑得像倒扣着的染缸一样。不知是什么时候又开始下雪了。鹅毛雪片在风中狂舞,淹没了逃荒的人群。

据喇叭碗里的气象预报:今夜大雪,北风七级,最低温度零下十五度。想着那个小车站上的逃荒社员,李铜钟心里结冰了。

十三　首犯是这样落网的

李铜钟回到寨子里,天已经黑透了。

他刚走进西寨门,会计崔文就失魂落魄地跑过来,往寨门外推着他,说:"跑吧,快跑,公安局来人啦!……"

李铜钟平静地问:"面都分下去啦?"

崔文把一小包钱和粮票塞到铜钟的大衣兜里,推着他说:"你就别管啦,跑吧,俺替你打官司。"

李铜钟好不容易才从崔文手里挣脱出来,照旧用那颠拐着的大步,朝寨子里走去。

迎面一阵脚步声,三个人影急速地跑过来。

李铜钟迎上去,问道:"同志,是找李铜钟?"

"他在哪儿?"

"在这儿。"李铜钟用指头点着自己的胸口说:"他在这儿。"

三个人全怔住了。这是公安局刑警队的同志。他们没有料到,那个"哄抢国家粮食仓库的首犯",竟是这样平静甚至是友好地自投法网了。

手电的强光照射在李铜钟的脸上,他们看见了一张憔悴然而表情纯正的脸庞。在他眯细着的眼缝里,闪动着镇静、和善的目光。

一张纸像一张苍白的没有表情的脸,在李铜钟面前晃动。

"这是逮捕证。"

"手!"

李铜钟顺从地伸出双手。当一个冰冷坚硬的物件箍在他手腕上的时候,他对那个软瘫在寨墙底下的大队会计说:"记住给双喜哥说,种子得留够……"

村巷里传来了嘈杂的人声。李铜钟微微皱起眉头,朝西寨门仰仰下巴颏,对公安局的同志说:"从这儿走吧,这条路清静。"

他领头走进了寨门洞。

"不能抓他,不能抓他!"张双喜像疯了一样跑过来,喊叫着:"我替他,我替他!"

社员们从各条村巷里奔出,汇成一股人流,像潮水一样涌过来,伴随着惊慌的哭叫和凄厉的呼喊。

"俺们保他,俺们保他!"

"李家寨不能没有他呀!"

刑警队的同志吃惊地怔住了,但他们很快就清醒过来,用身体堵住了寨门洞。刑警队长喊叫着:"社员同志们,我们是奉命办案,有意见可向法院反映,不要乱,不要乱,警惕坏人破坏!"

人流还在向寨门洞里拥着,囤儿爬在小宽肩膀上喊叫:"爹,爹呀!……"

李铜钟转回身向人群走去,人们忽然肃静下来。

"回去吧,乡亲们。"像是拉家常一样,犯人李铜钟发表着他的告别演说,"都回去吧,下着雪,怪冷的。公安局的同志是依法办案,咱得遵守章程,不能给同志们添麻烦,对不对?党、团员带个头,队委们带个头,把上岁数的搀回去,好好养养身子,不误春耕大忙。

我去向上级汇报汇报,过些时兴能回来,兴能赶上种秋。……"

人们顺从地站在寨门口,一动不动了。只有眼泪从那一张张瘦削的脸庞上淌下来。

李铜钟看见妻子翠英直愣愣地盯着他,在人群里朝前挤着、挤着,突然闭上眼,歪倒在李四婶的肩头上。

"唉唉唉唉……"老杠叔头撞着寨墙哭叫,"老天爷,这是咋啦?咋啦?……"

雪花在北风中狂舞。风雪路上响起了那条假腿"咯吱、咯吱"的声音。望着黑魆魆的走风口,李铜钟想起了卧龙坡车站,他的心冷到了冰点以下。

十四　胁从犯与县委书记

没等李铜钟自动投案,事情就这样发生了。

这天上午,县粮食局调运靠山店粮站十万斤粮食的时候,朱老庆把五万斤粮食装上汽车,而把五万斤粮食的借条交给了县粮食局局长。然后,他刮了胡子,穿上那套发白的旧军衣,扣上风纪扣,把军帽戴到眉上二指远的地方,又把空袖筒塞到衣兜里,好像准备去参加一个隆重的宴会。

印着两个血红指印的"借条",已经送到县委书记田振山的手里。田振山简直不敢相信自己的眼睛。他盯着李铜钟的名字,想起了土改时那个带头参军的民兵队长,想起他复员时怎样跛着一条假腿来县委看他,接着又从李家寨传来李铜钟带头办社、开山引水的消息。这两年,他不仅没有再看到过李铜钟,跟公社以下的干部也都很少见面了。有什么法子呢?一年只有三百六十五天,而去年一年他就开了二百九十四天会,只开半晌的小会还没有统计在内。有什么法子呢?样样工作都要书记挂帅啊!当他听说有人叫他"开会书记"的时候,他苦笑了,是嘛,"国民党的税,共产党的会"嘛!有什么法子呢?当他难能可贵地抽出时间下乡跑跑的时候,只好是"下去一条线,沿着公路转,隔着玻璃看,公社吃顿饭"了。没想到,当他跟李铜钟久违、久违的时候,李铜钟的"借条"就这样跑到了他的面前。他头脑里空空洞洞,记忆的仓库里只有李铜钟给他写的那封"告急"信同这个"借条"之间似乎存在着联系,但杨文秀昨天来县委报喜时还特意向他汇报,李家寨的缺粮问题已经妥善而及时地解决了。他还退回了县里从机动粮中拨给十里铺公社的统销粮指标,表示要发扬共产主义风格,支援困难社、队。

"他们就这样无法无天?"田振山摇着"借条",望着县粮食局局长。

"反正,仓库是空了。"

"朱老庆是什么人?平时表现怎么样?"

"残废军人,一条胳膊扔在朝鲜了,管了六年仓库,平时表现……咋说好哩?……就这么说吧,比有两条胳膊的还干得好些。"

"啊?……"

朱老庆被带到县委书记的面前。"穿军装的庄稼人",田振山概括了他对这个胁从犯的第一个印象。胁从犯正局促不安地望着他,立正,用左手行了一个军礼。

田振山让他坐下,摇着"借条"问道:"这是你和李铜钟干的?"

"人是铁,饭是钢,首长。……"朱老庆规规矩矩地立正站着,说:"李家寨断粮十天了,那不假,首长,断粮十天了。"

"断粮十天?这可能吗?"

"李铜钟不会哄人,首长,你要说:二班长李铜钟同志,你去把二五零高地拿下来,控制制高点。他就说:是。你要说:二班长李铜钟同志,你说一句瞎话叫我听听。他就说:报告首长,俺爹还没教过我。"

田振山挑剔而又赞赏地望着这个胁从犯,再次让他坐下,问道:"这么说,你和李铜钟是老关系喽?"

"老关系,老关系。"朱老庆连连点头,"俺两个一块打仗,一块挂彩,一块回国,又一块写了这个条子,首长。"

"你是粮站主任,你懂不懂这是犯法行为?"

"懂,我懂,可人是铁,饭是钢,首长……"朱老庆还想讲一些更深奥的哲理,却始终没能找到。

县委书记站了起来,不无痛苦地说:"一个支部书记,一个粮站主任,竟然……"他选择了一个分量较轻的提法:"竟然擅自动用国家粮食仓库,数量之多也是很惊人的,一个大案件哩!检察院说,这要依法逮捕哩!"

"是哩,是哩,首长。"朱老庆鸡啄米似的点头,表示完全的赞同。当他被带走的时候,还没有忘记立正,用左手行了一个军礼。

十五　李铜钟的供词

根据县委指示,县法院决定当天夜间对哄抢国家粮食仓库首犯李铜钟进行第一次审讯。由于县委书记要参加这次审讯,这就格外增添了这一案件的严重性和神秘色彩。

审讯室里增加了一排椅子。田振山和法院院长、审判长、审判员都已就座。县、社两级干部会上的主角杨文秀,也中断了他那个"大抓代食品试点经验"的总结性发言,来旁听这次审讯。突然发生的案件,完全破坏了这个胜利者正向人们叙说胜利的自我陶醉的心情,他坐在靠近墙角的一把椅子上,好像坐在锋利的耙齿上,陷入极度惊愕和恐惧之中。

"你是昨天下午和李铜钟见面的吗?"田振山继续着他和杨文秀的谈话。

"是的。他很善于伪装,对代食品、特别是对'一口酥',表示很满意、很热心,丝毫没有看出他有犯罪的动机。"

"怪人,怪人!"田振山连连叹息着。

审讯就要开始了。犯人是从李家寨直接带到这里来的。虽然押送他的刑警很怜惜他那条假腿,路过公社时特意找了一台拖拉机让他坐上,但他来到县法院时,还是筋疲力尽了。在他出现在审讯室之前,那长长的水泥走廊里,传来了沉重而缓慢的脚步声:"砰——通,砰——通……"

审讯室的门忽然打开了。高大、憔悴、脸颊上长满黑胡楂子的犯人出现在审判者的面前。他用肩膀抵住门框,喘了口气,疲惫的目光向审讯室巡视一周,落在一把孤零零地放在审判席前的椅子上。他认出那是自己的位置,吃力地走过去,在离椅子还有两步远的时候,就把手伸过去,扶住了椅背,然后把假腿拉过去,调整好搞乱了的脚步,挺了挺身子,准备就座了。就在这时,他看见了县委书记田振山,他怔住了:"田政委?……"他用土改时的称呼小声呢喃着,眼睛里闪耀着惊讶、喜悦的光芒,蓦地伸出那双被铐在一起的大手,呼唤着:"田政委,救救农民吧!"接着,"砰通"一声巨响,他那高大然而瘦削的身躯栽倒在审判席前。

审判者们都被这意外的事件惊呆了。随着桌子和椅子的扭动声,审判者奔向被审判者,内心的剧烈的恸动使田振山把犯人抱在怀里,大声叫喊着:"铜钟,铜钟!……"

李铜钟睁开了布满血丝的眼睛,干裂的嘴唇翕动着:"政委,快去……卧龙坡车站,……快,快……"像是完成了一件神圣的使命,李铜钟恬静地入睡了。

寒风扑打着审讯室的窗口,鹅毛大雪在无声地飘落着。

十六　卧龙坡车站

卧龙坡发生了什么事情?正在研究"食物化学"的县、社干部竟无一人说得清楚。县委决定暂时停止对这一新兴科学的探讨。田振山带领大家,乘车向卧龙坡驰去。

在那个只有两间候车室的小站门口,田振山首先跳下了汽车。他望见,在灯光暗淡的候车室里,在没有烟火的饭棚、茶棚里,在寒风嘶啸的露天站台上,在积雪盈尺的铁道两旁,挤满了等着扒车的逃荒社员。他们有的裹着被子,有的蒙着被单,如同被严寒凝结在那里似的,一动不动地蜷伏着,只有灯光和身上的积雪勾勒出他们的轮廓。

田振山在一座饭棚外边停下脚步,问道:"老乡,你们是往哪里去?"

人们沉默着,在心里思忖,往哪儿去?谁知道哩!哪儿有粮食上哪儿,扒上火车再说。

田振山又走到候车室门口,问道:"老乡,你们是哪个公社的?"

人群沉默着,又在心里数落,逃荒要饭,还打啥公社旗号?老丢人,老丢人!

田振山站在车站门口的灯光下,大声说:"社员同志们,都醒醒,我们是县、社干部,来这里看望大家。……"

沉默的人群开始活动了。在一座小饭棚门旁,刘石头坐在一个倒扣着的箩筐上,从被子里伸出了脑袋。他认出站在车站门口的是县委书记田振山,又连忙缩回脖子,重新裹紧了被子。但是,不知是谁把被子掀开一道缝,小声问:"你是刘石头?"刘石头露出一只眼,朝外边打量,他吃了一惊,原来是杨文秀。抓着被角的手不由自主地松开了,被子滑落在地上,毫无掩盖地把他暴露出来。他慌忙站起来说:"是我,杨书记,是我。"杨文秀紧张而恼怒地瞪他一眼,忽然把他按在箩筐上,又抓起被子,连头带身子把他蒙上了。"娘啊,他想咋样处置我哩?"刘石头蒙着被子,一动也不敢动地坐在箩筐上,心里在"咚咚"地敲鼓。他听见"嚓嚓"的脚步声向他走来,神经就越发紧张了。

"他是谁?"是田振山的声音。

杨文秀干咳着,说:"不认识。"

就在杨文秀说话的同时,刘石头却像安上了弹簧一样,"噌"地站起来,如同一个会活动的粮食布袋,直立在田振山的面前了。紧裹着的被子里发出了胆怯的声音:"俺是刘石头。"

"哦?"田振山问杨文秀:"他是刘石头? 是柳家拐那个刘石头?"

没等杨文秀开口,刘石头就连声回答:"是我,是我。"由于县委书记也竟然知道了他的尊姓大名,使他感到紧张和荣幸,急忙从被子里伸出脑袋说:"田书记,不是俺给咱县抹黑,实因为口粮嫌紧缺些儿,出去几个人,叫留在家的多吃一把米。要都守住家,好比两人盖一床小被子,顾这头顾不住那头。反正,到麦口俺都回来,不误三夏大忙。"

田振山已经觉察到一个使他痛心的问题,但他还要证实一下。

"刘石头同志,你们搞代食品不是很有成绩吗?"

"我检讨,田书记。"刘石头以为田书记掌握了代食品的真情,惊慌地说:"我刘石头活了四十岁,只说过这一回瞎话,我也知,瞎话哄不住肚皮,可就怕搞不成代食品,又犯那右倾的错误。"

田振山痛苦地沉默着,县、社干部们都在痛苦地沉默着。就在今天下午的大会上,他们还算了一笔细账,得出了一个鼓舞人心的数字:全县的红薯秧和玉米皮等于三千万斤粮食!

远方传来火车的吼叫声。田振山感到大地在震颤着,两年多来他赖以做出种种决定的基础在震颤着。那些精确程度达到小数点以下三位数的增产数字,那些几乎是天天送上门来的喜报和震耳欲聋的锣鼓声,那些总是用"九个指头与一个指头"来比喻成绩和缺点的情况汇报,都在这个挤满逃荒社员的小车站上受到无情的检验,像肥皂泡一样破灭了。

田振山取下挂在刘石头胸前的小广播筒,站到那个倒扣着的箩筐上,喊道:"社员同志们,我是县委书记田振山。怪我没有领好,怪我脱离了你们,叫你们一担两筐,顶风冒雪,走上这逃荒路。……"田振山的声音沙哑了。他从箩筐上跳下来,从一个花白胡子老汉身边掂起一个要饭篮,举在手里,说:"现在,我请大家回去,这个要饭篮我要掂回去,把它挂到县委大院里,叫我们好好看看,好好想想,该怎样度过春荒,该怎样叫种粮食的吃上粮食。……"

被严寒和饥饿凝结了的人群已经活动起来,嘈杂然而充满希望的低语声使车站热闹起来了。那个花白胡子老汉正拄着棍,从雪地里站起来,老泪纵横地自言自语着:"中,俺回去,这就回去……"

这时候,杨文秀正蹲在饭棚后边的雪地上。烟卷的火光,映出了一张不住痉挛着、被绝望和恐惧笼罩着的脸。这个人在想:碰上李铜钟那个愣头青,再加上刘石头这个砸锅货,两年的心血算是白费了!

十七　在危急病号室

在县卫生院的危急病号室里,李铜钟安静地躺着,已经三天了。

按照县委指示,县卫生院正在全力抢救李铜钟的生命。由于不再担心一个昏死的犯人行为不端,那个冰冷坚硬的物件也从他手腕上取了下来。但所有这些,都是在"因病保释"的名义下进行的。从法律上看,李铜钟仍然是一个套着锁链的犯人。

李铜钟啊,你知道这三天中间发生了什么事情吗?全县二十几个粮食仓库一齐打开了,由于大雪封山而没有调走的粮食,已经分配到饥寒的山村。炊烟升起了,春天回来了。但是,谁能料到呢?田振山已经在今天下午被撤销了职务,就要到地委接受审查和批判了。一个紧急通报上写着他的罪名:"违反党纪国法,擅自提高本县统销粮指标,盗用粮食库存,破坏统购统销。"田振山感到那样忧伤和歉疚,却不是因为这个通报,而是因为他已经没有能力改变李铜钟、朱老庆的命运了。

去地委以前,田振山来到县卫生院,向李铜钟告别。当他来到病床前的时候,李铜钟睡得正香,不知是沉浸在一个什么样的梦境中,他的浓黑的眉毛微皱着,嘴角却挂着一丝不易觉察的微笑。田振山握着一只冰冷然而结实的大手,小声喊叫着:"铜钟,……"他顿住了,他能对他说些什么呢?

医生小声提醒他:"病人昏迷不醒,他听不见。"

"不,大夫。"这是一个妇女的不住哽咽的声音。

田振山向病房角落里望去,望见翠英和一个男孩儿坐在一条长凳上。他还能认出这是铜钟的妻子、土改时的秧歌队长。男孩儿是陌生的,但他认识那一双深沉而固执的大眼睛。

"三天了,他在等你,叫你。"翠英抽泣着,"他不叫爹,不叫娘,叫你,田政委。你就对他说两句,他,能听见,能!"

田振山的心猛烈地绞痛着,好久,好久,他才从巨大的悲痛中挣脱出来,对那个听不见声音的人说:"铜钟,我叫你等得太久了。可你再等等,再等等,党一定会纠正错误,你等等……"田振山忽然感觉到什么,摇着那只冰冷的手,喊叫起来:"铜钟,铜钟!……"

"铜钟,铜钟!"双喜、崔文和李家寨的社员们齐声喊叫着,拥进了病房。

医生通知大家:"病人的心脏已经停止跳动。"

卫生院院长挤过来,把一份诊断书交给了田振山,上边写着:"过度饥饿和劳累引起严重水肿和黄疸性肝炎。"

李铜钟就这样"走"了。他"走"得如此匆忙,他是属大龙的,年仅三十一岁。

病房里,十家八姓的庄稼人都在恸哭。用脑袋撞着床帮的,是老杠叔。他又在悲痛而困惑地哭问苍天:"老天爷呀,这是咋啦?咋啦?……"

田振山久久地站在李铜钟的遗体前含泪默哀。当他看见那个男孩儿抱着一条假腿,把眼泪滴在假腿上的时候,他悲痛地想着:我们这些两条腿的,不能把路走得更好些吗?

十八　记住吧,人们

吉普车在山区公路上疾驶,田振山的脑海里仍像潮水一样翻腾。

历史是滔滔东去的黄河,而黄河是浑浊的,它夹带着大量的泥沙,需要时间来澄清。十九年够用吗?

田振山想起,就在李铜钟死后不久,大概是老杠叔说的被大风吹断的电话线重新接通的时候,党中央发现了这场严重的饥荒,采取了有力的善后措施。地委也终止了对田振山的审查,要他到一个国营农场当场长去了。但在他的审查结论上写着:"擅自提高本县统销粮指标,未经批准而动用国家粮食库存,这在组织上仍是一个错误。"田振山对此没有疑义。使他感到痛苦的是:那时他听说,人们提出了李铜钟的平反问题,却由于涉及法律,人也做了"古人",就被搁置下来了。同案犯朱老庆虽已释放,但是无罪释放,还是胁从不问,法院未加说明。大概是由于不宜再做粮食保管工作的缘故,有人看见他晃荡着那只空袖筒,叼着一扎长的玉石嘴旱烟袋,忙着为县粮食局的干部经办伙食。至于杨文秀,听说害了精神分裂症,被送到鸡冠山疗养所疗养去了。田振山给他寄过一本书:《怎样做一个好的共产党员》,表示与他共勉,但一直没有收到回信,这是使他感到遗憾的。

现在,李铜钟、朱老庆终于平反了。田振山是否稍许感到一些宽慰呢?他再三琢磨着平反结论上这样的措辞:"虽然李铜钟、朱老庆二同志所采取的方法不利于法制的加强,但是,……"但是,但是!田振山激动地想,还需要制定那样的法律,对于那些吹牛者、迫使他人吹牛者,那些搞高指标、高征购以及用其他手段侵犯农民利益而累教不改者,也应酌情予以法律制裁。是的,他辛酸地想,需要这样的法律。

吉普车吼叫着、颠簸着,爬上了走风口。李家寨——那样亲切又那样陌生的李家寨,就在山洼里静静地躺着。小河一样的人流,正从四面八方向西山坡下汇聚。平反大会就要在那儿举行。田振山的目光落在西山坡一座坟岗堆上,一座被挺拔的苍松翠柏掩映着的坟岗堆上。当他看到庄稼人的供馐和洁白的花圈摆在一起的时候,他的眼睛湿润了。

"记住这历史的一课吧!"田振山在心底呼喊,"战胜敌人需要付出血的代价,战胜自己的谬误也往往需要付出血的代价。活着的人们啊,争取用较少的代价,换取较多的智慧吧!"

(发表于《收获》1980年第1期
获全国首届优秀中篇小说奖一等奖)

远去的驿站

目　　录

卷首篇　胡同里的开封　/39
　　1. 小布尔乔亚的暴动　/39
　　2. 八哥儿的预言　/44
　　3. 夹在书中的女人　/48

一　卷　姥爷家的杞国　/53
　　1. 洋人大笑　/53
　　2. 老姥爷中举　/56
　　3. 骆驼的叹息　/62
　　4. 毛润之先生的弟子来了　/65
　　5. 夺枪　/68
　　6. 日本俘虏　/71
　　7. 跳蚤　/73
　　8. 眼皮不跳了　/77
　　9. 别赋　/81

卷外篇　浪漫的薛姨　/86

二　卷　桑树上的月亮　/95
　　1. 月亮走,我也走　/95
　　2. 公蚕蛾　/98
　　3. 大牤牛与红绣鞋 103
　　4. 起风了　/109
　　5. 卷席筒　/113
　　6. 爷爷的鬼世界　/117
　　7. 试论刘秀称帝与老张家桑园之关系　/121
　　8. 舅爷　/126
　　9. 绝唱　/134

卷外篇　倒推船 /142
　　1. 坟头上的铃铛 /142
　　2. 伊甸园 /144
　　3. 蒙受羞辱的日子 /148

三　卷　关爷庙上的星星 /152
　　1. 三姨的新郎 /152
　　2. 红罂粟 /155
　　3. "打狗"兼论"泥水匠"之危害 /159
　　4. 刘拐子 /164
　　5. 雨夜的逃亡 /168
　　6. 红项圈 /170
　　7. 三杯酒 /174
　　8. 白金枪、鹅毛扇与红萝卜 /177
　　9. 杀人告示 /182
　　10. 豫西事变 /186
　　11. 战俘 /190
　　12. 星星跑了 /194
　　13. 红色幽默 /201
　　14. 锁在柜子里的爹 /204
　　15. 狗娃看家 /207

四　卷　琴弦上的父亲 /213
　　1. 劈破玉 /213
　　2. 荆紫关 /219
　　3. 享受饥饿 /227
　　4. 劈不破的玉 /235
　　5. 火蝴蝶 /241

后　记 /245

卷首篇　胡同里的开封

1. 小布尔乔亚的暴动

　　我的记忆是一个奇迹。我能清楚地记得,父亲是怎样把母亲娶回来的。

　　不管别人怎样表示不可理喻的惊讶,我仍旧记得,那时我挤在胡同口的人群里,好像是骑在一头石狮子的大脑袋上,望见一辆披红挂绿的"西洋马车"迸裂着爆竹的脆响和五彩的纸屑驶进了巷口。父亲身穿深色西装,胸前插着一朵火红的玫瑰,与披戴着雪白婚纱的母亲并肩坐在"西洋马车"上。紧随其后的另一辆"西洋马车"却残破可怜,像一只走样变形、皱皱巴巴的摇篮。迎亲和送亲的青年男女过分拥挤地坐在这个大摇篮里,上下颠簸、左摇右晃,笑声和尖叫如五光十色的浪花四处飞溅,乒乓作响地跌落在凹凸不平的黄土路上。街上的行人都向马车扭动着脖子驻足观看。春天的阳光温柔明媚地挂在母亲的眼睫毛上,父亲的眼镜也在两个黑圆圈里闪闪发光。当彩色纸屑像风涌而来的蝴蝶翩跹飞舞的时候,我的记忆里闪现出一个不祥的念头,觉得那是风中飘零的落叶拍打在母亲的脸上。我从父亲鼻梁上看到了不合时宜的高傲,紧抿的嘴角深深地凹陷出两个小坑,好像从战场上得胜归来的勇士,从一个部落酋长的帐篷里俘获了一个尊贵的新娘。马车飞驰而去。我甚至记住了马车夫高高在上的背影,那是一个绣上了金黄色"双喜"字样的红缎坎肩,鞭梢上炸开了火红的鞭花。母亲说,二十世纪二十年代的开封,马车行已经开始了出租"西洋马车"的业务。在古都开封的知识阶层,已经出现了第一批拒绝花轿和响器班的"先锋派"新娘。

　　我记不起"西洋马车"驶向了哪个院落。彩色纸屑随风飘逝以后,行人各自散去,只剩下我坐在石狮子的大脑袋上独自发呆。正在叫卖烤白薯的老人、吆喝"糖粘山里红"的小贩、争吃烤白薯皮的野狗和叮着山里红不放的苍蝇都没有发现我的存在。一个算命瞎子肩挎放着竹签卦筒的布袋,一手敲小锣、一手执竹竿敲打着路面走来。小锣"喹"的一响,我就化成了一缕青烟,随着天上的鸽哨飞去,融入天边的白云。

　　父亲是从H大学文学院三年级女生宿舍里把母亲娶走的。母亲出身于古为杞国的一个富有的知识家族,热心于平民教育以结束平民的蒙昧以解脱平民的疾苦以最终实现世界的大同,因而担任了平民夜校的义务教师。父亲却是来自白河岸边古为楚邑的一个侍弄桑树、捏制桑杈的农民的儿子,且有过闹学潮反对军阀而被信阳省立第三师范开除过一次的不良记录,后来又跑到开封,考上了省立第一师范音乐系,却又痴迷地爱上了"普罗文学"①而告别了音乐,又在省教育厅平民教育委员会谋得了一个小职员的差事,其动机却与平民的解放毫无关系,只是因为他的浪漫主义的文学梦需要一点儿现实主义的薪水来供养,让他可以用便宜一点的烧饼夹油馍圈儿和奢侈一点的羊肉汤泡锅盔为产生灵感提供足够的热量。

母亲和父亲是在平民夜校里认识的,接着就一起走进了一个"文学沙龙"。这个"沙龙"由于没有巴黎贵夫人提供的客厅和咖啡,只好在鲁智深倒拔过垂杨柳的相国寺内茶馆,或是赵匡胤坐问朝政的龙亭公园,或是包青天铡了陈世美的"包府坑"岸边聚会。参加聚会的有当时的足球明星、后来的著名诗人苏金伞和三十年以后写了《惠泉吃茶记》而受到毛泽东的批评、又写了《李自成》而受到毛泽东特别保护的著名小说家姚雪垠。而且我知道,父亲自从二十岁那年在刘半农主编的《世界日报》副刊上发表了短篇小说《葬子》以后,母亲就成了父亲最热心的读者,还是"沙龙"聚会时嗑瓜子儿、吃油炸兰花豆和五香花生仁儿的赞助人。当父亲啃着高粱面窝头就着芥菜疙瘩在文学殿堂里梦游的时候,母亲会请他去鼓楼街的饭馆吃一回涮羊肉,在涮了羊肉的肥汤里再下四两杂面条,为他日后发表的十多篇小说提供了差强人意的营养。父亲却总是梦见饥渴。他写过一篇《瓜农》,一个种瓜老汉要卖瓜还债,舍不得让帮他拉车卖瓜的小儿子吃一口西瓜。在卖瓜回来的路上,儿子因口渴中暑,猝死在烈日炎炎的荒野上。母亲为卖瓜少年流下的眼泪湿透了两块手帕之后,他们就决定结婚了。

姥爷是一位激进派绅士,当了省议会议员之后,又成了省城的著名律师。他决不反对儿女恋爱自由、婚姻自主和"个性解放",但也决不放弃对儿女的婚姻选择做出最后仲裁的权力。他可以对劳苦大众的疾苦表现居高临下的同情和悲悯,甚至在家乡杞地支持过农民暴动。但他绝对没有想过可以让女儿带回来一个出身寒微、"没有大家风范和高等学养"的女婿。母亲不无惶恐地向父亲大人呈上了未来女婿的一大摞小说,姥爷只瞥了一眼,就吝啬地收回了眼神,说:"雕虫小技!"躲在门外恭候岳父大人召见而终于吃了闭门羹的父亲被深深地激怒了。他愤而离开了那座铁灰色雷打不动的门楼。接着,我姥爷就在他的书报箱里取出了一封信:

---

① 普罗是英文 proletarian——无产者一词的头两个音阶,普罗文学即无产者文学,这是二三十年代知识阶层的习惯用语。

尊敬的岳父大人：

我的确是一个农夫的儿子。我的生命只属于一块小小的桑园、一道低矮的篱笆墙、一棵老树和一座漏雨的老屋。但我毕竟拥有过一块小小的黄土地,不管它翻滚着绿色的波涛或是只收获带刺儿的蒺藜,不管它吹响了遍地金黄的喇叭花或是燃烧着灼人的红罂粟,不管绅士的眼睛向它轻蔑地斜视或是表现着高贵的悲悯,它都属于我的生命,是我人生的出发地。

然而我又是如此幸运而富有。我还有一个爬满青藤的小草庵呢,藤蔓上挂满了祖先的故事和远古的传说。几只喝足了露水的蝈蝈儿正在星光下拉弦儿歌唱,那是我幼年的音乐,伴着我纯洁无瑕的梦境。梦境里没有腐儒的气味和银圆与铜板咬架的声音。月光下的露珠儿与牵牛花彼此友爱地活着。它们无求于律师,清风不会向明月提出诉讼。

老人家,您看到过壮硕的公狼吗?正是它蹲在旷野上对月长嗥,把我从老母亲的怀抱里蓦然惊醒,唤起我生命中所有的蛮力和野性。我便从那里走向文明,而且遇到了您的女儿,开始了我们的跋涉,去寻找属于我们的青草地和小星星。

当我们走完了十万里路,身心俱疲,白发如霜,生命的冬天伴着大雪降临,我会为她裹紧了老羊皮袄,把一个属于杞国的女儿带到一块属于楚地的小桑园里。那里有一块净土,一年一绿的桑叶理应覆盖两个渴望自由的灵魂。

老人家,我们没有指望得到您的祝福,只是愉快地对您说一声:我们已经上路,不指望一路顺风。

一个快活的小布尔乔亚①

据说,姥爷倒是很欣赏这个"小布尔乔亚"的来信,姥爷说:"看不到猥琐之气,倒是有楚人狂歌号呼之风哩!"姥爷只是讨厌那只"壮硕的公狼",挑剔说:"为啥是'狼嗥'而不是'虎啸'呢?可见他的'蛮力'和'野性'也有所不足,且看他如何寻找他的青草地和小星星?"

接着,姥爷就在当日报纸上看到了我的父亲和他的女儿"敬告诸亲友"的"结婚启事"。同一张报纸上还发表了这对新人共同撰写的一篇文章:《论明清小说中三个叛逆的女性》,一个是崔莺莺、一个是林黛玉、一个是潘金莲。我看见过姥爷收藏的这张报纸,色泽已经发黄,折叠的地方磨出了裂口,在前两个叛逆者身边有朱笔留下的圈圈点点,后一个叛逆者的头上赫然写着:"放屁!"

又据说,"西洋马车"把母亲拉到一间廉价租赁的新房以前,曾按照一位"愤怒派"诗人规划的路线图,在古城街道上示威般地穿梭游行。赤兔马的后代到"草市街"吃了草

---

① 布尔乔亚是英文 bourgeoisie —— 资产阶级一词的音译,小布尔乔亚即小资产阶级,亦是二三十年代知识阶层的习惯用语。

料,驾车从"马道街"飞驰而出,马辔头上的铃铛在"铃铛胡同"里叮当作响,但在"辘轳弯儿胡同"拐了三道弯儿以后,车辘轳就发出了刺耳的尖叫,又临时更改路线,到"油坊胡同"给滚烫的车轴膏油,再从"耳朵眼儿胡同"里钻出来,去"花井街"喝了喜茶,到"财神庙街"宣读了《讨财神佬儿》的檄文,又到"文庙街"宣布了"普罗文学"的神圣主张,而且没有忘记去"磨盘街"放慢马蹄遛圈儿,在马蹄踏过的坑坑洼洼里搜寻了缪斯的脚印。

　　这一切,都由坐在副驾驶席上的"愤怒派"诗人充任指挥。一路上,诗人怀抱竹筐,大把大把地抛起彩色纸屑,如将号召起义的彩色信号弹射向古都的天空。然后,"西洋马车"来到我姥爷门前。他示意车夫停车,车夫喊了一声"喔吁!"诗人就用竹竿高高挑起了一挂震耳欲聋的火鞭,让爆竹的纸屑在姥爷的门楼上迸飞出五彩的雪花,用硫黄和芒硝的气味熏开了一道门缝。从门缝里伸出来的脑袋却属于一位看门老人。诗人不失时机地从路边一个卖人丹的瘦子手中夺过来一把招徕买主的歪脖子铜号,对准门楼吹出了老牛和毛驴儿的叫声。从此,这位诗人就有了"大喇叭"的诨号。大喇叭吹出的声音与"西洋马车"里溢出的哄笑和尖利的口哨闪着刺目的亮光,击中了姥爷门楼上的兽头和瓦松。看门老人捂着耳朵,惊诧地望见了我的披着婚纱的母亲,急忙跳出门槛,拱手说道:"恭喜二小姐!"母亲却用婚纱遮着涨红的脸庞,慌忙挥手说:"快去关住大门,别叫气坏了俺爹!"父亲照旧挺着高傲的鼻子稳坐不动。当"西洋马车"疾驶而去的时候,赤兔马的后代在姥爷宅第门前留下了一大堆热气腾腾的马粪,招来了一群快活的大苍蝇。坐在副驾驶席上的"大喇叭"仰天大笑:"哈哈,我有了一首绝佳的新诗,题目是《小布尔乔亚的暴动》!"

　　父亲刚回到廉价租住的新房就急忙脱了西装,"大喇叭"还要立刻穿上这身西装,打上同一条领带,还要戴上那一朵蔫蔫巴巴的玫瑰花另有用场。从旧衣店买来的廉价西装是父亲和"沙龙"里另外三个才子轮流使用的礼服。如果一个人拿了人家的东西,警犬起码会咬出四个人来算账。幸而没有发生过这样的事情。谁要穿上这身礼服,如果不是出席比较高雅的聚会,就是要去约会一位新潮的姑娘。

　　发生了"小布尔乔亚的暴动"以后,父亲就毅然辞去了教育厅的差事,考上了北平燕京大学国学研究所,成了中国文学研究生,师从著名教授郭绍虞先生,从此由"雕虫"变成了前"沙龙"成员嗤之以鼻的"书蠹虫"。有人说父亲争强好胜,冲天一怒,成就了日后的"学者风范";有人说父亲骨子里深藏着出身寒微的自卑,他与"沙龙"告别,仅仅是为了挤进一个名门望族的大门;有人说我姥爷深谋远虑、爱婿心切,就用"激将法"让他在乱世中走上一条少生是非的治学道路;有人说这是一次失败的"暴动",父亲从此断绝了小职员的财路,母亲也失去了家族的支援,不得不离开只差一年就可以修业期满的H大学,去一家"洋纱厂"的子弟小学当了教员。次年又有了我的大哥。一份菲薄的薪水撑着一只坐了三个"小布尔乔亚"的破船,左摇右晃,风雨兼程,去寻找十分遥远的青草地和小星星。

　　性格倔强的父亲一提起郭绍虞教授,就会低下高傲的鼻子,嗓音也在温婉而轻柔地发颤。他说绍虞先生让他由诗史研究入手,进窥中国文学的堂奥,还让他看到一个胸怀宽广的学者怎样帮助他的弟子,多次不露形迹地为他化解了衣食之忧,比如,允许他在校外研究并推荐他担任了岭南大学的讲师,使他有可能让我母亲源源不断地向我姥爷呈送他在《燕大学报》、《岭南学报》和《文学月报》上发表的十多篇学术论文。有一篇《清商曲词研究》,还让他拿到了一笔奖金,解决了三四个月的吃饭问题。出乎姥爷意料的是,父亲又集"雕虫小技"之大成,出版了他的小说集,题名《名号的安慰》,收入了他本已忘在脑后的十多篇小说。郭绍虞先生惠然作序,并由顾颉刚先生题写书名。母亲特意向我姥爷呈上了《名号的安慰》。于是有人说,这是一个"雕虫"把两位学者推在前头如狐狸跟在老虎后边的示威。小说集的题名分明是以岳父大人奉送给他的"雕虫"的"名号"感到莫大的"安慰"呀!但是,在书斋里泡了几年的父亲开始学会了惶恐,慌忙分辩说,那哪儿能呀?那是绍虞先生看见我每天钻到图书馆里啃烧饼,就用此法送给我一笔稿费,又让我啃了几个月的烧饼。

　　父亲在燕大修业期满,却没有回到开封谋职。好像我姥爷不给"雕虫"平反昭雪,他就不跟岳父大人见面。不管他远在广州的岭南大学担任讲师,或是近在河南的安阳、淮阳高中执教,都只在放假期间回来数日,或是接走了母亲在外地度假。他就是回到了开封,到了农历正月初五,也不去给我姥爷拜寿。但他十分怀念开封的"沙龙",自从"沙龙"里的"小布尔乔亚"们有的坐监、有的颓废、有的为了养家糊口而形容憔悴、有的跑到乡下造反而下落不明以后,父亲的鼻子老是在开封闻到"腐儒"的气味,他说那是一种介乎于北平臭豆腐和广州咸带鱼之间的气味。仅仅由于母亲在开封,后来又有了我的哥哥、姐姐,再后来又多了一个我,父亲才强迫自己在假日回来忍受这种气味的熏烤。

　　"七七事变"以后,战火迫近开封,父亲才为了保护他的小巢而回到开封教书。那时候,他在学术界产生了一点影响的新著《中国文学史新编》已经由开明书局一版、再版而三版。后来,西南联大国文系又将此书列入必读书目。在一个没有臭豆腐和咸带鱼气息的小茶馆里,父亲碰见一位面容清癯的长者,长者瞥了他一眼,说:"你是张聪先生?"父亲躬身说:"老先生有何见教?"长者说:"请问,你的《中国文学史新编》何以为新?"父亲为长者斟了一杯清茶,说:"拙作旨在摆脱'名胜一览'、'名作指南'的模式,不唯对历代文学作者的个人经历做出精细的探讨,对产生文学的时代精神和社会环境,亦做出真切的认识。以历史的精神、批评的眼光……"他伸出三个指头,"做到三个'To'罢了。"长者问道:"何谓三个'To'?"父亲用手指蘸着茶水,写了三个以"To"为首的英文词组,说:"To interpret——说明、To verify——证明、To judge——鉴定。"长者说:"你小子何时学会英文了?"父亲说:"不过是 A little—bit——一点点而已。但是请问老先生,何以称鄙人为'你小子'?"长者说:"你娶了我的二妮儿,怎么不是我小子!"父亲肃然起立,深深鞠了一躬,叫了一声:"爹!"翁婿潸然泪下而从此相认。姥爷说:"小张聪,你好大的脾气啊!"父亲说:"爹,我不过是按照孙中山先生的教导,希望'以平等待我之民族'……"我姥爷说:"文不对题了!你是哪个民族?我是哪个民族?你张口就是三个'To',再看看你这身打扮,倒像是个假洋鬼子!"父亲说:"燕京大学和岭南大学都是洋人办的教会大学,我怎能不学三个'To'!穿衣服也只好入校随俗了。爹,听说您老人家已经喝惯了牛奶,那是荷兰奶牛下的洋牛奶哩!"

刚刚相认的翁婿俩眼看又要吵起来,忽地响起了警报。父亲急忙搀着我姥爷上了黄包车,姥爷了一声:"且慢!"又指着我父亲的鼻子说:"你那本《先民浩气诗选注》还是差强人意的,把屈原的《国殇》、陆游的《示儿》、秋瑾女士的《感愤》都收入了,虽说杂了些,但是,"姥爷指着天上的"警报","天上说不定会掉下来三个'To',说明、证明、吁嗟乎鉴定,这本诗集选得是时候!"父亲说:"爹,我跟二妮去看您。"姥爷说:"暂缓吧,躲炸弹第一!"

2. 八哥儿的预言

我的记忆也有一个极大的缺憾,就是我对自己出生的时间和地点竟然毫无印象。当我经历了童年的漂泊,又在十一岁那年回到开封的时候,母亲领我到一条名叫"三圣庙后"的老街,指着一个破败的门楼和一座老屋的后墙,说:"斑儿,你就出生在这里。"

在坑坑洼洼的老屋后墙上,我看见了铁青色的房坡。残缺的瓦片如钝刀刮过的鱼鳞,瓦棱里长满了苍老的瓦松,使人想起远古时代的黑松林。靠近屋檐,我看见一个小小的窗口。这个世界给我的第一缕阳光就是通过这个窗口吝啬地照在我的脸上。母亲却在这个窗口下为我的分娩受尽痛苦。母亲说,我不那么情愿来到世上,整整折腾了一夜,当窗口露出了血红的曙光,不得不动用剪刀,老屋里才传出了我的第一声啼哭。"你生下来就有八斤三两重!"母亲曾多次夸耀我带到人间的一个记录,接着是一声叹息,"如果听了产科大夫的话,那就不会有你了!"当我长大成人,遇到活得十分脆弱的时候,就会想起我的生命本来就是一个未被认可的偶然性,但我紧接着就会想起母亲为我承受的痛苦,就会感到母亲是将一个八斤三两重的生命托付在我的手中,努力活着就成了我的使命。

我想看看那座慷慨地接纳了我的老屋,推开了一扇油漆斑驳的大门,却有一只肥硕的黑狗霍地蹿出来大声吠叫。那一天下着小雨,我和母亲应对着黑狗的进攻且战且退,雨伞在老墙上撞出了"砰砰"的巨响,身上溅满了路沟里的污泥,心中充斥着我并不属于这个古城的悲伤。我知道,父母曾向十多家房东缴纳房租,我们只是在这座古都的胡同里钻来钻去的房客。

到了姥爷承认了父亲的合法性以后,我的头顶才出现了一片绿荫。绿荫覆盖着小巷深处的一座小院。小巷的名字叫西小阁。树叶在小院里摇曳,把摇碎了的阳光洒在我最初的记忆上。我所以说它是"最初的记忆",是因为不管我对"西洋马车"的记忆多么清晰如画、多么栩栩如生,母亲却坚持说我是把他人的传说幻化成了自己的记忆。母亲认可了绿荫,说那是一棵老槐树的绿荫。于是,我又看到了满树洁白的槐花,闻到了人世间给我的第一缕沁入心脾的清香。还有我的老干娘,她是我的保姆。捻线陀螺在她手下滴溜溜地打转。邻家的小脚女人们却跑来参观她的更为精致的小脚。她就脱了三角形小鞋,把包得像粽子一样的小脚翘起来,左右扭动着展览给人看。邻家的女人都惊讶地瞪圆了眼睛,嘴巴一张一合,但我想不起她们发出的声音,"西小阁"给我的最初的记忆是一部动作夸张的无声电影。

我捕捉到的第一个声音是一只八哥儿的叫声。八哥儿有一身漆黑油亮的羽毛,卧在邻家屋檐下的一个笼子里懒洋洋地打盹儿。有人从鸟笼下经过时,八哥儿才会扭动着脑袋振作起来,用沙哑的声音打着招呼:"喂,吃了没有?"不等人家回话,它就发出沙哑的笑声自顾自地回答:"哈哈,吃啦,吃啦!"每当父母亲去学校上课,刚刚走出小院,八哥儿就会高昂起脑袋发号施令:"老蔡,刘响,出车,出车!"

老蔡或刘响就会从一个昏黑的门洞里跑出来。他俩都是黄包车夫。开封人把黄包车叫"洋车"。他俩的"洋车"并肩停靠在一棵小树的绿荫下,车斗、车把和铜制的车灯都擦得锃亮,像一对体面的双胞胎。老蔡和刘响却大不一样。老蔡又黑又瘦,时常穿一条紫花短裤,光着脊梁拉车,气喘吁吁地跑着,用耷拉在肩上的一条乌黑的毛巾擦汗。刘响年轻,快活而健壮,剃光的脑袋如同一个发育良好的大葫芦闪动着耀眼的青光。他喜爱赤膊穿一件白坎肩,敞着怀,黑色的长裤扎起过于宽大的裤腿,拉起车一溜小跑,裤腿像灯笼一样鼓胀起来。他不时捏一捏车把上的橡皮气球,一个亮闪闪的铜喇叭就会"呜哇呜哇"地叫唤起来。

刘响与别的车夫的最大不同是喜欢唱歌,会用开封小胡同里流行的《旱船调》唱一支内容特别的歌。我跟母亲坐在车上,听他边跑边唱:"abcdefg 呀,hijklmnop,qrstuv 呀,咚不隆咚呛,w、x,还有 yz 呀!"母亲一边听、一边笑。他一边跑,一边扭过头来问:"孟老师,我唱的咋样?"母亲说:"唱得好,你不该中断了学业,真是太可惜了!"刘响说:"要是俺爹能多活几年,能供我多上几年学,说不定我就唱着这歌儿,带上俺娘和八哥儿,去伦敦拉洋车了。伦敦不吃窝头,吃面包。"

我不知道刘响唱的是他自编的"英文字母"歌,却知道他确实没有吃上面包,他吃的是黑窝窝,还要喝胡辣汤。每天一早,他把装着窝窝的干粮兜挂在车把上,拉车向胡同口走去时,八哥儿就会拍打着翅膀叫起来:"胡辣汤,胡辣汤!"卖胡辣汤的矮胖子就在胡同口应声说:"别叫了,我给你哥盛上了!"

刘响很注意八哥儿的营养,常常把煮熟的蛋黄捣碎,拌在鸟食罐里喂八哥儿。晚上,他还要攥着手电,钻到后院荒草棵里捉蚂蚱,他说八哥儿吃了这"活肉"才活得欢实。老蔡责怪说:"你把八哥儿娇惯成啥了,它是你媳妇?"刘响说:"跟媳妇差不了多少,天天拉车回来,只有它还能陪着我说说话儿。"

一个下雨天,刘响没有出车。我见他手托鸟笼,教八哥儿说"古德毛宁",一遍遍不厌其烦地纠正八哥儿的发音,整整折腾了半天。多年以后,我才知道"古德毛宁"原来是

"Good morning"。当八哥儿终能以英国绅士派头向大家颔首问候早安的时候,刘响又拍着我的脑瓜说:"要是我一时去不了伦敦,等你爸送你出国留洋时,你就把这只八哥儿带上,也叫它戴戴博士帽。"

八哥儿却辜负了刘响的教诲。一天他拉车回来,八哥儿照旧地欢腾雀跃之后,又伸长脖子叫道:"刘响,八格牙鲁!"刘响一呆一愣地望着八哥儿:"你小子说啥?"八哥儿又拍着翅膀炫耀它的第二外语:"八格牙鲁,八格牙鲁,哈哈!"刘响咬牙切齿地骂道:"小日本儿还没打过来,你小子就他妈的准备当汉奸了?看我宰了你!"老蔡说:"你对它发啥邪火?它又不是东洋鸟,没人教唆它,它咋会用东洋话骂人?"刘响掂起一个破铜盆,一边敲,一边喊叫:"街坊邻里们听着,谁想叫'八格牙鲁',就找小日本儿'八格牙鲁'去,别在咱自家门口'八格牙鲁'。我喂的是地地道道的中国鸟,别弄脏了鸟口!"老蔡说:"这地地道道的中国鸟,你咋教它说啥'古德毛宁'?"刘响分辩说:"那是叫它学西洋人向咱中国人请安,你懂不懂?"

我不知道刘响怎样惩治了八哥儿。那天晚上,我听见他恶声恶气地在门道里大骂八哥儿是"小贱人"、"汉奸胚子"。八哥儿扑棱着翅膀尖叫着向他求饶。次日一早,刘响对八哥儿说:"漱漱你的臭嘴!"八哥儿服服帖帖地把尖嘴壳探到小水罐里,一次次地饮水,却拒不漱口,又一次次地一仰脖子,把水咽了。刘响又斥责八哥儿:"你要不把脏话给我屙出来,你就不是中国的好鸟!"

一整天,八哥儿都缩在笼子里,为它的国籍问题发呆。

我想起了"宝塔糖"。我是吃了"宝塔糖",才把肚子里的蛔虫打下来的,就对八哥儿说:"你要吃'宝塔糖'。"八哥儿伸了伸脖子,说:"吃啦吃啦,哈哈!"

我记得,就是从八哥儿嘴里吐出了东洋话之后,世上才出了乱子。

干娘却说,是那只小母鸡领头闹事。

干娘家在北郊乡下。她说把剩饭倒掉可惜了,就捧着一个纸盒,从乡下带回来两只小鸡。那是两个毛茸茸的小圆球,"啾儿啾儿"地叫着,在院子里滚来滚去。剩饭把小鸡养大,干娘认出一只是公鸡,又说城里有闹钟,用不着公鸡打鸣儿,就把小公鸡杀了,做了"辣子鸡"。我记得干娘用切菜刀锯断了小公鸡的喉管,艳红的血就冒着热气汩汩地流出来。小公鸡蹬着腿,扑棱着带血的翅膀。那是我第一次目睹一个小生灵的死亡。吃午饭时,不管干娘怎样哄我,我只是哭着摇头,紧闭着嘴。干娘满面忧愁地对我母亲说:"这孩子心软,长大了一准受人欺负!"

小母鸡也在为它失去了唯一的伙伴而悲伤。傍晚,是它进窝的时候,它却在鸡窝旁徘徊不前。干娘抓住它,把它塞进鸡窝。小母鸡睹物思亲,又扑棱着翅膀从鸡窝里钻出来。干娘满院子撵它,它就"咯咯"地尖叫着,跟干娘兜圈子。干娘扑上去,扑空了;再扑上去,又扑空了,满院子飞扬着洁白的羽毛如晶莹透亮的雪花。干娘终于把小母鸡挤到了墙角,小母鸡又挣脱出来,拍打着翅膀飞上了树枝,颤悠悠地站在高高的树枝上尖声啼叫。我听懂了小母鸡的叫声,叫声凄切而响亮:"哥哥呀,哥哥!"

我对父亲的记忆总是在这里再次浮现出来。他站在堂屋台阶上,仰望着树上的母鸡,眼镜也随着母鸡的啼叫一闪一亮。"不要抓它了!"父亲说,"鸡的祖先本来就是住在树上的,经过人类驯化才变成了家禽。叫它在树上待着吧,它本来就是这个样子的。"

"啥?不怕黄鼠狼把它拉吃了!"干娘说。

"对于鸡,"父亲说,"人吃了它,与黄鼠狼吃了它,都是一样的。"

夜里,我听见小母鸡在树上哭啼。

隔壁的八哥儿也遥相呼应,半夜三更就叫起了"古德毛宁"。

干娘多次起床,跑到院子里望天:"老天爷,这是咋了?"

胡同里的野狗也在"汪汪"地吠叫。

天亮,父母亲都去学校上课。一群老鼠公然跳上了书桌,骨碌着黑豆似的眼珠左顾右盼,接着就翘起胡须、竖起前爪,在书桌上蹲下来开会,用我听不懂的鼠语"吱吱"地密谋。门外传来八哥儿的叫声,老鼠们就像被鞭子猛抽了一下,嗖嗖地跃起,在屋子里东蹿西跳。老谋深算的大老鼠首先蹬翻了一个蓝墨水瓶,接着又撞翻了一个红墨水瓶,蓝色和红色的江河就在书桌上泛滥。小老鼠们用脚爪和尾巴尖蘸了墨水,开始在白色的床单和米黄色的窗帘上努力作画,画出了美丽的竹叶形和蝌蚪状花纹。我必须承认,它们比我用蜡笔在"棒纸"上画的好看而且高深,可能是早期抽象派的作品。事态发展到了必须由小花猫出来收拾残局的时候,小花猫却惊恐万状地跳上屋檐,接着又跃上房坡,躲在屋脊下"喵喵"地惊叫。

干娘跑过来,用笤帚疙瘩平息了老鼠的叛乱,用围裙制止了书桌上的水灾,又从桌子底下把我掏出来,再次仰脸问天:"老天爷,你是咋着啦?"

下午,推水车的老人送水来了。听大人说,他推来的是"甜水井街"一口古井里的好水。他提着两桶好水越过门槛、穿过院子,把水倒进水缸,在厨房门外的铁丝钩上取下一个竹制的"水牌",向门外走了两步,又心事重重地停下脚步,眼珠骨碌碌地盯着干娘。

"他大爷,你这是咋啦?"干娘问他。

老人晃了晃"水牌",摇了摇头。

"你是叫俺续'水牌'?铁丝钩上还有哩!"

"水井里,翻了一夜水花,咕嘟嘟地冒泡儿……"

"是人掉井里啦?"

"地底下,青龙翻身……"

"青龙?"

"世道要大乱!"

干娘呆呆地抱着我,望着老人推车远去的背影。

"出邪啦!"老蔡拉着洋车从巷口走过来,"杨家湖像开水滚锅,鱼儿也蹿出水面,嗖嗖地直打水漂儿!"

干娘又抱紧了我,惶惶地望着老蔡。

"龙亭大殿上,有一条水桶粗的青花大蟒缠在大梁上。"老蔡把洋车停在树下,"斗大的脑袋伸出来,咝咝地吐信子。"老蔡又望着鸟笼一愣:"瞧这八哥儿!一大早添的鸟食罐儿,现在还满着。它不吃不喝,不'八格牙鲁',也不'古德毛宁'了!"八哥儿却扑闪一下翅膀,把自己倒挂在笼子里左顾右盼。老蔡又是一惊:"你是咋啦?头朝下吊着,都活得不耐烦了?"

傍晚,父亲脸色阴沉着在小院里踱步。母亲回来时,他问:"听说了吗?"

母亲点了点头,脸色同样阴沉着说:"徐州丢了!"

"徐州"一定是一个十分要紧的东西。它丢了,八哥儿和母鸡、老鼠和花猫都在焦灼不安。

黑夜嚓啦一下罩住了小院。

狗们又在街巷里"汪汪"地叫着。

剧烈的震荡差点儿把我从床上掀下来。大地和小屋都在摇晃。干娘急急用棉被裹住我,把我塞到床板底下。我听见了杂乱的脚步声。

父亲在院子里喊叫:"快出来,地震啦!"

3. 夹在书中的女人

万能的八哥儿总是像巫婆一样道破人类的灾难,它又扯着沙哑的嗓音叫出了一个新词儿:"警报,他妈的警报!"

那是一种拖长了的号哭声,从鼓楼上升起,在古城上空盘旋。行人在街巷里惊慌地逃跑,把我的记忆践踏成零乱的碎片。窗户蒙上了不透光的黑窗帘。窗玻璃贴上了十字交叉的防震纸条。停电了。煤油灯的玻璃罩上再套上一个伞形纸罩。干娘已经从惊慌中镇定下来,松了一口气说:"妥了,事儿就是这了。"

警报在天上号哭,小母鸡却涨红了鸡冠,无畏地在地上啼叫。

干娘手中托着一个白生生的鸡蛋,向钻在桌子底下的父母亲夸耀:"鸡下蛋了!"父母亲望着鸡蛋,怅怅地笑着,从桌子底下钻出来,开始打点行李。

地下堆满了书。一本硬壳书里,有一张照片掉下来。我捡起了那张照片。我记得,那应该是一张六吋大小的照片。照片上侧身站着一个穿黑裙的苗条女子,整齐的刘海儿,短短的剪发,半掩着清瘦的面颊,一双杏形的眼睛向我流露着哀婉的表情。

我跑过去问母亲:"她是谁?"

母亲看了照片,向父亲瞥了一眼,说:"问你爸爸去!"

我又向父亲跑过去问:"她是谁?"

父亲看了照片,又看了看母亲,问我:"从哪里翻出来的?"

我说:"书。"

父亲的嘴角抽动了一下,说:"把她放回去!"

我把照片夹进书里,坚持不懈地问:"她是谁?"

空气凝固了,父母亲无言地望着窗外。

干娘跑过来,抱走了我。

我因为得不到回答而深感屈辱地大叫:"她是谁?"

父亲和母亲依旧保持着铁一样的沉默。

我从此对人间有了疑问,心里蒙上了抹不掉的阴影,阴影里躲藏着一个美丽而忧郁的女子。我又多次偷看过那张照片,记住了照片上的每一个细节,包括她唇角左边的一颗黑痣。干娘发现我又在看她,慌忙跑过来说:"你咋又把她放出来了?又想叫你妈不高兴不是!"每当我把她夹回书里,总会感觉到她的寂寞和孤苦。很久很久以后,我才听母亲对小姨说,她是K市女师音乐科的才女。父亲在南阳同乡会上听她弹奏琵琶和古筝,竟听得如痴如醉,潸然落泪。她也拿出自己保存的父亲的小说集,请父亲签名。后来就有人发现他俩出入公园或饭馆。父亲又有了她的照片,便把她藏在书中。她没有力气从书中走出来,那是一本很厚的书。

那天没有拉警报。父亲坐上老蔡的车出去了。

母亲也牵着我的手出了小院。

屋檐下不见了八哥儿,它正在幽暗的门洞里复习人类的语言:"刘响,刘响,胡辣汤,吃了没有?哈哈,吃啦吃啦!古德毛宁,警报,他妈的警报,哈哈!"我没有听到"八格牙鲁",就为它打下了这条"蛔虫"感到高兴。

刘响从门洞里跑出来:"孟老师,上哪儿?"

母亲说:"跟上老蔡的车。"

刘响拉着车,奔跑在潘家湖、杨家湖中间的大道上。我看到了正前方的龙亭,那是我第一次看到龙亭。它坐落在空旷的湖岸上,由北向南虎视眈眈地俯视着整座古城。老蔡的车已经停靠在龙亭前边。父亲从车上跳下来,向龙亭后边走去。刘响把车停放在老蔡身边时,父亲已经消失在龙亭的阴影里。刘响伸长了脖子向龙亭后边张望。

"看啥?"老蔡瞥了刘响一眼,"把车头掉过去!"

母亲牵着我的手走向龙亭。我觉得是走向一个威严的老人。龙亭的底座是一座陡然升起的小山。大殿高踞其上,遮住了半个天空。鸽群正从大殿上空掠过。鸽哨如泣如诉,颤颤地划过蓝天,融入白云,消失在古城的一角。那是属于我的第一支遥远而感伤的儿歌。

我和母亲在湖岸北边的柳树下止住脚步。低垂的柳丝如透明的窗帘映着血红的残阳,把我和母亲隐藏在柳荫深处。在西边草地上,父亲和一个女子正在散步。他们背对着我和母亲。但我可以看见,那是一个留短发、穿黑裙的年轻女子。残阳在父亲和那个女子身上镀了一道起伏不定的光环,勾勒出他们并肩远去的轮廓。我来不及分辨她是不是照片上的女子,她已随着我的父亲融入城墙的阴影。那是宋代的城墙,它后来抵挡不住鬼子大炮的轰击,而首先受到伤害的是我的母亲。母亲的身子战栗着,目送父亲和一个年轻的女人在城墙阴影里远去。我想大声呼喊父亲,母亲却把一颗辣味的糖果塞进我的嘴里。母亲的腹部已经隆起,我知道我将会得到一个弟弟。弟弟在母腹里的心跳焦灼有力。

我和母亲又坐上刘响的"洋车"回家,留下了老蔡。老蔡缩着脑袋,坐在车斗上嚓着烟袋,漠然地望着空旷的湖面。我想他是在等候我的父亲。刘响向我母亲瞅了一眼,就架起车把,一声不响地在回去的路上跑着,一路上没有哼歌儿,气喇叭也没有叫唤。只有一面三角形小旗竖在车把上随风翻卷。他对母亲说,那是"人力车抗敌协会"的会旗,他是这个协会的会员。

父亲回来时,天已黑了,母亲却"噗"地吹灭了灯。沉默使我感到了黑暗的沉重。黑暗中传来父亲的声音:"我说过的,我只是与她道别。"沉默再次压迫着我。父亲又在黑暗中说:"不要多想了,什么事情都不会发生。她也要随学校出去逃难,现在只有战争。"

从此,"战争"作为一个压倒一切的词语储入我的记忆,伴随着一个神秘的女性。这个女性的影子时隐时现,笼罩着父亲的一生。

紧接着,我就在母亲的学校里看到了"战争"。

那天傍晚,我蹭上刘响的"洋车"去学校接母亲。学校却变成了一座医院,看不到一个学生。刘响带着我走进校门,就呆了一下,说:"啊,伤兵!"我看到了一群肢体不全、军装上染满血污的士兵。我的视觉第一次受到如此可怕的冲击,如同来到另一个充满恐怖的世界,满眼都是变样的人形。一条腿和半截胳膊的人,重叠地裹着绷带而变得头大如斗的人,浑身血污、面色蜡黄、目光呆滞的人,脑袋像豆芽一样钩下来,没有声音、没有表情地横卧在操场里,歪靠在墙壁上,如同被刀斧砍伐过、被烈火焚烧过、被野兽的牙齿啃啮过而失去了知觉的一根根树桩。

教室窗口里却传来骇人的哭叫。刘响抱着我凑近窗口。我看见课桌已经并在一起,铺上了白色的被单。一群头戴白帽、身穿白大褂的人正围着哭叫的声音忙碌。我忽地看见了一只没有血色的大手,那是一只与人体分离的大手,连着一截沾满血渍的胳膊,由一个白衣人用白瓷盘子托着,像是刚刚从树桩上撅断的一截树枝,断茬上挂着乱蹦乱跳的血丝。白衣人把这只手丢在一个白色的搪瓷桶里,手却不愿离去,又从桶里伸出,青灰色的手指颤颤地扒拉着桶沿。一个少了半截胳膊的人正在大声哭叫:"还给我,把手还给我,那是俺娘给我的呀!"刘响哭了。恐怖使我把脸颊贴在刘响的肩上,但在大桶后边的墙旮旯里,我又看见一堆与肢体分离的手和脚,血淋淋地堆在地上。我浑身发冷,我的手也不由自主地打起了哆嗦。我把我的手交叉着夹到胳肢窝里,觉得那里并不安全,又急忙把手藏到背后。我看见一个戴着大口罩的人正向窗口走来,就踢着刘响说:"回家,我要回家!"我看见大口罩上有一双母亲的眼睛,就"哇"地大哭起来。罩在白帽、白大褂下边的母亲使我感到是另一个人,但我听见了母亲的声音:"快走,不要吓着孩子!"刘响把我抱走时,我挣扎着,向母亲喊叫:"手,你的手?"母亲伸出手说:"怎么啦?

我的手怎么啦?"我看见母亲的手还在老地方长着,只是戴上了橡胶手套。我又指着墙角,大哭说:"他们的手……死啦!"刘响抱着我离开了窗口,又呆立在操场上,咯咯地咬着牙巴骨说:"小日本儿,狗娘养的!"

刘响抱着我走出校门时,一群女子抬着几副担架急急跑来。我恍然望见了照片上的那个女子,她抬着担架的一角,从我身边一闪而过。一双忧郁的杏形的眼睛含满了迷茫和焦灼。还有那颗显眼的黑痣,正随着喘息不已的嘴唇一起一落。

夜晚,我的手疼挛着,手指像鸡爪一样蜷起来。父亲一拉我的手,我就惊叫着把手缩回来。父亲把我抱到胡同口一家小医院里,医生脸色阴沉,不知说了些什么。回来时,母亲正跟干娘小声嘀咕。干娘说:"那是吓住了!"干娘拿着手电,掂起一把大扫帚,去到胡同口,又把我的花兜兜搭在扫帚上,手电一明一亮地照路,扫帚在路上扒着扫着,一边往家里走,一边拖长声音叫我的小名:

"斑,斑,咱回家。小日本儿来了我打他,大鬼儿、小鬼儿都不怕。斑,斑,咱有手,敢捡元宝敢打狗。小日本儿叫咱牵着走,'呼嗵'给他一砖头。"

干娘嘴不使闲地念着小曲儿,一直把扫帚拖进了西屋,才把花兜兜揭下来蒙在我的身上。那一夜,干娘用花兜兜裹着我,把我搂在怀里,用她粗糙、温热的大手揉搓我的小手,半睡半醒地哼哼着"招魂"的小曲儿。我的手在干娘的大手掌里感到了安全,小曲儿撑起了火红的幔帐笼罩着我,生命又回到了我的手上。

醒来的时候是早晨。我看见干娘的儿子来了。干娘的儿子叫麦穗儿。干娘说,那年夏天,她去地里拾麦穗儿,肚子大了,不能弯腰,她就跪在地里捡麦穗儿。只捡了半篮麦穗儿,肚子疼了,来不及回家,就在地头上生下了这个麦穗儿。我见到麦穗儿时,他已经是一个十二三岁的大黑孩儿,进门就叫:"妈,我来接你回家!"干娘吵他:"你喊叫啥,你想惹他哭是咋着?"麦穗儿就举起一个柳条编的小笼子,在我头顶上一晃一晃地逗我。我听见蝈蝈儿"吱儿吱儿"地在笼子里叫唤,就一跳一跳地追着麦穗儿抓笼子,总是差一点儿够不着笼子。干娘说:"对,你叫他多蹦蹦,多抓两下,人长着手就得敢抓敢拿!"麦穗儿逗得我满院子乱跑,干娘又吵他:"行了,别逗他了,今天我不能听见他哭!"麦穗儿就把小笼子递过来叫我捧着,钻到厨房里舀了一瓢生水,仰着脖子喝了,又抓起大扫帚,"唰啦唰啦"地扫院子。父亲正忙着往皮箱、网篮里装东西。母亲捧着隆起的肚子走过来:"穗儿,你歇着,都到啥时候了,院子不用扫了。"干娘说:"叫他扫,日子该咋过还得咋过!"母亲说:"穗儿,兵荒马乱的,你还记得你斑弟喜欢蝈蝈儿?"麦穗儿说:"俺家豆棵里有的是。"干娘接话说:"小日本儿再厉害,小蚰子儿照样叫,不是么!"

中午,干娘在我脖子上围了"围嘴儿",又要喂我吃饭。母亲说:"他自己会吃了,不用管他,你跟麦穗儿好好吃一顿安生饭吧。"干娘说:"叫我再喂他一回。"说着,眼圈儿就红了。父母亲都放下筷子,一声不响地望着干娘。那天吃的是饺子,饺子馅里有麦穗儿带来的荠荠菜。干娘包饺子时,哼着一支好听的儿歌:"荠荠菜,包饺子,小狗小狗咱俩吃。"干娘用筷子夹起饺子喂我,每夹起一个饺子,都要先放在自己嘴边吹了热气,再送到我的嘴里。我吃得很香，不知道干娘为什么扯下头巾擦泪。

午后，干娘又把我抱到小西屋哄我睡觉。母亲嗔怪说："快四岁的孩子了，你还要抱他？"干娘说："你别管，我就是要抱他。"麦穗儿悄悄跟过来。干娘却叫他坐在小板凳上，靠着墙角打盹儿，又给我扇着扇子哼歌儿："小狗小狗睡觉吧，小日本儿来了我打他！……"扇子越扇越轻，干娘的声音渐去渐远，额头上"噗"地热了一下，有什么东西落下来。母亲说，干娘把一切能够给我的都给我了，最后给我的是一滴豆粒大的眼泪。

我醒来时，干娘不见了，麦穗儿也不见了。只有小笼子还挂在窗棂上，孤独的蝈蝈儿正在拉着锯齿叫我。

次日，我就开始了童年的逃亡。

离开西小阁时，我哭闹着要干娘，哭哑了嗓子，发高烧昏迷不醒。母亲说，我是找干娘去了。老蔡换了一辆架子车，拉着我和蝈蝈儿。刘响也用"洋车"拉着他的老母亲到乡下避难。我依稀记得，人和车拥挤着出了胡同。刘响的八哥儿笼上套着一个黑布罩子，在车斗上不停地打着滴溜。刘响说，世道乱了，不能叫八哥儿看见听见，免得乱了鸟心、脏了鸟口。八哥儿却在黑罩子里沙声喊叫："刘响，他妈的警报！"

七年以后，我们从陕西逃难回来。十一岁的我跟着十五岁的大哥找到了"西小阁"的小院。门楼变小了，房子变小了，树也变小了，一切都使我感到陌生。小院阴沉着脸，已经不认识我。门楼里增添了一盏红灯笼，站着一个浓妆艳抹、手指间夹着一支烟卷的女人。她向我大哥的脸上吐了一个烟圈儿，我和大哥就从烟圈里钻出来，惶惶地折身而逃，拐到老蔡和刘响住过的门洞里，那里也换了主人，再也听不见八哥儿的叫声。

我和大哥在开封北郊的一个村子里找到了麦穗儿。他已经变成大人，正骑在房脊上给他的草房补窟窿，看见我和大哥，就愣了一下，从房坡上跳下来，说："是斑、是瑟吧？"他声音变粗了，黢黑的脸上粘着泥浆和麦草，已经看不到生动的表情。大哥把一篮油馍杠子递给麦穗儿。他默默接过去，低下头说："走，叫俺娘先吃。"他把我和大哥领到村外，在沙土窝里走着，越过一道黄沙岗，来到一个小小的坟包前，把油馍篮放在地上，对坟包说："娘，斑、瑟来看您了。"我和大哥都失声哭起来。麦穗儿背过身子，望着灰蒙蒙的天空，脸上淌着无声的泪水。那天风很大，黄河滩上的黄沙铺天盖地扑过来，拍打着荒凉无助的村庄，小坟包上涌动着细细的沙浪，像干娘脸上的皱纹。我听见了蝈蝈儿在沙棘草里的叫声，是七年前的蝈蝈儿。

一卷　姥爷家的杞国

1. 洋人大笑

蝈蝈儿伴着我钻出古都开封的城楼,投入一望无际的原野。

我好像一只刚刚钻出笼子的家兔在原本属于自己的世界里东张西望。四个木头轱辘的牛车正在一眼望不到尽头的车辙里爬行。云朵携着巨大的阴影如大鸟张开翅膀从大平原上掠过,原野上陡然掀起了喊喊喳喳的喧哗。一个个村寨躲在平原擎起的一片片绿荫下,用它们的炮楼向我瞪着黑洞洞的眼睛。豫东大平原推出凝重的风景走进了我的记忆。

母亲说,古代的杞国就坐落在这个大平原上。我长大以后,曾试图为那位"忧天倾"的杞人分担忧虑。我发现,杞国的天空没有山岳的支撑,杞国的陆地没有丛林的庇护,杞国地处封闭的内陆平原,没有宽阔的河流与海港可以让杞人扯起风帆远去。杞人一览无余地把自己袒露给天空,他忧得有理。

在杞国的旧都,我们住在大舅家里。大舅打开一个方匣子,摇了拐把,一个黑色的圆盘开始在方匣子上不停地旋转,一个歪脖子怪物在圆盘上探头探脑,高昂着脑袋的铜喇叭轰然发出了惊心动魄的大笑。我觉得那是一个躲在方匣子里的疯男人向我大笑。没有来由的笑声经久不息,又有男人和女人的笑声参加进去。笑声像一条条火舌在我周围的空气里上蹿下跳。我心惊肉跳,浑身发抖,好奇心和自尊心又使我抓紧了自己的衣襟不肯离去。母亲说,那是大舅从上海带回来的"洋人大笑"。

大舅的客厅里人来人往。当洋人向我大笑的时候,大舅跟杞国的人们正面带焦虑讨论杞国的事情。直到洋人带着笑声远去,大舅才快步走来,关了方匣子,问我:"好听吗?"我摇了摇头,问大舅:"洋人为啥大笑?"大舅好像没有遇到过这样的问题,想了想说:"是笑咱中国人不争气!"我听不懂这句话的意思,却能感觉到大舅语气的悲凉。他延长了"气"字的发音,使它变成了一声悠长的叹息。

我崇拜大舅。他身材高大,目光如炬,穿着据说是在上海读书时特意让一个洋裁缝为他裁制的西装,在杞人忧天的地方来去如风。母亲把我领进了杞地的文庙,那是杞人祭祀孔子的地方,现在是一位留德博士创办的私立中学的校舍。博士是我的一位舅妈的哥哥。大舅接受他的委托,来这里当了一个领不到薪水的校务主任,代博士管理校务。

  这是一个令人肃然起敬的庙院,悠远的岁月如发黑的藤蔓悬挂在老槐树的枝头和大殿翘起的飞檐上随风飘荡。学生们正在庙院里唱歌,是我在开封听过的"大刀向鬼子们的头上砍去"。母亲把我领到一棵老槐树下,说那是杞人的祖先在唐代栽种的槐树,树上悬着一块黑板,黑板上挂着中国地图。在开封的家里也挂着这样的中国地图,父亲说它像一片美丽的海棠叶,我们是这片海棠叶上的小小的露珠。而我把自己想象为在海棠叶上爬来爬去的一种名叫"花豆娘"的昆虫,它裹着鲜红的杂以黑色斑点的外衣,那是我穿着花兜兜的样子。在杞地文庙的这片海棠叶上,却插着一面面黑色的三角形小旗。大舅正在把又一面小黑旗插在海棠叶上。母亲望着小黑旗说:"鬼子又占领商丘了么?"大舅说:"快到兰封了。"他抚摸着皱裂的树皮和流过树血的疖疤,眼睛里跳动着黑色的火光。"耻辱!"他说,"每一天都有一个耻辱!"

  我听不懂"耻辱"是什么意思。但我看见小黑旗得意地迎风抖动,如一条条贪婪而肮脏的舌头舔在海棠叶上。大舅发现我望着黑旗发愣,就抚摸着我的脑瓜儿问我:"你是个男孩子吗?"我就叉开腿站着,让大舅验明正身。大舅点头认可说:"好,长大了应该是一条好汉,中国需要好汉。"又对我母亲说:"我们不能让天塌下来,砸在孩子们头上。"

  我不知道,我是不是成了一条好汉。但是我知道,这是大舅对我的遗嘱。四年以后,大舅就不明不白地死去,没有坟头,没有尸骨。

  但我还必须在这里延伸对大舅的记忆。

  大舅也在忧天,而杞地的集市依旧喧闹。

  杞地有很好吃的"莫家酱菜",那是杞人向历代皇帝上贡的贡品。还有"麻屋子,红帐子,里头坐着白胖子"。母亲和姨妈们都会用近乎唱歌的韵味传播这首歌唱花生的童谣,却不喜欢产生这首童谣的沙质土壤,母亲说,中国因为是"一盘散沙"才受人欺负的。母亲牵着我的手,在扯起了布篷、摆满了地摊的集市上游走,越过一切与花生有关的叫卖声,为我寻找"老虎"。母亲在一个老奶奶照管的地摊上找到了它。那是一只用杏黄色家织土布缝制的布老虎,胖墩墩的,额头上有墨写的"王"字,还有一双圆瞪瞪的虎眼和六根放射状虎须。母亲说,那年是虎年,中国人应该属虎。

  在这里,我的记忆中第一次出现了敲锣的声音,那是一种"喤喤"地向天际扩散、使心脏震颤不已的声音。集市上一阵骚动。一群中学生举着小旗,用竹竿撑起写上了墨黑大字的被单蜂拥而来。大舅走在最前面,与他并肩前行的是一个赤裸着上身敲打铜锣的男人。他用力挥动手臂,脖子上暴起的青筋如蓝色的蚯蚓,在"喤喤"的锣声里边走边喊:"杞国的炎黄子孙们,快快醒来吧!鬼子的炸弹已经从天上掉下来,插着膏药旗的坦克车就要从地上辗过来,弥天大火正在从东边烧过来,天真的要塌下来啦!不愿做奴隶的杞人,起来!有血性的兄弟姐妹们,起来!……"

锣声伴着呼喊,旋风一样远去。母亲热泪滚滚。

门楼里却有人说:"瞧,王疯子又在发疯了!"

但我从此记住了这个"疯子",这是一个敲着铜锣、赤膊前行的杞人。他有着一张黧黑的杞地农民的面孔,肋巴骨一张一合,就有重金属一般的声音从他口中铿铿锵锵地奔腾而出,与锣声一起,敲打在杞国的天上。谁也看不出,这个"疯子"就是委托我大舅代理校务的留德博士。他从汤恩伯将军的监牢里跑出来潜回杞地,在集市上敲锣呐喊以后又悄然不知去向。四年以后,我又在流亡豫西山区的H大学里看到了他。他与我的父亲都在这所大学里执教。我深感遗憾地没有再看到他呐喊前进时裸露的胸膛和肋巴,却看见他穿着与偏僻的村寨不太相宜的西装,而且从卖柴山民的柴捆里找到了一根具有天然花纹的手杖。手杖像魔杖一样一起一落,敲打着村寨的土路,把一连串的逸闻趣事留在路上。

他是走出杞地的第一个"留洋生",在德国苦读五年,得到了经济学博士学位的同时也得到了一位美丽的德国姑娘的浪漫爱情,却又发现了她具有某种程度的纳粹倾向而断然离异。但也有人说,导致离异的真实原因,是那位美丽而强健的德国女子也承受不了这位中国博士过于高涨的性能力。后一种说法使得杞地的男人感到无比的自豪,乃至于导致了"日耳曼种族优越论"的破产。一位管理大学澡堂的工友公布了他在澡堂里的发现:"你们看见过博士小腹下边的那个东西么?希特勒那小子是绝对比不上的,东条英机也他妈的必败无疑!"

他从德国学成归来,曾被委任为豫北济源县县长,却又在上任第十几天或是第二十几天挂冠而去。问题出在一个承审员正在拷打土匪,当县长的博士走进审判室说:"你为什么打他?他也享有人权的呀!"承审员说:"他不肯招供。"博士说:"我来问他。"遂问土匪:"好端端的你,何以为匪?"土匪说:"家里穷,饿急了。"博士说:"这是社会问题,怎能怪你!"当即为土匪松绑,好言抚慰说:"回家吧,一路走好!"土匪对县长产生了依依惜别之情,离去时又向他"借支"了一笔有借无还的路费。

博士干县长不成,又受聘于H大学任经济系教授。他露出委屈无奈的样子说:"干这个劳什子教授,怎能拯救国魂于童蒙呢?"于是,他又在家乡杞地创办小学和中学,变卖家产、节衣缩食,把他的教授工资也逐月拿回来办学。他从省城回来,收缴了全校的戒尺、教鞭,让工友拉来一车木柴,召集全校师生开会,宣布从此废除野蛮的体罚制度。他亲手点燃木柴,放火焚烧了戒尺、教鞭,又脱了皮鞋,高举手中说:"我穿着这双皮鞋,踢过一个学生的屁股。"又对皮鞋说:"你应该代我受罚。"遂将皮鞋掷入烈火。据说那是一双德国皮鞋,在烈火中发出格外刺鼻的臭味。博士掩鼻问道:"这是什么气味呢?"博士自答:"这就是法西斯蒂的气味。"博士赤脚而立,继续讲演:"你们务必记住,今后,如果我踢了任何一个同学的屁股,你们都可以踢我的屁股,而不要把它当成博士的屁股。"全场大笑,博士肃立而不笑,说:"在一个健康、合理的社会里,屁股的地位也是一律平等的。"

博士公然贴出通告,在大学课堂上讲授马克思的《资本论》、《帝国主义论》,恩格斯的《反杜林论》。有几个来历不明的人躲在窗外偷听,向教室里探头探脑,有人听见"咔嚓"了一下,据说是子弹上膛的声音。博士听而不闻,照讲不误,声遏流云。校长惊慌赶来时,他向校长深鞠一躬说:"为了不累及阁下,请允许我向阁下宣布,我已经把我解聘了。"说毕,就将博士帽戴在手杖上,举在空中,让它滴溜溜地打着转,扬长而去。

博士把自己解聘以后,他在杞地创办的中学也面临饥荒,每月只能发给教师四元钱的伙食费。一位德高望重而饥肠辘辘的老教师就要辞教离去。他率全校学子在这位老教师面前长跪不起,说:"请先生再吃几天杂面条,容我去搞点不义之财,再吃白蒸馍。"他从地上爬起来,直奔安徽合肥,向安徽省主席刘镇华谋职。他留学德国以前,当过刘镇华的家庭教师,深受刘镇华的器重,刘就委任他当了安庆市烟酒税局局长。杞地办学经费从安庆滚滚来。一年后,他病倒在安庆。他的夫人典当了皮袄当路费,来到安庆看他。他问:"老师们还吃杂面条吗?"夫人说:"吃白馍了。"他说:"好,把我的呢子大衣卖了当路费,我们回去吧。"

博士聘请过一位温文尔雅、品学兼优的教导主任,委托他管理全部教务,却不知道他是受到通令缉捕的"赤匪"要犯。"赤匪"就在学校里收容了失散的同志,把学校变成了地下活动的据点。国民党省党部要员到校视察时,与"赤匪"要犯不期而遇,感到似曾相识,确认身份后急来抓捕,"赤匪"越墙而逃。党部要员勃然大怒,令博士交出"赤匪"。博士却抓住党部要员不放,说:"是你把他吓走了,我正要找你要人!"党部要员好不容易才脱出身来,骂了一声:"洋疯子!"不了了之。此后,博士向我大舅叮嘱说:"赶紧在学校后墙上挖个窟窿,下次再出事,别叫人家翻墙头,崴了脚脖子!"

但是,在战争正在迫近而依旧喧闹的集市上,我只记住他是一个赤裸着胸膛敲打铜锣、呐喊前行的杞人,伴着悠远的锣声远去,消逝在历史的云烟里。

集市上的叫卖声又像一缕缕细烟儿蹿上天空——

"烤白薯热哩!"

"豆腐脑热哩!"

"肉包子热哩!"

杞地的叫卖声不如古都开封的好听,缺少悠扬婉转的拖腔和唤起欲望的激情。而且,我听见,一个捧着水烟袋的男人喊了一声:"王疯子热哩!"

2. 老姥爷中举

远方的炮声把我们赶到了傅集。

傅集是杞国属地。我对傅集的第一个记忆,是竖在大门两边的两根旗杆。我骑在旗杆的石座上向天上看,巨大的云朵如雪白的羊群从旗杆顶上蜂拥而去。我和旗杆也拔地而起,钻进了茫茫云海。一只身高腿长的大斗鸡冷不丁儿地趸过来,在我鼻子上啄了一下,我又一个跟头从云朵上栽了下来。看门老人说,这是我年幼的过错,不该以那样不敬的姿势骑在旗杆磉上。举人的宅第门前才能竖旗杆,那块写着"文魁"两个大字的匾额,也只能悬挂在举人宅第的门楣上,是由天上的文曲星照看着的。

姥爷的父亲——我的老姥爷是清末举人。他老人家在我来看望他的十多年以前已经故去。他给这个家族留下了一个拔贡、两个秀才,后来都上了清末创办的第一批高等学堂,得到了国学与西学的双学历。他们是我的姥爷和他的两位兄长。这是一个富有而和睦的知识家族。母亲说,这个家族最兴旺的时候,每天吃饭,都要有一百多个来自景德镇的瓷器凑热闹,欢跃的脆响如击磬之声。

老姥爷还留下了一大片庄园。在一个被大树笼罩着、高墙包围着的大院子里,又套着十四个参差错落的小院子。我一不小心,就会从这一座院子落入另一座院子的圈套。我钻进了迷宫,高大敦实的老屋把我包围在走不出去的阴影里。屋脊上爬着奇形怪状的"走兽"。屋角上的铃铛在风中叮咚作响。落在房坡上的鸽子优雅而懒散地"咕咕"叫着,扑闪着瓦蓝色的翅膀。雕花门窗却沉声不响地紧闭着。一个窗子里传出了新生婴儿的啼哭。大妗说,我的母亲给我添了一个体重七斤零六两的弟弟。弟弟是在夜里出生的,迎接他的是炮声在远方的轰鸣,好像有一个年迈的夜游神"吭吭"咳嗽着在原野上游荡。窗棂簌簌地打着哆嗦,窗纸也发出琴弦般的颤音。

我在一个极不相宜的时刻开始倾听老姥爷的故事。在这个空旷而神秘的庄园里,老姥爷无处不在。老姥爷是一部很厚的线装书。直到今天,我还时常听见翻动书页的"沙沙"声,青春年少的老姥爷带着紫檀木和樟脑丸的气息从书中飘然而出,迈着秀才的方步,步行一百多华里,去省城开封的贡院参加"乡试"。

老姥爷是提着一个柳条编织的"考篮"来到贡院的。"考篮"上布满了孔眼,可以让搜查官对篮子里的东西一览无余。农历八月初八,是舅父和姨妈们一再提起的日子。三年一度的乡试总是在这一天开始。天不亮,老姥爷已经提着"考篮",跟杞地和豫省各地的"考篮"们一起,列队出现在贡院门外的关卡上。搜查官晃着雪亮的马灯,把我老姥爷的"考篮"翻弄得乱七八糟,检查"文房四宝"的时候,甚至没有放过一个小小的铜头笔帽。十个手指又在一条土布夹被上十分灵动地触摸,又伸出鼻子在一叠葱花油饼上闻了又闻,终于拖长声音发出了唱歌儿一般的咏叹:"放行!"

一个屡试不第的秀才在搜查官翻看了"考篮"之后仍在筛糠似的发抖。搜查官又把他从头到脚扫了一眼,发现他把手掌捂在罩衫的布扣梁上,就让他一一解开了扣梁,掀开了他的罩衫,用马灯在他身上照来照去,却没有发现任何"夹带",只是看见他贴身穿的白绫小衫上布满了密密麻麻的斑点,脱口叫了一声:"虱子!"秀才就膝盖一软,"嗵"地跪在地上。搜查官又用放大镜细瞧,斑点都变成了米粒大的小字,那是事先作好的各种文章。搜查官抛出了他的"考篮",高声咏唱:"不准虱子入场!"

这样的考场故事常引得姨妈们哄堂大笑。

老姥爷却不敢发笑。通过了搜查的生员还不到发笑的时候。他们依次过了关卡，又都收敛声息，望着"贡院"紧闭的大门，还有镇压在"贡院"墙头上的刺棵。那是特意从豫西山区采集来的野生酸枣刺棵，还挂着红玛瑙般没有风干的酸枣。历史悠久的科举制度没能得到电网和工业文明的保护，富于田园诗意的酸枣刺棵就成了防止考场内外越墙作弊的屏障。因此，"乡试"也被称作"棘闱"。

老姥爷和所有应试生员还必须经受另一种"精神测验"。

当谯楼上敲响了五更的梆子，贡院大门洞开。两排彩旗簇拥着监考官蜂拥而出。监考官仰脸向天，拱手而拜："请各地城隍老爷登场！"凡人肉眼看不见的城隍老爷就在一排排呼呼生风的彩旗下率先步入考场。接下来又跳出两个身材高大、短装打扮的汉子，举红、黑狼牙旗。举红旗的扯嗓叫道："善有善报，恶有恶报。不是不报，时候不到。时候一到，统统要报！"举黑旗的接腔喊叫："冤魂厉鬼们听着，报仇雪恨的时刻到了！有冤的申冤，有仇的报仇，都上考场清账去啊！"狼牙旗当空翻卷，若隐若现的冤魂鬼影如妖妖娆娆的蓝烟儿溜进了贡院。当监考官大声宣告"应试生员进场"的时候，有人早已面无人色，惊悚不前；有人口吐白沫，一头栽倒在地上。

老姥爷想不起自己在世上或阴间有什么恩怨，就款步走进"贡院"，在一拉溜儿鸽笼般的"号房"中找到了自己的"号房"。那是一个狭小的木屋，三尺宽、六尺长，架起一块木板，可坐可写；抽下木板，可作寝床。老姥爷行将在这里经历为时八天的三场考试，权且把"号房"当成书房，摆下"文房四宝"，打开首场考卷一看，要写以"四书"命题的八股文五篇。老姥爷对题沉吟，全忘了城隍老爷正领着冤魂厉鬼在考场上四处游荡。

来自禹州的李姓生员忽地杀猪般嚎叫起来："城隍老爷呀，饶了我吧，我招供，我招供！"众生员受到惊扰，纷纷来到李姓生员的"号房"前，只见他铺开考卷，边哭边写边叫，历数自己逼死佃户、诬告恩师等多条罪状，又杀猪般哭喊："别打了，我招！我十八年前还欠下孙寡妇三斤豆腐钱。"他双手扼住自己的脖子，脑袋向"号房"木柱上猛撞。号官匆匆赶来，急让大家把他的双手掰开。他仍在尖声号啕，脖子上已经被自己掐出血来。此时贡院大门紧闭，考试期间不准开锁。号官就让人抬来一根两丈多高的吊杆，把李姓生员缚在吊杆上打了个忽悠，从墙头的酸枣刺棵上吊出墙外去了。

考场里乱作一团。老姥爷犹自笔舞龙蛇，浑然不觉其乱。

第二场考试是以"五经"为题，再作八股文五篇。老姥爷忽觉得笔尖上紫烟缭绕，散发出烤白薯和陈年老酒的味道，直写到暮色低垂，伏案酣然入梦。到了深夜，又听得一声惊叫："娥子呀，你饶了我吧！"汝州一杨姓考生赤脚跳出了"号房"，忽作女儿态，出女儿声，凄楚长叹："天哪，奴好苦哇！"又模仿旦角身段，边舞边唱："杨二爷呀，你蛇蝎心，仗势霸占俺女儿身。我含羞忍辱梁上挂，七尺白绫锁冤魂哪……"老姥爷从梦中惊醒，坐在"号房"里发话："娥子，你暂且回去，等我出了考场，替你写状子告他。"号官又慌忙跑来说："他哪里是什么娥子？他就是娥子要他抵命的杨二爷！"吊杆再次竖起，又把杨姓考生从墙头上"忽悠"了出去。

吊杆"忽悠"了两次以后,考场上一片死寂。

第三场考试是"策问"三篇。这一天已经到了农历八月十四,秋风送凉,下起了绵绵细雨。老姥爷还剩下一篇文章未写,却受了风寒,发了高烧,倒在"号房"里昏睡不醒。一位监考官看了他写好的两篇文章,说了声:"可惜了!"示意号官拿来一床被子给他盖上。次日正午,雨过天晴,一对小燕子在他"号房"前盘旋翻飞,啁啾鸣叫,把他从昏睡中叫醒。故事在这里出现了争议:小姨妈说,没有听说过这对小燕子呀?四姨妈说,怎么没有?这是一对飞来报恩的小燕子。一年春天,大燕子在咱家屋梁上衔泥垒窝,孵出了一窝小燕子。邻家小子手狂,拿竹竿捅下了燕窝,没长大的小燕子跌下屋梁,张开嫩嘴壳声声啼叫。祖父那年才十二三岁,正在窗前读书,听见小燕子叫得可怜,急忙赶走了邻家小子,脱下帽壳,在帽壳里垫了柔软的谷草,又把小燕子放在帽壳里,把帽壳钉在屋梁上当了燕窝。多亏了祖父,要不,这窝小燕子就成了邻家坏小子的手下冤魂了不是!

我宁愿信奉四姨妈的"燕子"说。正是这一窝小燕子的后代飞进考场,啁啾不已地叫醒了老姥爷。老姥爷才摇摇晃晃出了"号房"如厕,碰见了邻号的应试生员,忙问,今天是"几"了?那生员说,今天是八月十五,天黑就要净场了。老姥爷吃了一惊,又问,怎么少了一天?那生员说,你怎么忘了八月十五是中秋节,按照历来的规矩,无论考官、生员都要回家团圆。这第三场考试要减去一天,八月十五,日落净场,不可"继烛",就是说,不可点灯延续时间。

老姥爷一听,惊出了一身大汗,重感冒霍然痊愈。他急忙回到"号房",眼看太阳西斜,料想剩下的一篇文章怎么也写不完了,功名利禄之心顿时化为泡影。老姥爷转念又想,与其在这里袖手呆坐,困守苦城,何不顺遂天意,能写多少是多少呢?不求功名得失,无愧于十年寒窗之苦也就是了。老姥爷这样一想,忽觉得心静如水,世事如烟,文思如清泉涓涓出。到了净场时刻,文章只差一个结尾。这时天色昏黑,已经看不清考卷。老姥爷想,好了,我已尽心尽力,问心无愧了。一位监考官背剪着双手缓步走来。老姥爷从容搁笔,整襟而坐,准备缴卷。监考官却在他案前款款坐下,捧起一个水烟袋,用火镰子打着火石,点着了黄糙纸折叠的火媒子,"吩"地吹起了亮光,兀自吸起烟来,照得案前一亮。老姥爷急忙重新提笔,借光收尾。监考官用了三个火媒,吸了六袋水烟。老姥爷恰好完卷,匍匐下跪说:"请恩师再吸一袋烟。"监考官说:"为何?"老姥爷说:"弟子只顾得借惠光以完残卷,未能一睹恩师容颜。"监考官向肩上挂了水烟袋,背剪着双手扬长而去,说:"一脸枯皱皮有啥好'睹'的!到了发榜之日,向贡院墙头上'睹'吧。"

农历八月底是发榜之期。那一天,贡院全体考官齐聚"致公堂"上,将中试考卷取出,共八十一份,当众将密码加封的姓名揭开,叫作"揭晓"。由最末一名揭起,高呼中试者姓名,当即写在榜上,依次写到第一名。贡院有一个来自杞地的仆役,在我老姥爷的私塾里当过书童。他躲在"致公堂"窗外偷听揭晓姓名,暗自在心中记数,记到第八十一名,没有听到我老姥爷的姓名,就急急出了贡院,让一个从傅集来省城卖梨的老乡亲回去向我老姥爷捎信劝慰。

那天,老姥爷正给弟子们开讲《论语·子罕篇》:"达巷党人曰:'大哉孔子!博学而无所成名。'子闻之,谓门弟子曰:'吾何执?执御乎?执射乎?吾执御矣。'"老姥爷口诵了原文,正要开讲,卖梨的忽在窗外喊叫:"夫子呀,我给你捎来个不老好的口信儿,怪你时运不济,这一回省城'乡试',你榜上无名了。等下回吧,不要难过啊!"

老姥爷听了,面色平静如初,向窗外拱手说:"多谢了!"又若无其事,向弟子们开讲:"达巷地方有人说,博大呀,孔子!他有广博的学问,却没有让自己成名的专长。孔子听了,对他的弟子们说,我做什么呢?赶车吗?当射手吗?我还是赶车吧。"老姥爷面带自嘲的微笑,对他的弟子们说:"孔子尚且挑选了赶车的活计,那么,我呢?我能做点儿什么呢?我去为孔子牵驴,好吗?"众弟子含泪不语。只有一个弟子站起来说:"老师,您对这次'乡试',难道没有一点遗憾吗?"老姥爷嗟然叹息说:"岂能没有?有的,我愧对三个火媒子,这样的内疚是世人少有的啊!"

接着,却听见锣鼓声由远而近。原来,捎话的仆役偷听"揭晓"时记错了人数,他离去后,中试者才全部"揭晓"。老姥爷是倒数第八十一名,正数第一,是为"解元"。好一番热闹过后,老姥爷又喟然叹息说:"可惜,我写不出好文章了!"有人问他何至于此。他说:"文章是远离功名、心静如水的时候才能写好的呀!愧负'解元'之名,常存得失之心,就要意乱神浊、提笔惶悚了。"

我不知道,老姥爷此后写文章是否又写出了烤白薯和陈年老酒的味道,只是听说他不愿做官而拒绝去京城参加"会试",继续在杞地办私塾多年。慕名从学者容纳不下,他就在门前贴了"人满"的告示。有人对他说:"子曰:'自行束修以上,吾未尝无诲焉。'听听,孔子说,只要'有人带着干肉来见我,我没有不教的'。你能说'人满'了么?"说得老姥爷惶恐不已,慌忙揭了告示。自此,就有不少人找上门来,递上门生帖,"自行束修以上",趴下磕三个头,出去就自称孟解元的弟子。杞地知识界流传着一个自我夸耀的俗语:"我的老师谁不知(杞地土音读 zhe),县南哩,孟广洛。"这位孟广洛,就是我老姥爷。若干年后,姥爷向我批讲说,孔子讲的"束修"是十条干肉,这是弟子交给孔子的一个学年的学费。我问,老姥爷要收多少"束修"?姥爷不知其详,但知道举人办私塾所收"束修"是秀才的七八倍,那肯定是一个让孔子羡慕不已的数字。老姥爷办私塾数十年,亲授弟子二百多人。加上老姥娘善理家政,家里就有了一千亩良田。

清光绪二十七年,即公元1901年,八国联军一把火烧了北京贡院。光绪二十九年的"会试"改在开封贡院举行。开封贡院是老姥爷中举的"吉地"。杞地和省城官员乃至老姥爷的同科举子,都来鼓动他参加这次"会试"。老姥爷躲进文庙,避而不见。一天,有一个疯老头用拐杖击门求见,自报姓名"火媒子",字"水烟"。老姥爷一听,急忙迎出门外,看见那老者一手执火媒,一手捧水烟袋,跷着二郎腿,侧身坐门槛上。老姥爷倒地便拜。老者稳坐受礼,说:"解元小子,皇上把'会试'送到了家门口,你为何畏怯不前?"老姥爷匍匐在地说:"京都贡院尚且不保,开封贡院岂可容弟子苟且偷安?纵有三百六十名新科进士及第,写得上千篇八股文章,怎抵得西方列强的坚船利炮,怎保我中华大好河山?"老者惊悚不语,仰天长叹而去。老姥爷慌忙爬起来,追在他身后说:"请留步,弟子惶悚中未敢仰视,容弟子看恩师一眼。"老者泣不回头,说:"还看个啥话儿呀!我这张老脸没处搁、一把老骨头也要没处埋啦!"

老姥爷目送老者踉跄而去,终日无语。忽一日,老姥爷得了"魔怔",长发披肩,赤脚奔跑于旷野之上,迎风呼号,泣问苍天:"天耶!杞人忧天乎?非耶,天令杞人忧之!"又说:"女娲安在哉?请问何以补天?……"语未终,涕泣不能言。

月余,老姥爷病情稍减,又对三个儿子说:"我无病,国有沉疴,速找药方去吧。要中药,也要西药。"我姥爷和他的两位兄长分别进入京城和省城高等政法学堂寻找药方,找到了孙中山先生的救国方略,此后都成了三民主义的信徒。三姥爷还秘密加入了同盟会。

建立民国后,老姥爷病情大有好转,出任杞地教谕,极力引进西学,创办师范和农业、化工学校,提倡教育与实业救国。我姥爷和二姥爷也以国学、西学双学历继承父业,在杞地创办了一个兼容并包的"新私塾",不唯讲《四书》、《五经》、诸子百家,还要讲三民主义、五权宪法,还为弟子们订阅了陈独秀先生主办的《新青年》杂志,传播陈望道先生翻译的《共产党宣言》。据说,老姥爷和他的三个儿子在孔老夫子的"大同世界"、孙中山的"三民主义"、马克思的共产学说中找到了共同的理想。孙中山先生在广州说:"民生主义就是共产主义。"老姥爷和他的儿子们就在杞地翻开《共产党宣言》第一页,用朱笔圈点着第一句话,互作问答说:

"共产幽灵可来杞国游荡乎?"

"可也!有朋自远方来,不亦乐乎!"

这个"新私塾"已载入中国共产党杞地党史,因为它的第一批弟子,日后成了杞地第一批共产党员。

1925年,老姥爷溘然长逝。众弟子在傅集为他修建了一座"大同花园",立碑详述其生平事迹。为他树碑立传的弟子中,有日后举矛造反的"赤匪"头目,有兴师镇压"赤匪"的显贵高官,有出国留学的洋博士,有生产"雄鸡牌"肥皂以取代日本"洋碱"而振兴中华实业的小老板。老姥爷在发黄的照片上注视着色彩斑驳的弟子。没有笑容,只有无言的沉思。

关于老姥爷的最后一个故事,是看管大同花园的老人传播开来的。老人说,每逢凄风苦雨的黄昏,或是明月高照的夜晚,花园纪念堂内时有无形无影的脚步声来去匆匆,忽而怒呼长啸,忽而谈笑高歌;忽而紧锣密鼓,忽而丝弦轻拨;忽而绵声细语,忽而叫骂声恶;忽而杯觥交响,忽而枪声大作。鸡啼时戛然而止,恍然可见幢幢人影悄然离散。之后,看管花园的老人走进纪念堂洒扫庭除,打开窗户,放走满屋的烟草、火药味,也偶尔闻到兰麝之芳香;扫去皮鞋、布鞋、草鞋留下的脚印,还捡起过几个冒着青烟、灼热烫手的子弹壳。

在一个大雪纷飞的深夜,看守花园的老人望见老姥爷骑着一头白眼窝毛驴儿,颠儿颠儿地离开了花园。他急忙追上去说:"哪儿去?不怕冷啊!"老姥爷钻进大雪,仰天呼叫:"雪呀,好热的雪呀!"毛驴儿四只银蹄刨起了朵朵雪花,雪花又化为血红的云缕缭绕远去。雪野尽头,大风又送来老姥爷渐去渐远的呼喊:"火呀,好冷的火呀!"

3. 骆驼的叹息

远方的炮声没有停息。

正在坐月子的母亲把我交给了在客房院当差老人的老伴,我叫她周奶。

管理客房院的是一位年轻的堂舅。他原来是水利工程师,蒋介石炸开花园口之后,黄河水冲走了他的水文站。三姥爷——他的父亲就叫他回到傅集,当了客房院的临时总管。我能住在姥爷家的客房院实在是我幼年的幸运。这使我有可能在两鬓如霜时怀着幼年的好奇去寻找遗忘在客房院的历史。客房院是一个创造历史、产生传奇的地方。

据说,老姥爷在民国初年建立这座客房院时,只是为了给登门拜望的众多门生和亲朋好友提供一个居住和切磋学问的地方,日后又逐渐建起了与客房院相匹配的厨房院、柴火院和磨坊院,统称客房院。厨房院除了五间"正厨",还有四间只有屋顶、没有前墙的厨房裸露着锅灶。有人说,这是"夏厨",不要前墙是为了夏季通风透凉。杞地的老乡党却说,非也,盖厨房时,孟老先生还叫管家的买回了四口杀猪褪毛用的大锅。谁也弄不明白他老人家用意何在。厨房刚盖起,孟老先生来不及留话就谢世走了。接着是灾荒年,孟老先生的三儿子原来也是省议会住会议员,人称三老师,回乡当家主事。他站在"夏厨"前定睛一看,说,父亲的心思我知道了,这厨房不要前墙是为了做"舍饭"赈灾,没有前墙遮拦,灾民吃"舍饭"方便,要不,怎会买了这样的大锅,而且是四口?从那年开始,每逢灾荒年景,到了青黄不接的时候,三老师就叫支起这四口大锅,发放一个月的"舍饭"。那是用高粱面、玉米糁加上红薯块煮的稠糊涂。稠成啥样?三老师发话,要用筷子挑得起,吃了顶饥。没有遮拦的大锅前边排起了四条长龙,一天要"舍"出去十几石粮食的"舍饭",一个月就是四百多石。三老师连眼皮也没眨巴一下。

这位三老师就是我的三姥爷。一年春天,三姥爷在法政学堂的同窗好友刘镇华就任安徽省政府主席,特意来傅集请他出任安徽省政府秘书长,就住在这个客房院里。三姥爷正忙着发放"舍饭",就指着"舍饭"锅前的灾民说:"你看看,我一走,这一大摊子就没人管了。"

刘镇华说:"以学兄之才,管乡里小事,不觉得委屈了自己么?"

三姥爷说:"民以食为天,这是天大的事情啊!"

这时,管家先生前来告急:"仓储都要吃尽了!"

三姥爷说:"不急,粮食坊子里囤积居奇,我卖一顷地,去换他的米。"

刘镇华说:"你这是哪一家的治家方略?"

"是咱老孙家跟人家老马家的。"

"我咋没听说过这两家?"

"老孙就是孙中山,我用一用他的民生主义。"

"老马是哪个?"

"德国人,大胡子,我正在拜读他的共产宣言。"

"你是说马克思?"

"对,一年拿出几百石粮食,搞搞'小共产'试试。"

"把你们孟家的家产全'共产'了岂不更好?"

"别急,等到打倒了军阀,先平均了地权再说。"

刘镇华苦笑而去。

那是一种脍炙人口的孟家"大锅饭"。但也有一些游手好闲的乡党背着铺盖来排队,吃了"舍饭",就在胳肢窝里夹着大碗,去到客房院大屋檐底下或是钻到柴火院的秫秸垛里,捉了棉袄上的虱子,一个个用牙咬了,再撅一根高粱秆,戳着后脊梁挠了痒痒,而后倒头便睡。其中一位争吃"大锅饭"的佼佼者在梦中发笑说:"哈哈,共产啦!"一觉醒来,又早早地跑到"舍饭"锅前打头阵去了。还有一些村痞子随时挤到队里"加塞儿",没人敢拦,挤到这口锅前吃了一份,又挤到那口锅前带走一份,就钻到土地庙里掷骰子去了。

这两种"小共产"的拥护者都使得"舍饭锅"在道德上的崇高感大打折扣。三姥爷心里窝火,为此进城与正在开办"新私塾"的我姥爷、二姥爷面商对策。老哥仨共同温习了"仓廪实,知礼仪"的先贤教导,异口同声说,不要着急,怎能叫劳苦大众饿着肚子学圣人呢? 三姥爷回到傅集,就把先贤教导与时兴主义一股脑儿地煮到了"舍饭"锅里。

1926年,杞地"赤匪"头目齐楚从广州农民运动讲习所带着毛润之先生的教导回到杞地,跟另一个"赤匪"头目张萃中,就是在这个客房院里密谋,与"红枪会"首领歃血为盟,发动了农民暴动。齐楚和张萃中都是我姥爷、二姥爷"新私塾"里的得意门生,也是来客房院切磋学问的常客。他们离开私塾,去省城读书以后,还常在假日里回到客房院聚会,一边翻着英汉词典,一边读完了英文版两卷本的《资本论》。有人说,他两位常常用别人听不懂的"鸟语"交谈。密谋起义那一回,却叫我三姥爷听懂了,就送给他们五辆太平车——那是豫东平原上特有的装着四个木轱辘的大车,再装上五门土炮,套上膘肥体壮的大青骡子。齐楚就从客房院跃身上马,马却打了个立棱把他从马背上掀了下来。三姥爷拍了拍马头说:"老实点儿,造反的书生没学会骑你,你给我放稳当点儿。"齐楚再次上马,马不颠不簸,状如游龙,稳稳地驮着他到了秘密起事的何寨祠堂,率领农民起义军攻打县城去了。

据说,三姥爷又用"鸟语"向土名老鸹、学名乌鸦的不祥之鸟发话说,仁义之师,不可不助。大约有一个师的老鸹给农民起义军提供了空中支援,星夜飞往县城,呼啦啦围着县衙盘旋翻飞,"呱呱"乱叫。老鸹翅膀掀起阵阵黑风,摧折了奉军军旗。尔后,腥臭黏稠的老鸹粪如弹雨自天而降,奉军军心大乱。奉系县长与三大劣绅携家小弃城而逃。清晨,农民起义军用土炮轰开了东城门,守城奉军不战而降。二十一岁的齐楚当上了共产党任命的杞地县长。

但他只干了一个多月,坐镇河南的冯玉祥将军通电拥蒋反共,出兵镇压了农民起义军,齐楚受到通缉,被缺席判处无期徒刑。他在客房院躲藏了数日,老鸹又飞来捎信说:"呀,呀,跑吧!"那时我姥爷已经到省城当了律师。齐楚又跑到我姥爷家躲藏起来,与我大舅一起钻研日语,读完了河上肇著的《经济学大纲》,后来又化装成教书先生,星夜逃出省城。这位齐楚,在新中国建立以后先后出任H省省长、中共H省省委第一书记。

1930年,蒋冯翻脸,逐鹿中原。冯玉祥把他的前敌指挥部设在了客房院。民间文学家说,蒋介石在商丘架起望远镜向西一瞧,只见数百里外一片青砖大瓦房云遮雾罩,有一只梅花鹿在云雾中一蹦一跳,一只芦花大公鸡站在屋脊上作"金鸡独立"状对天啼叫。老蒋暗想,这不是冯玉祥的前敌总指挥鹿仲麟那只鹿、副总指挥吉鸿昌又叫吉大胆的那只鸡么?急令飞机轰炸。谁知那一片青砖瓦舍上罩着一块铁板样硬邦邦的云彩,飞机翅膀蹭到云彩上,就"哧啦"一下蹭出了一串儿火花。飞机慌忙飞升,扔下来一颗尖头炸弹,在云彩上钻透了一个窟窿,眼看要落在芦花大公鸡的头上,三老师坐在家宅里看见了,对炸弹说,那是一只好鸡,不能伤他,你来我家宅里做客吧。炸弹就把脑袋一歪,落在家宅上房的房坡上,"嗵"的一声,却没有爆炸,又一个跟头栽下去,像一只大萝卜斜插在院子里。吉鸿昌撤走时来家宅告辞,三老师闭门不出,吉鸿昌急了,就站在窗外喊叫:"三先生,还我炸弹!那炸弹明明是老蒋送给我吉大胆的,你咋像拔萝卜一样把它给拔走了?"三老师在屋里说:"我用它给你打了一把大刀,交给你的军需官了。你有了这把大刀,以后就别再给别人当枪使了。"后来,吉鸿昌秘密参加了共产党,在张家口组织察绥抗日同盟军,赤膊率士卒冲锋陷阵所挥舞的大刀,是不是三姥爷送他的那把大刀呢?待考。

吉鸿昌离去时,也曾隔窗向我三姥爷撂话:"我也送给你一样东西,把它拴在客房院牲口槽上,你去把它牵走吧,你跟它都该换换地方了。"三姥爷去客房院一看,牲口槽上拴着一匹威武高大的骆驼。三姥爷看骆驼身高体健、吃苦耐劳,就突发奇想,要试用骆驼代替耕牛犁地。牛把式刚把牛辔头套在驼峰上,骆驼就摇头喷鼻,仰天叹息。三姥爷向骆驼拱手说:"啊呀,对不起,怪我亏了你的材料。"就把骆驼送到牲口院跟几头年高德劭、已经退役的大老犍一起供养。大老犍没有看见过这样的庞然大物,纷纷退缩到墙旮旯里。骆驼环顾四周,不见同类,孑然一身,形影相吊,到了深夜,仰天长啸不已。三姥爷怦然心动,说:"好一个吉大胆,你把我比成牲口槽上的骆驼了!"

三姥爷费尽心思,要给骆驼安排一个合适的去处,让它材有所用,豫东大平原上却找不到骆驼的活计。骆驼闷得发慌,就在一天夜里挣开缰绳跑了,在豫东大平原上留下一声悠长的嘶鸣,如同向天边飘逝的一声叹息。有人说,后来在一个马戏团里看见过它,它老了,一只神气十足的猴子骑在驼峰上成了驭手。猴子扬起花鞭,骆驼就仓皇迈步,木然地在圆场上踱着圈子。它好像无意得到观众的赏识,所以表演成绩不佳,比不上神气的猴子,也比不上那只会钻圈、还会给猴子拉车的小狗。

4. 毛润之先生的弟子来了

　　我总是在悠远的叹息声里看见一群群溃散的士兵,如被掀翻了老巢的蚁群惶惶地爬动在豫东大平原上。当黑夜笼罩了无边的原野,漆黑的夜幕上就点缀着星星点点的篝火,空气里飘散着焚烧秸秆和棉花柴的焦煳气味,时有冰冷嘎嘣的枪声蹿上天空。

　　大舅也来到了客房院。他已经接受了国民党第一战区司令长官程潜将军的委任状,花了十块现大洋买了一套黄军装穿在身上,胸前披戴上了"民运指导员"的徽章,从县城拉来一支学生游击队住进了客房院。杞地的《地方志》告诉我,那是杞地第一支抗日游击队,共产党杞地中心县委书记和县委委员都隐蔽在这支游击队里。《地方志》也馈赠给我大舅几个公正而不乏热情的标记:世家子弟、进步知识分子、富有正义感的国民党员。于是,隐蔽在游击队里的共产党杞地中心县委就得到了一个国民党员同时又是"民运指导员"和他的家族的庇护。三姥爷从"看家队"拿了一支手枪给了我大舅。他一转身,就把它别在了共产党地下中心县委书记的腰带上,只给自己留下了一个空枪套,塞进去一支木头枪。他把右手按在空枪套上来去如风,俨然是一位面临决战的将军。

　　在紧挨客房院的大同花园里,游击队员们也在用木枪操练。喊杀声蹿到杨树叶儿上,受惊的幼蝉就发出一声刺耳的鸣叫,扯出一条响亮的弧线,飘飘悠悠落在我身边的一棵白杨树上。

　　那是一棵高大挺直的白杨树。风从树梢上掠过,树叶儿飒飒地拍着巴掌。我总是站在白杨树下寻找大舅的身影。六十年以后,我又在一位将军的"回忆录"里找到了他。他正奔走在兵荒马乱的大平原上,寻找另一支下落不明的红色武装。将军当时是共产党杞地中心县委的军事部长,拉起了一支只有十二个农民、四条枪的游击队,却与中心县委失去了联络,找不到落脚的地方。大舅找到这支游击队时,游击队却遭到国民党保安团的袭击,刚刚被解除武装。身穿国民党军装的大舅,把右手按在空枪套上,亲率游击队闯进了国民党流亡县衙,指着县长的鼻子说:"你是日本人的汉奸,还是中国人的县长?"县长说:"孟大公子,有话好好讲,不要乱扣汉奸帽子!"大舅拍着空枪套说:"我不是公子是武夫。你若不是汉奸,为什么要解除抗日武装?"县长说:"我有可靠情报,他们是赤色分子。"大舅说:"现在国共合作抗日,他们就是赤色分子,你又能把他们怎么样?"县长翻脸说:"现在,土匪都打着抗日旗号招兵买马,一下子冒出了几十个司令,你能分清楚谁是真正的抗日武装?"大舅指着胸前的徽章说:"我奉第一战区长官司令部的命令招兵买马，这支游击队就是我刚刚组建的抗日武装。"大舅又拍了一下空枪套："请你跟我去长官司令部走一趟？"县长慌忙改口说："误会，误会！"立即发还了游击队的全部武器。将军回忆说，游击队还趁机多要了二百多发子弹。大舅的枪套却因为他接连不断地拍打而张开嘴来，赫然露出了假冒伪劣的木头枪。刚从流亡县衙里出来，将军就慌忙替他合上了枪套。大舅埋怨说："你怎不早点提醒我？我就说保安团抢了我的勃朗宁，让他加倍赔偿，再掂走他那挺重机枪！"

大舅刚刚把这支农民游击队带到客房院与学生游击队会合，齐楚就戴着一顶筒形草帽、穿着教书先生的蓝布长衫，罩住他中共豫东特委书记的身份，只身一人，来到他阔别十一年之久的客房院。大舅拍着巴掌叫他的小名："殿章哥，我总算把你盼来了！你看，你的同志都在客房院等你哩！"三姥爷也高兴地说："小殿章，你赤手空拳地回来，不怕鬼子啊？"齐楚说："三老师不怕，我就不怕。"又叫着我大舅的小名说："诚弟不怕，我就不怕。我是来请教三老师，建立豫东的抗日武装。"三姥爷说："好，我这客房院里又要有新故事了！"

齐楚无论是作为豫东农民暴动的领军人物和豫东特委书记，还是作为新中国成立以后的H省省长、中共H省省委第一书记、中共中央委员，始终是一个令人惊叹也令人惶悚、伴随着怀念也产生着激烈争议的人物。这个出生在杞地一个乡村医生之家、1925年加入了中国共产党的造反者，以他学究式忠厚谦恭的微笑和他游侠般波诡云谲的身影笼罩着姥爷和他老哥仨的整个家族。

1956年，在齐楚当选为中共中央委员以前向党中央所写的《自传》里，特意提到了我姥爷、二姥爷的"新私塾"，说他是在这个"新私塾"里接受了共产主义的启蒙。我姥爷不胜惶恐地对我说："哪里哪里？我和你二姥爷只是在各种'主义'之间，为小殿章他们提供了进行选择的可能性罢了。归根结底，小殿章是润之先生的好学生，我知道的。"姥爷总是在私下谈话里称毛主席为"润之先生"，这个称呼开始于1926年小殿章亦即后来的齐楚从广州农民运动讲习所第六期学成归来之后。他对我姥爷说，润之先生问他："你这个杞人，忧天倾么？"齐楚用杞地口音说："咋能不忧哩？夜不能寐。"润之先生说："天要塌，是扶不起的。杞人勿忧，回去改天换地就是了。"临别时，润之先生又吟咏江淹的《别赋》与弟子话别。姥爷隔窗远望，抚须吟诵："黯然销魂者，唯别而已矣！……"又眼含泪光，向我批讲说："这就是说，神情极度悲伤以至于灵魂消散，只有离愁别绪呀！由此可见，润之先生与其弟子之间的情感有多么深厚了！"

姥爷说，1927年，齐楚又去武汉开会，听了润之先生的《湖南农民运动考察报告》，才毅然回到杞地发动了农民暴动，一举拿下了杞地县城，接着又去陈留县与奉系县长朱建中谈判，只带着随员王复兴和四五个起义军士卒进了陈留县衙。朱建中接到密令，要借谈判之机，捕杀齐楚于县衙大堂。齐楚进了县衙，偌大一个院子里寂无人踪，却看到偏厦里刀光闪烁，肃杀之气森森然扑面而来。王复兴示意速逃，县衙大门却在身后关闭，几个冷面枪手蓦地堵住了后路。齐楚不动声色，一边与王复兴含笑低语，一边摇着芭蕉扇直入大堂。朱建中将手伸过来虚意寒暄,齐楚接住他的手紧握不放,王复兴也死死抓住朱建中一条胳膊,用刀刃抵住了他的咽喉。朱建中大惊失色。齐楚说:"对不起,你以谈判为名,要我引颈受戮,不够朋友,只好让你'引颈'送我,请喝退你的枪手。"起义军士卒紧紧裹胁着朱建中出了大堂。暗中埋伏的枪手纷纷跃出。朱建中急忙喊叫:"不要开枪,千万不要开枪!"王复兴用刀尖逼着朱建中,起义军士卒护着齐楚直奔后门。朱建中奋力挣脱,翻墙欲逃,被王复兴一刀刺死在墙头上。县衙内一片混乱。齐楚随士卒越城而出,隐入青纱帐中。姥爷叫了我一声"小!"叹息说:"从此,对小殿章就不可以书生视之了!"

姥爷还问过我:"小,你知道那个写了《别赋》的江淹是哪里人么?"我摇了摇头。姥爷说:"他就是杞地的近邻考城县人,考城现在与兰封合并为兰考县了。说来也巧,齐楚领导农民暴动后,受到通缉,在我这里隐蔽了数月,又跑到江淹的家乡考城县隐蔽下来,当了高小校长。没多久,他又跑到省城找我。我看他愁眉苦脸,问他,怎么,江郎才尽了么?他说,不妙,跟他一起隐蔽在学校里的四位同志叫县长一窝抓了,听说就要贴杀人告示,请老师设法营救。我说,事不宜迟!但我还要考一考你的国学底子,你以我律师名义,写一份辩护词如何?他熬了一个晚上,写好了一篇绝妙文章,开头就是:'呜呼!窦娥之冤将重现于考城矣!'痛陈此案是考城地方派别争权夺利加上多角恋爱之宗派兼男女之争,四位仗义执言的教师遂成祭品。我说,好了,我给你九十分,剩下十分,就看省法院给不给面子了。省法院院长是我在北京高等政法学堂同窗,他收下辩护状,急把案子调到省法院审理,未出半月,'考城窦娥'得以昭雪。齐楚偕同四位男'窦娥',急匆匆逃往豫西造反去了。"姥爷拈须大笑,"那年大旱,我说,小殿章休逃,你欠了我一场'六月雪',何时还我?"他鞠了一躬说:"冬天,冬天!"

"这是怎么一回事呢?"姥爷抚须自问,"我怎么与共产主义结下了不解之缘呢?一刀刺死了朱县长的王复兴,也是'新私塾'里的好学生,生性腼腆,却没有想到他也加入了共产党,乱军阵中取县长首级如探囊取物,我真的不敢以弟子视之了!我不过让他们读一读马克思的共产学说,看一看太史公的《游侠列传》、《刺客列传》罢了。"姥爷又摇头叹息说,暴动失败后,王复兴惨遭劣绅杀害,他的妻女流落开封街头。女儿小名白妮,品貌兼优,是杞地的美人儿。姥爷看她娘儿俩衣食无着,又见时任河南省财政厅厅长的南汉宸清正廉洁且风度翩翩。姥爷就安排白妮与南汉宸相识。他俩一见钟情、二见倾心、三见而定了终身。齐楚见了我姥爷鞠躬便拜,说:"多谢四老师!"姥爷说:"为何谢我?"齐楚说:"多亏四老师作伐,让烈士的女儿嫁给了烈士信得过的同志。"姥爷才知道南汉宸也是中共地下党员,就是新中国成立以后出任中国人民银行行长的南汉宸。姥爷感叹说:"时也,命也!既然我和你二姥爷把'共产幽灵'请到了杞国,命中注定我要为它的弟子们玉成其事。"

5. 夺　枪

　　在1938年那个遥远的夏季，齐楚所以能够进入一个四岁幼童的记忆，仅仅因为他手中"噼里啪啦"地摇着一把破芭蕉扇。堂舅告诉我，在他摇着芭蕉扇的时候，他和大舅已经盯住了国民党一个排的溃兵，准确地说，是盯住了四十多个溃兵的四十多条"捷克式"步枪，再加上两挺特别诱人的重机枪。这群溃兵像蚂蚁搬家一样从徐州战场上惶惶地爬过来，到了杞地就把一个村庄里的祠堂当成了老巢，干起了打家劫舍的勾当。有人捎信说，土匪头子大老李给这群溃兵的麻排长捎话，让他把溃兵拉过去，许给他一个副司令。麻排长正给大老李讨价还价，眼看就要随大老李落草了。

　　晚上，齐楚与我大舅在客房相对而坐，芭蕉扇"噼啪"作响，一直扇到了鸡叫头遍。我三姥爷来了，问他："小殿章，你的扇子扇得急，你是有事瞒着我了！"齐楚说："我和诚弟盯上了一群溃兵的武器。"大舅说："愁的是没有那么大的荷叶，包不了那么大的粽子！"三姥爷坐下来，说："我这里有荷叶，先礼而后兵么！"三个人又唧唧哝哝说了一阵"鸟语"，齐楚的破扇子就"啪"地一响，说："好，就听三老师的！"

　　次日下午，大舅和齐楚陪着麻排长和一个排的士兵来到了客房院。兵们用枪托赶来了一头一蹽一跳的黄牛，枪刺上挂着鸡的叫声。山羊却表现出一如既往的温顺，一声不吭地被拴在那棵拴过骆驼的牲口槽上。大舅脸色阴沉，齐楚却忽闪着芭蕉扇，向麻排长赔着笑脸，像一个唯恐丢了饭碗的教书先生。

　　三姥爷在这时走进了我的记忆。但我想不起三姥爷身上有前清"拔贡"或是高等法政学堂留下的任何痕迹，只记得他长得像杞地农民一样敦实健壮，有一张棱角分明的四方脸庞，两鬓霜雪而红光满面，只是他那双圆环眼里的内容与农民不同，有牛的善良，也有虎的威风；有黑沉沉的智慧，也有闪亮的锋芒。我望见他走出客厅，向满院子士兵打着招呼。周奶就连忙把我抱走了。

　　周奶的老伴——当年在客房院当差的老人告诉我，三姥爷迎上前说："辛苦了，麻排长！"兵们哄然大笑，说："我们排长脸皮麻姓氏不麻，他姓孙，是孙排长。"孙排长骂骂咧咧说："这里的野百姓耍贫嘴，张口闭口叫我麻排长，把我的军威也给叫跑了！"三姥爷说："对不起，误会了，请孙排长原谅！"麻排长斜睨着齐楚和大舅，说："我姓孙可不是当孙子的孙，是国父孙中山的孙！"三姥爷说："好，我就喜欢孙中山先生的孙。听说孙排长要带着弟兄参加游击队，留在杞地抗日，这是杞地的幸事！请贵部在这里安营扎寨，我为弟兄们接风洗尘。"麻排长说："那好，弟兄们这辈子的给养就全靠你老庄主了！"三姥爷说："一言为定，只要你们留下来抗日，给养我包了。"

　　客厅里摆了酒席，麻排长却不落座，让大舅和齐楚领着他进了游击队居住的二进院。他望见游击队员们手中没有枪支，兜里却插着钢笔，就露出啼笑皆非的样子："这哪像部队？一群留着分发头的学生仔加上几个穿长衫的教书匠,打仗都是好样的肉靶子!"又说,驻防怎么没有驻防的样子？就在游击队驻扎的二道门外和客厅门前各派了两个岗哨,才走进客厅说:"好了,二位,咱喝着说着,就说说小蛇怎样吞大象!"

那一天,大舅表现了从未有过的耐心,为了表示真诚合作的愿望,特意解下武装带挂在身后的衣架上。三姥爷陪了三杯酒,说:"你们年轻人吃着喝着说着热闹着,我老了,不胜酒力,就不坐在这里碍事了。"齐楚忙着给孙排长斟酒夹菜,三姥爷丢下一个眼色出了客厅。

院子里也摆好了几桌酒席,兵们把枪支架在树下,就一哄而上,等不及当差的倒酒,已经在自斟自酌,猜拳行令。客房窗口里,学生们的眼睛像乌溜溜的弹丸瞄准了士兵。三姥爷又在院子里转了一圈,向兵们敬了酒,就进了堂舅屋里,说:"不能大意,要侍候好这群'丘八',这是一群坏孩子!"

院子里,一个满嘴油腻的"丘八"斜睨着学生们住的客房,唱道:

　　南边来了个洋学生,
　　嘴里嚼着"哈德门"。
　　有心问他要一根,
　　就怕丢了人!

兵们大笑。

当差的慌忙对堂舅说:"当兵的要烟吸呢!"

堂舅就拿了几盒香烟跑出去,给兵们散烟。

三姥爷始终用悲悯的目光望着窗外的士兵,自言自语说:"不要流血啊!"

从正门出去的堂舅,却从屋后通向花园的暗道里匆匆走来:"爹,大老李回话说,三老师给我打招呼是看得起我,麻排长那四十多条枪我就让给游击队了,算我大老李也'爱国'一回。"

三姥爷感叹说:"这个土匪也懂得民族大义!"

堂舅说:"他还说,他不敢忘了,他小时候吃过三老师的'舍饭'。"

三姥爷说:"算我没糟蹋粮食!"

堂舅盯着客厅说:"爹,动手吧!"

三姥爷又叹了一口气,说:"叫他们再说会儿话,不能不教而诛。"

客厅那边,孙排长却把脑袋伸到窗外,喊叫说:"弟兄们,别嚷嚷,我也来一段小曲儿!"

兵们齐声叫好。他就用筷子敲着碟子,唱道:

　　送情郎送之在大门以北,

猛抬头看见了老王八驮石碑。
　　问一声老王八你犯了什么罪？
　　只因为烧酒里兑了凉水。

　　兵们哄堂大笑。
　　当差的又小声问："咋了？是嫌咱酒不好？"
　　堂舅说："爹，看他那猖狂样，该动手了！"
　　三姥爷说："再搬一坛好酒。"
　　天色渐暗，士兵们都已喝得嘴歪眼斜，却还在划拳行令。
　　堂舅又从屋后的暗道里走过来，说："爹，上菜的伙计捎话，谈崩了！"
　　三姥爷掀开竹帘，站在廊檐下拍了三下巴掌。墙头、屋脊上、客房窗口里，就呼啦一下露出了一排排黑洞洞的枪口。士兵们浑然不觉，只是醉眼惺忪地看着我三姥爷。
　　三姥爷大声问："弟兄们吃好喝足了吗？"
　　孙排长从窗口里探出脑袋说："庄主，你是撑我们走哇？"
　　三姥爷说："孙排长，你不要走了，趟将大老李托我捎话，他不来跟你接头了。你们只有参加游击队……"
　　三姥爷话没落地，孙排长就倏地拔出手枪，"啪"的一声枪响，三姥爷纹丝未动，孙排长却一头栽倒在窗台上。"真格的！"傅集农民说，"三老师伸手接住一颗热乎乎的子弹，吹了口气，叫它在手掌上翻了个跟头，那子弹就'日'地飞回去，麻排长胸脯上就'噗'地冒出一朵血红的大花。三老师是天上星宿下凡，玉皇大帝时刻保佑着他的！"当差的老人却说，不对，是齐楚拿起芭蕉扇，"啪"地向酒桌上拍了一下。站在窗下向屋里递菜的"看家队"队长虎子就从怀里掏出"小八音"，"啪"地一枪，把麻排长撂翻在窗台上。墙头、屋脊上齐声叫喊："不许动！"士兵们都吓傻了。正在发愣的岗哨也早被假扮成跑堂伙计的枪手缴了械。"看家队"队员都从墙头、房坡上跳了下来。学生们也跳窗而出，夺去了架在树下的枪支。齐楚望着孙排长的尸首说："可惜了，可惜了，怪你不愿意死在抗日战场上。"
　　我在周奶的里屋一觉醒来时，学生们正在院子里高举枪支，欢呼胜利。一群农民向缩成一团的士兵们吐着唾沫，领走了鸡和牛羊。
　　三姥爷却闷闷不乐地问我大舅："你不觉得孙排长死得冤枉么？缴了他的枪，打发他回家就是了！"大舅说："三伯，来不及了，眼看他就要动手了。"三姥爷说："你没看见么？直到他咽气，他手枪上的保险还没打开哩，罪不当诛啊！"齐楚说："三老师，今天写的是一篇应急的大文章，顾不上细枝末节、字斟句酌了。"三姥爷长吁短叹说："多画一撇，就是一条人命啊！买一口好棺材，把他厚葬了吧。要善待那些当兵的，想留下的留下，想回家的要发足路费。"
　　一个排的溃兵都是南方人，与杞地语言不通，且早已成了惊弓之鸟，都不愿留下来，千恩万谢地领了路费,换了便衣,急匆匆回家去了。脱下的四十多套军装,都穿到了游击队员的身上。大舅也扔了空枪套,挎上了孙排长的左轮手枪。客房院的"鸿门宴"已经成了上一个世纪的传奇故事并在流传中继续增添着新的细节。《地方志》上却准确无误地记载着这次难得的缴获:重机枪两挺、"捷克式"步枪四十一支、左轮手枪一支、子弹五千余发。三姥爷却毫无得意之色,他说:"这本来就是中国人买来的洋枪嘛,只是在中国人之间倒了倒手。中国人拿它打鬼子以前,还要让中国人为它流血,这样的代价太沉重了!"三姥爷又卖了二百多亩地,为游击队购买了溃兵们散失民间的一批枪支弹药,这也作为一个爱国士绅对创建红色抗日武装的重大贡献载入了杞地史册。

6. 日本俘虏

游击队有了武器以后,大舅的戎马生涯就有了一个喜剧式的开场。

游击队打的第一仗是奇袭鬼子抢粮队。这是鬼子侵占杞地以来受到的第一次打击。游击队员一个个摩拳擦掌,一个个临阵发慌,一个个一看见鬼子就"噼里啪啦"乱放枪,还有人在洋铁桶里放炮仗。鬼子不知虚实,丢下抢到手的东西夺路而逃。懂得一点军事知识的县委军事部长说,本来是一个打歼灭战的绝佳机会,由于过早地暴露目标,只取得了一次击溃战的有限胜利。保留至今的战报中说:"此役击伤鬼子兵三人,击伤并俘获东洋马一匹,缴获'三八大盖'一支、钢盔十顶、饭盒十个,夺回粮食两千余斤、钢珠马车两辆、骡子六匹、猪两头、鸡十只。游击队无一伤亡。"

那匹东洋马是大舅亲手击伤而后抓获的第一个日本俘虏。大舅说他屏止呼吸,严格按照"三点成一线"的射击原理,举枪瞄准了一个骑马欲逃的鬼子,射出去的子弹却在"第三点"上击中了鬼子的战马。战马竖起前腿,打了个立棱,把鬼子撂倒在路沟里。鬼子一骨碌爬起来,钻到小树林里拼命逃跑。大舅一边持枪紧追,一边用日语喊话:"好样的,不要跑,你的'大和魂'哪里去了?"鬼子一边逃跑,一边回话:"你的日本话讲得很好,你的枪法不好。"大舅气急,举枪欲射,鬼子却绕着树跑,忽隐忽现,不易捕捉目标。大舅紧追着大喊:"站住,把你的枪拿出来,我和你再比试一次!"鬼子紧跑着回话:"我的枪丢了,我喜欢柔道。"大舅说:"很好,我跟你较量中国式摔跤。"鬼子却没有停下来。大舅咬牙紧追,距离越来越近,眼看着一场中国式摔跤与日本式柔道之间的较量就要开始,另一个鬼子却从树林那边拍马而来,这个鬼子蹲出树林,倏地跃上马背,两个小鬼子伏身骑在一匹东洋马上,怪笑而去。大舅连击数枪,弹皆虚发,又用日语喊叫:"叫你们土肥原来,我为他留下了一颗子弹!"看家队队长虎子急急跑过来说:"好一个孟大公子,你怎能离开队列,孤身穷追呢?"大舅却急头怪脑地问:"咋搞的?我的枪老是在'第三点'上发生问题!"

被大舅击伤的东洋马没有伤筋动骨,牵到三姥爷的马厩里养好了伤,就对中国游击队产生了深厚的感情,从此背叛了日本天皇,后来成了新四军四师师长彭雪枫将军的坐骑。但是,虎子直到老死还保留着一个疑问:"他妈的!那匹东洋马说不定是个假投降的奸细,彭将军中流弹牺牲以前,就是骑在这匹马上的!"

我看见过这匹威武高大的东洋马。在燥热的阳光下,一个年迈的马夫牵着它在花园里溜达。马身上的毛色犹如枣红的锦缎,涌动着耀眼的波纹。一群孩子围着它向它喊叫:"小日本儿,你想你妈不?"东洋马就喷着鼻息,摇响了脑袋上的铃铛。马夫用手指梳理着马鬃,呵斥孩子们:"我正哄着它叫它留在咱中国,你们老叫它想妈是咋着?都给我爬回去,找你们的妈去!"我远远地跟着东洋马走。我知道,它是大舅从鬼子手里夺回来的一匹好马。那是我幼年时代产生的第一个"民族骄傲"。

在奇袭鬼子抢粮队以后,客房院又发生了一件载入《地方志》史册的重大事件:共产党领导的睢县、太康县两支以教师、学生为主体的游击队,来到客房院与杞地游击队会合。齐楚以中共豫东特委书记的身份,在客房院秘密召开中共豫东中心县委会议,宣告了"豫东抗日游击第三支队"的诞生。会议决定,由齐楚任司令,我大舅和一位刚刚派来的经历过二万五千里长征的红军营长任副司令。

大舅的悲剧性结局就源于他当上了这个始料不及的副司令。

半个世纪以后,《地方志》透露了永远不会为我大舅和三姥爷所知晓的一些史实,比如,任命我大舅担任副司令的决定,曾在客房院秘密会议上受到强烈的反对。有人说,尽管他是一个没有争议的爱国进步人士而且冲锋在前乃至于向侵华日军司令长官土肥原叫板挑战,但他又是一个连国民党也不能给他套上笼头的国民党员和颇有一些大少爷脾气的世家子弟,如果让他担任这一职务,怎能保证党对这支抗日武装的绝对领导呢?争论在激烈进行的时候,那个"颇有些大少爷脾气的世家子弟"却率领着"看家队",担负了这次秘密会议的警卫任务,保证了这场争论的顺利进行。三姥爷也在秘密会议期间再次卖了一百多亩地,为刚刚合编的游击队购买了第二批枪支弹药。堂舅也在为秘密会议的参加者们操办伙食。一种名叫"红薯泥"的杞地名吃,出现在同志们难得一聚的餐桌上。也许正是摆在眼前和餐桌上的事实,加上孟家在杞地的影响,帮助齐楚说服了自己的同志,同时也埋下了日后的祸根。

母亲说,那些天,三姥爷总感到心神不定,要发生一点什么事情的直觉在他右眼皮上霍霍地跳个不停。会议结束后,三姥爷一听说我大舅被任命为这支红色武装的副司令,就觉得心里一震,从天边滚过了沉闷的雷声。三姥爷说,共产党的队伍怎能在它的指挥机构里容纳一个桀骜不驯、不受党纪约束的人呢?大舅却以"士为知己者死"的决心,扯下了国民党第二战区"民运指导员"的徽章,让大妗在他的袖子上缝了一绺二寸宽的布条,上边盖有"游击支队"的条戳和属于他的"03"编号。三姥爷望着布条上的编号,眼皮上依旧霍霍地跳个不停。大舅死后,姑姥姥说,怎么摊上了那个号,"03"?都盼着他囫囵个儿地回来,怎么队伍还没开拔,就叫人"零散"了呢?三姥爷倒没有往"零散"上想,他说这个编号太靠上,"高处不胜寒"。

游击队就要出发时,三姥爷把我大舅和齐楚叫到身边,说:"殿章,你诚弟是一匹烈性马,年轻气盛、难以驾驭。你就是他的兄长,要给他套上笼头,我把这个大侄子托付给你了。"齐楚说:"三老师,诚弟忧国忧民,有胆有识。我与诚弟同心同德,共赴国难。"他说着,就动了感情,又改口叫了一声"三伯!"说:"我和诚弟都是您三位老人家从小看大的,您就放心吧!"三姥爷眼圈一红,又对我大舅说:"诚,你殿章哥老成持重,深谋远虑,可补你的不足,遇事勿急勿躁,多给你殿章哥商量。"大舅说:"请三伯放心,大敌当前,容不得我率性而为。殿章哥,以后,你要对我多提醒啊!"大舅和齐楚并肩退出时,三姥爷又说:"等等,你们把'看家队'也带走吧,好好打鬼子去!"齐楚说:"现在兵荒马乱的,你身边没有几个人怎行!"三姥爷不容置疑地挥了挥手,合上眼说:"好了,你们可以走了。"

我站在旗杆礅上,目送大舅和游击队高歌远去。

在游击队的行列里,我也看到了堂舅。游击队出发前,堂舅脱了长衫,换上国民党溃兵留下的一件军装,把一支二八盒子别在自己的腰上,俨然以军人姿态向我三姥爷行了一个蹩脚的军礼,就把客房院一大串钥匙撂在了桌子上:"爹,我也要走了。"三姥爷挥了挥手,说:"我知道你要走了,别以为你爹是个老糊涂,我早知道你也是躲在你爹身边的共产党!"

我久久地望着天边。大舅和堂舅的身影随着长长的蚁群向天边蠕动,消失在天地相连的地方。我的鼻子有些发酸,眼泪辣辣地挂在脸上。

母亲说,大舅和堂舅是离开这个大家族的最后两个身影。在他俩之前,我姥爷、二姥爷和他们老哥仨的十五个子女已离开了家乡的土地。和大舅一起离去的堂舅是三姥爷最小的儿子,他们的兄弟姐妹在省城完成各自的学业以后都没有回来。只有三姥爷和他的老伴守候在老姥爷留下的庄园里,为一个行将崩溃的大家族养老送终。一天夜晚,三姥爷独自走进大同花园纪念堂,望着我老姥爷的遗像说:"父亲,您有一群自立自强的子孙,他们都是这个家族的叛逆者和掘墓人。我却必须留下来,为您老人家守墓,直到天亮时刻,灯残油尽。您难过吗?父亲!"

7. 跳 蚤

母亲带我来到傅集,是为了在世上找到一个比较安全的地方生下弟弟。父亲却随同省城的学校,提前去了南阳。弟弟来到世上只有十八天,省城开封和豫东大平原上的每一座县城都已沦入日寇之手。黄鹭鸟在天上看到了遍地硝烟,就躲在村庄擎起的绿荫下声声啼叫,催我母亲快快启程。

我们离开傅集,开始了漫长的逃亡。

在逃亡者的驿站上,我时常听到人们用神秘的口气传递大舅的消息。所有的消息都使我感到不安,因为我总是闻到焚烧秸秆、火燎鸡毛的焦煳味和断手残肢上的血腥气,看到一个从不回头的背影映着流血的残阳远去。

最早的消息里,常常出现一个奇怪的名字:麻雀。听得多了,才知道麻雀是一个年轻浪漫的共产党员。在大舅担任校务主任的学校里,他曾得到过大舅的保护,大舅还特意把一台油印机交给他管理使用。他便以"麻雀"为笔名,在地下县委的油印小报上发表文章,要他的同志们向麻雀学习,以"忽聚忽散"的方式举行抗议示威活动,进行"麻雀战"。当他得知军警和流氓打手要来破坏集会的时候,却又撇下自己的同志,像麻雀一样飞走了。"麻雀"就成了他的代号。大舅瞧不起麻雀的为人。齐楚刚刚回来时,大舅看见麻雀与齐楚热烈握手后,转脸就对他的同志们说:"哈哈,现在国共合作抗日了,说不定国民党会让齐楚当个专员,咱们也要弄个县长干干了!"

大舅出任副司令以后,鉴于上次战斗中一群书生"噼里啪啦"乱放枪的教训,建议起用有实战经验的老兵担任班、排长。但他立即发现了自己的鲁莽,因为现任班、排长虽然都是没有实战经验的书生,却都是壮怀激烈的共产党员;有实战经验的多是原"看家队"里收容的直系、奉系军队中身怀绝技的老兵。"看家队"队长虎子还当过奉系一个将军的贴身保镖。大舅的建议受到了理所当然的否决。只有那位被他称为"红军哥"的王副司令一声不响。

当了政治干事的麻雀却揪住大舅的建议不放,说:"孟副司令,你干脆明说,你是不是要用你们孟家的'看家队',自下而上地夺取游击队的领导权?"话一出口,全场皆惊。大舅拍案而起,正要反驳,齐楚急忙站起来,连连扇着芭蕉扇说:"消消气,消消气!"又责备麻雀:"你怎能这样怀疑同志呢?孟副司令只是求胜心切,怪我没有来得及就起用旧军人有可能改变游击队性质的问题跟他交换意见。"又向我大舅扇着芭蕉扇:"坐下说,坐下说。"大舅强压怒火说:"请不要误会,我提出这个建议,首先想到的就是我自己不懂军事,只是一介书生,不是一个合格的副司令,甚至不是一个合格的游击队员。但我必须说明,孟家的'看家队'已经成为历史,现在是我们三支队的特务队,我现在就交出特务队的指挥权。"麻雀说:"现在不是谁来指挥特务队的问题,而是特务队要不要取消建制、化整为零的问题。"大舅说:"好,我把特务队的指挥权放在这里,至于是不是取消建制,请党内开会决定。"说罢,坦然走出会场。齐楚和红军哥一起追出来喊叫:"大孟,你回来!"大舅说:"你们开会吧,党内先统一认识嘛。我这个国民党早已不要的国民党员,从我决定与你们共事的那一天起,就懂得要尊重共产党的规矩。"

特务队前途未卜。麻雀却得到一个情报:铁杆汉奸张老五派其主要兵力出巢活动,土围子内部空虚。豫东特委决定:三支队乘虚而入,摧毁土围子,消灭张老五。红军哥认为情况不明,不可鲁莽求战。在指挥部内占有绝对优势的革命书生们一致拒绝了他的意见,强调不可贻误战机。红军哥苦口相争时,列席会议的麻雀也要求发言,冷冷地抛出一句话:"当前的主要危险是右倾投降主义。"

战斗在能见度良好的白天打响了。七月的阳光明媚地照耀在一望无际的大平原上。在土围子的炮楼上,张老五的目光更加明媚地俯视着一览无余的开阔地。红军哥与我大舅亲率游击队向土围子发起强攻,却遇到了意外猛烈的火力阻击。游击队在没有任何隐蔽物的开阔地上死打硬冲。土围子里的两座炮楼用机枪组成交叉火力,向开阔地上猛扫。火网里倒下了十多个战士,红军哥的腹部也受了重伤。张老五的外出兵力又火速回援,游击队腹背受敌。红军哥与大舅率战士隐蔽在寨墙下进退不得。在万分危急的时刻,侧后方喊杀声起,虎子率待命改编的特务队火速赶到,挥动四十多把大刀,突入回援匪兵中奋力截杀,匪兵留下十多具尸体,四散溃逃。特务队又夺了两挺重机枪,集中火力封锁了炮楼。红军哥含泪高呼:"杀得好!"急把流出来的肠子塞回腹中,让我大舅用绑腿带帮他紧紧裹住腹部,率队撤出战斗。当夜,虎子又率特务队在夜色掩护下潜回战场,在敌人的眼皮底下背回了十多具血肉模糊的尸体。

月亮升起了,豫东大平原上一片死寂,只有蛐蛐儿藏在宿营地的草丛里"吱儿吱儿"地拉锯,用细小而锐利的锯齿啃啮着大舅心头的悲伤。躺在担架上的红军哥说:"大孟,给我弄点儿酒喝。"他喝了几口酒,就说:"不疼了,不疼了,酒是麻药。"大舅守着担架,无言地流着说不明白的眼泪。红军哥说:"大孟,男儿有泪不轻弹,你哭个啥子嘛?"大舅说:"是哭我自己。这一仗虽是特委决定,可也怪我不懂军事,没能挺身而出,反对这个决定。你太孤独、太委屈了!"红军哥说:"大孟啊,你能和我一起冲锋陷阵,我还有么子话说哩! 我正想跟你说几句悄悄话,你应该与你投奔延安的三姐妹比比觉悟,考虑你加入组织的问题了。"大舅说:"我心里堵得慌,不是谈这个问题的时候。我怎么也弄不明白,你作为游击队唯一懂得军事的指挥员,为什么要为你压根儿不同意进行的一场战斗毫无怨言乃至于身先士卒地付出血的代价? 如果我是你,对于不懂军事而一意孤行的特委领导、包括我这个贵党的同路人,都必须送上军事法庭。对于拿着政治帽子喳喳叫着压人吓人的,干脆叫他去当敢死队! 这可能是我的劣根性,我永远学不会无条件服从,这是我一直不敢让自己加入贵党的一个原因。还有另一个原因……"红军哥说:"你讲嘛!"大舅说:"不讲了,那就扯远了。"红军哥说:"我懂了,大孟,我们属牛你属马,属马的套不上牛笼头!"

好多年以后,我向母亲问起了"另一个原因"。母亲说,大舅有一个同窗好友是共产党员,被国民党作为嫌疑犯抓走了,灌辣椒水、坐老虎凳,他都没有哼一声。我姥爷设法把他营救出来后,他骨瘦如柴,一身伤病,不听我大舅的劝阻,又只身去了苏区,却碰上苏区打什么"AB团",把他审查了几个月,又叫他刨坑,他很卖力地刨了一个坑,就被自己的同志埋到那个坑里了。母亲说,除了这个原因,就不会再有别的原因了。我大舅得知了好友的死讯,把他的遗照挂在书房里,焚香痛哭,问我姥爷:"爹,这是怎么了? 还嫌国民党杀共产党杀得不够,还要在自己的窝里杀吗?"我姥爷也流下眼泪说:"我也不懂,可能是共产党里出奸细了。"

我不能确定,这是大舅不加入共产党的另一个原因。但是我知道,在那个打了败仗的夜晚,明月依旧升起,用清冷的月光照着他滚烫的眼泪。麻雀却冷不丁儿地溜过来,惊讶地盯着他说:"怎么? 孟副司令,你怎么在这里流眼泪? 影响不好吧! 学打仗也要缴一点学费嘛,好好总结教训就是了。"

大舅像一捆急需燃烧的干柴被轰地一下点着了。"你还说什么学费?"他霍地站起来,浑身哆嗦着,指着一拉溜儿十多个新起的坟头,"缴了这样的学费,你不觉得难过吗?你这位可敬的职业革命家,怎么能说出这样没有人性的鬼话!"

麻雀霍地一跳,说:"孟副司令,请你不要骂人!"

"我正要问你,"大舅揪着他的领子把他提起来,"你是从哪里得到的假情报?你说!"

"那只是一个仅供参考的情报。"麻雀极力挣脱出来,"我并没有决定战斗的权力。你是副司令,请你不要推卸责任。"

"我现在的责任就是要问你,出发时,你跑到哪里去了?"

"我不是战斗人员,我搞油印机去了。"

"如果不是在就要投入战斗的时候,你决不会去搞什么油印机;如果搞油印机的地方没有你穷追不舍的一个女学生,你也绝不会去!"

"那又怎么了?我是包办婚姻,革命给了我恋爱的自由!"

"你还有勇气说什么自由!"大舅的脸上唰地没了血色,他急剧地喘息着,面部肌肉在扭曲痉挛,身上也开始了不可遏止的战栗——姥爷和家人多次在他激怒的时候看到过这种可怕的战栗和痉挛,曾为此找过医生,医生说这是"歇斯底里"的征兆。他性格上的长处和短处、心智上的机敏和昏着儿、语言上的雄辩和刻薄,都在他气昏了脑瓜儿的时候倾巢而出,"今天,如果土围子里有英雄加美人儿的浪漫等待着你,如果你没有预料到面临着一场恶战而只是去摘取一个唾手可得的胜利,你甚至可以煞有介事地参加决死队而决不情愿从你自己的血管里缴纳一点点学费。而且我知道,就在坟头里的这些好小伙子用生命缴了学费的时候,有人看见你十分自由地在西村小树林里坐在油印机的木箱子上抱着一个女学生大亲其嘴。这边炮火连天、血流成河,你还有心思在那边充分自由地动手动脚,甚至……甚至于要扒下人家的裤头。播种龙种的智者怎么会如此不幸地收获了你这个'小写'的跳蚤!"大舅疯了似的拔出手枪:"你这个跳蚤,我毙了你!"

麻雀拔腿就跑。大舅持枪紧追。红军哥躺在担架上一边为伤痛龇牙咧嘴,一边抽搐着腮帮子紧咬着一个苦笑。闻声而来的齐楚失去了一贯的从容,一把拉住我大舅,喊叫的声音都发了岔:"放下,把枪放下!"红军哥躺在担架上说:"你不要管他,他忘了,他的枪里没子弹,白天打完了。"

大舅持空枪撵得麻雀屁滚尿流的事件,给一场悲壮的牺牲蒙上了令人啼笑皆非的气氛,同时也导致了两个结果,一是大舅毅然提出了辞去副司令职务的请求,一是麻雀受到了党内警告,他的诨号也从此变成了"跳蚤"。

大舅是在暴怒过后的懊恼、疲惫和冰冷如铁的思考中决定辞职的,同时还提出了去军校学习的要求。齐楚警觉地问:"你要上哪个军校?"大舅说:"我听你的,但它必须是明天就能教会我打游击的军校。"齐楚释然说："好,我介绍你去太原八路军办事处,找我们朱老总,那里有延安抗大的一个分校。至于能不能明天就教会你打游击,我不敢打包票。但你必须具有我们这支游击队副司令的资格,才能上这个军校。"大舅说："好吧,你送给我一个收回辞职请求的理由,我收下了。"

战地的医疗条件挽救不了红军哥的生命。他因失血过多,伤口感染,生命正在昏迷中远去,却又像丢失了什么东西,从远去的路上返回,放大的瞳孔又在努力聚焦,望着齐楚和我大舅说："我忘了说明一下……我原来是一个……旧军人,是红军的俘虏,脑瓜儿里换了……一个小马达,又参加了……红军。"他喘着气,用尽最后的力气说："虎子那样的……旧军人,胜过……一百个跳蚤。"

次日,堂舅奉命去中原根据地竹沟接受任务,临走时,看见我大舅眼窝深陷,面色铁青,脱了军帽,向一个新起的坟头深深鞠了一躬,然后就变成了一个穿柞绸长衫的商人,踏上了远去的行程。虎子带着几个原"看家队"队员跑来送他。他大发脾气说："不要送我。你们已经是革命军人,有更重要的事情,以后,要听从支队领导的命令。"

堂舅说,那是他与我大舅的永诀。

8. 眼皮不跳了

我难于设想,如果大舅在抗大分校毕业后听从朱老总的安排,留在学校当政治教官,将会是一个什么样的结局。听说朱老总十分欣赏大舅的性格和才华,甚至对他持空枪追赶"跳蚤"的故事也赞不绝口。但是,大舅说,他必须到前线去,他来此学习的唯一目的就是为了到前线去。朱老总说："哦,我想起来了,你还给土肥原留着一颗子弹哩,要得,我不能拦你。"就送给他一块怀表,说:"这是战利品,请你带上它,一路走好。再过一些年头,我们再走到一起相会时,你和这块表都要走得'嚓嚓'的。"

大舅模仿着四川口音,绘声绘色地向我三姥爷叙述了他与朱老总的会见。他说朱老总大智若愚,是一位富有人情味的仁厚长者。他还说他能穿过横七竖八的日伪封锁线,全靠形形色色的"地下交通员":有赶大车的车把式,有敌后武工队员,有药材行的伙计,有铁道线上的巡道员,有十五六岁的放羊娃,还有在大浪滔天的黄河上把舵行船的老艄公。他说,共产党叫他看到了民众,是他从未看见过的"大写"的民众。三姥爷静静地听着,最后只说了一句话："好,你以后就给朱德将军'对表'吧,不要错过了时辰。"

那时候,齐楚已经把游击队拉到了豫皖苏抗日根据地,与彭雪枫将军会合,并入新四军四师。睢杞太抗日游击根据地正在经受着日伪军频繁、残酷的大"扫荡"。三姥爷担任了共产党领导的民众武装——睢杞太抗敌自卫总团团长,而担任副总团长的共产党员与中共睢杞太特委书记都已在日伪军的"扫荡"中壮烈牺牲。大舅一时找不到共产党,就把朱老总送给他的怀表放在耳边,倾听着"嚓嚓"的响声,说:"三伯,我跟朱老总

'对表'了,表说,你要打'新四军'的旗号。"三姥爷说:"你知道吗?刚刚发生了'皖南事变',蒋介石已宣布取消新四军的番号了。"大舅说:"我就是冲着这个同室操戈无所不用其极的蒋某人,偏要打新四军的旗号。"三姥爷说:"好小子,我就喜欢听你这个话!"遂把三个乡的自卫分团交给我大舅指挥,又卖了一百多亩地,购买了第三批枪支弹药,组建了一支拥有三百多人、三百多条枪的抗日武装,号称"新四军睢杞太抗日第二大队"。第一仗就一窝端了一个区公所,击毙汉奸区长、区队长,生俘"狗子兵"三十多人。第二仗又摧毁了一个土围子,歼灭了一支投靠鬼子、积极参加"大扫荡"的土匪武装。新到任的中共睢杞太特委书记韩达生闻讯大喜,"哎呀,新四军派部队来了!"跑来一看,却是我大舅。韩达生也是"新私塾"出来的学生,与我大舅从小就是朋友。大舅说:"对不起,我未经许可,就为你招兵买马了。"韩达生说:"我感谢还来不及呢!鬼子正在扫荡,国民党也在猖狂反共,除了你孟大公子,谁肯打出新四军的旗号?"

这支游击队又被列入新四军游击支队独立团建制,编为二营,由大舅任营长。他主动要求增派共产党员来二营担任教导员和连指导员,与他们结下了生死之交。大舅颇有一些宽慰地对我三姥爷说:"三伯,我这匹烈性马,给自己戴上牛笼头了!"

三姥爷说:"是吗?我的右眼皮还跳着呢!"

大舅碰上了一双眼睛。独立团黄团长兼政委正在盯视着他。教导员和连指导员与大舅的亲密往来也引起了黄团长的革命警惕,他特意提醒他的同志们务必记住斯大林同志的教导:"堡垒是最容易从内部攻破的。"三营营长是共产党员王其梅,他后来成了将军,曾任西藏军区司令员。王将军回忆说,我听得出黄团长话中有话,就对他讲,你过分高涨的革命警惕性已经发展到草木皆兵的程度了!孟营长是个一眼就能看透的人,一个典型的"党外布尔什维克"嘛!黄团长说,幼稚!难道有哪个真正的布尔什维克要留在党外吗?王其梅说,那又怎么样?他能拉起队伍主动找党,打日本鬼子,你还要挑剔什么!你这样疑神疑鬼,不觉得累吗?黄团长说,我就是要疑神疑鬼,项英同志见鬼不疑,才有了"皖南事变",才牺牲了我们数千名好同志,包括他自己,你不觉得他死得冤枉吗?

大舅不会想到,同一个"皖南事变",却十分合理地造就了截然相反的两种心态。

1941年春,独立团正在进行军事训练,鬼子和皇协军数百人突乘十多辆汽车包抄过来,情况十分危急。黄团长命令我大舅率二营四连掩护全团撤离。大舅以河堤为屏障,阻击数倍于我的敌人。战斗异常惨烈,一个排的战士英勇牺牲。眼看鬼子兵在河堤上冲开了一个缺口,举着"膏药旗"蜂拥而上。大舅赤膊率战士与鬼子白刃格斗,将鬼子赶下河堤,劈杀鬼子旗手,夺了"膏药旗",倒挂在河堤柳树上。众皆欢呼。大舅的锁骨被子弹洞穿,血染征衣而浑然不觉,仍手拿指挥旗,奔腾跳跃于枪林弹雨中。全团顺利撤离后,大舅率队在夜色中撤出战斗。黄团长送我大舅离队到傅集养伤,久久望着离去的担架,啧啧称赞说:"果真是一条好汉!"转身又对身边人说:"这样的人留在我们队伍里,而且让他带兵,是十分危险的!"

历史及时地提供了一个解除这个危险的机会。

大舅养伤期间,独立团奉命东进豫皖苏边区与新四军四师会合。黄团长却对我大舅封锁消息,径自带独立团悄然离去。大舅的警卫员猴子闻讯告诉了大舅。大舅急带猴子追至永城一个村庄才追上了部队,压下满腔怒火向黄团长报到。黄团长十分亲切地告诉他,二营已任命了新营长,让他好好休息。这时,齐楚远在新四军四师师部任政治部主任。大舅欲求见齐楚请求重新分配工作,苦不得见。只是有人捎话,齐楚认为处置不当,又给了大舅一个副团长的名义,却从此失去了指挥作战的权力。团部开会从来没有通知过他。

警卫员猴子陪着我大舅度过了一段十分困窘的日子。猴子原来是一个无家可归的小叫花子。三姥爷碰见他手拿弹弓打了一串麻雀,用泥巴糊住麻雀,拾了一堆柴火,在野地里烧麻雀吃。三姥爷就领走了他,对虎子说,这个孩子有"材料",把他放在"看家队",给你当个"小跑腿儿的",好好调教,会有出息的。"看家队"改编时,嫌他年纪小,把他"漏编"了。大舅从山西回来后,他就当了大舅的警卫员。

猴子说,我大舅住在远离团部的一个磨坊里,天天围着一个磨盘打转,像一匹困在笼子里的野马。他刚刚趋于平和的脾气又变得十分暴躁,甚至不能容忍乌鸦。乌鸦在一颗老榆树上"呱呱"叫了两声,他也要勃然大怒,说:"这是怎么搞的,世上怎么有这么多的乌鸦!"猴子还记得那块怀表。大舅整晌地坐在磨盘上,脸上毫无表情,把胳膊撑在磨扇上,手里攥着怀表,耳朵贴上去,听怀表"噌噌"走动的声音,闭着眼,一动不动。猴子站在门外看天,手里拿着一块土坷垃,随时提防着乌鸦。

猴子说,虎子所在团队就在邻村驻防,听说我大舅来了,就约了原"看家队"几个队员跑来看他。"看家队"编成的特务队早已撤销了建制,队员们被拆散编入了各个连队。大家说了几句怀旧的话,话题就转向了虎子。虎子多次立下战功,在一次战斗中击毙鬼子少佐一名、擒拿鬼子军曹一名,受到师部的通令嘉奖。军曹被虎子押回后仍不服输,要跟虎子再摔一跤以定输赢。虎子欣然应允,当即拉开了场子。军曹怒目、哈腰、炸膀、摇臂、踢脚,"嘿"的一声冲上来,虎子趁势拧住军曹一只胳膊,扣腕、转身、别腿、甩胯、抖肩,来了个"倒背布袋"的把式,把军曹脸朝天摔了个"响脆瓜"。全场大笑。虎子示意再来一次,军曹伸出大拇指,却又摇着脑袋说:"你的,大大的,狡猾狡猾的!"彭师长闻讯大喜,说:"这样的英雄怎么连个班长也不是啊?"虎子就从一名普通战士一蹦当上了副排长。大舅高兴地说:"猴子,快打酒来,我要为虎子庆功,为彭师长慧眼识英才庆贺!"

猴子出门就撞上黄团长和跳蚤急急走来。跳蚤现在是四师政治干事,他走进门来,并不跟我大舅搭话,满屋子扫了一眼,故作惊讶说:"孟副团长,你和'看家队'在召开什么重要会议?"虎子接腔说:"哪有什么会?我们不过是来看看三支队的老上司,你摸摸,磨盘还没有坐热呢!"黄团长拉下脸说:"孟副团长,请你不要忘了你是革命军人,不要与旧部拉拉扯扯、乱串门子!"

"什么?你说什么?"大舅的脸色又唰地由红变白,那是一种病态的苍白,面部又在扭曲痉挛,身子又在难以扼制地战栗,嘴唇也打着哆嗦,接着,脸色又由白变红,血液通过支支汊汊的血管疾速向大脑汹涌汇聚,眼睛如同浸在血里的弹丸,"歇斯底里"的"疯话"又像冲开闸门的洪水破口而出:"请问政委阁下,难道革命军人就不可以有一点人情往来了吗?他们是新四军的英勇战士,虎子是受到通令嘉奖的英雄,你们有什么权力一而再、再而三地怀疑与你们共赴国难的同志?如果你能把你一半的戒备和算计用在抗日上,就不至于在鬼子'扫荡'中被动挨打,甚至可以打几个像样的漂亮仗了!如果你把你一半的真情和信任交给虎子这样的热血男儿,他们就可以再击毙比一个少佐还要大一点儿、多一点儿的鬼子,甚至可以再把几个军曹装在布袋里背回来写进你的战报。你却要把我装在你的布袋里让我大养其伤!你总是摆出一副革命权威的样子审视一切,却又在骨子里疑神疑鬼、战战兢兢,少了点儿革命者应有的光明磊落和自尊自信。"

黄团长亦即黄政委的权威受到了排炮轰击而岿然不动,微笑说:"孟副团长,我终于看到,你在发少爷脾气了!"

"那么,你是什么?"大舅毫不示弱地逼视着他,"你怎么像一个大亨,一个垄断了全部真理的革命大亨!我弄不明白,你作为团长兼政委,在部队开拔时竟然会丢下一个营长于不顾,当他追上队伍向你请缨作战时,你却给了他一个本该属于驴子的磨坊!你的狭隘、偏执、多疑和蛮横,与贵党的主义和宣言毫无共同之处,它只能使一个耻于当什么少爷、本来可以成为你的战友的人为贵党有了你们这样的不肖子孙而揪心、痛心,再加上如入冰窖的寒心!"大舅的"歇斯底里"由于得到了痛快一时的发泄而露出明亮的微笑,用不无温存的语气小声问道:"你知道吗?阁下,在你把一切贵党之外的抗日志士视为异己、拒之门外这一点上,应该得到鬼子发给的勋章!"

黄团长一惊一乍地听完了大舅的"演讲",才忽地拔出了手枪。

大舅依旧温文尔雅地笑着,抽出了一根磨杠。

跳蚤跳到黄团长的背后,也霍地拔出了手枪。

猴子用身体护住了大舅,也唰地拔出了双枪。

大舅拉开了猴子,像敬献哈达似的,双手托举着硬邦邦的磨杠,把它不轻不重地放在黄团长脸前的磨道上:"感谢你没有扣动扳机,而这位政治干事却错误地估计了这根磨杠的严重性。我不过是要把政委阁下分配给我的磨杠交还给驴子,向阁下道一声再见,而且向你通报,我要再去给新四军拉一支抗日的队伍,但是,我的上司绝不是你黄团长!"

我听说,大舅的朋友都喜欢听他"歇斯底里"大发作时脱口而出、滔滔不绝、怒不可遏的"演说",说他在这样的时刻总是表现出一种病态的勇猛和超常的见地。对于黄团长的这一篇"演说"就是大家津津乐道的范例之一。

大舅发表了"演说",就撞开磨坊的破门,向田野上大步走去。猴子、虎子和原"看家队"的队员团团簇拥着他。跳蚤却躲在黄团长背后,骇然变色地注视着后来被称为"策动旧部哗变"的一个场面。幸而大舅还保留着最后一点理智,推开大家说:"请你们各回各的连队,到战场上叫他们二位看看,谁是顶呱呱的抗日军人!"

大家都站住了。只有猴子伴着大舅,走向荒野上的夕阳。

黄团长紧握手枪,坚如磐石地望着大舅远去,牙缝里照旧紧咬着一个冰冷坚硬的微笑。后来有人说,如果不是齐楚事先打过招呼,说大孟和他的家族不是一般的"统战对象",不可鲁莽从事,大舅绝对走不出狭小的磨坊。在早些时候的鄂豫皖苏区,黄团长曾经是著名的"肃反委员会"的成员,外号"黄一升"。他在红军内部处决的"反革命"难以计数,干掉一个就从尸体上拽下来一个扣子,扔在量粮食的升子里。有一天,他的牙齿就咬着这样一个冰冷坚硬的微笑,上缴了满满一升扣子。这一切,都是以革命的名义,表现着独特的英勇。

黄团长、黄政委亦即黄一升让我大舅多走了一百多里的冤枉路。当大舅和猴子走到鹿邑县境内的一个桥头时,已经是第二天的黄昏。旷野上渺无人踪,只有天边残留着血色的夕阳。猴子跳下桥头,到河边往水壶里灌水,忽听马蹄声疾,三匹战马从身后飞奔而来。

"是孟副团长么?"一个骑马人问。

大舅回头说:"我是孟诚。"

"黄团长请你回去。"

"请回话,我不与此人共事。"

接着是炸豆一般的枪声。大舅只"哼"了一声,就浑身打着哆嗦,从桥上一个跟头栽下去,翻滚到桥下的草丛里。马蹄声又向来路驰去,大地一片死寂。

吓出了"魔怔"的猴子跑回傅集说:"三爷,我摸摸诚叔的鼻子,没气儿了,只摸了一手血。他的心还'噌噌'地跳着,是钢音儿!"

不几日,虎子也跑回来说:"黄团长说,大公子策动旧部哗变,离队叛逃,说服无效,于叛逃途中击毙。跳蚤把我囚起来,要我坦白揭发。到了夜里,我就在屋顶上捅了个窟窿……"

三姥爷问:"齐楚知道吗?"

虎子说:"跳蚤说,向齐楚报告了,你们不要有幻想了!"

三姥爷仰天长叹说:"啊,我的眼皮不跳了。"

9. 别　赋

新中国建立后,齐楚担任了首届 H 省人民政府主席。我姥爷、二姥爷作为党外民主人士,被分别安排为省政治协商委员会委员、省人民代表大会代表。三姥爷作为爱国开明士绅,在土改时没有受到批斗,只是没收了所余四百多亩包括大同花园在内的土地和十四座院子中包括客房院在内的十三座院子,还没收了姥爷在省城沦陷前夕用骡马大车拉回老家的二十四车藏书。一时间,傅集的小摊贩有了用不完的包装纸,有不少是石版或木版印刷的宋版或明、清版本的包装纸,纸质细而柔韧,很妥帖地包着卤猪蹄、羊杂碎和莫家酱红萝卜。农家灶火里也有了新能源。一部宋版线装书可烧一壶开水,一套《二十四史》就可以焖出几锅香喷喷的小米饭了。集市上刮来一场大风,包装纸随风而去,漫天飞舞。一位老秀才听到琅琅读书声随大风起落,在天空回荡,乍一听,是"之乎者也矣焉哉";仔细听,是"吁嗟呼呜呼噫嘻哀呼哉!"后来就变成了铜钱大的雨点"噗噗嗒嗒"落下来。雨点落在水塘里,变成了一条条摇头摆尾的小蝌蚪。老秀才看了,说:"这个,我就看不懂了,这是洋文。"

　　对三姥爷的安排颇费周折。他虽为爱国开明士绅,但在一个大庄园里主事多年,具有剥削者的身份。三姥爷对此没有异议,土改还没有开始,他已将地亩、房产、牲畜及其他财产悉数填表造册,上交农会。土改结束时,他也分得了一份土地,但他年迈体衰,已不能自食其力了。齐楚提议,由省人民政府聘任他为省文史馆馆员。三姥爷没有到职。他对两个老兄弟说:"二哥,四弟,我的事情做完了,有点儿累,要去咱爹那儿歇着了。"数日后,三姥爷无疾而终,终年六十六岁。

　　大舅之死和图书的劫难,是憋在姥爷心里的两个疙瘩。刚解放,姥爷闭门不出,时常背剪着双手,气咻咻地在客厅里踱着圆圈,自言自语着同一句话:"我看你小殿章怎么来见我?"

　　农历正月初五是姥爷的生日。一辆黑色小汽车像一只神秘的屎壳郎钻进了靠近姥爷家的一条小巷。一个身穿"麻袋呢"中山装的中年人下了汽车,又从小巷里走出来,未带随从,只身一人提着一个用麻绳捆扎起来的点心匣子,步行数十米,走进了姥爷家的小院,一见我姥爷,就端正笔立说:"四老师,我来给您拜寿!"说着,就行了一个九十度的鞠躬礼。姥爷瞥他一眼,面无表情说:"哦,是殿章,请坐!"齐楚和点心匣子都随着我姥爷打了个滴溜:"四老师,您看,这是'晋阳豫'的南糖,是老师最爱吃的!"姥爷说:"你的记性还好,可我的牙不争气了,坐嘛!"齐楚刚坐下,姥爷就忍不住问:"殿章,你回来了,我很高兴,可是,你诚弟呢?"齐楚凄然说:"四老师,怪我对诚弟没有照顾好。四二年,诚弟从豫皖苏边区回杞地组织抗日武装,途经鹿邑,被土匪杀害,壮烈殉国了。"我姥爷愣了一下,问道:"是被土匪杀害了么,是哪支土匪?"齐楚说:"战乱时期,无从查考了。"姥爷默然无语。齐楚又说:"已经通知杞地人民政府,追认诚弟为革命烈士了,请四老师节哀!"我姥爷问:"那位黄一升政委怎么样了?我很想会一会他,有一些事情要向他请教。"齐楚愕然说:"老师也知道他?"姥爷说:"久闻大名,如雷贯耳!"齐楚说:"他也牺牲了,一次突围时,他的警卫员暗中通敌,把他带到敌人驻地,被敌人处死了。"姥爷惊呆了半晌,说:"黄政委有那么非同一般的革命警惕性,怎么让自己进了人家的'升子',可惜了!"齐楚说:"他平时没有处理好与友军的关系,突围时,友军坐视不救,部队溃散了,他成了光杆儿司令。他被俘后,敌人用尽酷刑,他只是咬紧牙关,闭着眼睛不出声,死后,脑袋被敌人挂在城楼上,他倒是瞪着一双眼,一直没合上。"我姥爷骇然变色,连连摇着头说:"不说了,不说了,我的心乱了!"

"容我再讲一件事。"齐楚说,"土改时下边胡来,农民中的引车卖浆者把您多年的藏书也给哄抢了。我当时在豫皖苏行署,鞭长莫及,没能给下边的同志打个招呼。今天是给老师拜寿,也是向老师请罪!"他从兜里掏出一个红本本,双手捧着,放在姥爷身边的台几上,诚惶诚恐说:"这是我给老师送来的聘书。我记得,老师多年来的夙愿,就是给家乡子弟办一个图书馆。现在,请老师出任省图书馆馆长,也让我补过于万一吧!"我姥爷鼻子一酸,流下两行清泪,说:"好了,小殿章,过去的事情不要再提了!"

没多久,寡居多年、正在当小学教师的大妗,也收到了县政府颁发的"烈属证",门楣上挂上了"光荣烈属"牌。大妗没好气地说:"不是说他策动旧部哗变了么,怎么又变成烈士了,是谁叫他变成烈士的呢?"

从此,每年农历正月初五,齐楚都要登门向我姥爷拜寿,小汽车照旧躲到那条小巷子里,齐楚照旧弃车步行,不带随从,执弟子礼。直到他成了中共中央委员、H省省委第一书记,这个习惯也没有改变。但也有人说,齐楚一来,姥爷家门前直到巷口,就出现了便衣站岗的。

在姥爷的客厅里,大家已不再提及大舅的事情。因为姥爷打过招呼:"不要给殿章出难题了。你们想想看,小诚就算是他的亲兄弟,如果黄政委再加上别的什么人说他策动旧部哗变,离队叛逃,他又能怎样处置?现在,黄政委也牺牲了,与小诚相比,其壮烈有过之而无不及,又怎能让殿章拿一个烈士挂在城楼上的头颅祭奠另一个烈士呢?只好又冒出来一股土匪,但也说不定真的是土匪所为,历史上有多少千古之谜啊!总之,不要再提了!"

母亲和姨妈们却不愿放过跳蚤。跳蚤一进城就当上了比县长还要高一个等级的厅长。但他一提起我大舅还要咬牙切齿,不忘我大舅持空枪撑得他团团打转之仇。小姨说,怎么?多亏诚哥没有留下尸骨,要不,难道他还要鞭尸不成!

母亲说,厅长好像活得并不快活。他与那位女学生的战地浪漫曲早已曲终人散,仍旧带着家庭包办的结发妻子进了省城。他掌权以后的头等大事就是爱上了一个年轻漂亮的小寡妇,对原配夫人谎说,要跟随齐楚出国访问,出国就要带夫人,当然不能是没有文化的黄脸婆,让外国人见笑,有辱国格。他的夫人虽然没有文化,却是一个坚定的爱国主义者,干脆利落地与他离了婚,还叮嘱说:"你到了外国也得招呼着点儿,别见了洋女人也骨头里发酥,翻人家墙头,叫人家砸砖头,那外国砖头也伤人!"

姥爷客厅里爆发了快意的喧笑。

姥爷却说:"二妮儿,你又刻薄了!那位厅长不是受处分了么?他错在煞有介事地撒谎,至于他的婚外恋情,倒不必妄加评论。子曰:'君未见好德如好色者也。'孔子尚且没见过喜好仁德像喜好美色一样的人,何况他的原配夫人是父母包办,这样的婚姻也造就了不少革命者呢!因此,所谓跳蚤厅长的是非也不要再提了,谁家炕头上没跳蚤?"我三姨是一位穿"麻袋呢"的"三八式"干部,当时也坐在客厅里。姥爷说:"三妮儿,你要是见了跳蚤厅长，要代表你诚哥向他赔礼道歉，要是他还不解气，你就把手枪退了子弹交给他，叫他撵得你满院子乱跑就是了。"三姨连连点头说："是哩是哩！"满客厅的人又哄然大笑。

后来就到了笑不出来的时候。1958 年 5 月，中共八届二次会议揪出了一批混入党内的右派分子、反党分子。原 H 省省委第一书记也被点名批判，戴上了"右倾机会主义"的帽子。姥爷看了报纸，深嵌在眉棱下的眼珠就像灯泡一样鼓出来："怎么？'升子'还没有装满么？去年，我们杞地的留德博士、省政协副主席也被打成了右派，现在又打到第一书记的头上了！齐楚是省长，又是第二书记，他是不是也要出事了？"

姥爷的担心是多余的。不久，就传达了齐楚批判第一书记的发言，说他攻击"农业合作化搞急了，搞糟了，农民生活水平下降了"，诋毁"农业社会主义改造"。姥爷又是一愣，"怎么？齐楚是第二书记，就这样批判第一书记，有推卸责任乃至于落井下石之嫌吧，这不是齐楚之为人！"那时，我已到省委机关报做了记者，我告诉姥爷，听说齐楚同志在中央全会上迟迟没有发言，受到了中央领导同志的严厉批评，是那种"猛击一掌"的批评，他才提高了觉悟。他发言后，毛主席站起来带头鼓掌。姥爷颓然倒在躺椅上，说："怪我书生之见，齐楚是毛主席的好学生啊！"

齐楚出任省委第一书记以后，带领全省人民"大跃进"，率先在全国"发射"了一大堆小麦高产"卫星"、小土炉炼铁"卫星"，建立了全国第一个人民公社。正在女子高中教书的母亲不会用小土炉或任何炉子炼铁，当然也不会教学生炼铁，就公开表示谦虚说，她没有资格参加这样的"大跃进"，接着就没有多少懊悔地当上了"右派"，去农场放牧五只奶山羊，还让我给她买书，钻研起畜牧学了。再接着，就出现了"三年灾难"，H 省"非正常死亡"人数也创造了全国纪录。

那几年，齐楚实在太忙，顾不上给我姥爷拜寿。我姥爷却急着见他，说："殿章怎么不来了？我要问他，《共产党宣言》开宗明义第一段话就说，一个幽灵在欧洲大陆游荡，他是怎样理解的？难道是让他这样制造'幽灵'吗？"我对姥爷说，在齐楚同志亲自主持下，省委制定过一个"持续跃进"规划，每人每天喝多少牛奶、吃多少苹果都有十分具体、十二分诱人的指标，报社已经安排，就要在次日见报时，省委突然打来电话，让报社赶紧撤稿，说中央书记处来了一位分管农业的书记，看了规划，发火说，保守了！姥爷又颓然倒在躺椅上，闭上眼说："总之，我要见一见齐楚！"

后来，害了浮肿病的二姥爷来省城参加省人民代表大会，对同样衰弱不堪的我姥爷说："四弟，你大概见不到殿章了，他在'人大'会上作检讨，说着说着，就'扑通'一声，在主席台上跪下了，痛哭流涕说，要向全省人民请罪，要求党中央给他严厉处分。"姥爷闭着眼，泪水却从眼角里涌出来，哆哆嗦嗦说："这个小……小殿章，他……他还会流眼泪！"我说，不久前，齐楚同志去 Y 东农村视察，一进村子，十室九空。他走进一户农家，看见床上躺着骷髅，就一下子晕倒了，醒来后痛哭失声。姥爷、二姥爷听了，也都哽咽不已。但他老哥俩对早年的得意弟子总长着"偏心眼儿"，姥爷擦了老泪，又问："河南的事情怪他,全国的事情怪谁?"二姥爷说:"四弟,你不要讲下去了。这事情,中国眼下没人管得了,只有马克思管得了!"

1962年,一个不是正月初五的日子,一辆小汽车又悄然钻进了小巷。几年不见,齐楚已明显地变了模样,面色蜡黄,目光呆滞,皮肤下已经没有了脂肪层的保护,上眼皮和双下巴都打着皱褶耷拉下来。他与我姥爷相对无言,沉默了半晌,他望着阳台上的兰草说:"它需要浇水了。"我姥爷说:"文竹也枯了,顾不上它们了。"挂钟"嘀嗒嘀嗒"地敲打着难耐的寂静。姥爷又问:"殿章,你还记得石柱这个人么?"齐楚愣了一下,手指敲着脑瓜儿,赧然说:"脑子不好使了!"姥爷说:"就是你领导农民暴动时,给你牵马的那个人。"齐楚说:"哦,想起来了,是农会会员,一个扛长活的棒小伙儿。"姥爷说:"他老了,你也见老了。"齐楚说:"岁月催人老啊,他现在怎么样了?"姥爷说:"我去了一趟家乡,在十字路口看'护麦布告',石柱拄着拐棍走过来,把拐棍捣在布告的尾巴上问我:'这是谁的名字啊?'我说,是咱杞地老乡亲齐楚。石柱说:'咋还是他?毛主席咋就这么喜欢他,咋还不叫他走啊?只要叫他走,我这就去给他牵牲口!'"齐楚神情悲戚而端坐不动,说:"四老师,我就要走了,我是来向您告别的。"

齐楚奉调去了广州。姥爷送他离去时,忽想起三十六年前,他就是去广州上了农民运动讲习所,后来就有了毛润之先生以江淹《别赋》为弟子送别的佳话。姥爷百感交集,怅然吟咏:"'黯然销魂者,唯别而已矣!……是以行子肠断,百感凄恻。风萧萧而异响,云漫漫而奇色。'……"姥爷老泪纵横,不能终句,哽咽说:"殿章,要自责,也要保重!"齐楚眼含热泪,接咏《别赋》:"'视乔木兮故里,决北梁兮永辞。'……"姥爷责怪说:"怎能说'永辞'呢?"齐楚含悲不语,鞠了一躬,说:"四老师,我去了,我以余生向家乡父老赎罪。"直到小汽车从小巷里钻出来,姥爷还久久地望着一缕远去的烟尘,掉下老泪说:"这是怎么了?我不懂!"

不幸,"决北梁兮永辞"竟成了谶语。1967年7月,齐楚于"文革"中病逝于广州,终年六十一岁。"文革"一开始,我姥爷就成了"封建余孽",被赶出了省城,借住在一个被发配农村的亲戚家里,竟能苟延残喘到八十四岁,1971年12月病故。姥爷弥留之际,说起了昏话:"快叫齐楚来,我有话问他。"母亲说:"爹,齐楚早走了!"姥爷又说:"那就叫小殿章来!"母亲说:"爹,小殿章和齐楚是一个人啊!"姥爷说:"不,不是一个人,我要带小殿章回傅集,就住在客房院。"母亲说:"爹,客房院也没有了!"姥爷说:"怎么没有了?你诚弟还在客房院等他,还有事跟他商量呢!"

卷外篇　浪漫的薛姨

南阳的天上也在落炸弹。

母亲带着我和弟弟离开杞地，刚刚到了南阳，就见到了随省城女中逃到南阳的薛姨。薛姨露出诡秘的样子说："孟姐，我给你讲一件稀罕事儿！鬼子在白河岸边扔炸弹，炸出了一对野鸳鸯！"母亲笑着说："你又耸人听闻了不是！"薛姨说："你不信？那一天，鬼子飞机鬼哭狼嚎着俯冲下来，尾巴一翘，滴溜溜扔下来一颗炸弹，轰隆一声，天崩地裂，把一棵大柳树削去了一半。浓烟散去时，却看见一对鸳鸯鸟在树下相拥而卧，毫发未损，泰山崩于前而爱不改色，而且倍加如火如荼。公鸳鸯小声叫道：'小妹，你醒醒！'母鸳鸯闭着眼娇声说：'阿哥，刚才是怎么了？天上怎么掉下来好大一个破锣！'"母亲笑弯了腰："你又瞎编排了不是！"薛姨说："你不信？你就去问问，不止我一个人看见了，母鸳鸯粉嫩粉嫩的，嘴角有一颗美人痣；公鸳鸯白净脸、高鼻梁，戴着一副玳瑁框的近视镜。"

母亲脸上唰地没了血色。

玳瑁框眼镜在父亲的鼻梁上一惊一乍地发亮，滑下来、推上去，又滑下来。"这因为……仅仅因为一头小黑驴儿！"父亲急头怪脑地分辩。

"什么？从哪里跑来一头小黑驴儿？"母亲气得耳朵支棱着。

我记得，那是一头十分可爱的《小黑驴儿》。父亲曾看着他记录下来的曲稿，用手指在桌子上击打着节拍，脑袋一点一点地哼唱：

　　说黑驴儿，道黑驴儿，说起黑驴儿有故事儿。
　　白脊梁骨白盖衣儿，白尾巴尖儿白肚皮儿。
　　粉耳朵、粉囟门儿，粉鼻子粉眼乌嘴唇儿，还有四只白银蹄儿。
　　花鞍子儿，铜镫子儿，檀香木镶就驴捋棍儿。
　　金嚼子儿，银环子儿，五花笼头花穗子儿，咪不楞登炕蹶子儿。
　　男男女女驴身上看，只坐着俏溜溜的小佳人儿。
　　……

躲在门外的薛姨跳进来说:"张先生,别绕圈子了!孟姐问你跟'美人痣'是怎么一回事,你怎么牵出一头小黑驴儿?"

父亲涨红了脸,"你们听我说么!我要搜集南阳大调曲,还要记下曲谱,是不是?你们知道,她……她是K女师音乐系毕业的,会记谱,还会把民间使用的'工尺'谱翻译成简谱或五线谱,是不是?她父亲又是南阳著名的'曲痴',珍藏着秘不示人的曲稿,是不是?我在河边碰见她,希望得到她的帮助,请她首先帮我把《小黑驴儿》的曲谱记下来,是不是?谁知偏偏来了飞机,偏偏在那里扔了炸弹!"

"往下说!"薛姨不依不饶地追问,"扔炸弹时,你们做什么了?"

"在炸弹底下还能做什么?"父亲怒视屋顶如同怒视着那颗来得不是时候的炸弹,"一个男人本能地要保护一个女人,一个女人本能地要得到男人的保护罢了。"

"说呀,你怎样对一位美人儿进行你本能的保护?"

父亲结结巴巴说:"她说……她说哎呀,吓死我了!我说……我说不……不要怕……"父亲受审似的感到屈辱,瞥了薛姨一眼,"我还能做什么!你们男女混杂,挤在黑咕隆咚的防空洞里,倒不知会挤出点什么罗曼蒂克来呢!"

"好一个猪八戒,你倒打一耙!"薛姨用她很好看的虎牙咬了咬嘴唇,冷笑说,"我这是何苦呢?想当初,你的老丈人把孟姐关起来,不叫你们见面。是你死乞白赖地求我为你们穿针引线,当了《西厢记》里的红娘。'隔墙花影动,疑是玉人来。'只怕这'玉人'换了人呢!孟姐,你要本能地管教好你的张先生。哼!"她一扭腰肢,转身走了,从省城穿来的高跟鞋在南阳古城的黏土地上敲打出清脆的鼓点,走进对面的小屋,又从窗口里伸出脑袋喊叫:"孟姐,叫小斑过来跟我睡吧,你还得为你的张先生照料没满月的小张生呢!"

父亲还在向母亲苦苦辩解:"你知道的,听南阳大调曲是我儿时唯一的精神享受。我上燕大时,在郑振铎先生编选的《白雪遗音》中看到一些明代流传的著名曲目,竟是我儿时听乡间艺人还在传唱的段子。你说,何不趁我们失去了图书、失去了书桌、又恰好流亡南阳而无所事事的时候,把这些曲目搜集起来,以免后人再生'广陵散'之叹呢?"

我不记得父母亲是怎样和好的。

炸弹崩出来的桃色事件扑朔迷离,只是由于人们经久不息地复述才储入了我童年的记忆。六十年后的今天,我已无法对此一重大历史疑案进行考证以做出准确的判断了。前边引用的"小黑驴儿"倒是确凿无疑地存在着。刚才一想起小黑驴儿,在书橱最下层的抽屉里就"嗵嗵"作响,像是刨蹄子的声音。我从抽屉里取出一摞竖写的文稿,那是父亲六十年前亲笔记录的《鼓子曲存》。从字迹发黄的文稿中霍地跳出了一头依旧年轻、依旧欢实的《小黑驴儿》。

我记得母亲讲过,薛姨是她在H大学读书时的低年级同学。在省城开封,她家与我家只隔着一条街道。我们逃离开封以前,只要她一阵风似的撞进门来,我家的盆盆罐罐都会跟着她乱蹦乱跳。她会唱谁也听不懂的英国歌,会唱母亲也能跟着唱的"望穿秋水,不见伊人的倩影",甚至还会唱知识阶层不屑唱、她偏要用手指夹着别人的烟卷儿并做出打瞌睡的样子唱那支"烟花那个女子唱罢了第一声",而且,十分惊人的是,她会吹十分动听的口哨,一努嘴唇,就有五颜六色的细丝线线从她花骨朵一样的嘴唇里一颤一颤地扯出来,丝丝缕缕,五彩缤纷,在小院里缭缭绕绕,老槐树也跟着喧闹起来,满院子洋溢着槐花的香气。

一天晚上,薛姨却哭着来到了我家。母亲也在陪着她落泪。后来,母亲带着我去看她。在她的客厅里,我看见了她和一个军官的合影,相框上披着黑纱。照片上的军官年轻英俊,有两道浓黑的剑眉。薛姨娇滴滴地把脑袋歪在他的肩上不愿抬起来。母亲说,他击落了两架鬼子飞机,他的飞机也被鬼子击中了。他跳伞降落在鬼子阵地上,用手枪打死了两个包围上来的鬼子,把最后一颗子弹留给了自己。父亲叹息说:"他们结婚还不到三个月呢!"母亲说:"哪有三个月?结婚三天就分别了!"

又一天,母亲不在家,薛姨一如往常地来了。她的头发蓬松着,不经意地努着嘴,却没有口哨飞出来。她从我父亲身边把我抱过去,在我父亲名字前边加了一个"小"字,对我说:"小张聪,叫我亲亲你!"就把我举起来,"叭"地在我脸上亲了一下,又对着镜子,望着印在我脸上的唇形口红,皱了皱眉,表示遗憾说:"唉,绝对不是樱桃小口!"却又释然地笑着:"但是,像菱角!"又斜睨着我的父亲:"你说,这个菱角好不好?"父亲愣了一下,点头说:"好,很好!"她就把我放在地上,闭上眼睛,仰起下巴说:"过来呀,吃了这个菱角。"父亲眼睛里有火光一闪却又在瞬间熄灭,说:"应该叫贾宝玉来,他爱吃女人的胭脂,当然也爱吃女人的口红。"薛姨撒娇说:"哪里是口红呀,我刚才嚼了南方的槟榔,酸酸甜甜的哩!"她凑近我父亲,再次闭上眼睛,努起嘴唇,"你过来闻闻呀,香着呢!"父亲眼里又有火光一闪,鼻子吸溜了一下,倒退着说:"哦,真香!"薛姨用眼白瞟着我的父亲,恨恨地说:"哼,别装模作样了!我知道,只怪我嘴角上没长那颗美人痣。"说着,就有一滴眼泪颤颤地掉下来。父亲慌忙递过去一条手绢,说:"都怪你自己挑肥拣瘦,你知道有多少杰出的男人都在为你疯狂吗?"薛姨接过手绢,却向天上抛起,让它像一片落叶飘坠下来,一转身说:"呸,没有一个好东西!"

在南阳,我是跟着薛姨睡的。薛姨把一个摔掉了耳朵的漱口杯放在床头柜上成了她的花瓶,让一朵没有绿叶陪伴的玫瑰花怒放着带刺的孤独。玫瑰花红得刺眼、红得邪火、红得妖媚,让我闻到了不祥的气息。薛姨的肌肤丰腴的肉体却在散发着醉人的芳香。

那是一个给我留下了异样感觉和灼热记忆的肉体。

每晚睡觉前,薛姨都要把我放在一个大澡盆里洗干净。她的手指不经意地扒拉住了"小鸡鸡","小鸡鸡"就会一挺一挺地振作起来。她就"嗤"地笑着,用指头敲它一下,说:"老实点儿,不大点儿一个茶壶嘴儿,就会梗着脖子想媳妇了!"她给我洗了澡,又把我放在床上,在我的脖子、腋窝、大腿根扑了痱子粉,用毛巾被盖好我的肚皮和肚脐眼之后,就向窗外夜色里打量一下,拉严窗帘,捻小了煤油灯的灯捻儿,让室内的光线暗淡下来,警告我说:"小不点儿,不准看我!"她的警告总是激起我相反的欲望。她好像并不在乎我是不是接受了她的警告,就把自己脱得一丝不挂,把她象牙色的肌肤、滚圆的桃形乳房、平坦而丰腴的腹部平原,一览无余地暴露给一个男童的眼睛。那是一双只知道好奇、还不懂得欣赏异性的眼睛。记忆经过了多年的储蓄以后才表现出它的价值,开始向我支付取之不尽的遐想和灼人的、总是不那么规矩的躁动。

  我能清晰地记起她洗澡的特殊方式和向我重复过多次的细节:她在一个大澡盆里放了一把小板凳,浑身赤裸着坐在小板凳上,如同坐在一个小小湖泊中央的小小孤岛上,用一条蓝格格毛巾向身上撩着水花,在毛巾上打了厚厚一层当时叫作"香胰子"的香皂,再拿出小板凳,赤条条地站在澡盆里,朦胧的灯光勾勒出她线条圆润的轮廓,如同用羊脂玉雕塑的神女站在一片荷叶上翘首远望。她常常在这时努起嘴唇吹口哨,我就看见五光十色的细丝线线在小屋里缭缭绕绕。她在脖颈和高耸的乳房上轻轻揉搓,滚圆的桃形乳房就在洁白的泡沫中活泼泼地颠动,像一对肥硕的白鸽扑棱翅膀。接下来,她用手指扯起毛巾两端,把胳膊弯向背后拉来拉去,脊背和肩胛也活泼泼地扭上扭下;再把毛巾正过来,轮换揩拭着两条莲藕样的胳膊和腋毛旺盛的腋窝。然后,她把毛巾移向不时扭动着的腰肢,再向下,开始侍弄腹部平原,却留下小腹下边的一个夹角,向两边滑动,在两条优美的曲线上料理了髋部,又向后摩挲着一个翘起的圆弧,那是她饱满而结实的臀部。当她擦拭了浑圆的大腿、细长的脚踝,又轮换地抬起一只脚,用手指捏搓了每一个脚趾和脚趾缝以后,又在另一盆清水里涮了另一条粉红色毛巾,开始清洗小腹和大腿之间的夹角。她对那里的揉搓常常使她闭上眼睛,脸颊上泛起了胭脂般的红晕,菱角形的嘴唇半开半合。最后,她依旧站在浴盆里弯下腰肢,把胳膊懒懒地伸出去,拿起一个葫芦瓢,一瓢一瓢地舀着一只洋铁桶里的清水,从肩胛上、脖颈上冲了下去,每冲一下,她都要猛地打个激灵,发出一声快意的尖叫。

  终于到了她上床的时候。她跟那个年代的大多数北方女子一样,不穿睡衣,也不戴胸罩,只穿一件宽松的汗衫、一条短小的花裤头。我总是等她上床以后,让她像开封的老干娘那样搂着我睡,还要一手捏住一只乳房、嘴里啜着另一个乳头才能睡得踏实。头一个晚上,我刚刚钻到她的怀里,她就受惊地打了个哆嗦,陡地推开了我。我的手和嘴又隔着汗衫再接再厉。她在我的手背上拍打了一下,骂着:"孬家伙!"我感到委屈,准备用哭声表示抗议。她又抚摸着我说:"好孩子不哭。"我说:"我想干娘。"她说:"我就是干娘。"我就把脑袋拱到她的怀里,再次开始了执着的寻找。她又骂了我的父亲且又加上了一个"小"字:"小张聪,你真坏!"却向我撩起了汗衫。我紧紧地捉住了一只乳房,又噙着另一个乳头裹了一下,乳头饱满发胀,她就发出一声奇特的呻吟,把我紧紧地搂在怀里。

  那是一对与老干娘完全不同的另一种乳房。老干娘的乳房是干瘪的,像两只让人掏空了的布袋。薛姨的乳房硕大、饱满而富于弹性,颤颤地顶着我的脸颊,我就把老干娘忘得一干二净。我是一个无可救药的男孩子,在我来不及产生性别意识的时候,就具有崇拜硕大乳房的天性,用我的小手抓住不放。薛姨发出小声的呻吟,把她的手压在我的手上,不时地"哎呀"一声,再骂一声"小张聪,你真坏!"她的体温滚烫,像是火苗苗包围着我。乳房堵住了我的鼻子,使我不能呼吸。我就用鼻子找到了乳沟,那里有一个柔软的通道,使我呼吸到了空气和体香。我就噙着饱满发胀的葡萄,捧着滚圆的大桃,却无情无义地撇下了薛姨,自顾自地睡着了。醒来时,我的一只小脚丫常常被薛姨夹在她小腹下边的夹角里。夹角里闷热湿润,丛生着荒芜的野草。

从此,就是在白天我也如影随形地紧跟着薛姨。从省城搬迁到南阳的大学和中学都没有安顿下来,薛姨有足够的时间为我耗费精力,还给我刚刚满月的弟弟缝了几件新衣。她向我母亲抱怨:"你生了孩子我侍候,图个啥呢?"母亲说:"你想当妈了,二十六岁的女人应该当妈了,可你总得再找个好女婿不是!"薛姨说:"没法儿找,只能碰。"又用好看的虎牙咬了一下嘴唇:"哼,我得碰上一个能叫我动心、能叫我死去活来的!"

但她总是用怨恨的眼神瞅着我的父亲。每天夜晚,她都要搂着我,叫我"小张聪",容忍我无情无义的折腾;到了白天,却好像"大张聪"讨了她的便宜,见了我父亲就爱搭理不搭理的。父亲正走火入魔地出入于茶坊酒肆,结识艺人和曲友,只喝清茶而从不饮酒,寻访比较俗的《小黑妞》和《偷石榴》,比较雅的《古城会》和《黛玉悲秋》。薛姨斜睨着我父亲来去匆匆的身影,洋腔洋调地说:"密司特张,山河破碎,国难当头,你还有如此高涨的雅兴?"父亲说:"密司薛,你是教英文的,你该懂得,我正在寻找南阳民间的小莎士比亚,搜集他们的'十四行诗',这是对民间文化的拯救。"

薛姨的猫眼一开一合,鄙夷地放走了我的父亲,又忽灵一下,捉住了一个威武高大的军官。

她懒洋洋地牵着我的手走过军营,一个军官像影子一样跟上来,一会儿在前,一会儿在后,呆呆地望着薛姨,目光如醉,神情如痴。到了小院门口,薛姨冷不丁儿回头望着军官。

"请问长官阁下,你从我和这个男孩子身上发现了什么情况吗?"

军官"啪"地碰了一下脚跟,行了一个军礼:"报告小姐,没有发现情况。"

"那么,你为什么老像盯梢一样盯着我?"

"因为……什么也不因为……可是也因为……你很像我的表妹。"

薛姨偏着脑袋打量着他:"你见了你的表妹也要敬礼吗?而且用左手!"

军官把塞在裤兜里的半截袖筒抽出来:"报告小姐,我没有右手了。"

"右手呢?"

"丢在台儿庄了。"

"啊,对不起!但我好像不是你的表妹。"

"是的,我也把表妹弄丢了。"

"怎么?"

"丢在关外了,小姐。"

薛姨的长睫毛扑闪了一下,发出一声悠长的叹息:"啊!你会找到她的,再见!"

军官依旧痴痴地望着薛姨一动不动,黄军装上的铜扣子也都惶惶地瞪圆了眼睛。我跟着薛姨走进小院,又回过头来看他。他依旧像钉子一样钉在门外发呆。薛姨带着我走进小屋,推开窗子向他招手一笑,又合上窗子,贴在窗玻璃上偷偷望着他说:"傻孩子!"

早晨,从小屋窗口塞进来一个粉红色的信封。

傍晚,薛姨把我带到白河岸边,悄然上了河堤。

河堤两旁的柳树伸出茂密的枝叶,使长长的河堤变成了一条绿色的穹隆,低垂的柳丝上挂着蝉的叫声。我随着薛姨在绿色的穹隆里东张西望,忽地在河堤里边的斜坡上看到了那个独臂军官。他已经采集了一束鲜艳的野花,正用牙齿紧咬着一根青藤,脖子像弹簧一样一伸一缩,配合着手的动作,把那束野花捆扎起来。他伸缩脖子的动作显得滑稽而笨拙,却又表现出一个肢体残缺者努力把事情做好的热情和任性。薛姨忍不住叹了一口气。军官受到惊动,惊喜地望着薛姨,脚下却打了一个趔趄,跌倒在河堤的斜坡上。但他倒下去时仍旧高举着一束野花如同高举着不容倒下的战旗,一个"鲤鱼打挺"就跳了起来。

军官惶恐地鞠了一躬,把野花送给了薛姨:"我几乎失望了,以为你不会来了。"

薛姨在花束上闻了一下:"那么,这束花就不是为我采的了!"

"啊,不!"军官急忙说,"我每采一朵花,都要在心里叫一声……"

"叫一声什么?"

"叫一声……"军官胆怯地望了一下薛姨,"快来啊,小月亮!"

"你很会讨人喜欢!"

薛姨脸红了,矜持地朝他一笑,便把我夹在他俩中间,开始了漫长的散步。

那天的月亮一点儿也不算小,甚至可以说是一个无与伦比的大月亮。当它冒出地面的时候,薛姨和军官已经慢悠悠地在河堤上走了很久,薛姨的嘴巴开始变成了月牙儿的形状,不时发出清脆的笑声,可以看见洁白的牙齿在薄暮里闪光。军官也不再显得惊慌失措,但他一旦镇定下来就不堪忍受在他俩中间夹着我这个不大不小的障碍,不知什么时候绕到了薛姨的另一边,与薛姨肩挨着肩,如薛姨挂在开封客厅里的那张照片。

我不时仰起脸望着他和薛姨。薛姨已经忘记了我的存在,好像谈论着一个与军官的表妹相关的话题。我为了薛姨对我的遗忘感到嫉妒和悲伤,就抱着薛姨的腿报复说,我累了,我走不动了。军官急忙跑过来抱我。薛姨却让我靠着一棵柳树坐在草地上,把野花放在鼻子上使劲闻了一下,说:"哎呀,这花儿好香啊!闻闻花儿就不知道累了,你看,要这样闻。"她把花儿遮在脸上,鼻子插在花束里,夸张地吸溜着鼻子,又把花儿交给我说:"好了,开始闻吧!"我就把脑袋扎在花束里,开始了持久不懈的深呼吸。我感觉到了由鼻子咻溜一下直抵肺腑的香气,便有了蒙眬的睡意。但是在我的背后,离我有两棵树的距离,薛姨与军官又在继续着与表妹有关的话题。

"我有你表妹那样高吗?"

"你好像比她矮一点儿。"

"不对,我真想跟她比一比!"

"她跟我比过,她够得着我的下巴颏儿。"

"来呀,我也要跟你比一比,我够得着你的鼻子尖儿。来嘛,转过来呀!"

薛姨高大而窈窕。我希望她的头顶应该到达比军官的鼻子尖儿更高一些的地方,就从花束里钻出脑袋。我看见薛姨和军官的影子印在刚刚升起的月亮上,薛姨贴近了军官,一动不动地向他微仰着脸庞;军官的脑袋缓缓地向薛姨钩下来,薛姨忽地凑上去,月亮打了个哆嗦,两个影子就陡地粘在一起,贴在浑圆如玉的大月亮上。大月亮明丽如画,令人目眩神迷。花束里冒出了蒙汗药的香气。他俩的影子从月亮上仰了下去。

当月亮爬上柳梢头的时候,他们又在继续着关于表妹的话题。

"说呀,我比不比得上你的表妹?"

"小傻瓜,我压根儿没有表妹,你是我的唯一。"

薛姨用拳头连连捶打着军官:"哎呀,你真坏!"

再后来,薛姨常常把我还给母亲,一个人悄悄出去,回来得很晚,脸上带着微醉的红晕,又"啾儿啾儿"地吹起了口哨。晚上,她把我接到她的小屋以前,还要把我母亲拉到小院里小声说话。母亲说:"可惜少了一条胳膊!"薛姨说:"哎呀,一条胳膊就叫我透不过气了!"她闭上眼,胸脯起伏着,做出喘不过气的样子,还一左一右地扭着脖子,好像在躲避接连不断的袭击,撒娇说:"好怕人的哩!"母亲就咯咯地笑。

她的同事望着她的背影说:"嘿,真浪!"

夜里,我被异样的响声惊醒了,一时弄不清自己是睡在什么地方。黑暗里,木床在吱吱嘎嘎地响动,急促的喘息、呻吟声和梦魇般的低语搅在一起。"不行……宝贝儿……等它干净了……我都给了你……别……别吓住孩子……"眼前一片漆黑,声音没有着落地飘浮在空气里。我的手触摸到了冰凉、光滑的竹篦,才发现自己被移在平时堆放衣物的小竹床上,盖着一件陌生的冒着汗味的衣裳。我触摸到了冰凉的铜扣和硌手的领章。空气中又飘来喘息、吸吮、咂嘴的声音。我忽地产生了说不明白的惊恐和悲伤,哭叫说:"你走吧,你走!"声音陡然停止了,又传来光脚板拍打地面的声音。黑暗中,一条光溜溜的胳膊把我揽在汗淋淋的怀里。我又感觉到了薛姨滚烫的体温,闻到了薛姨特有的带着一点儿酒味和奶油味的体香。"你快走,吓住孩子了!"她对黑暗说。黑暗里传来了粗嘎的呼吸和绵软的叹息。盖在我身上的衣服被人揭去了。一个粗糙的大手掌在我的脸蛋上搓了一下,又在我屁股上拍了一下。屋门"吱呀"一声叫,一片月光钻进来,一个高大的身影忽闪了一下,又与薛姨乳白色的身影融在一起。小风摇响了门搭,黑影就陡地跳到了门外。薛姨柔声说:"宝贝儿,下一次给你噢!"门又"吱呀"一声叫,小屋归于黑暗。

薛姨把我抱回大床上,问我:"小不点儿,你听见什么啦?"我说:"他欺负你!"薛姨"哧"地笑了,又问:"他是谁?"我说:"是坏蛋。"薛姨又"哽儿哽儿"地笑着:"不对,他是你姨父,懂吗?我就要跟他走了,去很远很远的地方。"我就抱紧了薛姨。

薛姨的心情很好,就是拉响警报的时候,她也要向天上"啾儿"地吹一声口哨,如同逃难路上从我头顶掠过的一声冷枪。南阳的警报也像开封的警报一样瘆人,像一头隐身怪兽捏着鼻子在天上飞来飞去地嚎叫。我们和薛姨一起逃出闹市。经过军营时,薛姨一边跑,一边指着营房对母亲说:"他要去接受国外援助的军用物资,我作为他们的译员跟他一起走。"母亲抱着弟弟上气不接下气地跑着:"你也要穿军装吗?"她挺了一下胸脯:"那当然!"

我们钻进了防空洞。那是在一道黄土岗上挖出来的小小的窑洞,洞口覆盖着灌木和野草,中国的蛐蛐儿正在无所畏惧地鸣叫。鬼子的飞机却像一只嗡嗡叫的老苍蝇由远而近。薛姨拨开树枝,把脑袋伸出洞口,尖着嗓儿报告消息,一会儿说:"来了,来了,看见翅膀上的'红膏药'了!"一会儿说:"转圈儿了,黑老鸹转圈儿了!"母亲说:"快进来,用不着你放哨!"正说着,飞机发出铺天盖地的啸音扑下来,蹭着头皮犁过去,天上打了一个黑闪,留下瞬间的沉寂,接着是沉雷般的爆炸声。防空洞上的虚土扑簌簌地落下来。薛姨又在洞口喊叫:"好,好!扔到河滩里了。我要拾几块炸弹皮,打几把好快刀!"老苍蝇的嗡嗡声再次由远而近。父亲说:"女英雄,你再不进来,就是故意跟一位中国军官闹别扭了!"薛姨寻衅地望着父亲,没好气地说:"张先生,你赶好你的小黑驴儿就是了……"话未完,飞机又啸叫着俯冲下来。薛姨忽地望着洞外,大声呼喊:"喂!往这儿跑,快,快往这儿跑!"

一个蓝色的身影闪动着,迎着阳光跑过来。从漆黑的洞口望出去,可以看见刺目的阳光照在一张苍白的脸上。那是一个身材窈窕的年轻女子。她惊慌地拎着黑裙子,在毫无遮拦的麦茬地上向这边跑着。近了,我觉得在哪里看见过她。更近了,我看见了一张在书中夹着的照片上看过多次的瓜子脸。当薛姨把她迎进洞口的时候,我在她的唇角上看见了一颗显眼的黑痣。紧接着,一群黑鸟嗖嗖地越过洞顶,在她刚刚跑过来的麦茬地上溅起了一溜儿土烟儿,如同水面上噗噗地喷着水泡。

洞口里的眼睛都惊骇地望着这个女子。她背靠洞壁站着,急促的呼吸使她的胸部不停地起伏。她一边惊慌四顾,一边哆哆嗦嗦地在胸前绞拌着瘦长的手指。她的眼睛终于适应了洞内的黑暗,目光忽地凝聚在我父亲、母亲的脸上,好像陡地被烫了一下,发出一声没有完成的惊叫,又转身跑出了洞口。老苍蝇正在头顶盘旋。她磕磕绊绊地奔跑在麦茬地上,被麦茬绊了一跤,滚翻在地堰底下,像一只折断了翅膀的小鸟。母亲大声地责备父亲:"你应该请她留下来?"父亲用同样大的声音说:"这句话应该你来讲!"薛姨恼怒地望着我的父亲:"你怎么还有心思吵架?你保护女人的本能哪里去了?"她不顾一切地冲出洞口,一边向地堰那边奔跑,一边大声喊叫:"宛姑娘,不要动,我来了!"

飞机扔下了一颗炸弹,一座楼房变成了一支浓烟滚滚的火炬。老苍蝇再次飞临头顶,薛姨却从地堰下边跳出来,撒野地向军营那边喊叫:"开炮呀,快给我开炮呀!你们的高射炮哪里去了?"黑鸟再次从头顶掠过,麦茬地里又在"噗噗"地喷着土泡儿。薛姨好像被鞭子猛抽了一下,身子震颤着摊开了双臂,浓密的头发如黑色的火焰飘起来,好像要腾空飞去,却又被无形的力量牵引着,仰脸跌倒在麦茬地上。父亲扔下我,疯了似的冲出洞口。母亲紧紧地抱着弟弟,晕倒在防空洞里。

解除警报的时候,麦茬地里挤满了表情麻木的人群。薛姨无声地躺在烧焦了的麦茬上,胸前的月白布衫上绽开了火红的玫瑰。我能认出来,是插在漱口杯里那一朵红得邪火、红得不怀好意的野玫瑰。一只黑蛐蛐儿从草叶里蹦到她羊脂玉一样的脸颊上,颤颤地翘起了油亮的触须,触动她长长的睫毛。睫毛已不再生动地一开一合,好像收不拢的扇面低垂下来,在她眼睑上画了两个半圆的阴影。唇角长着黑痣、名字叫宛儿的女子跪在薛姨身边,扯起黑裙子掩面哭泣。父亲垂着脑袋像是垂下一块铁青色的石头,用一条洁白的被单蒙住了薛姨。小风簌簌地撩动被单,薛姨披着洁白的披风消逝在遥远的天际。

独臂军官从浓烟那边跑来,脸上抹着横一道、竖一道的黑烟子,军衣上撕裂的许多破口惶惶抖动着三角形的小旗。他惊恐地掀开了被单的一角,就发出一声撕心裂肺的惨叫,忽地用左手拔出手枪,向天上连连射击。子弹在天顶迸裂,天穹上麻麻花花落下了破碎的雨滴。

薛姨离去以后的日子天昏地暗。

我再次感觉到了两个我的存在:一个我趴在小屋的窗口上寻找薛姨。但我找不到只有在充分成熟的女性肉体上才能找到的那种炽热、醉人的体香了,却闻到了五月端午点燃艾草的苦味。另一个我却从我身上分离出来,手扯着薛姨的披风,在昏沉的云朵上随风飘荡。名字叫宛儿的女子也用她瘦长的手指牵着披风的一角,黑色的裙裾伴着洁白的披风,掠过冰冷的星星和一个大而浑圆的月亮。黑丝绒一样的天幕上,一对丰满的白鸽在飞翔。

我从云朵上跌落下来的时候,南阳城郊的黄土岗上已经增添了一座新坟。听说是宛儿的父亲买下了这块坟地,请来了一群和尚。和尚敲打着木鱼,哼唱着我听不懂的经曲与坟头进行着神秘的低语。淡蓝色的香烟扭动着蛇样的细腰,缠绕在一棵被炸弹皮削去了半截的老树枝上。母亲和那个叫宛儿的女子在哭泣中相互依傍。父亲脸上刻着铁灰色的愤怒,点燃了一面纸做的"膏药旗"。纸灰在风中旋舞如黑色的蝙蝠。

二卷 桑树上的月亮

1. 月亮走，我也走

失去薛姨以后，父亲想起了家乡的月亮。

父亲说，那是一个引起过激烈争议的大月亮。

我和父亲是乘船回去的。从南阳沿白河顺流而下，向南一百二十华里，有一个古老的城郭，是三国时代刘备曾经在那里屯兵的新野县城。继续向南四十华里，到了河南与湖北的边界，有一个名叫张庵的村庄，那是我们老张家的先祖繁衍生息的地方。

客船逐着绿水远去时，没有听见警报的嚎叫，没有看见贴着"红膏药"的黑苍蝇在天上"嗡嗡"地飞，天空变得湛蓝而明净。大地也宁静下来，向一双四岁的眼睛展示它流动不息的风景：一头黄牛和一个倒骑在牛背上的孩子，一个赤膊的农夫和一把荷在肩上的锄头，一只掠过水面的水鸟和被它叼在口中摇头摆尾的小鱼儿，一头摇响铃铛的毛驴和骑在驴背上打着一把花伞的女人，都使我感到新奇、鲜活而激动不已。晚上，船头"唆唆"地轻拨着浪花，在天上和水下的星光里航行。岸边村落里传来遥远的狗吠，掉队的孤雁声声啼叫着飞过长空。这时候，一轮浑圆的大月亮从白河岸边蓦然升起，她皎洁如雪、晶莹如玉，令人怦然心动。原野上顿时铺满了如霜的银辉，河堤上的柳丝也变得通明透亮。父亲拍着我的脑瓜儿说，快看，这就是家乡的月亮！

望着家乡的明月，我开始倾听祖先的故事。

父亲说，在很远很远以前……

那么，我们这个家族的历史能够追溯到多少年以前呢？父亲说，我们的祖先不是皇亲国戚，也不曾出将入相，因而不能见之于史书记载；又不是姥爷家那样的名门望族，不曾出现过侠客、义士或巨贾、大儒，不会被收入地方通志。时下，当穷了一些时候的朋友突然发现自己也有了阔气过、高雅过一些时候的贵族血统，我就埋怨父亲没有在祖宗牌位上为我找到过任何一个贵族或破落贵族的蛛丝马迹。父亲只能对我说，"在很远很远以前"，有一个穷得叮当响的"破锅张"家，兄弟三人带着一口破锅——它原本是一个生铁铸就的祭祀祖宗的香炉,从"很远很远的地方"来到白河岸边,在一棵大桑树下搭起了一座草庵,这里就成了他们落脚栖息的地方。

那么,"破锅张"又是从哪个"很远很远的地方"来到这里的呢？张氏宗亲说道:"问我祖先在何处？山西洪洞老槐树。"又据说,从洪洞县跑出来的张氏"盲流",小脚趾甲盖分为两瓣儿,一瓣儿大,一瓣儿小;屁股上还有一块青色胎记,那是张氏祖先给后人留下的防伪印章。父亲曾效法考古学家的严谨态度,捏着儿女们的小脚趾甲如同捏着一块块古生物化石,拿着一个放大镜照来照去,却没有找到分为两瓣儿的小脚趾甲,屁股上也没有找到任何颜色的防伪标记。祖先来自何处也就无从查考了。

来历不明的张氏三兄弟白天为人佣耕,夜晚就住小草庵里。不幸导致了家族分裂的历史性大辩论正是在这里发生的。

那是一个没有吃饱肚子的夜晚,老二眼巴巴望着刚刚升起的月亮,突发奇想说:"大哥,你看,天上挂着一个大烧饼!"老大对月亮进行了认真的观察,摇头说:"不,不过是一张烙馍而已!"老二说:"烙馍像纸一样薄,不够咱塞塞牙缝,应该是烧饼!"老大说:"一张烙馍能卷半斤荠荠菜,野地里的荠荠菜卷不完,应该是烙馍!"老三正骑在高高的桑树杈上望着月亮发呆,受到哥哥的惊扰,埋怨说:"我正跟月亮说话儿哩,你俩喊叫啥?"老二问:"三弟,你在月亮上看见啥了？"老三说:"看见一棵桂花树,还有一只小兔子正在树下捣药!"老二说:"为啥不叫它捣米,你问问你的肚子饥不饥？"老三说:"我一给月亮说话儿,就会忘了肚饥。"老二说:"弟呀,你再这样望着月亮犯傻,只怕要当饿死鬼了!"天色忽地暗下来。老大说:"好了,不用争吵了,月亮叫云彩吃了!"老二发火说:"我要带到梦里去吃的大烧饼,白白叫你给耽误了!"老三也埋怨说:"月亮正给我说着悄悄话儿,生生叫你们给打断了!"说着,月亮又从云彩里钻出来。老大说:"老二,赶紧吃你的烧饼;小三,你接着给月亮说话儿。我饿得心慌,先睡了。"老二说:"吃不成烧饼了,我的梦叫你给搅黄了!"老三说:"小兔子也叫你俩给吓跑了!"老大憋了一肚子气,掇起铁香炉说:"咱干脆分了家,各找各的月亮去吧!"

铁香炉是祖先留下的传家宝。香炉上铸着昂首曲身的龙纹,却没能给后人带来好运,渐渐失去了威信,才变成了煮菜粥的铁锅。老大看准香炉上的"丫"形裂纹,在石头上一磕,香炉就"砰"地裂成了三块。老大落泪说:"兄弟,别怪我对祖宗不敬,只怪它没给咱带来烙馍和烧饼。一人分一块破锅片儿,各自走好!"老二说:"哥,哗啦啦的白河叫我哩,我跟白河走了。"老三说:"哥,月亮在天上瞅着我哩,我跟月亮走了。"老大拍着大桑树说:"桑树给我弯腰点头哩,我就守着桑树不走了。这个小草庵还是咱仨的,起名叫张庵。你俩或是你俩的子孙混好了,不要忘了回来认亲,以各自的破锅片为记,对得上裂纹,就是咱老张家的后人。"

父亲说,"破锅张"老大就是张庵这支张氏宗亲的老祖爷爷。

张庵族人说,砸香炉可以说是我们家族史上的英明决策。大祖爷砸了香炉,等于砸碎了锈在香炉上的霉气,接着就娶了一个特别能干的逃荒女人。夫妻俩开荒种地,植桑养蚕,只两年,老桑树周围就出现了绿茵茵的桑园和耕地。使后人无比骄傲的是,老祖奶奶胯宽屁股大,还长着一对"布袋奶"。老祖爷爷用脚后跟蹭她一下,她也会"唧哇"一下,生下一个娃娃。老祖奶奶不停地"唧哇",她的"布袋奶"上就打着滴溜吊大了十二个男娃。

老祖奶奶生娃生出了浓厚的兴趣和丰富的经验,进入了即兴而生、随遇而安的佳境。大清早,她扎着竹篮去采桑叶,听见刚刚下了蛋的母鸡"咯嗒、咯嗒"地叫唤,受到了提醒,就钻到蒿草棵里"唧哇"了一下,又爬到树上采了桑叶。她扎着竹篮回去时,母鸡还在"个儿大、个儿大"地夸功。她对母鸡说:"你有啥好夸的,你看看我这竹篮里是个啥?"母鸡伸了伸脖子,看见嫩桑叶上睡着一个白生生的大胖小子,立即羞红了脸。从此,我们张庵的母鸡下蛋以后就改了口,心悦诚服地叫唤:"娃大、娃大!"

老祖爷爷的后代男丁都按照老祖奶奶的标准娶妻生子,人丁像野草一样疯长,不到一百年的工夫,白河岸边就出现了一个被官府登记造册的张庵,给官府增添了一批低眉顺眼、吃苦耐劳的壮丁和差夫,给财主提供了一大群身强力壮的长工和佃农。也有特别能干的张氏后人开荒种地、植桑养蚕,置买了田产、喂养了牲口,变成了吃上了烧饼的小地主,或是偶尔支起鏊子,用麦秸火烙一回烙馍、卷着荠荠菜或是萝卜丝享用一次的自耕农。

关于月亮到底是个什么东西的争论,仍旧是张庵舆论界的一大悬案,而且越来越多地产生了天文学上的歧义。比如说,月圆时只想着烧饼或烙馍,那就无疑是一种历史的局限性了!放开想一想,难道它不可以是葱花儿油饼或是粘着一层芝麻盐的厚锅盔吗?不,甚至可以是夹着肉馅儿的肉盒。再比如,月亮更多的时候是月牙儿,请看,月牙儿像不像"扁食"——就是外地人吃的饺子?不哩!咱们的月牙儿不是一般的月牙儿,要比外地人吃的饺子大一号,起码应该是油炸菜角,不,不哩!应该是上笼蒸的烫面角,城里人说那是蒸饺,一个要有一两以上的重量,还必须是大肉馅儿或是羊肉馅儿的!

香炉的碎块亦即破锅磕子却成了无可争议的历史文物。自从大祖爷用白膏泥把它密封在一个粗陶瓦罐里,存入张家祠堂以后,已经传了一百多代。一半以上的张庵族人却照旧过着"糠菜半年粮"的日子,便有人斗胆抱怨大祖爷,说他分的那块破锅片上只有一截"龙身",陷到"穷坑"里既不能抬头、又不能摆尾。却不见二祖爷、三祖爷带走的"龙头"和"龙尾"回来会合,只能从历史悠久的张庵歌谣中考证他们的下落:

张庵的歌谣说:

> 月亮走,我也走,我给月亮赶牲口。
> 喘口气儿,洗洗手,天上飞来个小斑鸠。
> 斑鸠斑鸠你莫叫,喝一口凉水俺就走,
> 一气儿赶到出日头。

这应该是三祖爷留下的歌谣。三祖爷跟着月亮走了,歌谣里暗藏着他的去处。他"一气儿赶到出日头"的时候,也正是月亮西沉的时候。由此推断,三祖爷跟着月亮转了一个半圆,落脚于中国西部地区。那里是众所周知的不毛之地。三祖爷又只是牵挂着月亮里的桂花树和小兔子,不懂得烙馍、烧饼的重要性。这一支张氏宗亲是不是还在传宗接代,也就不容乐观了。

张庵的歌谣还有第二个版本:

  白河走,我也走,我给白河赶牲口,
  一赶赶到老河口。
  到襄阳,洗洗手;下樊城,喝杯酒,
  一路顺风到汉口。
  "嘚儿喔、嘚儿喔"接着走。

这支歌谣里藏着二祖爷的"路线图",说明他先是逆流而上,入丹江而后入汉江,在襄樊落脚后,又到了汉口,还要"嘚儿喔、嘚儿喔"——这是吆喝牲口的口令,又跟着长江"赶牲口"去了。如果他一直赶到出海口,还要接着赶下去,那就要漂洋过海,不知道把牲口赶到什么地方去了。二祖爷的后人就是吃上了大烧饼,甚至还要把烧饼泡在羊肉汤里享用,再撒上一把香菜、浇上一勺红亮亮的辣椒油,也很难把这些东西带回来共同享用。张庵族人也逐渐淡忘了这一支宗亲。到了二十世纪末叶,才有人眼睛一亮,在老桑树底下发表诱人的预言:"听着!说不定哪么一天,有个华侨大富豪背着一布袋美金,怀揣白金盒盒,盒盒里装着一块破锅片儿,漂洋过海,来咱张庵认亲。等着!"

2. 公蚕蛾

但是我记得,一位出了"五服"的本家叔说,曾有人冒充二祖爷后人来张庵认亲,被张庵人一眼看穿,就扒了他的裤子,把他逐出了张庵。也有人对此持有异议,认定此人确是二祖爷之后,那次缴获的裤子虽是一条比较贵重的软缎灯笼裤,却自此断送了振兴张氏家族的一次大好机会。

那是一个南风多于北风的夏季,一条五丈多长的木船让南风灌满了洁白的帆篷,沿白河逆流北上,摇橹的船夫一路吆喝着,到了张庵岸边,跳下一个年少英俊、身穿宝蓝色丝绸长衫的船主。他手搭凉棚,望着那棵一搂粗的老桑树,眼里霍地一亮,又望着一片片嫩绿的桑园,叫了一声:"好,找到了!"就急急来到村中,忽地展开双臂,紧紧抱住了老桑树。分歧正是从这里开始的,一部分张庵人说,他是量一量老桑树腰有多粗,估算一下树龄;另一部分张庵人说,分明是离乡多年的游子拥抱故乡的宝树如拥抱离散多年的母亲,接着又抚摸树身如抚摸梦中的情人,又惊又喜说:"啊,我找的就是你呀!"

张庵人慌忙迎上去,问道:"客官,你找到啥了?"船主说:"我找到这棵老桑树了!"张庵人说:"是找俺张庵这棵老桑树?"船主说:"是呀,是呀,我沿着白河找呀,找呀,找的就是老桑树,还有这大片大片的桑园。"一个奶着孩子的年轻媳妇喜滋滋地问道:"哎呀,喜客莫不是俺老张家二祖爷的后人?"船主愣了一下,又鸡叨米一样连连点头,"对,对,我叫张发贵,是咱老张家的后人。"那媳妇向村里喊叫:"快来看呀,二祖爷的后人回来认亲了!"

张庵人纷纷围上来时,族长张福来也正巧骑着毛驴从村外回来。他出村索要豆腐账空手而归,一天没有吃上饭,正为西村人赖账窝火,听了船主与村人的对话,就在驴背上接腔:"慢着,你把破锅片儿带回来没有?"

"啥子?"张发贵打了个愣怔。

"咋?老张家的招牌你都不知道!我再问你,吃上烧饼没有?"

张发贵眨巴着眼皮说:"啥子?吃烧饼!我们不吃烧饼,我们吃米饭、吃糍粑、吃腊肉、吃煳辣鱼、吃红烧狗肉,也吃板鸭。"

张福来咽下了一口涎水:"你不带破锅碴子、不带烧饼也算罢了,可你回村问祖,总不能空着手回来不是?张庵不算很大,总是你大祖爷爷留下的一块风水宝地,是咱张氏宗亲团圆聚首的地点,总不能忘了祭祀祖宗不是?你带回来的木帆船也不能算小,几百斤腊肉、百十只板鸭还装得下吧!"

张发贵一呆一愣地说:"没错儿!我装了一船南货,还有祭祖用的香烛、蜡台、金箔、银箔,都卸到襄阳码头上了。我来到张庵,是因为……因为我在这里找到了桑树,当然当然,也是来看望张氏宗亲,没错儿!一个'张'字掰不开!要是能掰开,那就成了'弓'、'长'了不是?弓是干啥用的?是伤人的家伙,再叫它长一点,不把人都给吓跑了吗?不管怎样讲,咱们老张家这个'张'万万不能掰开!"他又瞅了瞅村里村外,啧啧连声说:"看看这桑树桑园,啧啧!我只搭眼一看,就认定是咱老张家的桑树桑园,啧啧!一等一的桑树桑园,没错儿!有了这一等一的桑树桑园,就有一等一的好蚕好茧、好丝好绢、好绸好缎,是不是?"他露出豪爽而矜持的微笑,"嗵"地拍了一下胸脯,"有多少我就收多少,价钱好说!"

张庵人听傻眼了,老桑树下一片肃静。那个年轻媳妇把奶头从婴儿嘴里拽出来,眉开眼笑说:"二祖爷跟前儿的哥,真真叫你说对了,咱张庵啥都缺就是不缺蚕茧儿,咱张庵的老黄牛吃了咱张庵的桑叶也会结蚕儿哩!"她"咻咻"地浪笑,大家也跟着傻笑。她忽地皱起眉头,表现出需要爱怜的样子:"二祖爷跟前儿的哥呀,你咋不早点儿回来?这两年蚕茧卖不上好价钱,养蚕的越来越少,茧儿也自己用了。你明年要早早儿回来,俺都给你留着。"

张福来脑瓜儿里幪了一下,啥?你都给他留着?一个小娘们儿要把啥啥都给他留着?就算他是二祖爷的后人,就算他一百年前就出了五服,就算他出得起一等一的好价

99

钱,也不能啥啥都给他留着,丢咱大祖爷爷的人!"

张福来正在心里冒火,又看见那媳妇敞着怀,张发贵的眼睛就像一只黑苍蝇倏地落在她白生生的大奶头上叮了一下,又笑嘻嘻地说:"没错儿,我明年一定赶早回来。可是,乡亲们记住,蚕茧、蚕蛹、蚕蛾都是宝,不要忘了给我留着公蚕蛾,听清了,公——蚕——蛾!"他偏过脸,打着遮嘴罩,对几个扎堆儿挤在一个粪崮堆上的小伙子说,"公蚕蛾能叫咱男人夜夜快活,懂么?女人当然也跟着男人回回快活,懂么?"接着又放大了嗓门,"记住,公蚕蛾从蚕蛹里刚刚拱出来,不等它压着母蚕蛾做活儿,就掐了它的翅膀,用慢火焙干……"

"这是啥话?"张福来从驴背上跳下来。

"我是说,我也收购公蚕蛾,这是皇帝老儿下过御旨的呀!"张发贵露出天真无邪而且兴致盎然的样子,"你老人家听着,公蚕蛾是男人一吃就灵的补品,也是御药坊下文书采要的贡物,皇帝老儿坐问了朝政,也要回到后宫里夜夜快活不是?一次只吃五六只公蚕蛾,就挺得住十几个回合!一个制钱一只,怎么样?不过要千万记住,不能叫它跟母蚕蛾做活儿……"

一个老汉"梆梆"地敲着旱烟锅说:"给他一碗水喝,叫他走人吧!"

"谢谢大爷!我不渴,真的不渴!"张发贵笑逐颜开,再次提高了嗓门,"咱老张家还在汉口开了个缫丝绫锦织染坊,眼下正缺人手。我看咱张庵的姐妹好材料,都长着侍弄蚕茧、抽丝织锦、染色绣花的巧手。汉口的女子想来挣这份工钱都挤破了头,可这肥水不流外人田不是?还是咱自家的姐妹进咱自家的福窝窝,工钱好说!"

年轻媳妇忙问:"二祖爷跟前儿的,你要我不要?"

张发贵愣了一下,又眉开眼笑说:"我怎敢说不要!只是嫂子你带着孩子,做活儿有所不便,没出嫁的闺女好做活儿。"他又上下打量着这个媳妇,"话又说回来,只要人精灵,绷床上头好身手,不管是'鸳鸯合欢'、'游龙戏凤'、'麒麟生子'、'孔雀开屏',样样来得,我打着灯笼还找不到,岂有不要之理!"

张福来跟张庵半数以上的男人都闻到了邪味儿怪味儿醋味儿尿臊味儿,早听得咬牙切齿、七窍生烟。张福来陡地甩了一鞭,那"啪"的一声却比不上赶骡马的大扎鞭"啪"的响亮,就用鞭杆指着张发贵的鼻子:"你小子再讲一遍!"

"我讲错了么?"张发贵表现出真诚的惶恐之情,"这绷床上的活路,我不过略知一二,岂敢在咱张庵姐妹面前耍把式!这织锦上的花样千百种,还有那啥'狂蜂浪蝶'、'蜂蜇花心儿',我就不在咱老张家姐妹面前一一献丑了!"

张福来被他说糊涂了,眼珠一骨碌,又加倍地感到气恼。就算我想歪了,就算你讲的是啥啥织锦上的活路,你也没问问张庵的女人有男人管着没有?她们是你拴在裤腰带上的母牛母羊,想牵走就牵走?张福来眯着眼睛走过去,用鞭杆支起张发贵的下巴,哼哼着说:"咋看你咋不像老张家二祖爷的后人,你他娘的是个开窑子的人贩子!"

张庵的男人呼啦一下操起了桑木扁担、桑木棍,为张庵的女人拉开了打一场保卫战的架势。

张发贵急忙用手掌托住鞭杆:"我赌咒,我眼下就给咱张庵老乡情们赌咒,我要不是老张家的后人,我就算狗娘养的嫖客做的驴毯操出来的屎壳郎推驴粪蛋推出来的,行不行?"

老汉又磕着烟袋锅说:"别咒了!这不是咒咱张家的老祖宗么!叫他脱了鞋,验验脚趾甲。"

张发贵一听就面无人色,脑袋摇得像拨浪鼓:"列位,不要叫我脱鞋了。我知道咱老张家的小脚趾甲分两瓣儿,我的不是两瓣儿,只因我老奶奶还有我老老奶奶的奶奶是长江边上的苗女、土家女,皇上还因为我老老爷爷在绫绵坊织锦有功,赐给他一位西域进贡的大美人儿当了妻房。我绝对是咱大汉朝老张家的纯种,只是撒在人家苗家、土家的地界,又种到人家西域美人儿的肚皮上了,长出来的庄稼有些不一样!"

张庵人哄然大笑。张福来也捧腹大笑,却又不由分说,命令他的三个儿子放翻了张发贵,脱了他的粉底皂靴,塞进了驴驮布袋,又摇着鞭杆喊叫:"扒了裤子,看他屁股上的胎记!"

一条蛋青色软缎灯笼裤、两条黑丝穗扎腿带,还有一条织着一只鸳鸯压迫着另一只鸳鸯的织锦短裤,被七手八脚又拉又拽地扒了下来。张庵的女人都扯下头巾或是用手掌捂住脸,又从手指缝里看出去,一个朝天撅起的白亮亮的大屁股可以说是白璧无瑕,找不到青色或是其他任何颜色的张氏印记。

张发贵杀猪般的嚎叫:"裤子,我的裤子!"

裤子已经变成张庵人竞相争夺的战利品。

他又挣扎着大叫:"孩子,孩子,我的孩子!"

孩子?如大晴天爆响了一个炸雷,张庵人的脑瓜儿里"轰隆"了一下。咱张庵啥时候有了他的孩子?是哪个不要脸的女人跟他早早儿勾搭上了?去汉口出过差役的张财见多识广,生怕闹出人命官司,慌忙解释说:"他讲的是湖北话,他不是要他的孩子,是要他的鞋子,他脚上穿的就是他的'孩子',他们湖北人的脚上都要穿'孩子'。"

老桑树底下又像开水滚锅,沸腾起一片笑声。

张发贵已经放弃了夺回裤子和"孩子"的一切努力,多亏还有扯成碎绺儿的长衫可以遮羞,他光腿赤脚,一蹦三跳地向河边跑着。张庵人追到河岸上大喊大叫。只有女人和几个年轻后生站在西斜的夕阳下,怅然望着起锚离去的木船。

张发贵在船上撩起了破碎的长衫,手托着那个传宗接代的东西,在船板上一蹦一跳地喊叫:"张庵的,你们把自己的裤子也扒下来,给老子比比家伙呀!你们一个个尖嘴猴腮、贼眉鼠眼、弯腰驼背、小头小脑,那个东西莫不是也叫骗掉了?拿上你们的破锅片子去换烧饼吃吧,张家老祖宗早把你们丢在这块养王八的地方忘了你们谁是谁了!实话告诉你们,我不是冲着你张庵来的,我只是抬举这里的桑园,看上了这里能抽丝织锦的小娘儿们。你们不识抬举,那就种了桑叶自己吃,看你们能结个啥子茧!小娘儿们也留给自己用,谅你操不出金马驹儿!"

张发贵骂人骂得痛快淋漓而且骂出了许多警句,字字珍珠玛瑙,句句如雷贯耳。张庵人被他骂出了满头大汗、一身鸡皮疙瘩,一嘴黄牙也在咯咯地打架。老桑树簌簌地摇了摇脑袋,有几片蔫蔫巴巴的桑叶落下来。张福来又骑着毛驴,率领着几个泼皮货跟头炝蹶儿地追船对骂。那船顺流而下,转过一道河湾,霎时没了踪影。

没多久,河对岸新铺码头上有个船工从汉口行船回来,对张庵人说,你们咋把你们老张家的一座金山给骂走了!张发贵的祖先还真的是从白河边上逃荒出去的,后来在皇上的织染署下绫锦坊里当过绫匠,发明了"游麟"、"翔凤"的织法,受到过织染署的奖赏。如今,他的后人自设绫锦坊,有织机二百张,还在汉口皮子街口修了一座张公庙。张公泥塑金身上有一个护心镜,据说是用铁香炉上的一个"龙头"打造的。

张庵人都像兜头挨了一鞭,一个个目瞪口呆,接着是唉声叹气。到了晚上喝汤的时候,家家的灶火不冒烟,只冒气。夫妻顶嘴,爷俩吵架,摔盆打碗,鸡飞狗跳。夜里没人点灯,没人做爱,猫不叫春,狗不发情,只有猫头鹰在桑园里"嘎嘎嘎"地怪笑。

张福来蒙头睡了两天,又去磨道里用鞭杆敲着驴腚磨起了老豆腐,绕着磨道转了两圈,又梗起脖子说:"哼,就算他是二祖爷的后人,早也不是纯种了!"

在张发贵是不是二祖爷纯种后人的问题上,张庵人虽然存在着分歧,但在张庵人从此失去一次松开裤腰带吃吃烙馍、吃吃烧饼、吃吃扁食乃至于吃吃粉条炖大肉的可能性以及张福来的表现已经让张庵族人臭名熏天、威风扫地的问题上达成了共识。张庵人一致指出,张福来就是骑在驴背上也咋看咋不像张飞,他只会赶着毛驴儿磨豆腐还收不回豆腐账,整个儿一个他就是一块豆腐,也不是掉到地上摔不烂的老豆腐,是那种"麻绳拴豆腐——提不起来"的软豆腐。就算他辈分最高,且是大祖爷的长子传下来的长子再传下来的长子在第一百〇一代的树梢梢上结出来的"滴溜孙儿",也咋看咋是个歪瓜裂枣,不是当族长的材料。

大家看准了张财。张财是全村首户,读过三年私塾,已经被官府任命为催粮派差的村官,而且继承了大祖爷、大祖奶嫡传的二亩"祖桑"。全村只有他见多识广,只有他懂得湖北的"孩子"等同于河南的"鞋子"。特别值得信赖的是,他不仅吃上了大祖爷想吃的烙馍、二祖爷梦寐以求的烧饼,还率先享受了三个祖爷都没敢想过的扁食,不止是在大家都要吃一顿扁食的年三十晚上吃,而且是在任何想吃扁食的时候,他的媳妇就会把一个个小扁食捏成元宝的模样叫他细嚼慢咽,还要蘸着调了香醋的蒜汁。张庵兴旺发达的历史重任必须落在张财的肩上,是时候了。

张庵族人开始了民主化的光辉进程,在张家祠堂召开了由各户家长参加议事的"老头会",一致同意罢免张福来的族长称号,公推张财为族长,要张福来向张财交出了装破锅碴子的瓦罐,从此不准再提"破锅张",改称大祖爷为"烙馍张";三祖爷的歌谣里说啥"喝一口凉水俺就走",改称"凉水张";张发贵是不是二祖爷的后人姑且不论,二祖爷对烧饼情有独钟却是无可争议、无须考证的历史事实,改称"烧饼张"。

"破锅张"改了年号,到了"烙馍张"元年,张庵虽没有出现盛世的景象,张财却对保管破锅碴子不感兴趣,竟然当上了牛经纪,学会了"捏码子"的绝活儿,把手指头缩在袖筒里或是伸到布袋里"暗箱操作",揪住买主或卖主的手指头,在袖筒或是布袋里捏定了价钱,也捏出了别人看不见的"回扣",就"嘚儿喔、嘚儿喔",把一群南阳黄牛赶到老河口去了。

张庵蚕茧的销路却毫无起色,数不清的公蚕蛾也没有变成数不清的制钱。张庵的男人把他们对命运的一切赌咒、对快乐生活的全部向往一股脑儿地发泄在公蚕蛾身上,严格禁止公蛾与母蛾做爱,采用焙着吃、煮着吃、蒸着吃、烤着吃乃至于掐了翅膀活着吃的种种手段,对公蚕蛾实行毫不留情的报复。天天夜晚,黑了灯的农舍里气喘如牛,女人们死去活来的叫唤声此起彼伏:"蛾呀……蛾呀……该死的……小亲亲……蛾蛾蛾呀!"

张庵的人丁野草般地疯长,大片大片的桑园却一天天地荒芜了。

3. 大牤牛与红绣鞋

我和父亲是在傍晚回到张庵的。

父亲领我到了村头,在一扇破裂的木门上拍了三下,门在"吱呀"地叫,狗在"汪汪"地叫。门开了。父亲又在我脑瓜上拍了一下,说:"快叫奶奶!"我忘了是不是叫了奶奶,但是我记得,奶奶的目光第一次落在我的脸上,就有温热的水滴在我脸上"噗"地一下融化了。狗却围着父亲打转,一跃一跃地竖起前爪。那是一只年迈的黄狗。父亲握着狗的前爪如同握着老友的手,摇了几摇,致以亲切的问候:"黄老,你还认识我么?"狗说:"呜——喔!"奶奶说:"人还没听见动静,它就支棱着耳朵喷响鼻儿了!"父亲又躬身对狗说:"多谢黄老!"

奶奶牵着我的手,随父亲绕过草房,来到了后园,那里是一片枝叶茂密的桑园。后来我知道,这就是"烙馍张"大祖爷留下的一亩"祖桑"。厚实的绿荫融着夕阳,淹没了知了的叫声和桑园深处的草庵。我们走进桑园时,草庵那边有人影倏地一晃,消失在桑园的阴影里。奶奶受惊地望着倏尔消失的人影,对我父亲说:"你看看,你看看,鬼又来勾你爹的魂了!"父亲望着绿荫深处,深深地叹了口气,来到草庵门前站住,又拍着我的脑瓜儿说:"快叫爷爷!"

我没顾得上叫爷爷,只是惊奇地望着一盏过早点亮的油灯,灯光扑闪着,映出爷爷印在秫杆墙上的影子。爷爷正光着脊梁斜倚在一张矮床上,眼睛半开半合,被蓝蓝的薄雾包围着,好像沉浸在只属于他的梦境里,受到我们的惊扰,才忽地睁开眼睛,慌忙吹了灯,把什么东西藏起来,连连摇着手说:"不要进来,不要叫烟气熏住我孙娃!"他从矮床上直起身子,赤脚在地上扒拉着找到了鞋,颤巍巍出了草庵。

爷爷很高很瘦，脊背驼成了弓形，像一只大虾。"这是斑斑，我在相片上见过我孙娃斑斑！"爷爷身上扑过来一股带有异香的冷风，目光凉凉地落在我的脸上。"你咋给我孙娃起的名？"爷爷责怪父亲，"搬搬！你搬得够远了，还想往哪儿搬？"父亲说："不是搬东西的搬，是斑斓的斑。"爷爷说："啥？搬就搬吧，为啥要烂？我孙娃皮实，你咋搬也搬不烂。就是搬不烂也不能再搬了，哼，要不是鬼子往你们省城大学堂里扔炸弹，把你赶到了南阳，你也不知道回来。我纵有铁石心肠，你娘也有掉不完的眼泪。"奶奶就用袖口揾着眼泪说："你守着你的草庵子就是了，别管娃们！"爷爷说："别管娃们？那你是哭个啥？还不快去给我孙娃烙几张葱花儿油饼，多放点儿油。"

奶奶烙的葱花儿油饼是我吃过的最好的油饼，还让我喝了从未喝过的麦仁儿粥。父亲嫉妒我有一个好奶奶，便夸说他也有过一个好奶奶，也是烙油饼的高手，说她坐在草团上，用一个竹签子翻着热鏊子上的油饼，烙好一张，就用竹签子挑起来，头也不抬，只是向背后一撂，油饼就打着旋儿，从别人头上飞过去，稳稳地落在他的爷爷的手上。父亲笑着说，他的爷爷就是吃了他奶奶烙的油饼，才跟他奶奶"好"上了的。如火如荼的恋情发生在为财主扛活的长工与财主家的女儿之间，比知识界大兴自由恋爱之风还早了大半个世纪。因此，父亲摇着奶奶的拨火棍向我指出，可以当之无愧地说，他的祖父母亦即我的曾祖父母是等级制度最早的叛逆者、"个性解放"的带头人。父亲的高论对于当时的我无异于对牛犊儿弹琴，奶奶也似懂非懂，埋怨说："你给娃讲些啥？那是他老爷爷、老奶奶哩！"颇有些"为长者讳"的意思。

多年以后，家乡有一个说唱大调曲子的艺人来省城找我，说我曾祖母是他的姑奶奶，张口就叫我表侄。我就急忙为表叔斟酒。半斤白酒下肚，他就打开了话匣子，愤愤然地说："你老爷爷硬是叫我姑奶奶吃了他的迷魂药，就跟着他私奔了！"又指着酒杯说："倒酒！"好像我也欠了他的。

老张家的人却把这件事引为整个家族的骄傲，说我老爷爷小时候偷吃了"祖桑"树上最大最甜的一嘟噜桑葚儿，吞下了老张家憋了上千年的地气，虽说自幼父母双亡，八岁上就当了财主的放羊娃，却长了个五尺六寸五的大个儿（用现代的度量标准折算，应为一米八八），浓眉大眼、宽额高鼻，身上有使不完的力气。正像做鞋要有"鞋样"、扎花要有"花样"，张庵族人说，我老爷爷应该是老张家的"人样"。

老爷爷二十岁那年，剃了个光葫芦头，腰里刹紧了三寸宽的板带，光脊梁上搭着小褂，去"小满会"上卖力气，往"短工市"上一站，比别人高出半截。来这里卖力气的"麦客"们都仰着脸、挑起眼梢瞅他。一个来会上买力气的财主一眼看见他就盯住不放，慌忙走过来，捏捏他胳膊上的肉疙瘩，又拍拍他鼓在胸脯上的腱子肉，上下打量着："小伙儿，你当麦客咋没带镰刀？"老爷爷说："那不是我做的活。"财主说："你能做啥活？"老爷爷说："力大做大活。"财主说："好！你跟我来，我倒要试试你的力气！"老爷爷闻声不动，又冷冷地把话撂过去："先说好，你不能嫌我吃得多。"财主问："你的饭量有多大？"老爷爷说："吃捞面条，五大碗；吃蒸馍，一筲箩。"财主说："谁知那是多大的碗，多大的筲箩？"

就把他领到一个卖油饼的小店门前,只见案子上叠放着高高一摞子油饼,就拿起一双筷子,从油饼上插下去,一尺长的筷子只剩下不到两寸,财主说:"你要吃就得吃完这一筷子,吃不完干脆别吃!"老爷爷看了看油饼,却没有动手。财主说:"咋?吓住你了!"老爷爷说:"我不能干吃。"财主指着羊肉汤锅说:"好,羊肉汤尽着你喝!"

赶会的都围了上来。

老爷爷松了松腰上的板带,开始了吃的表演。他抽出插在油饼上的筷子,用筷子夹着三张油饼一卷,卷成一个筒子。有人喊道:"太厚了,咬不透!"老爷爷不动声色,开始炫耀他的牙齿,那是一排整齐、结实、咬碎过核桃的牙齿。我父亲就继承老爷爷的牙齿。若干年后,父亲变成了埋在"乱坟岗"上的枯骨,姐姐和弟弟去给父亲起骨。一个农民挖开了墓穴,棺木早已朽成了泥土,农民却望着我父亲的骷髅一怔:"哎呀,少见的好牙!这位老先生咋带着这样一口好牙就走了呢?"那是父亲用了四十多年、又在地下埋了三十多年的一副牙齿,竟没有半点儿缺损。农民薅了一把青草擦了牙,弟弟就看见了属于老张家洁白瓷实的珐琅质还在闪闪发光。当年,老爷爷就是用这样一副有过之而无不及的好牙,把卷成一个粗筒的油饼一口咬下了一个"月牙儿",引起一片叫好声。老爷爷首先用门牙顺利解决了"咬不透"的问题,接着,白齿就发奋地切割、研磨,牙巴骨快速蠕动如今日之切割机。牙巴骨上的工序正在延伸,筷子却又卷好了下一个油饼筒子,而且一下子卷了四张。人群不停地拍着巴掌叫好:"哈哈,狠吃他个夯孙!"财主问:"是谁个骂我?谁能再像他这样吃一回,我就再当一回夯孙。能吃才能干活,没有怕吃的东家,懂不懂?"老爷爷不为叫好声所动,只是按照既定步骤大口大口地吃着,吃得有条不紊,吃得从容镇定,吃得出神入化而进入物我两忘的佳境。吃剩下一张油饼时,他开始把油饼撕成碎块,泡到羊肉汤里,连扒拉带吸溜,没等到露出碗底,店小二就慌忙向碗里添了热汤。一个爬在树上看得眼馋的小叫花子,看见还剩下一块油饼放在案子上,眼睛为之一亮。眼看着我老爷爷吃光了碗里的,却又抓起剩下的油饼擦碗,把碗底擦得铿明发亮,又把这块油饼塞到了嘴里。

财主跟大家一起拍起了巴掌,说:"好,活儿干得干净!"

一泡热尿却自天而降,浇到老爷爷的光葫芦头上。小叫花子骑在树杈上哭骂:"我把手都拍疼了,你咋不给我留一口?"老爷爷扯下肩上的小褂擦了脸上的热尿,又抄起筷子从案子上夹起来一张油饼,向天上一撂,油饼就打着旋儿飞到树上。"这算我买下的。"老爷爷对财主说,"从我工钱里刨除。"小叫花子破涕为笑,咬着那张油饼,抓着树枝打了个忽悠,一溜烟儿地跑了。

财主照付了油饼钱,说:"还没说好工钱,可把这张油饼钱记你账上了!"老爷爷说:"工钱好说,你用一个大把式给多少,就按两个大把式给我就是了。"财主张着嘴,半晌没合上。人群中一位老汉发话:"你一个憨小伙就想当大把式,还想拿双份工钱,我这几十年庄稼活不是白干了!"老爷爷只是紧抿着嘴,仰脸望天,露出无可奉告乃至于毋庸置疑的神气。财主拍了一下巴掌,说:"好,你跟我来!"

一群赶会的又拥着我老爷爷,跟财主来到牲口市上。一头大牤牛正在一棵老榆树下撒野,赶会的人都远远地让开了场子,围起了人墙。只有一个满头冒汗的牛把式"噼里啪啦"地甩着扎鞭,跟大牤牛较量。牛把式长着柳斗大的脑袋,身材矮壮,高和宽几乎相等,像一块四四方方的生铁。大牤牛勾着头,鼓着血红的眼珠定定地瞪着牛把式。牛把式一靠近它,它就炮着蹶子冲上来,却又被拴在树上的疙瘩绳紧紧一拉,老榆树猛地一摇,满树的树叶儿都簌簌地打着哆嗦。牛把式不停地猛抽着扎鞭,喷着唾沫星叫骂:"我叫你犟,我不信牵不走你!"牛身上的鞭印一闪一亮,大牤牛疯了似的炮着蹶子。牛把式绕着圈儿,靠近不得。

财主领着我老爷爷挤进人群,说:"大把式,你歇会儿。"便把扎鞭夺过来,递给我老爷爷说:"这是我买下的踢套牛,你要能把它牵回去,叫它服了你,大把式你就当定了,双份工钱我也给定了。"

年轻气盛的老爷爷接过扎鞭,定睛望了望牤牛,眼里就扑闪一亮,夸了一声:"好牛!"财主问:"咋好?"老爷爷说:"你瞧那两盏灯、四根柱!"财主问:"哪儿来的两盏灯、四根柱?"老爷爷说:"我是说它眼神儿好、腿也好。"说着话,就趁着大牤牛撒野打立楞,兜头甩了一鞭,这一鞭听不见响,只见鞭梢一扑闪,蛇一般缠在牛脑袋上一曲敛,牛就"哺"地打了个前栽。人墙里齐声喊好。牛眼也惶惶地盯他,却不服输,又勾着头,举着头上的两把尖刀,扎好了拼命的架势。

老爷爷看见牛身上布满横一道、竖一道的鞭痕,心里一疼,举起的鞭子又落了下来,对牛说:"我不能再打你了,我喜欢有脾气的犟牛,把你打趴下你就没脾气了。"牛好像没有听懂,照旧勾着头,翘着铁钗一样的尖角,瞪着牛眼盯他。老爷爷把扎鞭轻轻举起,却不甩鞭,只是一上一下地抖动鞭梢,绕着老榆树转起了圈子,鞭梢上的红缨子蝴蝶样跳上跳下。牛起了疑心,一蹿一跳地跟着红缨子打转,拴牛的疙瘩绳就一圈一圈地缠在老榆树上,越缠绳越短,牤牛被牢牢地困在树下,瞪着鞭梢上的红缨子不知所措。老爷爷把扎鞭扔给大把式,靠近牤牛蹲下来,用手搭了遮嘴罩,就慢声细气、呜里呜噜、唧唧咕咕地说起了牛语。

站在人堆里的大把式挑毛病说:"你刚才跟它说人话,咋又变成牛语了?"老爷爷说:"它牙口嫩,还听不懂人话。"又一边咕哝着,一边向牤牛贴近。大把式又说:"小子,你跟牛说我坏话不是?"老爷爷说:"我是对牛说,要是把你打得没脾气了,大把式脾气再大,也不能替你干活不是?"人墙里哄然大笑。大牤牛也"嗯哧"一下,出了一口恶气。老爷爷趁机一跳,到了牤牛身边。牛又受到惊动,却没来得及撒野,老爷爷就一把抓住了牛鼻角,另一只手已经搭在牛背上轻轻抚摸,在牛身上挠着痒痒。父亲说,那是老爷爷的"心理疗法",开始为一头不公正地挨了毒打的牲口医疗"心灵的创伤"。

人墙里寂无声息,上百双眼睛都望着老爷爷的手指。那是十根粗大、灵动、会说话的手指,像弹琴一样抚摸了牛身上的鞭痕,无声地诉说着对牛的同情。据说,老爷爷的手指在牤牛身上按摩了四八——三十二个穴位,在他手指经过的地方,都要引起一阵人也心疼、牛也心酸的战栗,牛眼里涌出了蚕豆大的泪珠,"噗嗒"一下,砸在老爷爷的脚背上。老爷爷眼圈红了,人群里也有人眼圈红了。老爷爷没好气地喊叫:"大把式,你的牛叫你打伤心了!它不会说话,不会诉苦,只会在心里难受。你叫大家闪开,我得牵着它遛遛,给它散散心。"大把式红着脸说:"小子,叫你逞能了!"老爷爷解开树上的缰绳,像是要放走一头老虎,人墙又呼啦一下散开了。财主随人群跑着说:"小伙儿,大把式就是你了,你就牵着牛,跟着前头的轿车走吧!"

老爷爷牵着牤牛向村外走着,又向大头汉子喊叫:"你躲远点儿,别叫牛看见你,也别叫牛看见你的鞭!"等人散尽了,他才牵着牛来到野外河边,给牛摘下笼头,牛就迫不及待地把脑袋伸到河面上。老爷爷找不到拴牛的地方,就把缰绳搭在牛背上,撒了手说:"我信得过你,不拴你了,好好喝你的水,再啃几口嫩草,不能撒腿跑了给我办难看!"他缩在牛背后脱了裤衩,浑身赤裸着跳到河水里,用"狗刨"的姿势潜入深水,美美地洗了个澡,又浑身赤裸着钻出水面,向牛背上撩着水花,给牛洗了澡,才上岸穿了裤衩。牛就摇着尾巴用脑袋蹭他。他折了一根柳条做了一个帽圈儿戴在头上,对牛说:"咱走吧,我有'寸草三刀'的功夫,把秆草铡得像葱花儿、芫荽,到黑了好好喂你。"

叫我表侄的那个人说,不该叫我老爷爷跟着轿车走。老爷爷在河里饮牛、洗澡,忘了轿车就停在前边一棵大柳树下等他,轿车上坐着后来成了我老奶奶的那个女子,名字叫莲子,那年才十六岁。自我老爷爷在老榆树下接过了扎鞭,莲子就在轿车上撩起窗纱定定地瞅他,一直瞅到他脱了裤衩下河,她才满脸通红地放下窗纱,心里突突跳着,说:"呸,难看死了!"却又忍不住撩开了窗纱。

"喂,小大把儿!"她在轿车上喊叫。

老爷爷看不见人,只看见一双水灵灵的眼睛在轿车窗口里打着扑闪。

"你叫谁小大把儿?"

"除了你,还能是谁?"

"大把式就是大把式,为啥叫我小大把儿?"

"你没往河里照照,你多大个人就当上大把式了!"

"你叫我做啥?"

"我要问问你,你咋叫大牤牛服你了?"

"它不是服我,是跟我好了。"

"你真的会讲牛语?"

"我八岁上就跟牛说上话儿了,还有羊。"

"你咋叫大牤牛跟你好了?"

"牛通人性,两好㧟一好。"

莲子蓦地跳下轿车,向我老爷爷跑过来。

"我看看你的牛跟不跟我好?"

老爷爷第一眼看见我老奶奶,眼前就唰地一亮。十六岁的老奶奶粉嫩如玉、娇艳如花,一跑一跳如欢实的小鹿。令人十二分惊诧的是,她竟然没有裹过脚,一双大脚穿着大红绣鞋,如踩着两团扑闪闪的火苗苗跳跃而来。

瞎了一只眼的赶车老汉急忙喊叫:"莲姑娘,东家有话,不叫你下车!"

莲姑娘说:"赶会不叫我下车,赶了会了,还不叫我下车?"

"东家怕人家看见你那……"

"那啥?"

赶车老汉缩头缩脑,哼哼唧唧地笑着,用鞭杆指了指她的脚。

"俺的脚咋了?我就不怕人看!"

她把脚后跟一蹭两蹭就蹭下了一双红绣鞋,脚尖一挑,红绣鞋就在天上滴溜溜打着跟头。她赤脚站在草棵里,脚趾头一翘像一把小箱子,两个脚趾头一夹,就夹住一朵猫眼眼花,夹得猫眼眼一瞪,又赌气说:"我就是这样的脚,谁叫俺爹不从小好好管教我!"

老奶奶莲子从小没娘,没人给她裹脚,错过了裹脚最见成效的花季岁月;后来有了后娘,她又不叫后娘给她裹脚。老奶奶的父亲——我不知道该怎么称呼这位老人家,只知道他后来十分不情愿地当上了我老爷爷的老丈人,曾特意请来本家婶娘给我老奶奶裹脚。那年老奶奶十二岁了,骨头开始变硬了。婶娘叫我老奶奶坐在门槛里边,她坐在门槛外边。门槛上有个让猫娃出入的小洞。婶娘叫两个本家嫂子按住我老奶奶,把她的脚从洞里拖出来,叫门槛压着。老奶奶大哭小叫,只是动弹不得。婶娘用三尺长、三寸宽的白布,硬是把脚趾头狠狠勒下去,裹到脚掌底下,又用针线把裹脚布密密实实缝起来,疼得老奶奶哭爹叫娘。婶娘一走,她就剪开了裹脚布,用它挽了一个圆圈吊在梁上,说:"谁再给我缠脚,我就把脖子缠上,去找俺娘!"老爹心疼这个从小没娘的小女儿,承受不了这个圆圈给他带来的恐怖,乃至于不幸而又十分有幸地造就了一双惊天动地的大脚。

在上上一个世纪的青草地上,老爷爷还是第一次发现,女孩儿家也会有这样一双白生生、灵性性、脚趾头也会活泛泛乱动弹的大脚。他傻了似的盯着夹了一朵猫眼眼花的脚趾头,猫眼眼一瞪,他心里就怦地一动,鬼使神差地叫了一声:"好脚!"

老奶奶莲子羞红了脸,说:"你这娃,谁叫你看俺的脚了!"

她转身就跑,红绣鞋也忘在了草地上。老爷爷拾起红绣鞋,用手指比量了一下尺寸,又听见我老奶奶对赶车老汉惊慌喊叫:"快,快,快叫他把鞋还俺!"

老爷爷慌忙跑过去,两根手指伸成"丫"形,挑起一双火红炫目的红绣鞋,隔着轿车的窗口递进去,却忘了男女授受不亲的古训,犯傻地等着我老奶奶伸手去接。老奶奶就朝他手指头上"噗"地吹了一口气,说:"你这娃,快松手呀!"

老爷爷的手指感受到了灼热、湿润的吹拂,"噗"地把红绣鞋丢在车上。

轿车里传出话来:"你再用牛语给牛说句话儿!"

"说啥?"

"就说你是个好牤牛!"

"俺咋是个好牤牛?"

"你的耳朵咋长的?我说的你不是你,你就是它……哎呀,急死我了!"

老奶奶正为人称和"牛称"代词互换造成的误会着不完的急,老爷爷已经明白过来,用手掌握个喇叭罩在嘴上,对牛吆喝:"咩——哞——哧——"正在河边啃草的大牤牛立即抬起头来看他,连连摇着尾巴。老奶奶就拍着手说:"它懂了,它听懂了!"

叫我表侄的那个人说,这是天意。要不,一个大小伙儿不管柳树底下有没有眼,咋就脱了裤衩叫一个小女儿把他的啥啥都给看走了?一个小女儿哪能头一回见面就脱了红绣鞋,叫一个小伙儿看她的脚趾头!大牤牛也会讨姑奶奶喜欢,说不定是玉皇大帝派它来世上给他姑奶奶提媒的。"倒酒呀,表侄!"

4. 起风了

在跟大牤牛的较量中败下阵来的大把式,不甘心一个光葫芦头愣小伙子取代他的位置,就在收麦以前打造新场时露了一手。他的名字叫刘铁头,他说我不信我这块铁疙瘩会一头碰到钢刃上。他噙着旱烟袋,把竖在村头的一个大石碌抱在怀里如同抱着一捆没有分量的麦秸,一口气越过路沟,依旧抱着石碌,"没事人儿"似的站在地头,与前来帮工的"麦客"谈论了天气以及在明天还是后天天不亮就开镰的问题,才悠悠然去到新造的打麦场上,轻轻放下石碌,指着新场中间一棵碗口粗的榆树,喊叫说:"这是谁领的活,没看见这棵榆树碍事?"说着,就挥起镢头刨树根,又吆呼说:"过来几个人,快把这棵榆树起了?"老爷爷正在遛牲口,忙把牲口拴在石碌上,弯腰抱住榆树,晃了晃膀子,喊了一声"嗨!"榆树就"哗啦"一声被他连根拔了。他把榆树扔到场边,对已经降职为二把式的大把式说:"这是为打造新场留下的中心记号,眼下用不着了。你们填树坑吧,砸瓷实,误不了打场。"

在后楼小窗口里,老奶奶莲子偷偷望着场上,一蹦一跳地掩着嘴笑。

整个麦收季节,老奶奶的明眸天天在后楼小窗口里一闪一亮。后楼后边是后院,长工屋和牲口屋正对着后楼小窗。如果在后院找不到"小大把儿",目光就越过长工屋的屋顶,落在村头打麦场上。一棵高大的泡桐树用它茂密的枝叶掩盖着后楼的小窗。老奶奶拨开树枝,不时地变换角度,就会在某一片绿叶下边找到那个使她心跳加速的"小大把儿"。她就咬一下嘴唇,说:"我用树叶儿扣着你哩,跑不了你!"

刘铁头与小大把儿继续在打麦场上进行着不动声色的较量。

精明的东家说:"一个槽上拴不下两个叫驴。"叫他俩各领一班打短工的"麦客",在两个紧紧相邻的打麦场上较劲儿。搭麦垛时,老爷爷一个人在新场上掌权,供三个人在垛顶码垛;那边老场上,刘铁头加上一个"麦客"掌权,供两个人在垛顶码垛。刘铁头眼看新场上的麦垛高过了这边,急忙叫垛上下来一个人替他掌权,他爬上垛顶码垛。老爷爷就跟垛上的三个人互换了位置，三个"麦客"掌权，供他一个人码垛。他不管在垛顶上还是垛底下，都是一顶仨。刘铁头那边不管怎样替换，总是二对二。东家在场边看得眼花，忍不住为我老爷爷喊好。刘铁头那边却乱了阵脚，没有码齐的麦个子带着刘铁头从垛顶上吐噜下来。刘铁头从麦个子底下爬出来，向新场那边撂话："娃子喂，打完场再看谁哭谁笑！"

后楼窗口里，又喜得我老奶奶一蹦一跳。

摊了场，刘铁头发现那头大牤牛"恨活儿"，拉套从不惜力，就抢先去牵它碾场。大牤牛一见他就红了眼，鼻孔喷着粗气，又扎好了拼命的架势。老爷爷赶紧跑过去，大牤牛就摇着铃铛，偎在他的怀里蹭他。老爷爷牵走大牤牛，说："刘哥，是牛挑人，不是人挑牛。"刘铁头冷笑说："好，有我挑它的时候！"

大石磙出活，新场上的大石磙也只有大牤牛拉得动。老爷爷在碾场时又占了先手。刘铁头隔着场向大牤牛空甩了一鞭，咬牙对牛说："等着，我不信治不了你！"

扬场时，老爷爷手下的一个瘦老汉不会使锨，比刘铁头手下少了一个干活的人，头一天就少打了一场。急得老爷爷满头冒火，对瘦老汉说："你领了工钱走好，我得换人。不是我不用你，是那个刘铁头太张狂！"瘦老汉哭着说："我也知道自己不是当'麦客'的材料，只是家乡闹饥荒，我跟上乡亲出来打忽隆，想跟着碾麦的石磙吃两天饱饭。"老爷爷心软了，问他："你说你能干啥活？"瘦老汉说："我是木匠。"老爷爷眼里一扑闪："你咋不早说？"就请他连夜打了一张"大头锨"，一个木锨头就有两个大，没风时，别的木锨使不上劲，麦秸飞不起来，跟着麦粒儿下坠。他这张大头锨却呼呼生风，吹得麦秸草漫天飞舞，撩得麦粒儿如天花乱坠。做过一辈子庄稼活的"老庄稼筋"也看傻了眼。老爷爷一天三晌往前赶，到了最后一天晌午，终于赶上了刘铁头。晌午收工时，双方都只剩下一场麦没有扬出来。

焦麦炸豆，正是雇工们出力卖命的时候，老奶奶莲子也依照往年旧例随着婶娘、嫂子，带上三根擀面杖来后院帮厨，用新麦面擀了三十斤又细又长的面条。婶娘切着黄瓜丝，老奶奶莲子就在平时用来捣米的大石臼里捣蒜。老爷爷和刘铁头统领的两拨"麦客"要饱吃一顿新麦面擀的蒜面条，再打最后一场麦。这是一个精明的东家在节骨眼儿上哄着雇工出力卖命。

老奶奶莲子却只想着小大把儿。可是她瞅见，小大把儿的一双眼肿得像两盏红灯笼，瘦老汉牵着他像牵着一个瞎子。昨天夜晚，小大把儿趁着月光碾场，拄着鞭杆，直立在场上就睡着了，手里还牵着绳头。大牤牛知道心疼他，不用他扬鞭引路就自动拉着石磙转圈。他脑袋一栽一栽地站不稳，刘铁头等着看他的笑话，大牤牛就挣了一下绳头把他拉醒了。老爷爷用过了劲，急火攻心，白天扬场时，嗓子也哑了。刘铁头又存心暗算他，故意站在他的上风头扬场，扬起来的碎麦秸越过场边飞过来，钻到老爷爷眼里，他一揉，眼就肿了。

老奶奶莲子看他成了瞎子，正在捣蒜的石杵子差点儿捣在手指头上。东家看见他眼肿得只剩下一条细线,也说:"糟糕,折了我一员大将!"又对我老爷爷说:"不急,先治你的眼。反正只剩下一场麦,就是少你一个人,到天黑也能打出来。不管哪边先净场,也算打个平手。"

东家一走,刘铁头就用筷子敲着碗说:"这就是偏心眼儿了!谁害眼怪谁眼不好,节骨眼儿上顶不住,只有认输!"老奶奶接话说:"要认输,你早该认输了,他比你少用一个人哩!"刘铁头说:"莲姑娘,两边都是四个人,他有一个人用不上,不能怪兵不好,只能怪将!"老奶奶还要抢白他,婶娘插话说:"叫他们自个儿争去,咱管不了场里的事,只管叫他们吃好,就没咱的事了。"老奶奶捞了冒尖一大碗面条,浇了蒜汁,又额外抓了一把荆芥,浇了一勺芝麻酱,正要给小大把儿端去。刘铁头又说:"莲姑娘跟她爹一样,也是个偏心眼儿!"老奶奶说:"我还要给他点眼药哩,你点不点?"她把碗递到我老爷爷手里,又问:"你知不知道我是谁?"老爷爷:"只听走路的声音,'嚓嚓嚓'的,还带着'嗖嗖'响的风,就知道你是莲姑娘。""麦客"们哄笑起来。莲子说:"有啥好笑的?谁再笑,谁就别吃我擀的面条!"

老爷爷饭量大,吃了三大碗蒜面也没吃饱,可他眼看不见,面条刚过了井里的凉水,就叫"麦客"们抢光了,他只好闭着眼傻等。莲子看在眼里,麻利地在院子里支上鏊子,请嫂子当她的下手,用擀面条剩下的新麦面,烙起了葱花儿油饼。刚刚烙好了一张,刘铁头就吃着蒜面凑过来,手伸得长长的要拿油饼,莲子用竹签子挑起油饼,往天上一撂,油饼就打着旋儿,从刘铁头的头顶飞过去,不歪不斜,恰好落在小大把儿脸前的小竹筐里。"哪有你这样贪心的?"莲子数落刘铁头,"吃着碗里的,还抢着人家没吃饱的!"不多时,油饼又打着旋儿,从刘铁头的头上飞过去。大家都看花了眼。刘铁头也自觉没趣,退到一旁说:"算你小子有福!"

刘铁头吃完了蒜面,就带着手下的"麦客"去树荫下歇晌。老爷爷却说:"新场上的伙计不要走。"大家说,咋了?老爷爷说:"后半晌有雨,不能歇晌了,要赶紧抢场。"大家纷纷说,日头像火盆扣在头上,哪儿来的雨?老奶奶莲子也说:"你眼都看不见了,还能看见天上有雨?你好好歇着!"老爷爷摸着锨把说:"你们摸摸,锨把出汗了。"他听见挑水的勾担环在响,又说:"你们摸摸扁担出汗没有?"瘦老汉摸摸扁担,说:"可不是,扁担也出汗泛潮了!"老爷爷说:"你们再找找蚂蚁洞,看蚂蚁搬家没有?"老奶奶就跑到泡桐树下,望着蚂蚁洞喊叫起来:"哎呀,蚂蚁正排着大队搬家哩!"老爷爷:"蚂蚁大搬家,大雨哗啦啦。真的不能歇晌了,抓紧打场吧,我今天的工钱,就分给大家了。"大家说,咋忍心要你的工钱?吃了东家这顿蒜面,就不能叫麦泡在场上!都麻利打场去了。瘦老汉说:"这些天,我跟你学扬场也学出一些门道了,我也算半个人。"老爷爷对瘦老汉说:"你对刘铁头说有雨,干不干在他。"

刘铁头正躺在树下打呼噜,被人叫醒了,一肚子不高兴,看看天说:"太阳像火伞,那娃子躺在凉荫儿里养神,叫别人替他扛火伞,能的他!反正东家发话了,大不了是个平手!"仰巴脚又睡了。

这边却忙坏了老奶奶莲子。婶娘说，小大把儿这眼病用柳叶儿泡水才能洗好。老奶奶就说："这得上树，用得着我这双大脚片子了，你们别再说我疯张！"她上树采了柳叶，泡上了柳叶儿水，又假意对婶娘说："婶儿，你去给小大把儿洗眼吧。"婶娘说："你没看见我正在和面，晚上还得蒸二十斤面的蒸馍。"老奶奶又对嫂子说："嫂，你去给那娃子洗眼吧。"嫂子说："你没看见我正喂你小侄儿吃奶？你去吧，不能叫咱爹少了这员战将。"老奶奶心想，巴不得呢！

老奶奶莲子端着一盆柳叶儿水，曲里拐弯儿找到草棚里才找到了小大把儿。小大把儿发烧烧迷糊了，正就地躺在凉席上张嘴大喘气。老奶奶鼓起勇气，一摸他的额头像烙饼的热鏊子，就慌忙端来一盆冰凉的井水，在水里涮了手巾，漯在他的额头上；又把手掌握成漏斗状，舀着柳叶儿水给他冲眼。小大把儿就地平躺着，她站着、蹲着都不顺手，看看四下里没人，干脆跪在席上，伏下身子，向他眼上吹了一口气，说："小大把儿，我给你治治眼病中不中？"小大把儿打着呼噜，昏沉不动。她就咬断了一截麦莩儿，把他肿胀的眼皮撑起来，捏着柳叶儿向他眼里冲水，又努着嘴唇向他眼里吹气儿。一缕缕温热的、妖妖娆娆的小风，从网满了血丝的瞳仁上掠过，小风摇了摇尾巴，柳叶儿水涌动了一下，就把一只暗藏杀机的麦芒从眼皮底下冲了出来；又在另一只眼睛里逐出了一粒草籽儿。莲子捏着麦芒和草籽儿，向它俩啐了一口，用指尖远远地弹出去，说："你咋不害那个人去！"又拿手巾浸了柳叶儿水，漯在小大把儿的眼皮上。小大把儿发出一声悠长的呻吟，手也扒拉了一下，触在莲子胸前的"小山包"上，她身上顿时起了一阵异样的战栗，血液涌到了脸上。

起风了，带有雨腥味儿的西北风摇乱了满树绿叶，大杨树前仰后合，使得一个十六岁的闺女心旌荡漾。她想再为这个被疲劳和病疼撂倒了的大小伙做点儿什么，却又不知道应该做点儿什么。乌压压的云彩蜂拥而来，天上忽闪闪扯起一条蛇形闪电，如同在头上甩了一鞭，接着又轰隆隆炸开了一个霹雳，她就惊叫了一声，伏下身子，紧贴在一个宽阔结实的胸脯上。两根檩条一样的胳膊紧紧地搂住了她的腰肢。他们好像被自己惊呆了，互相搂抱着一动不动，等候着自天而降的惩罚。铜钱大的雨点"噗噗"地冒着白烟儿，砸在两个火热滚烫、绞缠在一起的人体上。

叫我表侄的那个人说，我老奶奶好比一个粉白细嫩的面团，就是在这样一个风云突变的时刻叫那个小大把儿揉了几下就发开了；又好比一个青不溜丢儿的生瓜蛋蛋登时变成了水蜜大桃，叫我们穷得叮当响的老张家给摘走了。

打麦场上的较量以我老爷爷取得的两个胜利而告终。

不服输的刘铁头留下了一场泡在雨水里的麦粒儿不辞而别。

夜里，一个人影悄没声儿地钻进了牲口屋，在牛槽前一闪，又溜出了牲口屋，消失在大雨茫茫的原野上。后半夜，白河发了大水。天亮时，白河下游捞上来一个大头男人的尸体，认识他的人说："一块铁疙瘩掉到水里，哪有不沉底儿的！"

天亮时，大牤牛倒在牛圈里倒沫，倒出了一摊血水。老爷爷的眼刚刚消肿，急忙来到牛圈。牛脑袋向他怀里一靠,又吐了一口鲜血,瞪着眼死了。牛眼定定地瞅着我老爷爷。老爷爷抱着牛头大哭,说:"它还年轻着哩,它有冤情,还没顾上给我留话哩!"剥牛皮时,老爷爷不忍心看,忙把脊背扭过去,流着泪说:"毛病出在胃里。"牛胃里剥出了一把钢针,牛槽里也找到了一把钢针,掺和在大牤牛没能吃完的碎秆草里。老爷爷说:"我不说这个人是谁,反正,他叫水吃了。"

此后,老爷爷就成了支取两份工钱的大把式。

5. 卷席筒

老爷爷扛了四年长活,这就使他有了充分时间去营造一个庄稼把式的权威,同时去创作流传至今的风流故事。农闲季节,东家不用短工,后院只剩下老爷爷和瞎了一只眼的车把式。车把式兼管喂牲口,夜晚睡在牲口屋,长工屋只剩下老爷爷一个人。车把式的耳朵也不好使,这就成全了老爷爷与老奶奶的万种风情。

老爷爷和老奶奶都由于较少地接受文明的教化而躁动着人类幼年时代的野性,昏暗狭小的长工屋似乎容纳不下他们的风流故事,要回到大自然的怀抱才更能点燃爱的欲望和燃烧欲望的激情。老爷爷从长工屋后墙上越窗而出,再抱着老奶奶穿过紫穗槐的绿荫,来到一个池塘旁边,那里有一块伸进池塘的楔形小岛,水杞柳在岛上擎起了一把绿伞,厚茸茸的草地上盛开着洁白和粉红的野百合花,毛茸茸的野麦穗儿挂着晶莹的露珠,映着天上的星星。那是水鸟钻在花丛里配对儿的地方,车把式却在那里发现了"鱼精"。

车把式说,一条黑不溜秋的大鲶鱼跟一条白亮亮的白条鱼儿常常在云彩半掩着月亮的夜晚浮出水面,泼刺刺搅得水响,摇乱了池塘里的荷叶,然后就绞缠在一起跃出水面,横在草地上活蹦欢跳如鲤鱼打挺。白条鱼儿不住地扭身曲尾,黑鲶鱼不停地跃起跃落。野鸭受惊地钻出芦苇,拍打起一溜儿水花飞上了天空。一黑一白的"鱼精"又从草地上直竖起来,骇人地爬到了水杞柳上,水杞柳不停地打着哆嗦,柳荫里传来夜鸟的惊鸣。车把式看得心惊肉跳,浑身燥热,就在天亮时鼓起勇气,去小岛边上插了一圈枣树圪针。

老当家没有听说过鱼精的故事,倒是为女儿的一双大脚愁白了头。在女子都裹了"三寸金莲"的时代,莲子的大脚就成了举世公认的家丑。老当家重金托付过一打以上的媒人,在方圆二百华里的范围里往来穿梭,进行拉网式游说,人家一听是大脚,就好像看见了怪物;再说她怎样的花容月貌,那就加倍地证明是个怪物。到了莲子二十岁那年,南阳有一个从海边来的盐商中年丧妻。海边渔村的女人不裹脚,盐商不嫌弃大脚女人。他听说白河边有一个大脚美人儿还待字闺中,特地登门拜望。他来时,老当家让莲子拿着线拐子在院子里来回奔跑,跟嫂子捉对儿拐线。盐商见莲子面如桃花、身段窈窕,就神魂颠倒,惊为大脚仙女儿下凡,当即下了聘礼。我老奶奶没有婆家不着急,有了婆家倒是急出了石破天惊的新闻。

那天天不亮,老当家掐指头算着,迎亲的花轿已经出了南阳,才忽地发现住在后楼上的莲子姑娘找不见了。他急忙骑马到路上拦住花轿说,女儿得了急病,只能再改个"好日"了;接着又发现小大把儿也没了踪影,才知道发生了地裂天崩的家丑,又急派差役给盐商退回了彩礼,捎信说,莲子姑娘薄命,叫天上的王母娘娘接走了。盐商偏偏是个多情的主儿,让差役抬回了彩礼,说莲子姑娘死了也是他家的人,要把灵柩送回老家安葬。老当家心急火燎,连夜在"老女坟"地造了一座假坟。盐商在假坟上烧了香表,说了一句"红颜薄命!"挥泪而去。

上演了假出丧的闹剧以后,老当家一病不起。

老当家死也想不明白,莲子是怎样从后楼上飞出去的。他叫来莲子的哥嫂盘问。哥嫂说,俺两口就住在后楼下层,把着关口哩!夜夜插门闩,还支着顶门棍;前院去后院的侧门也是上了锁的,钥匙就系在你老人家的裤腰带上。别说那么大个人,就是一只蠓蠓虫也休想飞出去!爹,咱就认了吧,这是天意!

老当家又暗中叫来了车把式。老当家问:"你给我说实话,我决不怪罪你,你到底见没见过莲子去你们长工屋?"车把式说:"回东家话,瞎老汉眼不好使,啥也没看见。"老当家又问:"一点儿动静也没听见过?"车把式说:"回东家话,我耳朵也不好用,啥也没听见。"老当家急了:"你不要装聋作哑,我不信你看不出一丁点儿毛病!"车把式战战兢兢说:"回东家话,池塘上倒是闹过鱼精,自从我插上了枣树圪针,也就平安无事了。"老当家说:"你不要说啥鱼精鱼怪,就说长工屋出没出过毛病?"车把式呜里呜噜说:"要说有毛病,也只有我那张凉席不洁净。"东家说:"凉席咋了?"车把式说:"一天夜晚闷热,我从牲口屋去长工屋拿凉席,凉席会自动在床上打滚儿,一滚就滚成一个席筒,席筒滚下床,又自动直竖起来,移到墙旮旯里直打哆嗦。我想这是山里人编的凉席,山里多鬼怪,没敢动那个席筒。"老当家骨碌一下眼珠,"你看没看见小大把儿?"车把式说:"床上没人,只是门后那面墙上多了一根橛子。"老当家问:"啥?橛子?"车把式比画着说:"对,橛子,能挂东西的橛子。"老当家问:"橛子又咋了?"车把式说:"我转身出屋,橛子碰了我一下,我一摸,就说,嘿,天气咋热成这样了?……"车把式咽了一口唾沫,嘴又闭上了。老当家急头怪脑地问:"说呀,橛子能热成啥样?"车把式结结巴巴说:"回……回东家话,橛……橛子上都热……热出汗了,手一摸,黏……黏……黏糊糊的。"老当家愣了一下,血就涌到了脸上,咬牙说:"你咋不把它拔了,把它撅了,一刀把它剁了?"车把式说:"回东家话,我把我的草帽摘下来,挂……挂到橛子上了。这东西,只能遮着盖着不是?"老当家朝自己脸上扇了一巴掌,闭上眼说:"你去吧,可我还是想不明白,她是咋从后楼上飞出去的!"车把式没有接腔,惶惶然走到门外,又怯生生转回身说:"东家,眼看后院那棵老桐树都长疯了,树枝都扫着后楼上的瓦片儿了,挨着后楼窗户有一根碗口粗的树枝,是不是锯了好?"东家直着身子听了,一口气没有喘上来,就瞪着眼倒在床上,再也没有醒过来。

　　来历不明的表叔讲完了这个故事,向我伸手说:"贤侄,就凭这一出'卷席筒',你给我多少酒钱?"我送给他两条好烟、两瓶老酒,再加上两倍的路费。他点了点数,说:"还有个'荤段子'哩!"我已经没有勇气再听老爷爷和老奶奶上个世纪的隐私。他又说:"好,我给你留着!"

　　我不知道他还留下了什么样的"荤段子"。但是我知道,老爷爷回到张庵没多久,就领着老奶奶去祖坟上摆了供飨,磕了三个响头,说:"爹、娘,我给咱老张家领回一个媳妇。"又面向西方跪下,烧了一刀黄表,磕了三个响头,说:"岳父大人在上,我给莲子拜罢天地了!"老奶奶望见烧着的黄表变成几只红蝴蝶飞起来,就哭着说:"黄表起身了,俺爹也认下你了!"

　　老爷爷逼着坟里的祖宗承认了他和老奶奶的合法性以后,就在老祖宗留给他的一亩寸草不生的"鳖盖地"上找到了"龙脉",砌了一眼水井,"鳖盖地"变成了水浇地。又领着我老奶奶,去白河滩上开了一亩生荒。

　　接着,老爷爷又制造了一个全村轰动的新闻。

　　那时候,因蚕茧行情向南方转移,张庵的桑园一年年地荒芜了,不少人毁了桑园,改种粮食。一个出了"五服"的族叔要出卖大祖爷留下的一亩"祖桑"。邻村一个姓魏的财主早就盯住这个小小的桑园,说它像一个楔子插进了魏家地界,隔断了魏家的地脉,要发家兴业,就要买下这个桑园。买卖桑园的文书都写好了,手指头上都蘸了印泥,眼看就要按下去。满园的桑树都哭了,树身上挂满了红得发黏的眼泪。老爷爷急急跑来,说:"慢着,这桑园是张家老祖宗留下的基业,不能叫它姓魏,还得叫它姓张!"魏财主说:"那你就过来扛长活吧,我把这个桑园交给你!"老爷爷隔墙撂过去一个钱袋子,说:"这个桑园我买下了!"他用扛长活攒了多年的工钱买下了一亩"祖桑"。魏家财主说:"好,你就守着桑园吃桑叶吧!"老爷爷却学会了捏桑权的绝活儿,一亩桑园捏的桑权等于种十亩粮食的价钱,桑园又一年年兴旺起来。魏家财主看得眼红,临死闭不上眼,对儿子留话:"我给你们三十年时间,要把他老张家的桑园拿过来!"

　　有了桑园,老爷爷和老奶奶的爱情传说就有了新的风景。据说是在夏季的夜晚,清风钻进桑园,梳理着桑树的青枝绿叶,撑起了一把把浪漫的绿伞。一个村的人都能听见,夜鸟在桑园里彻夜鸣叫,桑树叶儿簌簌地抖到天明。

　　在绿伞下边,老奶奶却也做起了噩梦,梦见一堆黄土沉甸甸地压在心口上,压得她喘不过气。老爷爷就在晚上扛着铁锨出村,天亮回来说:"咋样?心口清爽了吧?"老奶奶说:"果真清爽了!"过了几天,老奶奶娘家来人说,"老女坟"上那个土崗堆不见了,不知谁平了土崗堆,栽上了两棵小松树,引来了成双成对的斑鸠和喜鹊,在嫩树枝上配对儿,活蹦乱跳、欢叫不已。"老女坟"里从此失去了安宁。到了夜里,没有婆家的女鬼们披发祖怀,点着绿莹莹的鬼灯,绕着小松树无声地游走,等着属于自己的男人前来认领。老奶奶骇然变色,手抚着心口说:"你们不要等了,都自找婆家去呀!"

老爷爷、老奶奶的日子里有一个最大的欠缺,就是他们的爱情种子只长出我爷爷一棵独苗。这要怪张庵正在裹脚的闺女和已经裹成小脚的媳妇们喜爱跟我大脚老奶奶逗乐,围着她讨要桑葚儿,还必须是她亲手现摘的长在高枝上的桑葚儿。老奶奶说:"我当是叫我摘星星呢!"就脱了鞋,光脚爬到树上,将桑葚儿左一个、右一个地抛到树下,妯娌们笑闹着,东倒西歪地争抢桑葚儿,疯耍够了,老奶奶就抓住树枝打了个忽悠,"嗵"地从树上跳下来。就怪这"嗵"地一跳,当天晚上,有了人样的胎娃儿就流产了。族人说,那一下"嗵"得不轻,老奶奶从此落下了坐不住胎的毛病,流产多次,才怀上了我爷爷。老爷爷心里不踏实,对桑树拱手施礼说:"桑大哥,要是我女人把你踩在脚底下惹恼了你,眼下我就向你赔个不是,咱俩就和解了吧!她肚子里这个胎娃儿认到你跟前了,你就是他的老干大,请你费心了!"桑树向他点了点头。老爷爷就忙着给桑树培土浇水。老奶奶也采下桑叶泡茶喝,摘了桑葚儿当饭吃。父亲说,这就暗合了李时珍在《本草纲目》写下的桑树性情,保住了我爷爷这棵独苗。到了我爷爷五岁那年,老爷爷已经成了方圆百十里范围内无人不知的"桑杈张",一家人不仅吃上了烙馍和扁食,每逢"小满"会上卖了桑杈回来,还要吃上一回比烙馍、扁食高一个等级的葱花油饼、水煎包子、胡辣汤。

　　当我随父亲回到张庵的时候,老爷爷和老奶奶的故事早已有了一个悲剧的结尾。父亲说,一个具有超人的力量和灵性、拼尽全力以主宰自己命运的男人和一个同样要强的女人,也只是自然界两株强壮的小草,野性的生命力量和来自土地的智慧使他们得到了辉煌而粗糙的快乐,最终却没能逃脱自然界的灾难。

　　老爷爷五十岁那年闹蝗灾,颗粒无收;桑树上也生了虱子,吸尽了桑树的汁液。最能吃的人最经不住饥饿的煎熬。老爷爷喝了一冬的"月影汤",挺在床上望着老奶奶落泪。老奶奶说:"他爹,你不能哭!我还没见你哭过,你一哭,我心里就乱了。"老爷爷说:"我是哭你哩,我眼看要走了,陪不了你了。"老奶奶说:"大不了咱俩一起走!咱娃十八了,说下媳妇了,咱不用为他操心了。"老爷爷说:"家里只剩下一把红薯叶,只怕咱娃也活不到草芽发!"正说着,西北风扑开屋门闯进来,簌簌地刮起地上的碎秆草在床前打旋儿。老爷爷顿时来了脾气,梗起脖子对风说:"你急啥?世上还欠我十个夹肉烧饼哩!"又对我老奶奶说:"你去关住门,别叫风进来,我还想跟老天爷摽摽劲儿!"老奶奶急忙关上屋门,用脊梁顶在门后。老爷爷又凄然望着屋顶说:"娃他娘,把水浇地跟河滩地典当了吧,只是要留住一亩祖桑。"

　　老奶奶挂着棍儿去到新铺,兜回来十个夹肉烧饼、一手巾兜苞谷糁。粮坊里的伙计赶着一头小驴儿跟着她,驮回来一布袋苞谷。老爷爷说:"你赶紧熬一锅苞谷糁,给自己垫垫底儿,也叫娃吃了醒醒,我对他有话。"他一口气吃完了十个夹肉烧饼,怕胀破肠子,不喝一口水,当即来了精神,又站起来说:"他娘,不是咱不能活,是天不叫咱活,我还得给世上留下这十个夹肉烧饼的力气,叫老天爷看看。"又刹紧腰里的板带,扛着铁锨出了村。

　　他回来时说:"好了,我把咱俩的墓坑刨好了。可我还剩下一个夹肉烧饼的力气没用完,还得给咱娃磨一斗苞谷再走。"他推磨磨了一斗苞谷糁,力气用尽了,就在床上躺下,叫来我爷爷说:"娃,爹娘给你留下一布袋粮食、一亩桑园,你就接着往前走吧。既然来到世上当人,你就不能趴下。"

从此,老爷爷不再吃东西,一动不动地闭眼躺着,却有泪水从他眼角里爬出来。老奶奶说:"他爹,你又想啥了?"老爷爷说:"我想那根麦葶儿,想叫你再把我的眼皮撑起来。"老奶奶说:"行,你先上路,我随后带上麦葶儿撑上你。"当晚,老爷爷心口上"怦怦怦"蹦了三下,就再也不会蹦了。老奶奶给我爷爷补完了棉袄上的补丁,又熬了一锅苞谷糁,也耗尽了力气,说:"他爹,等等我!"就歪在灶屋的秆草垛上,再也没有爬起来。

老爷爷和老奶奶只留下一个坟头,因为老爷爷只刨了一个墓坑。

6. 爷爷的鬼世界

老爷爷是我爷爷一生崇拜的偶像。

老爷爷在危难时刻保住了"烙馍张"大祖爷留下的"祖桑",与他从富贵人家偷回来一个大脚美女子的光辉业绩一起,进入老张家老桑树底下口头相传的历史,成了我爷爷和张庵全体族人的骄傲。族人说,东汉光武皇帝刘秀夺取王位以前,吃过这个桑园里的桑葚儿,还拿走了一根桑木扁担。原以为张庵的地气都叫刘秀给带走了。谁知到了我老爷爷手中,张庵的地气又回来了。我爷爷也跟着我老爷爷学会了捏桑杈的绝活儿,继承了"桑杈张"的光荣。

爷爷说,老爷爷命硬,刘秀服他,鬼也怕他。夜里,老爷爷掂着灯笼去白河滩开荒,正发愁找不到挂灯笼的地方,却听见河水哗啦啦响,一截粗树桩从白河里一耸一耸地蹦出来,一直蹦到他跟前,才看清是一个四尺多高的大头鬼,头跟身子一般粗,越看越像刘铁头。老爷爷说:"刘哥,我正找你要忙牛,你倒是自己跑来了?"大头鬼却不说话,照旧像树桩竖着一蹦,变了一个狰狞的鬼脸。老爷爷说:"好看!"大头鬼又是一蹦,变了一个更吓人的鬼脸,老爷爷又拍着巴掌说:"这个更好看!"大头鬼接连变了十几个鬼脸,牛头、马面、鳖精、蛇怪、蜈蚣妖都变了一遍,老爷爷连连拍着巴掌:"一个比一个好看,我看上瘾了,再变一个!"大头鬼再也变不出新鬼脸,不胜惶恐,转身一蹦要走,老爷爷说:"别走,陪陪我。"就把灯笼向他头顶一放,大头鬼被灯光罩住,直眨巴眼皮,身子却不敢动。老爷爷说:"好,你给我当当灯台。"就挥着镢头开荒,不再理他。鬼怕鸡叫。鸡叫头遍,大头鬼"吱"的一声,矮了一截;鸡叫二遍,大头鬼又"吱"的一声,矮了一截;鸡叫五遍时,大头鬼还没"吱"出声,就缩到地底下不见了。老爷爷在大头鬼当灯台的地方点种了一颗苞谷粒儿,拱出来一棵矮壮的苞谷棵,苞谷穗却结在头顶,如一个大石榴,包着五颜六色的苞谷粒儿。老爷爷说:"刘哥,我不上你的当!"就剥了一颗苞谷粒儿喂鸡,鸡扑棱一下翅膀死了。老爷爷点了一把火,把苞谷粒儿烧成灰,和泥脱坯,烧了一块砖砌在粪池

117

上。那个粪池沤的粪格外臭,上地也格外壮。

爷爷批讲说:"不管他会变多少鬼脸儿,只要你撑着他把花样用尽,鬼就没门儿了,只能叫砌在粪池上。"

奶奶说:"你给娃说啥鬼不鬼的,不怕吓住娃?"

爷爷就问我:"娃,只有鬼怕人,哪有人怕鬼,对不对?"

在开封,干娘也向我讲鬼。我在夜晚哭闹时,干娘就说:"别闹了,鬼来了!"她说的鬼是"红眼绿鼻子,四只毛蹄子。走路'啪啪'响,要吃小孩子"。我一听干娘说"鬼来了!"就不敢哭闹,急忙钻到干娘怀里。爷爷讲的"大头鬼"既然当了老爷爷的灯台,我就觉得没有必要怕它,只是感到"大头鬼"的样子奇怪,就把腿并拢起来学树桩,在桑园里乱蹦。爷爷说:"好,鬼再蹦也没人会蹦,还是我孙娃蹦得好!"

受到爷爷的鼓励,我的胆子大起来,就对爷爷讲的鬼故事产生了兴趣。

大概是因为爷爷一个人住在桑园里感到孤独,就把我当成了倾诉的对象。但他绝对不许我走进草庵,我一靠近草庵,他就骨碌着眼珠,把我堵在门外,连连挥着手说:"不能进来,好娃不能进来!"爷爷说那是他"变成神仙"的地方,但他不叫别人跟着他当神仙。他说一当上神仙,就飞到天上下不来了。爷爷栖栖惶惶地问我:"娃,爷爷快上天了,你想不想爷爷?"我说:"想,我也跟爷爷上天。"爷爷好像受到了惊吓,连连摇头说:"不能,不能,我孙娃说啥也不能上天。天上不如地下,天寒!"爷爷缩着肩膀,茫然地瞅着天空。我也瞅着天空,天上有冷风嗖嗖地吹下来。我那时还不明白,爷爷看了天空以后,为什么会有浑浊的泪水从他干枯的眼洼里掉下来。

但我看见奶奶凄情地望着草庵,对我父亲说:"老魏家真够狠的!不断给你爹送来那东西,一笔笔记着账,你爹不会记账,就拿树枝往泥坯墙上画道子,道子画满了,他算是没治了!"父亲说:"那年魏家请我爹烤桑杈,瞅准他又困又乏的时候让他用那种东西提神,才落下了这个毛病。多少年了,也只好由着他了!"奶奶说:"我看你爹是快走了,他天天讲神讲鬼的,也不怕吓着娃!"父亲说:"那倒是他的家教,我小时候也听过。城里娃没有乡里娃皮实,也没有乡里娃的野聪明,还是听听好!"奶奶只好无奈地叹气。

在张庵,我人小辈高,比我大的小伙伴倒要叫我"小爷"。爷爷钻进他的草庵里当神仙时,就对我的小伙伴说:"都给你们小爷逮蚂蚱去,逮够了一串,我才给你们讲故事。"我们就在桑园的草窝里逮蚂蚱,用龙须草拴了一串蚂蚱,挂在爷爷的草庵上。爷爷从草庵里出来时,就变得神采飞扬,两眼闪闪发亮,一点也不像在天上受过冻的样子。我们就喊叫着围了上去。

爷爷坐在一把矮小的竹椅上,却不让我靠近,说他身上有气味。我闻到了淡远的香味。爷爷说这气味对娃们不好,让我坐在他对面两步远的草团上,问我:"娃,今天讲啥?"我就鼓起勇气说:"还讲鬼。"爷爷说:"好,世上天天闹鬼哩,娃们得见识见识。"

鬼故事之一是那个"大头鬼"。

鬼故事之二,是说我老爷爷天不亮去新铺赶集,走在白河滩上,后边有人叫他:"喂,你是谁?"老爷爷反问:"你是谁?"那人像一缕轻烟飘过来,龇牙咧嘴说:"我是鬼。"老爷爷心里一惊,又定了定神,也向鬼龇牙咧嘴说:"巧了,我也是鬼!"鬼就泄了气说:"真倒霉,我正想找个人替我,偏偏碰上一个鬼,我又脱生不成了!"老爷爷:"别泄气,咱俩一路走。今天起早赶集的人多,说不定会找个替死鬼。"鬼说:"也对。"说着,一拉我老爷爷的手,又是一愣,"老弟,鬼属阴性,手是凉的,你这手咋热乎乎的?"老爷爷说:"我是去城隍庙报到的新鬼,尸身还没有放凉,不如你这位老前辈,大夏天身上也凉丝丝的,叫我们新鬼惭愧。"鬼也喜欢抬举,一当上老前辈,就跟我老爷爷成了忘年交,说:"咱俩轮流背着走吧。"鬼把我老爷爷背起来,累得直喘气,又犯了疑惑:"你咋这样沉,不像鬼呀!"老爷爷说:"我的尸身没化,眼下还轻不了,不要累着你,叫我自己走。"鬼就放下我老爷爷,一起蹚水过河。鬼蹚河没一点儿声音,水上不起浪花。老爷爷却"哗啦啦"蹚起了波浪。鬼又起了疑惑,老爷爷忙说:"可敬的老前辈呀,我一听你蹚河不响,就知道你是鬼里少见的奇才,你咋熬到今天还没脱生?"鬼长吁短叹说:"我在阳世上当人时,偷过新铺杨寡妇家一头大叫驴,阎王爷罚我在阴间多做了三年苦工。"老爷爷说:"你真是好福气,这三年能多学多少做鬼的本领!"鬼又美滋滋地逞能说:"做鬼最要紧的是学会隐形,能变成各种东西,把鬼形藏起来,只是要小心,不能叫人揪住耳朵,一揪住耳朵,等到太阳出来一照,就变不回来了。"老爷爷说:"请你变个东西,叫晚辈开开眼界好不好?"鬼说:"那容易!"就摇身变成一只兔子。老爷爷说:"太小,能不能变个大点的?"鬼又摇身变成一只狗。老爷爷说:"还不够大,你能不能按照你牵走的大叫驴再变一个?"鬼就摇身变成了一头大叫驴,得意地喷着响鼻儿,刨了刨蹄子。老爷爷一把揪住驴耳朵,一迈腿跨上了驴背,不管大叫驴怎样踢腾,他死死揪住驴耳朵不放,骑着它来到新铺,太阳出来了,驴就变不回去了。老爷爷就把大叫驴还给了杨寡妇。

爷爷批讲说:"娃,记住,不管鬼咋样隐形,就怕人揪住耳朵见太阳。"

鬼故事之三:我舅爷是个秀才,有一年去外村教家馆,要主家给他找个僻静的地方,好让他读书、写文章。主家说,有三间空房很僻静,只是闹鬼,是鬼屋,人不敢住。舅爷说:"我正想看看鬼是啥样,我就住鬼屋。"夜里,舅爷正埋头写文章,床底下伸出一只簸箕大的手掌。舅爷写得入神,没有理它。大手掌一会儿揪揪他的裤腿,一会儿又挠挠他的脚背,惹得舅爷气恼,就掂起毛笔,在大手掌上写了一个"山"字,床底下一声惨叫:"娘啊,压死我了!"舅爷觉得鬼叫得可怜,又在大手掌上写了一个"山"字,两个"山"摞起来就成了"出",大手掌就哧溜一下缩回去了。鬼在床底下大笑:"哈哈,傻秀才,你叫我出来,也就由不得你了!"舅爷一辈子疯疯癫癫,没跳出鬼的手心,最后跳到白河里淹死了。

爷爷一迭声地长叹,又批讲说:"娃,只怕你们书念多了,整天听圣人说'字儿话',对鬼也要发善心,书就白念了!"

鬼故事之四,说的是一个叫李泼皮的,一天出去要饭,饭没要来,倒是有一条恶狗在他脚后跟上咬了一口。夜晚,他睡在破庙里,又冷又饿又疼,自言自语说:"他娘的,活着真不如死了好!"话刚落地,背后有声音说:"对,还是死了好!"他扭头一看,是一个吊死鬼掂着一根麻绳,绳套都替他挽好了。李泼皮心想,你想叫我当替身,没那么容易!嘴里却说:"好,我碰见知音了,可我咋着死呢?"吊死鬼把绳套吊在梁上,说:"这样死最好!"李泼皮说:"多谢你来成全我,不过,你得给我弄点儿吃的,让我美美地吃一顿饱饭再死,我不当饿死鬼。"吊死鬼就去偷来了酒肉。李泼皮放开肚子饱吃了一顿,说:"伙计,你磕头勾魂儿吧,我该上吊了。"吊死鬼慌忙跪下,磕头如捣蒜。李泼皮却使了个蝎子倒爬墙的把式,头朝下倒立着,用一只脚勾着绳套,打起了滴溜。吊死鬼忙说:"错了,错了!你得颠倒过来,把头套在绳套里才行。"李泼皮说:"好,多谢老哥点拨,这一回我是死定了,你赶紧磕头吧!"吊死鬼又跪下连连磕头。李泼皮脸朝墙,把后脑勺挂到绳套里,就闭上眼,打起了呼噜。吊死鬼说:"又错了!"李泼皮不耐烦地说:"我眼看梦见死来了,咋又错了?"吊死鬼说:"脸朝前,绳套要挂在脖子上。"李泼皮说:"好,知道了,我不信学不会上吊,你赶紧磕头吧。"吊死鬼又跪下磕头。李泼皮脸朝前,却把绳套套在嘴里,用牙咬着绳套荡起了秋千。吊死鬼说:"又错了,你咋不把绳套挂在脖子上?"李泼皮说:"你这绳套是咋挽的?一挂上就滑到嘴里,要不是赶紧用牙咬住,会摔我一个'屁股墩儿',重来,重来!"李泼皮磨蹭到鸡叫,吊死鬼一听鸡叫就慌了,扔了绳套就跑。李泼皮抓住鬼说:"别跑,你还没教会我上吊,咋就跑了?"随着鸡叫,吊死鬼就"唧哇"一声,化成了一摊黑水。从此,李泼皮又有了一个外号叫"鬼不缠"。再厉害的鬼也不敢招惹他,人也怕他。他再去要饭,只要往谁家门前一站,谁家就赶紧拿出酒肉招待他。

爷爷说:"娃,记住,鬼难缠,没有泼皮难缠。"

我本来想为爷爷编纂一部《鬼怪大全》,注明:爷爷临终口述,不孝孙娃整理。"版权所有,盗版必究。"交给"二渠道"买个书号出版发行。但我想起爷爷说过:"鬼怪都是多少年修炼出来的,有人的地方少不了也要闹鬼。知道自己是人,写好一个'人'字就好。"可见爷爷并没有奢望鬼怪可以绝种,只是要自己独善其身,而且我想,把鬼怪留给"鬼不缠"对付,"鬼不缠"就有了正当职业,也是人类的一大幸事,就打消了为爷爷出书以警示后人并借此赚一笔小钱的念头。

但是我发现,爷爷骨子里是很怕鬼的。一天晚上,爷爷让我拿上父亲的手电,为他照着桑树捉"爬叉"。"爬叉"是知了的幼虫,夏季的夜晚,它会从树下的洞眼里拱出来,沿着桑树往上爬,爬上树顶,就蜕了一层透亮的硬壳,变成了知了。爷爷在树上捉了"爬叉",奶奶用盐水泡过,再用油煎了让我吃,那是我在张庵享受到的独特的美味。爷爷说:"这东西才从土里爬出来,没吃过世上的秽物,娃吃了心里干净。"那一晚我打着手电,跟着爷爷在桑园里转来转去,不多会儿就抓了一瓦罐"爬叉"。爷爷高兴,又说要教我捉蛐蛐儿,从我手里接过手电,侧耳听着蛐蛐儿的叫声,用手电照着土墙下的一块瓦片说:"它在瓦片底下拉弦哩,你去用手捂住,轻点儿、快点儿,别叫它蹦了。"

我正要下手,土墙外边传来了"唰啦唰啦——嗵嗵"的响声,蛐蛐儿受到了惊动,立即停止了鸣叫。爷爷也骇然变色地瞅着土墙,眼神直直地追着土墙外的声音,顺着墙头移动,一直移到土墙尽头,嗓子里呲儿呲儿地响着小哨,说:"这个鬼,这个勾命的鬼!"我被爷爷的神情吓坏了,紧紧抱住了爷爷的腿。爷爷说:"不怕,咱不欠他的!""唰啦唰啦——嗵嗵"的声音再次响起来,由远而近。爷爷嗓子眼儿里再次响起了小哨,用手电照着土墙上的豁口,喘着气说:"你又步量啥哩?桑园不管大小,还姓着张哩!聪娃带回来的钱,我都给了你,两清了!"

声音渐去渐远,夜幕笼罩着的原野上传来狐狸的叫声。爷爷熄了手电蹲下来,搂住我说:"咱不怕,咱真的不欠他的!"

7. 试论刘秀称帝与老张家桑园之关系

鬼在桑园里的出现使我心惊肉跳。我模糊地感到,桑园里藏着骇人的隐情。

爷爷却用"桑葚疗法"恢复了我对桑园的热爱。桑葚儿是一种紫黑发亮、甘甜多汁、状如毛毛虫的果实。爷爷牵着我的手在桑树下四处转悠,不时地挺直脊背,把一只瘦骨伶仃、暴着青筋的大手高高地伸到树枝上,摘了桑葚儿就连忙塞到我嘴里,催我快吃。爷爷说,桑葚儿从树上一摘下来就赶紧送到嘴里,才不会沾染世上的浊气,才能得到桑树从地底下生养出来的元气,还有桑树叶从雨雪霜露中吸收的灵气。爷爷把一个肥大多汁的桑葚儿塞到我的嘴里,拍了一下巴掌,说:"娃,记住,刘秀就是吃了咱家这个桑园里的桑葚儿,才做了皇帝。"他摘了一片桑叶,擦了桑葚儿留在我脸上、嘴上的紫红色浆液,又对刚刚向我披露的一段鲜为人知的历史进行批判性继承,说:"刘秀一当上皇帝,就把咱老张家撂到一边,忘到脑后了。"爷爷又摘了一个桑葚儿,把桑葚儿塞到我嘴里以前,又对我的前途产生了巨大的忧虑,定定地望着我说:"世上好皇帝太少,我孙娃只吃桑葚儿,不当皇帝!"

爷爷由此对他的孙娃开始了历史学科的启蒙。

父亲也以此推断,我家的桑园及其最初的开拓者应先于刘秀登基称帝的公元二十五年,具有毋庸置疑的悠久历史。

爷爷说,刘秀的老家就在张庵南边,是咱老张家的近邻。他跟王莽争天下时,王莽撵得他无处藏身。他又饥又渴、筋疲力尽,拄着一根拐棍,一歪一趔地钻进这个桑园,一头栽倒在一棵大桑树底下。爷爷指着桑园里的一个土坑,坑里有一洼绿水。爷爷说:"那棵桑树原来就在这里绿茵茵地长着,到了三国时代,关公把这棵桑树拔走了,留下了这个树坑。"我问关公是谁,爷爷拍拍我的脑瓜儿说:"今天只说刘秀,吃多了,咽不下。"

却说刘秀一头栽倒在桑园里,惊动了老张家看桑园的一位老人。我懂事以后才终于知道,我们老张家这位老人做出了一个重大决策,从而改变了中国的命运。史书上本应留下他的名字,然而老张家的人不注重名字是不是可以载入史册,实行"低贱能成人"的"命名学",所称狗娃、牛蛋、蛤蟆者应有尽有。这位老人的名字已无从查考或是不宜查考了,都叫他"看桑园的祖爷"。看桑园的祖爷看见一个叫花子倒在树下,急忙跑过

121

去,一摸他的心口,半晌也不跳一下;翻开眼皮一瞧,糟了,瞳孔散光了。他唯恐叫花子家里来人讹他,向他讨要人命,正要向路沟里拖他,却听见小鸟"唧溜唧溜"在树上叫个不停,叫得他心里一酸一疼,又想,说不定他家中有八十多岁的高堂老母叫他养活哩,还有不大点儿的娃子正在叫饥! 只是这一念之差,又慌忙脱了草帽,摘了一帽壳桑葚儿,一个个地塞到他嘴里喂他,整整喂了两帽壳桑葚儿,再翻开他的眼皮一看,瞳仁儿聚住光了,心口也一拱一拱地跳起来了。

从张庵东边水台村气吁吁跑来一个汉子,说他看见一缕红雾缭缭绕绕飘到桑园里陡地灭了;不多时,红雾又从桑园里升起来,红融融地罩住了整个桑园。他直奔桑树下,看见叫花子岔开双腿、平伸着胳膊、头下枕着一根打狗棍,仰脸躺成一个"天"字,慌忙跪下磕头,说是来了"真龙天子"。跪下磕头者就是"南阳二十八宿"中的邓禹,日后成了刘秀的军师。他向刘秀磕了响头,刘秀已经醒了。王莽的追兵从西边拍马而来,看桑园的祖爷就把一根桑木扁担递给刘秀,把他打扮成樵夫模样,催他快走。刘秀向看桑园的祖爷拱手施礼说:"等我坐了朝廷,就封你这棵桑树当树王!"

爷爷问我:"娃,听懂没有?"

我吃着桑葚儿,说:"懂了。"

"爷爷说啥了?"

"桑葚儿好!"

"对,还是我孙娃聪明,咱老张家的桑葚儿就是好!"爷爷说,"要是没有看桑园的祖爷用咱老张家的桑葚儿喂那个叫花子,世上就没有了刘秀,也就没有了东汉朝,眼下咱中国就不知道会变成啥样了?"爷爷眯着眼望着桑园,望着蓝天,天上有云彩飘过,爷爷的眼神也随着云彩飘移,自言自语说:"云彩呀,云彩呀,把时光都给飘走了,桑园还在哩,刘秀早没有了。"

爷爷说,刘秀当了多年皇帝,才想起他是吃了张庵的桑葚儿才活过来的,就派了一个大臣来给桑树挂金牌。大臣不认识桑树,错把金牌挂在一棵椿树上,就回京交差了。"你看,"爷爷指着桑园外边一棵黑不溜秋的老树,"就是那棵椿树,它把金牌举得高高哩,不嫌害臊,还向世人夸功哩!"我来不及找到椿树上的金牌,爷爷又指着桑树说:"娃,你看,咱这桑树觉得埋没了自己,如今还在哭哩!"我在桑树皮上看到了泪珠,就去给桑树擦泪,桑树的眼泪黏黏的,染红了我的手指。爷爷说:"看看,哭出血了不是? 怪它气量太小,咱不用哄它。"爷爷又指着一棵弯弯树:"娃,那是一棵柏树,它笑大臣乱挂金牌,笑椿树太不自量,笑咱这桑树气量狭小,把腰都笑弯了。"爷爷又指着一排又高又直的大树:"娃,那是钻天杨,它哗啦啦、哗啦啦,跟咱说话,你听懂没有?"我摇摇头。爷爷说:"不能怪我孙娃听不懂,杨树说的是五言诗句:'椿树你别美,桑树你别哭,柏树你别笑,不如装糊涂。'"爷爷又续了两句七言诗:"世事如烟随风散,不是小葱拌豆腐。"

怪我没有深刻领会白杨树的五言诗和爷爷的七言诗,对于"装糊涂"这门学问虽能日积月累,有所长进,却未能大彻大悟。昨天晚上,我的脖子被一只哑巴蚊子叮了一下,我就大声呐喊:"你怎能不出声地叮人?怎能不光明正大地吸血,怎能不学会做一个堂堂正正的蚊子,向着我的脖子呼啸前进呢?"所以,我活得疲劳而且荒谬,常常听到蚊虫哼哼的笑声。

于是,我又想起了看桑园的祖爷。刘秀派大臣来挂金牌那一年,看桑园的祖爷九十岁了。族人说:"老寿星,皇帝咋把你给忘了?是你救了皇帝呀,你不救他,桑葚儿也不会掉到他的嘴里,他也不会返醒过来,早把他埋到路沟里了!"看桑园的祖爷装糊涂说:"我没有救过皇帝,我只是救了一个叫花子。"但他托起银须看了又看,忽地掉下眼泪:"只是我两个儿子跟着那个叫花子打王莽,都死在战场上了。我死时,没人去坟上给我摔老盆了。"爷爷凄然说:"咱老张家有十几个弟兄都跟着刘秀走了,只回来一个少了一条腿的瘸子、一个少了一条胳膊的撇子,其余的,都成了砌在金銮殿上的砖头瓦片儿。"

爷爷叹口气,又向我透露了一个秘密:"不知是老张家哪一个祖爷,把装在瓦罐里的破锅片儿送到铁匠炉上打了一个枪头,跟着刘秀走了。张庵从此没有了老张家认亲的证物。族长又暗地假造了一个,等着二祖爷、三祖爷的后人混闯了回来认亲。年代久了,就把假的当真了。要是真的能回来,这假造的破锅片儿也合不上缝,龙身和龙头、龙尾也就对不上了!"爷爷叮嘱说:"娃,咱不能再等了,靠咱自己烙烙馍、包扁食吧!"

"你又给孙娃呱嗒啥?"奶奶责怪爷爷,"你也不问问咱娃懂不懂?"

爷爷说:"你咋知道他不懂?给小牛犊儿喂一篮嫩青草,也得给它留下倒沫的时候。咱孙娃就是眼下不懂,长大了再倒沫不迟。"爷爷斜睨着奶奶,"我知道你想叫孙娃天天守着你。他哪天黑了不是跟着你睡?你就会给孙娃呱嗒啥'月奶奶,明晃晃,开开后门儿洗衣裳'。衣裳总也洗不完。你也不想想……"爷爷眼圈一红,喉结耸动了一下,"再不叫我给咱孙娃说说话儿,咱还能不能等到下次娃回来?"

奶奶忽地流下眼泪,又回到丝瓜架下,摇着纺车说:"那你给娃说去!"

我不知道爷爷、奶奶为啥难过,也不知道啥是小牛犊儿倒沫,问了父亲才知道,牛把草料吞咽下去,一时消化不了,还要把草料返回到嘴里细嚼慢咽,这叫倒沫,也叫反刍,再咽下去才能消化。我吃了爷爷喂我的桑葚儿,直到今天还在倒沫。六十年前的桑葚儿依然鲜美,只是多了一些苦涩的滋味。

但是,我必须为奶奶主持公道,奶奶并非只会说"月奶奶,明晃晃"。奶奶也有属于自己的世界。夜晚,她让我睡在丝瓜架下的小竹床上,让青藤绿叶笼罩着我,轻轻地摇着扇子,小声地哼着儿歌。奶奶的儿歌中有一个庞大的包括狼和老虎在内的动物家族,和谐、生动地跟奶奶一起活着:

花盘磨,人人坐,老虎担水桥上过。
小燕子衔泥垒锅台,一头黄牛来拉磨。
狼打柴,狗烧锅,兔娃捣米羊娃簸。
老母鸡下个大鸭蛋,小猴子跑来捏窝窝。

马驹儿摇尾抹桌子,猪娃贪吃守着锅。
猫娃舐碗拱打盆儿,吓哩老鼠关住门儿。

我却想起了蝴蝶。我在奶奶的丝瓜架上,看见成群的蝴蝶围着金黄的丝瓜花翩翩飞舞,就问奶奶:"蝴蝶呢?"

奶奶就埋怨自己:"嘿,我咋把蝴蝶忘了?"又摇着扇子说——

小蝴蝶,花花衣,南哩北哩飞呀飞。
飞到东,鸡儿叼你;飞到西,狗抓你。
飞到俺娃手心儿里,说说话儿,放了你。

我的手心里托着一只硕大无朋的黑蝴蝶,蝴蝶翅膀如一副巨大而绚丽的轻纱幔帐罩在我的头上。小动物都围在奶奶身边睡着了。奶奶轻摇着扇子,守护着我儿时的梦乡。

爷爷的记忆却继续在古代徜徉,开始以他独到的发现批讲"三国"。

爷爷批讲的三国故事大多与桑树有关,比如刘备、关羽、张飞的"桃园结义"也变成了"桑园结义"。那是他三人在桑园里吃酒以后,张飞问:"咱仨谁当哥、谁当弟?"刘备说:"比爬树,按爬树的高低排次序。"张飞一听,就"哧哧溜溜"爬上了树顶。关羽请刘备先爬,随着刘备爬上了树腰,刘备腿一软,又从树腰上秃噜下来,抱住了树根。张飞说:"好了,我就当大哥了。"刘备说:"我问你,先有树根,还是先有树梢?"张飞说:"当然先有根。"刘备说:"好了,我是哥,你是弟。"爷爷为此瞧不起刘备,为我们老张家的张飞叫屈。只是我忘了问爷爷,他们爬的是不是我家的桑树。

但是,爷爷明白无误地说,关公确实起走了我家这个桑园里的一棵大桑树。那是关公跟着刘备在新野屯兵的时候,住在新野县城,老百姓都叫他关二爷。关二爷的马夫把他的赤兔马拴到一棵桑树上,马饿了,啃起了树皮,桑树伤了元气,不多天就枯死了。关二爷知道了,向树主赔了不是,要马夫去找一棵同样的桑树栽到原来的地方。马夫接连栽了几棵都没有成活。关二爷急了,骑着赤兔马出城找树,一直找到张庵,才看见我们老张家桑园里长着一棵水桶粗、两丈多高的大桑树,青枝绿叶,像撑着一把大伞。关二爷拿出二百两银子,对看桑园的小伙说,这棵桑树能不能卖给我?小伙一看是关二爷,就说不能收钱,这棵树送给将军了。关二爷说,那怎行?你不收钱,我就违反了军规,还要拿军棍打自己的屁股,叫我咋打哩?小伙拿棍试了试,自己还真的打不了自己的屁股,只好收下了银子。关二爷挽了挽袖子就要拔树,小伙说,不行,不是将军没有拔树的神力,只是这样会伤了树根。关二爷一听有理,命兵士绕着树根挖了一个大坑,才把桑树连根起出来,树根上带着碾盘大的泥坨子,护着树根。关二爷把桑树扛在肩上,大步流星回到县城,把桑树栽到树坑里,坑底填了几十车赤兔马的马粪,天天起早浇水,桑树又活鲜鲜地长成了一棵遮天蔽日的大树。诸葛亮火烧新野,烧死了无数曹兵,这棵树经过火烧,却显得更加精神。新野人说它是神树,围着它筑起一圈院墙,叫"汉桑城",至今一千七百多年,那棵桑树仍旧绿茵茵地活着,叫"汉桑树"。

爷爷问我:"娃,这棵桑树为啥能挪活?"

我说:"树好。"

爷爷点头说:"咦,还是我孙娃聪明,咱老张家的树就是好!可是要记住,树起走时,还要带着一大块泥坨坨,那个泥坨坨叫啥?"

我摇摇头。

"记住,那叫'老娘土'。"爷爷说,"树挪窝,要带上'老娘土'才能成活。人不管往哪儿搬搬挪挪,也离不了'老娘土'。爷爷给你讲古,就是叫你带上咱老张家的'老娘土'。"爷爷把我搂在怀里,老泪纵横说:"好娃,你得记住!"

我记得,爷爷似乎在这里对我结束了历史的启蒙,眼洼里盈着泪水,颤巍巍地进了草庵。我担心爷爷回到他变成神仙的地方还要流泪,就扒下草庵墙上风干的麦秸泥,窥探那一个属于爷爷的世界。爷爷的世界里扑朔迷离,树叶儿摇碎了刘秀和关二爷时代的阳光,阳光从破损的秫秆墙上钻进草庵,像是从筛子里筛出来无数奇形怪状的碎片,一晃一晃地洒在爷爷身上。爷爷在矮床上躺下,又摸摸索索点亮了油灯,左手拿着一根又短又粗的烟袋,右手指揉着一个黑泥蛋蛋,把它按在烟锅里,凑在油灯上深深吸了一口,眼睛美美地眯细着,缓缓地舒出一口气来。我认定那个黑泥蛋蛋是让爷爷变成神仙的东西。爷爷睁开眼睛时,脸上又露出模糊的微笑,散漫的眼神渗出草庵,向很远很远的天上蔓延。又有一朵三国时代的云彩飘过来,好像要驼上爷爷上天。爷爷闭上了眼睛。

黄昏,爷爷从天上回来以后,父亲也夹着一个大书夹,从村外回来了。父亲好像并不关心爷爷的桑园,天天都要夹着书夹子到处乱跑。爷爷埋怨说:"整天看不见你,你又去找唱曲儿的了?"父亲说:"他们都是民间艺术家,我去向他们讨教。"爷爷责怪说:"我也会唱曲儿,你为啥不找我?"父亲说:"我小时候听爹唱过不少,倒不知还有我不曾听过的。"爷爷说:"你没听过的多哩,正好孙娃在哩,我给你们唱一段《关二爷辞曹》,说的是关二爷辞别曹营,去找义兄刘备,曹操追到八里桥上拦他……"爷爷眯眼望着天上:"好,关公和曹操来了。"就用沙哑的嗓音唱起来:

> 曹孟德骑驴上了八里桥,尊一声关贤弟请你听了。
> 在许昌俺待你哪点儿不好?顿顿饭四个碟儿两个火烧。
> 绿豆面拌疙瘩你嫌俗套,灶火里忙坏了你曹大嫂。
> 摊煎饼调榛椒香油来拌,还给你包了些马齿菜包。
> 芝麻叶杂面条顿顿都有,又蒸了一锅榆钱菜把蒜汁来浇。
> 只为你到夜间爱读《春秋》,天天黑添灯油多续灯草。

……

我记得,父亲一边做记录,一边强忍着笑,不住声地说:"好,真好!"

爷爷唱毕,干瘪的胸腔如风箱一张一合,喘着气不再说话,只是望着桑树出神。树上有几片桑叶飘下来。爷爷又自言自语说:"树叶儿啊,树叶儿啊,多少时光都跟着你飘走了。关公走了,曹操也走了。"爷爷呆坐着,凄情地望着我的父亲,又说:"你舅走了,你爹也该走了!"

8. 舅 爷

父亲领着我去看望舅爷,出门时,奶奶问:"咋不带金箔、银箔?"父亲说:"他不喜欢钱,只喜欢喝酒、吃猪头肉。"父亲晃了晃手中的竹篮,竹篮里放着两瓶酒和一个白生生的猪头。猪眼眯细着,嘴角翘起来,露出微笑的样子,像是去看望久违的朋友。

父亲把竹篮放在坟头前的时候,我才知道那是舅爷住的地方。草棵里陡地跳出一只野兔,向坟地里一蹿一跳地逃跑,在另一个坟头上站住,回头向我支棱一下耳朵,又弓起脊背一跳,消失在远处的荒草里。父亲伸手按下我的脑袋,说:"不要乱动,静默三分钟。"父亲看了看怀表,就闭上眼,低下了头。我却在寻找野兔,那是我看到的第一只野兔。我觉过去了很长时间,父亲才看了看怀表,说:"默毕。"

舅爷村里人说:"看他父子俩,不烧纸,也不磕头,像两根棍儿搠在坟头上,还掐着钟点儿,低着头搠了老半天,那是干啥哩?"

正在犁地的表叔把犁杖扎在地头,说:"那叫'默哀',是在心里难过。掐着钟点儿,是要难过够三分钟。"

后来,我又多次跟着别人"默哀",都没有父亲那样认真,让怀表管着。

"默毕"以后,父亲在舅爷坟前洒酒,才洒了半瓶,就被表叔止住了,表叔说:"不敢叫俺爹再喝了,他一回只能喝四两,多喝一点儿,他就醉了。"

表叔也是一个很认真的人。他与别的农民不同,剃着光头,却戴着铜腿茶色眼镜,对襟小布衫白得耀眼。他掂走了酒瓶和猪头,又蹲下来,叫我骑在他的脖子上。我就扶住他的光头,进了一个青砖门楼。父亲指着敞亮的瓦屋说:"我在这屋念了三年私塾。"

多亏舅爷是私塾先生,父亲才有幸念了三年私塾,要不,他只能守卫着家门前的一棵桃树,当然那是在桃树还能结桃的时候,从开花到挂果,讨人喜欢的喜鹊或是惹人讨厌的老鸹时常袭击桃树。舅爷却把我父亲从桃树底下领走了。

舅爷博学多才,却拒绝参加"乡试",因而没有得到我老姥爷那样的功名,只是有不少富贵人家争着请他教家馆。但他都教不长久,因为他总要十分郑重、百倍努力地做出一些颠三倒四的事情。

作为舅爷博学的一个例证而让人称颂不已的是,东村赵二爷请他教家馆,大家都劝他不要去,说赵家公子调皮捣蛋,去过几个先生,一进门就叫吓跑了。舅爷说,没有教不好的学生,我去试试。他到了赵家公馆,赵家四位公子一字儿排开,垂手而立,却又挤眉弄眼。舅爷依次问道:"你叫什么名字?"老大说:"我叫大pia。"这个"pia"只是口语中的字音,就是在《康熙字典》上也找不到它的字形。舅爷却提起毛笔,唰唰地把"大pia"写到了门生折子上。接着,老二、老三、老四依次报名为"二mia"、"三dia"、"四tia",都是找不到字形的"死音儿"。舅爷不假思索,一一写到门生折子上。赵家四个公子急忙围上来看,只是看到了一串曲里拐弯的符号。舅爷用朱笔批点说:"这是我鼓捣出来的拼音文字,你们是看不懂的。"又挨个儿点着四个鼻子说:"你叫'劈啊'——pia,你叫'米啊'——mia,你叫'滴啊'——dia,你叫'踢啊'——tia。快叫你爹来,这是哪国话?"四兄弟急忙作揖:"老师,千万别叫俺爹来,这名字都是俺瞎编出来难为你的,想把你吓跑,俺就不用背书了。"舅爷欣然点头说:"还真能找到几个冷音儿,孺子可教!"

父亲说,舅爷的拼音文字可能是中国最早的可以用于书写的拼音文字,舅爷却说它万万不可流传。汉字的博大精深就在于字形与物象,与字义、字音是糅在一起的。宇宙万物、人间万象、天文地理、七情六欲,尽在字形之中。求其音而忘其形,也就失其义了。狮子、虱子试以柿子食之,驷马、司马试以死马视之,何其谬也!因此,舅爷的拼音文字从不示人以促其湮灭。要不,它起码可以作为第一个汉字拼音化方案,提交文字改革委员会讨论一番的。

舅爷家的人却说,舅爷的拼音文字是跟一只母羊学来的。那是一只聪明、善良的奶山羊。舅爷的母亲因舅爷难产而死去,舅爷生下来就没有奶吃。舅爷的父亲从羊圈里牵来一只母羊,把舅爷塞到母羊怀里,舅爷就迫不及待地捧着母羊的大奶不放,小嘴一拱一拱地啜个不停。母羊也钩下脑袋不住舔他。等他吃了奶,又把母羊牵走时,母羊却"咩咩"叫着,回头望着他不愿离去。舅爷的父亲就在舅爷床前铺了厚厚的秸草,让母羊卧在舅爷床边,昼夜守护着他。母羊不让鸡、狗靠近他的床。一只公鸡来床前觅食,它也勾着头,扎好了抵架的姿势,吓跑了公鸡。直到舅爷四五岁了,还跟这只母羊形影不离,情同母子。羊工出村放羊时只能带上母羊,母羊和舅爷都为暂时的分离而烦躁不安。舅爷会跟着母羊留在路上的蹄印儿和尿印儿——据说那是母羊给他留下的"字儿话",一直找到母羊吃草的地方。正是母羊的蹄印和尿印为舅爷创造拼音文字提供了取之不尽的灵感,他使用的拼音字符都是从那只母羊的蹄印和尿印上截取下来的。父亲笑着说,这对于探讨世界上各种拼音文字的起源也许会有所助益。

舅爷七岁时上了私塾,那时母羊老了。舅爷的父亲就特意在羊圈上搭了树枝和草苫,让母羊住在里边养老。舅爷每天放学后都要来羊圈看它,给它喂草。它的胃口不好,只吃舅爷喂的草。

一个风雪夜,大风掀掉了羊圈上的树枝和草苫。年迈的母羊抵御不了严寒,生生冻死在羊圈里,身子冻僵了,覆盖着厚厚的冰雪,却还保持着端庄的卧姿,偏着头,靠在一堆银白的积雪上。舅爷抱着死去的母羊大哭。舅爷的父亲也眼含泪水,用草苫子裹着母羊,再用白布扎了三道箍,把它埋葬在后院石榴树下,还培了一个小小的坟包。父亲领着我看了那个坟包。坟包上爬满了青藤和洁白的牵牛花,坟包前立着一块石碑。父亲说,那是舅爷长大以后为母羊立的墓碑,正面刻着:"羊氏乳母之墓",背面是舅爷亲自撰写的碑文:

"羊氏乳母,含辛茹苦。育我成人,情如舐犊。虽为牲灵,实为人母。吾心伤悲,感恩跪乳。庚午冬月,大雪骤降。哀我乳母,忍冻而僵。与世永辞,日月无光。斗转星移,忧思难忘。来生相随,宁作羔羊。呜呼哀哉,尚飨!不孝养子乔明月泣血顿首。"

父亲念着碑文,泪水就盈满了眼眶。他要我背诵这篇祭文,记住舅爷和这只伟大的母羊。

舅爷给赵二爷教家馆时,赵二爷陪他去荷塘赏花,走到一棵榕花树前,他忽地惶然止步,还伸手拉住了赵二爷。赵二爷问:"乔先儿,你这是咋啦?"舅爷垂着头,指了指树上。赵二爷瞅瞅树上,只见一只公喜鹊压在一只母喜鹊的背上。赵二爷指着喜鹊问:"你是说它俩?"舅爷偏过脸不敢正视,说:"是呀,正是!"赵二爷问:"何以止步不前?"舅爷照旧偏着脸说:"不要惊动它们,君子应成其好事!"赵二爷陪着他远远站着,成就了树上的好事,却又有一只公喜鹊跳到了母喜鹊的背上。赵二爷笑说:"乔先儿,这工夫我耽搁不起,你就等它们做完了好事,独自赏花吧!"舅爷连声说:"快了,快了!"赵二爷哂笑而去。

舅爷乐得一个人沿着荷塘赏花,却又看见一个农夫牵着牛犊儿从身边走过,农夫和牛犊儿眼里都含着泪水,便问农夫:"你牵着小牛犊儿去做什么?"农夫说:"上宰锅。"舅爷说:"哎呀,牛犊儿这么小,就不叫它活了么?"农夫说:"我娘有病,没钱抓药,要叫我娘活,就顾不上牛犊儿了。"舅爷说:"你把牛犊儿卖给我吧,走,跟我拿钱去。"

舅爷回到赵二爷的家馆,拿钱送走了农夫,就把小牛犊儿拴在课堂桌子腿上。学童们摇头晃脑地念书,小牛犊也摇头摆尾,"哞哞"不已。舅爷大喜说:"好,我又多了一个弟子!"叫大 pia 和二 mia 去割了一篮青草,扎到讲堂上喂它。牛犊儿刚进学堂,还来不及学会讲究卫生,吃了青草,竟在讲堂上翘起尾巴,"扑哧哧"拉了一摊臭烘烘的稀屎。pia、mia、dia、tia 和他们的堂兄堂弟都捂着鼻子一哄而散。舅爷拍着牛犊儿的脑门儿说:"善哉牛娃,读而不辍者,唯你而已!我教你《三字经》如何?"便围着牛犊儿踱方步,摇头晃脑地念起了"人之初"。

不多时,赵二爷来到课堂上,说:"听说先生又收下一个大弟子?"舅爷拍着小牛犊儿的脑袋,喜形于色说:"我与此子大有缘!"赵二爷说:"怎么是个牛犊子?"舅爷说:"孔子说,有教无类,教学生是不分类别的呀!"赵二爷说:"可是它一来,我家的学生都不敢来了,叫我如何是好?"舅爷想了想,说:"那就把它拴到窗外屋檐下,叫它当一个旁听生好了。"赵二爷说:"你不怕怠慢了它吗?"舅爷思忖再三,说:"那就在讲堂后墙上揳个木橛子,给它一席之地就是了。"赵二爷说:"那也太委屈它了!"遂从袖筒里掏出几锭银子,

"请先生把它牵回去,在自己家里好好调教吧!"

舅爷把书布袋搭在肩上,乐呵呵地迈着方步,牵着牛犊儿回家,又发现卖牛犊的农夫栖栖惶惶地跟着他走,小牛犊也眼巴巴地望着农夫。舅爷问农夫:"给令堂大人抓药了么?"农夫说:"谢先生,家母见好了。可是,"他指着牛犊儿说:"它的令堂大人病了,不吃草了。"舅爷忙问:"什么病?"农夫说:"想儿子想出病了!"舅爷拍着牛犊儿问:"你是说,它的母亲想它想出病了?"农夫说:"是啊!"舅爷叹息说:"那你就把它牵回去,让它母子团聚吧。"农夫摇头说:"我没钱赎它。"舅爷说:"这就难办了!"又挠着头想了半晌,说:"有了,你给我写一张借据就是了。"农夫再次摇头:"我怕还不上。"舅爷想了又想,忽地把他拉到一边,用手掌搭了个遮嘴罩,为他献计说:"你怎么这样死心眼儿?借据让我替你写,写上'下一辈子还钱',不就拉倒了么!"舅爷为这个两全之策感到无比的欣慰,频频挥手,目送农夫牵着牛犊儿远去。

从此,人们给舅爷起了一个外号叫"乔神经",并说这跟他有过一个羊妈有关。他发神经时,眼睛就像羊眼一样瞪得滚圆,黄琉璃一般的眼珠散放着奇光异彩。他留的胡须也是山羊胡。

一年以后,舅爷看见牛犊儿长大了,正在弓着身子拉犁耕地,牛轭在牛脊上磨出血来,苍蝇嗡嗡地在牛脊上乱飞,牛眼漠然地看他。他又唉声叹气,悲伤不已,说:"牛呀,一年前,我发的什么慈悲?没让你上宰锅,却给你增加了拉犁的辛苦。你劳碌一生以后,还是要上宰锅的呀!看来,我是假慈悲了!"对牛鞠了一躬,挥泪而去。

正是由于这个牛犊子,大户人家再也没有请他出任"家教"。

舅爷与一只百灵鸟的缘分,是他在自己家里兴办私塾以后。我父亲已经成了他的弟子。一个叫小福的学童把一只百灵鸟带到了私塾,把鸟笼挂在屋檐下,百灵鸟开始表现它善于歌唱的天赋。舅爷正在批讲《千家诗》,百灵的鸣啭使他怦然心动,他就放下书本,开始了启发式教学:"啊呀,春回大地,鸟鸣不已。鸟在想些什么?大家听了,又在想些什么,能想起与鸟鸣相关的成语么?"一个学童说:"'关关雎鸠,在河之洲。'它想媳妇了!"学童哄堂大笑。舅爷不笑,连说:"好,好,虽说扯远了些,倒是学以致用了。"另一个学童说:"'两只黄鹂鸣翠柳,一行白鹭上青天。'咱的百灵比黄鹂唱得好!"舅爷拈须而笑说:"也好,百灵善唱,只是黄鹂对应着白鹭,不可用百灵攀比。"又一个学童说:"'打起黄莺儿,莫教枝上啼。啼来惊妾梦,不得到辽西。'俺爹叫抓夫的抓走了,俺娘想俺爹哩!"学童们又哄堂大笑。舅爷肃然说:"不要笑,难得他小小年纪就想着爹娘,好,很好!"他见我父亲呆坐不动,忙问:"聪娃,你听见啥了?"父亲说:"我听见它在哭哩!"课堂上顿时哑然无声。舅爷问:"它为什么哭?"父亲说:"它在林子里的时候多么自由自在,如今困在笼子里像囚犯一样,怎能不哭?"舅爷惶惶然,又问:"有相近的成语么?"父亲说:"'鸟之将死,其鸣也哀。'"大家又侧耳细听鸟鸣,果然听出了柔细、哀婉的声音。舅爷说:"可见耳朵与耳朵是不一样的啊!"小福说:"今儿清早,还有一只跟它一样的小鸟儿飞来找它,它扑棱着翅膀,咋也飞不出去。它俩就隔着笼子,啾儿啾儿地说了老半天的话儿哩！"舅爷怅然望着百灵，又问："娃们，应不应该让它飞回林子里去啊？"大家齐声说："应该！"小福也说："我看也应该！"舅爷打开鸟笼，说："鸟啊，你就谢谢我这一屋子好娃子，走吧！"百灵"唧溜儿"叫了一声，扑闪着翅膀飞向天空，又翻了一个跟头折回来，欢叫数声，翩然远去。

次日，小福刚刚来到课堂上，他爹就踩着脚后跟撵进来，拧着他的耳朵说："你跟我回去！"舅爷赶紧跑过去，护住小福的耳根说："你为啥拧我学生的耳朵？"他爹说："你的学生我拧不得，我的儿子我拧得！"舅爷说："他咋惹着你了？"他爹说："他的好老师把他教糊涂了，他把我一石二斗麦换来的一支歌，百灵也给放飞了！"

父亲问我："你猜这个小福是谁？"

我摇了摇头。

父亲说："就是你鲁伯伯呀！"

鲁伯伯是留德医学博士、H大学医学院教授。父亲向我谈到鲁伯伯时，也在H大学文学院任教。父亲说，鲁伯伯留学德国最早的动力，就是来自那只飞向天际的百灵鸟。

父亲没有机遇和财力留洋。他能进入新铺乃至全县第一个乡间高级小学，继而能外出求学，都是我舅爷发了一回神经的结果。父亲由私塾考入高小到高小毕业，历次考试都名列第一，被一个在新铺开恒昌杂货行的族叔看上了。祖叔没有儿子，想及早培养我父亲为他的杂货行支撑门面。我爷爷却希望儿子及早回到桑园里继承祖业。世上唯有桑园好，桑树浑身都是宝。桑园又是在危难之中由老当家用血汗、用生命保住的祖桑。刘秀早把老张家的桑园忘在脑后了，可咱自己不能忘。关二爷也只是对那棵"汉桑树"情有独钟，却连根带梢拔走了老张家的地气。既然都说聪娃聪明，那就靠他在桑园里继承"桑权张"的衣钵，再把老张家的地气养出来。悠悠万事，唯此为大。读书识字无须多，看得懂契约文书，不会上当受骗、不会像他一个族爷拿着抓自己当差的公文当成领赈灾款的条子去官府报到即可。不读书不行，书读多了也不行。活人要是叫字儿管着，人就迂阔了，聪娃他舅乔神经就是证明。

父亲对以上两种方案都采取了断然拒绝的态度。他听说信阳有了省立第三高级师范，如能考上一年预科，再转入三年本科，学校就管吃管住，图书馆里还有读不完的新书，执意要去投考信阳师范，与我爷爷发生了不可调和的矛盾，却只知道跟自己的肚子过不去，开展了旷日持久的绝食斗争。这就心疼坏了我奶奶。她慌忙回娘家搬兵，请来的恰恰就是她的弟弟、我爷爷"读书多了有害论"的理论注脚乔神经。

舅爷乔神经骑着毛驴儿，带着两只卤猪耳朵来到了张庵。奶奶切好了猪耳朵，就在桑树下摆上酒肴，端上了一盘韭菜炒鸡蛋、一盘荆芥拌黄瓜、一盘拌香椿、一盘腌鳖蛋，就躲到灶屋里去了。

喝了四两老白干、吃了一只猪耳朵以后，酒精已使人激动起来。

"咋着？你想把聪娃也捏成桑权？"舅爷开始向爷爷发起进攻，"你看看，你把桑树都鼓捣成啥样了？"

"啥样？"爷爷说，"直到眼目前，我捏的桑杈还没人能挑出毛病来！"

"桑树生出来，是为了叫你捏桑杈的么？"

"嘿！那我养桑树是为了啥？"

"我不是说，你养桑树是为了啥。我是说，桑树自己是为了啥？"

"嘿！桑树就是桑树，它还能为了啥？"

"对了，桑树就是桑树。"舅爷"吱"地啜光了满满一盅酒，"桑树是天然自在之物，桑树有桑树的本性。它扎根泥土，汲取大地之精华；迎风拔节，承受雨露之灵气，青枝绿叶，浑然天成。它活着就是活着，它啥也不为。"接着又是"吱"的一声，"你要把它捏成桑杈，就要用剪子剪它、用刀削它、用绳捆它、用火烤它。你叫桑树受尽痛苦，失去了桑树的本性，桑树已经不是桑树了！"

"那……那……"爷爷的脑瓜儿被舅爷的宏论搅得一塌糊涂，"我不捏桑杈，叫你姐吃啥？叫聪娃吃啥？去喝西北风！"

"这只是你的事情，不是桑树的事情。桑树没有叫你剪、叫你削、叫你捆、叫你烧的本性。还有桑葚儿，吃桑葚儿是你的事情，它也没有叫你摘、叫你吃的本性，那是它传宗接代的东西。你违背了桑树的本性，它不会向你叫苦，不会跟你吵架，不会不吃饭跟你怄气。它只会流泪，那也是它天然生成的眼泪。它不要刘秀的金牌，它不会为自己没挂上金牌掉泪，金牌也不是它本性里的东西。"

爷爷嘴上格外响亮地"吱"了一声。

"你带上猪耳朵找我，就是说这？"

"我是说，聪娃就是一棵桑树苗苗，绿茵茵的桑树苗苗，你别把他也捏造成桑杈，那不是他的本性，叫他自己长吧！"

酒盅"叮当"一声响。

爷爷说："这酒不敢喝了！"

"咋啦？"

"说不清酒的本性是个啥了？"

"酒的本性就是醉，喝，喝！"

两个酒杯格外响亮地碰了一下，两张嘴格外刺耳地"吱"了一声。

"娃他舅，有话你就明说吧，你是不是想叫聪娃去信阳上学？"

"不是我想叫他上，是他自己要上，就像小桑树自己要长个儿一样。"

"叫他上了学干啥？"

"你咋老是'啥啥啥'的？"舅爷两眼望天，立时在天上找到了雄辩的例证，"你看那只老鹰，风托着它，在云彩底下旋过来、旋过去；你看，它扑闪翅膀了，飞呀、飞呀，云彩裹着它，飞高了，飞远了，飞到云彩顶上了。老鹰飞呀飞，到底为了啥？它啥也不为，飞是鹰的本性。"

多年以后，爷爷才恍然大悟，对我奶奶说："我看聪娃不是鹰。"

131

"他是啥？"

"你忘了？那年夏天，你在白河滩捡回来一个白鹭蛋，搁到鸡蛋罐里就忘了。老母鸡暖鸡娃，暖出来一个长腿货，是个踩高跷的，也混在一群鸡娃儿里，跟着老母鸡一扭一晃，等它晃大了，就扑棱一下飞了。它就是咱聪娃。"

恒昌杂货行老板张金锁却说家父是千里驹，而且是由他发现的千里驹。我爷爷跟我舅爷吃着猪耳朵打嘴官司的时候，他穿着丝绸长衫，摇着檀香扇悠然而来，还带来了比猪耳朵高了几个等级的五香酱牛肉、一坛子据说是诸葛亮隐居卧龙岗上的家酿老酒"卧龙液"，向我舅爷侧目而视说："幸会呀，舅官儿！"又向我爷爷拱手说："兄嫂好！我是三顾茅庐，请聪娃来了。"

"你别吓着我！"爷爷说，"一个十四五岁的娃子，又是你的晚辈，咋能这样劳你的大驾！"

"你不能小瞧了聪娃！"恒昌行老板开始了长篇演说，"前年，聪娃去货行买纸，正碰上西村开杂货铺的刘二能来货行赊账，写了一张长长的赊账单。账仙儿看了赊账单，就要让刘二能把东西拉走，聪娃向赊账单上扫了一眼，说：'错了！'账仙儿又看了一遍，说：'哪儿错了？你这娃子才三尺高，知道个啥？'聪娃向门外走着说：'你再看看最后一句话。'账仙儿又看了账单说：'一个月后清账，不错呀！'聪娃说：'一个月后的日子长着哩，是没有期限的期限。'账仙儿吓得一支棱，忙问：'娃，你说该咋写？'聪娃：'只动一个字，把一个月后改成一个月内就行了。'刘二能上下打量着聪娃，说：'我是二能，今天碰上一个一拃高的娃子，我当是谁，原来是大能！'没敢赊货，就灰溜溜地走了。从这件事上，我就认准聪娃是咱老张家的千里驹。前几天，十几个村的学生娃都跟着家长去新铺大街看毕业榜，为啥？因为这是新铺办新学以后第一拨毕业生，各村都暗暗为本村的学生娃较劲儿。我没去看榜就说，第一名是咱张庵的张聪娃，没跑儿！看看，叫我猜着了不是！外村的都说，这是咋着啦？风水咋会转到张庵'破锅张'家啦！"他用眼白向我舅爷扑闪了一下，"有人鼓捣着叫聪娃上信阳考师范，可我打听过，师范毕了业，大不了是个孩子王。新铺高小毕业的第二、第三、第四名，都叫他们本村去新铺开铺面的掌柜领走了。人家看清了时务，能在新铺镇上立脚，才算今日之俊杰。不过，他们也只是先跟着当当伙计。我要叫聪娃跟着我，从大处学学经商之道，等我鼓拥不动了，二掌柜就是他了。是千里驹，就不能当成毛驴子调教！舅官儿，你说对不对？"

舅爷举起酒盅说："好，今天碰见伯乐了，我敬你一杯！"

"啥是伯乐？"

"伯乐识骏马，是个古人。"

"咦，不敢当！哥，你也端起，喝，喝！"

"叮当"一声，接着是"吱、吱、吱"三声响。

舅爷放下酒盅站起来，背剪着双手在桑树下踱着方步，摇头晃脑，吟咏了一大篇古文，我爷爷与张大掌柜如听天书，只好跟着他眨巴眼皮。

爷爷说:"好了,古人的话该说完了,快开讲吧!"

舅爷说:"这是庄子的名篇《马蹄》,他是说,马,蹄可以踏霜雪,毛可以御风寒,吃草饮水,举足跳跃,才是马的真性情。可是出了个叫伯乐的,他说他能调教骏马,于是削马的蹄,剪马的毛,在马蹄上钉了铁掌,前边有缰绳绊着不让它调皮,后边用鞭子打着要让它快跑。十匹马有五匹以上都死在伯乐手里了,没死的也终生戴着笼头不得自由。新铺的大掌柜,你是想给聪娃钉铁掌、戴笼头,叫他在生意场上为你拉套卖命,那才是毁了你们老张家的千里驹哩!"

张金锁紫涨着脸说:"舅官儿,我不懂啥庄子、村子的,我只知道聪娃是带着干粮上高小,一星期背去六天的杂面馍,用开水泡着吃出来的第一名。我心疼他,一天要给他十二个制钱,叫他买两碗汤面吃。他死活不要,还拍着兜说,我有,俺娘给我了!可我知道他没有。他有,就不会天天啃干馍了,我只能佩服聪娃有志气。"

奶奶在灶屋哭了。爷爷也把脸歪到一边,看蚂蚁上树。

张金锁又说:"去信阳上学,离家几百里,要上四年,头一年上预科不管膳食,干馍背不去了,一个月三块大洋的膳食费,你没问问你姐夫出不出得起!"他模仿我舅爷的样子,哼哼着说:"'吃草饮水,举足跳跃,才是马的真性情'。哼,马没草吃了,还跳哩!"

舅爷又发了神经,定定地望着张大掌柜,黄琉璃眼珠"嗖嗖"地放射出五颜六色的光芒,大声对屋里说:"聪娃,你给我起来!我把毛驴给你牵来了,你就骑上毛驴投考去,你一准考得上!到信阳把毛驴卖了,够你一学期的膳食费。还有,驴背上的钱褡裢里,还有三块大洋、一本《康熙字典》。"又对我爷爷说:"姐夫,我走了!"

奶奶从屋里跑出来说:"你别走,聪娃起来了,起来了!"

爷爷说:"起得猛了头晕!快点儿给他擀面条,叫他吃了面条再起来,就说是他舅叫他吃草哩。唉,这娃!"

父亲再次见到我舅爷,舅爷已变成一堆黄土。

那一年,父亲在燕京大学国学研究院修业期满,抽空儿回乡探亲,扑在我舅爷坟上就晕过去了。

舅爷辞世以前,他的私塾里只剩下两个学生,那是他的儿子特意交给他的两个孙娃。隔壁,一位告老还乡的账仙儿开办的珠算训练班热闹非凡,算盘珠炸豆般噼啪乱响。这边,舅爷把酒壶放在课桌上,用筷子头蘸了酒,抿到孙娃嘴里,说:"娃,爷累了,东村有了初级小学,我给你们报过名了,你们想不想去?"孙娃欢呼雀跃说:"早就想去了,只是俺爹怕你难过,不叫俺去。那里娃多,还能学唱歌儿!"撂下我舅爷,一蹦三跳地跑了。

舅爷默然无语,独自在空旷的讲堂上坐了半天。蜘蛛正在屋角结网。麻雀也跳到他下酒的菜碟上叨食儿。中午歇晌时,他梦见羊氏乳母眼含泪水,"咩咩"地叫他。晚上,他划着一条小船,到了河心就任其飘荡,伴着老酒,自斟自饮;抱着三弦,自弹自唱,唱的是三闾大夫屈原的古词:"众人皆醉兮,唯我独醒;举世浑浊兮,唯我独清!"又望着河水里的星星说,哟,星星掉到河里了!小鱼儿在水面上"啾儿啾儿"地打漂儿,他又说,哟,小鱼儿也长了翅膀了!又斟了两杯残酒,向对面空着的一个座席说:"惠施兄,咱俩不要再吵了。我非鱼,欲得鱼之乐也!"饮尽最后一盅残酒,纵身跃入水中。

舅爷终年五十八岁。他变鱼那天,对儿子说,种地应是农人的本性,可以读书,但不可以成为读书人,让儿子不要学他。儿子遵从父命,一生专事农耕,偶以诗书自娱。家小康,是自耕农。

父亲在我舅爷坟上晕过去时,是叫我骑在脖子上的表叔把他背回去的。

父亲醒来后,含泪问道:"表哥,我舅给我留话没有?"

"他说你飞呀,飞呀,飞高了,看不见了。他还说……"

"还说啥?"

"还说了一些疯话。"

"我最爱听我舅的疯话。"

表叔却不愿重复舅爷的疯话,这成了父亲的一块心病。

这次见面,他们喝着没让舅爷在坟上喝完的老酒,父亲重提此事,表叔说:"不是我不愿讲,是怕讲了不吉利!"

父亲说:"我不怕不吉利!"

表叔喝了一杯闷酒,说:"我爹说,谁也没见过鹰的尸首,那是为啥?因为鹰不停地往天上飞,天是没有尽头的,飞呀,飞呀,离太阳近了,就叫太阳点着了。鹰的翅膀上扑闪着火苗苗,还要向天上飞,最后就变成一团烈火,轰地烧尽了。爹说,这是鹰的本性。"

父亲流着泪说:"把我点着吧,让我烧了吧,我去找我的太阳!"

9. 绝 唱

白河岸边出现了一个神秘的影子。

记得是一天傍晚,父亲带着我去到白河对岸,坐在新铺河堤上看船。父亲说,他小时候最爱坐在这里看船,他的眼神会随着洁白的船帆远去,直到汉口,接着就看见了长江上的轮船。轮船上的烟囱像一个大烟袋吐着黑色的烟圈,船头在江面上犁出一溜儿雪白的浪花,"突突"地驶向大海。父亲对长江的憧憬曾使他偷偷卸下家里的门板放入河中,坐在门板上飘摇远去。如果没有一个不怀好意的浪头掀翻了门板,也许他会完成一次惊心动魄的旅行。我听了,也跃跃欲试,就问父亲,奶奶的门板能不能叫我摘下来?父亲说,不能不能,奶奶的门板一放到水里就零散了,叫我用眼神随着船帆走就是了。我的眼神也随着船帆远去。父亲问我看没看见长江。我说看见了,还看见小迷瞪祖爷在码头上捡了一块西瓜皮。父亲大笑,说我想吃西瓜了,就牵着我的手,带我去吃西瓜。这时候,恒昌杂货行一个十五六岁的小伙计声声喊叫着"张先生!"急急跑过来。他有个奇怪的名字叫石臼,曾经到张庵给我奶奶送过一瓶酱油。父亲时常用悲悯的眼神望着石臼,好像望见了自己童年时可能变成的那副样子。石臼对父亲小声嘀咕了几句,父亲的眼镜就在夕阳下霍地亮了一下,急忙把我交给石臼,匆匆走进了恒昌杂货行的后门。

恒昌杂货行的老掌柜张金锁已经谢世,他的倒插门女婿魏相公当了杂货行的掌柜,一如老掌柜生前那样对我父亲关爱备至。父亲每次回到家乡,他都要在杂货行后院准备一处雅静的客房。石臼带我进了后院,我正要随父亲进入客房,石臼却急忙拉住我说:"去我屋,我屋有西瓜!"

我进了石臼的小屋,却没有看到西瓜。石臼又说:"我给你讲个故事吧。"我说故事没有西瓜好吃。他说,我讲的这个故事比西瓜好吃,就开讲说:"前些年,一天大清早,你爷刚起床,就看见门外麦秸垛里钻着一个人,头扎在麦秸垛里打着呼噜,两条腿却翘在外边,脚上穿着一双锃亮的大皮鞋。你爷没有见过皮鞋,说它是下雨天穿的油鞋不像油鞋,说它是唱戏穿的皂靴不是皂靴,这是个啥人?用烟袋锅'梆梆'地敲了敲鞋底。那个人就从麦秸垛里拱出来。他穿了一身西洋装,脖子上系着花领带,倒是沾了一身碎麦秸,美美地伸了一个懒腰。你爷问:'你是哪一国来的客?'他揉揉眼,说:'爹,我是聪娃呀!'你爷看了又看,果然是聪娃,就揪着他的领带吵他:'你咋把裤腰带箍到脖子上啦?'"石臼忍不住大笑,说:"你爷替你爸拍打着身上的麦秸,又吵他:'夜里回来咋不知道敲门,睡在狗睡的地方,还在啥大学堂里教学哩,越教越糊涂了不是?'你爸说:'爹,我就是想睡睡狗睡的地方。'你爷说:'那是为啥?'你爸说:'金窝银窝不如自己家的狗窝呀!'"石臼把自己说笑了。我还来不及产生接受这个笑话的幽默感,只是觉得父亲把裤腰带系在脖子上的样子一定很可笑,才忘了西瓜,也跟着石臼笑起来。

这时,又有一个名叫秤砣的小伙计端着托盘去客房送饭。我就出了小屋,奔向客房吃饭。石臼又把我拖回小屋,说:"你不能去,你去了碍事,你就在这屋吃饭。"又眨着眼皮问我:"啥叫碍事,你懂不懂?"我摇了摇头。他说:"等你长大就懂了。"那时我确实不懂,只是觉得秤砣也有些奇怪,他一手托着托盘、一手挑起客房的竹帘,正要进屋,又蓦地收回脚步,轻轻放下竹帘,在门外等了一会儿,说:"张先生,该用餐了!"才再次进屋。他从客房出来,又来到小屋给我送饭,鬼里鬼气地对石臼说:"张先生一见那女子,就跟她摸手……"石臼吵他:"你真是狗嘴里吐不出象牙!那不是摸手,是握手,是城里人的规矩。"秤砣又竖起两个食指,慢慢凑近,说:"刚才,他俩脸对脸站着,只差这么一丁儿,要不是我一掀竹帘子,说不定就贴到一起了!"他又指着客房的窗户说:"快看,该演'皮影戏'了!"

石臼和秤砣都挤在窗棂上盯着客房的窗户。

客房里点了灯,白亮亮的窗纸上一晃一晃地映出两个人影,一个是父亲,另一个影子勾勒出一个轮廓好看的女人。他们好像没有任何异常地面对面坐着。父亲把筷子伸过去,女人的影子晃了一下。秤砣就大失所望说:"咋?咋还用筷子喂她,嘴对着嘴喂不就妥了!"石臼的脑袋就向秤砣的脑袋上撞了一下:"灯是咋放的?咋正好把他俩印到窗户上了?"秤砣说:"还是放在靠后墙的条几上呀!"又伸了一下舌头说:"只是把饭桌往窗户这边挪了挪,挨着窗户凉快!"石臼又吵他:"你存心使坏!掌柜的要是知道了,有你的好果子吃!"秤砣说:"我看这是掌柜的成心安排,这一明两暗的客房,虽说一人住一边,门一关,不就成了一家子了!"石臼说:"你少管闲事!"

他俩吵着,却又把脑袋凑到窗棂上。好像没有看到引人入胜的"皮影戏",秤砣又叫了一声:"糟!该添饭了。"就慌慌地跑了出去。

小屋里,石臼依旧伸长脖子盯着对面的窗户。我看见父亲的影子又向女人的影子凑过去,头差点碰着头,忽地感到说不明白的气恼,就像舅爷坟上的兔子嗖地蹿出了小屋,石臼来不及追我,我已倏地钻进了客房。

我的突然出现使父亲惊动了一下,遂又镇静下来,笑着说:"这是你宛儿姨。"我看见了一张好看的瓜子脸,接着就找到了那颗美人痣。灯光下的宛儿姨神情娇羞、目光慌乱,在我脸上潦草地亲了一下,又把我抱起来,放在饭桌一边的罗圈椅上。她让我坐在椅子上的样子使我和她都显得可笑。我的脑袋刚刚高出桌子,只能把眼睛贴在桌面上,目光曲里拐弯地绕过桌子上的盘盏,定定地瞅她。我的眼神一定使她害怕,她望着我犹如望见了一只小狼。我又改变姿势,跪在罗圈椅上增加了身高,同时也增强了自信,一开口说话就一鸣惊人:"我爸的书里夹着你!"她吃了一惊,睁圆了杏形的眼睛。我又加重语气说:"一本很厚的书!"父亲小声说:"是你的照片。"

宛儿姨苍白的脸颊上顿时泛起了红潮。她慌乱地用筷子把肉丝夹在一张小煎饼上,卷成筒形送过来,作为我给她通风报信儿的奖赏。我又认出了她的手指,那是我在南阳的防空洞里看见过的手指,它们总是显得苍白、细瘦而又战战兢兢。她把煎饼送到我的嘴边,好像怕我会咬着她的手指不放,只用两个指尖捏着煎饼,剩下的三个手指颤颤地翘起来,呈蝴蝶敛翅一般的兰花指形一如随时准备飞去的蝴蝶。我凶猛地咬了一口煎饼,她就"啊"地缩回了手指,把一声没有完成的惊叫变成了一声惊慌的叹息。可爱可恼可气可怜的宛姨再次鼓起巨大的勇气把煎饼送到我的嘴边,我却出奇制胜地伸出舌头,温存地舔去了沾在她手指尖上的一滴肉汁。她又发出一声感人肺腑的惊叹,手指颤颤地抚摸着我的脑袋如同抚摸着一只可爱的小狗,十分耐心地喂我吃完了那个永恒地把至高无上的香味留在我记忆之中的卷着肉丝的煎饼。我在表现着凶猛的时候已经受到了煎饼卷着肉丝的收买。她用温柔得有些哀婉的眼神在我的脸上轻轻一扫,就彻底瓦解了我对她的全部敌意。

但是,不多天以后,我就在南阳向母亲出卖了宛儿姨。那一天我闹着要吃煎饼,而且大声地向母亲发表声明,要吃宛儿姨在新铺卷的那一张煎饼。父亲就不得不为我的出卖付出惨重的代价。父亲对母亲说,那是怎么怎么一回事呢?你听你听我如实对你说对你讲么!我在张庵时,宛姑娘利用她父亲外出省亲的机会,为我取出了这位老先生秘不示人的大调曲稿,那是这位"曲痴"几乎终其一生才采集到手的几十个著名的段子,有的已经绝传了。宛姑娘必须在她父亲回来以前,用最短的时间最快的速度最高的质量最严密的方式将曲稿誊抄下来再放回原处。这是她一个人所不能完成的呀,所以,就急忙跑到新铺找我。当然,这是我委托宛姑娘做的,但我只是希望她能够说服她的令尊大人向我出示曲稿,没想到她会采用这种最简捷的方法取得了一次秘密的成功。当然,也正是为了此事,我才给她留下了我在张庵的联络方式,等等等等。

父亲所言不谬。我记得宛儿姨出现在新铺以后,客房里的灯光深夜不熄。父亲和宛儿姨都手忙脚乱地誊抄着什么,还请来一位放假在家的中学生帮助誊抄。父亲好像是为了避嫌,让中学生住在中间的客厅里,夹在他俩的中间。我至今还记得他们誊抄的那本曲稿,正如父亲在他自费出版的《鼓子曲存·序》中提到这部曲稿时所说,是"棉纸厚本,桐油油边"、"蝇头小楷,朱笔圈点",只是我没能听见"古声清韵跃然纸上"。父亲曾向母亲拿出这个曲稿誊抄本,借以说明,他与宛姑娘在新铺会面的全部原因,只是为了这一本大调曲稿。

我翻开了六十年前的大调曲稿,又看到一行行清瘦、娟秀的字迹一如六十年前的宛儿姨,袅袅婷婷、弱柳拂风,在竖行的方格中来去匆匆,时而沉入低谷,时而攀越峰顶,处处芳草,声声莺啼。瞧,这里有一个干涸泛黄的湖泊,不知是宛儿姨额头上滚下的一滴汗珠,还是她那支花杆儿赛璐珞金笔漏下的墨滴。

有了三个人誊抄曲稿,大概就有了富余的时间。父亲又请来一位名叫"瞎能娃"的盲艺人向他请教。父亲对宛儿姨说,瞎能娃聪颖过人,幼年失明后跟随一位唱大调曲的师傅走村串乡,操琴演唱,唱红了新野南半个县。他嗓音厚实发沙,热辣奔放,大家送他一个诨号叫"沙瓤面甜瓜"。但我后来听人说,他以唱"荤曲"见长。一次,他到湖北省襄樊乡下,唱了《赠绣鞋》和《小大姐儿思春》,直唱得农夫村姑们心旌荡漾,一个躲在门楼上听他唱曲儿的大闺女就摸黑跟着他跑回了河南,在豫鄂边境差点儿引起一场流血的争斗。后来他年迈失声,在家赋闲多年。父亲特意让石臼跟着,带上一份厚礼,牵着一头骡子登门拜望。他推托不得,才带上三弦,骑上骡子来了。

正是农历七月,秋苗锄罢了头遍,是农民忙里偷闲"挂锄勾"的时候,"沙瓤面甜瓜"在杂货行客房的弹唱吸引了新铺周围的农民。杂货行后院大柳树下,人挤得不透风。父亲唯恐冷落了乡亲,让石臼在客房门前摆了桌椅,请"沙瓤面甜瓜"坐在门外弹唱。父亲和宛儿姨分别坐在桌子两边,一边听,一边忙不迭地做着记录。苍老的"面甜瓜"嗓音嘶哑,缺了一颗门牙的嘴巴跑风漏气。一双双如饥似渴如电似火的眼睛都定定地瞄准了宛儿姨。人群里开始喊喊喳喳,对一个城里来的女子为啥不穿裤子穿裙子以及裙子里穿不穿裤子的问题进行了没有结果的争论。几个村痞子就挤到人群前边,靠近宛儿姨蹲下来,伺机进行近距离的窥视。

宛儿姨和父亲却浑然不觉。"面甜瓜"每曲终了,宛儿姨都要在凉水里涮了毛巾,递给老人擦汗,还要端上切好的西瓜牙子放到老人手中。人群里的眼睛又一闪一亮,发出了啧啧的叹息和善意的喧哗,都说从城里来的这个女子心眼儿好,敬重咱乡下人。宛儿姨又看着记录,给"面甜瓜"小声哼唱着刚刚记下来的曲谱请他校正。"面甜瓜"鼓着浑浊的眼珠静静听了,眼眶里忽地溢出泪水,点头说:"对,老对!我唱了一辈子,没想到还值得你们有学问的人如此操心费神;也没想到我唱了一辈子,也没能跑出这几个'豆来米'的手心!"

村痞子忘了宛儿姨的裙子,却偷看了她的书夹子,就心里发怵,缩到人群里说,这女子学问深着哩,她在纸上画的"蛤蟆蝌蚪"老厉害,是"八音虫"!还有一个老汉说,聪娃有眼,这可是个打着灯笼也难找的"女书记"!

以上议论是石臼在事后给秤砣多嘴时让我听到的。我当时坐在父亲身边的小板凳上,只是看到宛儿姨一改柔弱、忧郁的样子,手中的铅笔在书夹子上飞速跳跃。她变得聪明、麻利,平时表现着哀婉的眸子也活泼泼地一闪一亮。父亲也加倍地容光焕发,不时从他的笔记本上抬起头来,默默地望着宛儿姨,还塞给我一条手绢,让我从桌子后边绕过去递给宛儿姨擦汗;还有,她的头发卡子快滑下来了,你快去给你宛儿姨说一声。我十分荣幸地扮演了小跑堂的角色,宛儿姨说:"啊,多么聪明的孩子!"

太阳西斜时,父亲在"面甜瓜"的琴袋里暗暗塞了装钱的信封,又拉住他的手触摸了那个信封,说:"老人家收好,一点小意思,不成敬意!"石臼就站起来对大家说:"都回吧,天不早了,瞎爷吃了饭还得赶回家哩!"人群正在散去,一个比村痞子厉害一点的街痞子大声喊叫:"还没听过瘾哩,咋就散场了? 老规矩,不唱'荤段子'不煞戏!""面甜瓜"不胜惶恐说:"我老了,唱不得'荤段子'了。"正在散去的人群又聚合起来,一齐鼓掌,起哄说:"瞎爷,这辈子也只能听你这一回了!"被尊称为瞎爷的人受到了感动,连忙站起来,对大家拱手说:"多谢乡亲们抬举! 可是过于荤的段子,我实在唱不出口了,再送上《西厢记》里一段《夜会》,不荤不素的。"

父亲和宛儿姨又立即拿起笔,准备记录瞎爷的"绝唱"。

瞎爷又调了三弦,鼓起余勇唱道:

今日想哥哥,明日想哥哥!
门前有条大沙河。
上搭独木桥,实实奴难过,
实实奴难过!
脱了红绣鞋,抖了白裹脚。
水深到肚脐眼,水浅到脚脖,
不深不浅、不深不浅……

这里有一个停顿,瞎爷骨碌着浑浊的眼珠,问道:"不深不浅又怎么样啊?"他弹弦接唱:

不深不浅,那就×毛披散着,×毛披散着。

街痞子齐唱:"哈哈,披散开了往里戳,往里戳!"

全场大笑。

瞎爷向大家拱手说:"瞎老汉放肆,罪过罪过!"

村民尽欢而散。

父亲和宛儿姨都涨红了脸。宛儿姨用书夹子遮住脸,进了客房。

只有我不知道脸红,也不知道发笑。若干年后,我看了王实甫的《西厢记》,却没有找到崔莺莺脱了红绣鞋过沙河与张生相会的情节,因而也没有看到不深不浅的河水在莺莺身上的任何一个部位造成的任何迹象,便知道民间还有一部《西厢记》,另一个崔莺莺按照农民可以理解的样子和男性器官的需要,医疗着村民的寂寞。

那天晚上,是石臼背着我把我送回张庵的。

一路上,石臼都像赞美英雄一样喋喋不休地赞美那个带头起哄的街痞子。

他说,你不知道他多有能耐!他能在大街上叫一个正正经经、排排场场的小媳妇高高兴兴地看他的大鸡巴。你知不知道啥是鸡巴?我说是烧鸡。他大笑说,不对,你的小鸡鸡长大了就是鸡巴。他说那个小媳妇是新铺街上的一朵花儿,只是整天皱着眉、板着脸,从没有看见她笑过。街痞子对他的狐朋狗友说,我能叫她笑,她一看见我的鸡巴就笑,不信?明天一早,你们躲在十字路口等着瞧。

第二天一早,小媳妇照例去十字街井上担水,从井台上下来,刚刚进了胡同口,街痞子事先虚掖着裤腰,一手托着一盘热豆腐,一手托着一盆热豆浆,从胡同里迎面走过来,到了小媳妇跟前,缩了一下肚子,裤子就"秃噜"一下落到脚脖上,露出了那个黑不溜秋的家伙。小媳妇立时羞红了脸,想赶紧绕过去,胡同口却被他堵严了,正要张口骂他,又见他两只手托着东西没办法放下,急得他紧紧夹着腿原地打转,那个东西也随着他直打滴溜。他杀猪样大声喊叫:"娘啊,谁来帮我提提裤子!"小媳妇就"哧"地笑了。

石臼忍不住再次大笑,赞不绝口说:"这个赖皮真会赖,全世界数第一!"他发现我对这位世界冠军有些漠然,就把我从他的背上放在地上,学着街痞子两手托着东西团团打转的样子,又用一只手握着拳放在裤裆上摇晃,看我仍旧不笑,就无比伤心地问我:"小爷爷,你咋不会笑啊?"

石臼大为扫兴,又拉着我的手向张庵走着,说:"你真憨,我看你爸也念书念憨了。魏相公哪里是真心抬举你爸!他出面叫伙计们照应你爸,他叔却暗地里给你爷送'膏子',一笔一笔地记在账上,盯住了你家的桑园。人家把你爸卖了,你爸还点着脑袋说,谢谢,谢谢!我说这,你懂不懂?"我照旧不懂。石臼又摇头叹气说:"书念多了,人就憨了,等你爸明白过来,就晚了!"

接着,在爷爷的桑园上空,有一只黑苍蝇嗡嗡叫着,远远地飞过来,近了,才看清是一架翅膀上贴着"红膏药"的飞机。它在桑园上空绕了一圈,发现我太小、爷爷又太瘦,就飞到张庵北边撂下一颗炸弹,炸塌了东汉光武皇帝刘秀后宫娘娘阴皇后老家的"娘娘庙",又擦着树梢旋回来,追赶一个卖桃的女孩儿。女孩儿惊叫着,扠着竹篮儿在田间小路上疯跑。巨大的黑影从女孩儿头上掠过,小路上冒起一溜土烟儿,田野像罗面的筛子

"轰轰"地震动。女孩儿忽地飘起来，血红的花瓣儿随着一竹篮桃子飞起来，女孩儿又重重地跌在地上，再也没有爬起来，只有一条乌黑油亮的大辫子挂在树枝上随风摇摆。

父亲像舅爷那样发了一回神经，撵着飞机大骂："野兽、畜生、法西斯，你下来呀，你抱着炸弹往我头上撂呀！为啥要毁了一个来不及长大的女孩儿？你们有没有姐妹、有没有女儿，你们还是人吗？"爷爷说："你别骂了，他早跑远了，他也听不懂人话！"

紧接着，从襄樊回来的船民说，鬼子要攻打武汉，正在打襄樊，汉水上飘着尸首，江水也变红了。帮父亲誊抄曲稿的中学生，在他誊抄的最后一页上写了八个大字："山河破碎，抄此何用？！"父亲盯着一摞子曲稿呆了好久，问我宛儿姨："我错了么？"宛儿姨含泪说："我们能做点儿什么呢？"

父亲和宛儿姨带着我和这个疑问，登上了返回南阳的客船。为了避开鬼子飞机的袭扰，客船是在夜晚起锚的。爷爷、奶奶都没有到码头送别。爷爷缩在草庵里，瞅着墙角说："你们走吧，不要萦记我跟你娘，你们路还长哩！"走出桑园时，我望见爷爷趴在土墙豁口上望着我和父亲，泪水正从他干涸的眼洼里大滴大滴地滚下来。

奶奶和黄狗一直把我们送到村头桃树下。那是一棵不再挂果的老桃树。桃树的眼泪也老了，树干上挂着一块块发黏的桃胶。父亲说，他小时候去外地上学，奶奶就是站在这棵桃树下，用手背揾着眼泪，久久地望着他远去。奶奶又在桃树下站住了，又用手背揾着眼泪问我："娃，昨晚上，奶奶教你的小曲儿记住没有？"我张了张嘴就哭起来。但是，我记住了奶奶教给我的儿歌：

  哪儿的娃？张庵儿的娃。
  爷做啥？捏桑杈。
  奶做啥？纺棉花。
  狗做啥？狗看家。
  鸡儿做啥？抱了一窝小鸡娃。
  好娃好娃快回来，
  别等坟上草发芽。

黄狗听见了我心中的儿歌，就支起前腿蹲下来，默默地望着我，不再蹿跳。

奶奶又用头巾捂着鼻子，望着父亲说："聪娃，我梦见，纺花车散架啦！"

父亲含泪说："娘，别瞎想，你一定要等到我下次回来！"

奶奶和爷爷都没有等到我们下次回来。两年以后，奶奶和爷爷像两盏耗尽油的油灯，扑闪了一下，就永远地熄灭了。爷爷跟着奶奶走了。听说爷爷走以前，吸大烟欠了魏家"驴打滚儿"的债。魏家的鬼就从土墙豁口上跳进来，捏着爷爷的手指头在"桑园抵债"的文书上按了指印。也有人说，爷爷没吸完最后一口大烟，矮床下就伸出了一只大手掌。爷爷把一个大烟泡吐到大手掌上，大手掌就把爷爷和桑园掬到手心里，收回去了。那是魏家先人的手掌。

我记得,当我跟父亲从村头向河边走去时,父亲频频摘下眼镜,用手绢擦着眼角。上了河堤,我和父亲回过身来站着,远远地望着奶奶和卧在奶奶身边的黄狗。滚烫的热风正在掠过七月的原野。原野上翻腾着白茫茫的气流。在护村林高高的绿墙下,奶奶显得更加瘦小,像一株迎风战栗的小草。白河对岸的码头上,宛儿姨亭亭玉立,娇艳如花。

奶奶和爷爷故去时,父亲正在战火另一边埋头写他的《文学新论》。父亲回到了河南才失声恸哭,问我:"你知道吗? 爷爷走了,奶奶也走了,桑园也没有了,只剩下桑树上的月亮了!"

卷外篇　倒推船

1. 坟头上的铃铛

　　我记得,我在离开新铺的客船上一觉醒来,月亮已经从身后升起,挂在船舱的穹隆上随着船走。父亲和宛儿姨并肩坐在船尾,望着远去的故乡,小声说着我不能听懂的话语。父亲说:"小妹,只有你我知道,什么都没有发生,因此,什么都没有开始。可是,客船一到岸,我们就要说一声'再见'了!"宛儿姨将脑袋依在父亲的肩上。我听见了宛儿姨的低泣。

　　我们回到南阳时,宛儿姨家里发生了一场动乱。

　　宛儿姨的父亲正在心急火燎地寻找不翼而飞的曲稿。他的亲家翁又跑来告急:"糟了,宛姑娘跟着一个教授携琴私奔了!"宛儿姨的父亲一听,眼也直了。亲家翁又说:"我给报馆送去了'寻人启事',明天登报!"宛儿姨的父亲又气又恼说:"登报!你这不是自曝家丑吗?"亲家翁说:"那你说咋办?你把我没过门儿的儿媳妇弄丢了,你赔我一个就是了!"

　　两个老人正吵得不可开交,我父亲却坦然、翩然、甚而有一些大义凛然地走进了客厅,把完好无损的曲稿与同样完好无损的宛儿姨一同送回了府上,还把他从"瞎能娃"那里搜集的、由宛儿姨分别用简谱和五线谱记录下来的名贵曲牌《倒推船》拱手相赠。

　　宛儿姨的父亲看到曲稿完好无损,又双手接过了《倒推船》,一惊一乍地打量着我父亲,转怒为喜说:"误会,天大的误会!这个《倒推船》是老夫踏破铁鞋找了大半辈子也没找到的呀!小女能追随先生找到这个曲牌,以此厚赠予我,可以说是天遂人愿,老夫我幸遇知音了!"

　　他当即置酒设宴,让宛儿姑娘在古筝上弹奏了《倒推船》。

　　那是一支表现逆水行舟、与命运抗争的曲子。宛儿姨凄然抚筝,悲从中来,一时间,水声、涛声、风雨声伴随着长空鹤唳、遍野哀鸿,在客厅里盘旋萦回,向天边汹涌而去。宛儿姨的老父击节赞叹,直听得目痴神迷。曲终,宛儿姨掩面去,泣不成声。

宛儿姨未来的老公公是山货行的老掌柜,他似疑似惧地伸出手指,摸了摸筝弦,好像被烫了一下,倏地缩回手说:"好家伙,弹出了一大锅咕咕嘟嘟直冒泡儿的滚锅开水,连筝弦也是热的!"宛儿姨老父说:"你就别再往热锅底下填柴火了!赶紧去给报馆儿说一声,你那个'寻人启事'千万不能登出来。再说,宛儿还没有过门,还不能算是你家的人呢!"亲家翁骇然说:"咋了?"宛儿姨老父说:"不咋,你快去老河口叫你大公子回来与宛儿完婚就是了!"

　　我父亲迟迟没看到宛儿出来,就向宛儿的老父起身告辞。老人与他执手走出客厅,斜睨着亲家翁说:"记着,宛儿弹的不是'开水滚锅',是《倒推船》,弹到这里为止,以后这船往哪儿推,我可就管不了啦!"

　　我声明要吃宛儿姨卷的那一张煎饼从而引起母亲与父亲的一场冲突也随之平息。但是,宁静中包藏着不安和不祥的气氛。母亲好像要跟那一张"滴着肉汁的煎饼"较劲儿,奋发图强地揉面团、切葱花儿,油锅也跟着吱吱地叫,让我吃上了外焦里软的葱花儿酥油饼。母亲用眼白一闪一闪地瞥着父亲,不住声地问我:"还是妈妈烙的葱花儿油饼最好吃,对吗?"我却低着头没有应声。我在想念薛姨。薛姨孤独地睡在郊外的黄土堆里。我知道,我们吃了葱花儿油饼之后,就要永远地离她而去。我没有吃完属于我的那一份葱花儿油饼。母亲底气不足地问我:"怎么?妈妈烙的油饼不好吃吗?"我说:"我吃饱了,我的油饼要留给薛姨吃。"母亲的眼泪就唰地流下来,又领着我,去郊外看望薛姨。

　　路上,母亲要我跟她一起采集白河岸边的野花。母亲说,要采喇叭花,当薛姨寂寞的时候,让喇叭花为她吹喇叭。母亲用一根青藤将喇叭花捆成一束,一嘟噜银铃铛互相碰撞着,发出叮当的脆响。我让母亲把我的葱花儿油饼也藏在铃铛里。这时,我和母亲远远望见,薛姨坟前晃动着两个人影,走近了,才认出其中的一个是宛儿姨。宛儿姨正把一棵长着嫩叶的小树竖在坟前的树坑里,一个像是仆人的男人挥着铁锨向树坑里填土。

　　我大声叫着:"宛儿姨!"向她飞跑过去。

　　宛儿姨紧紧抱住了我,但她看见母亲从树丛里走出来,又惊慌地松开了我。

　　"你瞧,"母亲露出动人的微笑,"我的儿子也这么喜欢你了!"

　　宛儿姨顿时涨红了脸:"啊,孟老师!"

　　母亲好像挥舞着一条看不见的鞭子:"这个小家伙刚从老家回来就闹着吃煎饼,还必须是你给他卷了肉丝的那一张煎饼,那一定是一张特别好吃的煎饼!"

　　宛儿姨宛如一只被逼得无处可逃的兔子:"哦,是这样的……我给张先生送去一些曲稿……家父收藏的曲稿……哦,是的,斑斑是个可爱的孩子!"

　　母亲的笑容依旧明媚动人:"兵荒马乱的,你孤单单一个人,大老远地跑到乡下去,真是太难为你了!"

　　宛儿姨脸上红了又白、白了又红:"曲稿本来是可以交给孟老师的,只是张先生还要我去记录艺人口授的曲谱,学生不敢怠慢。"

母亲赞叹说:"记录曲谱那就必得是你这位才女了。在开封,我就听张先生不住嘴地夸你!你在南阳同乡会上弹过古筝,是吗?都说'此曲只应天上有,人间能得几回闻'。引起了极大的轰动哩!"

宛儿姨惶恐说:"孟老师见笑了!"

母亲又换了温柔的目光,小声问:"听说就要喝你的喜酒了,是谁家公子有这样的好福气?"

宛儿姨低头不语,眼眶里忽地蓄满了泪水,又拿起铁锹为小树培土。

母亲惊慌说:"哦,对不起!我只是听人说说,没想到会惹你难过!"

"宛姑娘,该回去了。"植树的男人说。

宛儿姨不理他,又围着树根培土。

那人说:"再不回去,老太爷又要操心了!"

宛儿姨木呆地向坟包鞠了一躬,又对母亲说:"孟老师,我要走了。"

母亲说:"我们也要走了,要去内乡张集了。"母亲望着匆匆离去的宛儿姨,又说:"宛儿妹,你等等!……"

宛儿姨受惊地站住了。

母亲说:"我没有怪你,我真的没有怪你!"

宛儿姨眼里又忽地溢出泪水:"谢谢孟老师,谢谢!我知道,你是一位心地善良、品德高尚的人,真的……我知道!"

母亲说:"小宛儿,你走好啊!"

宛儿姨说:"谢谢孟老师,谢谢……"

母亲把一束喇叭花放在薛姨坟前的时候,哭出了声音说:"小妹,你看见了吗?女人有女人的烦恼!可你……连烦恼也没有得到……"

我听不懂母亲对宛儿姨和薛姨都说些什么。坟头上的喇叭花听懂了。喇叭花呜呜作响,把冰凉的香气吹在薛姨的脸上。

2. 伊甸园

流亡到南阳的 H 大学没有开课,一所流亡高中在南阳治下的内乡县张集找到了校舍,聘请父亲执教。我们到了张集。父亲的情绪又低落下来,他用一块油布包严了一大沓曲稿,包括那个《倒推船》,把它们放在破皮箱里,就"咔"地锁上了箱子。

父亲开始在我家租住的破瓦房里团团打转,碰倒了一张三条腿的方桌,就望着方桌说:"今日之中国,果真摆不下一张书桌了!"他用一摞土坯代替桌腿,把方桌支起来,就在这张方桌上写起了讲义,却发现书不够用,又带着一把雨伞出门,到张集附近的几所流亡中学借书,却总是露出疲惫不堪的样子空手而归,又说:"今日之中原,也找不到一个像样的图书馆了!"他从破皮箱中取出我曾多次翻弄过的那一本厚书,久久地阅读宛儿姨的照片。那时候,母亲抱着弟弟去赶集买菜,哥哥、姐姐也都上学去了。只有一只母鸡咯咯叫着,领着一群鸡娃在父亲脚下觅食,它们弄不明白父亲阅读的意义。

我认定,父亲发现我偷看了他含着泪水的阅读,觉得不好意思,才决心把我送到"幼稚园"的。那是流亡高中为教工子弟开办的"幼稚园",即今日之"幼儿园",坐落在流亡高中大门里边的一座大瓦房里。年轻漂亮的幼儿教师小李姨收下我的第一天就悄悄问我:"你爸和你妈还吵架吗?"我说:"你爸和你妈才吵架!"小李姨就"哽儿"地笑着说:"对,对,全世界有几个爸妈不吵架!"

但我必须承认,是这位名字叫燕子的小李姨首先开发了我的智力,让我充当了她的信使,而且得到了价值不菲的酬谢。小李姨的小桌子底下有一个小砂锅。她掀开砂锅上的盖子,取出一个茶叶蛋,为我剥光了蛋壳,等我吃了茶叶蛋,再拿出一只用纸折叠的小"燕子",把"燕子"藏在我内衣兜里,让我把它送给流亡高中一个名叫何杰的男生。她每一次都要不厌其烦地叮嘱我,除了何杰,不许任何人拿走或是发现这只"燕子",又指着小砂锅说,还有一个茶叶蛋等着我回来吃它呢!我便用手掌捂着"燕子",开始向第二个茶叶蛋发起冲刺。

我接连得到了十多个茶叶蛋的犒劳之后,小李姨和何杰变成了公开的爱侣。我也从此失去了信使的差事,同时失去了吃茶叶蛋的幸运。使我聊以自慰的是,小李姨给了我一个在橡皮上刻出来的图章,说这是何杰给我的奖赏,蘸了印泥,向我手背上一按,手背上就显出几个油腻腻的红字,小李姨嘻嘻笑着念给我听:"信使斑斑之印"。那是一个名副其实的"橡皮图章",我把它收藏在文具盒里。姐姐写作业时需要涂抹,就恢复了橡皮本来的用途。待我夺回橡皮大印时,"信使斑斑"已面目全非。我曾为"失去自我"而哭泣。

父亲好像与我感到了同样的失落。夕阳西下时,他时常牵着我如同牵着一只顺从的小狗,在屋后的大树林里散步。那一片树林被流亡学子们称为"流亡者的伊甸园",绿荫深处弥漫着异乎寻常的神秘气氛,这里一双、那里一对的"流亡情侣"在绿荫覆盖着的青草地上做出各种如醉如痴的模样,引起了张集土著居民饶有兴味的窥视。父亲总是牵着我的手绕开他们,用迷茫的眼神望着树梢上的云彩。

后来我计算过,父亲那一年三十三岁,母亲不过二十九岁。他们本应到树林里去,寻找属于父亲向我姥爷宣告过的"青草地"和"小星星",还有成行的柞树,柞树下边能采到很好吃的蘑菇,甚至还有树枝上的木耳。但我想不起他们曾一起到树林里散步,只记得一个雨后的黄昏,母亲腰束围裙,手执锅铲,被油烟呛得流着眼泪,从厨房的窗口望出去,成双成对的少男少女正在树林里发出天堂里的笑声。母亲却露出感伤的表情,在围裙上擦着手说:"哎呀,年轻真好!"

正是那个雨后的黄昏,父亲照旧牵着我的手走进树林,在一条光滑水湿却没有泥泞缠脚的草径上小心迈步。林子深处传来一串儿车铃声。父亲就拉着我的手,急忙转移到一棵树下,让开了去路。属于何杰的自行车正向草径这边驶来。我认识这辆自行车,因为整个张集只有这一辆自行车。小李姨坐在自行车的前杠上如同被何杰拥在怀里,不时扭回脑袋与何杰完成一次次快速的亲吻,亲吻的声音"叭、叭"作响,如同点发的快枪。自行车却左摇右晃地失去了控制,小李姨一声尖叫,就连人带车滚翻在草径上。他俩抱在一起打滚儿,滚了一身烂泥仍大笑不止。

父亲却不合时宜地跳出来问;"摔着了吗?"

何杰连忙爬起来,鞠了一躬说:"没有关系,没有关系!"

小李姨毫不害羞地嬉笑着:"张先生,你不认识我了吗?"

"你是……"

"我是宛儿的表妹呀!"

"什么?"

"宛儿姐的父亲是我舅哩,你在他府上吃酒那天,是我给你上的菜哩!"小李姨诡谲地眨了眨眼,"你知不知道,宛儿的母校迁到夏馆了,离这里很近。"

"她……她在夏馆吗?"

"她从家里逃婚出来,回母校当音乐教师……"

父亲的眼睛一亮:"啊,她真的挣脱了!"

"没有哩!"小李姨说,"半路上,她又叫婆家人截回去,跟那个稽查科长完婚了,完婚后就去了老河口。她的女婿很会挣钱,把宛儿姐带走时,扎了喜彩的大船上还捎带着桐油,床板底下支着油篓。"

父亲默然无语。

"张先生,你给宛儿捎信儿吗? 我也可以当信使哩!"

"莫,莫,莫!"父亲说,"不必了。"

我后来知道,这个"莫、莫、莫",是陆游《钗头凤》里的句子。

我发现,父亲不再打开那本厚书,却对母亲说:"过家常日子多好啊!"母亲说:"我早就待在家里为这四个孩子当保姆了!"父亲说:"委屈你了!"母亲说:"你能安下心来吗?"父亲说:"怎么不能?"母亲说:"那就好。"

我们过了一段宁静而不乏快乐的日子。父亲按部就班地去学校上课,回来就忙着喂鸡,还当了鸡的医生,为受伤的鸡爪抹了红汞再贴上橡皮膏,给斗败了架的公鸡没了羽毛的脖子上敷绷酸软膏,再裹上纱布。我家的鸡就显得与众不同,使我想起打了败仗的伤兵。

父亲最关心的是八只母鸡,用我和哥哥、姐姐,还有尚在吃奶的弟弟的名字为母鸡命名,四个名字不够八只母鸡分配,每个名字下边又分出一号和二号,比如属于我的母鸡就叫"斑斑一号"和"斑斑二号"。父亲用粉笔在山墙上写了八只母鸡的名字,哪只鸡下了一个蛋,就在哪只鸡的名号下画上一道,画五道就成了一个"正"字。父亲画了满墙的"正"字,又仰脸望着山墙查数,然后对母亲说:"'正'字够用了。"母亲问:"你说啥?"

父亲说:"我是说,孩子们的营养够用了。只是'斑斑一号'和'冉冉二号'表现不佳,斑斑和冉冉还要靠'瑟瑟二号'和'璘璘一号'提供营养。"母亲恍然大悟说:"那么,是不是杀了不在名册的大公鸡呢?"父亲说:"不,不,不可以的。你忘了吗?上次杀了一只公鸡,全体母鸡们一蹶不振,绝食三日,直到又有了这只大公鸡,才重新出现了盛唐景象呀!"母亲说:"是的,是的,世界历来是由公鸡主宰的。"

我常常怀念那一段与母鸡和营养有关的日子。如果没有一位身穿黑色罩衫的老人从南阳来访,我们和母鸡们的日子里还会日积月累着更多的"正"字。

那天我回来得很晚。因为小李姨要幼稚园的孩子排演一个就要在儿童节上演的"小白兔乖乖,把门儿开开!"我无论如何也不给狼外婆开门,这就耽误了一些时间,是小李姨让何杰骑车送我回家的。我一进门,就望见父亲与一位黑衣老人相对而坐,哥哥和姐姐都被挤到了一边。晚饭已经摆在三条腿的桌子上,大家却不动用筷子。黑衣老人的男低音正在破瓦房里轰鸣:"主啊,赐我精美饮食,赐我欢乐时光,赐我幸运聚会,仁慈遍及四方。主啊,请赐和平幸福,普照恩光!"父亲就跟他一起在胸前画着"十"字说:"阿门!"哥哥、姐姐却跟着瞎说:"亚门!"

母亲在厨房里没有听见黑衣老人的祈祷,她把邻人从墙豁口上支援过来的一盘猪头肉端上饭桌时,不知道这是天主赐给的"精美食物",一连声地对天主表示不敬:"哎呀,这能吃不能吃呀,卫生不卫生呀!王牧师,实在抱歉,这都是临时凑起来的,实在委屈你了!"王牧师开始为天主辩护:"哪儿的话呀,你瞧,多么丰盛的晚宴!"他开始用筷子点着破桌上的盘盏,赞美并开始享用"精美食物"。它们多半来自母鸡的奉献,比如煎鸡蛋、卤鸡蛋、鸡蛋羹、蛋花汤,最后端上来的是蛋炒小米饭。

王牧师刚刚完成了一次艰难的寻找。是父亲的母校燕京大学通过教会渠道找到了这位在南阳传教的牧师,又通过这位牧师在流亡南阳的学校中找到了父亲。他带来了燕京大学聘任父亲回国文系执教的聘书和一封词意恳切的邀请信。

王牧师离去后,父亲就望着母校的邀请信发呆:"北平沦陷了,我怎能钻到鬼子刺刀底下卖斯文呢!"母亲说:"燕大是美国教会办的嘛,鬼子与美国没有宣战,刺刀插不进'燕园'。"父亲不语。母亲又说:"我看还是要去,那里摆得下书桌,还有一个陪着你吃了不少烧饼的图书馆哩!"父亲说:"你和孩子们怎么办?"母亲说:"艰苦抗战就是了!"

正是有了母亲的支持,父亲才做出了去燕大任教的决定。那时,姥爷已经从省城逃到了郾城。父亲把我们送到了姥爷身边的郾城,接着就打扮成教会的神职人员,穿过一大片沦陷区,钻进了北平的"燕园"。临行前,王牧师又用我听不明白的语言为父亲祈祷:"主啊,在征战喧声里,你睡主怀中,护你平安,醒来定能蒙福无边,直至'欲穿'的'望眼',看见荣华金岸。阿门!"

3. 蒙受羞辱的日子

  1940年10月10日,是一个使我蒙受羞辱的日子。
  我怀疑这一切与上帝有关。当我家迁徙到郾城、落脚在东后街一个没有树荫的大杂院里以后,总是不能按时收到父亲的薪水。母亲说,父亲的薪水要通过基督教会,穿越一大片沦陷区,才能从北平辗转传递过来。我十分敏锐地察觉,这件事是由上帝管着的。上帝没有忘记母亲对他所赐"精美饮食"的不敬,就在传递薪水上制造障碍,让我们的饮食乃至于穿衣都离开了"精美"。母亲却又把一切困苦瞒着姥爷。因此,我刚刚踏进城关模范小学的校门,就成了唯一没有穿上草绿色童子军制服的孩子。
  偏偏又碰上中华民国的"双十"国庆节集会检阅。穿戴整齐的全校同学按班级排好了绿色方阵,我却穿着一身皱皱巴巴的黑衣黑裤闯进去,在一片碧绿的芳草地上增添了一滴刺眼的墨渍。训导主任刘大个儿一眼盯住了这滴墨渍,就揪着我的耳朵把我揪出了队列。我的耳朵被他最大限度地拉长了,使我想起了一只黑色的安哥拉兔被拉长耳朵拖出绿色丛林的样子,就用手护着耳根大叫:
  "放开,你不能揪我的耳朵!"
  刘大个儿大为惊讶:"你的耳朵为啥揪不得?"
  "我的耳朵没有错!"
  他惊骇地打量着我,放开了我的耳朵,却向我的腿弯上踹了一脚:"那么,你给我跪下!"
  我双膝着地后又即刻像弹簧一样反弹起来,大叫:"你不能踢我的腿?"
  "为啥?"
  "我的腿也没有错!"
  刘大个儿用手指支起我的下巴:"你说,你错在哪里?"
  "我不该穿黑衣裳。"
  "好,你把你这身'黑皮'扒下来!"
  我不能拒绝这个处罚,因为它来自我主动提供的一个确凿无疑的理由,只好顺从地把上衣扒下来,撂在地上。
  他又指着我的汗衫儿:"脱呀!"
  我又勇敢地脱了汗衫儿,把我的上身一览无余地裸露给几百双灼热发烫的眼睛。要有两大块值得炫耀的胸大肌就好了,可是我记得,我那时只有一张薄得透亮的皮囊,包着两排洗衣搓板样的"鸡肋"。
  "脱呀!"他又指着我的裤子发出微笑。
  那是我第一条打了补丁的黑色长裤,虽然与草绿色的童子军"灯笼裤"相去甚远,屁股和膝盖上的补丁却具有惹人注目的观赏性,那是母亲在一块与黑色相映成趣的米黄色破呢子上,用同一个圆规画出来的四个直径相等的圆。我十分珍惜这四个杰出的圆,依依不舍地脱了长裤,又小心地把它折叠起来,放在我的脚背上。

只剩下一个皱皱巴巴的裤头了,但我听到了骇胆裂魂的第三个"脱呀!"

不满六周岁的我,已经预见到自己有可能成为一个顶天立地的男子汉,而且,自从我不穿开裆裤的那一天起,就十分深刻地意识到被封闭起来的地方是不可以等闲视之的。

"快给我脱!"

脊背上被击了一掌,我就打了个前栽。当我重新爬起来的时候,就下定了"赤条条来去无牵挂"的决心,噌地扯断了裤腰上的松紧带,裤头就"秃噜"一下滑落在脚背上。

我如同一条闪光发亮的白条鱼儿,神奇而无畏地直竖在操场上了。队列里的小女生都偏着脸,用手掌捂着各自的嘴,捂不住的笑声却如同水面上"哽儿哽儿"爆裂的气泡儿,那一定是最可怕的瘟疫"虎列拉"吐出来的气泡儿,在整个操场上迅速传染、蔓延,汇聚成翻江倒海的哄笑。笑声如黑色的浪花伸缩着无数条舌头,在我光溜溜一丝不挂的"胴体"上乱舐乱跳。

我认定,那是我今生乃至于来世都不可以须臾忘记的奇耻大辱。

刘大个儿把我扒下来的衣裳组合成人形,高挂在操场旁边的一棵浑身是刺儿的老槐树上。我看见一个只有空壳、没有脑袋的我,高吊在树枝上随风飘荡。

"站好!"刘大个儿用中指第二个关节叩打我的脑壳如叩打一个沉闷的葫芦,"啥时候你的家长把制服送来,啥时候叫你回去!"接着向绿方块发出口令:"立正!向右——转!齐步——走!"

草绿色的队伍排着整齐的方阵从我面前通过,我赤条条地立正,如一截剥了树皮的树桩。后来我曾多次怀着羞耻之心回忆当时的场景,竭力把自己想象成为一个将军正在检阅他的士兵。士兵们齐刷刷地扭着脖子向将军行注目礼的时候,将军却叠放着两个手掌,捂在他不愿示众的地方忸怩作态。我还如此深刻地记住了1940年10月10日的阳光,它以不合时令的燥热炙烤在我未曾见过世面的小肚皮上。一只小苍蝇没有响声地飞过来,恰到好处地落在我的鼻尖上,潇洒地翘起一条长腿,侍弄它美丽的翅膀。漫长的队列在有节奏的哨音中走上了大街,我才候地从脚脖上提起裤头,开始了向东后街大杂院的逃亡。

我还是第一次发现,母亲会那样令人不寒而栗地发怒。她向我喝叫了一声:"不许哭!"她自己却替我流下了眼泪。母亲的腹部正因为有了我的第二个弟弟而隆起,连喘气都有些吃力。她给我穿上一套没有补丁的服装以后,就像一只气咻咻的母鹅领着她的鹅仔,步履蹒跚地来到了学校。操场就在学校旁边,那是一块空荡荡没有围墙的开阔地。母亲靠在检阅台的下边望着那株刺儿槐,只剩下一张空壳的我正如一面黑色的旗帜挂在刺儿槐的牙齿上猎猎作响。母亲的泪水又忽地涌出了眼眶。这时候,我感觉到了又一个弟弟在母腹中的躁动。母亲脸色煞白,身上发作了骇人的战栗。

高我一等的绿色恰在这时完成了盛大的检阅,排着三行纵队回到了操场。母亲要我指认了那位梳着分头而且抹了头油的训导主任,问道:

"请问,是你揪着这个孩子的耳朵叫他下跪的吗?"

刘大个儿有力地点一下头:"不错!"

"你还很有技巧地踢了孩子的腿,用你穿着硬头皮鞋的脚?"

"不错!"

"你还才华横溢地让他扒光了衣裳罚站?"

"不错!可是我要问,你想干什么?"

"三天以前,我给你们训导处写过一封信,说明他暂时没有穿上童子军制服的原因。你本来可以通知家长,不让他参加检阅,甚至可以让他退学,而绝对不可以如此野蛮而又如此能干地体罚、戏弄、羞辱一个孩子!"

刘大个儿脸上有几颗豆粒样的麻子涨红了。

"那么,你想要怎么样?"

"我只不过要告诉你,即使是一个最贫穷、最微不足道的孩子,也享有与生俱来的人身不受侵犯、人格不受侮辱的权利。"

刘大个儿像是望见一个奇迹似的望着我的母亲,怪笑说:"哈哈,领教了!请问,还有什么要讲的吗?"

"我还要告诉你……"母亲平静地说,"我看到了一个戕害儿童的败类!"

"你……你是什么人?"

"我是一个母亲……"

母亲发作了临产的阵痛,一颗颗豆粒大的汗珠从她没有一点血色的脸上滚下来。母亲紧紧抓住我,捏疼了我的手,却不能移动脚步。多亏小姨领着一辆黄包车急急跑来,把母亲扶上车,就催车夫快跑,埋怨说:"你要把孩子生到操场上算咋着!"

刘大个儿在身后喊叫:"不就是一个难民嘛,有脾气找小日本儿发去!"

我和小姨跟在黄包车后边拼命奔跑。我知道,一位助产士一大早就挎着一个白色的箱子来到了我家,还有姥爷从乡下找来的一位保姆。她俩正为了寻找一个下落不明的产妇而魂飞胆丧。刚到家,我就听到了第二个弟弟一肚子委屈的啼哭。

当晚还有一个"国庆提灯会"。小姨为了让我拥有参加"提灯游行"的权利,给我套上了一身属于老舅的童子军制服。老舅是母亲最小的同父异母弟,与我同岁。我却认定老舅的制服不是我的制服,宁死不屈地不愿再到学校里去。母亲躺在产床上发脾气说:"你为什么不去?你是不是害怕那个训导主任?"我想说,我一点儿也不怕他揪耳朵,只是怕他叫我脱裤子。母亲不由我分说,就迫不及待地向我进行民主意识的启蒙:"你绝对不要怕他,你从小就必须学会,不要向任何强权表现丝毫的怯懦,懂吗?你要从他面前走过去,连眼珠也不要向他转一下!懂吗?"助产士用镊子夹着一块血淋淋的纱布,笑着对母亲说:"你不要乱说乱动,懂吗?"母亲说:"哦,对不起!"又偏过脸教导我说:"你要昂着头,走自己的路,让别人去说吧!懂吗?"我揩着眼泪、鼻涕,鸡叨米似的连连点头。若干年后我发现,这番话里藏着鲁迅先生的格言。我上了小学五年级时,母亲又送给我一本血红色封面的书,是鲁迅先生的《呐喊》。

但是,在我重新鼓起勇气、"昂着头,走自己的路"的那个晚上,出了家门才忽然发现,我所缺少的已经不是童子军制服而是一盏灯笼。全家人都在围着像小耗子一样浑身红丢丢的小弟团团打转,竟然没有一个人想起,我在"提灯会"上能够"昂起头,走自己的路"的前提,是必须有一盏灯笼。十四岁的小姨发现了这个失误,而且产生了奇妙的灵感,在一个字纸篓上用稀饭糊了白纸,在篓底的竹篾上缠了一截尖头向上的铁丝,插上了蜡烛,只有几分钟的工夫,我就有了一盏硕大无朋的白灯笼。

不幸,在五颜六色、千姿百态的"西瓜灯"、"蟠桃灯"、"白兔灯"、"鲤鱼灯"、"蛤蟆灯"、"宝塔灯"的行列里,我的"字纸篓"又成了全体同学的笑柄。我没有勇气眼珠不转一下地提着这样的灯笼在训导主任的鼻子底下走自己的路,不管他叫不叫我脱裤子。幸而领队的不是刘大个儿,是一位性情温柔的女级任老师。她夸说我这个灯笼个儿最大,而且"又白又胖"。我才多少有些不好意思地昂起脑袋,当了"提灯游行"的尾巴。

跟在所有灯笼的后边,我的"字纸篓"泪盈盈地发出惨白的光亮。在我们经过的每一条大街小巷,"字纸篓"都备受世人瞩目,怪异的笑声如雷贯耳。到了十字街口,"字纸篓"被一盏骄傲的"鲤鱼灯"的尾巴扫了一下,蜡烛一歪,轰地燃着了纸篓。我就在一片哄笑声中撂下了一团火焰,像是挨了铳枪的兔子逃之夭夭。

我在一天的时间里蒙受了我来到世上以后的第一个和第二个奇耻大辱。

我认定自己明天去上学时,再也没有勇气"昂起头,走自己的路"。

黑沉沉的夜,狗在吠叫。属于我的世界危机四伏。

三卷 关爷庙上的星星

1. 三姨的新郎

1940年冬天到来的时候,我正在想念岳飞。

发生了"裸体罚站"、"灯笼失火"的悲剧以后,我已经没有勇气上学。但我每天早上都要煞有介事地背上书包,而且按照母亲的教诲,做出"昂起头,走自己的路"的样子,刚刚走出家门就倏地拐进一条胡同,直奔城墙根儿逮蛐蛐儿去了。我翻开一大堆砖头瓦块,像青蛙样一蹦一跳地追逐蛐蛐儿,终于用手掌扣住了一个硕大无朋的胖蛐蛐儿,却被一群没有背过书包的孩子认定是一只不会斗架的母蛐蛐儿。我和我的蛐蛐儿乃至于我的书包都成了公众的笑柄。我就理所当然地对一只不会嘲笑我的猴子产生了兴趣,跟着一个耍猴老头和他的穿着红马甲的小猴子走遍了郾城。姐姐却从看耍猴的人墙里把我揪出来交给了母亲。我被关在家里"恶补"功课。姐姐又在一个别出心裁的问答题上使我再一次蒙受羞辱,我怎么也弄不明白:"一个方桌有四个角,锯去一个角,还有几个角"的答案,竟然是多了一个角。我在经历了年届六岁的一连串人生坎坷之后,感到只有投奔岳飞去打日本鬼子才是我唯一的出路。因为父亲说过,一个名字叫岳飞的英雄亲率百战百胜的轻骑兵,就驻扎在眼下我们居住的郾城郊区。父亲好像是把我们一家托付给岳飞以后,才去燕京大学教书的。夜里,马蹄声在梦中"嘚嘚"地响,岳飞骑战马跃过围墙,敲响了我家的门环。

母亲打个激灵坐起来,问:"谁呀?"

回答母亲的却是女性的声音:"二姐,是我!"

大风裹着雪花和两个臃肿的雪人拥进门来,母亲又急忙关严了屋门。

昏黄的灯光下,两个雪人放下网篮,解下各自的围巾、脱了带耳朵的棉帽,互相拍打着对方身上的积雪。我看见,雪花正在三姨的鼻尖上融化,水珠儿在另一个青年男子的眉毛上闪着亮光。后者是三姨的新郎。姐姐说,我们应该叫他姨父。母亲却在次日早晨小声叮嘱,记住,应该叫他叔叔,三姨却变成了我的婶母。

可是我记得她是三姨。我三岁那年,三姨自K女高毕业,曾与母亲带着我登上开封的鼓楼。三姨久久地望着古城的落日,说:"再见吧,开封!"又在我脸上亲了一下,说,"再见吧,小斑!"母亲说,三姨下了鼓楼以后,就到一个很远很远的地方去了。我弄不明白,当我再次见到三姨的时候,母亲为什么让我叫她婶婶,而且我从来没有听说过这位粗眉大眼的叔叔。但我喜欢他的到来,认定他是岳飞派来的勇士。

那时候,原在省城当律师的姥爷也被鬼子赶到了郾城。一大早,小姨就从西夹后街跑到我家,把母亲拉到一边,用手掌搭着遮嘴罩说:"他们就住在你家,咱爹那边人多嘴杂,爹要你多加小心!"我喜欢这种诡秘、怪异的气氛。我已经厌倦了漫长的年届六岁的童年,需要到大人的世界里寻找悬念。

母亲让三姨和姨父住在狭小的东屋。东屋的外间是厨房,里间堆满了木柴、秸秆和储放食物的坛坛罐罐,那是老鼠肆虐的地方。母亲一边打扫东屋,一边一连声地道歉:"委屈了,委屈了!"姨父却一连声地赞叹:"好极了,好极了!挨着灶火不冷,也不愁没吃的了!"

姨父给小床加了一块木板,坐在秸草垛上说:"二姐,我好像在哪里见过你哩?"母亲说:"如果我没有记错,你就是七年前在安阳省立二高领头闹学潮的贺明远吧?"姨父说:"哎呀,二姐好记性!在安高,你跟张先生常去袁世凯的袁家花园散步,对不对?"母亲说:"对呀,那是你们闹学潮秘密碰头的地方呀!"姨父说:"你跟张先生还跑到小屯村,去殷墟捡回来几块乌龟壳哩,乌龟壳上刻着甲骨文。"母亲说:"对呀,你凑上去一看,就说,这些乌龟壳可作'殷鉴',送给蒋委员长照镜子,那他就可以看见殷纣王是个什么样子了。"姨父说:"怪我锋芒毕露了!"母亲说:"哪里,哪里?我家张先生说,这个贺明远不得了,就请他上讲台批讲甲骨文好了。可你领着全校同学罢课了,还惊动了省政府呢!"姨父说:"是哩是哩,省政府说有异党分子在安高活动,省教育厅开除了我的学籍,连安高这个学校也叫他们给撤销了!"母亲说:"太可恶了!我还从来没有听说过,由省教育厅出面开除一个学生,分明是不让你在河南上学了!我也从来没见过,动用一个团的军警押解全体学生离校。两个挎'盒子炮'的架住你的胳膊往外拖,不是把你抛到洹河里了吗?同学们还为你开了追悼会,都哭得泪人儿似的!"姨父笑着说:"我一个猛子扎到河对岸,就从苇子棵里窜圈了!"三姨说:"好了,省得我再作介绍了。可他现在不是贺明远,他是教书先生贺云峰。"母亲说:"哦,我明白了。"

我问母亲,那两个挎"盒子炮"的是啥人?母亲说,那是两个当兵的,长官要他们把贺明远押送到大牢。他们说,嘿,一个十六七岁的学生娃儿,抓他干啥?长官发火说,你别小看了他,他十六岁那年在开封现代中学,就领着学生娃儿赶走了一个校长,眼下又要去火车站卧轨闹事哩!

当兵的押着贺明远,在洹河大堤上推推搡搡地走着,当兵的问,你小小年纪为啥要犯上作乱?贺明远说,蒋介石不放一枪,丢了咱们的东北。我们要去南京请愿,叫他抗日打鬼子,不要再打咱中国人。当兵的说,听你的口音是豫西山里人,咱们是老乡哩!你小小年纪,还知道挂念着东北,倒是个有血性的娃子!不知你会不会凫水?贺明远说,我的水性不老好,只不过躺在洛河上看完了一本《三国演义》。当兵的说,咦,那就叫你走水路打鬼子去吧!忽地把他抬起来,打个忽悠撂到了洇河里,又沿着河边放了一阵乱枪,向长官报告:"那娃子跳河逃跑,打死在河里了!"

于是,我认定姨父是岳飞手下的猛士。

晚上,姥爷来我家看望他久别的三妮儿和没有见过面的女婿。

我记得,姥爷用一种奇特的姿势急急走着,双手攥着手杖横在背后,好像提防着来自身后的偷袭,礼帽也压得很低,只能看见他翘着下巴颏上的山羊胡子,嘴里喷着白茫茫的雾气。深夜,当三姨和姨父送姥爷离去时,我能看出来,姥爷对他的三女婿深感满意。姨父搀着姥爷,手电一亮一亮地照在雪上。姥爷的手杖一悠一悠地在雪上画圆圈儿。姥爷高兴时才用手杖画圈儿,不高兴时就要用手杖狠狠地捣地。那天我看见姥爷的手杖画了好几个圆圈儿,捋着胡子说:"多加小心,不要抛头露面。"

六十年以后,姨父的弟弟——明表叔告诉我,他记得六十年前的一天夜里,我姨父急急忙忙从L县城跑回坡底镇家中,背后田野上传来几声冷枪,老母亲急忙塞给他几个蒸馍,他刚刚啃了一口,前院的长工就跑到后院说,抓你的人来了,堵住门了!他嘴里咬着蒸馍,翻后墙跑了。

姨父大概是咬着那个蒸馍与我三姨会合,急匆匆潜入伊川的。两个逃亡者在潜入伊川县山旮旯里的一个晚上燕尔新婚。共产党地下省委书记刘子久在逃往太岳根据地的路上还不忘成人之美,拐了个弯儿,向他的两个同志作了指示以后,顺便做了"月下老人"。

母亲在郾城插上了小院的门,又在院墙豁上插了枣树圪针以后,小东屋就成了两个逃亡者的新房。一群老鼠正在新房的顶棚上欢腾跳跃。母亲一边心惊肉跳地望着顶棚,一边向一对新人频频表示她衷心的祝福。姨父和三姨忍不住欢畅地笑着,却又不时地止住笑声,望着窗外漆黑的夜。

我必须记住,姨父为我做过一个弹弓。他在柴火垛上找到了一个牛犄角状的树杈,一边在树杈上削着弹弓架子,一边要我跟着他背诵一首古诗,诗曰:"硕鼠硕鼠,无食我黍!"他又把一条弹性很好的橡胶皮带系在弹弓架上,诗曰:"硕鼠硕鼠,无食我麦!"他要我跟他一起蹲在柴火垛后边隐蔽起来,从我衣兜里摸出一颗玻璃蛋蛋儿,诗曰:"硕鼠硕鼠,无食我苗!"接着就收敛声息,眼神沿着屋梁移动,忽地拉弓发弹,"砰"的一声,一只大老鼠已经被击中脑袋,从屋梁上一个跟头栽下来。姨父望着死鼠,又让我跟着他摇头咏叹:"誓将去汝,适彼乐土。"

姨父弹无虚发,接连打死了五六只老鼠,每次都击中老鼠的脑袋,小东屋变成了清平世界,我也死记硬背了一首古诗。姨父便把弹弓托付给我,要我为世人除害。我却拉不开弹弓上的橡胶皮带。姨父要我勤学苦练,来日必成大器。但是,当我能够拉开弹弓的时候,姨父和三姨已经悄然离去。他们无法得知我的第一个战果,是在动机上试图歼灭一只"硕鼠",在效果上却洞穿了一个无辜的瓦罐。

我不知道三姨和姨父为什么走得那样急促而又无声无息。姨父本来要在那天晚上给我讲解古诗的含意,黢黑的夜色里却有人翻墙而入,像影子一闪,钻进了姨父住的东屋。我看到了窗纸上扑闪着神秘的人影,就感到发生了比"硕鼠"更要紧的事情。一觉醒来,已经不见了三姨和姨父的踪影。母亲说,他们是从后墙豁上跳出去的。我爬过那个墙豁,墙外有一条曲曲弯弯的小路,通向城墙上的一个豁口,城墙豁口的外边是无垠的原野。路上雪化了,连一个脚印也没有留下。

正是在那条弯弯远去的小路上,我开始了对姨父漫长的"追踪"。

母亲曾接替姨父向我讲解古诗。她说,那是三千年前的农人咒骂地老鼠的一首民谣,骂它不该吃我的粮食、啃我的禾苗,最后对老鼠说,我发誓跟你分手,去寻找我的乐土。我想,姨父和三姨是寻找他们的"乐土"去了。

我家却发生了一场意外的动乱。那一天,我跟着母亲赶集回来,一进家门就惊呆了。好像刚刚从房顶上掉下了一颗小炸弹,灶台上的铁锅碎成了几瓣儿,装口粮的坛坛罐罐东倒西歪,米、面撒了一地,箱子、柜子也都大张着嘴,把衣物、书本都吐了出来,被褥也凌乱地堆在地上。放学回来的哥哥、姐姐正坐在门槛上发呆。母亲说,多亏她让我牵着大弟、她用婴儿车推着小弟去赶集,要不,还不知道会发生什么事情呢!

前院卖蒸馍的李奶送来一篮热蒸馍,说:"奇了,我就守着大门,没看见有人进来呀!"她盯着我家南屋的后墙,连连眨巴着眼皮,"孟老师,有句话我不知当说不当说?"母亲说:"李奶,你只管说。"李奶瘪瘪嘴,凑近母亲的耳朵:"这个房子'不净',原来是枢棺材的地方,后墙上有个门,是走棺材的过道,直通城墙根儿老坟地。房东堵了这个门,就多收了一份房租不是?你看,那个门印子还在哩!"她的小孙子也跑过来说:"昨晚上,我去城墙根儿割草回来,看见这房后有鬼火一明一明的,还有几个黑影儿一闪一晃!"母亲说:"多谢你们操心,我知道就要闹鬼了!"

小姨又惶惶地跑到我家,小声问我母亲:"二姐,他俩留下的那些书,没叫搜走吧?"母亲说:"我早填到锅底当柴烧了。"小姨说:"咱爹说,鄢城狗不少,狗鼻子灵着哩,叫你提防着点儿!"母亲说:"不怕,他们是捕风捉影,影子飘走了,他们还能怎么样呢?"二十六年以后,"文革"刚刚开始,母亲指着报纸上正在批判的一个新闻人物,说:"那一年去给你三姨和姨父捎信儿,叫他俩赶紧逃走的,就是这个郭校长呀,他那时是地下省委的宣传部长,怎么也变成黑帮了?"

2. 红罂粟

接着,有一个身穿皮领子大氅的汉子,骑着高头大马,带着几个骑马的随从,到了姥爷家住的西夹后街才跳下马来,看了门牌说:"好,找到了!"他向我姥爷通报了姓名,说他特意来郿城看望亲家翁。姥爷没有听说过这位亲家翁,只是用诧异、戒备的眼神打量着他。他就笑着说:"孟老先生,叫你三女婿胜娃子出来,看他认不认我这个爹?"说着,就敞开皮大氅给自己扇风。姥爷窥见他腰里一左一右别着两把手枪,门外还站着一排牵着大马的随从,就多了个心眼儿,谎说:"我有个三女婿不错,可我至今还没有见过他。"客人骇然变色说:"糟了,他们一定是出事了!"姥爷忙问:"出啥事了?"客人说:"你不会不知道,他们小两口是'同志'。我听说他们在伊川县叫五花大绑着,抓进了死囚牢,急忙跑到伊川,又听说他们逃到老先生这里来了。你要是没见着他们,那就是真出事了!"姥爷松了一口气,说:"不要急,让我再问问二妮儿。"

那天,正巧母亲带着我去看望姥爷,母亲回话说:"他两口囫囵个儿地来了,又囫囵个儿地走了。只是走得慌张,一阵风似的,不知道又吹到哪里去了!"客人转忧为喜说:"那就好,那就好!"但他看到我姥爷仍用疑惑的眼神研究着他,又说:"他俩这一走,也就分不清我这个亲家翁是个真货色还是个假材料了!"姥爷笑着说:"那就先交个朋友吧,您请屋里坐!"他却向门外走着说:"我还有急事,不打扰了。按照俺豫西山里的风俗,亲家头一回见面要喝酒哩,要一醉方休。这酒就留到以后喝吧。"姥爷又问:"你身上带着家伙,怎么看不见你的番号?"他说:"我们是抗日义勇军,不是正规军,你的三女婿原本是我的政训主任。第一战区长官司令部说义勇军内有异党活动,把我们的番号给撤销了。孟老先生,你说,这打鬼子的权利谁也撤不了,是不是?"姥爷说:"这话说得好!"他到了门外,又扭回头说:"孟老先生,嘖,听听,我一句一个孟老先生,都不敢叫你亲家翁了!你就把我这个亲家翁先寄存到我这儿,以后叫我大娃子跟你三女儿来认领吧。"又翻身跃上马背,朝马屁股上抽了一鞭,随从也骑马护拥着他,朝着城墙根儿飞驰而去。姥爷望着纷乱的马蹄,拈须而笑说:"没错儿,是山里的好汉!"

母亲告诉我,被姥爷称之为好汉的长者,是姨父的父亲,我应该叫他贺爷。贺爷的家乡是种植玉米和罂粟、产生侠客和土匪的地方。

贺爷过世多年以后,我从L县县志上又看到了贺爷,说他是第一个走出山洼的坡底镇人,毕业于西安镇嵩军陆军讲武堂,曾任国民革命军第二军营长,因为看不见国民革命的任何希望而回到家乡,先后担任了L县政警队队长、保安大队长,改名雨顺,希望用他手下的一千多条枪杆子吓唬吓唬老天爷,保佑老百姓风调雨顺。

贺爷刚当上保安大队长,就有个叫王振的庄稼汉领头闹事,组织二十几个村庄的民众抗粮抗款,手执铳枪、铁钗,封锁了入村要道。五区曹区长急报县政府出兵剿办。贺爷奉命带领保安大队进驻五区后,却按兵不动,只身迎着铁钗,进村与王振见面,递上烟卷说:"老弟,你聚众抗粮,该当何罪?"王振说:"你该问问曹区长,那个挂着'千顷牌'的张大户为啥不按地亩缴粮支差,倒要按人头分摊给穷村小户?"贺爷问:"你说那是为啥?"王振说:"因为张大户是曹区长的表叔,他们官绅勾结,欺压穷村小户。"村里老人也纷纷围上来诉苦。贺爷坐在石碾上默然无语,接过一碗热茶喝了,在石碾上摔了碗,骂道:"王八蛋,咱给他坑了!"倒是把王振吓了一跳。贺爷叮嘱王振:"老弟,我劝你少安毋躁,我这就回去，叫张大户按地亩交粮支差，以后所有田赋杂差都照此办理。"

贺爷回到区政府，就派出一支人马包围了张大户，下了催粮催款的牒子，限他三日内按地亩缴齐，过期双倍受罚，还派兵掂着"盒子炮"进门坐催。张大户急忙照缴了粮款，还吓出了一场大病。曹区长大怒说："贺大队长，你这是剿匪还是通匪？"贺爷说："这叫官逼民反！你擅自改变田赋税法，唯恐天下不乱，若不改弦更张，我可就顾不上你了。三个齿的铁粪钗戳在胸口上就是三个透明的窟窿，那叫活该！"贺爷又只身进村与王振会面。王振拱手便拜，还让他媳妇抓了一只正在卧窝下蛋的老母鸡，要请贺爷喝酒，那只老母鸡扑棱着翅膀咯咯大叫。贺爷说："饶了这只下蛋鸡，赶紧给县长送匾去吧！"

县长把贺爷叫到县衙，正要追究他越权过问田赋的责任，忽听县衙前锣鼓喧天，齐呼："青天大老爷！"原来是五区农民给县长送匾来了。县长干瞪眼咽下一口恶气，说："中，中，你贺大队长真会抬举我，这顺水人情不要白不要！"贺爷却躲进团部，隔窗望着送匾的农民，叹息说："都说伏牛山是土匪窝，只要有一碗糊涂喝，我咋看咋都是顺民！"

贺爷另一个有口皆碑的功绩，是他只发一枪就打赢了一场"大烟保卫战"，比较高雅一点的史志作者称之为"红罂粟战役"。

那一年，L县的地主和农民为了在贫瘠的山坡地上得到较大的收益而结成了统一阵线，家家户户都在麦地里套播了鸦片烟的种子。夏天，躲藏在麦垄里的"大烟花"不知道隐蔽自己，几乎在同一个早上让细长的绿茎把它们举到头顶上破蕾怒放，红的血红，白的雪白，漫山遍野翻滚着妖冶撩人的彩霞。刚刚熬过了灾荒年景的农民眼都亮了。地方官员也想在大烟税里大捞一把，都闭着一只眼装聋作哑。"大烟花"霎时谢了，饱满的大烟果孕育着乳浆如风骚女人膨胀着情欲的乳房，乳浆油腻腻地发黑发黏，伏牛山的沟沟岔岔里漫溢着奇异的臭味。

陕州专员欧阳珍也要借"铲除鸦片"的名义大发一笔横财，亲率保安团逐臭而来。贺爷早已设重兵把守了伏牛山上的关隘要道。欧阳珍带队伍从山西转到山北，找不到没有设防的山口，就骑在马上向山顶喊话："喂！让开一条道，必有重赏！"贺爷说："好，让我摘了他的礼帽！"出手一枪，子弹像是长着眼，不高不低，蹭着欧阳珍的头皮穿过去，大礼帽应声飞起，飘飘摇摇落进了山沟。欧阳珍丢了礼帽，又拍马来到另一个山口。贺爷又在山口上等个正着，说："叫咱伏牛山上的石头吓吓他！"事先堆好的"雷石"如山崩地裂，从山顶上轰隆隆奔涌而下。欧阳珍急忙退避三舍，拖着队伍在伏牛山下转了数日，早已人困马乏，料想山里的鸦片烟已经收完，就发泄地向山上打了一阵乱枪，惊飞了一群老鸹，掉头回陕州去了。

那一年大烟丰收，赚了大烟钱的农民籴足了口粮，官府和官员也都有了一笔额外的进饷。这一回，倒是县长找来了几个乡绅，要给贺大队长送匾。贺大队长却找到一位美术教师，请他画了林则徐的画像，高挂堂前，倒地便拜："林大人，怪俺山里人饥不择食了！"含泪磕了三个响头，爬起来脱了军装，解甲归田，回到家乡坡底镇去了。

贺爷认为农民种大烟是愚昧无知的过错，愚昧无知是不念书的过错，不念书是农民贫穷再加上学校太少、学费太高的过错。他就捐出了县长从大烟税里划拨给他的赏银，又向大户筹款，在坡底镇东头关帝庙里加盖新房，办起了高小，还办了女校，动员农家子女入学，贫困户免缴学费。庙里的地产也变成了办学的经费。

供奉关公的大殿变成了学校礼堂，关公却依旧挺胸凹肚，手执青龙偃月刀，两边有关平、周仓侍候着，占去了礼堂的一半。贺爷说："关爷，坡底有这么多娃子天天陪你念书，你就不必叫关平、周仓陪你罚站了，你说是不是？"关爷没有说话，那就是默许了。贺爷挥了挥手，就有一群"二蛋货"掂着油锤蜂拥而上，"噼里啪啦"砸碎了关平、周仓。

至今，坡底人还在传说，关平和周仓粉身碎骨时，关爷忽灵灵转了一下丹凤眼，耸了耸悬胆鼻哼了一声，三尺长的美髯随风飘起，青龙偃月刀也噌噌作响。贺爷忙说："关爷，请你不要起急，我这就送你出行，让你们父子团圆。"几个"二杆子"又手拿油锤拥上来。贺爷呵斥说："咋能用油锤侍候关爷？先请关爷躺下，再用八抬大轿的轿杆抬关爷出行。"

"二杆子"们在关爷腰上系了麻绳，又上来几十个人，"嗨嗬、嗨嗬"地喊着口令，像拔河一样拔关爷。一丈多高的关爷如一座挺胸凹肚的黑山崖纹丝不动。一位老秀才说："你看看，关爷发怒了不是？他落地生根，使着暗劲，咱拉不动他。"拔绳的农民也急忙松了麻绳，说："关爷，怪俺张狂，俺娃子就是不来上学，也不能毁了您老人家的金身！"贺爷说："这算啥话？办学是好事，我明明看见关爷连连点头哩，咋都吓成这样？"老秀才说："不敢再拉了！今儿黑地，关爷要是不托梦找你的不是，你再想办法送他出门就是了。"

贺爷没有理由拒绝秀才的建议，却又唯恐关爷来梦中找他。为了不给关爷表达意见的机会，他夜里没有上床，整衣端坐书桌前，捻亮煤油灯，读了一夜《三国演义》，瞌睡时也不敢打盹儿，只是在凉水里涮了毛巾，漯在脑门子上醒神儿。鸡叫四遍时，门缝里嗖地钻进来一股阴风，吹得煤油灯一闪一晃。贺爷一惊，急用手掌圈着灯罩，说："关爷，别吹别吹，眼看天就亮了，你要是吹胡子瞪眼，我这一夜不就白熬了么？"灯头又稳稳坐住，直到天明。

一大早，为办学掏了腰包的绅士、心疼关爷的秀才、巴望娃子上学又怕得罪了关爷的村人，各怀鬼胎，进了大殿。老秀才问："关爷托梦了么？"贺爷说："托梦了。关爷说，我骑惯了战马，怎能叫几个'二蛋货'拔河一样拔我，难道我是红薯？快牵大马来，我要骑我的赤兔马。"大家听了，都不吭一声，只是望着贺爷。贺爷说："我把响器班都请来了，香表也备齐了，赤兔马也牵来了。咱们就吹着打着，焚香跪拜，送关爷走呀！"

响器班吹奏起《将军令》的曲牌，贺爷亲手点燃了香表，绅士和村民一齐倒地跪拜，大殿里一片哭声。贺爷亲自动手，在关爷腰上系了三根鸡蛋粗的疙瘩绳，套上了三匹枣红马。贺爷又亲手执鞭，喊了声："关爷，您走好啊！"吆喝着猛抽扎鞭，轰隆一声巨响，三匹枣红马一齐打了个前栽，关爷直挺挺倒了下去，却只倒下一半，歪斜在大殿里匍匐而不倒。大家都吓得面无人色。贺爷发现，关爷的泥塑金身原来是塑在一根水桶粗的杉木柱上，插地五尺，杉木柱歪倒了，却还挂着关爷的泥塑金身悬空摇晃。贺爷急忙把滑车架在梁上,吊着关爷缓挪轻放,把关爷连同杉木柱放倒在地上,又噼里啪啦放了千头火鞭,扬鞭发号,让枣红马把关爷"请"出了大殿。

在贺爷居住的老屋里,却从此增添了一尊二尺多高的关爷塑像。每逢年节,贺爷都要焚香叩拜,摆上一桌油炸的供飨。

关爷不计前嫌,始终在佑护着这个学校,在二十世纪的三十年代,让它变成了共产党员的藏身之地。1932年夏天,十七岁的姨父从省城现代中学放暑假回来,就是在这个小学任教的表哥当了他的入党介绍人,在关爷庙里秘密加入了中国共产党。

贺爷说,我姨父秘密入党的那天夜里,关爷来梦中叫醒了他。他远远看见,一颗火红的小星星挂在关爷庙的屋脊上又蹦又跳,还撞得飞檐上的风铃叮咚作响。贺爷的眼被红光蜇了一下,眼花了,心也惶惶地乱了,忙问:"关爷,这是咋了?"关爷无语。只有远村的鸡叫声若断若续,从山谷里一丝一丝地扯出来,在他心底里缭缭绕绕。小星星在大殿的屋脊上跳了几跳,又倏地在天上画了一条红线,如同在贺爷心中划开了一道长长的血印儿,沉入远方的夜空。有人说,这颗小星星扯出一条红线线拴住了贺爷的心。贺爷这辈子就跟着这颗小星星走了。

3."打狗"兼论"泥水匠"之危害

那年暑假期满,姨父回到省城现代中学,就给表哥——他的入党介绍人,寄来了一篇向旧世界宣战的"檄文",矛头直指一个"敬爱的小老汉"——他的父亲。

那一年,贺爷只不过四十多岁,还没有出现任何"小老汉"的迹象,身高仍旧是五尺四寸,膀宽腰圆,声若洪钟。十七岁的姨父却痛切地感到,父亲和属于他的那个时代都已经无可救药地老朽了。其原因是表哥写信告诉他,他的具有正义感的父亲扶植一位名叫李紫东的开明士绅取代一个恶霸当了区长,地方上的情况有所好转。姨父在回信中指出,不要对他们任何人抱有丝毫幻想,不管是姓王的或是姓李的、不管是露出牙齿的或是面带微笑的、不管是老狗或是小狗,是狗都咬人,应统统痛打之、彻底铲除之!进而指出,我们家那位"敬爱的小老汉"是一个"为旧时代修补窟窿的泥水匠"。他曾采用平均田赋差役的改良主义,麻痹劳动人民的革命斗志,瓦解了一场方兴未艾的农民暴动;他又扶植一个貌似忠厚的绅士,取代一个臭名昭著的贪官,不仅没有改变反动政权的实质而只是使它具有了更大的欺骗性;他曾用保护鸦片烟分得的赏银兴办义学,无异于在关帝庙里播种精神鸦片。"教育救国"何时了,毒害知多少?纵观中国古今之儒家教育,除了培养恭顺的奴隶和杰出的奴才之外,还能够对它抱有任何别的幻想吗?当然,在父亲大人始料不及地为我们提供了一块撒播革命火种、开展革命活动的土壤这一点上,才是值得我们庆贺的啊!等等,等等。

邮局却没有把这封回信送到表哥手中,而是送给了十分关心姨父动向的李紫东亦即刚刚上任的李区长。李紫东找到贺爷说:"雨顺兄,你果真有个好儿子啊!"贺爷听见别人夸儿子,眉毛就一扬一扬地打开了话匣子:"这娃子从小聪明,只是太淘气!你难道忘了,他早先在你家私塾里读四书、五经,袖筒里倒是藏着弹弓。麻雀在屋檐下叽叽喳喳,吵得人心烦。他稳坐不动,只是眼神从书上移开,向窗外一扫,一拉弹弓,麻雀就应声落地,连翅膀也顾不上扑棱一下。"

李紫东说:"对,对,他还用弹弓打掉我家屋脊上六个兽头哩!"

贺爷说:"我要打他的手板子,你咋还护着他哩?你说,不敢打,不敢打,你只看见他耍弹弓,咋忘了他还写得一手好字?娘娘庙的碑文就是他十二岁上写哩,打了娃的手,王母娘娘不依你!"

"对,对!"李紫东说,"他写那'紫气东来',还在我堂屋挂着哩!"

"他十三岁那年,我送他去洛阳上了高小。嘿,他戴着瓜皮帽衬儿、穿着土布小棉袍,那是他妈织的粗布,是他大伯开的染坊给他染的颜色,他穿上活脱儿一个小小的土财主,一晃一晃地进了洋学堂。谁见了谁说,这不是从山窝里拱出来的红薯蛋蛋么?好,只两年,就是这个红薯蛋蛋考上了省城里的中学。他假期回来,还要去关爷庙小学跟着他表哥念书,还要跟着我耍枪弄棒,夜里黑了灯,还要拿枪瞄香头,竟成了神枪手……"

李紫东替他说:"对,对,他去南坡,两枪打死了两个红狐狸!"

"你还夸他文武双全哩!"贺爷哈哈大笑,"他出去上学这些年,个头和学问都见长了,只是有点儿坐不住,今天要卧轨请愿,明天又要上街游行,还是个领头的。可也难怪他,老蒋不放一枪就丢了东北,中国人谁不憋气?我还真喜欢这娃子没丢了山里人的血性!"

"老好!"李区长急忙接过话茬儿,"大公子眼下又大有长进了!"

"你又要夸他不是?"

"咋能不夸?大公子不打狐狸了,又要打狗哩!"

"哟嘿,他打啥狗哩?"

李紫东把信交给贺爷说:"不管啥狗,统统痛打之,彻底铲除之,还有我这个姓李的老狗!"

贺爷看了信,脸就胀成了猪肝的颜色。

李紫东说:"敬爱的小老汉,你也别生气了。大公子还给他父亲大人留着情面哩,你还算是个泥水匠,比狗强多了,补你的窟窿吧!"

贺爷半晌憋出来一句话:"你等着,我非得好好收拾他不可!"

姨父收到"小老汉"署名的家书一封,信中说,就算是世上所有的狗都咬人,就算是你娃子一竿子打尽世上所有的狗,也绝对成不了武松。为了不让今日之教育为我家培养出一个奴隶或奴才,也不要培养出一棍子打八家的"打狗英雄",自本月开始,终止供应你一切学杂费用,与你断绝父子关系,不许你娃子再进贺家大门。贺爷修完家书,又心有不忍,署上了"小老汉"大名之后,又写了一个"又及":"你娃子若能听得进'小老汉'之言,收回'打狗'兼论'泥瓦匠'之说,或可另作别论!"

这封信是姨父被士兵撂进洹河里以前收到的。他知道祖父是前清秀才,看来父亲也得到了祖父的真传,从父亲回信上着实领教了一个团总不仅会耍枪弄棒且可以舞文弄墨的功夫。但他扎了一个猛子从洹河里钻出来之后,看苍茫大地,一片昏沉,忽地发现自己不仅无学可上且已无家可归了。"哈哈!这下子,我可就变成无产者了。"八十六岁的姨父爽朗大笑,他说他那时倒是十分庆幸自己终于有了"劳其筋骨、饿其体肤、空乏其身"而变成无产者的幸运。孟子讲过的,这是"天降大任"于无产者的可喜征兆呀!从此,他就以一个真正的无产者的姿态变成了壮怀激烈的职业革命者。

当然,他不会知道,他必须为"打狗"兼论"泥瓦匠"的宏论付出代价。

1936年,中共豫西工委派姨父回家乡开展革命活动。二十一岁的职业革命家眼看到了久别的故乡却不敢贸然回家。坡底镇就在李紫东区长治下,"敬爱的小老汉"还拿着瓦刀把着贺家大门呢!介绍他入党的表兄已经病故,也不知道关爷庙里还愿不愿意接受一个发誓"打尽天下之狗"的英雄。天上下着蒙蒙细雨。只有家乡的山路还对他一往情深,发黏的红胶泥一看见他的脚步走过来就紧紧地吸住不放,每迈一步都要带起来一大块红泥坨坨。他掂着一个网篮,还要不时地弯下腰,用树枝戳戳粘在鞋底上的泥坨,举步维艰,惶然四顾,如牛犊儿拉着炮车陷入革命的低谷。

天渐渐黑下来,他钻进一个土地庙里避雨。土地爷已经在六年以前他回家度假时领着"易俗社"的伙伴砸碎了,只剩下一只脚,使他还可以靠在土地爷的脚趾头上整理思绪。但他恍然看见了自己当年写在庙墙上的另一篇檄文:"一座泥胎,二目无光,三餐不食,四体不勤,五官发呆,六神无主,七窍不通,八方上供,要你何益哉?"接着是"嗵"的一声。然而,眼前最迫切的问题是,"打狗"兼论"泥水匠"的檄文,将会使他在入村以后付出怎样的代价呢?

就是一个最彻底的共产主义战士,也会暗暗思念不属于共产主义的生身父亲。何况,他已经知道了自己在理论和策略上的失误,心中充满了对一个"敬爱的小老汉"的思念和内疚。

一位老资格的党内同志给姨父讲过一个故事:那位"小老汉"担任L县政警大队长时,县长曾让他带领一个排的兵力前来听候命令。他奉命而来。县长让他看了省政府主席刘峙的一份密电,要县长火速缉拿潜逃L县高村家中的共党要犯李宗青。贺爷吃了一惊。李宗青是他上中学时的同桌,是一个品学兼优的学生,便寻思怎样救他。县长为了讨好刘峙,却要随队亲往缉拿,下令立即出发。贺爷趁县长更衣的工夫,急派护兵骑上一匹快马,火速给李宗青报信,又让马夫牵来一匹没有驯好的烈马。县长上了马鞍,那匹马又是尥蹶子又是打立棱,连颠了几下,把县长摔了个"仰八叉"。县长恼羞成怒,一骨碌爬起来,就跟这匹烈马较劲儿,令马夫抽鞭驯马。马夫在县衙前甩起了扎鞭,烈马不服管教,在县长面前又踢又跳,仰天长嘶。贺爷觉得时间折腾得差不多了,就骂马夫无能,又给县长换了一匹快马。等他们策马赶到高村,李宗青早已没了踪影。后来,贺爷收到一封信说,桃花潭水三千尺,不及先生送我情。署名"童灼"。

给姨父讲了这个故事的,就是这个"童灼"亦即贺爷上中学的同桌。

"你咋说你爹是个啥子'泥水匠'哩!"童灼说,"他明明在县政府那个国家机器上为咱捅了个窟窿,你咋说他只会补窟窿!你要好好学学列宁的《论左派右稚病》。"童灼还说:"你知道吗?你的入党介绍人就是被你列入'狗类'的李紫东介绍到坡底小学的。论起他们跟我党的关系,比你还早哩!"

村镇里传来狗叫声,那常常是狗们深夜求偶的叫声。姨父听出来,狗们都在愤愤然发出不平之鸣。他想对狗说,请你们不要用这种方式向我表示抗议好吗?你们这样大喊大叫的,不是在我没有找到栖身之地以前就向反动派出卖我吗?我已经承认,你们并非都是咬人的恶狗,你当中也不乏守着穷家打也打不走、饿着肚子还要为穷家主人看管门户的好狗、忠义狗,这还不行吗?糟糕,你们就是再好不过的狗,也不能把李紫东李老先生跟你们列为同类不是?天哪,我怎么向李叔李老先生做出解释,怎能以绝对真诚之心向他说明他与你们之间的最杰出者也有着根本的不可相提并论的区别啊?姨父深深陷入了"不类逻辑"的泥沼,越想说明白越是说不明白、越能想清楚越是讲不清楚!但是,可怜的土地爷,你住的房子怎么漏雨了呢?请你的脚趾头在家父面前为我做证,我已经不再反对泥瓦匠了,如果有一个泥瓦匠在土地爷居住的房顶上补补这个窟窿,对于眼下借宿其中的造反者或是对于任何借宿者来说,应该是一件可以乐观其成的事情……

他走得太累,也想得太累,在倍感凄凉的土地庙里百倍警惕而又混混沌沌地打了个盹儿,就在他上眼皮刚刚挨着下眼皮的刹那间,他被几双硬邦邦的大手一下子按住了。他来不及反抗,来不及像在洹河边上那样进行一次令人愉悦的"老乡见老乡"的对话,嘴巴一张,就被塞进了一团棉花,那是一团既未被轧花机轧过、也未被弹花弓弹过的生棉花团子。他向棉花团子上狠狠咬了一口,却只咬烂了一粒棉籽儿,口中的空间一下子就被棉花团子撑满了,动弹不得的舌头上压着棉籽油的怪味;脑袋连同胳膊也被套在一个装粮食的大麻袋里,那是一条装过绿豆的大麻袋,使他闻到了秋收以后才能闻到的那一种凉幽幽的清香;身上又被绑腿带打了几道箍。他之所以认定那是绑腿带,是因为有几个宽宽的布卷儿如绷带在他身子上左缠右绕,把他的手脚都实实在在地捆到了绑腿箍里。他断定这是士兵对他施行的十分专业的偷袭。两个健壮的汉子不发出一点儿声音而只是发出黏黏糊糊的汗臭,夜游神一样扛着他走,烂胶泥叽咕叽咕地叫着,不知走向何方。这是一次杰出的绑架,他想。

他发现髋关节和膝关节还有一定程度的自由,可以使他做出"鲤鱼打挺"的姿态以表示无声的抗议。但他很快认定,他是被抬往坡底。坡底东边有一条小河。他听见了潺潺的流水。他熟悉这条小河的声音,小河拐弯的地方有一个小小的漩涡在咕咕地冒泡儿。那是家乡不绝如缕的低吟,曾经伴着他童年的岁月,走进他漂泊异乡的梦境。他的心被水花轻轻咬着,颤颤地一酸一疼。接着,他听到了哗哗啦啦的蹚水声。那么,接下来就要通过小镇东头的青石牌坊了。他猜对了,已经听不到脚踩烂泥的声响,大脚板噼啪作响地拍打在牌坊下边的青石板上,接着就闻到了粪堆的香气。他坚持认为,他的嗅觉是正确的,厩肥才是臭气的来源,路边的草粪堆里只会产生发酵的酒香,那是铡碎的秸草和泥土拥抱在一起迎接春天的气息。关于家乡的一切记忆那样温馨地走近了他,又倏尔远远离去。他在想,这次成功的绑架可能是保长刘拐子干的。

他被斜扛在肩上登上一个台阶。他不能判断这是村镇中哪一个门前的台阶,保公所和"回春堂"掌柜的宅院门前都有这样的台阶,而且相距不远。接着是推门的声音,铁门环叮当作响,那是一扇沉重的木门。隔着麻袋,昏黄的灯光向他扑闪着惊慌和疑问。绑架者好像把他当成了易碎的器皿,"小心轻放"在冰凉梆硬的砖漫地上。他歪靠在墙上,感觉到了身边的网篮。这显然不是一次图财害命的绑架。绑架者悄然离去,脚步声嚓嚓地移向门外,嗵地关上了屋门。

周围只剩下铁板一块的寂静。他开始动员自己的全部才智解救自己,首先要把手解救出来。手背触到了冰凉的石头门墩,又触到了门墩上的棱角,便在门墩棱角上发力,磨擦手腕上的绑腿带,一下、两下、三下……手腕上热辣辣的,一条蚯蚓曲曲弯弯从手背上爬下来,黏黏地钻到了指缝里,他知道那是自己的血。他为此感到喜悦。这是一个可以信赖的棱角,它能磨破皮肉,就能磨断绑腿带。他由于触摸到了希望而加快了摩擦的动作。蒙在麻袋里的脑瓜儿,却冷不丁儿地被一个梆硬的东西啄了一下。他陡地不动了,用身体遮住门墩,体验脑瓜儿上的感觉,那是一种硬物件敲出来的木木的闷疼。接着就听到了"梆梆"的声响,他认定那是旱烟锅敲打在桌子或是椅子腿上的声响。他感到自己受到了恶意的戏弄,像是一只被蒙住眼睛的耗子正在进行着逃生的挣扎,却忽地发现身边有一双正在欣赏这种挣扎的猫的眼睛。他开始"鲤鱼打挺",鼻子里发出愤怒的"哼哼"。一只手伸进了麻袋,他扭动着脖子抵御手的袭击,但他发现这只手只是把他口中的棉花团子掏了出来。

"你是啥人?"他问。

"不是啥人,是老狗!"

他心里一紧,接着就听到一个鼻子发出哼哼的声音,并认定是李区长的鼻子。

"李叔!"他在麻袋里发话,"怪我前些年少不更事,我向您赔礼道歉!"

"你还记得我是李叔?我倒想听你说说,你打狗是咋着个打法?"

"我回来是发动民众抗日,首先向您老人家赔个不是!"他在麻袋里有力地勾了勾脑袋以表示由衷的歉意,"请你打开网篮,我从洛阳给您、还给我父亲带回来两件皮袄筒子,我知道两位老人家怯寒。"

"娃子,是狗皮筒子?"

"不,不,是口外的羔皮筒子!"

"咋没剥下几张狗皮?"

他听得出,李老先生的口气已经趋向缓和。

"李叔,请你消消气,我们的列宁同志已经批评我了!"

"啥子?"李老先生取下套在他头上的麻袋,"你说啥子?"

他眼前一亮,认出这是染坊里的仓库。他又陡地愣住了。他看见"敬爱的小老头"正神情威严地坐在一把罗圈椅上定定地瞅他,就喊了一声:"父亲!"

泪水从父亲的眼眶里漫溢出来:"你娃子还知道我是父亲?"

李老先生却在问他:"你刚才说啥李宁,谁是你的李宁?"

"是列宁,俄国人。他说我害了左派幼稚病。"

"嘿,你啥时候又去留洋了,还叫俄国人管着?"

"我的网篮里有一本列宁的书,都在书上写着哩!"

"我倒要问问你,娃子,"贺爷插话说,"列宁咋说你了?"

"列宁说,'亲爱的左派共产主义者,你们为什么会发生这样不幸的事情,只是因为你们对革命的口号背诵得多,死记得多,而思索得却很少。'列宁同志还说我那封信是'夸夸其谈,这是小资产阶级知识分子的特性。对于有这种习性的人,一定要给予惩罚!'"①

李紫东对贺爷耳语说:"他们的列宁不赖!"

贺爷却有了隐忧:"娃子,列宁咋叫惩罚你了?"

姨父说:"你们把我装到麻袋里,还不是惩罚!"他又来了一个"鲤鱼打挺","眼下还把我五花大绑着,这不是惩罚!"

父亲瞥他一眼:"你娃子又上劲儿了不是?"

"我还真没想到这是列宁的意思!"李老先生拿起一把镰刀,"雨顺兄,咱俩就向他们的列宁替他求个情吧!"他"噌噌"地割断了绑腿带:"你也别怪你们的列宁罚你,你在韩城一露头,就有人瞅见你了。我跟你参要不派人这样抬着你,还真怕别人抢先把你抓走了!再说,你参不过是想吓吓你,这样抬着你走,也叫你省点儿力气不是?"

贺爷说:"还不看看你妈去,她想你把头发都想白了!"

二十一世纪的第一个春天,我去北京木樨地部长公寓看望八十六岁的姨父。我看见两根银白的寿眉像蝴蝶的触须一样高高地翘起来,姨父眼睛里闪动着1936年扑朔迷离的光亮,指着书架说:"列宁同志帮助我化解了一个矛盾,真的!"

4. 刘拐子

谁也不会想到,姨父一回到家乡,就当上了坡底的保长。

---

① 人民出版社:《列宁选集》第三卷第536页。

坡底的老人还记得,姨父所取代的原任保长刘拐子也算是一个人物。他从小没娘,是贺爷家长工刘大汉的儿子。管理贺家农事的二爷——贺爷的二哥看他可怜,就叫他跟着刘大汉住在长工屋,跟着长工搭伙。他十二岁那年上山放羊,从崖头上跌下来,摔断了左腿。一个老羊倌儿给他接上了断骨,等骨头长好了,才知道接错了茬口。他撇着"扫帚腿",一颠一拐地找到老羊倌儿,把腿插到羊栏里一别,"咔嚓"一下,又把长好的骨头别断了,说:"你给我再接一回!"老羊倌儿吃了一惊,说:"这不是板凳腿,你想别断就别断,我想安就给你安上了?"贺爷在一旁看见,说:"嚯,这娃子小小年纪,就有这么狠的心劲儿,长大是个人物!"就找了一个接骨大夫,给他重新接上了断骨。断骨却叫他别走了样,长上以后,左腿短了三分,走路微跛,大家都叫他"小拐子"。

贺家大掌柜——贺爷的大哥主管贺家的生意,开着烟坊和染坊。贺爷把小拐子带到染坊里,交给账仙儿调教。账仙儿说:"多少徒弟不能带,咋叫我带个拐腿儿放羊的?"小拐子并不多言,只是手脚勤快,不光包下了扫地、抹桌子、倒夜壶的下活,还揽下了给账仙儿泡茶、装水烟袋、叠火媒子的杂活。特别值得一提的是,他随身带着一个挠痒筢子,一看见账仙儿在椅背上蹭痒痒,就一拐一拐地跑过去,撩起账仙儿的长衫,伸进挠痒筢子,顺着账仙儿的脊梁骨一路挠下去,挠了每一个骨节,再移到肩胛骨底下那两道坎上重重地挠,直挠得账仙儿耸肩曲背、伸脖扭腰、浑身舒展、血脉通畅,美滋滋地眯着眼从牙缝里"咝咝"地吸风,不知不觉间,肚子里咕噜作响,一肚子打算盘的口诀、记账的规矩、心算的诀窍,都叫挠痒筢子给挠了出来。账仙儿又给小拐子找齐了全套小学课本,叫他跟着自己的孩子念书,还特许给他一个油灯,可以续上两根灯草。小拐子十六岁那年,已能把算盘打得噼里啪啦不停音儿,还学会了两只手同时打算盘的绝活儿,眼看变成了坡底镇上又一个账仙儿,他却不辞而别,到县城考上了简易师范,还秘密加入了共产党。

账仙儿说:"拐娃子,记账、打算盘的学问,我算白教你了!"

拐子说:"咋会白教哩?人生在世,干啥也离不了算计。"

账仙儿又问:"那你为啥上师范,你是想当孩子王?"

拐子说:"师范不收学费,管我吃饭,还教给我哄孩子的本领,世上人谁不吃哄?"

贺爷听了,又吃了一惊说:"这娃子果真不同凡响!"

刘拐子刚从简师毕业,贺爷就叫他去保安大队当了两年文书,又给区长李紫东打了招呼,让他当了坡底的保长。贺爷万万没有想到,拐子一旦有了实权,就立即露出了小人得志的模样,随身带着保丁,除了对贺家大院还表现着旧日的谦恭,对贺家的染坊、油坊保留着一定程度的敬意,坡底街上稍大一点的店铺都慌慌地给他送上了"干股",逢集摆地摊儿的也得向他报税。只一年,他就吃垮了保公所对面的一家饭铺,吸上了大烟,勾搭上一个外号叫"大白桃"的女人,还把"大白桃"的老实男人抓了壮丁。

地下党组织的接头人找他谈话说:"拐子,你咋比国民党还国民党?"他笑笑说:"我的革命已经成功,你们的革命仍须努力。咱各干各的革命,两不招惹!"接头人说:"我真弄不明白,你当初为啥要参加共产党?"他又笑笑说:"那有啥稀罕?这跟参加青、红帮有啥不一样?"姨父回到家乡以前,地下党组织特意提醒他,已经开除了刘拐子的党籍,对他务必保持高度警惕。

贺爷不常在家,不知道刘拐子为非作歹。刘拐子的父亲刘大汉特意找到贺爷禀报:"三掌柜,你得把拐子拿下来,他从小是个狼娃,真的,他咬人!"这才引起贺爷的警惕,查明了刘拐子的恶迹,却又一时找不到取代他的人选。我姨父从布袋里拱出来以后,贺爷眼里一亮,好,有人了!我就叫我家这个马驹子出去遛遛,看他是不是驾辕的材料!

姨父把父亲的意图向上级党组织做了汇报,立即得到了批准。

贺爷却叮嘱儿子:"要拿下刘拐子,本来只用我一句话。可你要闹革命总得靠自己不是?我要看看你这革命是咋闹的,你要把刘拐子给我闹下来,还不能拿自己当枪使,不能一回来就给自己弄出个心狠手辣的对手,他手下还有一拨子人哩!"姨父说:"爹,你叫我革他的命,不叫我得罪他,俄国十月革命也没碰上这样的难题!"贺爷说:"那你就去问问你们的列宁,坡底这革命该咋弄。反正,只要你把刘拐子弄下来,保长就是你的了。"

一天夜晚,刘拐子又溜到"大白桃"屋里睡觉,还亮着灯,"大白桃"浑身打着哆嗦浪叫。小院里,树枝扫着瓦片"嚓啦啦"地响。"大白桃"慌忙止住说:"我哩哥,快起来看看,门闩插好没有,顶门棍顶上没有?"刘拐子说:"我给你插上了,这就是你的顶门棍!"说着,"呼呼哧哧"大喘,"大白桃"又尖着小嗓浪叫……

"大白桃"正叫得邪乎,山崩地裂一声响,屋门从门墩上倒下来,"扑通通"跳进来几个大汉,为首的用枪指着刘拐子说:"弄吧,弄吧,弄完了,跟我上联保处一趟。"

刘拐子照旧压着"大白桃"一动不动,只是翻眼一看:"哦,是孙队长,你请坐!天大的事,叫我弄完了再说……"说着,一拳砸翻了油灯,手伸到枕头底下拿枪。

手电"唰"地亮了。

孙队长按着他的手,把枪夺过来,说:"弄吧,弄吧,我等着你哩!"

"大白桃"大哭说:"姓孙的,我也没少侍候过你,你好狠的心!"

刘拐子说:"孙队长,为一个女人,值不得这样!"

孙队长说:"是区长有要事请你,只不过叫我撞上了。"

刘拐子和"大白桃"正要穿衣,却被几双手按在床上。

孙队长说:"不用穿了。听说你那个家伙比别人的家伙大一号,她那两个'大白桃'也是全世界数得着的,也叫大家见识见识!"就用一根绳子拴了两个"光肚蚂蚱",押送到区政府去了。

接着,李紫东区长在坡底召开民众大会,宣布撤销刘拐子的保长职务,同时任命我姨父当了保长。

贺爷夸奖儿子:"没想到,你把刘拐子打倒在一个女人身上!"

姨父说:"这是朋友们的主意,有点儿不讲卫生!"

"你们闹革命就不能戴上白手套!"贺爷说,"坡底这几百户人家,还有保安队百十杆枪都交给你了。眼下正在闹饥荒,眼看要饿死人了。你说要发动民众抗日,总不能叫民众拿着逃荒要饭的打狗棍去打鬼子!我还要看看,你娃子咋当这个'泥水匠'?"

新上任的保长烧了"三把火"。第一把火是由自己兼任保安队长,把一百多杆枪抓到自己手里;第二把火,任命中共地下党员和进步青年担任了保文书、会计、保安队员和各甲甲长;第三把火就烧到了父亲头上,"爹,请你捐十石粮食赈灾,我这就去关爷庙召开富户认捐会,请爹去会上带个头。"

在富户认捐会上,姨父点了父亲的名字,说:"贺雨顺先生捐粮十石!"贺爷一瞪眼,说:"保长阁下,我啥时候答应了十石粮食?"姨父大惊。有人正要起哄,贺爷说:"别乱!我家的粮食是他二伯经管着的,刚才我跟他二伯清了仓底儿,要再加上两石,捐粮十二石,六千斤!"围观的饥民都流着眼泪鼓掌。富裕户主都傻了眼,又不得不看贺爷的眼色行事,一个个硬着头皮,举手认捐,一下子捐出了三万多斤粮食。只有"回春堂"掌柜自恃是外村"张大户"在坡底街开的药铺,捧着水烟袋一声不吭。姨父没有理他,只说了一声:"散会!"

"回春堂"掌柜离开了会场,忽地看见数百名饥民已经把"回春堂"团团围住,却并不吵嚷,只是像饿狼一样定定地瞅他,瞅得他心里发毛,却又进不了家门,就慌慌张张撵上我姨父说:"我认捐,我认捐,我捐两石粮食!"姨父好像没有听见,照旧自顾自地走着。他跟在背后颠儿颠儿跑着说:"贺保长,我再添五斗!"姨父仍不理他。他就抽了自己一个耳光:"中,我不过了,我捐三石!"姨父停下脚步,向灾民们宣布:"'回春堂'捐粮四石!""回春堂"掌柜打了个愣怔,说:"啥,四石?"姨父说:"对,两千斤。""回春堂"掌柜拱手作揖说:"中,我认了!"灾民就"唰"地给他让开了一条去路。"回春堂"掌柜一边往家里走,一边向大家弯身哈腰:"包涵,多多包涵!"

坡底镇的老乡亲记得,那一年的清锅冷灶里忽地冒出了温柔的炊烟。

贺爷叫着儿子的小名说:"胜子,你们共产党只要这样干,能行!"

胜子说:"爹,多亏你带了个好头!"

贺爷说:"你别以为我不懂,我是跟你搞了一回统一战线。"

父子俩的统一战线迅速发展到县城,L县中学成了地下党在全县的领导中心。坡底镇变成了L县北部山区的"小延安"。

1938年,三姨从延安陕北公学学习回来,也来到坡底接上了党的关系,在关帝庙小学当了国文教员。她组织抗日剧团,发动民众抗日救亡。那时正在上小学的明表叔记得,三姨召集歌咏队登上关爷庙的戏台,歌咏队员们耍着关爷的"青龙偃月刀",高唱《大刀向鬼子们的头上砍去》。三姨手中捏着一根细棍儿一晃一晃。坡底人才知道唱歌也得有人指挥,而且,女人也能指挥。那支歌唱遍了坡底。

那时候,姨父是地下县委的统战部长。三姨喜欢跟他在关帝庙东边的小河旁边散步。小河两边生长着枝叶茂密的杨树林。在他俩多次逗留过的一棵白杨树下,一个富于观察力和表现力的学生,用削铅笔的小刀在树皮上刻上了他的艺术发现,让它随着白杨树长大,那是一支锐利的箭,刺穿了两颗叠在一起的心。

5. 雨夜的逃亡

在郾城,三姨给我留下了一支很好听的儿歌:

喔喔喔,鸡叫了,义勇军来到了。
打红旗,骑白马,雪亮的大刀腰中挎。
你送饭,我烧茶,大家都来招待他。

母亲到漯河励行中学教书以后,我就把这支儿歌从郾城唱到了漯河。

漯河油坊胡同一号的孩子们不会唱这支儿歌。在那个狭窄的长条形院子里,依次住着身份各异的房客——一边拉风箱烧火做饭、一边向他的弟子们讲授"孟子曰"的私塾先生,无儿无女、全靠做针线活儿养活自己的寡妇,按时上班、风雨无阻、天上掉炸弹也一往无前的银行职员,未向官方注册而把太阳穴上的一小块"俏皮膏药"作为营业标志的妓女。他们各自做着与那支儿歌毫不相干的事情。

一天黄昏,白胖胖的妓女照旧倚门而立,照旧用微红的睡眠不足的眼睛斜乜着小巷里的行人。巷子那边有一个人影走过来,她就像上足了劲儿的发条扭动腰肢,胳膊交叉在胸前托起了高耸的乳峰,但她很快又松了发条,乳峰像瘪了气的布袋耷拉下来。迎面走来的是一个蓬头垢面的汉子,一只脚上穿着张开嘴的破鞋,另一只是沾满泥巴的光脚丫子。

我正跟银行职员的孩子比赛"撞钟"——在迎壁墙上撞铜板,看谁的铜板撞得远。我有一个杰出的铜板,在墙上"当"地反弹出去,"叮叮咚咚"地滚出门楼、蹦下台阶,绕一只沾满泥垢的赤脚踅了一圈,躺在一个高傲的大脚拇趾头旁边不动了。我弯腰捡起铜板时,脚趾头向我梗了一下,脚趾头的上方有人叫着我的名字。我抬头看见一张长满了黑胡楂子的脸庞,黑亮的眼睛一闪,我就跳起来,叫了一声:"姨父!"

我不知道姨父为什么会变成这副样子。大杂院里的各色人等都骨碌着眼珠转来转去地瞅他,像瞅着一个沿途行乞的流浪汉或是发配天边的囚徒。母亲听了他的低语就骇然变色,急忙让我领着他抄小路翻过寨墙,到沙河里洗了澡,换上了我父亲留下的衣服,又特意请来一个剃头挑子,把他一头刺猬般的乱发变成了整齐的"寸头",满脸黑胡楂子也被一扫而光。母亲又急急去到离漯河不远的郾城找姥爷去了。

从母亲与小姨的低语里,我知道发生了意外的不幸:三姨被一群拿枪的人抓走了,姨父正在受到这群人的追杀。姨父让我母亲立即转告姥爷,请他设法营救三姨,给母亲留下一个密闭的信封,来不及考察我是否用弹弓消灭过老鼠或是否击中过鬼子的飞机,又在我和大杂院沉入梦境的时候悄然离去。

二十六年以后,在"文化大革命"中,母亲气恼地说,"外调"人员怎么没完没了地纠缠你姨父从南阳逃到漯河的事情?还给我拍桌子!

母亲说,姨父是从南阳石桥的一所中学侥幸逃生的。他和我三姨从郾城潜逃到那里,分别以教导主任和国文教师的身份隐蔽下来,却与党组织断了联系。一个下着暴雨的夜晚,有人"咚咚"地敲门,接着又听到杂沓的脚步"噼里啪啦"地踏着泥水匆匆跑开的声音,感到情况异常,没有开门。他们做对了。解放后,有两个落网的特务供述说,国民党谍报机关从豫西得到了情报,急速来南阳石桥抓人,还下了死命令,抓不住活的要死的!雨夜敲门的就是这两个特务。他们听说我姨父是"双枪将",不敢贸然破门,就把一个班的军警埋伏在门外的小巷里,敲了门就跑,试图把姨父和三姨诱出,在街巷里抓捕。姨父和三姨虽没有应声开门,却被堵在屋子里陷入绝境。在万分危急的时刻,姨父的眼睛盯住了屋子的后墙。那是一面土墙,他看到墙上有一块水湿的印渍,目光就霍地一亮。那是连阴雨泡湿了墙脚的印渍。他急忙操起一把铁铲,在墙壁上捅了一个透明的窟窿,与三姨抱起不满一岁的婴儿穿墙而出。他们没有吹灯,甚至没有忘记从屋子里拖过来一个柜子,堵住了墙上的窟窿,才悄没声地跑到一个菜园子的小草庵里隐避下来。特务供述说,他们还在小巷两边埋伏着,"以逸待劳"呢!

姨父和三姨躲在菜园里,却听不到学校里有任何动静。姨父想,如果并没有发生变故,就这样穿墙而逃,岂不暴露了自己?他把三姨留在菜园里,只身潜入学校看个究竟。他刚刚进了校门,正碰上一群特务闯进来,提着马灯在学校里四处乱窜。姨父远远地避开马灯,在暗处与特务打转,却在黑暗中与一个工友撞了个满怀。工友大惊失色说:"你赶紧跑吧!他们把你太太抓走了,用鞭子抽她,我听见了!"姨父以为三姨在菜园里遭到了不幸,急忙踩着工友的肩膀越墙而逃。

那些天,姥爷家和我们家的人都在惊恐不安。"打红旗、骑白马"的儿歌没完没了地在我脑瓜儿里盘旋。一天晚上,三姨却抱着婴儿令人大喜过望地来到了油坊胡同一号。她面黄肌瘦,披头散发,如风雨中的弱柳摇摇晃晃。当她得知姨父已经来过这里,意外的惊喜使她身子一软,歪在母亲的怀里。母亲问,学校工友说,你不是怎样怎样了吗?三姨说:"工友误会了,那是特务拷打我们同院的一位老奶奶,追问我们的下落。我在菜园里一直等到下半夜,也不见他回来,倒以为是他出事了呢!"

母亲说,三姨又经历了一次"死里逃生"。她抱着婴儿逃出菜园,跑到从省城来石桥逃难的堂哥家里,不料特务又接踵而至。三姨又抱着孩子从墙豁上跳出去,躲在寨墙底下的防空洞里。特务也紧跟着钻进了防空洞。三姨想,这次真是插翅难逃了!却发现防空洞里柩着几口棺材,最里边是一口早已被盗贼掏空了的棺材。三姨抱着孩子钻在棺材里进行了假装死人的体验。一具比特务可爱一些的骷髅,不事声张地接纳了她。特务堵严了防空洞,举起马灯晃了几下,大概闻到了腐尸的气味,就骂骂咧咧地踏着烂泥呼啸而去。三姨出了防空洞,从寨墙上秃噜到了积水的寨壕里。

三姨说,还有一个奇迹哩!她怀抱中的大毛正害"百日咳",特务敲门以前,大毛还咳嗽不止,吃了一包"止咳灵",此后在一连串的钻窟窿、进菜园、翻墙头、钻棺材的危急时刻,这个可爱的小表弟竟在三姨的怀抱中酣然入梦。当三姨抱着他从寨墙上"秃噜"到野外,终于逃出魔掌的时候,他才为长久失去发声的自由进行报复,在黑夜笼罩的原野上放嗓咳嗽如连发的快枪。

母亲和小姨都一惊一乍地抚着心口说,天哪!天哪!

母亲说,他们的生命是用一个个"偶然性"组成的奇迹。

"外调"人员合上本子说,你不要为他们歌功颂德了!

母亲说,不仅是他们,许许多多革命者在夺取政权以前都有过与死神"失之交臂"的经历。

"外调"人员说,但是,我们知道,你是右派。

母亲说,是的,是的,我得到这个称呼,是革命者取得政权以后的事情。

"外调"人员说,你还曾经是一个语文教师,你很会编故事!

母亲闭上眼睛说,那么,你们何必找我搞"外调"呢?

母亲没有兴趣再向"外调"人员说明,她曾把姨父留下的一个信封交给了三姨,而且接下来发生的事情更加接近于或者说是十足的传奇。但是我记得,三姨撕开了那个信封以后,就和她怀抱里的婴儿倏地没了踪影。

解放后,三姨才对我母亲说,当她和姨父受到追杀而走投无路的时候,姨父走了一步"险棋",从漯河离开我家后,直奔国民党谍报人员绝对不会想到的一个地方——郑州警备司令部。姨父的堂兄贺石是那里的少校机要参谋。当我追随姨父回望历史的时候,同时也追随着一个令人怦然心跳的悬念——在一个与之誓不两立的政治营垒里,将怎样容纳两个兄弟的手足亲情?

6. 红项圈

1915年春天,坡底镇贺家大院老二和老三喜得贵子,生日只差一个月,是两个白胖小子。当了爷爷的老秀才喜不自胜,请银匠打了两个银项圈,裹上红布缝好,送进关帝庙里,在关爷手腕上戴了七七四十九天,才把项圈取下来,给两个孙娃戴上。这是坡底的山民世代相传的一个风俗,这意味着,"忠义千秋"的关爷已经用红项圈拴牢了两个孙娃,会保佑小哥俩长大成人,还会把他俩调教成"千秋忠义"之士。

爷爷一手牵着一个孙娃,让他俩在关爷庙的老柏树底下蹒跚学步,还要学会在雨后的泥泞里跟头炝蹶儿地爬坡,学不会爬坡就不是山里的娃子。六岁那年,哥弟俩又形影不离地进了私塾,念完了四书、五经。后来,堂弟去洛阳上了高小,二伯却舍不得让独生子去外地读书。一对堂兄弟为了短暂的分离而魂不守舍。堂弟从洛阳回坡底过寒假时,他俩就钻到关帝庙里,跪在关爷面前焚香磕头,祈求关爷保佑他俩永不分离。据说,关爷的美髯如一缕黑烟随风飘起,丹凤眼也跟着"忽灵"了一下,收下了小哥俩的美好愿望。假期过后,堂弟又去洛阳上学时,堂兄就事先偷卷了铺盖,在村外土地庙里等着。两个十四岁的堂兄弟又结伴去了洛阳,进了同一所学校。堂兄耽误了一年,比堂弟低了一个年级。堂弟说:"我比你高一级,叫我当哥吧。"堂兄说:"咱俩不分谁是哥、谁是弟了,互叫小名吧,我叫你胜子,你叫我石子。"

　　胜子考上了省城现代中学的次年,石子也跟着考上了现代中学。

　　1931年发生了"九一八"事变。十六岁的胜子是开封市学联代表,他们组成请愿团到火车站卧轨,要去南京面见蒋介石请愿抗日,却被军警从铁轨上四脚拉叉地抬起来,扔到站台上,押回了学校。石子说:"胜子,你去折腾老蒋干啥?你看我的!"他抓起一个日本造小闹钟:"我先消灭了这个鬼子再说!"遂把闹钟摔了个稀巴烂,闹钟的铃铛跳起来,"丁零当啷"地逃跑。他又撵上去,一脚把铃铛踹瘪了。石子又跟胜子上街,在古城的街道上搜索前进,寻找鬼子"派"来的一切"奸细"。他瞅见一辆"三枪牌"自行车停在一家门口,就举起门前的石墩砸了自行车。大门里跑出来一个穿戴时髦的小姐,喊叫说:"哪个赖皮砸了我的车?"胜子:"你要感谢他,他替你打倒了一回日本帝国主义!"小姐立时消了气,说:"咦,谢谢了,我真不知道这是小日本儿的东西!"兄弟俩继续搜索前行。胜子说:"还有一个该砸的东西,不知你敢不敢砸?"石子问:"啥东西?"胜子说:"是南京那个不准咱抗日救国的独裁政府!"石子吓了一跳,说:"嘿,国家不可一日无主,政府是叫咱砸的么?"

　　胜子组织了读书会,让石子跟他一起读书。石子一看,有马克思、恩格斯的《共产党宣言》,布哈林的《共产主义ABC》,列宁的《国家与革命》,瓦尔加的《政治经济学教程》。他拿起一本摞一本,头摇得像拨浪鼓:"都是外国货,不服中国水土!"胜子让他看鲁迅翻译的苏俄小说《毁灭》,他又把脸偏过去说:"我只看《三国演义》!"

　　学校放假时,兄弟俩一起回到豫西老家。石子发现,胜子总是背着他,去关爷庙小学找表哥,跟表哥有说不完的话,倒是跟他疏远了。他对表哥产生了妒意,一天晚上,也暗暗跟着胜子去了关爷庙。

　　表哥住在关爷庙偏厦的一个房间里,窗纸上扑闪着昏黄的灯光。他从窗棂上的破洞里望进去,只见墙上挂着一面缀着镰刀、斧头的红旗,胜子正举着右手对红旗说话。他听不清胜子说些什么,却能看见他眼里含满了泪水。石子呆呆地站在黑夜里,听胜子和表哥小声唱一支陌生的歌。他不知道那是《国际歌》。这支来自法国工人阶级的歌曲还是第一次出现在豫西的小山洼里,与山风裹在一起,摇动了关爷殿大屋檐上的铃铛。石子忍受不了这支不属于他的歌曲在他心中引起的苍凉和失落。歌毕,他望见表哥握着胜子的手说:"胜子,从此,咱俩就是同志了!"石子感到表哥把胜子从他身边夺走了,就忍不住向门上踹了一脚。灯光倏地熄灭了。胜子从房间里蹿出来喊叫:"谁?"石子大步走着说:"我!"胜子说:"石子哥,你等等,你听我给你说!"石子头也不回地说:"我听不惯你们的外国歌。"胜子问:"你是往哪儿去?"石子说:"你管好自己的脑袋,我想好了再对你说!"

胜子从洇河里逃生的那一年,石子考上了黄埔军校。

1937年,石子从黄埔军校毕业,到国民党八十五师任少尉排长以前,曾回家乡探亲。那时,胜子已经把坡底镇变成了豫西山区的"小延安",掌握了一支拥有一百条枪支的武装,还在L县中学建立了共产党的地下县委会。石子却穿着国民党嫡系部队的军装,武装带上别着"勃朗宁"手枪,还额外地佩带着一把锃亮的"中正剑",大摇大摆地见到胜子,就"啪"地碰了一下脚跟,摸了摸大帽檐说:"胜子,你不会跟你哥搞阶级斗争吧?"胜子说:"石子,'西安事变'以后,你们蒋校长已经接受了'联合抗日'的主张。眼下大敌当前,咱哥俩共赴国难,一致抗日。"石子说:"好了,你不用向你哥进行政治宣传了,咱哥俩不谈政治。"说着,拔出勃朗宁手枪朝树上"叭"的一枪,就有一只鹁鸽从树上扑棱着翅膀栽下来。他捡起鹁鸽说:"这是咱俩的下酒菜。"胜子不甘示弱,也掏出腰里的"二八盒子",说:"别慌,又飞来一碗吃捞面条的'肉浇头'。"扬手一枪,又有一只鹁鸽从天上栽下来。胜子捡起鹁鸽说:"喝了酒,咱俩吃鹁鸽面。"

石子酒喝多了,从剑鞘里拔出佩剑,向胜子炫耀:"这是黄埔毕……毕业生的特……特别荣誉。"胜子看见剑鞘上镂刻着"智仁勇"和"蒋中正赠"的字样,就问:"石子,请你讲一讲何以为智?"石子说:"智……智者,谋……谋略也。你千万不……不要犯傻!校长对你们说……说啥'联合抗日',对学……学生训……训话说,日本人……只是癣……癣疥之疾,共产党才是心……心腹之患。再说,你们也绝不会……听任我们校……校长指挥。只怕有一天……"

胜子问:"有一天咋了?"

石子眼圈红了:"有一天,咱哥俩……会在战场上刀……刀兵相见!"说着,掷杯大哭:"胜子呀,你……你知不知道,咱爷临死……可是把咱俩……咱俩的银……银项圈捆……捆到一块,搁到他枕头匣里,枕在他头底下了!咱爷知道……你姓……姓了'共',我姓……姓了'蒋'。他老人家怕……怕咱俩……兄弟相残!"又举起佩剑哭问:"校长!你一……一日为师,终……终身为父。你叫你学生怎……怎……怎么办哪?"

胜子也红了眼圈,说:"不哭,石子哥,反正……反正……"他的心乱了,嘴也结巴起来。"这个这个……等到等到……消灭了阶级,也就是……孙中山先生讲的,实现了世界大同,就天下太平,不会动刀兵了。你说是不是?"

石子只是大哭说:"爷呀,我的好爷呀!……"

石子大哭后,趴在桌子上昏沉入梦,仍低泣不止。

胜子含泪陪着石子,把他的短剑送回剑鞘里,悄悄离去。

石子酒醒时,他爹问他:"你给胜子说啥了?"

石子浑然不知,"没说啥,说些家常话就是了。"

他爹问:"那你是哭个啥?胜子也泪汪汪的!"

"俺俩想俺爷了!"

石子回部队时,胜子送他出村,路过关爷庙,胜子说:"哥,咱俩再去看看关爷吧!"石子摇头说:"关爷庙里没关爷了。"胜子说:"'忠义千秋'的匾额还在哩。"石子说:"不敢看了,这'忠'、'义'二字,整天在我心里打架哩!"胜子送石子出了山口,石子站住说:"胜子,别送了,你再送,我真想把你也带走了!"胜子说:"我正想把你留下呢!"石子说:"你好好干你的,我好好干我的,只是不能忘了咱俩的红项圈还在咱爷头底下枕着哩!"胜子说:"也不能忘了,咱俩还是共同抗日的好兄弟。我在后方发动民众抗日,等着你在前线打鬼子的胜利消息!"

姨父记得,他跟石子分别时,一轮红日正如一块烧得通红透亮的火炭,从东山口上冒出来,烧灼着绵延不绝的群山。石子大步向山口走着,回头向他挥了挥手,像一块冒着蓝烟儿的炭块融入血红的朝霞。

当姨父受到国民党的通缉,按照豫西工委指示,从县城回到坡底,准备潜往伊川山区时,有一个少了一条胳膊的老兵退伍返乡,拐到坡底,给他捎来了一封密信。信封里只装着一块圆溜溜的小石头和一张纸条,纸条上写着:"山重水复疑无路,柳暗花明又一村。"下边写着一个女人的名字"肖翠花",还有郑州一个街道的门牌号码。姨父问:"老哥,这是谁让你捎给我的?"老兵说:"是我们贺营长,咋?信上没落款?"姨父说:"我只知道有个贺排长。"老兵说:"那就对了,排长一路升官,不就变成营长了!"说罢,惶惶欲去。姨父急忙拦住说:"别慌,吃了饭再走。"老兵说:"听说你们这里很不安全!"姨父说:"不怕,村里村外,我都撒着岗哩!"

姨父与老兵连干了三杯老酒,老兵就打开话匣子说,"台儿庄会战"时,贺排长带着他和一个班长,趁黑夜摸爬到鬼子阵地上"捉舌头",看准了鬼子出恭的地方潜伏下来。半夜,一个小鬼子打着哈欠来出恭,褪下裤子刚蹲下,贺排长扑上去掀翻了鬼子。鬼子来不及喊叫,已经把一团臭袜子塞到鬼子嘴里,捆了他的手脚,把一个光屁股小鬼子扛回营部,撂到地上说:"报告营长,抓回来一个臭烘烘的小鬼子!"营长说:"怎么是个臭的?"贺排长说:"一路上,他'哧哧啦啦'直拉稀!"那一仗打下来,贺排长就变成了贺连长。

老兵说,接下来就是"徐州会战"。贺连长打红了眼,营长命令他立即撤退,他说,是,是!却领着弟兄打了个反冲锋,掩护营部撤走以后,他才领着弟兄撤下来。这不,我丢了一条胳膊。他也浑身是伤,成了血人。

姨父急问:"他伤住哪儿了?"

别急,你听我说!有个炮弹在他背后爆炸,把他掀翻了一个跟头,他浑身是血,满脊梁都是弹片咬的伤口。可他爬起来大骂,军人只能前半拉身子受伤,不能后半拉身子受伤,这是军人的耻辱!他掂起一挺轻机枪又要反冲锋,大腿上又叫鬼子打了个贯穿伤。弟兄们硬是把他拖下来,让他趴在担架上抬着他走。一路上找不到救护,伤口化脓,腿也肿得跟水桶一般粗,眼看那条腿要废了。路过一家关了门的饭馆,他说,快把门砸开,给我找盐,泡一盆盐水。他撕下两绺裹腿布,泡到盐水里,又向我要了一根枪捅条,把裹腿布从伤口这边捅进去,又从伤口那边拉出来,拉出了一摊脓血,又用枪捅条捅进去一绺蘸了稠盐水的裹腿布,说是药捻子,才救活了那条腿。满脊梁的伤口硬是用盐水洗搓了一遍。盐水蜇得他满头冒汗,身上的肉疼得一颤一跳,可他咬着牙,没哼一声。肩胛骨上还嵌着一个子弹头,也叫他'咔嚓'一下,用指头抠出来了。到了后方医院,只一个多月,伤口全长上了。他说关云长在天上保佑着他哩!

姨父松了一口气说:"不错,他最佩服关公!"

老兵说:"他出了医院就当了副营长,又打了一仗,就跟随师长到了郑州警备司令部,当了少校参谋。"

姨父问:"有个叫肖翠花的,你知不知道?"

老兵摇着头说:"火线上只有男人,没见过花啦草的!"

姨父送给老兵五块银圆。老兵接了,把银圆撞了一个"叮当"的响,放在耳边听了,慌忙装到兜里说:"多谢了!我这个一条胳膊的不能跟着贺营长为国尽忠,只能回家为老娘尽孝了!"

7. 三杯酒

姨父从漯河潜入郑州,在实行了"灯火管制"的街巷里左拐右拐,找到了一个门牌。他看准是民宅,四周清净,才轻敲了门环。门开了半扇,露出一个年轻女子姣好的脸庞。姨父问:"肖翠花女士住在这里吗?"那女子笑着说:"请问先生哪里来?"姨父说:"我是贺石的堂弟,从家乡来。"女子的眼睛忽灵了一下:"是贺参谋家里的贵客呀!我就是肖翠花,请进,请进!"姨父跟着她进了一个雅静的小院,绕过一座大屋,打开了一间小屋的门锁,拉开电灯,请他进了小屋,扑面一股花露水的气味。肖翠花给他端上洗脸水、沏上茶水,说:"请先生洗脸、用茶,我这就去请贺参谋。"肖翠花离去后,姨父看见了墙上的仕女图,却猜不出肖翠花的身份,只是暗自纳闷。

不多时,姨父就听见院门"吱呀"一响,又插上了门闩。一身戎装的贺石风风火火地走进来。两双眼睛火灼灼地互相打量着。一个说:"瘦了!"一个说:"还不见老!"接着,石子就一连声地抱怨:"我两年前就捎信要你来找我,你为啥不来?你知不知道你是省长向全省下令通缉、警备司令部严令缉察的要犯?陕州专员收拾不住你,省长把他给撤了,你知不知道?你不来找你哥也算罢了,你咋又跑到伊川杀人去了?"

姨父说:"那是个有十几条人命的劣绅,他残害农民,暗杀抗日志士!"

"是谁给了你杀人权?你杀了他,这不又惊动省长和司令部了!正发愁找不到你,你又窜到南阳当上了教导主任,把学生都教导成共产党了!你以为谍报人员都是白吃干饭的？你真能！又叫你从网眼里'窜圈'了。这一回你总该来这儿找你哥了,你咋又到漯河晃了一圈儿？稽查处眼下压着你的最新情报,谍报人员碰见过你,要不是你化装巧妙,他一时看花了眼,你哥就得给你准备棺材了！"

姨父吃了一惊说:"你们的谍报工作那么厉害！"

石子说:"再厉害还不是叫你跑掉了！"

"哥,我来你这儿,是不是有些不便？"

"这间小屋就是给你准备的,我把你困在这里就是了！"

"哥,赶紧给我弄点儿吃的再说！"

"废话！我叫你吃好、睡好,只是不许你出门,只给你两天时间,赶紧走人！"

"我想多住几天。"

"不行,这不是走亲戚！"

"你弟妹……就是我媳妇……"

"嘿,你娶媳妇了？"

"她叫你们的谍报人员给抓了。"

"啥？"

"我想待在你这儿等等消息。"

"他妈的,那些戴墨镜的,可真不够意思！"

"我能不能问问肖翠花女士是谁？"

石子脸一红:"是人贩子差点儿卖给青楼的好女子,心里干净着哩,家叫鬼子占了,家里人死绝了,反正,是被压迫阶级。"

数日后,三姨抱着婴儿,按照信封里的地址,找到了这个小院,又给姨父兄弟俩带来了意外的欣喜。

三姨到来后,石子只出现了一次,让三姨好好歇息,把他们交给肖翠花照料。肖翠花文静贤淑,善解人意,从不多言多语,只是说外边风大,不让他们出屋。三姨刚来时不知底里,说:"石子嫂,太辛苦你了！"肖翠花脸一红,说:"我实在受不起这个称呼！贺参谋看得起我,叫我侍候家里来的贵客,我感激还来不及哩！"眼圈一红,含着眼泪走了。姨父说:"瞧你,犯了盲动主义的错误不是！"

三姨来到郑州的第三天晚上,石子穿着便衣来了。三姨说:"石子哥,我真不知道该怎样感谢你哩！"石子说:"你随着胜子叫我一声哥,啥都有了。论说,你还是贺家的新媳妇,按照家乡风俗,我这个当哥的是要送见面礼的。"说着,取出一个金戒指:"你拿着,到你们两口子下一次离散时,把它卖了,也能买个烧饼、喝一口热汤,别再抱着娃子要饭吃,叫我这个当哥的看了心酸！"几句话把三姨说得泪汪汪的。石子又说:"听胜子说,你也是大户人家出身的知识分子,跟胜子一样,是不造反就活不下去的穷命,可你们有福不享,心里装着你们的'主义'。撇开'主义'不说,只说做人,不为自己活着,能为你们的'主义'赴汤蹈火,我打心眼儿里敬重。"

175

三姨说:"石子哥,我知道你是爱国军人,为抗日多次负伤。我跟胜子都很敬重你。胜子说过,他跟石子哥的'国共合作'可以说是'情同手足'!"

石子收了笑容说:"我对国民党的'忠'字,不知道该咋写了!胜子,你说,关云长对刘备不能说不忠,可他在华容道上为啥放走了曹操?"

姨父笑着说:"你把我比作曹操了!"

"不管咋说,咱俩是吊在关爷手腕上长大的!"

石子说着话,不时地看表。天擦黑,他就叫肖翠花从饭庄掂来了食盒,让她快拿酒来。肖翠花斟了酒,就知趣地退出了。

姨父说:"不能喝酒,这里不是坡底!"

石子说:"只喝三杯,我有三句话要说。"

姨父说:"好,我听你的!"

石子端起酒杯说:"这第一杯,是庆贺你们两个'同志'的天作之合,还有这个小侄儿,我咋看他也咋像个小'同志'!"

姨父问:"你小侄儿咋也变成'同志'了?"

"那可是你说的!"石子说,"小侄儿正害'百日咳',谍报人员去抓你们时,他倒是一咳不咳了。他要是再咳一声,就没有你们两个'同志'了不是!"他与胜子碰杯,拍了拍身边的皮包,说:"我带来点儿婴儿常用药。"

三姨说:"多谢你了!"

石子举起第二杯酒:"这第二杯,是庆贺谍报部门把你俩漏给了你哥。如此好事以后可能不会再有了,你们千万小心着!好,喝!"

石子又举起第三杯酒,"这第三杯是送别酒。"他看了看手表,"再过半个小时,我用汽车送你们上路,司机是我带出来的汽车兵,咱县南山的小老乡,是抓壮丁抓出来的苦娃子,也是被压迫阶级。他送你们避开郑州车站,到荥阳上火车,一出潼关,河南就管不住你们了。"他又拍拍身边的皮包,"这里有两张车票、一点儿盘缠,还有一张警备司令部开的路条。你们到了地方,一定给我个回音儿,免得挂念,地址照旧。"说着,就站起身来。

姨父问:"说走就走,是不是出啥事了?"

石子说:"司令部得到情报,有两个共党逃犯可能已潜入郑州,今晚十一点整,军警联合出动,突击查户口。"

姨父与石子相抱,凄然说:"我还忘了一件事哩!"

"啥事?"

"我想看看你身上的伤疤。"

"后背上的伤疤有啥好看的?下回吧,让你看前半拉身上的。"

8. 白金枪、鹅毛扇与红萝卜

在坡底赋闲的贺爷，无时不在打听儿子的下落，却不时听到儿子和儿媳锒铛入狱、坐老虎凳、灌辣椒水、插指甲签的消息，凡此种种之后，是慷慨就义、血染刑场乃至于割下头颅挂在旗杆上而怒目圆睁、而月余不腐的传说。鉴于儿子已经"牺牲"过多次，贺爷心中虽一惊一乍，却未敢贸然设置灵堂。

忽一日，贺爷收到陕西商县龙驹寨税务查征所署名"贺云峰"的来信，信中说："携内子与幼儿来陕，倏忽三载，恍若隔世。幸就所长一职，尚可平安无事。只是与家乡关山阻隔，旧日亲朋，杳如黄鹤，静夜难眠，时在念中。敬请回函示知家乡情况及亲朋消息。"贺爷一看字体，就认出是儿子亲笔所写，掉下热泪说："这娃子，你不是去了阴间么，咋又窜到人家陕西阳间收税去了？还给我添了一个小孙娃哩！"立即拍马上路，直奔陕西龙驹寨去了。

原来姨父和三姨逃离河南，到了西安，找到了几个流落西安的河南老乡，却找不到地下党组织的一点儿线索。一天，三姨踯躅街头，远远看见旧日延安陕北公学的一个"校花"，浓妆艳抹，一身珠光宝气，与一个国民党军官吊着膀子走出酒楼，荡漾着醉意的眼神似乎向三姨瞟了一下。三姨警觉这已经不是"同志的眼神"，恐有变故，立即隐入人群，与姨父连夜逃离西安。

姨父想起了中学时代的同窗兼同乡、时任陕西商县税局局长魏鼎，就跑到商县向魏鼎谋职。魏鼎明知姨父的政治身份却佯装不知，只是按照税局章程，让姨父找一个有一定社会地位的公职人员为他具保，特意说明，只保证"不贪污、不携款潜逃"即可，别的事情均不在具保之列。姨父心领神会，急向堂兄贺石发信求保。贺石又以郑州警备司令部少校参谋的身份作了姨父的保人，而后就跟随部队转移到宁夏驻防去了。姨父和三姨在商县"潜伏"下来，转眼就是三年，依旧找不到党组织的线索，焦虑中隐瞒身份，写信向父亲打听消息。

日本鬼子好像瞅准了贺爷去龙驹寨看望亲人的空子，于1944年4月发动了"豫西战役"。国民党四十万大军不战而逃，郑州、洛阳相继失守，豫西大片国土沦入敌手。贺爷一来到龙驹寨，就陷入有家归不得的窘境。姨父和三姨好像从豫西战火中听到了召唤，感到再也不能在税所隐蔽下去了。

"爹，我要撑你走哩！"姨父说。

"你往哪里撑我？"

"撑你回家。"

"嘿，眼看鬼子来了，人们都往后方逃，你咋往沦陷区撑我？"

"爹，我听见你的战马'咴咴儿'叫，战刀也在'呜呜'响哩！"

贺爷的眼睛霍地一亮，又渐渐暗淡下来。

"胜子，我明白你的意思。可是你忘了，政府能叫鬼子步步紧逼，占领我大片国土，却容不得民众拿枪。你就是拿一根拨火棍捅捅灶火，他们也怕火星子会像烧荒样烧到他们身上。那年咱组织抗日义勇军，不是叫第一战区长官司令部下令解散了吗？"

"现在还哪里有啥长官司令部？枪声一响，他们比老百姓跑得都快！地方政权七零八落乱搬家，河南省政府也钻到伏牛山南边内乡县的山旮旯里了。小日本儿能有多大的巴掌，再加上为虎作伥的皇协军，也捂不住一个伏牛山。爹，我们组织民众武装，抗日保家乡的时候到了！"

贺爷眼又亮了："你是说，你也跟我回去？"

"对，"姨父指着我三姨说，"还有这个女兵哩，再带上一个兵娃娃。"

三姨说："爹，我们商量过了，请您老人家先走一步。胜子不能说走就走，还要对得起这里收留我们的朋友，请税局核查了账目，抓紧办理了退保手续，纵有刀山火海，我们也要踩着您老人家的脚印回去！"

贺爷说："那我再多问一句话。"

姨父说："爹，你就问吧。"

"我想问问，这是不是你们上级的意思？"

"爹，儿子不能瞒你，三年多了，我们四处流浪，一直没找着上级。"

贺爷忽地流下眼泪："我真的……佩服你们……你们这些'同志'们，好马，是不用鞭子抽的。不过，事关重大，容你爹再好好想想。"

夜里起风了，月亮戴上了"项圈"。小院里却"嗵嗵"地响着，像在地下砸夯。姨父和三姨看见，昏黄月光下，贺爷挺直腰板，迈起了《步兵操典》里的正步，一脚一脚地砸在地上，吓得邻居家的狗汪汪乱叫。

次日一早，贺爷亲了亲小孙子，策马而去。

贺爷从卢氏县进入伏牛山区，还没到达L县城，就看见了满山遍野的溃兵。在西张村，碰上国民党第一战区司令长官蒋鼎文，正从小汽车里钻出来，骑上一头毛驴儿，向卢氏县方向逃跑。一个老汉跟着驴跑，哭喊着："我的驴，我的驴呀！"

贺爷组织抗日义勇军时，与蒋鼎文有过一面之识，骑马追着他说："将军，好好一辆小汽车，你咋不要了？"蒋鼎文回头瞥他一眼，却拉下帽檐，向驴腚上拍了一巴掌，继续骑驴逃跑。护兵拦住贺爷说："你要是不怕鬼子的飞机炸汽车，也不怕山里的野百姓拿它当靶子，这汽车就算送给你了！"贺爷骑在马上，横在路中间向溃兵喊话："谁能把这辆汽车给我开回去，我给他官升两级，再赏他一百块现大洋！"溃兵们颠儿颠儿地跑着说："你把它背回去吧，你能背得动它，你就是司令了！"

贺爷舍了汽车，走了半里地，回头望去，农民正往车上扔柴火，汽车变成了一堆大火。

贺爷到了县城，县衙里的人正忙着装车。李县长一把拉住他说："雨顺兄，你赶紧回坡底,把旧部集合起来,把好咱县北大门,我把杨坡城村的仓库拨给你当团部。"贺爷问:"枪哩?"县长说:"到野地里捡吧,够你装备一个军没有问题。"说罢,也骑上毛驴跑了。

贺爷回到坡底时,国民党七个军的残部溃散于坡底镇周围乡村,到处打家劫舍,把耕牛也大卸八块,煮在锅里吃了。被激怒的农民眼都红了,起而攻打溃军。溃军不敢进村,只能在山沟里乱窜。农民出现在山头上,齐呼"缴枪!"溃军如炸了窝的兔子,整连整排地扔了武器就跑,把大批枪支、弹药丢弃在山野沟壑里。农民砍柴下山,也会捡来一身军装穿上,柴火捆里塞着钢枪。农家大娘下地剜野菜回来,竹篮里也装着子弹匣子、手榴弹。贺爷说:"胜子有眼,真是遍地干柴、一点就着!"

贺爷刚刚回到贺家大院,地方士绅都丢了魂儿似的跑来找他。贺爷立即集结旧部,打出"抗日保家乡"的大旗。首先聚在旗下的是贺爷家里的长工。他们都跑到山上找溃兵缴枪去了。明表叔用他十三岁的眼睛目睹了奇特的历史场面。眼看要收麦了,却望见长工们把缴获的武器像收获的庄稼一样支架在场上。明表叔跑到门前的打麦场上看枪。开始,场上支架着成捆的步枪,树上挂着手枪和子弹带,场中央堆红薯似的码起了一堆堆的手榴弹;接着就有了轻、重机关枪、迫击炮,场上放不下,村边麦地里也架满了枪支。有个长工叫长水,用红绸子包着一个笤帚疙瘩,天黑时向溃兵们一瞄,高喊:"把家伙留下!"十几个士兵就慌忙把枪支撂下了。他两个肩膀上扛回来十几杆枪。有些士兵缴了武器,又成群结伙地来到贺家大院,说:"我们不走了,跟着你们老当家的打鬼子!"

后来,明叔又去场上看马。骑着大马来找贺爷的山里汉子越来越多,头目翻身下马后,都要在门外留下一匹马和两个护兵。开始,场上拴着几十匹马,后来拴了上百匹马,再后来,场上拴不下,南边干河滩上也都拴满了马。护兵们一律短装打扮、佩挂双枪、腰缠子弹带,在门前拥挤着,互相吃喝着敬烟,一见如故地称兄道弟。马也兴奋起来,扬着脖子"咴儿咴儿"直叫。

后来,明叔就看见贺爷拉起了一千多人的队伍,拥有国民党正规军留下的各种精良装备,号称"抗日自卫军第五支队",在城村校场检阅。所谓"第五支队",并非按次序排列,只是故布疑阵,以壮声威。坡底镇位于豫西四县交界处。贺爷又以自卫军第五支队司令的身份,联合宜阳、陕县、渑池县地方武装,成立了四县联防会,并被公推为联防会主任。明叔又看见父亲骑在一匹高大威武的白马上,被十多个肩挎长枪、腰插两支短枪的汉子骑马簇拥着,在冷寂的山野上来去如风。

贺爷刚刚拉起队伍,就有人造谣说,贺雨顺专跟"白学"作对,要扒石家沟的"白学"大庙,引起了"白学"教徒的骚乱。"白学"是从白莲教演化出来的迷信组织,入教的都是农民,戒荤酒、念弥陀,穿白衣、束白带,以示心地纯洁,祈拜弥勒降生,明主出世,平息战乱,普度苍生。"白学"教徒听信了谣言,在石家沟聚众两万多人,组织"护庙队",拿起溃兵丢弃的武器,就要向坡底进发,声言要捣毁自卫军司令部,捉拿贺爷祭庙。

"白学"教徒正要出发,却看见山坡上扬起一溜儿白烟儿,一个白衣人只身骑白马如白色的飞雁掠地而来，单骑直达庙前，翻身下马，把白马拴在路旁老榆树上，拱手说："我是贺雨顺，特来拜望'白学'教主！""白学"教徒一听就愣了。"护庙队"把他团团围住说："中，弥勒显灵了，正要抓你，你自己送上门了。"说着，就要用麻绳捆他。贺爷说："且慢，请教友们看看，我手无寸铁，未带随从，像不像是来扒庙的恶人？"正说着，教主李老拴披白色道袍，忽闪着洁白的鹅毛扇出了庙门，站在台阶上摇了摇鹅毛扇，教徒们立即让开一条通道，让"护庙队"押着贺爷，上了庙前的台阶。

李老拴盯着贺爷，绕着他转了一圈，翘起八字胡说："你是贺雨顺？"贺爷说："敬禀教主，没错儿！"李老拴说："请问，你何时来毁我'白学'大庙？"贺爷说："那是汉奸造谣。汉奸唯恐天下不乱，诬蔑我贺某与'白学'作对，要我们自相残杀。今天，我身穿白衣白裤，洁身净心，特来向教主表明心迹，我和自卫军与'白学'只有友好团结、共同抗日之心，绝无兵戈相向、自相残杀之意！"教主问："无风不起浪，何以见得是汉奸造谣？"贺爷说："自卫军只有一个宗旨，就是打鬼子，保家乡。眼下，鬼子正兵分两路，来犯我伏牛山区，数日内就会直逼山下，置我百姓和教友于万劫不复之绝境。正当自卫军与众教友需要同仇敌忾、抵御来敌的危急时刻，忽出此谣言，要我们自相残杀，这不是汉奸所为又是什么？如果我们听信谣言，自相残杀起来，弥勒在天有灵，也会落泪的呀！请教主明察。"

教主原是私塾先生，一呆一愣地听了，眼珠就骨碌碌地打转，忽地拖长了声调说道："哆兮侈兮，成是南箕。彼谮人者，亦已太甚！"贺爷是熟读了《诗经》的，知道这是《诗经》里《小雅·巷伯》篇所言，随即以《诗经》中《秦风·无衣》作答："岂曰无衣，与子同裳。王于兴师，修我戈矛，与子同仇。"教徒们都望着他俩犯傻。教主向大家批讲说："方才我是说，照贺司令的意思，那个造谣的人可真是'张嘴咧唇，成了南边天上的簸箕星，实在太狠毒了'！贺司令回话说，'我岂是没有衣穿，是要跟你们伙穿同样的衣裳'……"他上下打量着贺爷："没错儿，他这身白衫白裤，正是咱'白学'教衣呀！司令又说，'国家要打仗，咱们就要把武器拾掇好，对付同一个敌人。'娃儿们，你们说，信不信得过贺司令？"

会场上七嘴八舌乱喊叫——

"不能轻信了他！"

"叫他再咬个牙印儿！"

"就怕他翻脸不认人！"

"静静，俺听教主一句话！"

李老拴又摇着鹅毛扇，问道："贺司令，大家对你信不过呀，你说咋办？"

贺爷指着树下的白马："请拿马背上的褡裢来。"

李老拴示意拿来褡裢。贺爷取出香表点燃，面朝庙门行了跪拜之礼，说："我贺某向'白学'神灵发誓，永与'白学'为友，共同对敌。如有违反，五马分尸，死无葬身之地。"

会场上一片肃静。

李老拴趋前搀起了贺爷,执贺爷手,向教友们说:"娃儿们,你们听见了吧,弥勒命我收下了这位朋友!"说罢,向贺爷拱手而拜,贺爷也回拜了教主,说:"鬼子逼人甚急,我实在不敢久留了!"李老拴送贺爷直到马前,贺爷翻身上了白马。据说,李老拴摇着鹅毛扇向白马身上忽闪了几下,白马如轻烟离地,一路流星地去了。

贺爷从石家沟回到坡底,又来了国民党新八军的溃兵。

新八军军长胡伯翰与参谋、护兵跑散了。他撅着屁股钻到麦垄里,"吧唧吧唧"大嚼来不及成熟的豌豆荚,满嘴冒着绿沫,却不知一个叫二愣子的青年农民早已盯上了他别在腰里的小手枪。二愣子让他的大脚媳妇手执粪钗堵住去路,自己攥着一根红萝卜包抄过去,把红萝卜顶在胡明翰的脊梁骨上,大喝一声:"不许动!"胡明翰就像鸵鸟一样一头扎在了麦棵里。二愣子夺了他的小手枪,扔给他一根红萝卜,说:"啃着萝卜走吧!你不打鬼子,要这么好的手枪有啥用?"胡明翰抓着红萝卜啃了一口,说:"此物甚好!"顺着山沟跑了。

胡伯翰吃了萝卜,才想起失去的小手枪非同小可,急忙到坡底找到贺爷,脚跟并拢,叫了一声:"贺参议!"嘴巴一歪一咧,眼泪就流了下来。贺爷惊诧说:"别哭,别哭,军座怎叫我'参议'?"胡伯翰说:"卑职请司令屈就新八军军部参议,请你无论如何找回我的小手枪。"贺爷又被他说糊涂了:"你先找着你的军部,再叫我当你的军部参议不迟,可这小手枪是怎么了?"胡伯翰说:"那是国防部长何应钦上将送给卑职的白金小手枪,上有'何应钦亲赠'字样,叫这西山沟一个野百姓夺了去了!"贺爷说:"好了,这事包在我身上。我为你找到小手枪,请你留下打鬼子。"胡伯翰说:"我现在是人无粮、马无草啊!"贺爷说:"伏牛山再穷,也不能叫你饿着肚子打鬼子,你放心好了。"

二愣子也参加了抗日自卫军,听说贺爷找枪,就把它送给了贺爷。贺爷还没来得及把它还给胡伯翰,胡伯翰已仓皇西逃。贺爷向南山试发数枪,子弹出膛时振作有力,却嘤嘤然作飞鸟哀鸣之声。贺爷收了小手枪,说:"到了用白金做枪的份儿上,枪就成了玩物。军人还能打仗吗?它只能输给红萝卜了。"

胡伯翰刚刚西逃,鬼子已进逼到伏牛山下。贺爷亲率自卫军战士隐蔽于山顶,却见鬼子兵仅三百余人,携两挺重机枪、两门迫击炮,络绎进了山沟,如入无人之境。贺爷放其大部进山,鸣枪为号,集中轻重火力咬住鬼子尾部一阵猛打,毙敌十多名,迅即隐入大山。鬼子意在攻打卢氏,不敢在途中恋战,向山上猛轰了一阵迫击炮弹,放火烧了尸体,西上卢氏去了。

贺爷痛击鬼子的消息传遍了伏牛山区,也传到了"白学"大庙。大庙台阶上传来一声枪响,处决了一个钻进"白学"、造谣惑众的汉奸。后来,贺爷应"白学"教主之请,把四县联防会设在了石家沟"白庙"。

9. 杀人告示

　　姨父和三姨离开龙驹寨，穿过卢氏山区，来到了 L 县县境，远望重山叠嶂，云雾苍茫，还要走一百五十华里的坎坷山路，穿过重重封锁，才能到达坡底镇。姨父料想自己是 L 县无人不知的"共匪"逃犯，如秘密潜回，一旦被国民党顽固分子或日伪军察觉，都会无所顾忌地暗下毒手，遂决定走一步险棋，利用父亲的关系，公开通过国民党控制区，大摇大摆地回去。

　　进入县境第一站，就到了贺爷在县西的换帖弟兄、县保安团前任团长王西峰家里。王西峰唯恐贺爷的大公子出了差池，酒肉款待后立即为姨父备马。三姨不会骑马，就怀抱幼儿坐上了两根竹竿架起来的一把软椅——由两个脚夫抬着走的"兜子"，或叫"滑竿儿"，护兵前呼后拥，到了国民党流亡县政府所在地中山镇，径直进了县政府财委会委员长孔贤之的府第。孔贤之的老家与坡底相邻，一家老小都在贺爷的势力范围之内，更是不敢怠慢了这个不期而至的"共匪"要犯。流亡警察局局长也是国民党蓝衣社在 L 县的头目，闻讯要暗下毒手，倒是把孔委员长吓出了一身冷汗，急忙阻拦说："我的爷，你这不是要用他爹的手灭我全家嘛！"吓得他一夜未眠，亲为姨父查岗放哨。次日一早，又仿效王西峰的规格，派马匹和护送人员，送姨父一家绕过日军占据的县城，到达县北山区，又由一位旧时相知、因伤退伍的爱国军官热情迎送，平安到达坡底镇。

　　三姨说，她十分怀念那次乘坐的"兜子"，认为它是今日发展山区旅游事业不可小视的一种具有中国特色的交通工具。"兜子"吊在两根竹竿上，时而欢快、时而徐缓地打着忽闪，山中美景如电影、如画卷徐徐展开、尽入眼帘。姨父揭"老底儿"说："那么，你坐在国民党要员提供的'兜子'上，怎么如坐针毡、如入雷区呀？我骑马与你并行，你低语说：'我怎么产生了一种说不明白的感觉！'我问：'什么感觉？'你说：'好像是请老虎为我抬轿子的感觉。'"姨父讪笑着，目光越过木樨地的窗口，远望故乡那边的云彩，又问："我当时说什么了？"三姨说："你说，就是要让老虎为我们抬轿子，多年来，老虎撵得咱无安身之地，应该叫它抬举一回。再说，老虎抬轿子，把狼和狐狸都给吓跑了呀！"一对白发伴侣发出了年轻的笑声。

　　姨父和三姨被前呼后拥着走了一百多里盘山路，就等于向山路两旁失去组织联系、潜伏在山村野寨里的本党同志发出了通知。有一位躲在路边目睹了当时情景的老同志说，嘿呀，他头戴博士帽、身穿丝绸长衫，时而在马上远望，时而手拿"文明棍"下马缓行，一群护兵围着他团团打转，风光着哩！

　　姨父和三姨刚刚到了坡底，数十名地下党员翻山越岭，蜂拥而至。自从中共中央于 1941 年发出"豫西干部大撤退，党组织停止活动"的指示以后，L 县地下党领导成员紧急撤出，还留下这批互无组织关系的同志"隐蔽待命"。大家见到了阔别多年的县委原领导人,都认为时机到了。在仍旧得不到上级党组织任何消息的情况下,姨父毅然在贺家大院召开秘密会议,建立了L县中心县委。在姨父离休以后为子女写的《自述》中,用"文件语言"写道:"中心县委决定,立即恢复、发展党的组织,放手发动群众,重点做好开明士绅贺雨顺先生的统战工作,改造、壮大抗日自卫军,使之成为由我党完全掌握的骨干武装,联合一切可以联合的抗日力量,开展豫西敌后抗日游击战争。"

  姨父对贺雨顺先生亦即对父亲的统战工作无疑是成功的。姨父与父亲之间的重要谈话几乎可以照抄"新闻用语"说,"是在十分亲切、友好的气氛中进行的。双方就共同关心的问题进行了真诚的磋商,取得了完全一致的意见"。

  自卫军内部聚集了大批爱国情绪十分高涨的青年农民和乡村知识分子,已有地下党员潜伏其中。但上层成分复杂,有的是带着看家护院的"家丁"来入股的财主,为的是背靠着贺爷这棵大树好乘凉;有的是借机扩大势力的土豪劣绅,搜罗流氓、兵痞、土匪,打着"自卫军"的旗号占山为王。贺爷与他们均有旧交,心存厌恶却又无可奈何,遂接受我姨父的建议,自卫军设立政治部,任命我姨父为政治部主任,同时任命一批中共党员担任各分队政治指导员,加强政治工作,纯洁组织,整饬纪律,提高队伍的战斗素质。

  贺爷的这一决定,受到自卫军内部以赵双贵为首的一群士绅的抵制。赵双贵说:"贺司令,恕我直言,贵公子是受到当局通缉的共党要犯。他既然回来了,我们睁只眼、闭只眼,平安无事就好。再请贵公子当咱的政治部主任,不是故意给当局闹别扭,也是给贵公子找麻烦嘛!"

  士绅们跟着起哄说,三思,三思!

  贺爷说:"双贵兄,你说的当局在哪里?你还找得见他们吗?哼,没听见鬼子枪响就兔子样一溜烟儿地窜圈了!他们通缉的共党要犯倒是堂堂正正回家乡请缨抗日,请诸位说句公道话,这个通缉令是不是下颠倒了?谁要承认这个通缉令,那就请他把胜子五花大绑着,送给他的当局领赏好了,听说,他那颗脑袋不便宜,值一千块现大洋!"

  贺爷一席话说得赵双贵面红耳赤,跟着起哄的士绅们也一个个目瞪口呆。

  李紫东连忙打圆场说:"还说啥通缉令,我好赖还算个区长,可是当年张贴通缉令的区公所倒是找不见了,也摸不着县政府的衙门朝哪儿开了!胜子身处逆境而不改报国之志,难能可贵呀!要是大家一时不放心,那就叫胜子在司令身边当个贴身参谋吧!"

  士绅们随声附和说,中,中,就这了!

  贺爷问:"双贵兄,就这样定了吗?"

  赵双贵急忙讨好说:"我的贺司令,我不过是飞到你这棵大树底下遮风避雨的小虫儿,刚才话说重了,也只是怕贺司令树大招风。既然大家都说贵公子当你的贴身参谋最好,老朽岂敢抗命!"

  贺爷微笑说:"好,这个贴身参谋,我收下了!"

  赵双贵又带头拍起了巴掌。

  贺爷却又沉下脸,站起来说:"现在,我宣布命令……"

李紫东慌忙站起来,对士绅们说:"起立,起立呀,这是规矩!"
一个个士绅歪三扭四地站起来,按照李紫东的样子,学习"立正"。
贺爷说:"卑职偶有小恙,需要休息调养。自卫军军事、政治及后勤等一切事务,均由我贴身参谋贺胜代策代行。有不同意见吗?"
会场上一片骇然,却又鸦雀无声。
贺爷说了声:"散会!"就迈着毫无"小恙"的大步,径自出了议事厅。
李紫东望着贺爷的背影说:"我真算服了你了!"又向大家挥手说:"诸位好自为之,散会,散会!"
会后,士绅们见了姨父,都忙不迭地拱手问候,且给他官升一级,说:"参谋长好!"
姨父私下里问:"爹,是不是急了点儿?"
贺爷说:"不急不行!给你的同志们说,对这些肉头财主、落魄小政客光抬举不行!你跟他们好说好商量,他们就不知道自己是老几了,钻到你肚子里瞎闹腾,叫你啥也干不成。干脆下一剂猛药,他们就变成了蛔虫!"
贺爷事后回忆说,他就是在发布这个命令的时刻,决定把自卫军的领导权交给共产党的。他信任这个还不过二十九岁却已经为了实现自己的理想"虽九死而犹未悔"的儿子,这是由爱国之心和亲子之情演化出来的一个政治决定。
但他低估了事情的复杂性。
姨父代理了司令之职后,贺爷就让他带领一个警卫班外出视事。出发前,贺爷叮嘱说:"骑上我那匹白马出去遛遛。这马通人性,知亲疏,除了我,不让别人骑它。你骑上试试,看它认不认你?"马夫牵来了那匹浑身雪白的大洋马。贺爷轻抚马背,指着儿子说:"雪龙,他是你的新主人,好好侍候着,不可调皮,听见没有?"白马摇响了铃铛,错动四只银蹄,作欢欣鼓舞状。贺爷说:"好,可见这是天意了!"姨父上了白马,随从十余骑都竖起耳朵肃立不动,待白马扬蹄上路,才拥在白马左右,踊跃向前。贺爷大喜说:"好了,这些马也都服了你了!"
姨父到了自卫军几个分队驻地,看到分队长有的是父亲旧部,有的是自己八年前跟着他把"回春堂"围了个风雨不透的保安队员。一批地下党员已经进入分队当了政治指导员。自卫军战士或上课或出操,井然有序。姨父暗喜。
午后,他又策马去赵堡视事。赵堡原是国民党区公所所在地,也是士绅赵双贵的老窝。鬼子占领L县县城后,区长跑了,区公所撤了。赵双贵的女婿就是八年前被姨父取而代之的坡底保长刘拐子,他后来当了赵堡区的保安队长,保安队就成了他岳父赵双贵的"看家队"。赵双贵带着刘拐子手下一百多号人马加入了自卫军,刘拐子又成了自卫军的分队长,以自卫军的名义抓兵拉夫、派款派粮,破坏自卫军的声誉。怎样改造这支武装,是姨父的当务之急。姨父知道刘拐子不是等闲之辈,他的老父亲刘大汉却是姨父二伯手下料理农事的功臣,因上了岁数,就在长工屋给他隔了一个单间让他养老。他也能遛遛牲口,扫扫场院,成了贺家大院的一口人。姨父料想刘拐子不敢轻举妄动,就只身带着警卫班去了赵堡。

姨父说,那天他骑白马翻过一座山岗,正要转弯下坡,白马忽地昂首停蹄,仰天长嘶。姨父听父亲讲过,这匹马有"三不骑":进村不骑、出村不骑、下坡不骑。他想这是下坡,就翻身下马,脚还没有着地,"突突"的机枪射击声如疾风从脚下掠过,地上的草叶儿纷纷飞起;脚刚着地,子弹又"嗖嗖"地掠过头顶,崖头上的树叶纷纷坠地。白马就地一滚,匍匐在路沟里掩护着姨父,却又挺起脊背让姨父趴在马鞍上抽枪还击。随从马匹也都打了个激灵,"咴儿咴儿"叫着,卧在白马身前,成了白马的掩体。警卫班战士伏在马背上猛烈还击,对面小树林里的机枪顿时成了哑巴。警卫班迅速包抄,几个黑衣人仓皇欲逃。白马载姨父奋勇跃起,率数骑紧追不舍,击毙一人,生擒二人,一人一颠一跳地逃跑如一只灵活的兔子,此人正是刘拐子,也被掀翻于马下。警卫班战士无一伤亡,却被打死、打伤了数匹战马。

刘拐子被俘后,还在山路上一颠一跳地向他的机枪手叫骂:"狗日的,你还算个打猎的,一百块现洋算是白白扔给你了!"机枪手胸部负伤,奄奄一息,却抬起头来分辩:"拐子,不是我没有准头,是他官运太盛,还有那匹白马……"话未完,就耷拉着脑袋咽了气。

姨父到了晚年还时常梦见那匹通身雪白的神马,如一片洁白的云彩从伏牛山的峰顶掠过,化为轻柔的白绫缭绕起舞,融入天际。

战斗结束后,姨父才发现马背和马臀上受了两处枪伤,鲜血如在雪白的锦缎上浸洇出两朵猩红的大花,愈合后,伤口变成了两朵紫黑色的花斑,马的名字也改成了"黑雪花"。"黑雪花"又跟着姨父转战黄河南北,直到1948年缴获了国民党的汽车,马也老了。一天晚上,姨父来到马槽前,给马拌了一槽嫩草精料,久久地坐在草垛上看马吃草。马却停止了吃草,心神不定地仰起脑袋,用湿漉漉的眼睛望着姨父。姨父走过去,用手指梳理着马鬃,拍了拍马的脑袋,说:"黑雪花,我要走了。"马夫接腔说:"你就赶紧走吧,马哭了。"姨父望见马眼里涌出了泪珠,为马擦了眼泪,向它鞠了一躬,说:"谢谢了!"两年后,这匹马随部队到了南方,在剿匪战场上中弹牺牲。马夫把它埋葬在一块花岗岩的背后,花岗岩上刻着:"黑雪花同志之墓"。

姨父生俘刘拐子当日,贺爷也得到情报说,国民党流亡县政府已派人与赵双贵接触,决定委任赵双贵为赵堡区区长、刘拐子升任县保安团团副。翁婿俩盯准了姨父的脑袋,而且为这颗脑袋准备好了一个通风透亮的竹篓,那是县政府点名索要的见面礼。刘拐子没有送去这份"见面礼",自己却做了俘虏。

赵双贵急托贺爷的拜把子兄弟王西峰给贺爷捎信,要用五百块现大洋再加一挺重机枪、一千发子弹赎回他的拐子女婿。贺爷却让人写好了处决刘拐子的告示。贺爷看了告示,想起了刘拐子的老爹刘大汉,恐怕绝了他的后人,下不了杀人的决心,就掂着一匣子点心,来到长工屋看望刘大汉。贺爷说:"你的儿子要杀我的儿子,叫我的儿子抓住了,我该咋办?我来听你一句话。"刘大汉说:"怪你给了他一条腿!"贺爷说:"那我再把它拧下来吧!"刘大汉闷着头吸了一袋旱烟,说:"你也不该操心调教他!"贺爷说:"这话咋说?"刘大汉说:"他从小没妈,叫一只母狼叼走了,吃了三个月的狼奶,我才把他找回来。从小我就叫他狼娃,再调教,狼性也难改了!"贺爷摇头说:"那倒好办了,叫他再吃三个月的羊奶就是了!"刘大汉摇头说:"晚了!"贺爷说:"那咋办?总不能再把他扔到狼窝里呀!"刘大汉说:"我总是他的爹,叫我再调教一回。"

刘大汉掂着食盒,去到关押着刘拐子的小庙里探望儿子。贺爷事先吩咐,给刘拐子松绑。刘拐子打开食盒,却只找见一盒水煎包子,还有剥好的蒜瓣儿和醋水碟子。刘大汉说:"狼娃,爹想你了。"刘拐子说:"爹不该想我,我没尽过做儿子的孝道。"刘大汉说:"你五岁那年跟我去赶会,想吃水煎包子,我留着钱,买了一把镰刀。你没吃上水煎包子,就向我胳膊上咬了一口,瞧瞧,牙印儿还在哩!"刘拐子说:"爹,来世我再当你的孝子。"刘大汉说:"今天,爹得叫你吃一顿水煎包子,你也别恨你爹了。"刘拐子说:"我吃,我孽也作了,福也享了,世上好吃的东西也吃得差不多了,这辈子没有白活,吃了爹送的水煎包子,就该上路了!"他吃完了水煎包子,美美地打了个饱嗝儿,说:"爹,可我不知道,我临走该咋着给爹尽一回孝心?"刘大汉从腰里掏出一个挠痒笆,说:"你要尽孝心,就用这个东西给你爹好好挠挠。"刘拐子接过挠痒笆,从爹的布衫底下伸进去,在爹脊梁上的沟沟坎坎里挠了一遍。刘大汉扭肩曲背说:"舒坦,真舒坦!怪不得世上人都喜欢叫人给自己挠痒痒,最精明的账仙儿都叫你给他挠迷糊了!挠吧,挠吧,再往上挠挠,好,好,你妈来接你了!"挠痒笆忽地从拐子手里落下来,拐子脑袋一歪,口吐白沫,瘫倒在地上,再也没有爬起来。

看押刘拐子的战士向贺爷报告:"刘拐子叫他爹下药闹死了!"

贺爷一愣,又叹息说:"这条人命还是算在我的账上。"

贺爷在杀人告示上签了自己的名字,派人给赵双贵送去了告示。姨父曾建议贺爷留点余地,不要亲自签署告示,以自卫军军事法庭的名义就可以了。贺爷说:"我就是叫自己手上沾血哩,沾上他们的血,才能跟他们一刀两断。"贺爷签了名字,就掷了毛笔,说:"好了,我走了,跟我娃子走了。"

一张告示吓跑了赵双贵和钻进自卫军内部的土豪劣绅,李紫东也梗着脉子离开了贺爷,继续当他的无任所区长去了。

告示复写数十份,张贴于通衢要道,观者如堵。

10. 豫西事变

数月后,八路军一个排的武装长驱二百余华里,突然出现在坡底镇,当即接走了姨父,把他送到了新安县黄河岸边的黑扒村。原来,姨父在L县北部山区的活动引起了上级党组织的密切注视。姨父的老上级、也是姨父与我三姨的主婚人——时任中共河南区党委副书记、军区副政委刘子久与司令员韩钧率八路军正规部队两个团,由晋南太岳根据地南渡黄河,来到豫西,与姨父接上了中断四年的组织关系。姨父见到了离散多年的同志,欣喜异常,在前往新安的山岭上,就急不可待地与警卫员换了服装,脱了自卫军的黑棉袄,换上了八路军的灰军装。

姨父还没有从新安回来,这件事已经在四县联防会内引起了巨大震动。三个县的联防会头目都是惧怕"共产"的大地主,纷纷找贺爷商量对策。贺爷在四县交界处的藕池村召开了四县联防会。来自宜阳的三个联防委员原来是国民党二十路军的旅、团长,在豫鄂皖苏区围剿过红军。他们一到会上就像被掀了窝的老鸹哇哇乱叫,哎呀,共产党打土豪、分田地,专打我们这号人。我们手上又沾过共产党的血,他们一来,咱就别想活了!陕县的联防委员也跟着喊叫,还有啥说的,拼吧!渑池来的自卫队司令上官子平说,呀,八路军不是好惹的,连小日本儿都怕它,能是咱说打就打的!好了,好了,都别咋呼了,雨顺兄是联防主任,该听听你的了!

贺爷作了长篇讲话,三十五年后的《文史资料》上披露了这次著名的讲话:"事情明摆着:鬼子一到,老蒋跑了,八路军来了。谁好谁孬,一比就知道。我们为了不当亡国奴,才联合起来,共求生存。眼下,L县县城、宜阳韩城、新安铁门、陕县会兴都是鬼子的据点,最远的,离我们联防会所在地也不过几十里,鬼子扫荡,说到就到,形势对我们是很不利的。现在,八路军打过黄河了,没娘孩儿似的老百姓有了依靠,日伪军又像乌龟一样把脑袋缩回去了。谁要跟八路作对,那不就跟汉奸一样了!听黄河北过来的人说,八路军现在的政策是,抗日者都是朋友,既往不咎;也不分地主的土地,只打当汉奸的地主,因为他是汉奸;不是地主的汉奸也要打,不管他是不是地主。我们不跟着老蒋跑到大后方,坚持在家乡抗击日寇,八路军就是打着灯笼过来找咱哩,只会把我们当朋友、当战友,决不会把我们当敌人。大家都知道,我贺雨顺也当过国民党的团总,手上也不干净。我家这个地主也不算小,有二百多亩土地、三个生意门面,可我也只长着一个脑袋,我这个脑袋也不是铁打的。可它想好了,要想保家乡、求生存,只有跟八路军合作抗日,别无出路。我就这话。"

联防会上一片寂静。好久,又一下子热闹起来。有的说,雨顺兄莫急,我还得买一只烧鸡不吃——"撕撕(思思)想想"哩!有的说,我看咱就不必六神无主、七窍生烟了,这一河浑水,只要雨顺兄敢蹚我就敢蹚!有的说,雨顺兄说得有理,我看也只有这样了。有的说,急毬啥哩?走着说着吧!

散会后不久,渑池县上官子平向贺爷告急,一个团的日伪军强占渑池,请贺爷找八路军协助清剿。贺爷连夜派人到新安向儿子贺胜送信求援。韩钧司令员亲率两个团,兵分两路,星夜驰援,一举收复渑池,生俘日伪军八百多人。上官子平见了韩钧,倒地便拜。各县武装首领纷纷找到贺爷,要求与八路军合作。贺爷介绍他们一一与韩钧司令员见面。渑池上官子平的自卫队、L县爱国军人李桂梧领导的抗日游击队,都主动接受了八路军的改编。

姨父在他的《自述》中省略了上级党组织对他在失去组织联系的情况下所作各项工

作给予的高度评价。河南区党委接受了由姨父组建的L县中心县委及所属党组织,把L县抗日自卫军第五支队列入军分区所属系列,改番号为分区特务团,随即在L、陕、渑、新、宜五县建立各级地方政权,创建了一块方圆四百多华里、拥有三十多万人口的豫西抗日根据地。三姨也受命按照陕北公学的宗旨,为培训根据地军政干部创办了豫西公学。

给姨父留下深刻印象的是,他在渑池的一个村庄里,第一次看见了属于自己的电台。电台"嘀嘀嘀嘀"地响着,他觉得那是悦耳动听的音乐。一天晚上传来了属于朱德总司令的音乐。《中共L县党史大事记》特意记载,朱德总司令驰电,任命贺胜为豫西地委副书记、军分区副政委;贺爷雨顺也以开明士绅和爱国军人的身份,被委任为豫西专署专员。龟缩在伏牛山南麓的国民党河南省政府主席刘茂恩闻讯,立即在山旮旯里发表谈话,怒斥"贺匪雨顺"为"通共投共"的"豫西祸首"。

贺爷没有想到,刘茂恩会为他暴跳如雷。但是他知道,在他鬓角上生出白发的时候,他皈依了"儿子的革命"。由五支队改编而成的分区特务团,已经有了新的团长和政委。他忽地感到轻松,也感到疲惫。这时,他收到了四纵司令员陈赓将军发来的邀请信,请他去黄河北岸的太岳解放区参观。他对陈赓将军深怀仰慕之情,决定到那里看一看,看自己还能为这个陌生的革命做点什么事情。

贺爷就要踏上旅途。他的第六感告诉他,他是向一部历史告别,家乡的一切都将不再属于自己了。晚上,他独自上了北坡,在贺家祖坟上低头徘徊。贺家的祖先正在一个个坟包里传递着发家兴业的好梦。他的精明强干的大哥已经留下自己创建的染坊、油坊和烟坊,过早地来到这里安息。他的勤劳、实受的二哥正领着一群长工,也把自己变成长工,沉声不响地经营着祖先留下的土地。然而,他要走了。他觉得头有点儿晕,一个个坟头像黑色的波涛涌动起来。他歪趔了一下,又倔强地站稳了脚跟。不是我要动,他对坟头说,是世道要动。贺爷绕着坟地走了一圈,当他听到村里传来了马嘶狗吠声时,才定定地站住,望着满天的星斗。一颗流星倏地拖着一条长长的尾巴从空中划过。哦,我该走了。他对坟头说,我还会回来,在这里给自己刨一个土坑。他缓缓地走下北坡。有一个小虫子从他眼角里拱出来,在他冰冷坚硬的脸颊上辣辣地爬动。

贺爷上路以前,把那只白金小手枪赠给了韩钧司令员。小手枪锃亮如新,在微弱的星光下泛出银白如霜的光晕。他说:"韩司令,这支小手枪对我已经没有用处了。把它送给你,我也就成了无产者了。"韩钧早就看上了这支小手枪,他说这是他接受过的最好的馈赠。贺爷与韩钧司令员紧紧握手后,翻身上马,一个排的士兵骑马簇拥着他,奔向远方一块陌生而沸腾的土地。

贺爷在太岳解放区受到了热烈欢迎。先期到达太岳根据地上了抗大分校的明表叔,多次看到父亲戴礼帽、穿长衫、戴眼镜,彬彬有礼地出现在太岳行署、太岳军区、四纵司令部的欢迎会上。贺爷到太岳不久,就在一个文件上看到了两项任命:他被任命为太岳行署谘议、河南民主建国会主任,免去其豫西专署专员职务,由他的儿子贺胜接任。

贺爷没有料到,他离开豫西不久,就发生了惨绝人寰的"豫西事变"。豫西根据地实行"减租减息"和"倒地运动"①,触犯了刚刚收编的上官子平及其下属的利益。"民主整军"时,枪决了一个强奸民女、反对整编的副团长,又引起他们的惊惧。上官子平暗与国民党河南省主席刘茂恩接头,乘八路军三个团的主力外出执行任务之机,于1945年5月26日晚发动叛乱,一个晚上捕杀八路军派入七旅的八十多名旅、团、营、连干部。八旅旅长、坚持与共产党合作抗日的爱国军人李桂梧也被其部下杀害。陕县被收编的地方武装同时叛变。率部在陕县执行任务的姨父,受到叛军伏击,枪弹如飞蝗擦身而过,奋战得脱。八路军三个主力团迅速撤回,平息了叛乱,却已造成了惨重的损失,韩钧司令员从延安带来的一百多名干部大部分惨遭杀害,被害战士也有一百多人。

一个偶然的机会,我结识了在"豫西事变"中惨遭杀害的七旅政委王舟平烈士的儿子。他是在父亲牺牲后、母亲又被投入监狱时,让狱卒把他抱出去交给一个铁路工人养大的。他长大后,养父母才向他讲了他的身世。我曾与他一起去渑池寻找他父亲牺牲的地方。农民指着村边的一块麦田说:"王政委就是在这块地里叫刺刀捅死的。上官子平害怕惊动了八路,下令不准开枪。那天死的人是叫刺刀捅死、乱棍夯死的。俺上半夜听见麦地里有人哼哼,一直哼哼到下半夜,不知道出了啥事,谁也没敢起来。一大早,才看见这里躺着王政委,浑身是血,眼也没有闭上。狗日的捅了他十几刀也没把他捅死,他弹腾了一夜,麦棵压倒了一大片,天亮才咽气。从那以后,这块地里的庄稼年年耷拉着头,庄稼棵倒是长得硬扎扎的,刮大风也没见倒伏过!"

烈士的儿子哭了,他说:"我还不知道父亲是咋着从延安来的,老家是哪里的?当时的司令员韩钧不在了,也不知道找谁打听去!"我说:"我替你打听一下,可以吗?"他问:"你找谁打听?"我说:"我找贺胜。"他说:"是贺部长!你咋知道他?"我说:"他是我亲姨父。"他连连摇头说:"你千万别找他!"我说:"为啥?"他说:"我给他写过信,很快就收到了他的回信。他也说不清我父亲的历史,光是给我写检讨,就写了五张纸。事后,他的秘书说,他写了信,就呆坐在那里暗自垂泪,接着就发作了心脏病,送到医院才抢救过来。你千万别再问你姨父了!"他又夸奖说:"你姨父的字写得真好,一笔一画,力透纸背,一看就知道是临过字帖的!"

直到"豫西事变"过去了大半个世纪的今天,我仍旧不敢在姨父面前提起这件沉重的往事。他作为当时的豫西地委副书记、分区副政委和专署专员,虽然在事变之前已经发现了可能发生事变的一些迹象,而且对主要领导人多次提出过未被采纳的防范措施,党组织也没有在事后追究过他个人应负的责任,但当他提起这次事变时,曾多次潸然落泪。在他晚年的《自述》中仍把"豫西事变"称之为"毕生最大的痛苦",还在《自述》中清算自己永远清算不完的"地主家庭出身,长期受资产阶级教育,世界观没有改造好,右倾

---

① 把地主在灾荒年景以低价购买农民的土地还给农民。

思想严重"的老账,并把五月二十六日作为烈士的忌日,每到这一天的前几天,他就会心神不定地翻看日历,脸上失去笑容。

我想不明白,姨父为什么总是在"地主家庭出身,长期受资产阶级教育"上折磨自己。一位十七岁参加革命、熟读了马恩列的经典著作和毛主席的著作,"虽九死而犹未悔"的"老布尔什维克"尚且如此,我们这些新中国成立后参加工作的"小知识分子"的思想可该怎么改造是好呢?

抗日战争刚刚结束,国民党胡宗南部沿陇海铁路东进。党中央决定避敌锋芒,要豫西根据地党、政、军三套人马全部撤离。姨父就把他那个"地主家庭"的全部成员,包括白发老母、两个年幼的弟弟和正领着长工在地里摇耧种麦的二伯、坐在草墩上捻线陀儿的小脚二娘以及他们的两个女儿,亦即国民党少校参谋贺石的父母和胞妹,统统集中起来,随部队北渡黄河,撤到了太岳根据地。贺家大院的地主与地主的子孙们无论是否出于自愿,无一例外地被姨父"裹胁"到了马克思的麾下,贺家大院人去楼空了。姨父的二伯、二娘离开了家乡就魂不守舍或者说是无舍可守,远涉黄河后,一望见马克思的画像就发愣:"咦,这是谁呀,看他那胡子是咋长的,还叫人吃饭不叫?"

韩钧司令员率部撤到太岳根据地以后,"豫西事变"也成了长期折磨着他的巨大痛苦,但他最终使自己得到了解脱。他的一位老部下告诉我,1948 年,北平"和平解放",韩钧调北平工作。在党中央从西柏坡迁至北平的那天,他得到通知,毛主席、朱总司令要找他谈话。他想起三年以前,当他离开延安去开辟豫西根据地时,毛主席、朱总司令也曾召见过他,对他寄予厚望,让他带走了一百多名久经沙场的干部。他是立下了"军令状"的。而现在,由他带走的大部分同志都在"豫西事变"中悲壮而窝囊地成了烈士。他感到无颜再见毛主席和朱总司令。夜晚,他把自己关在屋子里,捧着一个大茶缸借酒浇愁。深夜,屋子里一声闷响,他已经倒在血泊中,手中握着贺爷送给他的白金小手枪。

11. 战 俘

姨父刚刚撤离,国民党少校营长贺石就紧接着随85师进驻豫西。

历史让姨父避开了一次与堂兄贺石刀兵相见的机会。我不忍心设想,他兄弟俩作为敌对营垒里两个决不妥协的斗士假如在一场战斗中短兵相接,心中会不会颤抖,意志会不会动摇,子弹会不会在它应该遵循的政治轨道上发出凄厉的啸叫。但是我知道,姨父曾竭尽全力要把贺石拉到自己的营垒中来,试图让亲情跨越政治的鸿沟。

贺石带部队路过坡底,久别的家乡向他展现着一幅凄惨景象:国民党县、区政府已经没收了贺家的全部土地;还乡团捣毁了贺家大院的所有房屋,使他的父辈和祖父辈建造的庄院变成了一片废墟,还杀害了十二名来不及撤离的农会会员,把尸首抛入贺家井中,向井里填满了石头,血水溢出了井口。还乡团又窜到东街砸了贺家的染坊、油坊、烟草坪,就要动手拆毁贺家的老屋。贺石身着美式军装,大头皮鞋"砰嗵、砰嗵"地走进了门楼,冷冷地拔出了手枪。还乡团的打手们喊叫说:"糟了,贺家还有蒋家的人哩!"跟头尥蹶儿地翻墙头跑了。

大头皮鞋又"嗵嗵"地敲击着坡底的村巷。贺石不时停下来,望着中国共产党豫西地委、专署、军分区留在砖墙和土墙上的各种布告,在布告下边签署着专员大名的地方,他碰到了贺胜光芒逼人的眼睛。他已经知道,他的父母和两个妹妹也被贺胜带到黄河北岸去了。他不知道应该责备胜子"劫掠"了他的亲人,还是应当感谢胜子让他的亲人避免了一场血腥。

大头皮鞋又"咚咚"地登上村北的山坡。祖坟里的坟头都惊呆了似的沉默着,颤动着坟头上的荒草,掩饰着坟头里的恐慌和惊愕。贺石在爷爷坟头前直直跪下,磕了三个响头,说:"爷,胜子走了,把你的后人都带走了,只剩下我了。俺俩的项圈你拿着,俺俩都顾不上你了!"血从他额头上淌下来,如一条红色的蚯蚓在鼻洼里蠕动。他拔出手枪,"砰砰"地朝天上打了一梭子子弹。大头皮鞋踢着直冒青烟儿的弹壳,追赶队伍去了。

山鹁鸪正在他头顶"咕咕"鸣叫。新起的硝烟里,没有绿荫。

贺石的舅父是一个两腿格外勤快的牛经纪,而且无法遏止职业养成的喜爱动用舌头的欲望和进行斡旋的冲动。他跑到黄河北岸的解放区,向我姨父报告了贺石路过家乡、又开拔到新乡驻防的消息,说他去新乡看望了贺石,并对他的外甥表现出深刻的感伤:"胜子,国民党对不起你石子哥呀!"

姨父忙问:"咋了?"

"他在那边做的官比你在这边小多了,早八年就是营长,现在还是营长,只有他那身军装比你强!"

"他受谁的气了?"

"怪他得罪了团长。"贺石他舅说,"团长挪用军饷做生意,不给士兵按时发饷。石子就跑到团部,指着团长的鼻子骂他是个喝兵血的,摔了大檐帽说,老子没法干了,老子走啦!是师长亲自撵上他,把他请回去的。事后,团长照旧挪用军饷做生意,唯独石子这个营的军饷按时发放。像他这样的'愣头青',长官不打他的黑枪就算万幸,提拔他,那是妄想!"

姨父叹息说:"我正想石子哥哩,你这样一说,我就更想他了。"

"跟着石子吃粮的弟兄,都跟石子铁心。"贺石他舅夸说,"他手下三个连长,有两个是咱县的老乡,见了我,都为石子抱不平说,瞧瞧咱家乡的告示,贺营长的兄弟在那边都当上专员了。咱营长在这边还受着狗日的窝囊气,倒不如领着弟兄们上山拉杆儿去!"

姨父认真听了,目光霍地一亮。

贺石驻防的新乡紧挨着太岳解放区。姨父报经组织批准,决定委派与贺石的大妹妹刚刚完婚的新郎官儿、共产党员冯杰,跟随贺石的舅父,以探亲名义,去新乡策动贺石起义。

贺石的舅父为自己能受此重托而得意,对冯杰说:"外甥女婿呀,你知道我是干啥的?我是空着一双手卖这张老嘴的呀!在牲口市上,我就是夹在买主跟卖主中间,叫他们都得听我的,最后还都得承情谢我的外交官呀!这事儿就包在我身上了!"冯杰说:"舅,咱不是去牲口市上买卖牲口。"舅说:"咦,世上事都得讨价还价,道理都一样。"冯杰说:"舅,你只管当个牵线儿的,话就留着叫我说吧。"

他俩潜入新乡,冯杰向贺石说明了来意。贺石骨碌了一下大眼珠,说:"只叙家事,不谈政事。"请他俩吃着猪头肉,喝着老白干,却一声不吭。舅父大人忍不住说:"石子,胜子忘不了你这个好哥呀,你们还是兄弟团圆吧!你大妹和你个妹夫也都是'同志'哩!你要是去了那边,起码也得是这个……"说着,右手一抖搂,甩开了宽展展的袖口,抓住石子的手指头,用袖筒罩住,就在袖筒里捏起了"码子"。冯杰来不及制止他,他的手指头已经像小老鼠一样在袖筒里鼓拥乱动:"胜子眼下是这个,你一过去就是这个。反正,不会叫你是这个!你懂了没有?"石子抽出手指头,说:"喝酒,喝酒!"舅父大人赫然变色:"咋啦石子?胜子是大拇哥,你是二拇哥,反正不会叫你当小拇哥,这还不行?"石子说:"舅,酒场上不说官场话。"冯杰说:"石子哥,你冒着生命危险掩护过胜子夫妇,那边组织上给予很高评价……"石子截住话头:"过奖了,这不过是一个当哥的应尽的情分。"他举杯清了残酒,让勤务兵拿来两套军装,面无表情说:"穿上,舅也穿上!"舅父吓了一跳:"石子,你没看看,你舅的胡子都白了,你不管咋着,也不该抓你舅当壮丁吧?"石子说:"我是送你俩赶紧走人,穿上军装,好送你们出城。你们回去,向胜子夫妇问好,向我大妹子秋桂问好!请胜子把我父母和小妹根花儿送到我这儿,别让他们再拖累胜子,也让我尽尽孝心。"不由分说,连夜把他俩送出了新乡。

姨父接受不了这个令人失望且具有滑稽意味的结果,倒是立即按照石子的意见,再托付石子他舅送去了二伯、二娘和小妹根花儿,让他们全家团聚。姨父多次感叹说,可能是自己连累了石子。石子的上司肯定会看到留在豫西的告示,知道了他在共产党内的身份,加强了对石子的防范和控制,再加上舅父大人方式不妥,石子能把这两位说客礼送出境,已经很不容易了。

历史又给姨父提供了第二次机会。

1949年春,淮海战役胜利结束,中原全境解放。姨父出任刚刚组建的中原临时人民政府秘书长,贺石他舅又匆匆跑到K市,栖栖惶惶说:"胜子,我看石子这孩子已经没有了!"姨父吃了一惊,忙问:"咋了?"石子他舅:"石子手下有个当兵的是咱县老乡,他领了解放军发给的路条和路费,回家给我捎话,说石子当上了上校团长,参加了'徐蚌会战',就是你们说的淮海战役,叫解放军重重围困在一个指甲盖儿大的村子里,马也杀了吃了,皮带也煮煮吃了。一到晚上,解放军就把饭碗、饭盒敲得叮当响,叫他们过来开饭。石子的护兵爬过来吃饱了,又给石子揣回去几个大包子。石子的肚皮已经贴到后脊梁上了,可他接过包子,看也不看一眼,就把包子扔到雪地里了。没多久,解放军发起总攻,猛轰大炮,一个炮弹砸下来,就不见了石子!"说着,就掉下泪来。姨父说:"先别慌着难过,我正在打听他的下落。"

贺石他舅还没来得及离开K市,俘虏教导营政委就给我姨父打来了长途电话:"我们俘虏了国民党58师一个上校团长,名字叫贺石。他自称是你的堂兄,曾在国民党通缉你的时候掩护过你,送你安全出走,是否属实?"姨父又惊又喜说:"属实。他在宁夏驻防时,还以同乡关系掩护过家乡去的一批同志哩!"教导营政委说:"请你写一个书面材料送来,我们干脆把贺石送到K市,由你们甄别处理好了。"

贺石他舅听说贺石有了消息,又喜又忧说:"他的家眷还在徐州受症哩!"

姨父说:"请你把他们接到这里来,叫他们一家在这里团聚。"

教导营就在徐州旁边。姨父让贺石的舅父绕道教导营,给贺石带去了一封问候信:"久疏音问,时在念中。得知近况,感喟莫名。往事如昨,恍然入梦。因工作繁忙,不能亲往探视,务请鉴谅!"等等。写毕,又提笔添上了一句话:"革命形势大好,吾兄前途亦一片光明。"

数日后,贺石的舅父把贺石的家眷带到了K市。姨父和三姨见了大喜,原来贺石的妻子正是当年在郑州照料过他们的肖翠花,怀中抱着一个不满一岁的"小贺石"。肖翠花好像还没有从惊恐中醒过神来,见到姨父和三姨,还一惊一乍地称赞"大军"真好,纪律严明,去徐州家里搜查,只搜走了两支手枪,其余的东西,包括金银首饰动也没动。三姨问她受苦没有。她说不苦不苦,只是没有柴火烧饭,倒是有用不完的子弹箱,都劈开当柴烧了。肖翠花接着就问,狗娃他爸怎么样了?原来他们的孩子叫狗娃。姨父说:"不用担心,你们为革命做过好事的呀!你在这里歇几天,也叫你弟妹侍候你一回。石子哥很快就会回来。"三姨正在筹备建立H省总工会,忙不迭地安排肖翠花母子在招待所住下,就跟姨父商量,翠花嫂不到二十几岁,又有高小文化,不如把她安排到纱厂当女工,你看怎么样?姨父说,是的,我们要壮大工人阶级队伍,石子哥也要有所安排的。

俘虏教导营的人却慌慌张张来到了K市。

"报告秘书长,贺石逃跑了!"

姨父惊呆了:"这怎么可能?"

"过了永城,他半夜起来解手,翻墙头跑了!"

"他能跑到哪里去呢?"

"说不定又去找老蒋了。"

姨父问贺石他舅:"我的信给他没有?"

"给了。他坐在小板凳上,脚脖子上裹着绷带,守着一口大锅,正给俘虏们烧开水哩,看了信,头也没抬,说:'谢谢胜子,我也正想他哩!'又随手把信扔到锅底烧了!"

"他是不是回坡底了?"

"那咋能?我明明说,要在你这儿吃团圆饭哩!"

半个月过去了,坡底来人说,没见贺石回去。

南方还没有完全解放,战争仍在进行。姨父和三姨都感到极大的不安,翠花嫂也整天心惊肉跳。三姨说:"翠花嫂,你去纱厂当工人好不好?"翠花说:"我还有狗娃缠手,俺娘俩回坡底等他吧!"姨父只好托付贺石他舅把肖翠花娘俩送到了坡底。

从此,一去四十年,姨父再也没有得到过贺石的消息。

但是,姨父对一个国民党上校团长的逃跑却负有不可推卸的责任。他为此受到了党内严重警告和通报批评。通报说,贺胜同志身为党的高级干部,却被封建性质的家族亲情所蒙蔽,丧失阶级立场,为一个顽固坚持反动立场的国民党军官逃脱人民法网、继续与革命为敌提供了可乘之机。在革命事业即将在全国范围内取得决定性胜利,国民党反动势力仍在进行顽固抵抗的复杂形势面前,我党一切干部、特别是高级干部,务必从这一事件中汲取严重教训,将革命进行到底。

姨父真诚地作了检讨。他说,这是一个严重的政治性错误,再次从其地主阶级家庭出身上找到了这一政治错误的阶级根源,从其自幼受到儒家文化的传统教育上挖掘了历史根源,从一片大好形势下未能保持清醒头脑乃至于严重丧失了革命警惕上抓住了现实根源,因此,要彻底改造世界观,从根本上转变立场,接受这次沉痛教训。同志们认为,贺胜同志的检讨是诚恳的而不是敷衍了事的,是认真的而不是得过且过的,是深刻的而不是隔靴搔痒的。但是,还需要在今后的工作实践中继续认识其严重危害,务必严格要求自己,认真接受这一深刻教训。

在省会人民热烈庆祝中华人民共和国成立大会上,我站在高中学生的队列里踮起脚尖,看见姨父身穿灰色中山装,站在检阅台上,不时与他左右两边的首长或颔首低语或谈笑风生,好像释去了重负的样子。但他下了主席台,就问我三姨:"你猜,我刚才想起谁了?"三姨说:"那些没能活到今天的好同志。"姨父叹息说:"是啊,可我,还想起了贺石!"

12. 星星跑了

当胜利的礼花撒向天空的时候,贺石是掠过姨父心头的一道阴影。在新中国建立以后的岁月里,贺爷的经历又成了姨父心灵深处的伤痛。

新中国成立初期,贺爷、贺奶跟我姨父一起住在K市保定巷的一个四合院里。随着新中国的建立,太岳根据地已经成为历史。贺爷作为太岳根据地的专署谘议、民主建国会主任的职务已经不复存在。姨父和他的同志们日理万机,一时没有想到还需要给贺爷安排新的工作。贺爷并未介意,正为儿子和他的同志们的革命成功而过早地得到了安度晚年的喜悦。三姨说,本来有可能使贺爷感到不安的土地改革,也由于国民党已先于共产党没收了贺家的全部土地与贺爷"失之交臂",连一顶"开明地主"的帽子也没能戴上。

我在K市街头看到过贺爷。那时的贺爷不过五十岁出头,蓄着花白短髭,身材依旧高大,着灰色中山装,眉宇间藏不住昔日的英武之气,手中却掂着一个与他的风度颇不相宜的菜篮子,向菜贩儿露出慈祥的微笑,从不讨价还价,从不挑拣拣,从不看秤杆儿高低,交了钱,掂着空篮子就走。菜贩儿在他身后喊叫:"老同志,菜忘了!"他就自嘲地笑着:"哟,可不是,我差点儿把自己都给弄丢了!"

我作为K市高中腰鼓队的成员在鼓楼街打腰鼓时,又在街头观众的行列里看到过贺爷。我感到他不应该只是古都街头庆贺解放的一个看客,因而格外卖力地为贺爷敲着腰鼓,还即兴发明了一个高高跃起的动作,扯起鼓槌上的彩绸作"飞天"状。人群里的贺爷便露出落寞的微笑。但我不会想到,当我到了报社,成了记者娃娃,参加了省直机关土改复查工作大队,而且听了姨父所作的动员报告,决心抓住"民主革命的尾巴",奔赴一个山村经受考验的时候,贺爷却要接受山那边一个农会的清算斗争。

1952年春天,姨父应该有一副好心情。他作为H省人民政府秘书长,在毛主席发出"一定要把淮河治好"的号召以后,又兼任了"治淮指挥部"的秘书长。他好像总结了大禹和大禹的父亲鲧在这块古老土地上治水的经验教训,采取了"蓄泄兼顾"的方针,全面展开了五个大水库的建设工程。土改复查运动——新民主主义革命的收尾工作,也在全省广大农村胜利地进行着。

那一天,姨父出席了治淮工程的模范表彰大en会,给一批大禹的子孙们戴上了红花,怀着喜悦的心情回到家中,看门兼管收发的老人交给他一封信,说是来自他的家乡的两个民兵送来的急信,他们住在省政府招待所等他回话。

那是一个盖着"L县农民协会"大红印章的公函,或者说是一个措辞严厉的"通牒"或"勒令",大意说:贺雨顺是坡底镇首户地主,有严重剥削行为,且长期担任L县政警队队长、保安大队长等重要伪职,历史上犯有严重罪行,民愤极大,必须把他交给群众,接受斗争,进行彻底清算,等等。

L县民兵的到来也惊动了省政府主席齐楚。抗日战争以前,齐楚以高中国文教师的身份为掩护,任地下党豫西特委书记时,就是我姨父的上级。齐楚对待同志的诚挚、厚道及其小脚老伴为秘密来去的地下造反者提供的葱花儿杂面条,都给我姨父留下了十分美好的印象。齐楚对贺雨顺老先生曾是国民党县级政权的实力派,却积极支持并最终投身革命的经历也了如指掌。但是,作为广州农民运动讲习所的早期学员,他亲耳聆听过"革命不是请客吃饭,不是做文章,不是绘画绣花,不能那样雅致,那样从容不迫,文质彬彬,那样温良恭俭让"的教导,而且懂得,一切革命同志,尤其是党的领导干部决不可以给群众运动泼冷水。他感到L县的民兵带来了一件令人棘手的事情,正为找到一个比较稳妥的处理办法而犹豫不决,却不知道他的秘书长同志已经得到了L县农民协会的书面通知。

在省军区政治部工作的明叔闻讯,急急骑着车子跑回来。

"哥,能不能不叫爹回去?"

姨父沉默了半晌,怅然说:"明,你十四岁入伍、十六岁入党,你应该知道,这是对我、也是对你的考验。"

二十一岁的明叔开始落泪:"我想不通,爹对革命是有功的。"

"爹的历史上也有污点。"

"对起义人员还要实行既往不咎的政策,难道爹还比不上一个起义人员?"

"这是农会的意见,是群众运动,咱不能站在群众运动的对立面。"

西屋传来贺奶的哭声。

接着是贺爷的声音:"你哭啥?你要把胜子的心给哭乱是不是!……"

贺爷刚刚去街上逛书店,正巧碰上家乡来的民兵逛大街,他认出是坡底镇的乡亲,喜出望外地打招呼说:"啥时候来了?咋不去家里坐坐?"

乡亲却露出怪异的表情说:"去,咋能不去?农会叫俺接你回去开会哩,就等贺秘书长一句话……"

贺爷到家,又看了石子他舅寄来的一封信,就吩咐老伴给他打包袱。

姨父和明叔来到了西屋。

"你不该瞒着我。"贺爷责备他的长子,"我不会叫你们为难!"

"爹,你……你叫我给组织上说一声。"

"你啥也不要说,我眼下就回去,我不能叫人家说这里是我的防空洞。"

"你回去找死哩?"贺奶哭着说,"前些年我跟你们跑到黄河北,那里的斗争会差点儿吓死我。你想叫用乱棍夯你、用石头砸你哩!"

姨父解释说:"那是'急行土改'的错误做法,已经纠正了嘛,现在不会了。不哭,妈,在这个时候……在我爹这个时候……你不能哭,妈,我们都……都不能……"他又尽可能沉静地嘱咐父亲:"爹,你要想开点儿,千万想开点儿,群众运动嘛,你好好想想,过去总有不对的地方,是不是?给群众说说,也叫群众给你说说,总之,爹要想开点儿!"

警卫员说:"秘书长,家乡人来了!"

"请他们坐会儿,喝口热茶。"姨父又对父亲说,"他们是奉命行事,爹也不要介意,要理解他们……妈,你有头疼病,你不敢哭……"

贺爷也对贺奶说:"你不能再哭了,快给我打包袱!"

姨父与明叔出了西屋,正碰上齐楚急急走进来。

"怎么?"齐楚望着站在门道里的民兵说,"你们二位也到这里来了!"

"是哩,是哩,俺坡底还等着开会哩!"

"你们两位同志听我说,这位老人对革命是有贡献的,要保证他的安全,你们回去也要给农会的同志讲清楚,不许动手动脚,不许污辱人格。"

"是哩,是哩!"民兵掖了掖腰里的"二八盒子"。

齐楚进了客厅,对我姨父说:"我已经给地委打了电话,让他们通知县委,务必保证老先生的安全,决不可违法乱纪。今天研究治淮问题的会议,你就不要去了,你留下,给老先生好好谈谈。"又叹了一口气,说:"群众对老先生的过去有点怨气,叫群众消消气就是了。"又格外郑重地与我姨父握了握手,匆匆去了。

姨父还有两个正在上中学的小弟、三个正在上小学的儿女放学回来,明叔刚刚向他们讲了正在发生的事情,贺爷就挎着一个大包袱出了西屋。他看见了在院子里惊呆的两代人,就定定地站住,说:"你们有工作的好好工作,正上学的好好上学,要以前途为重,不要为我操心。"又向门外的民兵打着招呼,"咱走吧,乡亲,一路上不必提心吊胆,我老了,就是叫我逃跑,我也跑不动了!"

明叔至今还记得父亲挎着包袱跟随民兵远去的背影,还记得追随着这个背影的一双双含着泪水不敢叫它流出来的眼睛。背影就要消失在保定巷尽头的时候,大家才忽然想起没有任何人向老人说一句送别的话,也没有任何人敢于对他临别的叮嘱做出回应。姨父好像刚刚从一场噩梦中醒来,忙说:"明,你快去……快去送送咱爹!"

明叔说,他从火车站回来时,西屋一片哭声。贺奶继续用记忆折磨自己:"我知道……他回不来了……我在黄河北见过……再不会有他了……"

客厅里,只有刚刚下班的三姨陪着姨父,三姨的眼圈红红的,劝慰姨父说:"你也想开点儿嘛,我们也搞过'贫雇农坐天下,说啥就是啥'嘛,也错批错斗过不是?我们也得总结教训不是?……"

姨父看见明叔回来了,急急地问:

"给爹戴铐了没有?"

"没有。"

"车上有座位没有?"

"爹有座,他俩一个坐着,一个站着,把守着过道。"

"爹又说啥了?"

"爹不说话。我跟着火车,跑到站台尽头,爹也没有扭头瞅我。哥,我看咱爹……"明叔忍不住抽泣起来。

"不哭,不哭,咱爹咋了?"

"咱伤了爹的心了!"

一颗最顽强的泪珠从姨父用特殊材料制成的眼眶里拱了出来,但他毅然用手掌消灭了它,站起来说:"唉,淮河又要闹事了,有个会我不能不去!"他向门外走着,又回过头,用恳求的口气说:"明,你在这儿多住几天,陪陪咱妈!"

我曾胆怯地向姨父提起这件遥远的往事,表示我对贺爷迟到数十年的同情。姨父总是立即止住我的话题,说:"他回去并没有受多少委屈,批批斗斗、走走过场就是了!"

但我没有勇气告诉姨父,我对坡底的访问得知,即使那是一次比较文明的批斗,也让贺爷经历了一次心灵的炼狱。

民兵带着贺爷走过贺家大院的旧址,那里早已变成了国民党还乡团制造的一片废墟。而且贺爷知道,六年前,他的二哥、二嫂让那个披戴着国民党上校军衔的儿子送回家乡,也曾面对着同一片废墟。二哥受不了这样的刺激,摇头顿足,哭呼苍天,吐血数盆,猝然昏倒，再也没有醒过来。只半年，二嫂也跟着二哥进了坟地。贺爷只是在他面对贺家大院的一片废墟时，才十分具体、十二分真切地发现，自己早已成了一无所有的无产者，而且是一个被国民党的省主席宣布为"豫西祸首"的无产者。现在，他必须接受他所皈依的那个被压迫阶级的清算。

村巷两边的村民在贺爷面对废墟时才与他有了同样惊心的发现。他在民兵的押送下，目不斜视而又不无感伤地从废墟前边走过。村巷两边，是一双双沉默和惊愕的眼睛。有的眼睛里也夹杂着对于任何一个曾经阔气过、神气过而终于触了霉气的人都会表现出来的快意。没有问候，没有呐喊，没有叹息。只有押送贺爷的民兵将手按在"二八盒子"上，向所有的眼睛炫耀着"一切权力归农会"的权威，表现着完全合乎情理的自豪，喊叫着："看看，俺从省城大官儿的高门楼里，硬是把他揪回来了！"

贺爷说，他听到这一声呐喊的时候，甚至产生了对他的长子——那个共产党的"省城大官儿"的崇高敬意。哦，只有共产党的省级官员才可以把自己的老子如此顺从地交给民众。贺爷感到，这的确是一件值得庆贺的既合理、又普通的事情。他的心情逐渐镇静下来，开始迈着稳健的脚步穿过变得陌生的村巷。

但是，当他被押进村西奶奶庙的时候，他对自己所做的一切心理调整却受到致命一击而轰然瓦解了。因为他看见，用麻绳背绑着的赵双贵正鼓突着惊愕的眼珠盯视着他。赵双贵是从县南的一个山洞里抓回来的游击司令。他面黄肌瘦而虎视眈眈、惊骇不已而又喜不自胜地向贺爷打着招呼："你好啊，贺司令，没想到你会回来陪我！咱俩咋又变成一根绳上的两个蚂蚱啦？哈哈，哈哈哈哈……"赵双贵大笑不止，民兵用枪托戳他，也制止不住他打从心眼里爆发出来的怪笑，笑得浑身打着哆嗦，笑出了浑浊的眼泪和两条蚰蜒样闪光发亮的鼻涕。贺爷被怪异的笑声震颤着，如有无数条毒蛇吐着猩红的信子、曲身勾首地死缠着他。他头昏脑涨、肝胆俱裂，像一个没有放稳的布袋栽倒在奶奶庙里。

贺爷醒来时，赵双贵的脖子后边已经插上了"亡命旗"，正被民兵揪着胳膊架出去。赵双贵依旧虎视眈眈地望着贺爷，得意地发话："贺司令，我在东河坡奈河桥上等你，哈哈哈哈！……"

贺爷听到了一声枪响，天空上滚动着瘆人的笑声。

贺爷再次醒来时，一个陌生的媳妇正在民兵的监视下用勺子喂他喝汤。

"你是谁？"

"三叔，我是你侄儿媳妇。"

"不对，我家早没人了！"

"有哩，三叔，我是石子屋里的，你还有个侄孙子也在哩！"

贺爷哭了。他终于想起，在贺家三代人走的走了、死的死了以后，一个没享过贺家一天福的年轻媳妇心甘情愿地来贺家受苦，带着一个没有爹的孩子，等待着一个没有音信的丈夫。她是贺家唯一的还能喂他一口热汤的反动军官家属。

斗争会是在关爷庙戏台上进行的。这是关爷看戏的地方。关爷在这个戏台上看过一幕幕历史的活剧。贺爷和姨父都在这个戏台上扮演过历史交给他们的各种角色。贺爷过去不曾想到过,他必须认真扮演一个被民兵押上戏台的角色。坡底的老乡亲说,关爷并没有因为贺爷把他"请"出了关爷殿而幸灾乐祸,当贺爷被押上戏台的时候,那块写着"忠义千秋"的匾额水汪汪地泛潮,有亮晶晶的泪珠滚下来。

由区委刘书记亲自主持的斗争大会,开得比较文明。坡底镇的群众没有发生任何试图危及贺爷生命安全的举动,民兵将贺爷押上戏台以后,也像没事人儿似的抱着长枪,蹲在戏台两边当了看客。贺爷用他苍凉的声音有条不紊地交代了自己的罪行:第一条,他作为县保安大队长清剿土匪时,混淆过土匪与民众的界线,镇压过因饥荒而"拉杆儿"起事的农民;第二条,贺家有二百多亩土地、三个店铺和作坊,有长期的地租、雇佣和商业剥削;第三,在五支队接受共产党的改编以前,所混入的地主"看家"武装曾为非作歹、扰村害民,他作为五支队司令,负有不可推卸的责任……

农会的一些积极分子对贺爷交代的三条罪状似乎毫无兴趣。一个叫财娃的贫农跳上台来喊叫,难道叫你回来是叫你翻腾这些陈谷子、烂芝麻?我只问你一件事,你家染房里的染缸哪儿去了?贺爷说,染缸?财娃说,对,是染布用的大染缸。贺爷说,听说都叫还乡团砸了嘛!财娃说,不对,那一缸金元宝你埋到哪儿了?贺爷说,我没听说过我家有一缸金元宝。我当时在太岳根据地,听说还乡团挖地三尺,要挖啥金元宝,我看他们是白挖了,要不,大家就再往下挖挖!财娃说,我们要能挖出来,还叫你回来干啥?接着就举起拳头,高呼口号:"贺雨顺,想蒙混,藏着元宝不承认!"大家跟着他一喊,发现这口号是韵文,就忍不住嬉笑起来。

刘书记说,严肃点儿!这个问题先留着,叫他以后老实交代。

第二个跳上台的叫三愣,是那个拿着红萝卜当枪使的二愣的胞弟。你说,你把你昧下的"白金龙"弄哪儿了?贺爷说,啥是"白金龙"?三愣说,你装啥迷瞪?就是俺哥从胡军长腰上拔下来的"白金龙"!贺爷说,哦,是那支白金小手枪,我把它送给韩钧司令了。三愣一听就跳起来,你咋把它送人了!那是我家的无价之宝,我家这辈子跟下一辈子全靠它哩!我不信,是你昧下了!贺爷说,你哥现在是解放军的连长,这事儿他知道,你问他就是了。财娃又领头高呼韵文:"贺雨顺,瞎糊弄,罪过推给韩司令!"

刘书记又说,你瞎喊叫啥哩?他要是推给了韩司令,罪加一等!

人堆里有个叫歪嘴葫芦的喊叫,你说,你跟"小花姨"那档子事儿为啥不交代?"小花姨"一趟趟跑到你家做啥针线活儿,一做就是十天半个月也做不完。她白天做针线,绣个蜜蜂采花心儿;夜晚也不歇着,再绣个花心儿招蜜蜂,累人不累人?你要老实交代!会场上一片笑声过后,又是一片肃静。

贺爷脸上红了又白,白了又红,定了定神说,我年轻时候不自重,做过荒唐事,愧对乡亲,愧对祖宗,我眼下认了这个罪!歪嘴葫芦又喊叫,咋?只撂下两句话就拉毬倒了?一回回咋搞咋弄,都得从根到梢交代清楚!

贺爷像石头一样沉默着。真格的,三十年前他喜欢过那个闺女。他的心疼了。歪嘴葫芦不依不饶地叫嚷,说呀,一回回从头交代,坦白从宽!

一个十七八岁的愣小伙子却从人堆里跳起来,揪住歪嘴葫芦的棉袄领子骂起来,狗日的,你是斗谁哩?俺花姑奶奶出嫁都三十年了,孙子都一大群了,你还饶不了她是咋着?歪嘴葫芦说,对,对,一个愿×,一个愿挨!愣小伙与他扭打着滚成一团,会场秩序大乱。

刘书记喊叫,民兵,民兵,把他俩拉出去!

斗争会在一片混乱中宣告结束。刘书记讲话说,压在坡底农民头上的一块最大的大石头叫我们扳倒了,你们真正翻身了,做了主人了!

农会主席原是贺爷二哥手下的车把式,他一直坐在主席台后边的一个小板凳上,守着一个大冒狼烟的树疙瘩烤火,没有在会上讲话。民兵把贺爷押回奶奶庙时,他才跟到庙门前说:"三掌柜,咱农会不见你的面,有人心里不踏实,怕你啥时候一回来,背靠着你大儿子,站到十字路口一跺脚,坡底镇又会乱动弹。眼下,我看他们心里也该踏实了,你的态度不赖!"财娃也领着几个人追到庙门前喊叫,不能就这样拉倒了,他得把财宝交出来!

贺爷病了。他睡在奶奶庙的秆草地铺上,高烧不退,昏迷不醒。刘书记有点发慌,急忙叫来一个中医先生给他号脉,中医说:"老天爷!这脉我还没有遇见过,咋像敲鼓似的,是按照一定的鼓点儿蹦的。"他眯着眼,号在脉上好大一会儿,又点着头说:"不错,是关爷庙里敲的那'将军令'。"接着就口授药方说:"弄点儿关爷庙里的香灰,配上甘草熬汤,喝喝试试吧!"刘书记没好气地说:"去,去!"又连忙给县上打了电话。县上回话说,再坚持两天,就是走过场,也得像走过场的样子嘛!

石子媳妇给贺爷送了几天"罐儿饭"。贺爷不睁眼,也不张嘴。石子媳妇的眼泪滴在贺爷脸上,才用小勺子别开了贺爷的嘴,向他嘴里灌面汤。她看见,泪水正从贺爷眼角里涌出来。

半夜,贺爷又说起了胡话:"跑了,跑了,跑远了!"民兵晃醒了贺爷,问他:"你说啥跑了?"贺爷没有睁眼,说:"星星,关爷庙上的星星。"

刘书记又急忙给县上打了电话。

县上说,适可而止吧,把他送到县上来。

民兵用担架送走贺爷时,石子媳妇慌慌张张跑过来。她借了邻居家的白面,烙了几张油饼,用手巾包着,塞到贺爷的担架上。贺爷欠起身子说:"石子屋里的,多亏咱家还有你侍候我,我这个当叔的谢谢你了!"石子媳妇一听就哭了,说:"俺要谢三叔哩,咱贺家的老人总算叫我孝敬了一回,俺还得好好活哩!"

财娃也领着几个农民跑过来,却叫刘书记拦住了。

财娃喊叫说:"那一缸元宝还要不要了?这复查不是白搞了!"

13. 红色幽默

对于任何一个中共党员来说,这都会是一件终生难忘的事情。

1953年春天,毛泽东主席视察H省,姨父作为接待工作的负责人,陪同毛主席视察黄河,聆听了毛主席"一定要把黄河的事情办好"的教导。姨父在他的《自述》中写道:"看到他老人家平易近人,谈笑风生,倍亟辛苦,神采奕奕。多次聆听他老人家的指示和教诲,令人终生难忘。"但是,姨父又在《自述》中说:"使我感到奇怪的是,他老人家怎么带着一个大资本家李烛尘到处走?"省委、省政府其他领导同志都在费尽心思,"破译"这个非同一般的政治谜语。

经过反复讨论,大家才豁然开朗,认定这是因为刚刚经过"三反"、"五反",党内滋长了"左比右好"、"宁左勿右"的思想,不敢和资本家接近。啊呀,毛主席他老人家是以身作则、言传身教呀!我们务必触类旁通,做好对资本家及其他民主人士的统战工作。

那么,在我们的统战工作中还存在哪些"左"的影响呢?齐楚苦思冥想后,忽地向省政府牛副主席责备自己:"我怎么忘了贺胜同志的父亲呢?他是豫西著名的民主人士,土改复查时受到群众的一些冲击,那是不得已的,后来怎么样了?我怎么忘了这件事情!"牛副主席说:"是呀,是呀!贺胜同志怎么从来没有向我谈起过这件事情?我只知道这位老先生胡子白了又跟着儿子闹革命,在太岳分区当过我们的谘议,陈赓将军还特意宴请过他哩!"齐楚感叹说:"咱们这个省政府只有我一个主席、你一个副主席,好多事情都堆在秘书长身上,再加上他的父亲受冲击,他竟能不声不响、任劳任怨,真是太难为他了!"

齐楚与他的秘书长进行了亲切的谈话。

"贺胜同志,令尊大人现在何处呀?"

"你忘了?他回去几个月,县里就把他送回来了。"

"哦,那就好!"齐楚如释重负说,"过去的事情就让它过去吧,我跟牛副主席商量了,安排令尊为省政府参事,不知你意下如何?"

姨父诚惶诚恐说:"有这个必要吗?"

"毛主席对大资本家李烛尘先生待以上宾之礼,还请他做国务院轻工业部的部长哩!难道像令尊这样对革命做出过很大贡献的人,就不可以当一当省政府的参事吗?参事者,参与政事之所谓也,难道不可以吗?请你就这一问题给令尊通通气,看他老人家有何意见?"

贺爷听了,却对我姨父说:"大可不必了!"

"爹,这是齐楚他们的意见!"

"已为阶下囚,怎做座上客?"

"阶下囚？言重了,群众运动有些偏激就是了,爹不要给群众怄气!"

"你爹还戴着'地霸'帽子,判刑一年,正在监外执行。戴罪之身,何能为参事?"

姨父吓了一跳:"啥？你啥时候判刑了,我咋不知道?"

齐楚急让秘书向L县查明情况。L县回话说,那个判决不算数了。原来想,既然省里批准他回来接受批斗,总得挽个疙瘩了结,就判了他一年徒刑,监外执行,也好向坡底群众有个交代。刚把这个决定通知他本人,原豫西地委交通员、现任五区区长急向县委汇报,贺雨顺老先生当年是朱总司令亲自发电报任命的豫西专员,后来又是陈赓将军请到太岳根据地当了咨议,电文和请帖,我都亲眼见过！你们怎敢给他戴上"地霸"的帽子,还敢判他一年徒刑？你们干脆把伪省长刘茂恩送给他那顶"豫西祸首"的帽子再给他戴上,替国民党把他枪毙了拉毬倒！县委书记吓出了一身冷汗,没敢叫法院开庭,就急忙把他送回省城,交还给秘书长了。

"荒唐之极!"吴芝圃对我姨父说,"请令尊屈就参事之职,决定不变,工作包给你了。"

紧接着,姨父奉国务院之命,调武汉担任管理整个一条长江航运的局长兼党组书记,临走还在做父亲的说服工作。贺爷叹息说:"好了,好了,你赶紧走吧,我帮助你们落实统战政策就是了!"

贺爷修剪了花白胡髭,系上了中山装上的风纪扣,背着手走进了参事室。

1957年大鸣大放,省委统战部召开民主人士座谈会,发动大家提意见,帮助共产党整风。年高德劭的老参事们一个个噤若寒蝉,却在暗地里鼓动贺爷,你对革命贡献大,你的儿子又是高干,你不提意见,谁还敢提意见！贺爷领首称是,就在座谈会上大声说:"好,我对犬子提点儿意见?"

统战部刘部长没有听清:"什么什么,你对什么人提意见?"

贺爷一字一板地回答:"我是说,我对我的儿子贺胜同志提点儿意见!"

会上的老参事们掩口而笑。

贺爷说:"贺胜同志身为党的高级干部,却不能正确对待一个一心跟着党走的民主人士,是向贺胜同志猛击一掌的时候了!"

会议气氛一下子紧张起来。

贺爷端着茶杯,对那位民主人士做了客观、公正的剖析,认为此公担任过L县政警队队长和保安大队长,历史上确有过错,但也曾利用其职务之便,为共产党做了一两件"两肋插刀"的事情,后来在贺胜同志影响下彻底转变立场,毅然弃旧图新,与贺胜同志肝胆相照,为党拉起了一支队伍,并因此受到国民党的疯狂报复。贺胜同志对此是完全了解的。但在土改复查运动中,贺胜同志明知此人家中土地已被国民党全数没收、房屋被毁,所有财物已被掳掠一空,却仍要把他交给家乡农会,对其进行清算斗争,这不是与敌人站在一个立场上了吗？我对贺胜同志只有两句话相告:一是"不要过河拆桥",二是"吃水莫忘打井人!"

会议记录员听糊涂了,发问:"你说的这位民主人士是谁?"

贺爷指着自己的鼻子说:"就是贺雨顺同志嘛!"

全场哄然大笑,贺爷不笑。

一位老参事问:"你怎么在这里对儿子提起意见来了?"

贺爷答道:"今天所言是国事而非家事,若是家事,我关上家门,拿起笤帚疙瘩打娃子的屁股就是了!"

会场上再次大笑,贺爷依旧不笑。

齐楚也没有笑。他原来做报告,动员党外人士和省直干部大鸣大放,脸上是堆满了笑容的,后来不知道他又得知了什么精神,脸上就失去了笑容。他听说贺爷的发言内容后,骇然变色说:"这位老先生怎么突出奇兵,这一回又要陷进去了!"后来在省报头版显著位置上发了报道:《贺雨顺攻击党"过河拆桥"》。据说齐楚是审了稿的。他踌躇再三,删掉了"贺雨顺'要打共产党的屁股'"等语,说党报照搬这样的用语不妥,这是政治斗争,不要庸俗化。

贺爷等于自己伸长了脖子,戴上了一顶"资产阶级右派分子"的帽子。但他没有见到过这样的帽子,把帽子捧在手中,横看竖看,不知为何物,问道:"鄙人毫无资产,咋又变成资产阶级的右派分子了?"

贺爷从此不再说话,在政协大院里拖起大扫帚扫地之余,钻研起了《资本论》。但他找不到自己有什么资本,工资却大为减少,供养不起两个正在上大学的儿子,就把他们分解给他的长子和次子,由我姨父和明叔资助,贺奶也送到武汉,由我姨父供养。贺爷说:"我没有'剩余价值'了,你们给两个小弟和白发老母提供一点儿'资本'吧!"

姨父成了父亲表现幽默的对象,连连甩着手,对我明叔说:"你看看咱爹,你看看咱这个糊涂爹!"

我问明叔,这一次,我姨父受牵连了么?

明叔说,他受到你贺爷的"恶毒进攻",还会受啥牵连?但他又猛地一愣,说,对,有牵连,还牵连得不轻哩!你姨父有一大群孩子正上学,本来就过得紧张,又分给他一位白发老母和一个刚刚上了大学的弟弟要他供养,日子就很难维持了!你三姨虽说是个厅级干部,却买了一把小锤子,搜罗自行车的旧轮胎,在武汉街头的地摊上一蹲就是半晌,学会了钉鞋掌的精湛工艺,揽下了为全家钉鞋掌的全部业务,连你姨父去北京开会穿的皮鞋都是她钉的鞋掌。你姨父就给了她"一等技师"的称号,相当于现在的"正高"!

我母亲也在一个女子高中被打成了右派,有人撺掇母亲说,你给你三妹、三妹夫写信诉苦嘛,你在白色恐怖中掩护过他们嘛!母亲说,不要给他们添乱了,他们连自己的老父亲都顾不上了!母亲由高中语文教师变成牧羊人的时候,接到过三姨要她"过好社会主义革命这一关"的来信,还寄来了治疗心脏病的药品。母亲却不知道那是三姨钉鞋掌节余出来的工资所买的药品。母亲收下药品说,好,好呀,我要赶着我的羊,过好社会主义这一关,确实需要一颗强健的心脏呀!

"文革"时,姨父成了管理长江航运的"走资派",别的"走资派"游街,姨父就享受了"游江"的待遇,从长江上游顺流而下,在每个大一点的港口上接受批斗,一直"游"到出海口。贺爷听说了,毫无惊惧之色,倒是认真学习"文革"文件,评论说:"胜子不是说他们管理长江的资产增长了五六倍吗?客、货运输量、港口吞吐量也翻了十几番。他弄了这么大的固定资本再加上流动资本,咋能不当'走资派'!"

1972年2月,贺爷病危。姨父刚刚得到"解放",出了"牛棚",就急忙回Z市看望父亲,不知父亲是不是原谅了自己,到了门前却畏缩不前。贺爷说:"胜子,你过来呀,叫爹看看你!"姨父趋前叫了一声"爹!"父子俩都忍不住心酸落泪。贺爷哆哆嗦嗦拉着他的手说:"胜子,你干了四十多年革命,咋也叫革命'解放'了一回?"姨父含泪无语。他"游江"时被打断了一根肋骨,一直瞒着贺爷。别人小声议论这根肋骨,贺爷听到了,却假装不知,问道:"胜子,我给你的一样东西你弄哪儿了?"姨父问:"啥东西?"贺爷哭泣说:"我给你的肋巴骨呀,你为啥不好好管着……"姨父说:"爹,它长好了,真的长好了!"贺爷大哭:"我的……五十七岁的……老儿子呀,你从小天不怕、地不怕……国民党抓你多少回……拿你没办法……可现在……你这个高级干部……咋变得……变得这么能忍能受?……这是咋啦……咋啦?……"

贺爷大哭后,浑身抽搐,大喘不止。

贺奶哭着说:"他难受,他憋得难受,叫他走了吧,走了吧!"

贺爷带着一个沉重的疑问,于1972年2月10日病逝,终年七十四岁。

姨父让我明叔把他关在一间小屋里,无声地、却是痛痛快快地为父亲哭了一回。他是红肿着眼睛从小屋里出来的,从此不许家里人再提起他的肋骨。他说,党受伤了,人民受伤了,国家受伤了,伤得不轻,不只是一根肋骨。

姨父问:"明,咱爹病重时,有啥交代没有?"

明叔说:"爹在研究《社会发展史纲要》哩!"

"咋又研究社会发展史了,爹说啥了?"

明叔露出迷惘的神情:"爹说,猴子还没有完全变成人,还叫咱接着变哩!"

1979年,贺爷死后七年,省委统战部下文说:"对照1957年《中共中央关于'划分右派分子标准'的通知》,经组织研究认为,贺雨顺同志不属于右派分子,予以改正。"

1980年,贺爷死后八年,省政府参事室召开了追悼会,悼词说:

贺雨顺同志安息吧!

14. 锁在柜子里的爹

姨父没有想到,他还能与神秘脱逃的堂兄贺石见面。

找到贺石的是他遗弃在大陆的儿子狗娃。狗娃之所以有了"狗娃"这个名字,是因为贺石三十二岁才喜得娇子,就按照家乡把小狗当成宠物的习惯,向儿子的光屁股上"叭唧"亲了一口,对妻子说:"他就叫狗娃!"

狗娃刚满一岁,父亲就神秘地消失在豫东大平原上。二十四岁的母亲带着狗娃开始了漫长的等待。狗娃来不及储存父亲的记忆,懂事的时候,才发现自己比别的孩子少了个爹,却比别的孩子多了一个称呼:"反动军官的小狗崽子!"他多次向母亲打听反动军官的下落,母亲说:"在柜子里锁着哩!"五岁的狗娃坚持不懈地爬到板凳上用柴火棍鼓捣柜子上的大锁。母亲只好打开柜子,取出一个小木匣子,拿出一张照片递给他,说:"你自个儿找去!"

那是两个大人与一个婴儿的合影。他一眼便盯住了那个身着戎装的军官,圆脸、宽额、团鼻,厚嘴唇上挂着沉重的微笑,大眼珠鼓鼓地注视着他。他就指点着说:"我是他的狗娃!"他在相片上还找到了一个比现在年轻、漂亮、着城里人打扮的母亲,她与军官肩挨肩地坐着,怀中抱着胖乎乎的狗娃。他为此感到满足,因为他知道自己确实有一个父亲;同时也感到惊讶,因为他发现了母亲也曾体面过、美满过、甚至是甜蜜过的样子。母亲收了照片,又把它锁到柜子里,如同收起她一去不返的昨天,叹口气说:"好了,你不能叫人家知道,你爹天天陪着咱哩!"

狗娃表弟没有向我夸张他与母亲经历的苦难,他说他跟母亲没有挨过过多的斗争。对于没有享受过贺家大院的荣华富贵而甘愿回来为贺家受苦的母子二人,坡底的老乡亲似乎表现出人皆有之的恻隐之心,父亲的阴影只是时隐时现地笼罩在他的头上。狗娃初中毕业时,父亲的阴影扑闪了一下。老师说:"狗娃,你不要报考高中了,你有个那样的爹,不要白搭功夫了!"接着就到了"文化大革命",坡底的贫下中农子弟也组织了红卫兵,在狗娃家里抄出了那张照片,还有狗娃也没有看见过的一套绿咔叽美式军装。意外的缴获在坡底引起了轰动。红卫兵敲着铜锣,押着狗娃和狗娃妈游街,游到关帝庙门前的戏台上开会斗争。

"你要老实交代,狗娃他爹到底跑到哪儿了?"

狗娃妈战战兢兢说:"俺不知道,真哩! 俺娘儿俩回来等他,等了一年又一年,也等不着他! 这个死鬼……他把俺娘儿俩丢下不管了……"狗娃妈忍不住哭起来。

"说! 你为啥留着他的反动军装?"

"啥也不为,真哩! 四八年,在徐州,俺叫解放军搜查过,这身衣裳,解放军翻出来,只摸了摸兜,没摸出啥反动东西,又叠好,给俺留下了。解放军叫俺留下,俺才敢留下。这衣裳总是个物件不是? 扔了老可惜不是? 那一年没钱用布票,本想修修改改叫俺狗娃穿,可他要是穿上这,老扎眼不是? 就搁着压箱底儿了。真哩,我不说瞎话!"

"说! 你为啥留着反动军官的相片?"

"在徐州,这相片就在墙上挂着哩,解放军看了看,也没动它一下,我就把它留下了。俺想着,等狗娃懂事了,看见别的娃子有爹,他也会向我要爹哩,我总得给娃子有个交代不是? 好爹、孬爹总是他爹哩,狗娃也在相片上,我也在哩,不是我瞎编排,哄俺狗娃哩……"狗娃妈又忍不住哭起来,"贺家的人走完了……走完了……我领着狗娃又当妈……又当爹……活得老不容易……"

贫下中农的妇女们也动摇了阶级立场,跟着狗娃妈哭起来。

红卫兵们慌了神,只是咋呼着:"哭啥?又想男人了不是?"

"文革"以前搞"四清",留下了一个"贫农协会",简称"贫协"。贫协主任就是贺家大院的长工头、下药闹死了亲儿子的刘大汉。他那年七十八岁了,都叫他"老贫协"。他一直坐在斗争会的台角抽旱烟,这时就"梆梆"地敲着烟锅,从红卫兵手中要过那张相片,看了又看,说:"不假,是狗娃他爹。把他交给我管着,不怕他从相片上蹦出来。这身军装就算没收了,你们留着当戏装,演'样板戏'有用。你们娘儿俩回去吧,以后也叫'贫协'管着。"

妇女们应声说:"中,就叫咱'老贫协'管着他!"

刘大汉又申斥狗娃:"咋不走?你那站相老好看,领着你妈给我爬回去!"

过了大批斗的风头,刘大汉又把相片还给了狗娃妈。

狗娃说,他跟母亲就是这样活过来的,他很知足。

但是狗娃说,他跟母亲也有过"不老实"的时候。

1970年,狗娃的三舅爷下世以前,叫去狗娃妈说:"有一件事在我心里埋了二十多年,今天我得给你说说,你先答应我,你要沉得住气!"狗娃妈说:"舅,你说吧,我存住气哩!"三舅爷说:"那我对你说,狗娃他爹还在哩,在哩,他跑台湾了,真的跑台湾了。"狗娃妈脑瓜儿里"嗡"了一声,眼也直了。三舅爷又说:"他到了台湾,给我来过信,问你娘儿俩的下落。我回了信,说你娘儿俩在坡底守着家哩,不叫他惦记,也不叫他再来信了。"狗娃妈像傻了一样,呆了半晌才哭出来:"舅呀,你咋不早点给我说?"三舅爷:"那时你还年轻哩,我想绝了你的念想,说不定你还能再找个人家!再说,我也怕这事儿传出去,给你娘儿俩添委屈,也会给胜子添麻烦。就因为石子这娃子不吭声走了,你胜子哥还受过处分哩,要是上头知道他去了台湾,胜子的错误就更大了!"三舅爷见狗娃妈不停地哭泣,又说:"多哭会儿,多哭会儿,哭出来好,别叫眼泪淹住心!"等狗娃妈止住了眼泪,三舅爷问:"狗娃他妈,石子今年多大了?"狗娃妈说;"属虎哩,实岁五十五了。"三舅爷说:"好,'五十五,爬山虎',还在壮年哩。以后解放了台湾,你别忘了找他。好了,我找你,就是这话!"

狗娃妈回来时,眼哭肿了。狗娃问妈咋着了?妈说你舅爷快不中了,却把狗娃爹的消息瞒着狗娃。直到1975年,狗娃娶妻生子了。五十一岁的狗娃妈完成了当妈的责任,眼花了,背驼了,心劲儿也塌了,心脏和肝脏上的毛病都出来了。她知道自己该去贺家老坟地里歇着了,临走又向狗娃捅透了"窗户纸",叮咛说:"记住,你爹属虎,今年整六十,是上校团长,黄埔军校十一期的,反动得不轻。可是他跟你胜子叔好着哩!等到解放了台湾,只要你胜子叔在,他就在哩,他俩那红项圈都在你老爷爷手里攥着哩!叫你胜子叔再去俘虏营里找找他,把他交给你,不能再叫他跑了!"

狗娃心里深藏着这个秘密,天天盼着解放台湾。一直盼到1987年冬天,倒是听说杨庄有个国民党老兵,姓杨的,从台湾回来探亲,既往不咎了,县委统战部的小轿车把他接到县里了。狗娃急忙乘长途汽车赶到县里,统战部正在一家餐馆里宴请这位老兵。狗娃不敢进去打扰,就蹲在饭店门口直等到宴会结束,看准一位穿西装的老人,就跑过去跪倒在地,磕了一个头,泪流满面说:"杨叔,我父亲也在台湾,离散四十年了,请你老人家替我找找父亲!"老兵慌忙搀他起来,感叹说:"唉,又是一个找爹的!你把你父亲跟你的情况写下来,我一定给你找!"狗娃把事先写好的"寻父"帖子交给他。他当场展开看了,说:"咦,按他这资历,退伍时也至少是个中将了!大侄子,你就等我回信吧。"

感谢这位杨姓老兵,他为狗娃找到了父亲。

一个月后,狗娃就收到了一开头就叫他"狗娃吾儿"的"父亲手书"。在"狗娃"两个字上,狗娃赫然看到一个使字迹变得模糊的斑痕。父亲请狗娃原谅他弃家远去,但他无时不在想念家乡的亲人和家乡的祖坟。狗娃再次看到了斑痕,他用舌头上的味蕾辨认,那是咸涩的泪渍。他不断看到使信纸发皱发暗的泪渍。父亲问,你的母亲呢?你的胜子叔呢?你的三舅爷呢?你的媳妇和你的"小狗娃"呢?……

15. 狗娃看家

堂兄与堂弟的会面是在1990年。那时候,姨父早已离开了与之相依为命长达二十四年之久的长江,奉调到北京担任副部长之职,四年后在副部长任上离休,与白发三姨一起,在木樨地部长公寓安度晚年。

自从狗娃来信报告了在台湾找到了父亲而且去香港见了一面的消息,姨父和三姨都突然变得年轻而易于激动。姨父不时地倚窗远望,脑海里闪动着剪接错乱的电影:开封城和伏牛山、关帝庙和红项圈、天上飞的鹁鸽和地上跑的坦克、日本闹钟和"中正剑"、郑州的街灯和坡底的星星,一个身着绿咔叽美式军装的年轻军官,面带不服输的微笑,一步步向他走来。

他回来了。但他先回到坡底,哭祭了老坟里的祖先和等了他二十七年之后又在一个坟岗堆底下等了他十五年的前妻,与他唯一的狗娃和狗娃媳妇以及从未见过面的狗娃的狗娃儿们在贺家老宅里享受了十天的天伦之乐,又在Z市新起的楼群里找到了他昔日的团部,去公墓祭奠了骨灰盒里的雨顺老叔,见到了当年被胜子"裹胁"到马克思麾下的妹子。经历了太多的激动与悲酸、回忆与倾吐、默默流泪与朗朗大笑之后,他把最后的悬念留给了北京的堂弟。

两个七十五岁的老人在如霜如雪的白发、如火如炬的目光里认出了各自的兄弟。那时候,鸽群正从秋天的晴空掠过,挂钟继续"嘀笃"着脚步丈量历史,伏牛山上的云彩驮来了没有年轮的太阳,让客厅里不长老年斑的金菊、没有皱纹的康乃馨飘出年轻的芬芳。白衣护士却从过道里探进脑袋,望着两位老人相拥而泣的场景,眼睛扑闪了一下,小声说:"请注意心脏!"

姨父告诉我,他与堂兄贺石的心脏都跳动得无可挑剔,当他们进行着西方式拥抱的时候,可以感觉到对方心脏的跳动就像建筑工地上的打夯机一样。接着,贺石才来得及介绍与他同行的夫人,她是一位举止活泼、比实际年龄显得年轻许多的说上海普通话的老人。她的神情像是在兴致勃勃地验证她早已熟稔的一个家族的传奇故事,对她一时受到的冷落露出笑容。

然而,姨父对贺石的第一句问候是:

"石子,你咋跑了呀?"

"咋啦?胜子!"贺石用未改的乡音表示简练的惊讶。

"四十二年前,我们准备了好酒等你,你咋不吭声跑了?"

"你问问自己嘛!"贺石说,"民国三十年……哦,我是说1941年,你作为我方通缉的逃犯,为啥不在我为你们安排的地方住下,咋又窜到了陕西?"

姨父和三姨愣了一下,终于为一个长久困扰着自己的难题找到了一个十分简明易懂的答案。

"侬两兄弟真的太像了!"贺石夫人责备她的老公,"侬勿要逞强,家中人讲过的,弟弟为侬受过大处罚,断过一根肋巴骨来!"

姨父的微笑冻结在脸上。应该承认,在"文革"中的一次批斗会上,他正是为了记入档案的"贺石逃跑"事件折断了一根肋骨。但他十分警觉地认为,在石子面前,不应该谈到共产党人的一根不幸的肋骨,那是一根不曾被国民党折断过的肋骨。

石子却抚着胜子的肋骨,小声问:"胜子,留没留下后遗症?"

"一切正常。"姨父说,"该咱们痛痛快快喝一回了!"

"可是,"贺石说,"我还没有向你诉苦哩!"那是老哥俩在各自夫人的宽容下喝了"茅台",三姨用筷子夹着北京烤鸭为石子蘸着佐料,而石子夫人正在质询烤鸭胆固醇含量是多少的时候,石子跟胜子的酒杯碰了一个清脆的响,"胜子,哥也为你受大罪了!"

"侬今天勿要讲这桩事体好弗好!"石子的夫人说。

"要讲,要讲!"姨父说。

那是一个海岛上的故事。

贺石逃跑后,潜入徐州寻找妻儿,邻人告诉他,从老家来的亲戚把他们接走了。他就开始了向南方的逃亡。路上,他碰上了从俘虏教导营里逃跑的一个少校军官,少校惊讶说:"你堂弟是共产党的大官,他不是把你接走了吗?"贺石说:"我不能走,弟兄们死的死了,跑的跑了,我们的师长杀身成仁了,我就这样走了,还是人吗?"少校说:"好样的,咱俩装扮成生意人吧!"

贺石说,他要感谢解放军只缴获了他的武器,而没有缴获他的戒指和金条,使两个战败的逃亡者还能买通船老大,偷渡了长江,昼伏夜行,到了福建,爬上了国民党撤往台湾的最后一艘军舰。

贺石到了台湾,才发现他作为上校团长乃至于作为军人的身份都已经得不到确认了。他所在部队的建制和全体将士一起,已经永远地消失在豫东大平原上。没有任何单位和个人能够证明他的过去。他自己也失去了任何可以证明自己"是个什么东西"的有效文件。只有与他一起逃亡的少校可以证明他们是从共军俘虏营里逃跑的战俘。幸而在装甲兵团服役的少校找到了原装甲兵团司令蒋纬国将军,由蒋纬国出面作保,让少校当上了海上缉私队队长,少校不忘逃亡途中与贺石共过患难,收留他当了海上缉私队队员。

三姨鸣不平说:"这叫'过海拆桥',太委屈你了!"

贺石说:"比着那些死去的人,我好多了!"

三姨与姨父耳语:"听这话,多么像我们的同志!"

贺石刚当上缉私队员,就十分及时地受到了谍报人员的关照。事情出在一次聚餐会上,缉私队队长举起一杯香槟酒,说:"静一静,弟兄们,我要向贺石兄敬酒!大家知道吗?贺石兄的堂弟是共产党的省级要员,他被俘后,堂弟已出面保他,可他不忘蒋校长栽培之恩,丢下爱妻娇子,置个人生死于不顾,跑回来效忠党国,以上校团长的资历屈就小小的缉私队员而无怨无悔,贺石兄应是我们军人的表率、做人的楷模!请弟兄们举杯,为贺石兄共同干杯!"大家都挤过来与他碰杯,贺石忙把酒杯举起,连说:"惭愧,惭愧!"

那时,蒋介石的"国防部"里刚刚发生了"匪谍要案",以一位中将副参谋长为首的一批"匪谍"已被处决。台湾岛上一片风声鹤唳。大家为贺石举杯祝酒时,贺石看见一双眼睛在玻璃杯的后面变了形状,折射出猫眼的光亮。他当时并未在意,数日后,却以"匪谍嫌疑"罪,被特工拖上汽车,拉进深山老林,在一座蒙着黑窗帘的小楼里开始了长达数月的秘密审讯。

"匪谍嫌疑"产生在贺石出了俘虏营到他在逃跑途中碰见少校之前——只有两天的时间里,贺石到底经历了什么事情?审问者和被审问者变换着不同的角度绕来绕去。贺石讲了这两天中能够蓄入记忆的每一件事情,一块无辜的小石头就至少谈了三次。那是一块十分普通的小石头,他在被押解K市的路上踢飞了这块小石头,而方圆一千多华里的豫东大平原上是一望无际的泥土,只有永城县芒砀山上有石头。这块石头提醒他,已经到了永城,这是豫皖苏三省交界的地方,到了必须逃跑、也是最适于逃跑的时候……

特工说,不要说石头,说你的堂弟。

我没有走到K市就跑了,咋会见着堂弟?他又说他碰见了一只兔子,是的,那是一只卧在麦垄里的野兔,它支棱着耳朵东张西望,望见他在没命地逃跑,兔子便十分卖力地为他领跑,兔子成了他的路标。一般说来,兔子敢于跑过去的地方,对人是没有危险的……

不要说兔子,说你的堂弟!

我没有见着堂弟。我睡在麦秸垛里,脖子里痒痒的,那是一只蚂蚁……

贺石与特工就这样拉大锯一样拉过来、拉过去。特工没有动用罚具,只是不让他睡觉。特工们轮流睡觉,一个个精神焕发、神采飞扬。贺石昏沉欲睡,直打前栽。特工就豪爽地为他提供美国骆驼牌香烟,还有据说是来自古巴的咖啡。

他又把脖子上的蚂蚁顺着脊梁骨爬下去所引起的愉悦讲了三遍。蚂蚁出洞的时候,一般说来,大地应该解冻了,这有利于……

特工又说,说你的堂弟!……

大锯从头顶切割下去,锯齿从容不迫地、一下一下地、没完没了地撕拉着神经,所有的神经末梢都在颤动,流着固体的锯末。胜子踏着锯末,一步步向他走来了。在讲了石头、兔子和蚂蚁之后,好像只剩下堂弟了。不行,必须把堂弟拒之门外。

他接连吸了半包骆驼牌香烟,然后,开始沉声不响地、一件一件地脱下自己的衣裳,只剩下一条遮羞的短裤。他赤条条地站着,像健美表演那样,时而正面、时而侧面、时而背面地向特工展示他布满全身的伤疤。那是数十个奇形怪状、大小不一的伤疤,有的像一个个紫黑发亮的铜镜,有的像瘸脚的裁缝用粗大的针脚缝起来的一张张歪三扭四的嘴巴,有的像被钻头钻过以后再也没有复原的揪巴着旋涡的洞口,还有点、片状伤疤组成的奇谲瑰丽的图案,如天女散花,如满天闪烁的星斗。他袒开手臂,挑衅地望着特工,说:"我这一身美丽的花骨朵,是狗咬出来的吗?"他又把大腿跷到了审讯桌上,举起了少了两个脚趾头的右脚,摇晃着小腿骨上一块红赤赤的镜子:"这是'徐蚌会战'的纪念,还好,还能叫我一颠一拐地跑回来当当'匪谍'!"他指着自己的胸口:"只剩下这里还少挨了一枪,下手吧,伙计们!立正,枪上膛,瞄准射击!……哈哈,老子革命成功了!哈哈哈哈……"他觉得头昏目眩,猝然跌倒在审讯室里。

当他醒来的时候,星星正爬在树叶上向他眨眼。他发现自己躺在亚热带的阔叶林里,衣服堆在他的身上。派克金笔却摸不着了,那是他唯一值钱的东西。

他向树林外边踽踽走去的时候,深信对他的审查已经结束,但他也从此失去了工作,失去了缉私队的队籍和户籍。以他为"楷模"的缉私队队长见了他,也像是见了麻风病人似的说了一声:"请保重!"就匆匆走开。他开始学会不是为了他的蒋校长而十分亢奋、十二分激昂慷慨地活着,而是站在街头,为兜售一种名叫"红茶饼"的东西练习歌喉,用接近于"黑头"的唱腔叫卖,以类似狞笑的微笑拉拢逃之夭夭的顾客。

姨父和三姨都搞不清楚"红茶饼"是个什么东西,但是可以想象出一位三十四岁的上校团长伫立街头,挺直了军人受过枪伤的腰板,用喊惯了口令的嗓门儿叫卖"红茶饼"或是叫卖其他任何"茶饼"的样子。

"你不该向战俘教导营出示证明。"三姨在责备姨父。

"不,那是我们对石子应尽的义务。"姨父说。

在他们经历的年代里,事情的因果关系常常会变得一塌糊涂。

贺石终于失去了叫卖"红茶饼"的可能。兜售"红茶饼"的地摊被整饬市容的警靴踢飞了。他决定用一种比警靴消灭"红茶饼"更加简练的方式结束自己。他空着肚子在海湾散步，看到了一块其高度和形状都比较合乎要求的礁石。他爬上礁石，对自己爬行的样子感到不满，又挺直了身子，从礁石上跃起，团身翻，头朝下插进了海水。

"你不该这样！"姨父说，"这不是你的性格。"

"是哩。"贺石说，"渔民帮助我改正了错误。"

渔民把他当成一条大鱼打捞上来，放在一块马鞍形大石头上，让他俯卧出马鞍的形状，挤压他的肚子，迫使他吐出一肚子咸涩的海水，还有少许苦涩的胆汁而绝对没有食物的残渣。一群黄埔军校的校友在《黄埔军校同学录》上找到了他的名字和照片，为他号啕大哭，为他奔走呐喊，呐喊声感天动地。他的黄埔军校毕业生的身份得到了认可，得以享受了毕业分配时的少尉待遇，接着就办理了退伍手续，成了拿少尉退休金的退伍军人。

明叔在人民武警部队工作的小女儿来看望从台湾回来的大伯，大伯盯着小侄女的肩章，眼睛唰地一亮："啊，你也是少尉，你跟你大伯是一个阶级！"

这位大伯刚刚领了一个退伍少尉的津贴，就对一个怀抱幼儿、流落街头的寡妇产生了悲悯之情。寡妇的丈夫也是一个败退孤岛的军人，不知因何种罪名病死狱中。贺石用退伍少尉的津贴承担起扶危济困的责任。这位寡妇就是偕同贺石回大陆探亲的夫人。

"我知足，我很知足！"贺石劝慰久别重逢的亲人，"事后想一想，我对老蒋、对'党国'也有不忠诚的时候嘛！"他用肩膀碰了碰堂弟，"我窝藏过共匪要犯嘛！我们都还活着，而且见了面，我就很知足了！"

他从行囊里取出一个金戒指，送给我三姨。

三姨说："这是你送给我的第二个金戒指了！"

"那么，第一个金戒指呢？"

"那是在四一年嘛，我把它串在裤腰带上，后来就成了我们的革命经费。"

"啊，怪不得我打了败仗！"

大家笑得爽朗，却也笑得苦涩。

深夜，人们都已熟睡的时候，堂弟与堂兄按照事先的约定，悄悄出现在客厅里。只有一盏落地灯伴着两位老人，用柔和的灯光阅读他们脸上的历史。

"石子，你为我受苦了！"堂弟说。

"你为我受苦了，胜子！"石子说。

"我发现，人间有两种最顽强的东西。"

"啥东西？"

"信仰和亲情。"

"可它俩要是打起架来呢？"

"那是人类必须面对、也必将抛弃的一个悲剧。"

在长久的沉默之后,胜子问:"你去看咱爷没有?"

石子说:"看了,咱爷在黄土底下还攥着咱俩的红项圈哩!"

1997年3月,贺石病逝于台北,终年八十二岁。

贺石临终前,在病榻上给我姨父打电话说:"胜子,关爷派周仓来叫我了,我要先走一步了。"姨父说:"你说过还要回来哩,怎能走了呢?你要给周仓说说,你还不到跟他走的时候。"贺石说:"周仓说,他就是带我回去哩!"

我没有见过贺石大伯。二十一世纪的第一个春天,我去看望姨父时,才得知贺石大伯已成古人。姨父问我,你知道台湾新党的F先生吗?我说知道,常在报纸和电视新闻里看到他,一个长得很帅气的中年人,是反对"台独"、坚持"一个中国"的。姨父说,他就是贺石扶养成人的养子,曾留学美国,拿到了两个学位,当过蒋经国的秘书,眼下,正为两岸的统一奔忙,很有出息。

我到坡底镇看望了狗娃夫妻和留在他们身边的一个女儿。狗娃表弟也有五十多岁了,两鬓已经斑白。他领我去看了关爷庙,那里仍是镇上的小学。正是放学时候,我们进了大殿。阳光从雕花的窗棂里斜射进来,把扑朔迷离的光斑和一根根老柱子的阴影印在地上。大殿里静悄悄、空荡荡的,好像仍旧是聚会的地方。地上铺着清朝乾隆年间的方砖,却留着一大块没有铺砖的黑土地面。狗娃表弟说,那是当年关爷站的地方,大殿小修过几次,怕关爷回来找不到地方,就留着这块黑土,让关爷回来时落脚。

出了关爷庙向东,在村边小河岸上,有狗娃表弟的长长一绺"责任田"。麦苗绿茵茵的,长得很旺。他在地头拔了一株野草说,这草小名"毛毛狗",大名野麦穗,活得可泼皮了。我问他,草都有个大名,你咋没个大名?他说,我爹回来时,我也问过。我爹说,你就叫狗娃,贺家的人都走完了,留着你这个狗娃看家。

四卷　琴弦上的父亲

1. 劈破玉

我不能冷落了父亲。我要回到童年的驿站上,与父亲一路同行。

比着大舅、姨父和他们的家族,父亲是一个孤独而脆弱的"异类"。他没有显赫的家世和可以为他遮风避雨的庄园,没有自己的"同志"和同志们共同拥有的"主义",没有赴汤蹈火的牺牲,也没有可供炫耀的胜利。但他"分享"了二十世纪三四十年代属于全民族的战争,在黑衣牧师的祈祷声中踽踽独行,追随着遥远的只属于自己的星辰。

我记得,在漯河油坊胡同的大杂院里,母亲接待并送走了姨父和三姨之后,老鼠开始在夜间出动,在父亲留下的破皮箱上"吱吱"地咬架、"咚咚"地赛跑。被关在破皮箱里有两年之久的小黑驴儿也踢蹬着箱盖,摇响脑门上的铃铛躁动欲出。那时候,我已经是小学二年级的学生,我的目光能够穿透皮箱,看见那本厚书里的宛儿姨正在栖栖惶惶地眨巴眼睛。

父亲终于从北平回来了。

1941年12月8日,发生了日本偷袭美国夏威夷军事基地的"珍珠港事变"。9日晨,鬼子宪兵就猝然闯进燕京大学,宣布封闭学校,逮捕校长司徒雷登和教职员、学生多人。父亲得到邮政所的帮助,装扮成一个邮差,只身逃出了"燕园"。父亲走进漯河油坊胡同的时候,身着邮差的草绿色制服,随身携带的全部家当就是耷拉在肩上的一只邮袋。他从肩上取下邮袋,如同捡了一个大便宜似的举在手中,向我母亲夸耀:"两年辛苦,尽在此囊中!"母亲从邮袋里取出来的却只是一大沓稿纸,那是父亲在燕大讲授"文学概论"时边写边讲的讲义。

父亲又背着这一叠讲义去H大学任教。H大学已经流亡到了豫西山区一个名叫潭头的村寨。我家住进了紧靠寨门的一个农家小院。还有一个财主家的宅院变成了"教授大院"。父亲与文学院的教授们一起,在那里各自拥有一间贴着洁白窗纸的书房,每天晚上都可以享受由一位名叫王喜欢的工友统一配给的二两灯油、两根灯草。父亲每天都要用尽二两灯油,然后静静地坐着,用疲惫的眼神望着渐渐昏暗下来的油灯。灯草躺在耗尽了灯油的灯碗里,"吱吱"地尖叫着,扑闪着最后的光亮,瞬间烧尽了自己。这时候,父亲仍旧坐在黑暗里。我可以听见父亲的心脏在一个遥远的地方沉重跳动的声音,还多次听到他神秘的低语:"劈破玉,劈破玉……"

在潭头,在此后我们被迫逃亡的每一个驿站上,我都听见父亲向隐士和学士、向盲琴师和女艺人、向天上的流云和地上的流萤、向窗外的月光和窗内的油灯发出同样的低语:劈破玉,劈破玉……好像是在呼叫一个神秘的女巫或是在破译一个美丽的谜语,追寻一个神奇的梦境或是叹惜一块破碎的璞玉。

父亲着魔了。每当学校放假,他都要挎着一把装在伞套里的雨伞,手执一根长着天然花纹的手杖——H大学的教授们几乎都从卖柴人的柴捆里找到了来自伏牛山中的花纹各异的手杖,农民说那是可以防范山鬼、驱除狼虫的"降魔杖"。父亲用手杖荷着一个黑色的皮包,冒着山野上的风雪或是顶着晴空的骄阳,翻山越岭、风餐露宿,去伏牛山南边、桐柏山北边的大地皱褶里苦苦寻找,那里是"劈破玉"深藏不露的地方。

父亲一次次地空手而归,却一次次地带回了使家人一惊一乍的故事。

父亲说,一天傍晚,他路过一座山神庙时,庙门里忽地跳出来几个剪径的"刀客"。他向刀客拱手说:"啊呀,幸会!"急忙送上了藏在皮包里的路费。刀客说:"你倒是一个爽快人!"又摘下他的眼镜架在自己的鼻梁上。父亲又急忙脱下长衫说:"好汉,眼镜就算我送给你们了,可我眼下就得用这件长衫把它赎回来呀!离了它,我就差不多是个瞎子了!"刀客说:"我戴上你的眼镜倒是变成瞎子了!"遂还了眼镜,又瞅着他的长衫说:"你这件大褂上插着钢笔,想必是那个大学堂里的人了,你来这荒山野岭上窜啥?"父亲说:"我去泌阳找宝!"刀客问:"啥宝?"父亲说:"是古人留下的'劈破玉'。"刀客们说:"只听说泌阳的驴好,倒不知道泌阳的'破玉'是个啥东西?"父亲说:"不能吃,不能用,是明朝留下的,有四百五十多年的历史了!"刀客嗤笑道:"你们大学堂里的人都有神经病,有个像你这样的人,到村里买了一个宝贝,美滋滋地抱在怀里一路小跑。我们到山口截住他,要他交出宝贝,一看,原来是粪坑上舀粪用的瓦罐儿,他说那是三千年前的瓦罐儿,是稀世珍宝!可我们只要银钱,不要瓦罐,也不要读书人的蓝衫。"刀客把长衫撂过来说:"看在孔圣人的面上,你穿上你的蓝衫,背上你的皮包,去找你明朝的玉吧!"

父亲对母亲说:"可见,刀客也是有良知的!"

母亲问:"'劈破玉'呢?"

父亲说:"不要紧的,我会找到的!"

放寒假时,父亲又去南阳石桥找"玉",回来时又说,他在山沟里跟一只狼不期而遇,狼盯着他,他盯着狼。狼霍地跳到他的背后跟着他走,他急转身,抡着"降魔杖",倒退着对狼说:"你看见了吗?我是有备而来的!"狼却不买账,脑袋随着手杖画圈,步步紧逼地跟着他走,好像要瞅个空子,从"降魔杖"抡出的圆圈中间钻过来。父亲说:"难道你没有看见我骨瘦如柴,不是给阁下打牙祭的材料?"狼并不搭话,狼眼斜乜着,冷光一闪,扎好了扑上来的架势。父亲急忙取出雨伞,让雨伞不停地一张一合。狼连连打了几个支棱,不知这是何种怪物,弹簧般纵身一跳,隐入丛林。

母亲吓得面如土色,又问:"'玉'呢?"

父亲又说:"不要急,我总会找到的!"

神秘的玉久久地折磨着我们一家。但我猜不出那是一块什么样的玉。我只是觉得,父亲的神经好像受到过玉的刺激,眼神也变得扑朔迷离。而且,在他提到"玉"的时候,总能看见一双杏形的眼睛在那本厚书里秋波一闪。

有一天,父亲拆开邮件时,目光粲然一亮:"啊呀,来了一个傻大姐!"母亲问:"什么傻大姐?"父亲手中摇着一叠文稿说:"是《红楼梦》中的傻大姐嘛,她虽说比不上'劈破玉',可我也在找她,她倒是径自跑来了!"原来,他搜集的南阳鼓子曲稿《红楼梦》中还缺少"傻姐"一出,南阳的一位曲友把此曲寄来了。1943年,H大学女生为庆祝"三八"节演出《红楼梦》,就是父亲提供的曲稿,把乡间村头和市井茶肆里演唱的鼓子曲,搬上了关帝庙对面原本为关云长唱戏的戏台。

我记得,那次演出引起了轰动。住在村寨内外的H大学师生和村民相拥而来。从园艺系暖房里搬到舞台上的奇花异草,十分"写实"地呈现出一片暮春景色。宝钗扑蝶。紫鹃舞蹈。黛玉担着花篮姗姗来迟。傻大姐在画出来的"沁芳桥"上自哭自诉。黛玉晕倒在用草苫子加工而成的青草地上。宝玉跪拜在白帷灵前。山风也恰合时宜地跑过来参加演出,撩起了黛玉灵前的白绫子飒飒作响。那是H大学师生流亡山区以来的第一次艺术享受。我望见父亲眼含泪水,呆坐在广场中央的小板凳上。

父亲暂时放弃了"劈破玉"的寻找,担任了H大学剧社的艺术顾问,在关帝庙的小戏台上演出了古典的《红楼梦》以后,艺术的宗旨发生了变更,开始推出一个个属于"先锋派"的"大腕儿"明星。

"先锋派"的首要特征,在上演《红楼梦》时已有所表现,那是挂在戏台中央的一盏汽灯,现在又增添了一盏,分别挂在戏台的两旁,照得戏台上一片雪亮。父亲教导我说,知道吗?汽灯又名汽油灯,已经有了一百多年的历史。但是在这里还是很"先锋"的呀!学生们"哧哧"地给汽灯打气加压时,农民就围上来看"稀罕"了。这个问:"灯头上的纱罩为啥烧不烂?"那个说:"它比'老鳖喝油'灯亮堂多了,咋个找不着灯捻儿?"

汽灯高高挂起时,广场上早已挤满了H大学师生和教工家属,他们都坐着自带的小板凳等候演出。村寨内外的农民拥挤在广场两边的夜色里,烟袋锅一明一灭地闪着光亮。我八岁了,已经是H大学附属小学三年级的学生。父亲有意要我学习山里娃子的野性,总是鼓励我挤进农家小伙伴的行列。我已经学会了爬树,就跟农家小伙伴高高骑在树杈上,接受了"先锋派"戏曲艺术的启蒙。

我记得,演旦角的"大腕儿"是外语系的一位男生,姓张,密司特张。他善于打乱时空,大打出手,一出场就会来一个"碰头好"。那一晚演的是《樊梨花征西》,由他饰演樊梨花。我不知道樊梨花要去哪里征战,总之是遇到了一道关隘,跳出来一员黑脸战将,激战数回合,樊梨花的大刀不幸脱手,只好用西洋拳法代替,包括直拳、刺拳、勾手拳,用拳台上使用的"兔步"腾挪、跳跃,久战不胜,只好向黑脸战将求和,用豫剧"二八板"或是"流水板"唱道:"我送你一个'小粉包',再送你一盒'大胜利'。'小粉包'、'大胜利',再叫你一声亲爱的。"接下来是一句英语:"Darling(亲爱的)!"作飞吻状。村民们都望着戏台发愣,知识阶层却哄然大笑,热烈鼓掌。父亲也欢畅大笑。我只会在树上跟着傻笑,奋勇鼓掌。

我对这段唱词之所以永志不忘,是因为它一度成了H大学的校园歌曲。上了中学的大哥告诉我,"小粉包"、"大胜利"都是当时的名牌香烟,也是奉送给H大学两位"校花"的绰号。但我不记得此剧演出时张贴过卷烟厂家的赞助广告,密司特张是不是私下拿了一笔广告费呢? 待考。

紧接着,关帝庙的戏台上又推出了一位"笑星"。"笑星"是国文系学生,大高个儿,背微驼,一副憨厚相,农民观众都说他是"糊涂捣"。他总是在正式节目中间穿插上场,头戴辣椒状尖顶红毡帽,挂白胡子,有点像西方的圣诞老人,穿的却是打满补丁的道袍式长衫,腰束草绳,作苦不堪言状,只念不唱:

　　山崖上有个红薯,摘下来是萝卜。
　　下到锅里是葫芦,端到桌上是夜壶。

全场哄然大笑。
"笑星"木然不笑,用横步颠踬行走,念"莲花落":

　　初八、十八、二十八,老两口商量种黄瓜。
　　锅台角上掩个籽儿,案板底下发个芽。
　　擀面杖上拖个秧,影门墙外结个瓜。
　　看着是个大西瓜,劈开是个老南瓜。
　　吃到嘴里泥鳅味儿,吐出来是个癞蛤蟆。

又是一场哄笑,我又跟着傻笑。

从乡下来我家做家务的干娘听了,连说:"错了,错了! 后几句原本是'下到锅里大白菜,舀到碗里面疙瘩。吃到嘴里凉粉味儿,吐出来是黄豆芽。"她嗔笑道:"瞧这傻老汉,他咋把恁好的东西都给糟蹋啦?"

父亲却大为赞赏说:"谁说西方才有'荒诞派'? 你瞧,纯属我们中国中原地域的'荒诞派'艺术早已诞生了嘛! 存在的偶然性、命运的不可知、因果关系的不可测,都得到了深刻、生动的表现,是乱世所生的感慨呀!"

骑在树杈上的我听不出深奥的哲理,只知道跟着傻笑。后来我年岁渐长,屡次看到种瓜者得刺、种蒺藜者得瓜的现象,才想起那位"笑星"所言不谬。他毕业后却当了历史教师,爱作翻案文章,与史书相悖,后被辞退教职,不知去向。

皇天有眼,让父亲在这个小戏台上发现了"劈破玉"的线索。

一个唱曲子戏的"草台班子"从南阳那边越过老界岭来潭头演出。一位风流绝顶、雅俗共赏的旦角主演了一出《胡二姐开店》,博得了 H 大学知识阶层与潭头民众的一致好评。父亲也大喜过望说:"这个戏班不得了,一出戏就唱了七八个鼓子曲牌,还保留着明、清古韵呢!"

接下来,小戏班又演了一出不知名的哑剧。戏台上没有任何布景,只用竹竿撑起来一副罗帷帐。小生与小旦儿眉目传情后,携手钻进了罗帷帐。戏台上空无一人。罗帷帐却在急管繁弦中抖动不已。嬉笑与掌声骤起。我骑在树杈上发现,盲琴师成了台上和台下的主宰。他鼓突着无神的眼珠,前俯后仰地拉着板胡。坐在他身后的琴手、鼓手都随着他前俯后仰,乐声如疾风骤雨,且有唢呐声在高音区颠簸、跌宕。乐声愈急,罗帷帐抖动愈烈。台下的掌声、嬉笑声一浪高过一浪。盲琴师猛操弓弦,如夜鸟声声啼叫。罗帷帐摇摇欲坠。盲琴师又轻拉弦索,众乐手也随之息声敛气,只剩下板胡声细如游丝、若断若续。罗帷帐的抖动也由疾而舒,渐缓渐止。观众意犹未尽,叫好声经久不息。盲琴师再次抖擞精神,众乐手也随之再接再厉。罗帷帐再掀波浪。如是者再三。盲琴师戛然而止,罗帷帐猝然倒塌,小生、小旦儿自帐后滚地出,作不堪羞赧状。小旦以水袖掩面,与小生执手逃。众哄笑。

不知为什么,H 大学的女生和结伴而来的村姑们都羞红了脸,避开台上的灯光纷纷溃散。男学生和男性村民却发出怪味的嬉笑。坐在广场中间的教授们都夹着各自的小板凳纷纷起立,露出尴尬的表情而发出干咳的声音。讲授现代文学的陈伯伯对我父亲说:"啊呀,大开界了,这个是'象征主义'的大手笔呀!"父亲说:"是呀,是呀,表现了人类永恒之主题哩!"

我从树上跳下来,蓦地出现在父亲面前。

父亲瞪着我说:"你在这里干什么?"

"看戏!"

"小孩子不可以看,你看不懂的。"

"我看懂了!"

"看懂什么了?"

"拉板胡的老头最厉害!"

"他怎么厉害?"

"他吓得那两个人躲在帐子里直打哆嗦!"

父亲点头认可了我的评论,又把他的小板凳塞给我说:"我正要去看望那位很厉害的老头,你赶快回家睡觉。"

父亲回来时已是深夜。他兴高采烈、比比画画地对母亲说:"找到了,找到线索了!"

母亲问:"找到什么线索了?"父亲说:"'劈破玉'呀!你能想得到吗?一个小戏班的盲琴师竟能把明、清曲牌《闹五更》、《粉红莲》、《银绞丝》、《耍孩儿》、《打枣杆》、《节节高》一口气串联下来,虽为表演淫秽情态所错用,也足见盲琴师身怀绝技、不同凡响呀!我向他请教《劈破玉》,他说,知此曲牌者千无一人,只有他的师傅柳二胡琴,师从南阳李秀才,幸得此曲,却从不示人。我问柳二胡琴现在何处。他说,洛阳保安处长请他当了家庭琴师,教处长三姨太学曲儿。"母亲问:"这个处长现在哪里?"父亲说:"还在洛阳,离此仅二百余里。"

我终于明白,父亲要找的"玉"是南阳鼓子曲中已经失传的《劈破玉》。父亲说,他去燕大执教以前,宛儿姨对他讲过,他们找到的《倒推船》固然十分难得,但宛儿姨听老父说,还有一个《劈破玉》是鼓子曲中的"娘娘"。清代末年,此曲由江浙艺人溯长江西上而传于汉口,入汉水北上至白河而流入南阳。五十年前,宛儿姨的老父在南阳石桥镇"曲圣"李秀才的打麦场上听过此曲,由古筝、琵琶、三弦、笙、箫、檀板合奏,文人雅士和农夫村姑都听得如痴如醉。南阳一富商出高价求购此曲,李秀才说:"清曲不入商贾家。"把富商拒之门外。李秀才谢世后,此曲下落不明,只知道他在泌阳收过一个高徒,原来正是这位盲琴师的师傅柳二胡琴。

父亲又在燕大图书馆发现,明、清典籍中多次提到《劈破玉》。最早的记载见于明代举人沈德符所著《顾曲杂言》,把《劈破玉》列为弘治年间(1488—1505)流传汴梁的俗曲之首,给予"可继《国风》之后"的评价。晚于此书一百二十余年的明代天启七年(1627),又有《芳茹园乐府》一书,称《劈破玉》"不效颦于汉魏,不学步于盛唐,任情而发,如旷野天籁,一曲百应"。再过一百六十余年,刊布于清代乾隆五十八年(1793)的《扬州画舫录》上说:"俗曲诸调以《劈破玉》为最佳。有于苏州虎丘唱是调者,苏人奇之,听者数百人。明日来听者益多,唱者改唱教坊名曲,听者一哄而散。"

以上记载与宛儿姨所言相印证,父亲认定《劈破玉》已有四百五十年以上的历史,由汴梁而入江浙、再由江浙入荆襄、又由荆襄入南阳,吸收了中原和长江两岸的清曲古韵,进入民国后而不知所终,唯恐再生《广陵散》不可复得之叹,从燕大归来后,就把寻找《劈破玉》作为他教学之余的第一要务了。

父亲打点行囊,而且找到了那一把吓退过大灰狼的雨伞,就要奔赴洛阳寻访柳二胡琴,却忽然传来惊人消息:日本鬼子悍然占领洛阳,正向嵩县、潭头进逼。溃逃的"国军"潮水般经过潭头,向伏牛山深处逃窜。H大学师生缺乏准备,事到临头,校本部才仓促决定,师生各自逃生,到豫鄂陕三省交界处的荆紫关集结。

父亲暂时放弃了去洛阳寻访《劈破玉》的计划,与母亲打点逃难的行李,忽听寨墙上一声叫喊:"鬼子进寨了!"父母亲丢掉了全部家当,带领我们五个子女连夜逃出潭头,南渡伊水,钻进山洼,到了一个名叫小河的村庄。寨内响起枪声时,父亲才忽地想起,过去搜集的鼓子曲稿与讲义全部丢到了寨子里,又不顾母亲阻拦,只身掂着打狼的手杖,表现出拼死一战的姿态,折回枪声大作的潭头去了。

惊人的噩耗不停地传到小河。逃到潭头北山上的H大学师生多人惨遭鬼子杀害。医学院张院长夫妇和侄儿被鬼子俘虏,张院长侥幸逃脱,夫人被鬼子刺死,侄儿也被刺断食道,受了重伤。教育系一个男学生为了保护热恋中的女友,赤手与鬼子搏斗,被鬼子刺死,女友投井自尽。农学院王院长被鬼子抓去当了挑夫,在途中拼死跳崖。那天下着小雨,我看见王伯伯浑身血迹,由两个农民搀扶着来到了小河。我们一家人都在鲜血带来的惊悸中等待着父亲归来。

父亲终于出现在村头。潭头的房东用溃兵丢下的长枪挑着父亲从北平带回来的那个邮袋,一惊一乍地跟在父亲身后。父亲说,他躲在寨外的山包上,望见第一批鬼子劫掠了潭头而后西去,第二批鬼子正从东山向潭头进发,他抓紧短暂的空隙潜入潭头,用邮袋带出了全部文稿。一个晕头转向的军官也随着父亲逃到了小河,喘息稍定,就挖苦我父亲说:"你为了一布袋字纸,命也不要了啊!"父亲发火说:"你说什么?你知不知道,保卫国土是你的职责,保卫这堆字纸就是我的职责了,你懂吗?"军官惊悚无语,急忙换了便衣,惶惶离去。

次日,我们爬上了老界岭,父亲望着脚下的云海,说:"嗨,劈破玉!"

2. 荆紫关

H大学师生如伏牛山上的落叶纷纷飘坠在丹江岸边。

那里有一个鸡鸣豫、鄂、陕三省的古镇荆紫关,南临江水,北依青山,帆樯如林,商旅如织。商铺沿江而立,逶迤三四华里。我们从山上望下去,母亲说它是玉石与江水打磨出来的玉簪,父亲说它是被打惯了算盘的手指拨弄出毛病来的古筝,我说它是一条红烧或是醋熘出来的大鱼,哥哥是个结巴磕子却一鸣惊人,说是是是我想想想象中的劈劈劈劈破破破的玉。母亲受到父亲的奚落,父亲受到母亲的挑剔,我受到全家人协调一致的嘲笑,哥哥受到了父母亲分寸适当的赞许同时也引起了父亲的忧虑。

我们首先遇到的问题是住宿困难,幸好父亲结识了一位来这里传教多年的英国牧师。他的脑袋如同一个红红亮亮的蛋壳,雪白的头发全部长在脸上,他还让我第一次看到了水晶般湛蓝的眼珠,还有他的"万能牙齿"。他声称他的牙齿咬得住自己的鼻子,它果然咬住了,那是一副可以摘下来、再装上去的假牙。他叫安格尔,人们都叫他安牧师。父亲用磕磕巴巴的英语与他进行了亲切的对话,安牧师就用怪腔怪调的中国话请我们与他为邻,住进了福音堂里一座具有中国大屋檐、西式百叶窗的瓦屋。墙上挂着一个半裸的外国男人吊在十字架上受刑的青铜塑像。

刚在福音堂里住下,父亲就向一个曾在洛阳保安处供职的学生发信,打听保安处长与柳二胡琴的下落。学生回信说,保安处已经溃散,处长做了寓公。柳二胡琴年迈多病,从洛阳战火中侥幸逃生,落脚于南阳地区,确切地址不详。回信还说,柳二胡琴为报处长知遇之恩,欲将《劈破玉》传给处长的三姨太,数次抚筝而怦然弦断,三姨太大惊失色,以为是不祥之兆,不敢再领教此曲。柳二胡琴暗对曲友说:"师傅在天上怪罪我了!处长本是狎妓的武夫,三姨太原是青楼歌妓,此曲是沾不得秽气的呀!"

父亲说:"好,趁学校没有开课,我去南阳找柳二胡琴。"

母亲说:"不宜去!"

父亲说:"有了主耶稣的保佑,你还不放心吗!"

母亲说:"南阳属下有八个县,耶稣保佑你去哪里找到柳二胡琴?荆紫关也在南阳专署治下,说不定他就隐居在荆紫关呢!何不在南阳报纸上登一则启事,公布你已搜集到手的曲目,声明愿与同好者互通有无,附言寻找柳二胡琴与《劈破玉》。好比撒出去一张大网,说不定会找到那块'玉',还会捞上来更多的曲牌呢!"

父亲大喜说:"这么好的主意,我怎么没想到呢?"

后来,邮差源源不断地送来了大包小包。父亲说:"啊呀,我几乎可以汇集一部鼓子曲大全了!"却又不时感叹:"《劈破玉》,你在哪儿啊?"

我在关心《劈破玉》以外的事情。我十岁了,该上五年级了。H大学没有能力再办附属小学。我与H大学的教工子弟都去到供奉着河神的"平浪宫",上了当地的小学。

上音乐课的是一位年轻的女教师,她第一次上课点名,点到了我的名字就顿住了,惊异地望着我说:"张斑斑,你是张斑斑?"我也惊诧地叫她:"小李姨,你是小李姨?"是的,她是张集幼稚园那个让我吃了不少茶叶蛋的小李姨。

"你长大了!"她说。

"你也长大了!"我说。

同学们嘻嘻哈哈笑起来。

小李姨说:"六年了,六年了!"

那一堂音乐课上,小李姨有些心神不定。我暗暗打量她的面容、她的身姿、她的表情而忘了她教唱的什么歌。小李姨真的不小了,乌黑油亮的两条大辫子变成了浓密的剪发,眼睛依旧清澈明亮而眸子更加幽黑。幽黑的眸子使她露出有了心事的样子。她的笑也不再无畏地炫耀洁白晶亮的牙齿,只是轻抿一下嘴唇,露出一双浅浅的酒窝。我在心中用加法计算,六年以后的她也只有二十四岁。

我想起了小李姨的男朋友——我给他送去很多只"小燕子"、他也给我刻了一个"橡皮图章"的何杰。我在潭头看见过何杰,他又成了父亲的学生,是H大学国文系的才子。一个偶然的机会,在潭头的小戏楼后边,在寨墙上伸出来的歪脖柳树的浓荫下,我看见他跟教育系的"系花"拥抱亲吻,那是一个使知了不再鸣叫、太阳急速下沉的长吻,不是张集小树林里的"点发的快枪"。我懂事了,开始学会为小李姨难过,看到茶叶蛋的时候也会引起我早熟的感伤。

父亲说,小李姨曾经带着一个小包袱,包袱里装着她的嫁妆,去潭头找到了何杰。何杰却带着教育系的"系花",请她在"小小饭庄"吃饭。小李姨放下筷子,哭着离开了潭头。父亲来到平浪宫看望小李姨的时候,避开了与何杰有关的话题,只是表示惊讶说:"小李老师,你怎么流落到这里来了?"

小李姨说:"这里离内乡张集只有百十里路,还在家门口哩。倒是你们转了一个大圈儿,又转回来了。可我不知道你在H大学,她……她也不知道你在H大学,她……她以为你还在北平,怕你回不来了,还在挂念你哩!"

我一时不能确定小李姨说的"她"是谁。

父亲却露出伤感的样子不再说话。

小李姨怪罪说:"怎么,你把她忘了吗?我是说我宛儿姐呀,她还在她的母校K女师教音乐,K女师还在内乡夏馆,离这里很近的呀!"

父亲说:"宛姑娘不是去了老河口吗?"

小李姨说:"她跟那个稽查科长早分手了。宛儿姐其实是很勇敢的,她跟他实在过不下去,就毅然决然跑回来,在报上发表了一个离婚声明,就拉倒了。再复杂的事情,只要一咬牙,就变得简单了不是?"

父亲避开小李姨的目光,半晌说不出话来。

小李姨又说,"我跟宛儿商量好了,我们俩这一辈子就一个人过了!"

父亲问:"为什么?"

小李姨瞥了父亲一眼:"女人的心有多重,你们男人是掂量不出来的!"

我作为一个未满十岁的男人当然也是掂量不出来的,但我十分想念宛儿姨。她颤颤的手指,她哀婉的表情,她脸颊一红陡然发窘的样子,她抚筝而泣的侧影,她的痣。还有那本沉重的厚书。父亲很久没翻过那本厚书了。

父亲见到小李姨以后,我就像暗探一样盯着父亲。当天晚上,我就发现父亲从破皮箱里拿出了那本厚书,放在手中抚摸着、抚摸着,却没有翻开,又把它换了地方,装进了邮袋。父亲说过,《万国公约》规定,这是一个受到保护的邮袋,就是在打仗的时候,谁也不可以侵犯邮袋。

小李姨开始教我们唱歌。她说,她曾去女师音乐科进修,宛儿姐就是她的老师。她要我们学会用心灵唱歌,不要扯着嗓子干唱。她教的歌儿不再是《小白兔乖乖》,而是《我的家在东北松花江上》。她是眼含泪水教唱这支歌的,唱到"流浪、流浪"的时候,她哭起来了,全班同学都跟着哭起来。"爹娘啊,爹娘啊……"我记得,我们是唱到这里的时候由哽咽不止而齐声痛哭的。战争时期的孩子会为失去家乡和家乡的亲人而落泪,却不会为失去生日蛋糕而哭泣。我之所以哭,是因为想起了薛姨。请原谅,写到这里,我的心又在战栗。我不得不摘下老花眼镜,拭去没有苍老的热泪。

小李姨教我们唱了好几支歌,除了《我的家在东北松花江上》,还有《大刀向鬼子们的头上砍去》、《兵农工学商一起来救亡》,还有一个在风雨中流浪的《难童歌》,一个农夫要"多打些五谷送军粮"的《二月里来》,一个漂泊异乡的大姑娘思念家乡、梦见爹娘、又做了一身寒衣送给情郎去打仗的《四季歌》。然后,小李姨就扯下她的红缎子被面,在火红的被面上写下了墨黑的大字："抗日募捐队"。

我开始对父亲的鼓子曲和他整天念叨的《劈破玉》表示不敬，而且盯住了父亲存放鼓子曲稿的邮袋，感到那是一个很好的募捐袋，几乎是用最后通牒的语气讨要那只邮袋。出乎意外的是，父亲听我说明了用途，用一种终于发现了"吾家千里驹"的眼神对我刮目相看，毫不犹豫地掂起邮袋，"秃秃噜噜"把曲稿和那本厚书都倒了出来，又跟我母亲小声嘀咕了几句话，把一叠细心查点了两遍的纸币和铜板塞到邮袋里，才把邮袋交给我说："这是一个极好的募捐袋，我和你妈妈给它垫了垫底。但是，你要记住，这一个月，也许更长一些时间，我们是不能吃肉的了，只能吃豆芽，懂吗？你和哥哥、姐姐要轮流值日，帮助妈妈给豆芽择尾巴。"

我十分讨厌择豆芽，而我们的募捐十分成功。

小李姨瞄准了这个商埠上每一家稍大一些的店铺。一大早，当店铺里的算盘都被账仙儿举在手中摇着，让算盘珠儿发出炸豆般的声响以祈求赵公元帅多多保佑的时候，红缎子被面就卷着江上的风如猎猎作响的火焰沿街烧过去，我们的两列纵队会随时变成横队迅速包抄，依次堵住每一家店铺的门脸，然后开始演说、唱歌、高呼口号，好像日本鬼子就窝藏在这家店铺里。我比较荣幸地突前站在小李姨身边，拎着邮袋唱歌。我把邮袋口撑得很大，让它几乎可以钻进去一头牛，而钻进去的常常只是一些面额很小的毛票和铜板。对于每一笔捐款，无论数量多少，小李姨都要当众查点，高声报数，请店家把捐款数目写在我们的募捐簿上。

在一家名声很大的粮坊门前，我们唱完了三支歌，才有一个傲慢的铜板飞出来，"当"地落在地上。小李姨拾起铜板，如拾起一个金元宝似的高高举起，唱歌儿般地向人群宣告："国家兴亡，匹夫有责。赵大掌柜为抗日将士捐献铜板一个！"人群里一片哗笑。赵大掌柜的脸上就露出猪肝的颜色，说："别急，别急嘛，怪我拿错了！"又发狠地拿出一块银洋，捏在手指间，映着太阳摇晃，让大家充分感受到银圆的光泽，再向银圆吹一口气，让它发出蚊子振翅的声音，接着就有一道热乎乎的亮光画了一道弧线，倏地钻进了我的邮袋。小李姨又扬嗓高唱："赵大掌柜爱国心切，再次慷慨解囊，为抗日将士再捐'袁大头'一枚！"人群里就拍起了巴掌。

小李姨神情端庄，目光闪闪发亮，报数的声音如百灵鸟儿凌空歌唱。各个商家听了，竞相攀比捐款的数额。我和小伙伴们都为商人的爱国热情所感动，一开口唱歌又首先感动了自己，泪水就从一张张小脸上落下来。人群中也有眼泪落下来。小李姨报数的嗓音越发清脆感人。我也越发感觉到了邮袋的重量。邮袋搭在我的肩头，会使人想起一个大褡裢搭压在一头小毛驴背上的样子，两端都几乎拖在地上。为了不让它沾染灰尘，我踮着脚尖走路，骄傲地挺起了胸脯。赵大掌柜却在身后喊叫："都说咱荆紫关的女子能撂倒三个省的男人，这女子领着一群娃子，倒是把咱荆紫关的男人当猴耍了！"有人接腔说："别吃后悔药了，反正，不是往女人那个窟窿里入钱！"

红缎子被面呼啦啦地爬上古镇北边的斜坡。斜坡上有一个大户人家给老太爷过六十大寿。我们挤进门楼,就被喜棚堵住了。一个女艺人打扮得花枝招展,正敲着八角鼓唱大调曲子,加上为她伴奏的三弦、古筝、檀板,完全占领了我们应该占领的地方。女艺人对面的堂屋里,坐着一个身穿黑缎子马甲、蓄着八字胡的老人。两边的喜棚里坐满了贺寿的宾客,都摇头晃脑地欣赏女艺人的表演。我看见过这个女艺人,镇上人都叫她"浪三省",也有人叫她"花野鸡"。她去福音堂作过礼拜,却没有人愿意挨着她坐,她就蜷缩在教堂最后一排的角落里,孤独地占领了一条长凳,好像是一个被上帝所抛弃的女人。她的嗓门唱不好赞美诗,总是跑腔走调地窜到高音区独领风骚。一个热心肠的寡妇举着小木箱为贫苦教友募捐时,她也早早地把钱掏出来举在手上。寡妇却视而不见地从她身边越过。她就哭泣着离开了教堂。

我听不懂"浪三省"唱的什么曲儿,但她唱得太妩媚、太卖弄、太腻味了,一个字的拖腔也会从喜棚里长长地扯出去,从屋檐上绕到树梢上,把树叶儿撩得飒飒乱晃,再从树梢上掉下来,钻到喜棚的人缝里窜来窜去,在每个人的心口和耳膜上挠着痒痒。我有点儿哲学意味地发现,她唱的与我们唱的不是一个物质世界里的精神产品。喜棚里的喜庆气氛与我们沉浸其中的"抗日情感"也相去甚远。但她毫无停下来的意思,她和贺寿的客人都没有发现我们的存在。我开始感到焦虑和气恼,却忽地看到父亲也挤坐在喜棚的一角,把数年前他与宛儿姨共同使用过的大书夹子放在膝上,捏着一支钢笔,一边两眼发直地听,一边满头冒汗地记。

我为父亲在如此浮华的场所如此煞有介事、如此偷偷摸摸地记录"浪三省"的曲文感到羞耻,为了制止"浪三省"的演唱,也是为了打断父亲的记录,我暗自约好小伙伴,倏地跳到"浪三省"面前,呼啦一下,扯开了我们的锦绣红旗。喜棚里惊炸了。"浪三省"躲在乐师背后,抚着胸口喊叫:"哎呀,我的老寿星呀,这是哪儿来的刀客?"老寿星望着大红被面说:"哦,募捐队,是巧要饭儿的吧?"父亲站起来说:"高老先生,他们是本镇小学的学生,有几个是H大学的教工子弟,错不了的。那一位是小李老师,他们也排练了很好的节目呢!"高老先生说:"恕老朽看花眼了,小李老师请坐!"小李姨说:"对不起,学生年纪小,冲了这位大姐的场子,就让孩子们替她唱几支歌儿,给老寿星拜寿!"

我记得,我们刚唱了《我的家在东北松花江上》,客人中竟有一个大汉子号啕大哭起来。高老先生说:"李副官,我知道你是想家了,你不要难过,今天咱要善待这群娃儿们,好好表表心意就是了!"我们受到哭声的感染,唱得更加动情。唱《四季歌》时,一个拉弦儿的也跟着歌声调好了弦,给我们当了伴奏。我们最后唱的是《大刀向鬼子们的头上砍去》。客人中有人应和,父亲也站在远处挥着手臂为我们打拍子。

歌声刚落地,仆人就托着一个垫了红布的盘子跑过来,拖着长腔宣布:"高老太爷问女先生跟学生娃儿们辛苦,为打鬼子捐献现大洋十元!"小李姨喜得眼睛一亮,躬身说:"多谢高老先生!"我也喜得心里一颤,把邮袋口撑得大大的,眼看着白花花的银圆丁零当啷地钻进了邮袋。

"浪三省"也举着小筐,在喜棚里钻来钻去,不停嘴地说:"爷呀,赏个脸!"客人纷纷向小筐里扔着零钱。仆人高声说:"喂!你咋又凑起热闹了,你是忙的哪一壶?""浪三省"一脸委屈说:"学生娃儿脸皮儿薄,不会收钱,我是替娃儿收钱哩!"她说着,泪水就溢出了眼眶,继续端着小筐收钱,说:"谢谢,我替娃儿们谢谢!"她端着冒尖一小筐钱跑过来,对小李姨说:"快收着,刚才怪我看花眼了。我也是逃出来的难民,俺有个兄弟还在前线打鬼子哩!"她把筐里的钱倒到邮袋口里,拉着我的手说:"你别慌,小兄弟!"又从鼓架上掂起一个肮脏的小布袋,倒掂着布袋一抖搂,把皱里巴叽的小票子和脏里巴叽的碎铜板一股脑儿倒在邮袋里,说:"赏给我个脸,叫我也爱国一回!"

小李姨领着我们依次向高老先生、向全体贵客、向"浪三省"鞠躬道谢,向"浪三省"鞠躬的时候,她受惊地打了个愣怔,蹲在地上大哭,说:"受不起,我这种人实在受不起!"

我不知道她为什么哭,可我的鼻子发酸,心里和邮袋一样沉重。

我们离去时,又听见女艺人哭着说:"爷呀,我的曲儿唱不出口了!我心里堵得慌,叫我缓口气儿……"

小李姨把我们募到的款项张榜公布,贴在平浪宫的门脸上,引来众人的围观。有人问,榜上这个王翠香是谁呀,我咋没听说过镇上有这么一个人?有人嗤笑着回答,就是那只"花野鸡"、"浪三省"嘛,她这钱正好臊臊小鬼子!我发现,我已经不能容忍对"浪三省"的侮辱,就躲在一块大石碑后边,用弹弓瞄准口吐秽言者的臀部,发射了一颗愤怒的弹丸。这个弹丸只是瞄准"花野鸡"这个秽词发射的,当时,我还弄不明白"浪三省"是什么意思,因此,至今还欠着他一颗弹丸。

小李姨委托南阳的报馆把捐款转交给抗日将士。报纸为此发表了一篇《古镇小儿郎,募捐打东洋》的报道。小李姨用红笔把报道圈起来,贴在平浪宫的门脸上,又引来众多的读者驻足观看。父亲也把眼镜凑上去看报,却发现同一张报纸的"大众信箱"栏目还发表了一位读者的来信,对南阳地区一些地方在大敌当前的危急时刻"弦歌声不绝于耳"的现象进行了猛烈抨击,其中也有涉及家父的一段话:"呜呼!犹有学者名流发表启事征集淫曲秽词者,如不幡然省悟,不唯国将不国,吾等亦将死无葬身之地矣!"信尾,又以杜牧诗《泊秦淮》相赠:"烟笼寒水月笼沙,夜泊秦淮近酒家。商女不知亡国恨,隔江犹唱后庭花。"

父亲看了报纸,大为恐慌地就地蹾了几个圆圈,急急走进平浪宫,向小李姨郑重说明,他之所以出现在高老先生的堂会上,仅仅是为了记录王翠香女士演唱的《陈妙常》中《月下来迟》一折。试想,如果你曾多方寻求此曲而未果,终于在荆紫关的茶馆里与此曲邂逅,也一定会跟踪到高老先生的堂会上以完成记录的。这样的天赐良机,怎能再让它失之交臂呢?你说对吗?但它绝对不是什么什么"淫曲秽词",其真挚的情致、活泼的语言是无数民间艺术天才所创造的,是文人闭门造车万万造不出来的呀!而且,他之所以征集鼓子曲稿,正是为了在民族存亡系于战火的危急关头,要抓紧保护我们中华民族的民间文化啊!万望不至于引起小李老师的误会。等等等等。

小李姨贴报纸时并没有注意"大众信箱",愕然不知父亲之所云,好不容易弄清了原委,跌脚笑道:"看把你急的!怪不得宛儿姐说你有时像个大孩子呢!我压根儿没看见那篇文章,贴报纸不是冲着你去的,我把报纸扯下来就是了!"父亲急忙拦住说:"哎呀,万万不可!那是正义之呐喊呀,对于'弦歌声不绝于耳'的批评,可以说是入骨三分,我也深有同感的呀!再说,你领着'古镇小儿郎,募捐打东洋'的义举,是应该公诸报端、昭示世人的,怎能把它扯下来!"

小李姨说:"那么,先生记下来的《月下来迟》,能叫我欣赏一下吗?"

父亲连连摇头说:"不,不,等打败了鬼子,再送你过目吧。"

半个世纪以后,我在父亲的记录稿中找到了这段曲词,摘句如下:

[鼓子尾]妙常说:天色晚了安歇吧,二人双双入红绫。

红绫被上风浪起,忽听得金鸡哽哽咯儿、咯儿咯儿哽哽叫个不停。

妙常闻听心上恼,她只把苍天埋怨几声:

"闰年闰月朝朝有,为什么、为什么没有闰五更?"

我虽然不敢担保此曲为不朽的传世佳作,但也似乎不能认定是"淫曲秽词"。父亲对女艺人追踪数日而终获此曲后,却还收到过一封简明扼要的匿名信:"浪三省不是好鸟,劝先生保重身体!"父亲抖着信纸,向他的好友、留德医学博士鲁教授郑重质询:"请问,他要我保重身体是什么意思?"鲁教授说:"大概是请你提防梅毒一类的性病吧!"父亲陡地跳起来:"什么?王女士唱的陈妙常也染上梅毒了?"鲁教授笑得前仰后合,说:"有人开开你的玩笑罢了,看把你急的!"

不管是不是沾染了梅毒细菌,我已经把邮袋还给了父亲。父亲又把曲稿连同刚刚到手的《月下来迟》装进了邮袋。不知是不是出于卫生方面的疑虑,父亲好久没有打开过邮袋。H大学也大伤了元气,没有再开课。父亲似乎对《劈破玉》再也不敢问津,又无别的事情可做,便在福音堂的葡萄架下,以英文版《圣经》为研究对象,就教于大不列颠的安格尔牧师,并用毛笔书写英文《马可福音》以修炼"柳体"英文书法,终成正果。安格尔称赞他是举世罕见的英文书法家。父亲志得意满,毛笔一挥,为安格尔书写了一幅"柳体"英文"横幅":

The true, the good and the beautiful ——(真善美)

笔酣墨饱,曲里拐弯儿,果然是笔舞龙蛇。

安格尔请当地中国木刻门神版画专家精心装裱了"横幅",悬挂于西式客厅,仰视而赞叹说:"主啊,多么奇妙的文化!"

我在庆幸,父亲好像摆脱了《劈破玉》的幽灵。

安宁的日子却没有持续多久,小李姨又要我充当信使,正要把信交给我,却又把手缩回去,说:"不行,让你爸亲自来取。"父亲应命而来。小李姨说:"张先生不必不安了,你还有一个始终不渝的支持者哩!"她把信交给父亲说:"宛儿看到过你的'启事',她要我把这封信交给先生。"父亲急急取出信笺,背过身子看了,狂喜说:"啊,她通过她的父亲找到柳二胡琴了,《劈破玉》果然在柳二胡琴手中,且已许诺以此曲相赠,她就要去南阳记谱了呀!"父亲向小李姨连连躬身说:"谢谢,太谢谢了!"小李姨说:"你这是谢谁呀?快去找你的'玉'吧!"

神秘的宛儿姨伴着神秘的"玉"再次向父亲走来。父亲好像有点儿提心吊胆,他把宛儿的信交给母亲过目,母亲推开说:"找到'玉'就好,我不看了。"父亲给宛儿写了回信,又交给母亲过目,母亲又说:"我不看了,不要忘了替我问好就是了。"父亲寄出回信,又心神不定地研究宛儿的来信,说:"可惜呀!还有《双玉》、《听琴》两个曲牌已经毁于战火,从此失传了。它们在我心中引起的痛苦不亚于被鬼子掠去一块土地呀!《劈破玉》决不可再丢掉了!"又向母亲试探说:"只是……只是记谱工作大不易,要反复演奏,反复记录,再按照记录反复试奏、反复校正,一个人是很难完成的呀!"母亲说:"不要啰唆了!拿上你避邪的手杖、吓狼的雨伞,抓紧上路就是了。不过,还要提防着天上的炸弹!"

母亲不幸而言中。父亲登程第二天,安格尔就用"四声"错位的中国话告诉母亲:"张太太,你不要'进账'(紧张),一定不要'进账'才'号'(好)!今天早上,我从收音机里听到……听到……哦,你'进账'了吗?这是一个不'号'的'笑戏'(消息),日军进犯'难样'(南阳),先头部队已经交火,作战十分惨烈。你一定不要'进账'才'号'!你学会'气到'(祈祷)了吗?哦,让我们'气到'吧,保佑张先生'乒暗'(平安)!"

母亲不会祈祷,只会在胸前乱七八糟地比比画画。我知道母亲是想画出一个比较标准的十字,却画成了一个不合标准的圆圈。我和哥哥、姐姐陷入突来的恐怖,也都乱七八糟地跟着在胸前画圆圈。在十字架上吊着耶稣的那一个塑像前,安格尔声若洪钟地开始了我听不明白的祈祷:"路平安当颂主名,路黑暗有主同行,路危险主必保护,安稳在主怀中。阿门!"

我确曾看见十字架上有灵光一闪。接着,我就看见一拨一拨的逃亡者,如热锅上的蚂蚁从东河滩上急急惶惶地爬过来。经历了潭头劫难的H大学师生也急急惶惶地加入热锅蚂蚁的行列,逃亡陕西去了。

只剩下母亲和她的五个子女守候在耶稣受难的十字架下,等待下落不明的父亲。那位热心于慈善事业的寡妇大妈来到母亲身边,随着挂钟的"滴笃"声,反复低吟着同一首赞美诗:"我的心啊,平稳安静,专心等候基督。我的心啊,平稳安静,如卧慈母怀中……"

我终于看见,父亲撩起长衫下摆,手杖一摇一晃地向"慈母怀中"走来。

父亲的手杖总是这时在我的记忆中凸现出来。还是那一根对狼没有产生威慑作用的手杖。父亲在夸耀手杖上那一个天然弯曲的把手。在南阳城外卧龙岗上激战正酣的时刻,父亲就是利用这个弯曲的把手勾起了一篮热腾腾的大包子,又把手杖扛在肩上,加入了南阳民众支援前线的行列。那是父亲第一次"冒着敌人的炮火前进"。一篮肉包子热腾腾、香喷喷地在他的背上打着滴溜,随队到了武侯祠内,诸葛亮和众百姓同时发现慰劳队里多了一个人,就把这个可疑分子交给了带领慰劳队的李县长。千幸万幸,李县长是父亲旧时相识,"怎么?你怎么跑到这里送起包子来了?"父亲说:"包子叫我碰上了,我不把它送来,它就放凉了,前方将士吃了,会闹肚子的呀!"有一颗炮弹在不远的地方落地开花。李县长缩了一下脖子,说:"好了,你不要在这里碍手碍脚了!"父亲说:"我要进城找人,守城门的士兵不放我进去,请你带我进城如何?"李县长说:"人家都往城外跑,你咋偏要往城里钻?一切非军事人员都疏散到城外了,你进去还能找谁?"又有一梭子机枪子弹扫在墙头上,李县长急急推着他说:"你赶紧走吧,我顾不上你了!"

父亲转身西行,又跑到女子师范所在地——内乡夏馆找宛儿,校舍里空无一人。农民说,去陕西找吧,她们早跑远了!

3. 享受饥饿

那是一次千里大逃亡。H大学离开河南,从陕西最东边的商南一口气逃到陕西最西边的宝鸡,落脚于宝鸡郊区石羊庙及其周围的十多个村庄里。父亲率全家追踪而去,上气不接下气地在一个名叫宋家庄的小村庄里落脚。

学校发不下薪水,父母的积蓄已经用尽。在逃亡路上为了坐上汽车,父亲把我家剩下的最后一件像样的东西——俄国毛毯,如敬献哈达似的送给了一个军用汽车的司机。到了宋家庄,父亲就向全家宣布:开始"饥饿体验"。

父亲说,"饥饿体验"十分重要,是"天将降大任于斯人"的必要条件之一。我对待这种体验的方式之一,是带有感伤意味地咏唱一支儿歌。那是在潭头的"教授大院",留洋归来的关伯伯教我用英文唱的一支英国儿歌,唱的是名字叫塔米、塔克儿的小兄弟两个,到了吃早饭的时候还赖在床上。他们的母亲说,快快起来吃早饭呀,接着就通报了早饭要吃的东西,有面包倒也罢了,还有"奇斯杰母安得巴特儿"——奶酪、果酱和牛油。使我咏叹不已的正是"奇斯杰母安得巴特儿",惹得父母亲心烦意乱,就毅然把哥哥、姐姐疏散到由河南迁来的管吃饭的中学就读,把我和七岁的璘弟送进了宝鸡难童收容院。

难童收容院坐落在宝鸡西郊的山坡上。我不知道父亲是通过什么关系把我们小哥俩送到这里来的。但是我记得,父亲领着他的"小塔米塔克儿"穿过宝鸡街头的时候,忽然看见一群背着背包、面部晒得黑红的女学生。他急忙趋前问道:"请问,你们是从河南来的同学吗?"女生说:"是呀!"父亲又问:"是K女师的同学吗?"女生说:"不是,是K女中!"父亲又问:"你们碰见过K女师的同学或老师吗?"女生说:"碰见过呀!"父亲又问:"你们碰见过她们的音乐老师吗?"父亲采用逐步缩小包围圈的战术,却未能锁定目标。女生们说:"哎呀,先生,我们不知道谁是她们的音乐老师?"又模仿父亲的口气说:"请问,你还有什么问题要问吗吗吗?"女生们大笑,父亲不笑,说:"对不起,只剩下一个'吗'了,你们知道K女师跑到哪里去了吗?"女生们说:"先生,真的不知道,都跑零散了,谁也顾不上谁了!"父亲问:"那么,你们是往哪里去呢?"女生说:"不知道,我们找不到学校了!"

我知道父亲想念宛儿姨。不知道她是被困南阳还是随学校逃亡他乡了?

我已经顾不上想念宛儿姨。难童收容院收容着上百个流浪儿,大多是逃出战火、与家人离散的河南娃。我和弟弟必须学会跟这些河南娃一样生活。我们一天可以吃到两顿饭。吃饭时,每十个孩子蹲成一个圆圈,每人可以分到一个不能算小的馍馍,共同享用一桶照得见人影的稀汤。一声哨响,都争先恐后地围剿圆圈中心的一盆煮萝卜或是熬白菜。我和弟弟有某种程度上的谦谦君子风度,在一群小勇士们迅速消灭了菜盆里的固体成分之后,我和弟弟就用馍馍蘸着咸咸的液体下肚。但我很快就成了勇士,而且不住声地鼓舞弟弟的士气。

使我最难对付的是"面虫"——先于我和弟弟来到这里的孩子们,都是这样称呼漂在碗里、蒸在馍馍里的一种像蚕、像蛆的昆虫尸体。漂在碗里的比较容易对付,可以用筷子挑出去或是用嘴吹气吹出去。蒸在馍馍里的却必须用心寻找,一条条地掐出去,顾此失彼,失去的是菜盆里的维他命C,是的,父亲讲过的,还有一种十分了得的叶绿素。这时出现了奇迹。一个十二三岁的河南籍少年用温情脉脉的目光望着碗里的"面虫"喊叫:"吃肉肉喽!"就用筷子扒拉着漂在面汤上的"面虫",一条不剩地吸溜到肚子里,然后,又虎视眈眈地盯着我和弟弟碗里的"面虫"。我和弟弟唯恐失去属于我们的"肉肉",也连扒拉带吸溜地吃了下去,乃至于吃出了近乎"肉粥"的香味。

从此,这位名叫杨锁的河南籍少年成了我的人生导师。

他首先教我学推磨。我在磨道里转了几圈就喊叫头晕。他寻思说,小毛驴拉磨不头晕,是因为扣上了草帽辫儿编的"碍眼"。你不是毛驴儿,不能戴"碍眼",就用我这条高级毛巾蒙到你眼上试试。说着,就取下了搭在肩膀上的毛巾。那毛巾黑乎乎的,像一条抹桌布,还发出刺鼻的馊味和汗臭。我就毫不领情地推开了毛巾。他说,咋?你嫌它脏?这可是一个小娘们儿用过的上等毛巾,是我扒火车来宝鸡时,从车厢行李架上撸下来的。原本白生生的,还洒过香水儿。你认认毛巾上印的是啥字儿?我从黢黑的污垢下边找到了"祝君早安"。他就怪样地笑着,听听,是向咱问安哩,蒙上这毛巾吉利!他哄着我蒙上毛巾,我又在一片漆黑中迟迟不敢迈步。他又取下毛巾,露出痛心疾首的样子,仰天叹息说:"你那个教授爹是咋着调教你的,你们家的玉米粒儿总不能囫囵个儿地吃吧!"他觉得我不堪造就,只好让我去罗面,看我笨手笨脚,却干得满头冒汗,又产生了恻隐之心,说:"你好比戏里唱的落难公子,按说,应该有个心肠好、模样俊的女子来搭救你,可咱收容院里没女娃儿,你就忍着点儿,叫我想想办法。"

我傻乎乎、乐呵呵地听任他的摆布。

那天磨了玉米,他十分郑重地问我:"你想不想吃肉?"我比较含蓄地点了点头。他就领着我溜出了收容院,沿着墙根向暗处走,找到地上的窟窿,瞄准撒了一泡热尿,不多时,窟窿里就有一只屎壳郎拱出来逃避水灾。他看了看说:"不行,是个公的!"就一脚踹了屎壳郎,又找到一个窟窿,让我如法炮制了一泡热尿,又有一个屎壳郎拱出来,他惊叹说:"咦,还是教授家的娃子尿好,一泡尿就浇出来一个母的,肚大肉多!"他把母屎壳郎攥到手里,领我进了山沟,捡来一捆柴火,取出藏在石头夹缝里的铁锨头,用石头支起来,说:"这是咱的锅。"他向铁锨头上堆了细细的沙子,点起柴火烤着沙子,又把屎壳郎焐在柴火里。不多时,屎壳郎的外壳烤成了焦炭,肚子上滋滋地冒出油来。他捡起一根带尖杈的柴梗如同拿起吃西餐的叉子,叉起屎壳郎递给我说:"中了,肉熟了!"我没有勇气接受他的馈赠,他就当仁不让地一口吞了下去,用舌头搅拌着烫嘴的烤肉,呜里呜噜说:"你得学会吃这肉。西安有个很大很大的飞机场,那些开飞机的美国兵就这样拿着叉子吃烤肉。"

  杨锁又向铁锨头下边续了柴火,解开他的扎腿带,竟有金黄色的玉米粒儿从他的裤腿里源源不断、稀里哗啦流出来。我问这玉米是谁给的。他说:"谁也不会给咱?磨玉米时候,我几次背着脸,解开裤腰带挠痒痒,就把布袋里的玉米挠到裤裆里了。"这时,他讲了一个警句:"记住,人的手就是耙子,得学会叫它抓挠东西。"他把玉米粒儿埋在滚烫的沙子里,不多时,沙子里"噼啪"作响,香喷喷的玉米花儿竞相开放。

  我们吃饱了玉米花儿,又经他允许,把一兜玉米花留给了弟弟。他夸张地打了一个饱嗝儿,开始夸耀他卖过蒸红薯的光荣历史,然后仰脸躺在山坡上,扯着嗓子让我聆听属于他的音乐:"不甜~不面~不要钱的热~红~薯~喽~!"嗓音婉转嘹亮,在山沟里引起了震荡不已的回响。他也要听听我的腔口,我就鼓起勇气,跟着他喊了一嗓子。他夸我腔口不赖,等到打败了鬼子,他还要回到河南老家卖红薯,问我愿不愿意跟他一起扒火车回去。我由于弟弟的牵累而迟疑不决。他对此表示遗憾,感到我的弟弟葬送了我的前程,要不,我跟着他卖红薯,一定是个好样的!

  我跟他勾了中指,他说这是同生共死的意思,从此我应该尊他为"义兄",我是他的"贤弟"。但是,在我跟"义兄"同生共死的节骨眼儿上,宛儿姨的影子扑闪了一下,我就乱了方寸,给"义兄"带来了一场意外的灾难。

  那一天,杨锁拉着架子车,说他好比"驾辕"的骡子,又在车把上系了麻绳,要我为他充当"帮梢"的毛驴,进城把两布袋玉米拉了回来。路过一条胡同,他看四下里没人,就把架子车拉进胡同里说:"你去胡同口盯着,要是看见有咱收容院的人过来,你就喊一声'红薯热哩'!"

  我去胡同口放哨时,看见对面一座大院子门前贴着一张条幅:"K女师流亡师生报到处",心里一动,想起了宛儿姨,却忘了自己是杨锁的哨兵。我鬼使神差地溜进"报到处",问一个穿长衫的老人,您知不知道一个叫宛儿的音乐老师,她来报到没有?老人认真翻了报名册说,找不到她的名字,她还没来报到。我又看见屋内的山墙就是一整块黑板,上写"留言处",墙上贴着许多写了字的纸条,还有用粉笔写下的留言:某某来后,速到某地联络,某某在那里等你;某某来后,速告某地某某,以免悬念,等等。我拿起一截粉笔,爬上方凳,在黑板上留言:"宛姨:我想你,爸爸找你。来后,速到宝鸡难童收容院找我。"老人在我背后说:"叫她去收容院找你,你是谁呀?"我又郑重地写上了"斑斑",加上了年月日。老头说:"娃呀,写这样的留言也真难为了你!"

  我从"报到处"出来,才想起我是杨锁的哨兵,急忙跑进胡同,杨锁和架子车已经没了踪影。我一口气跑回收容院,却望见杨锁正竖在影壁墙底下罚站,脚下放着冒尖两大碗玉米粒儿。我怯生生地凑过去看他,他给了我一个愤怒的鬼脸,然后就仰脸怒视着天空。弟弟说,他躲在胡同里向自己的大裤裆里装玉米,被"同学"看见,向院长告发了他。院长解开他的扎腿带,玉米粒儿就像流水一样从他的裤腿里流出来。

  从此,我结束了与玉米花儿刚刚开始的黄金岁月。收容院让杨锁远离与粮食有关的一切活计,让他为两个大寝室管理四个尿桶。我深深感到对不起他,向他解释说,我有个宛儿姨,宛儿姨找到了一个"玉",我要找到宛儿姨,她就会让我们吃煎饼而且会卷上肉丝。那天我忘了站岗,就是为了找到宛儿姨。杨锁露出无限神往的样子,却又鄙夷地一撇嘴说:"咱们不是一个窝里的蛐蛐儿!"

  我很快便发现,杨锁就是在管理尿桶的时候也能找到属于自己的食物。他没把每个夜晚都会装得溜溜满的四桶尿倒进收容院的粪坑,而是暗自交给了一个与收容院为邻的农民,农民就会塞给他一块轧过油的豆饼甚至是比豆饼高一个等级的花生饼或芝麻饼。晚上睡觉时,我可以看见他用线毯蒙着头,线毯下边发出像老鼠咯咯吱吱磨砺牙齿的声音。黑暗中有沉重的香气弥漫开来。但我心中惭愧,感到自己已经没有资格与他有福同享地磨砺牙齿。他把一块芝麻饼从线毯下边塞过来时,我也宁愿沉浸在"饥饿体验"里,裹紧了我的线毯。

  我的神经再也经不起磨砺的时候,宛儿姨天使般地出现了。那是一个阳光明媚的日子,宝鸡的天空像是水洗过一样湛蓝而明净。管理员把我领到大门外边,我就看见一个面容消瘦、身材高挑的女子向我睁大了杏形的眼睛。我叫了一声"宛儿姨",就向她跑过去,抱住了她。她哭了。她蹲下来抱住了我。我不知道为什么总是在她身上找到母亲的感觉,好像她是我另一位年轻的母亲。"我差点儿认不出你了!"她流着泪,在我耳边说,"你爸爸怎把你送到这个鬼地方来了?哦,对不起!"她向管理员表示歉意。管理员说:"没关系,我之所以不让你走进这个鬼地方,仅仅因为你带了这么多好吃的东西,我怕这个鬼地方的孩子受不了这样的刺激。"宛儿姨说:"我知道的,知道的,让他在这里吃一点儿东西好吗?"管理员说:"你甚至可以把他领到饭馆里,或是领着他远走高飞,没有关系的!"宛儿姨说:"真的吗?那就太好了,我真的要谢谢你了!"管理员离去后,宛儿姨急切地问我:"爸爸在哪里?"我说:"在宋家庄,离这里很近。"宛儿姨问:"你愿意跟我走吗?"我说:"愿意,可我还有一个弟弟在这里。"宛儿姨说:"是七年前那个刚出生的小娃娃吗?快去叫他来呀,我们下馆子去!"

  我出来时还带上了杨锁。宛儿姨问,这位小朋友是谁呀?我说他是我的锁哥,接着就借用管理员的话说,我不管到哪里吃东西,他都会受到"刺激"。宛儿姨笑起来说,走啊,也带上你的锁哥吃东西!她把"吃东西"三个字拉得很长,每个字的后边都有一个停顿,如同一个悠长而快乐的叹息。

那一天,我们吃得奋不顾身、所向披靡。我还记得那天吃的内容以及吃的形式上的一切细节。不是我心向往之的煎饼卷肉丝,是更加实在也更加解馋的烧饼夹五香酱牛肉,还有放了一点儿芥末的调凉皮儿和放了黄瓜片儿的蛋花儿汤。宛儿姨却没有吃,只是默默地望着我们吃,宁静地笑着,却又不停地拿出手帕擦眼泪。锁哥吃得慌张,被芥末呛住了,流着鼻涕直打喷嚏。可他吃着自己的,眼睛还滴溜溜地盯着别人的桌子。宛儿姨背过脸用手帕擦泪的时候,他的手就充分发挥了"耙子"的作用,闪电般地拿了左边桌子上剩下的半个烧饼,另一只"耙子"同时出击,掳掠了右边桌子上的一只鸡腿。宛儿姨转过脸来的时候,他的战利品已经了无痕迹地消失在无所不包的大裤兜里。只有弟弟吃得文静文雅文气文明,在温柔的咀嚼中延伸并加深着对于牛肉的理解,宛如他今日以历史学家之身份对待最新出土的文物典籍。只是到了离开收容所五十年以后,他才向乃兄坦白,他在乃兄操心不到时偶然啃过人家扔在地上的西瓜皮,当然,他补充说,啃瓜皮以前,在一条小河沟里进行了必要的卫生处理。

那一天我们吃圆了三个肚子以后,宛儿姨小声问我:"你知不知道,给爸爸写信要寄到哪里去呢?"我只知道一个宋家庄,别的都说不清楚。在宛儿姨面前一直是手足无措的锁哥终于有了表现的机会,他说:"这事儿用不着去邮局,包给我了!宋家庄离宝鸡只有一站路,不管是客车、货车,扒上车转眼就到。下车往北走,好找。我还认得他爸,戴着'二饼'……"我向宛儿姨加了注解,他说的"二饼"是眼镜,宛儿姨大笑。锁哥看了看窗外的太阳,说:"半后晌一准送到,天擦黑就能窜回来。我给收容院跑腿儿送过信,我知道还得叫他爸给你写个收到条,错不了的!"宛儿姨喜出望外说:"多么聪明的孩子,谢谢你了!"

天擦黑,宛儿姨把我和弟弟送回收容院不久,杨锁就很神气地跑回来,"叭"地弹了一个响指,说:"妥了,你爸跟你姨见上面了!"他看我露出难以置信的样子,又说:"你不信?我一下火车,正碰上你爸在站台上等车。你爸看了信,我就向他要收条。你爸说,不用了,我正要上车去宝鸡,叫我跟他一块坐车回来了。一下车,就去找你姨了。"他又怪声怪气地说:"你们那个窝里的蛐蛐儿咋看咋跟俺不一样。去时候,你姨还给我买了一张车票,我没进车站就把车票卖了。你姨还给了我买回程票的钱,可是回来时,你爸又花了冤枉钱,给我补了一张票。俺这个窝里的蛐蛐儿坐车从来不买票,肉头蛐蛐儿才买票!"他又拍着大裤兜说:"这样吧,我挣下你姨的两张车票钱,就算是咱俩的,也给你弟分一股,咱哥仨再吃日他娘一回烧饼夹牛肉!"

杨锁没有来得及兑现他的诺言。最让我揪心的,是盼了两天也不见父亲的到来,我开始怀疑杨锁送信的真实性,气咻咻地问他:"你到底把信送到哪儿了?是不是用它当手纸擦屁股了?"他急头怪脑地望着我,轻蔑地用鼻子哼哼着:"自从俺娘把我生下来,我就没用过手纸擦屁股,我用土坷垃。你爸要是不来看你,我赔你一个爸!"他忽地流下眼泪说:"俺爹俺娘都找不见了,谁赔我?"他用袖子擦着眼泪,不再理我。

我焦急地等待着父亲和宛儿姨的出现,收容院却发生了一件非同小可的事情。那天一大早,管理员就带领我们打扫卫生,宣布说,中午,有几位高级官员的夫人前来慰问,这一天要改为三餐。中午,我们及早蹲成了一个个像是用圆规画出来的圆圈。每个圆圈的中心,都放着一大盆热腾腾直冒热气的粉皮炖肉。每个难童还增加了一个倒进了温开水的小瓷碗,发给一颗鱼肝油丸。管理员叮嘱说,要等到慰问者莅临饭场,听到一声哨响,先用瓷碗里的温开水送下鱼肝油丸,然后开饭。那天的馍馍也格外地白,是用"洋面"做的,绝对找不到"面虫",而且像小山一样在一个大筐箩里堆起来。

幸运的"小塔米塔克儿"们都在等待哨音。我却把鱼肝油丸捏在拇指和食指中间揉搓着,映着太阳审视,发现它是半透明的,与我吃过的任何药丸都不相同。好奇心使我试图揭破弹性外壳内部的奥秘,却忘了必须听到哨音再用温开水送服的规定,又想起了由杨锁亲授的向嘴里高抛玉米花儿的绝活儿,一时兴起,就把鱼肝油丸高高抛起来,仰着脸把嘴巴凑上去,不偏不倚地把鱼肝油丸吞到了嘴里。我的表演引起了孩子们的哄笑。恰在这时,哨音响了,慰问者飘然而至。我已经咬开了鱼肝油丸,难于忍受的腥味儿使我龇牙咧嘴,连连啐着唾沫,鱼肝油丸也被我啐了出来。我的表情一定十分可笑,孩子们想憋而憋不住的笑声,也"哽儿——呃,哽儿——呃"地十分滑稽。我的鲁莽彻底破坏了迎接慰问的庄严气氛。正当我摇头顿脚、连连啐着唾沫的时候,官员夫人们径直走到了我的身边。我看到了绣花的旗袍、猩红的唇膏、在耳朵下边闪光的悬垂,还有一双双描了眼圈、眼睫毛像蝴蝶翅膀一样眨动着,向我表示着惊诧和迷惘的眼睛。

"为什么吐掉了?"一位夫人问我。

我的回答是简洁的:"腥!"

"啊!"官员夫人们发出轻柔的感叹,并告诉收容院院长,应当教会可怜的孩子们怎样服用这种不可咬碎的药丸,还要当场教会我怎样服用。

不是一颗,而是两颗鱼肝油丸,被送到一位官员夫人的手中。"张口!"她捏着鱼肝油丸送到我的嘴边。我发现她的手指白嫩而细长,指甲盖是豆蔻色的。"不要咬它,要这样……这样接着它……"她伸出舌头。我也伸出舌头。她把鱼肝油丸放在我的舌头上。我就用舌头托着鱼肝油丸,伸在嘴外边一动不动。"快把舌头缩回去呀!……好,很好,不要用牙齿动它。"我极其小心地缩回舌头,等待着下一个指令。官员夫人把一个小瓷碗递到我的嘴边,"喝水,"她向后仰了仰头,"把它囫囵个儿地送下去。"我乖乖儿地接受了她的教导,成功地完成了全部程序。她笑了。她的笑十分动人,如为人间解除了一个迫在眉睫的苦难。"以后就这个样子……"她再度仰了仰脖子,"这个样子送下去,懂吗?"我心怀感激地鞠了一躬,说:"谢谢!"

官员夫人们齐声发出惊叹:"啊,多么懂礼貌的孩子!"

不幸,我从此又成了收容院全体难童取笑的对象。时不时会有一个孩子跑过来,毫无来由而又毕恭毕敬地向我鞠躬,挤眉弄眼地说一声:"谢谢!"有的还要从地上捏起一颗小石头,黢黑的手指偏要拿捏成兰花指形,娇声娇气地对我说:"张嘴,囫囵个儿地……"

我忽然发现自己跟所有的难童都不是"一个窝里的蛐蛐儿"。锁哥也狠狠扛了我一膀子,没好气地说:"你谢她个毯!她会天天喂你吃那啥鱼油?她要真心行善,咋不把她的金镏子抹给我?"

正当我的脑瓜儿就要崩裂、精神行将崩溃的时候,父亲果真和宛儿姨一起来到收容院,接走了我和弟弟。我错怪了杨锁,觉得对不起他。离开收容院时,我要向他道别,还准备跟他探讨一下,请他暂时放弃回家卖红薯的美好向往,跟我一起去宋家庄一游的可能性,但我到处找也找不到他。我想,他也许扒火车去西安了。收容院已经发现了他用尿换取油饼的秘密,又撤了他的差事,让他远离了尿桶。他说,不要紧,他们饿不着我。西安有个飞机打靶场,飞机打靶时,从天上向地上掉弹环,一掉一大片。只要用柳条编的巴斗护着头,飞机打着靶,我就能钻进去捡弹环,一个弹环能换一个烧饼。说不定,杨锁去西安捡烧饼了。

"饥饿体验"大概到了可以结束的时候,因为父亲和宛儿姨已经开始了与烧饼无关的纯艺术探讨。宛儿姨说,她刚刚回到南阳找到柳二胡琴,南阳外围战就打响了。她跟她的父亲和柳二胡琴一起逃到内乡县乡下,一边躲避战火,一边听琴记谱。柳二胡琴已年过八旬,不识乐谱,全凭记忆,每次授曲记谱前都要说:"叫我吸一口,只吸一口!"他只要吸了大烟,不管炮声震耳,房屋动摇,仍能调筝抚弦,情痴心醉,如入桃源仙境,一次能坚持半晌,就这样记下了《劈破玉》的古筝曲谱。柳二胡琴对此事十分认真,还要把《劈破玉》合成演奏中其他乐器的曲谱一一模拟口授出来,但他体弱声细,更需要吸大烟提劲。那边又打起了拉锯战,整日炮火连天,找不到大烟吸了。柳二胡琴哭泣说:"我一辈子也没有摸过大烟灯,眼下是要用大烟把我剩下的寿命提到这两个月烧干用尽,才能把《劈破玉》留给知音。"宛儿姨的老父要宛儿携《劈破玉》古筝曲谱逃离战火,留下自己照料柳二胡琴,相机记录其他乐器的余稿。但他只会用"工尺谱"记录,日后还要由宛儿姨再译为简谱和五线谱。我听见了父亲与宛儿姨热烈而温柔的交谈——

"那是我国最早的交响乐吗?"

"是的,它已经具有交响乐的要素。"

"天哪,我们是多么幸运!"

接着,又是与宛儿姨的离别。那天,下着小雨。宛儿姨撑着一把花伞,带着一个小小的包裹和一个装在琴套里的琵琶,与我们一起在宝鸡上了火车,转眼就到了卧龙寺车站。我和弟弟跟父亲下了火车,宛儿姨却要到岐山才能下车,岐山是K女师确定的集结地。父亲呆立在站台上,任凭小雨在脸上飘洒,与车窗里的宛儿姨相对无语。列车很快就重新开动了。宛儿姨的眼圈又水汪汪地红了。一条洁白的手绢从车窗里伸出来,在宛儿姨的脸颊上随风飘舞,渐去渐远。

我们回到了宋家庄,父亲和母亲又开始吵架。宛儿姨出现的时候,父亲和母亲总要吵架。母亲说,你到底到哪里去了?你不是说当天就要带孩子回来吗,怎么一去三天无消息?父亲说,我不是告诉你了吗?我在卧龙寺车站碰到那个小孩子给我捎信,才知道宛姑娘来了。我到了宝鸡,才知道宛姑娘从战火中带来了《劈破玉》,怎能事先告诉你呢?我要听她解说,还要听她弹琵琶向我演示曲谱,没有三天的时间是办不了这些事情的。母亲说,我不能理解,你为什么偏要背着我做这些事情?为什么不可以把她领到我们家里来,也作为我的客人?父亲说,难道我们这里还像个家吗?你有地方安排她吗?有足够的小米粥让她喝吗?再说,她们女师是不是到岐山落脚,当时还没有定下来,她能离得开吗?母亲说,那么我问你,你下馆子没有?父亲说,不过是吃了两个烧饼、四两牛肉、两碗肉丝面罢了。母亲说,什么?罢了,罢了?我们的两个孩子还在难童院里受苦……(母亲哭了)你们竟然吃着肉丝面谈笑风生!父亲恼怒说,这是哪个混账的消息灵通人士向你透露的花边新闻?可是,你知道吗?母亲说,你要我知道什么?父亲说,是宛姑娘付的饭钱,我是个"吃白食儿"的!璘弟怯生生地插话,我跟二哥也吃过宛儿姨的牛肉夹烧饼。我修改病句说,是烧饼夹牛肉。母亲的表情又松动下来,说,好了,你们爷儿三个真够体面的了,一群"吃白食儿"的!

父亲和母亲的冲突也像夏天的雷阵雨,来得快,去得也急。一转脸的工夫,父亲又露出十分欢欣、十二分亢奋的样子,打开一个牛皮纸袋,开始滔滔不绝地向母亲发表演说:"你知道吗?它要由十多种管弦乐器配合演奏,且已脱离曲词而成为独立存在的管弦乐曲了,如果还不能说它是我们中国最早的交响乐的话,那么,起码可以说,它已经具备了交响乐的一切要素,比西方交响乐的诞生还要早二百多年呢!"父亲碰翻了一个板凳,板凳砸在一个破瓦罐上,瓦罐发出破碎的轰鸣,而演说照旧进行,"尤其值得注意的是,西方交响乐来自宫廷,原来只是为皇帝演奏,而我们的《劈破玉》来自民间,却又不是小家碧玉,凝聚了民间音乐家四百多年的心血,且未被宫廷乐官掠为己有,难道不可以说是一个奇迹吗?哦,对了!"父亲戛然而止,忽地向门外走着说:"我该去石羊庙领薪水了!"

那又是一段宁静的日子。河大开课了。一位迈着将军步伐的中年司号员握着闪光的铜号,按时登上石羊庙的钟楼,号声悠扬苍凉、一日数起,向住在十多个村庄里的知识阶层发布起床、上课、下课、熄灯的号令。我也随着号声,在胳肢窝里夹着一个小板凳和一块桐木板——那是我放在膝盖上的课桌,走进土窑洞里,完成了小学的学业。父亲不听熄灯号的指挥,他在写一本旨在对鼓子曲的历史源流和艺术价值进行探讨和评价的《鼓子曲言》。

1945年8月15日晚上,八百里秦川如一个丰腴的静卧梦中的女人,所有的村庄都在她的怀抱中熟睡。当父亲熬到第三两灯油的时候,石羊庙的钟楼上忽然传来昂扬、跳荡的军号声,如同跳荡不已的电光石火在夜幕上忽隐忽现。黑夜里有人疯了似的吆喝:"鬼子投降了,鬼子完蛋了!"父亲掷笔,跳起来喊叫:"天亮了,天亮了!"每个村庄都在刹那间沸腾起来。父亲急头怪脑地环顾草屋,不知要寻找什么东西,忽地抄起一根小擀杖,敲打着一个铜盆,奔出了村巷。当我赤脚跑出去的时候,教授和农民、陕西人和河南人都在村头打麦场上欢呼跳跃。四周炸响了鞭炮,迸飞着火星。一列火车拉响一拉溜儿的长笛,如扯起一条迎风飘扬的彩带,从村头"洋桥"上奔腾而去。

天亮时,我看见父亲的稿纸还铺在桌子上,上写:"第十一章霓裳续谱、白雪遗音与鼓子曲"。通宵未眠的父亲对母亲说:"我还有一块小小的'失地'没有收复,《劈破玉》的尾巴还丢在南阳呢!"

4. 劈不破的玉

我们回到了开封,又成了这座古城的房客。

在H大学校园的西一斋,父亲还拥有一间书房。他坐在久违多年的电灯下,对爱迪生充满了感激之情,每晚都要充分享受乃至近乎掠夺爱迪生发明的光亮,直到深夜仍不肯善罢甘休。不久,他在战时漂泊中完成的讲义,已经以《文学新论》为书名,由世界书局出版。他又在自己搜集的四百多种、六十万言的鼓子曲词中取其精华,自费印刷《鼓子曲存》一千册,分赠给曾经向他提供曲稿的同好与南阳所属各县民众教育馆。还有三百三十多种鼓子曲谱,准备在完成名曲《劈破玉》合成曲谱的翻译后,以《鼓子曲谱》为书名自费出版,同时继续抓紧了对鼓子曲进行理论阐释的《鼓子曲言》的写作。

自费印刷《鼓子曲存》的一个显著后果是,我家的伙食质量大为下降,还欠了一笔外债。我的直接感受是,我上了初中,父亲竟然不能给我买一支"自来水"钢笔,又不屑于买据说应该被时代所淘汰的蘸水钢笔,我必须用毛笔书写英文作业而受到英文教师的训斥和同学们的嘲笑。父亲说:"你对他们讲嘛,中学为体,西学为用,你是把英文书写纳入中国书法艺术之堂奥嘛!"那么,母亲问:"所欠外债如何归还?日后印刷《鼓子曲谱》的经费又从何而来呢?"父亲说:"从我日后出版《鼓子曲言》的稿酬中来。那时候,斑儿的中国式英文书法想必练得差不多了,我会送给他一支西弗利或是一支派克金笔呢!"

我在毛笔的艰难跋涉中受到光明前途的鼓舞,继续在嘲笑声里咬紧牙关用纤细的徽州狼毫曲曲敛敛、勾勾画画地练习"中国式英文书法",英文练习簿也由比较贵重的道林纸改为价格低廉的白麻纸,毛笔与白麻纸相得益彰,英文教师终于从中看出了味道,说:"Wonderful!多么古朴,多么典雅,多么他妈妈的别有一番情趣呀!"

母亲让我们五个从十六岁到六岁的子女阶梯般排成一列横队,立正、看齐、报数,目光从我们身上扑扑闪闪扫过去之后,接着就潸然落泪,说:"这就是我抗战八年的胜利成果,可是,我老了!"算起来,那一年母亲也不过三十六岁,只是为了我们五个子女,早已没有精力教书,别人已经不再叫她"孟老师",而是叫她"张太太"了。

母亲第一次被称为"张太太",是在小镇潭头。母亲辞去嵩县嵩英中学的教职,随父亲来潭头专司家务。别人叫了她一声"张太太",她曾为此满脸通红,惆怅终日。她就跟一群教授太太联合起来,争取到了为民众服务的权利,比如,她们把不知番茄为何物的一大群农妇带到园艺系的试验田里,当场摘了一堆番茄,进行了生吃番茄的示范,并让大为惊讶的农妇品尝了番茄炒鸡蛋的美味。这批农妇就给番茄起了一个亲切友好的名字叫"洋柿子",都成了在各自的小片菜地里争种"洋柿子"的带头人。接着,为了打破农民认为蝗虫是"神虫"的迷信,母亲又在关帝庙前支起油锅,与教授太太们进行了大嚼油炸"神虫"的竞赛,观者如堵。母亲宣传说,蝗虫的蛋白质和母蝗的腹部脂肪都优于猪肉和牛羊肉。当时她勇猛地嚼食了一只油炸母蝗,连连咂着嘴说,好吃,好吃!又问听讲的农民,何不把蝗虫统统吃掉反而任其糟蹋庄稼呢?农民似乎付不起食用蝗虫要用油炸的昂贵代价,却看到大嚼"神虫"者没病没灾,都在大清早乘蝗虫翅膀上沾着露水飞不起来的时候,起而用破鞋底围歼蝗虫,战果辉煌。母亲与教授太太们受到了鼓舞,向民众进行科学启蒙的热情大为高涨,又取得生物系的支持,抱着一个显微镜访问农户,让民众在显微镜下看见了成群结队游弋在生水中的杆状、蝌蚪状小虫。还有一只苍蝇的一条大腿,也赫赫然露出了多毛的狰狞。不少农民从此改变了喝生水的习惯,而且学会了用生石灰杀灭粪坑里的蛆虫。母亲为重新找到了自己的价值而感到无比的喜悦。但是,此后就开始了"饥饿体验"而不曾遇到蝗虫。观察苍蝇大腿的显微镜也经历了潭头的劫难而下落不明。

母亲回到开封以后的状况似乎并没有改观,楼梯台阶一样渐次升高的五个子女,无时不在提醒她作为"张太太"的不可变更的身份。母亲开始变得易怒,跟父亲吵架说:"我们不是追求个性解放吗?不是要寻找属于我们的青草地和小星星吗?我怎么没有找到它们,反而把自己的个性也给弄丢了,难道我只能是你的一个符号吗?"

父亲说:"让我变成你的符号好不好,比如,就叫我孟老师的先生!"

母亲即使作为父亲的"符号",也好像受到了宛儿姨的威胁。

已经从郾城回到开封的小姨说,又是在龙亭公园,她亲眼看见父亲和宛儿肩并肩地坐在柳荫下。草地上绿草如茵而不如芒刺和针尖,使他们坐得十分安适牢靠,露出十分缠绵的样子、十分晕乎的表情,还有十二分感伤的泪珠儿挂在宛儿的脸上。宛儿的脑袋甚至是旁若无人地歪靠在父亲十分乐意接受的肩膀上,很久很久,两个人又践踏着无辜的青草,融入古城墙的阴影。这几乎是八年前留在我记忆中的一张老底片的翻版。小姨愤愤不平说:"这个宛儿还不到三十岁,好比一株亭亭玉立的晚香玉。我二姐不老也叫她比老了哩!"

父亲又在急头怪脑地分辩:"你们到底是怎么想的?我与宛姑娘一起从死神手中'收复'了一块极其重要的文化'失地',知道吗?宛姑娘已把《劈破玉》的'工尺谱'全部译为简谱和五线谱。我为之断续付出八年代价的一项工作,在《劈破玉》进行十多种管弦乐器的合成演奏以后,就可以宣告完成了。这是以两位老人最后的生命为代价的呀!

柳二胡琴强撑着老弱残躯,口授了最后一段旋律,就在连天炮火中溘然长逝。宛姑娘的父亲也在病床上苦苦等待女儿的归来,把他记录的'工尺谱'交给女儿,也撒手人寰,乘鹤归天了。宛姑娘在失去父亲的悲痛中抓紧译完了曲谱,眼下还在为我张罗《劈破玉》的合成演奏,难道我不可以陪她散散步、谈谈心,对她表示感谢或是用我的肩膀给她提供一点儿短暂的安慰吗?再说,女师就在午朝门外,是紧挨着龙亭公园的,不到龙亭公园散步,难道要我去鼓楼街、相国寺的车马人群中摩擦生电、摩擦生热、摩擦生气去!"

母亲对于小姨所表述的景象与父亲的雄辩,采取了"三不"主义——听而不闻、不屑一顾、不置一词,却暗自接受了豫东鹿邑中学的聘请,趁父亲正在大学校园的书房里忙于他的总也"劈不破的玉",带上两个年幼的弟弟和一位照料弟弟的干娘不辞而别,到五百里以外的豫皖边境教高中国文、当"孟老师"去了。我刚刚上了初中,就和哥哥、姐姐一起,成了各自学校的寄宿生。

我十一岁了,偶尔在梦中找不到厕所,就会在床上画出篇幅较大的世界地图而引起寄宿生们的惊叹。他们甚至在我的地图上找到了欧罗巴洲和阿非利加洲,如果哪一天我仅仅画了一个小小的海南岛就幡然醒悟,他们都会表现出痛心疾首的样子,敦促我务必再接再厉。我就把叠印着各种地图而散发着不良气味的铺盖卷儿背到父亲的书房,赖在那里不走了,后来被校方以"不便说明的原因"特许为走读生。父亲在书房的里间增加了一张小床,在小床的单子下边垫了一块隔水的油布,每夜让闹表把我叫醒一次。

我开始心怀初中生的鬼胎窥视父亲,时常在放学回来时发现宛儿姨坐在父亲的书房里并为此感到由衷的喜悦。如果他们正在讨论五线谱上密密麻麻的蝌蚪,宛儿姨也会停下来,递给我一卷"黑虎牌"糖果或是一包五香花生米。如果她不在父亲的书房里,我会用鼻子找到她遗忘在书房里的气味,那是一种淡淡的含有苦艾味的"冷香"。

我也有心怀叵测的时候,试图发现足以使母亲恼火或是引起母亲嫉妒的一些迹象。一天傍晚,当宛儿姨到来的时候,我假装到校园里玩耍的样子,像奸细一样蹑手蹑脚绕到书房外边的窗下。窗下有葡萄架的青藤和蛐蛐儿的歌唱。我趴在青藤下边,咬牙忍受着蚊虫的叮咬,窃听了父亲与宛儿姨的全部谈话。

父亲说:"都准备好了吗?"

"乐手终于凑齐了。"宛儿姨说,"都是女师、艺师和幼师班的女孩子,她们对《劈破玉》产生了极大的兴趣,再演练一两次,就可以合成了。"

"难为你了!宛儿妹,我盼望着合成演奏的日子,这是我盼望多年的日子,可也是一个使我害怕的日子……"

"为什么?"

"我想说……可我不知道怎么说……"

"你是怎么了?尽管说就是了!"

"我忽然发现,在我的心里,你和《劈破玉》是融为一体的。有时,我竟分不清我要寻找的是你还是'玉'。找'玉'甚至成了找你的理由。所以,我刚才又发现了我的惆怅,因为一旦听了《劈破玉》的演奏,我也就失去了……找不到了与你见面的理由。"

"对于我,难道还需要寻找理由吗?"

"我的感觉是寻找,在风雪茫茫的路上。"

"难道还需要特别的理由吗?"

"是的,我需要理由,好管住自己的心。"

接着是长久的沉默。蚊虫的叮咬几乎使我挺不住了,才听到了父亲的叹息。

"小妹,放弃你的独身主义吧,选择孤独,对你是不公平的,我也会为此感到难过……"

"那么,你想要我嫁给谁?"

我听得出宛儿姨是在赌气。

父亲不语。

宛儿姨哭泣说:"可我,并没有恨你……"

书斋里发生了轻微的骚动,传来椅子在地板上扭动的声音。窗下的蛐蛐儿停止了鸣叫。书斋里的空气好像窒息了。好大一会儿,又传来父亲和宛儿姨急促喘息的声音。

"哦,"父亲说,"我心里发颤。我的手凉了,手凉了!"

"你是怎么了……怎么了?"

"不要紧,不要紧的,我心里的警察回来了!"

书房里又归于无言的寂静。寂静中再次传来宛儿姨的啜泣。

我对父亲和宛儿姨产生了说不明白的悲悯。在不久以后的一天早上,父亲说,他要去女师听一听《劈破玉》的合成演奏。我就悚然想起,这可能是父亲和宛儿姨就此告别的日子,也跟着父亲去了。

我们是步行去的,没有坐"洋车"。父亲坐不起"洋车"了。我已经听惯了经济学上的一个词语:"通货膨胀"。我随父亲到教授食堂里吃饭时,碰见过一群教授包围着食堂管理员王喜欢,七嘴八舌地抱怨伙食的油水和营养都低于人体需要的最低标准。王喜欢是一位心灵嘴巧、腿脚勤快的"资深工友",跟着河大经历了八年的漂泊,才当上了食堂管理员。他面对群情激昂的教授,说起了单口相声:"各位教授,你们就忍着点儿吧,谁叫你们是教授呢? 如果你们跟我一样,一大早就得去排队买面,那您就会知道,将将排到柜台跟前儿,'扑通'一声挂上了涨价的牌子,原本能买一袋头等'洋面'的钱,只能买一袋二等'洋面'了! 我只好咬了咬牙,这老长老长的队就算我白排了,咱不买他的面还不行嘛! 北道门儿还有一家卖面的,我上北道门儿排队去。你猜怎么着? 我从路这边还没跑到路那边,那边也挂出了新牌价,买一袋头等'洋面'的钱只能买半袋二等'洋面'了! 哪位教授说了,你把钱交给我,我眼下就把一袋一等一的'洋面'给你买回来! 你说这话我信,我一百个信! 可那是多大的袋子呀?"王喜欢露出心悦诚服的微笑,答道:"牙粉袋儿!"教授们哄堂大笑,王喜欢并未到此为止,"我还要说说猪肉,从前能买一头猪的钱,眼下只能买一个生猪头! 各位要是怪我不会管伙,我就斗胆说一句不知深浅的话,我看全怪各位是教授,如今这世道,教授,教授,能不'越教越瘦'吗?"教授们再次哄堂大笑,都服服帖帖地享用了王喜欢安排的伙食。

我们去女师的路上,父亲摇着手杖说:"长铗归来兮,食无鱼。那么,我们就有啥吃啥吧。长铗归来兮,出无车。那么,安步当车就是了,于健康有益。"我说:"爸,你的手还凉不凉?"父亲露出忧心忡忡的样子:"脚也凉了。你鲁伯伯说我熬夜太多,听了这次演奏,我要歇一歇,调理一下。"

我们进了女师校门,宛儿姨就急急跑过来说:"演奏会临时推迟了,我正要去告诉你哩!"父亲问:"为什么?"宛儿姨说:"美国兵强奸北大女生沈崇的报道,你看到了吗?政府当局竟不闻不问,任凶手逍遥法外,真是太气人、太可恶了!同学们占用了小礼堂,正在举行抗议集会。"父亲说:"好,应该推迟!可我既然来了,还是一起到小礼堂看看吧!"我也随着父亲和宛儿姨进了礼堂。父亲举起手杖,跟着女学生们呼了几个口号:"严惩美国凶手!""美军滚出中国去!"父亲粗嘎的男声混在女声中显得刺耳,女师的学生都回过头来看他。父亲诚惶诚恐说:"哦,对不起!我的口号喊得不好听,我多年没喊过口号了!"又对宛儿姨说:"你们喊得好,很好!我以后再好好喊吧。"宛儿姨啼笑皆非,说:"你喊得也很好呀!"

我和父亲回来时,父亲问我:"你喊口号了吗?"我说喊了。父亲说:"很好,以后你要多替爸爸喊一喊,这也是做儿子的责任,爸爸的嗓子不行了。"

父亲已经写好了《鼓子曲言》,共约十五万言,但还留下了一个尾巴,原要在听了《劈破玉》的合成演奏、获得完整的听觉印象后,再把他对《劈破玉》的总体评价加进去。宛儿姨却说:"抓紧寄走吧,弹琵琶、吹长箫的学生都已经毕业离校,去外地找职业了,现在人心惶惶,一时找不到新的演奏者。我会抓紧的。"父亲寄出了书稿,对宛儿姨说:"宛妹,是命运继续给我'理由'啊!"宛姨的眼圈又红了。

数月后的一天晚上,宛儿姨来到西一斋说:"先生,我明天就要请你听演奏了!"父亲说:"好,好,你辛苦了!"我知道,到了我离开书房、给父亲和宛儿姨提供最后一次"理由"的时候,就提着书包说:"宛儿姨,我去西二斋找同学补习代数。"宛儿姨说:"我是不是妨碍你做作业了?"我说:"不,我还怕以后看不到你呢!"宛儿姨又眼圈一红,神情哀婉地望着我,叹了口气。父亲说:"给你两个小时的时间,你要按时回来。"我露出好学不厌的样子,说:"不,今天习题多,再给我增加半个小时好吗?"我已经不允许自己再绕到窗下窃听,只是对窗下的蛐蛐儿说:"你不要叫!"

我从同学家中出来时,还不到两个半小时,又坐在7号楼的台阶上等了好大一会儿,才望见父亲送宛儿姨出了西一斋。我缩身在柏树墙下,望见宛儿姨弱不可支地依在父亲的肩上,静静地从我身边走过。宛儿姨留在书斋里的气味像薄荷一样又凉又香,一绺一绺地在空中飘荡,找不到落脚的地方。

次日,我正要随父亲去听演奏,一群大学生拖着一张足有两丈多长的长条标语跑进来,说:"张先生,我们要举行'反内战、反饥饿、反迫害'大游行,这是要贴在省政府门口的大标语,请先生签名支持!"父亲说:"好,好呀! 这三样东西都是应该反对的呀!"一个同学递过来一支大号毛笔,还端着一碟墨汁。父亲恭而敬之地签上了自己的名字,审视再三,说:"有一点没有点好,墨洇了。权且拿去,滥竽充数吧!"学生们说:"这样就好!"又拖着长条跑了。

父亲看了看怀表,说:"快些走,不能让人家等咱!"

刚刚走出西一斋,就望见7号楼门前人头攒动,天降冰雹似的传来一片"乒乒乓乓"的声音。一群女学生跑过来说:"张先生,您有碗、筷吗?借给我们用用好吗?"父亲问:"是吃饭用的碗、筷吗?"女学生说:"是呀是呀。我们反饥饿,一路上要敲打碗、筷的呀,我们忘带了!"父亲急转身,开了房门,才忽地想起来:"糟糕! 碗、筷在食堂里放着!"却又同时产生了灵感,掂起搪瓷洗脸盆,用毛笔杆敲出"当"的一声脆响,欣喜异常说:"此物甚好,你们敲盆好了!"女学生接过了脸盆欲去,父亲看见许多女学生还空着手,又说:"且慢!"掂起一个茶杯,敲了一下,说:"啊呀,音色极佳! 你们把茶杯、漱口杯全都拿去好了,只是小了点儿,这表明,同学们的要求实在是很小很低的呀!"女生们几乎是席卷了书房里可击出声响之器皿,敲打着,欢呼而去。

父亲又看看怀表说:"一溜小跑吧!"

我们被游行队伍挤在路边的人墙里左冲右突,好不容易在东司门与游行队伍分离,来到了书店街北口,却看到中山路那边的新街口上,齐刷刷站着一排持枪军警。女师与省政府都在中山路西沿,警备司令部为了防止游行队伍通过中山路,发布了禁止通行令。父亲又望着怀表说:"绕路走吧,大家等急了!"

父亲又领着我穿过书店街,准备绕道行宫角,再到女师。谁知到了相国寺后街,又正好碰上游行队伍。我看到一条红色的横幅下边,有人举着一个墨黑的大灯笼。父亲说:"这是说,漫漫长夜里,灯笼都黑了,没有光明了!"灯笼旁,有人用竹竿挑着整架的骷髅,是从医学院实验室里取出来的,赤裸的白骨,龇着白森森的牙齿。父亲又说:"这是说,遍地饿殍,民不聊生啊!"游行队伍所到之处,行人都驻足鼓掌,有些店伙计也跳起来,与学生一起呼口号。到了行宫角东边,游行队伍把一辆小汽车包围起来,小汽车动弹不得。学生们用红土水和石灰水在小汽车上写满了口号,小汽车立即变成了一只花爬虫。一个学生爬到车顶上发表演说。父亲立棱着脚尖看了看小汽车,又说:"坐小车的此公,是接收大员张厅长啊! 他大大地发了一笔国难财,今天陷入民众包围了!"父亲又突然问我:"你说,二十多年前,爸爸我在哪里?"看着我茫然的样子,父亲指着站在小汽车上发表讲演的学生说:"我就站在他现在站的地方。那时候,我的血滚烫滚烫的。现在,靠他们了!"

我们随着游行队伍到了行宫角,忽然发现,宛儿姨正在路对面人群里向前挤着,却被一排手持冲锋枪的军警挡住了。她从军警头顶向这边传话:"你们不要挤了,又改日举行了!"

我认定,这是命运不让父亲和宛儿姨失去他们的"理由"。

当晚,军警在 H 大学门前架起了数挺机关枪,封堵了校门。机枪手匍匐在地上做准备射击状。军警由"青年军"入校的"职业学生"带领着,闯进学生住宿的东斋,抓走了七十多名学生。警车发出凄厉的嚎叫,深夜不息。

那几天,父亲愤愤不平地在书斋里踱步,后来,就与别的教授们一起出面,分别保出了被捕的学生。父亲保出的两个学生出狱后,来到西一斋向父亲表示感谢,接着就离开学校,下落不明。父亲在西一斋门前散步时碰到一个身穿"青年军"军服的学生,他趋前问父亲:"张先生,你知道你保释的学生到哪里去了吗?"父亲反问说:"他们能到哪里去呢?""青年军"说:"去黄河北投八路了,张先生是有责任的呀!"父亲说:"他们到哪里去,是他们的自由,我保释出狱的只是我的学生。""青年军"说:"哦,请原谅,我只是给先生说一声,请你不要管别的事情,只管做自己的学问就是了!"父亲说:"好呀,眼下就请你一起散步,谈谈你的功课吧!""青年军"说:"谢谢先生,下次再向先生请教!"

那天晚上,军警又抓走了几个学生。

次日,宛儿姨又是那样轻轻地在门上叩了三下,又是那样没有声息地走进了书斋,又是那样轻轻喘息着望着父亲。父亲默默地望着宛儿姨,凄然说:"顺乎自然吧,现在的世道顾不上'玉'了。请你把曲谱保存好,我们以后用得上的。宛妹,你要珍重自己!"宛儿姨含泪说:"你也要珍重自己呢!"

母亲从鹿邑回来了。鹿邑的学生也在游行,军警也在抓人。豫东的枪炮声像是夏天的雷阵雨,不知什么时候就会轰里轰隆、噼里啪啦地从头上落下来。母亲一旦去到学生中间,就会表现出姥爷家族的"遗传基因",总有一批"激进派"的学生围绕着她,在她的住处聚会。母亲被学校解聘了,却有一群学生护送她回到了开封。

母亲回来时已经恢复了"孟老师"的样子。十年前,在老姥爷的庄园里管理过客房院的堂舅也悄然出现在开封。母亲以高中国文教师的身份屈就 H 大学图书管理员之职,这就使她有可能把图书馆的钥匙随时交给堂舅,图书馆就成了堂舅和他的同志们秘密聚会的地方。这一切,好像都瞒着父亲。父亲却笑眯眯地对母亲说:"怎么了?图书馆到了后半夜还亮着灯,不觉得刺眼吗?如此刻苦读书,何不到我的书斋里来呢?"母亲高兴地说:"好呀,他们正等你说这句话哩!"

我却在想念宛儿姨。母亲回到省城以后,我已经见不到宛儿姨。

5. 火蝴蝶

1948 年夏天的开封潮湿而闷热。鼓楼和铁塔都在发烧。火红的云彩也越过黄河来中原聚会。终于有一天,天边的雷声伴着轰鸣的炮声来到了开封。哥哥、姐姐都来不及从寄宿学校回家,战斗就打响了。解放军迅速攻进城内,占领了主要市区。国民党军队退缩在龙亭据点顽抗。我家租住的房子离龙亭不远,房子比较高大,是那一片居民区的制高点。解放军大约一个班的士兵开进了院子,盯着我家的房脊,接着就攀缘而上,在房脊上架起了两挺机枪,机枪手们趴在房坡上向龙亭猛烈射击。

父亲也在房坡底下营造自己的工事。他首先让母亲领着两个弟弟躲避在两座大屋夹角中的一间小屋。又以一张长条书桌为支撑,桌下铺了草苫和凉席,桌上蒙了两条厚棉被,又拿了一本宛儿姨手抄的《劈破玉》弹奏曲、一把扇子,让我跟他一起钻到桌子底下,一人靠着一根桌子腿,成对角线弓身坐着。父亲递给我一个手电,让我学习使用探照灯的原理,用手电瞄准曲谱发射。他开始随着扇子扇出来的节拍哼唱曲谱,叮嘱我务必为他打的节拍记数。屋顶上,战争双方正在猛烈对射,机枪射击的声音像刮风。有一种名叫"空中炸"的子弹,不停地在空中爆响,发出嘎啦嘎啦的怪叫,折断了院子里的树枝。我大声说:"爸,我听不见你的声音!"父亲对着我的耳朵说:"我没有叫你听我的声音,你看着我打拍子的动作记数就对了。"一颗炮弹轰地在屋后爆炸了。父亲吸了一下鼻子,感到气味异常,就暂时停下来,用铅笔在停下来的地方画一道杠,凑到我的耳边大声问我:"这一颗炮弹怎么这样香?"我说:"它炸了咱家屋后的花生厂。"父亲释然地点了点头,又问:"几拍了?"他得到了明确无误的回答,就把数字记在曲谱上,重新打着节拍,继续着听不见声音的哼唱。父亲完成这项工作的时候,枪炮声开始稀疏下来。父亲说:"《劈破玉》峰回路转、潮起潮落,共计四百八十拍,你刚才记的是四百七十八拍,小有差错,要怪那一颗对花生不怀好意的炮弹。"

解放军的炊事员担来了两筐热包子,在屋檐下的台阶上铺了一张席,包子乱滚乱爬地堆在席上。房顶上的战士轮流下来吃包子。一个十五六岁的小战士发现桌子底下有手电闪亮,就把挎在脖子上的冲锋枪向桌下一歪,叫道:"出来!"父亲探出脑袋说:"你是叫我吗?"小战士问:"你在干啥?"父亲钻出来说:"我在读曲谱,一支古曲的谱子。"小战士看了曲谱,不甚明了,上下打量着父亲:"你是啥人?"父亲说:"哦,请你等一下。"他开始翻箱倒柜地寻找,最后才忽地想起来,急忙跑过来掀了棉被,从我们坐卧其下的书桌抽屉里找到了他的教授证书。

我认定这是父亲的一个错误,因为教授证书上有国民党政府教育部部长的签名和印章,更加恶劣的是,证书上方居中的地方还有国民党的"青天白日"的标记。父亲把证书捧送给小战士。小战士大概不识字,一眼盯住了"青天白日",急忙叫来排长一起研究父亲的证书和曲谱。排长看了曲谱,露出大惑不解的样子,又看了教授证,问:"啥是教授?"父亲说:"教是教书的教,授是授课的授,我是 H 大学一个教书授课的。"枪炮声又一阵紧似一阵。排长要把教授证和曲谱塞到小战士的饭包里,却塞不进去。父亲急把黑皮包递过去说:"应该装在这里。"排长采纳了父亲的建议,对小战士说:"你立即把他和这两样东西交给指挥部审查,指挥部就在大学里。"

父亲被小战士带走的时候,穿着白色的短衫、睡裤,好像从床上被人揪起来,又被小战士勒令拎着皮包走,一副不伦不类的样子。母亲从小屋里跑出来,对父亲说:"这肯定是一个误会,你会安全回来的,会的!"父亲说:"甚好,我正要去西一斋拿一些书报回来。"

父亲刚走出院子,街上响起了密集的机枪对射声。我向父亲跑过去,说:"爸,我和你一起去。"父亲说:"甚好!"又拍着我的脑瓜儿说:"你要保护好这个东西。"冷枪像飞蝗"啾儿啾儿"地从头顶掠过,子弹撞在砖墙上,墙上"砰砰"地冒着青烟,出现了一个个麻坑。小战士大口大口地吃着包子,不时地在身后发布命令:弯腰!侧身!溜着墙根儿走!最骇人听闻的是:卧倒!我和父亲都一一照办。

我十分羡慕这个小战士勇敢无畏的样子。他始终紧绷着脸,与我们保持着几步远的距离。他一听见飞机的声音,就会激动起来,咬着牙,用枪口瞄着飞机,好像盼望飞机飞过来与他较量,骂一声:"狗日的东西!"我想起了难童收容院里的杨锁,我觉得杨锁穿上军装就是这个样子。

父亲被带进了H大学校园里的7号楼。小战士把父亲和黑皮包交给了7号楼里的军官。军官又把父亲交给一位正在忙着打电话的首长。首长看了教授证,露出惊讶的样子说:"张教授,炮火连天,你怎么跑到这里来了?"父亲说:"不是我要来,是你的部下把我送来了!"首长说:"乱弹琴!"他向曲谱的标题上掠了一眼,笑道:"好家伙!明代古曲,是国粹哩!哈哈,我们的战士硬是把它当成密电码了!"他把教授证和曲谱装回皮包,递到父亲手中,说:"张教授,我们的战士来不及学文化,今后要加强教育。请你走好!"

军官把父亲带出了7号楼。父亲说:"我的书房就在西一斋,我到我书房里去一下。"军官说:"对不起,现在这里是军事重地,师生都疏散了,不能随意出入。"军官把父亲领到学校东北角的一个小门,密集的炮击声正在龙亭那边炸雷般地轰鸣。一颗炮弹呼啸着落在操场上,炮弹掀起的泥土溅落在我们的脸上、身上。军官说:"请走好,不远送了!"父亲抖落了身上的泥土,向军官的背影微笑说:"你能发给我一支枪吗?"

我和父亲处于校墙与城墙之间的开阔地上,必须由北向南通过大约一千米的距离,才能向西折入市区。周围不见人影,只有我和父亲向南走着。我忽地感到我和父亲的孤独,成了作战双方都无暇顾及、都没有发生兴趣的人。南边天上却来了飞机。地上也响起了对天射击声。我感到飞机是冲着父亲飞来的。父亲的白衫白裤映衬在褐色的开阔地上,手中的黑皮包一闪一亮,从天上看下来,一定十分耀眼。父亲似乎也注意到飞机盯上了他,就把皮包遮在我的头上,对飞机说:"你好好看一看嘛,你还不至于向一个明显的非军事目标发泄仇恨吧!"话刚落地,飞机就带着骇人的呼啸俯冲下来,父亲抱着我紧缩在地上,一个巨大的阴影携带着无数只飞鸟从头顶掠过,身前身后溅起一绺绺的土烟儿。我和父亲被猛烈的气浪掀起来,摔倒在地上。飞机向北边飞去了。父亲发现我们都还完好无损,拉起我说:"快走,这个玩笑开大了!"我们继续南行。后脑勺上再次感觉到了飞机的轰鸣。飞机从北边折回来,像一块硬邦邦的犁铧贴着头皮犁过来。两边都是笔立的墙,我们没有地方隐蔽自己。父亲仰起面孔,直视着呼啸而来的飞机,接着就猛烈地震颤了一下,扬了一下右手,陡地扔了皮包,手腕上喷涌出浪花一样的鲜血。父亲用左手紧掐着右手腕,问我:"你还好吗?不要怕,我们走吧!"飞机又从南边折回来。父亲露出了恼怒而绝望的表情,那是天要塌下来只好用脑瓜儿顶着它的表情,父亲说:"儿子,咱们没处躲、没处藏啊,那就直着身子走吧!"父亲走得从容不迫,甚至走得容光焕发。飞机再次俯冲下来时,我正在捡起父亲丢在身后的皮包。父亲照旧用左手掐着右手腕,笔直地向前走着,鲜血洒在路上。巨大的阴影挟带着骇人的霹雳从头顶掠过,父亲忽地像跳舞一样跃起来,鲜血又像花瓣儿一样溅起来,软软地在空中打了个滚儿,重重地落在地上。我丢了皮包跑过去,紧紧抱住了父亲。父亲的脖子和胸脯上都在汩汩地流血,把他白色的短褂染成了鲜红的颜色。父亲看了看我,嗓子里"咕噜"了一下,叫一声:"儿子……"留下一个自嘲的苦笑,永远地闭上了眼睛。

在开阔地的南端,押送父亲的小战士正与飞机较量。他手持冲锋枪,围着一个千疮百孔的空碉堡打转。飞机从南边飞过来,他转到碉堡北边向飞机射击。飞机从北边折回来,他又转到了碉堡南边。他用轻蔑的、甚而是挑衅的眼神盯着飞机,在迸飞着火光和硝烟的碉堡下边腾挪、跳跃,瞅准飞机俯冲下来的节骨眼儿上与之猛烈对射,像是在捉弄一只急头怪脑的黑老鸹。当飞机气哼哼地向远方飞去的时候,他爬上碉堡,向飞机远去的方向撒了一泡热尿,又盘腿坐在碉堡顶上,如同坐在自己家里的麦秸垛上,大口大口地吃起了包子。他的表情告诉我,他已经成了这个世界的主人。这情景永远留在我记忆深处的皱褶里,对应着父亲的脆弱与无助。父亲仅仅被一场将他排除在外的战争蹭了一下,就像一只被割破喉管的绵羊,生命在瞬间消失。父亲的皮包也被我丢失在两堵墙壁的夹道里,我不能原谅自己。

父亲终年四十三岁,治学仅得二十年光阴,还有八年以上的光阴被笼罩在战火硝烟里。包括他离世后由南京正中书局出版的《鼓子曲言》在内,一生著述仅得二百余万字。

母亲把父亲安葬在开封东郊的"乱坟岗"上,那是一块属于孤魂野鬼的青草地。戴上了八角帽、穿上了灰军装的堂舅也出现在父亲的墓地上。母亲领着她的五个子女挥泪焚烧了写给父亲的一篇祭文,堂舅劝慰母亲:"他们的父亲在黎明前离去,你要站起来迎接黎明。"三十四年以后,母亲经历了黎明以后不曾预料到的诸多困苦,无怨无悔地离开了人世,终年七十三岁。当时我正挎着一个被秋雨打得精湿的小包,浪迹在嵩山脚下,没有及时得到母亲病危的电报。姐姐和弟弟起了父亲的遗骨火化,与母亲的骨灰一起,安葬在开封东郊公墓。

父亲埋葬在"乱坟岗"上的时候,有人看见一个脸色苍白的女子,举着一把黑色的雨伞,来给父亲扫墓。那是清明节的黄昏,扫墓人都已离开了墓地。她独自伫立墓旁,只有无声的细雨伴着她无言的悲泣。她在墓前焚烧了厚厚一叠字纸,火蝴蝶翩跹飞舞,翅膀上挂着破碎的音符,在细雨中纷纷坠落。她不知道,我的母亲正在农人看管庄稼的小草庵里注视着她,没有妒忌,只有含泪的悲悯。

2002 年春节

后　记

　　写入这部长篇小说的,是以三个知识分子为主要人物的三个家族。按照原来的计划,这要分为三部长篇来写,一部写一个家族。但我实在不敢占用读者过多的时间,试图找到一种比较"经济实惠"的结构,将三个家族的众多人物包容在一部小说里,而不必在编织三个家族各种人物的相互关系上花费笔墨。我从"冰糖葫芦"的"结构"方法上受到启发,就用第一人称"我"的儿时经历和现在的"我"回眸往事的视角,把三个家族内外的各种人物串联起来。这样串联起来的"山里红"也许可以较少地受到加工工艺对原始状态的伤害,希望读者能够吃出天然的好味道。

　　这样的结构给我带来了一种自由,就是无须在整体结构上煞费心机地编织一个完整的故事,每个家族及每个人物都可以带着他们未曾多加修饰的本来面目,从我的记忆和想象中浮现出来,只需"我"发挥一下"串联"的作用,人物就可以随时出现,也可以随时消失。但我必须小心从事。当我在一个类似散文体的大结构中获得叙事的自由时,始终不敢怠慢了读者阅读小说的兴趣,还必须提醒自己:"我"所串联的不是一般意义上的叙事性散文,而是"文学即人学"意义上的具有审美价值的人物。"我"还必须跟着"人物"走。他们都具有环绕着自己的社会矛盾和生存"难题"以构成"情节",他们的命运应引起读者关注的兴趣以产生"悬念",而且,他们必须是属于我的发现。

　　我在完成这部小说时看到,我给读者送去了四十多个人物,送去了他们各不相同的具有纪实特征的传奇故事与"心灵的秘史",其中多半是我过去的作品很少涉及的都市和乡村知识阶层中的男性和女性。我对他们的了解超过我过去惯常表现的中原农民。他们是由中国传统文化造就而又较早接受了外来文化的一批人,有清末的举人和接受"西学"的士绅,有早期的职业革命家和他们的同路人,有教授、留洋归来的博士和不那么循规蹈矩的私塾先生。

　　我儿时的一些最为美好而隐秘的记忆是属于女性的,因此,我还比较重视这个作品中所刻画的女性形象,除了"我"的母亲以外,还有创造了爱情神话的老奶奶莲子、热烈浪漫的薛姨、活泼机敏的小李姨、凄婉多情的宛儿姨和她的不时扑闪着的"杏形的眼睛"。历史不愿意成全他们,即使对其中的胜利者,也要把始料不及的悲剧及其在内心引起的巨大痛楚和迷惘,遗留在远去的驿站上。人类不可避免地要在正剧和悲剧乃至于十足的闹剧中沉思着或是喧闹着,走向新的驿站。

　　与"大舅"和"姨父"拥有家产、知识和权力的家族相反,此书也写了教授"父亲"从中破壳而出的贫困、封闭的农民家族。这是一个不会产生"理论"、"主义"和仁人志士的家族。他们在粗糙的物质生活、瑰丽或是奇谲的神话和历史传说所构成的亦真亦幻的世界里,在与自然界相互亲近和相互矛盾中,活着并消亡着。即使是"老爷爷"和"老奶奶"那样以惊人的生命力创造生命奇迹的人,最终也没能逃脱悲剧的结局。田园牧歌已经消亡在远去的云烟里,留给这个家族的,也只是挂在桑树枝丫上的历史的挽歌。

当我将作品中的父亲、大舅、姨父等人物作为三个家族中的主要人物来表现的时候,一点儿也不敢轻慢别的人物。他们在各自的位置上没有主次之分。即使只是在一个章节或是一些片断中出现的清末举人或留德博士、省委书记或开明士绅、军官或艺妓、私塾先生或盲艺人、爷爷或奶奶、财主或长工、老保姆或黄包车夫、英国牧师或收容院里的难童等等,我都倾注了同样的心血。我希望,"我"所经历的人生驿站能成为一个流动不息的人物画廊,其中有的是工笔、有的是写意,也有素描和速写,但是都应具有独立的艺术品格,他或她,一律平等。

作者向人们说明自己试图表现什么和怎样表现,实在是犯傻。这不仅因为他在写作过程中常常出现自己也说不明白的"写作冲动",还因为人们并不在意作者试图表现什么和怎样表现,而只是重视自己从作品中感受到了什么。因此,这篇短文只能说是作者犯傻时与读者的谈心。他诚挚地希望此书能赢得读者的喜爱,那将是对他年逾花甲之后的许多个不眠之夜的褒奖。

让我用巴金老人《真话集》后记中的一句话激励自己:

"我的生命并未结束,我还要继续向前。"

写于2002年,小改于2006年4月

附一

张一弓主要作品年表

(1956—2012)

《金宝与银宝》(短篇小说)	河南人民出版社1956年春出版
《我的老伴》(短篇小说)	《长江文艺》1959年第1期
《母亲》(短篇小说)	《牡丹》1959年第3期
《打擂》(短篇小说)	《牡丹》1959年第7期
《犯人李铜钟的故事》(中篇小说)	《收获》1980年第1期
《牺牲》(短篇小说)	《收获》1980年第3期
《赵镢头的遗嘱》(中篇小说)	《收获》1981年第2期
《山村诗人》(中篇小说)	《花城》1981年第3期
《瓜园里的风波》(短篇小说)	《北京文学》1981年第8期
《寻找》(短篇小说)	《北京文学》1981年第10期
《智慧的痛苦》(短篇小说)	《奔流》1981年第12期
《最后一票》(短篇小说)	《文汇月刊》1981年第12期
《张铁匠的罗曼史》(中篇小说)	《十月》1982年第1期
《黑娃照相》(短篇小说)	《上海文学》1982年第3期
《流泪的红蜡烛》(中篇小说)	《收获》1982年第4期
《考验》(中篇小说)	《北京文学》1982年第10期
《翠翠》(短篇小说)	《中岳》1983年第1期
《山村理发店面纪事》(中篇小说)	《十月》1983年第4期
《石匠魂》(短篇小说)	《北京文学》1983年第6期
《偷窃声音的小伙儿》(短篇小说)	《奔流》1983年第8期
《火神》(中篇小说)	《小说家》1983年第10期
《挂匾》(短篇小说)	《人民文学》1984年第10期
《流星在寻找失去的轨迹》(中篇小说)	《莽原》1985年第3期
《死吻》(中篇小说)	《当代作家》1986年第3期

《都市里的牧羊人》(中篇小说)	《文汇月刊》1987年第4期
《夜惊》(短篇小说)	《当代小说》1987年第6期
《孤猎》(中篇小说)	《天津文学》1987年第9月
《黑蝴蝶》(中篇小说)	《海燕》1987年第11期
《都市里的野美人》(中篇小说)	《十月》1988年第4期
《那个好月亮》(短篇小说)	台湾《联合报》副刊1993年4月
《正大集团创业史》(报告文学)	华龄出版社1999年1月出版
《飘逝的岁月》(纪实散文集)	长江文艺出版社2001年4月出版
《远去的驿站》(长篇小说)	长江文艺出版社2002年5月出版
	人民文学出版社2007年1月再版
《阅读姨父》(长篇纪实文学)	河南大学出版社2005年1月出版
《少林美佛陀》(长篇小说)	河南文艺出版社2012年1月出版

附二

告别与寻找

——关于张一弓小说的话语转变

李遇春(华中师范大学文学院教授)

提起"文革"后享誉文坛的一代"右派"小说家,人们很少能想到张一弓。

实际上,张一弓早在二十世纪五十年代中后期就已经初涉文坛,后因其母被打成了"右派",连带他的《母亲》等短篇小说作品也受到了批判,由此,张一弓中断了早期的文学写作。直到1980年发表著名的中篇小说《犯人李铜钟的故事》,张一弓才重返文坛,此后更成为所谓"伤痕—反思—改革"小说潮流中的代表作家之一。然而,从八十年代中后期开始,张一弓的小说创作陷入了失语的困境。曾经在八十年代的各种当代文学史中风光无限的张一弓,甚至被九十年代末的诸多当代文学史所忽视或遗忘。从辉煌到黯淡,张一弓的内心失落可想而知。值得庆幸的是,就在即将被人们遗忘的时候,张一弓创作了他平生的第一部长篇小说《远去的驿站》(长江文艺出版社2002年版),让我们又看到了张一弓重新走进当代文学史的希望。

我这里无意于就事论事地解读张一弓的长篇新作。我关注的是张一弓小说创作的话语转变问题,也就是说,从《犯人李铜钟的故事》到《远去的驿站》,张一弓究竟在小说的话语形态或话语范型上做过哪些艺术求索?因为在我看来,探讨一个作家的话语范型转换问题,有助于准确地判定其在文学史上的位置。

一

一部近二十年来的中国小说史,在很大程度上,可以被视为中国当代小说家逐步摆脱以往话语模式的束缚,进而不断开创新的小说话语范型的过程。

"文革"后最先出现的小说话语范型,是启蒙主义话语。张一弓有幸直接参与了对这一新的小说话语范型的建构。这种新启蒙话语因其强烈的时代性,准确地说,它的政治色彩让它与经典的"五四"启蒙话语区别了开来。它们的共性在于,"人性论"是其共有的理论预设,呼唤人性、人道主义是其共同的精神旨趣,因此,"人的文学"①可谓其共通的文学性质。然而,与鲁迅先生所开创的经典启蒙主义文学话语范型不同,在八十年代的新启蒙话语范型中,虽然也有从文化的视角解剖国民性的叙述话语("文化—国民性"叙述),但更多的则是从政治的视角透视人性的历史处境的叙述话语("政治—人性"叙述),以及从更宽泛的社会(经济)视角观照中国人的现实境遇的叙述话语("社会—人"叙述)。唯其如此,在一定程度上,人们更愿意把"文革"后的"政治—人性"和"社会—人"叙述话语,看成是当代小说家最终回归"五四"经典启蒙话语范型("文化—国民性"叙述)的某种过渡性的文学形态。

从张一弓八十年代前半期的小说创作来看,他的小说写作基本上遵从的是"政治—人性"和"社会—人"的叙述话语。首先看"政治—人性"叙述,这方面的代表作有《犯人李铜钟的故事》、《赵镢头的遗嘱》、《张铁匠的罗曼史》、《山村诗人》、《智慧的痛苦》等。和同时代的王蒙、张贤亮、丛维熙等"右派"小说家相比较,张一弓关注的不是在那个泛政治化的历史境遇中中国知识分子或革命干部的命运,而是中国农民的命运。大体而言,张一弓笔下有关中国农民的"政治—人性"叙述话语有两种价值取向:或揭示外在的政治权力给主人公的人性所带来的心理创伤和精神扭曲,或展示人性在外在的政治权力的压抑下所表现出来的反抗精神和超越境界。前者从政治的角度透视人性的异化,后者从政治的视角观照人性的力量。实际上,在"文革"后的"伤痕—反思"小说大潮中大量流行的就是前一种叙述话语,具体到张一弓笔下,《张铁匠的罗曼史》即是这方面的代表作。这部中篇小说透视了从"大跃进"到"文革"时期,中国当时的极左政治力量给底层民众所带来的无尽灾难。这种灾难不仅是肉体上的伤害,它更是心灵上的摧折。人们痛心地看到,在解放初还青春焕发、激情满怀的张铁匠,经过起伏不定的政治波澜的冲击,到"文革"末期几乎已经变成了一个万念俱灰的木偶人。这种身心变化不啻《故乡》中从少年闰土到中年闰土的变迁。小说中张铁匠对发妻王腊月的冷漠与决绝,恰恰流露了他内心深处无法排解的伤痛。然而,张一弓笔下的张铁匠比鲁迅先生笔下的闰土似乎要幸运得多,他在"拨乱反正"的政治环境中重获生机,并且洗尽此前的晦气,最终与王腊月来了个大团圆。从这里我们不难发现中国当代"政治—人性"叙述话语的局限性。说到底,在这种叙述话语中,人性还不是起决定性的因素,它仅仅是为了回应一种新政治话语的召唤而去谴责另一种过时了的政治意识形态。所以其中真正起作用的还是政治话语,人性话语不过是新政治话语的附庸。尽管曾经长期遭受压抑的人性话语在"伤痕—反思"小说中得以回归(虽然仅仅是有限度的回归)也是不容轻易抹杀的事实。

当然,真正为张一弓在文坛树立声名的并不是这种提示政治对人性的异化,而是集中

---

① 周作人:《人的文学》,载《新青年》第5卷第6号,1918年12月15日。

展示人性的反抗。这方面的著例首推《犯人李铜钟的故事》。在"大跃进"后接踵而至的民族灾难岁月里,面对被饥饿折磨得奄奄一息的众乡民,李铜钟,一位伤残的退伍军人,他没有遵从上级的要求用"化学食品"欺骗民众,而是选择了挺身而出、为民请命,与昔日的老战友一道开仓放粮、赈济灾民。然而,李铜钟的英雄义举在那个非常年代里直落得一腔悲愤、含冤屈死的凄凉结局。无独有偶,在"大跃进"的浮夸风潮中,民间说唱艺人李老怪(《山村诗人》)因为勇敢地选择了说真话而受到了一系列的误解和打击。在"文革"的"左"倾余毒尚未完全消退,而改革的浪潮尚未全面涌动的七十年代末,赵镢头(《赵镢头的遗嘱》)因为率领大部分村民推行农村联产承包责任制而招致"左"倾官僚主义者的打击和流氓无产者的诬陷,最终他选择了自杀,并立下遗嘱坚定地捍卫民众的利益。记得鲁迅先生曾经说过:"我们自古以来,就有埋头苦干的人,有拼命硬干的人,有为民请命的人,有舍身求法的人……虽是等于为帝王将相作家谱的所谓'正史',也往往掩不住他们的光耀,这就是中国的脊梁。"①显然,李铜钟等人正是鲁迅先生所称道的民族脊梁式的人物,在他们的身上体现了一个民族的希望,并且展示了人性中高贵的一面。

如果说张一弓笔下的"伤痕—反思小说"主要采用的是"政治—人性"叙述,那么他笔下的"改革小说"则更多地运用了"社会(经济)—人"叙述。比如《黑娃相》、《寻找》、《流泪的红蜡烛》、《最后一票》、《春妞儿和她的小嘎斯》、《流星在寻找失去的轨迹》等中短篇小说,主要关注的就是在经济变革的社会环境中中国农民的精神、心理和人格方面的变化。黑娃是一个十八岁的农村青年,他通过搞副业——养长毛兔挣了八元四角钱的钞票。于是,围绕着如何使用这笔额外收入的问题,作家步步深入地考察了黑娃的心理需求轨迹。从买鞋、制衣等物质需求到看戏、照相的精神需求,黑娃的心理嬗变过程完全符合人类需要层次的基本规律。小说的高潮是黑娃照相的情节:由于受到城里人的歧视,黑娃为了捍卫自己的人格尊严,毅然选择了花费三元八角的照相。黑娃的行为在很大程度上暗喻着改革开放初期中国农民的独立人格意识的觉醒。然而,仅仅从经济的增长给人所带来的精神进步的角度来解读《黑娃照相》是不够的。应该说,作者在小说中已经有意无意地触到了当代中国社会经济转型中的一个重要问题,即,人们对物质财富的追求如果僭越了一定的精神(心理)价值底线,那么,人将变成金钱的奴隶,而不是主人。张一弓在小说中对"暴发户"黑娃的那种"人一阔,脸就变"的市侩气的隐约传达,也许在当时并不为人所注意,尤其是当这一切发生在一个少不更事的青少年身上的时候,但我们从黑娃照相后离开城市时所发出的内心感叹中不难窥见另一个面目的黑娃。当黑娃望着城市鳞次栉比的货棚饭铺大声喊叫"你们——统统的——给俺留着"的时候,一个若干年后将到城市里疯狂攫取金钱、名誉和地位的"中国于连"(《红

---

① 鲁迅:《中国人失掉自信力了吗》,《鲁迅全集》第6卷,第118页,人民文学出版社1981年版。

与黑》)的形象已经跃然纸上——那是一个为了寻求别人的尊重和自我价值的实现而最终在物欲中迷失了自我的市侩形象。

如果说在《黑娃照相》中张一弓只不过是朦胧地触及了经济发展与精神进步之间的背反问题,那么在《春妞儿和她的小嘎斯》中,作家就已经明确地意识到了这种悖论的严重性。当春妞儿为了报复负心的恋人,或者说为了捍卫自己独立人格尊严而当上了女司机,不惜铤而走险、拼命挣钱的时候,她逐步意识到自己已经越来越远离了初衷,在物质追求和人格捍卫之间的南辕北辙,使她的内心充满了无以言表且不为人所知的苦涩。只有到了《流星在寻找失去的轨迹》中的专业户宋疤癞的身上,主人公的这种心理隐衷才被张一弓第一次明确地摆上了台面。为了洗刷绰号长期笼罩在自己身上的耻辱,宋福旺不择手段地一再通过经济的方式来证明自己,然而,也正是在这个过程中他一步步地失落了自己。于是,他又想通过办私立幼儿园来拯救自己日渐沉沦的良知和灵魂,但他的"义举"已经无法挽回民众的信任,他只能痛苦地发现,那个童年的"旺娃永远找不回来了"。写作这篇小说的时间是1985年,正是"新时期文学"发生转折的关键年头。在某种意义上讲,与其说是小说的主人公在寻找失去的轨迹,不如说是作者在寻找失去的轨迹。因为此时的张一弓已经明确地意识到了自己的话语危机,他在所谓的新启蒙话语范型中实在是浸淫得太久太深了,他必须告别过去,进而寻找到新的小说话语方式。

二

张一弓小说创作的第二个阶段是八十年代后半期。和八十年代前半期相比,张一弓这一时期在小说创作数量上锐减,仅发表了《死吻》、《都市里的牧羊人》、《夜惊》、《孤猎》、《黑蝴蝶》、《都市里的野美人》等为数不多的几部中短篇小说。这说明作家此时正处于艰难的话语转型的探索期、阵痛期。从整体的创作水准来看,张一弓这一阶段的小说创作并不是很成功(实际上,那一代作家中除王蒙、陈忠实等人外,在八十年代中后期成功实现话语转型的并不多见),这使得他在进入九十年代后几乎中止了小说创作,直到新世纪之初推出长篇小说处女作《远去的驿站》,张一弓才顺利地完成了多年未竟的艺术跨越。

虽然张一弓第二阶段的话语转型并不很成功,但如果没有他这一时期的艰难探求,我们也就看不到后来的《远去的驿站》。因此,剖析张一弓这一时期的话语转换的主要特质也就显得尤为必要。

在我看来,张一弓这一时期的话语转换趋向是从启蒙主义话语走向生存主义话语。谈到启蒙话语和生存话语的区别,从表面上看,启蒙话语中的社会的、政治的、文化的背景在生存话语中很大程度上被淡化了、消解了。而实际上,二者之间区别的关键点有两个：首先，从"文革"后中国小说的创作实绩来看，启蒙话语存在着人性善的理论预设，而在生存话语中，与其说人性是善的，毋宁说，恶更能反映人性的潜在本质。当代中国的"伤痕—反思—改革"小说，喜欢把历史和现实中人的丑恶行径解释为善良的人性遭到政治和经济权力异化的结果。而中国的新潮和后新潮小说家们则纷纷把笔触深入到了人性的潜层，他们热衷于展览人性的丑陋和心灵的黑箱，艺术也因此由审美转向了审丑；其次，启蒙话语是一种理性主义话语，而生存话语是一种非理性话语。在"文革"后的中国新启蒙小说家那里，人是理性的动物，人的行为是可以解释的，因此，人的历史变动也是有其内在的逻辑进程的。而在生存主义小说家那里，人的行为常常是出于某种本能欲望的驱使，人的历史因此也是不可理喻的宿命。于是，在众多信奉生存话语的小说家笔下，人物往往陷入情与理、灵与肉、感性与理性的强烈内心冲突中无法自拔。作家此时不再热衷于叙述宏大历史，而是竭力从个体生命存在体验的角度去还原历史和生活的真实，从而实现对历史的暗角和生活的盲区的"解蔽"。不难看出，生存话语其实是有意超越启蒙话语的外在叙述视角而直抵人的生命存在本相。因此，在生存话语中，关于人的启蒙神话被解构了，人被还原为人本身，由此，生存话语也可以被视为一种"后启蒙话语"。

标志着张一弓走向生存话语的第一篇小说是《死吻》。这是一篇关于当代知识分子爱情生活题材的作品，但作者无意于把它叙述成一个浪漫主义的凄美爱情故事，而是着力探寻主人公朱赫来不为人知的爱情隐秘和心理隐衷，从而揭示了他一辈子为情所困的尴尬生命处境。朱赫来原本是为了反抗父母的封建包办婚姻而参加革命队伍的，但革命成功后的他居然无法主宰自己与"小白杨"之间的爱情归宿，因为他作为报社的总编必须在婚姻上起到模范表率作用。无奈之下他只能将"小白杨"调往远方，但内心深处的情结并没有因此而化解，相反愈发深重，只不过不为人知罢了。直至晚年，朱赫来都隐藏着对亡妻的愧疚和对情人无法释怀的眷恋。小说的高潮发生在朱赫来退休之后，孤独的他居然在医院中与一位相貌和经历都酷似"小白杨"的女人产生了一场黄昏生死恋。显然，张一弓在这篇小说中已经放弃了从政治的角度反思革命年代的历史和人性，因为主人公的情感悲剧在很大程度上并非那个泛政治化的历史年代所造成的，毋宁说，作者在这篇时间跨度很大的中篇小说中关注的是主人公超越了时空的心理困境和生命窘境。因此，张一弓写作《死吻》时，实际上正处在他小说创作的话语转换点上。

与《死吻》相仿，张一弓其他几篇城市题材的小说，如《都市里的牧羊人》和《都市里的野美人》也都关注的是人的永恒的生命存在体验，而无意于像前一时期那样聚焦于人物的外在的社会政治环境。在八十年代前期的张一弓看来，中国农民的历史命运的变动"总是摆脱不了历史变革时期的政治对他们的重大影响，排除不了在农村现实变革中起着决定作用的政策的因素"①,因此,张一弓第一阶段的小说创作也总是无法摆脱和排除政治视角的拘囿。而到了写《死吻》等小说的时候,张一弓已经开始试图从政治叙述的樊笼中突围出来,但他似乎对那几篇城市题材的小说"淡化政治"的艺术探索并不满足,进一步创作了《夜惊》、《孤猎》和《黑蝴蝶》等三篇几乎完全"远离政治"的寻根小说,并且,不是那种以《棋王》和《小鲍庄》为代表的文化寻根小说,而是以《爸爸爸》和《红高粱》为代表的生命寻根小说。

张一弓在《夜惊》中讲述的是一个充满了神秘色彩的、发生在古老山村的蛮荒故事。年轻的拴娃与兰妮夫妇在挖窨洞的过程中挖出了一具身躯魁梧、抱子送禾的石头大汉雕像,这让那个黄河岸边的偏僻小村沸腾了起来。在村头的权威谕示下,所有的村民均认为那个石头大汉是祖宗为后人确立的"人样",对其充满了敬畏。然而,当村里的女人纷纷在"人样"面前产生了或显或隐的性幻想时,尤其是当村里的男人很快意识到了自己是那个"人样"的生理退化产物之后,那具石头雕像随即便遭到了男人们无情的奚落与诅咒。尤其是拴娃,他为妻子多年未孕感到羞耻和恐惧,一怒之下砸碎了雕像。但村民们很快被告知,石头汉子原来是先祖大禹的神像,拴娃的行为由此构成了渎神弑父的罪孽。于是,在一个漆黑的深夜,拴娃赤身裸体冲出了窨房,在旷野中号叫,而且一霎时带动了全体村民涌出户外,干号声响彻云霄。显然,拴娃和村民们陷入了一场歇斯底里的精神疯狂之中。通过叙述这个神秘的夜惊故事,张一弓把笔触伸入到了我们民族的集体无意识深处,并对我们民族的原始生命强力的严重衰退表达了深切的忧虑。与《死吻》相比,《夜惊》关注的不再是个体的生命困境,而是关于一个民族的群体生命境遇问题。

比《夜惊》写得出色的是中篇小说《孤猎》。《孤猎》的象征意味更深广,更具有对时空的超越性。如果说《夜惊》是一则民族寓言,那么《孤猎》就是一则关于人类的寓言。小说叙述了一个孤独的猎人的传奇经历,尤其是透视了猎人的心灵秘史。那个猎人以猎豹为业,并在山民中确立了赫赫威名,他自己也习惯于以英雄自居,享受着属于英雄的无上荣光。然而有一天,鳏居多年的他在深山老林中与寡妇菊花相遇了,他们共同度过了一个激情澎湃的夜晚。这使得猎人事后产生了无尽的懊悔,他不断地为自己有损于英雄形象的行为而深深地自责。显然,在情与理、灵与肉、英雄面具与人之常情的内心冲突中,猎人陷入了痛苦的迷惘。虽然他随后理性地选择了戴着英雄的面具远走他乡,但他内心深处却始终无法驱除菊花的身影,直到有一天,当猎人得知由于自己的离去而导致该地豹狼肆虐时,他才找到了重新去见情人的理由。然而等他好不容易摆脱掉群兽的围劫,赶到山中那座爱的茅屋时,他痛苦地得知情人刚刚绝望地与一个以猎兔为生的平庸猎手永远地离去了。最后,孤独凄怆的猎人主动选择了与强大的豹群决斗,

---

① 张一弓:《听从时代的召唤》,《文学评论》1983年第3期。

并在决斗中孤立无援地死去。可以说,张一弓笔下这个没有姓名的猎人是整个人类的艺术化身,他那永远无法摆脱的孤独困境实际上就是整个人类现世处境的凄凉隐喻。

虽然读者从《黑蝴蝶》中也能依稀地看到八十年代农村改革开放的时代背影,但作者张一弓这回显然不再像八十年代前期的"改革小说"那样去关注变革年代中国农民的命运,而是试图通过叙述主人公喜娃的尴尬人生遭际来思索现代人的生命存在境遇问题。正是在这一点上,《黑蝴蝶》和《孤猎》在精神旨趣上走到了一处。喜娃在一只巨大而神秘的黑蝴蝶的喻示下发现了一片古代金简,然而这片金简并没有像人们所期待的那样给喜娃带来巨大的财富和美好的前程。在经受了一系列充满了悲喜忧欢的命运捉弄和心理折磨之后,喜娃只能无奈地接受那种鸡飞蛋打、兴尽悲来的尴尬结局。喜娃的人生充满了神秘莫测的宿命意味。小说中那只巨大的黑蝴蝶成了笼罩着主人公生存世界的一片无法抹去的阴影。

三

在沉寂了近乎十年之后,张一弓创作了他平生的第一部长篇小说《远去的驿站》。这部作品的出现预示着张一弓进入了他小说创作的新阶段。

与前两个阶段相比,此时的张一弓不仅进一步张扬了第二阶段探索的生存主义话语精神,而且在很大程度上还避免了第二阶段创作的非历史主义的寻根倾向,从而较为合理地实现了前两个阶段的艺术融合,即外在的社会政治历史话语与内在的个体生命存在话语的融合。

具体来说,张一弓在他的长篇新作中虽然也关注到了三大家族的主要人物与各自地域文化的精神联系[①],如杞国孟家忧国忧民的现实主义文化精神,楚邑张家率性任情的浪漫主义文化精神,伏牛山贺家啸聚山林、反抗压迫的"革命"("汤武革命,顺乎天而应乎人")文化精神,但就其核心的创作精神旨趣而言,我以为,作者关注的主要还是人与历史的关系,以及生命在历史中的境遇问题。因此,小说虽题名《远去的驿站》,其实是作者在为三大家族中一个个在历史的长河中一去不复返的生命而长歌当哭。正所谓"人生几回伤往事,山形依旧枕寒流",在张一弓这部长篇力作的字里行间充溢着一种生命的悲凉之气和无奈之感。

人们常说"历史无情",这其实意味着,作为一种"不以人的意志为转移的客观社会规律","历史"实际上是一种外在于"人"的异己力量,它是一种以"理性"的面目而出现的"非理性"的"暴力"。因此,人在历史中恰如人在江湖,他被历史的浪潮所裹挟,身不

---

① 张一弓:《远去的驿站·后记》,第364页,长江文艺出版社2002年版。

由己是他无法逃遁的历史宿命。对于小说中的任何一个生命个体而言,无论他与历史之间构成了何种关系,或疏离,如张聪和孟诚,或顺应,如贺家父子,或悖逆,如贺石,他们都难以从历史的陷阱中挣脱出来,人生也由此注定了是一场永恒的历史误会。从这个意义上来看,《远去的驿站》是一部典型的新历史主义文本。

小说开篇便宣称:"我的记忆是一个奇迹。"这说明作者无意于再讲述那种集体本位的宏大革命历史叙事,而着意彰显的是叙述者"我"对记忆(历史)中的个体生命的理解和体验。最让"我"感怀不已的是两位历史的疏离者——大舅孟诚和父亲张聪。父亲和大舅在历史的暗角中寂寞地死去几乎成了"我"的记忆中抹不去的阴影。大舅孟诚原本是杞地一世家子弟,"杞人忧天倾"的民族忧患精神在他的血液中奔涌不息。然而,大舅的历史境遇十分尴尬:他既是一个"连国民党也不能给他套上笼头"的国民党员,又是一位与共产党保持一定距离的"同路人"。尽管他在抗日战场上敢于冲锋在前,尽管他和他的家族为杞地共产党人的生存与壮大做出了不可磨灭的贡献,大舅仍然难以摆脱被猜疑被压制的命运。正如三姥爷所说,大舅是"一匹烈性马,年轻气盛,难以驾驭",而且大舅也深知自己的"劣根性"——"我永远也学不会无条件服从"。于是,我们看到桀骜不驯的大舅持枪撵得"麻雀"(一个阴险狡诈的革命投机者)屁滚尿流,看到他歇斯底里地怒斥黄团长(一位专以革命的名义镇压自己同志的"肃反委员")是"一个垄断了全部真理的革命大亨"。终于,大舅为自己的自由主义立场付出了代价,他在一个血色黄昏中被自己信任的"同志"悄然射杀,死得无声无息、不明不白。历史对于大舅孟诚来说无异于一口陷阱,他的生命被无情地吞噬了。

和大舅孟诚在历史的夹缝中苦斗相比,父亲张聪与当时的历史主潮更加疏远。大舅虽然死得窝囊,但他的一生毕竟活得壮怀激烈,充满了英雄侠气,因此身前身后都有无数的追随者和景仰者。而父亲的一生则要平淡得多,他是一个行走在当时的历史边缘的知识分子,他比大舅孟诚更像是一个历史的多余人,因此他内心深处的那份孤独也就更加深入骨髓、无法排解。父亲是一个孤独而脆弱的"异类",他没有大舅具有的显赫家世和可以给他遮风避雨的庄园,父亲是一个侍弄桑树捏制桑权的农民的儿子;他也没有自己的"同志"和同志们共有的"主义",父亲虽然早年闹过学潮、热爱过"普罗文学",但他却从历史的激流中退回了狭小的书斋,成了一个搞古典文学(音乐)研究的大学教授。因此,父亲的一生既没有赴汤蹈火的牺牲,也没有可供人炫耀的胜利,在二十世纪那场属于全民族的战争中,父亲仿佛一个孤独的旅人在历史的地平线上踽踽独行,追随着属于自己的遥远的星辰。正如"我"的疯舅爷所预料的那样,父亲是一只鹰,飞是鹰的本性,鹰飞的目的是为了追逐天空中的太阳,而天是没有尽头的,太阳是无法接近的,所以,化为一团烈火燃烧净尽,是鹰无法逃遁的宿命。鹰的命运正是父亲的人生写照。父亲是一个典型的浪漫主义者和理想主义者。在那场几乎席卷全民族的战争中,父亲虽然颠沛流离、居无定所,但他仍然不惜以生命为代价,执着地搜寻流失在民间的古典乐曲,并撰写了相关的学术著作。父亲以自己独特的"文化救国"的方式参与了当时的"抗日救国",但父亲的孤独只有红颜知己宛儿姨能够理解,就在他浪迹天涯遍访名曲《劈破玉》的时候,却有人在报上公开谴责他是"商女不知亡国恨,隔江犹唱后庭花"!父亲最终在解放战争的硝烟中死去,"我的琴弦上的父亲"就这样化作一只"火蝴蝶"悄然飞去,他临死前自嘲的苦笑无人理会,他的尸骨寂寞地躺在一片"乱坟岗"的地下,他的生命就这样悄无声息地湮没于历史的尘埃。

如果说父亲和大舅是以疏离姿态来应对当时的历史主潮的,那么"我"姨父面对轰轰烈烈的革命大潮则主动选择了顺应姿态。然而,作为主流历史的顺应者的姨父,最终也没能摆脱被历史圈套所困的人生窘境。比较而言,父亲和大舅的人生是短暂而悲壮的,而姨父漫长的人生却隐含了强烈的荒谬感。正如"我"母亲在"文革"中所言,姨父贺胜的革命生涯充满了偶然性,他的生命是"用一个个偶然性组成的奇迹"!小说着重叙述过姨父三次与死神"失之交臂"的传奇经历。第一次是作为学生领袖游行示威被国民党政府逮捕,结果他居然从富有正义感的行刑军人的枪下死里逃生。第二次是更加惊险离奇的"雨夜逃亡",面对国民党特务的穷追不舍,孤立无援的姨父和妻儿在走投无路的情势下竟然化险为夷、绝处逢生。第三次是在"豫西事变"的白色恐怖中,姨父的许许多多战友惨遭杀害,而他却又一次与死神擦肩而过。然而,就是这样一位出生入死的职业革命者,姨父在革命成功后居然无法保护自己的父亲,也无法主宰自己的命运。虽然身为省政府秘书长,但姨父不得不眼睁睁地看着村民从自己家中把年迈的父亲带走,让一个于革命有功的老人去接受一场阶级斗争的洗礼。不仅如此,姨父万没想到的是,自己毕生追求革命到头来却成了"反革命走资派"!这不能不让姨父惊诧莫名,他几乎本能地觉察到了历史的无情、人生的荒诞和命运的不可捉摸!如果说在战争时期他无法自主沉浮还情有可原,那么在和平年代却遭此境遇,则肯定出乎他的意料。人生的初衷与历史的宿命就这样纠缠在了一处,成了姨父晚年爽朗的笑声背后不绝如缕的悲音。

与姨父贺胜相比,姨父的父亲贺爷的人生荒谬感有过之而无不及。贺爷原本是伏牛山区一位振臂一呼应者云集的英雄。他曾经不惮于顶撞县长意志,支持过民众的抗粮抗款行动;他也曾亲自指挥过一场漂亮的"红罂粟战役";更重要的是,他的存在为伏牛山区共产党人的革命活动提供了不可或缺的屏障。然而,在以职业革命者自居的儿子贺胜的心目中,贺爷居然只配称为一个"为旧时代修补窟窿的泥水匠";他的"进步"行为竟然被儿子斥责为"教育救国何时了,毒害知多少!"在儿子的感召下,贺爷最终彻底顺应了当时的历史大势,他成了共产党的豫西行署专员和太岳行署谘议。但就在他的政治转折之际,贺爷人生的悖谬性也注定了要成为历史的必然。当贺爷在土改复查运动中被人强行带走时,人们不难体味他外表镇静下内心的酸楚。尤其是当他发现自己竟然被安排与反动军匪同台批斗时,贺爷甚至绝望地晕厥过去。贺爷就这样身不由己地撞入了历史的陷阱,他不知道非理性的历史正在以理性的名义将他放逐到主流历史之外。贺爷的人生隐含了"红色幽默",也凝聚了他被历史所捉弄的人生苦涩。贺爷最终在"文革"中孤独地死去,死前他一直在研读《社会发展史纲要》,他在苦苦思索着历史之谜,追索着人在历史中的境遇问题。正如他的遗言所云:"猴子还没有变成人,还得接着变。"然而,在漫长的历史变迁中,人究竟怎样才能活出自己的全部尊严来呢?用马克思的话说,人究竟怎样才能"占有自己的全面的本质"①呢?

姨父的堂兄贺石在小说中非常引人注目。贺石既不是历史主潮的顺应者,也不是疏离者,而是悖逆者。作为消逝在历史长河中的生命,如果说姨父和贺爷的历史困境是反讽的,大舅和父亲的历史困境是潜隐的,那么贺石的历史困境相对就比较显豁。表面上,贺石与历史之间的对抗是一种政治立场的对抗,而实际上是一种文化立场的对抗。贺石从小接受了正统的儒家政治伦理文化的教育,成年后毕业于黄埔军校的他固执地坚守着封建忠君思想,面对腐败无能、消极抗日的蒋介石政府,他居然说什么"国不可一日无主"、"一日为师,终身为父"。正是那种深层的传统文化立场决定了他的政治立场。唯其如此,在淮海战役中被俘的他才置堂弟贺胜的劝诫和妻儿的亲情于不顾,只身逃往台湾。除"忠君"外,贺石的传统文化立场还表现在"守义"上。贺石不愧是忠义千秋的关公的信徒。当他在抗战期间以国民党上校军官的身份放走共产党人堂弟贺胜时,他想到了关羽义释曹操的故事。在他的心目中,自己就像当年的关羽一样陷入了忠与义、信仰与亲情的冲突。然而,毕竟沧海桑田,历史语境已经大不相同,关羽式的传统文化立场和价值观显然已经不再适合新的历史潮流的要求,所以,一意孤行的贺石也就只能被无情的历史大潮所淹没,逃到台湾的他不仅饱受了漠视、猜忌、打击之苦,绝望中的他甚至选择了投海自尽……归根结底,贺石是一个执迷不悟的悖逆者,是一个被历史所遗弃的生命。

在《远去的驿站》中,张一弓总共塑造了大大小小四十多个人物,以上重点分析到的五个人物就是他们中的代表。这些消逝在历史中的鲜活生命时时叩击着读者的心灵,作者也以此成功地超越了既往的政治视角,甚至是文化视角,而直接揭示了人类生命存在的本相。因此,这部长篇力作的出现,标志着张一弓已经顺利地实现了八十年代中期以来的小说话语转型。虽然这次转型的成功来得有些缓慢,也有些艰难,但我相信,诚如作者所希望的那样,这部力作确实是对作者"年逾花甲之后的许多个不眠之夜的褒奖"②。

---

① 马克思:《1844年经济学哲学手稿》,第85页,人民出版社2000年第3版。
② 张一弓:《远去的驿站·后记》,第365页,长江文艺出版社2002年版。

图书在版编目（CIP）数据

犯人李铜钟的故事　远去的驿站 / 张一弓著. --北京：华夏出版社，2016.5
ISBN 978-7-5080-8788-7

Ⅰ. ①犯… Ⅱ. ①张… Ⅲ. ①小说集－中国－当代 Ⅳ. ①I247

中国版本图书馆CIP数据核字(2016)第072868号

犯人李铜钟的故事　远去的驿站

作　　者	张一弓
责任编辑	高　苏

出版发行	华夏出版社
经　　销	新华书店
印　　刷	三河市万龙印装有限公司
装　　订	三河市万龙印装有限公司
版　　次	2016年5月北京第1版 2016年5月北京第1次印刷
开　　本	720×1030　1/16
印　　张	17
字　　数	352千字
定　　价	43.00元

华夏出版社　网址：http://www.hxph.com.cn　地址：北京市东直门外香河园北里4号　邮编：100028
若发现本版图书有印装质量问题，请与我社营销中心联系调换。电话：（010）64663331（转）